孤马传

周新华 著

浙江文艺出版社

图书在版编目（CIP）数据

孤马传 / 周新华著 . -- 杭州 : 浙江文艺出版社，2024.4
ISBN 978-7-5339-7577-7

Ⅰ . ①孤… Ⅱ . ①周… Ⅲ . ①长篇小说—中国—当代 Ⅳ . ① I247.5

中国国家版本馆 CIP 数据核字 (2024) 第 067497 号

责任编辑　金荣良
责任校对　朱　立　萧　燕　许红梅
责任印刷　吴春娟
营销编辑　汪心怡
数字编辑　姜梦冉　朱婧琦

孤马传

周新华　著

出版发行	浙江文艺出版社
地　　址	杭州市环城北路 177 号
邮　　编	310006
电　　话	0571-85176953（总编办）
	0571-85152727（市场部）
制　　版	杭州立飞图文制作有限公司
印　　刷	杭州长命印刷有限公司
开　　本	710 毫米 ×1000 毫米　1/16
字　　数	468 千字
印　　张	37.5
插　　页	1
版　　次	2024 年 4 月第 1 版
印　　次	2024 年 4 月第 1 次印刷
书　　号	ISBN 978-7-5339-7577-7
定　　价	78.00 元

版权所有　**违者必究**
（如有印装质量问题，影响阅读，请与市场部联系调换）

目录

上 部

引子　吞舟之鱼　　　　　　　　　　　　　/3

第一章　狮子跑上临安屋顶　　　　　　　　/5

第二章　呼猿榜上都是些妖孽　　　　　　　/15

第三章　老鼠与老虎的距离　　　　　　　　/23

第四章　独往亭与双鲤石　　　　　　　　　/34

第五章　来了一个小小县尉　　　　　　　　/42

第六章　伏波将军铜柱被人当作赌注了　　　/56

第七章　鲸海与中土最南端的码头　　　　　/71

第八章　《千里江山图》　　　　　　　　　/80

第九章　道观里的壁画　　　　　　　　　　/88

第十章　邸报里的三个消息与一张收紧的网　/97

第十一章　魔幻的事情总发生在夜里	/105
第十二章　人贩子不如马贩子	/113
第十三章　异马图	/128
第十四章　大庾岭的梅关的邂逅岗的邂逅	/136
第十五章　鉴真和尚的晒经坡	/146
第十六章　不速之客	/162
第十七章　假刺客遇到真刺客	/173
第十八章　追忆排山倒海	/184
第十九章　臭油作坊仍然热闹	/192
第二十章　狂士带来了背鬼军	/204
第二十一章　码头上的破楼	/214
第二十二章　猪尿脬里有一张联络图	/226
第二十三章　梦中跪拜赵鼎	/238
第二十四章　大海盗突然提前到了	/252
第二十五章　比毗那大蛮更优秀的黎母大蛮	/261
第二十六章　沙场或者屠场	/271
第二十七章　杀手终于杀过人	/280
第二十八章　鲸喷与鲸落	/291

下 部

第二十九章　重回临安　　　　　　　　　/305

第三十章　古怪的药方子　　　　　　　　/316

第三十一章　冬季里的鲜花铺满地　　　　/327

第三十二章　死去的人复活了　　　　　　/337

第三十三章　找呀找呀找朋友　　　　　　/348

第三十四章　都想看看人间的龙　　　　　/358

第三十五章　怎样才能混入玉津园　　　　/371

第三十六章　怎样才能闯进呼猿局　　　　/380

第三十七章　一颗去口臭的药丸子　　　　/390

第三十八章　呼猿局里的呼狗令　　　　　/398

第三十九章　在玉津园里撒个野　　　　　/410

第四十章　继续假设、假设、假设　　　　/423

第四十一章　从云珍驿到吴山之巅　　　　/433

第四十二章　去铅山大牢里捞人　　　　　/446

第四十三章　降伏鲸鱼的海神　　　　　　/456

第四十四章　有人先到了黄冈山　　　　　/467

第四十五章　这一觉终于睡醒了　　　　　/478

第四十六章　绿衣人现身　　　　　　　/487

第四十七章　草萍驿惊魂夜　　　　　　/497

第四十八章　不生不灭的无名树　　　　/510

第四十九章　崇兰馆被一把火烧了　　　/524

第五十章　　渣濑湾　　　　　　　　　/537

第五十一章　染坊里的六种结局　　　　/547

第五十二章　山上又来了几个神秘客　　/560

第五十三章　整座黄冈山都是一头鲸鱼　/572

第五十四章　事后的事后　　　　　　　/580

上　部

引子　吞舟之鱼

海天邈远，水面上响起了口哨声……

舟子熟悉这片海域，这海域靠着大陆的最南端。今天的渡船上，只有两个人，舟子和船客。那船客，应该是个疲倦的赶路人，不知他从哪儿来，不知他到哪里去。看那样子，落魄归落魄，还是有些威仪的。

上船前，有人悄悄地告诉舟子，这是一个落难之人，但还是有些能耐的，要好生对待。舟子才不管别人落难不落难，既然雷州有人找他，把此人交给他，他就要把这个特殊的船客渡过海去。

这是生意。

因为行前喝过一些酒，舟子的目光有些迷离。渐渐地，他发觉海面上出现了一排红旗。他没看错，是红旗，一面面红色的旗子。慢慢就靠近了，舟子看见这一排红旗往上升起了，露出了下面的一座岛屿。那岛屿黑黑的，油光发亮。舟子的酒猛然醒了，他觉得，自己宿命地遇到了家族的宿命。

对啊，海中除了无边无际的水，还有吞舟之鱼。

吞舟之鱼真是一种鱼吗？是鱼，更是移动的岛屿。海边的土人们都知道，吞舟之鱼一个不高兴，轻轻甩一下尾巴，就会引发海啸。

他刚才看到的，根本不是什么红旗，而是吞舟之鱼高高竖起的鳍。红红的鱼鳍，一根根。

舟子想起了祖母的话。祖母曾经对他说，你祖父是被吞舟之鱼吃掉的。二十年后，他母亲也这么跟他说，你父亲就是被吞舟之鱼吃掉的。

这就是家族的宿命，也是南荒大岛的宿命。

他们的家族，每个男丁都欠着吞舟之鱼一条命。现在，吞舟之鱼如约而至了。舟子疯狂地在甲板上摸索着，寻找一把锋利的刀子。甲板上是备有一把刀子的。那刀子通常只用来切割缆绳，对付不了怪物，何况是如岛屿一般巨大的吞舟之鱼。但是，这把刀子能轻而易举地割破自己的舌头呀。曾经有个巫师告诉舟子，遇到吞舟之鱼时，要立即刺破自己的舌头，把舌头上的血洒入海水，就可以救自己的命。

他回头看了看他的船客，不管怎样，吞舟之鱼是来索取他的命，不应该让船客陪他去死。那船客，正铺开纸在书写着什么，眼里，似乎没有看到海面上的异事。舟子想，这书呆子大概还不知道大难临头。也许，见惯风浪的人，眼里已没有风浪了。他想跟船客说些什么，但已经来不及，吞舟之鱼只那么微微一晃，舟船就激烈地震荡起来。

更严重的是，空气激荡起来了，变成了风。海水，变成了滔滔之浪。整个世界开始变成恐怖之境。吞舟之鱼露出了整条背部，就像一座快速增高扩大的黑山丘，上面似乎写满了恐惧二字。那恐惧，像一只手，挤歪了舟子的嘴形。他极度惊悚，压低声音对船客说，别出声，别出声，千万别。

那把能救命的刀子，像海鳗一样在甲板上游弋。终于，舟子抓住了这把刀子。他用力地吐出自己的舌头，用左手牵拉着舌尖，右手持刀，刺向自己的舌面。

但是，他没刺破舌头。因为，他手里的那把刀子被别人的手握住了。

是那个船客。船客夺过刀子，用写满文字的纸包裹起来，然后手一挥，那刀子在水雾中画出一条白线，坠入了大海。

就那一下子，什么声音都没有了。舟子睁开眼睛，他没看到什么红旗和岛屿。原先吹弹着耳膜的神秘哨声，也消失了，似乎从来没响起过。

海水平静极了，像一张巨大的、透明的、蓝色的皮。舟船也平静极了，那船客，平静极了，坐在甲板上睡着了。高天，原先合拢的云层，适时张开一道口子。一束光打下来，照在船客身上，舟子看见的，似乎是个透明人。

舟子知道，他遇到贵人了。这人，是来改变他的宿命的。

第一章　狮子跑上临安屋顶

这一次，跑上临安街头的不是豹子，而是狮子。

它迅速地跑上御街，经过保和坊、大瓦子、狗儿岭，在官巷口往西折了一个方向，再穿过油车桥、六坊院，前面是涌金门。出了涌金门是西湖，自古就是江南的热闹场所。狮子想，就去那儿吧，那里人多，肉多，骨头也不老。

涌金门下的南华戏台，正在演一场戏。西域来的胡姬扭着屁股，台下的观众都很惬意，他们感谢着岁月静好。狮子冲上了戏台，一口咬住了某一具妖孽，那薄薄的罗衫就被扯去了。观众们大声叫好。

不过，他们只叫了一声好，第二声叫的，就是不好。

因为那狮子嫌弃妖孽身上的膻味，掉转身咬住了一个小孩，跳下戏台往孤山的方向跑去。孩子的父亲醒悟过来，急忙追着狮子，他求那狮子放过他的孩子。观众们本想一起追过去的，可是谁敢追一头狮子？

他们看见狮子叼着孩子跳下了水，往湖心亭游去，可它只是在湖面画了一个弧，又上了岸，穿过清波门折回了城里。

它口衔孩子，跳上了屋顶，像松鼠一样在青砖黛瓦上飞奔，然后，它又消失了。

——绍兴十七年某一日，临安城居民的集体错觉，又离谱，又魔幻。

一张张恐惧的脸，组合成巨大的恐慌，裹住了整个临安城。临安府的衙役都上街了，在墙上张贴着寻物告示。告示上简简单单，仅画着一头狮子。可狮子却画得不简单，似乎每一根狮毛都被画出来了。这样的狮子像贴满了大街小巷，甚至贴在了别人临时摆在院门口的马桶上。

更有大批的兵勇排着队从临安府衙的大门内拥了出来，他们三个一组，闯进每家每户，寻找着那头失踪的狮子：狮子狮子，谁窝藏了狮子，赶紧交出来。

没有呀，兵老爷，我们哪敢窝藏狮子？

兵勇们的工作态度真的可圈可点，他们搜查屋里的每一个角落，比如床上、凳下、柜内、桶底，每一处都不放过。连挂在天花板上的小吊篮，也被捅下来检查一遍。他们一定认为，一只小篮子也可以放下一头巨狮。

这一天，整个临安城的上空，都能听到一声尖厉的叫喊：

"给我找到那只猫！"

原来，全城搜寻的不是一头狮子，而是一只猫。

那么，一只猫怎么会让人误以为是猛兽呢？原因太简单了，丢猫的人为了寻猫，找人画了寻猫图，结果寻猫图上的这只猫，被画师画成了一头狮子。临安城的小民们看到寻猫图，一恍惚，就觉得可能是一头狮子跑出来了，还上街吃了几个活人。

静下心来想想，也确实错了：狮子怎么可能在西湖里游水？狮子怎么可能在屋顶上跑？狮子怎么可能藏在人家天花板上挂的小竹篮里？

一切，都是寻猫图的错。

如果寻猫图上依旧画着狮子一样的猫，那么，今后的每一天，都会出现狮子吃人的新谣言。所以，不让恐慌继续传染下去，唯一的办法，就是重新绘制这些寻猫图。

对的，重绘。

相国井大街，近一半都是崇国夫人的府邸。

大堂里挤满了画师。只要能画人像的，就被找来为崇国夫人画猫。对的，失主就是崇国夫人。现在大堂的中间，高高挂着一幅画，画着的就是那只被人误以为是狮子的猫。街上贴着的那些画，都是画师们照着这第一幅画临摹的。

画师们看了自己临摹的画，再看看堂上的这幅画，越发觉得自己没错。要说画错的话，问题一定出在第一幅画上。

可是，堂上这第一幅画也没错，是画师按照失主的描述画下的猫。失主把这只猫描述得跟狮子一样，画上的猫自然就像狮子。这失主还提供了一幅古画，那是唐朝宰相阎立本画的《狮子图》。崇国夫人解释说，她丢失的猫是从龟兹采来的，模样类似《狮子图》里的狮子，所以叫狮猫。

这下，满屋子的人都明白了，大家都没错，错就错在那只猫。那只猫，为什么要按狮子的模样生长呢？

既然问题找到了，那就不必重画，只要让人别把猫错看成狮子就行。崇国夫人说："那么，你们谁有办法不让别人看走眼呢？"在场的画师们谁也没有这样的办法。崇国夫人有些生气，又说："好吧，三天内找不到猫，我让我爷爷把整个西湖都抽干，到湖底去找。"

啊，她爷爷是谁，这么有权势？

沉默了好一会儿，画师中终于有人说："我有办法。"

那人二十多岁，男的，看上去有些文弱。崇国夫人说："好，你来试试吧。真找到那只猫，我让我爷爷送一头真狮子给你。"年轻画师说："我什么也不要，就想早点回药局，有一大堆的事等着我。"

"什么狗屁药局，我让爷爷把它抄了。"崇国夫人说。年轻画师根本就没回答这个问题。倒是旁边有人悄悄地问，药局怎么还养着画师，是画人参、当归、白及的吧？

那年轻画师走到挂着的那幅画前，从旁边取了笔墨，就在画的右下角画了一样东西，便掷了笔，转身望着众人。

一屋子的惊愕。

现在，所有的画师都上了街，他们按照刚才那年轻画师的方法，在那只像狮子一样的猫的旁边添上了一只老鼠。有了这只老鼠做对照，没人再把画中的猫误认成狮子了。

满大街被添上老鼠的猫，看上去不像狮子那么吓人了。猫与鼠，在临安的墙面上相亲相爱着。它们才是天生的一对，十万年都不分开。"是啊，是老鼠成就了猫。""不对，是猫成就了老鼠。"画师们嘻嘻哈哈，快乐地画着老鼠。

他们一快乐，笔下的老鼠就活了，神态各异。有的画师画了蹲着的老鼠,有的画了躺着的老鼠,也有的画了两脚直立的老鼠。

只有刚才那年轻画师画的老鼠,只睁着一只眼。

年轻画师画了一幅,想走过去画下一幅的时候停下了脚步。因为他看见有个画师在画上画了两只老鼠。这画师,看上去是个中年人,所以他礼貌地问道:"这位大哥,为什么要画上两只老鼠?"

中年画师说:"就是死,也让它们夫妻团圆啊。"年轻画师仔细看了一下,画上的老鼠果然一只雄的,一只雌的,便说:"一起死,这有点悲惨。"中年画师说:"死前能团圆的,都不算最悲惨的。这世道,就怕一个人活得孤苦伶仃。"

一个人,就怕活得孤苦伶仃。年轻画师点点头。中年画师问道:"刚才在崇国夫人府上,怎么想到在猫旁边画只老鼠的?你这想法太绝了。"

年轻画师说:"要我说真话吗?"

中年画师说:"当然。"

年轻画师说:"你没觉得崇国夫人长得有点像……"

"哦,所以你就想到了老鼠。"中年画师笑道,"只是,你画的老鼠,怎么总是睁着一只眼?"

"呵呵,另一只眼是眯着的。"

中年画师怔住了。他正要说什么,就看到有人跑了过来,对那年轻画师喊道:"工叙,快回去。你哥杀人了。"那个叫工叙的年轻画师一听,扔下墨笔就跑了。

中年画师冲着年轻画师的背影喊道:"记住我的名字,我叫蓝三禾。后会有期……"

工昂杀了人,还一下子杀了两个。

工昂就是工叙的哥哥,都姓周。原来,就在工叙到崇国夫人府上画老鼠的时候，搜寻狮猫的兵勇闯进了呼猿局的大门，然后就出事了。

呼猿局其实是个卖药的药局。药局的旁边有个呼猿洞，很有些来历，名字也有些怪，古往今来有很多名人在此留下了诗文。这家药局自然就借用了这名字，叫呼猿洞药局。偏偏有人嫌这个名字太长，就把五个字的名字简称为三个字，呼猿局。

呼猿局的大门今天是关着的，搜查的兵勇敲了半天也没人理睬，就一脚踹开了大门。他们进去的时候，发现里面很多人。屋里有人，怎么还关着门？即使里面没有那只失踪的狮猫，那也有猫腻，得查。

屋子里本来就挤，现在多了三个官府的人，越发挤了。幸好，屋子里的人都很温顺，兵勇们要找猫，就让他们找好了，一副配合的样子。他们只是没想到，这些兵勇搜查得非常细致，每个角落都要搜上一遍。

搜查时间久了，这些兵勇做出了一个基本的判断：呼猿洞药局不卖药。整个药局也没见到人参、当归、阿胶、党参、田七、紫河车、何首乌、杜仲、石斛、天麻，连药材的气味也闻不到一点。

这三个兵勇更加警惕，搜寻自然升了级。他们走到屋子的第三进，发现有一道暗门，不注意根本就看不出来。他们想进入这道门，却遇到了阻拦。这样一来，兵勇们更加坚定了自己的看法，这家不卖药的药局做着不可告人的勾当。

兵勇想，能在皇城破获一个暗黑机构，一定会立下大功。他们相互使了一个眼色，同时飞起右腿。撞击声后，一扇暗门倒在一旁。

果然是个暗室。

暗室其实不暗，也不小。里面燃着很多的蜡烛。暗室的正面墙上，满满的全是人像，大人物的头像。墙的顶部，写着三个大字：

呼猿榜。

一个兵勇呆住了,他嘴里叫出了最顶部几个人的名字。另一个兵勇也叫道:"胆大包天,怎么可以挂这些人的画像?反了反了……"这是他们此生中最后一次说话了。他们说完这话,就同时倒在自己的血泊里。

是工昺出的手,没有人看见他是怎么出手的,反正是一剑两命。

第三个兵勇刚进门,看到这场景,狂叫着跑了出去。

呼猿局虽然不像个药局,但领头的还是叫掌柜,姓应。应掌柜忙跑了过来,叫道:"工昺,你怎么动手了?"工昺冷冷一笑:"应掌柜,您可是对我们下过死命令,凡是看见呼猿榜的人都得死。跑掉的那个,应该还没来得及看见这三个字。"

应掌柜说:"是的,我说过的。这话是二老板说的,我是奉命传达而已。"

工昺说:"您还跟我们说过,二老板的话就是铁律,不得违抗。"

应掌柜没说话,他知道眼下不是教训部下的时候。他看见有人呆立着,骂道:"霍金,怎么不学学人家工昺,灵光、敏捷、下手快,且准。"

不知道他是褒扬工昺,还是骂工昺,反正是切切实实骂了霍金。霍金连忙说,是是是。应掌柜说:"光说是是是有屁用!接下来要做什么,我没教过你们吗?"

所有的人反应过来了,都冲过来撕着呼猿榜上的人像。

呼猿榜上,不仅仅是人像,人像的下面还画着表格,填写着各种各样的数据。数据很多,粘了一层又一层的。大家一起动手,好不容易把满墙的纸撕完了,露出了丑陋的木墙板。木墙板上,还残留着上次没撕干净的画纸。估计画纸之下,还有更早的人像,不知有多少人上过这呼猿榜。

霍金这下灵光了,生了一盆火端过来。大家把刚撕下来的人像

11

扔进了火里。呼猿榜上那些神秘人物，一个个被灭了迹。火盆里继续燃着火，除了人像，桌上的机密档案也成了灰烬。

应掌柜这才舒了一口气。

很快，大批的人马赶到并包围了呼猿局。为首的一个走了进来，挥了挥手，后面的兵勇就上前来抬走被杀死的同伴。这武官四处转了转，还故意蹲在积满灰烬的火盆边，伸出手烤了烤，慢吞吞地说："哦，还是烫的。烧了不少东西吧？"

他这话是冲着应掌柜说的，他转了一圈就知道谁是掌柜了。

应掌柜把手里的一沓花纸递给武官，说："是一些过期的票据。这几张，还没来得及焚烧。军爷喜欢的话，拿回去给孩子玩玩。"

武官收了花纸，用眼瞟了一下。这些所谓的票据，以前叫交子，现在叫会子，等同于银子。他把会子塞进袖袋，依然慢吞吞地说："掌柜的，你信不信，只要我愿意，你们整个药局的人会像蚂蚁一样被我捏死。"

应掌柜瑟瑟发抖，至少他的手已经拿不起东西了。他说："我信，我特别信。我们这种做买卖的，最崇拜官家了。"

武官友好地说："看你儒雅，一定是个明白人。跟你明说了吧，我们也不是来寻猫的。前不久有人反映，你偌大一个呼猿洞药局，进进出出的人不少，都不像买药卖药的，所以借这个猫赐的良机来探访一下，没想到就出了人命。"

应掌柜说："唉，我也没想到会出这种事。我们这药局真的是买卖药材的，只是买卖的不是现货，所以看不到人参、当归什么的。有时候宫里急需一些特别的药物，我们才会派人去采购。"

武官笑着说："好了，就知道你会抬出宫里的人来压我。这临安城里，连一只鸟儿都喜欢拿宫中说事。前天有个卖饼的大爷，就说圣上吃过他做的定胜糕。"

应掌柜小心翼翼地说:"也许是真的。这临安城太大了,什么傻鸟都有。"

武官说:"看你懂事,给你一个面子,不搜查了。我也相信你给宫中送过药。只是,我死了两个兄弟,总得有人来抵命吧。人命关天,我就是帮着你,也灭不了这火呀。"

应掌柜说:"这个,我们是懂规矩的,能不能给我半个时辰商议商议,再给临安府一个交代。我这儿,还有过期的银票,不烧了,都给您。"

他又掏出一沓花纸塞进了武官的手里。

"好,就这么说。我就在门口候你半个时辰。这半个时辰,不长,我候得起。"武官说完,笑眯眯地站起来走出暗室。

从现在起,暂时安全半个时辰。

应掌柜想,这一屋子的人,周工昺身上任务最重,可偏偏杀人的就是他。"都想想,怎么把工昺保下来?"他对大家说。很快,他就怀疑他的话白说了,一屋子无人响应。

众目睽睽下,偏偏有人挑着一担药材进来了。一只箩筐上写着当归,一只箩筐上写着白及。来人是周工叙,周工昺的亲弟弟。他刚才见药局门口被重兵围着,就到两条街外的一家药铺赊了一担药材挑回呼猿局。临安府的兵勇翻了箩筐,就放他进来了。

工昺对工叙说:"弟弟,这个时候,你还冲进来送死?"

工叙放下担子说:"哥哥,你在这儿,我能跑到哪去?"

周工昺说:"也对,你孤家寡人一个,没地方去。"

工叙靠近了一步:"你刚才使了连环杀?"工昺点点头。工叙默然,他记得,哥哥不到万不得已的时候,是不会使用连环杀的。

就在这时，传来一声沉闷的狗叫，尽管声音很轻微，但全屋子的人都听到了。刚才还耷拉着脑袋的应掌柜急遽地跳了起来，压低声音说："怎么，二老板也知道了？"

霍金跑到天井里，迅速搬开一只水缸，一个洞口就露了出来。应掌柜趋近洞口，伸手弹了一个响指，有一条黄狗钻了上来。应掌柜从狗嘴里取下一根骨头，用力掰开，一张字条掉到地上。掌柜捡起来看了一眼，对所有眼巴巴等着消息的耳朵说："二老板来命令了，只一个字。"他没说下去，只是把字条展开给众人看。工叙看见了字条上的这个字：

"忍。"

工叙从来没见过二老板，也不知道二老板是谁，只知道二老板神通广大。只要二老板愿意，没有摆不平的事。但是，这次二老板却说，忍。

应掌柜也有点奇怪，这一次，他还没向二老板汇报，二老板就来指示了。可是，二老板又是从哪里得到呼猿局出事的消息呢？他感觉到二老板就坐在云端，盯着他。他不由得打一个冷战。正值盛夏，连弄堂风吹过来也是热的，这寒意来得莫名其妙。

应掌柜拍了拍黄狗的头，说："回去复命，就说呼猿局一定忍。"那黄狗钻进秘道，一下子就消失了。他又对众人说："各位，都知道了吧？二老板叫我们自己解决。呼猿局要正常运作，这是最高原则。我们的活儿多，一天都不能耽搁。刚才给军爷的那一沓银票，只能换来片刻的安宁。外面重重包围着，要想渡过今天的难关，只有一条路。"

工昮站起来就往外走，被应掌柜一把拉住了。

"只有一条路，交出凶手。"工昮说，"而我，就是杀人凶手。"

应掌柜摇摇头说："谁杀的不重要，只要我们交出去一个人就行。

军爷那里，也就是交个差。"

工叙想也没想，就说："那我去吧。我是他的弟弟，应该是我替他。再说了，在这儿我是最没用处的一个。用我换我哥，应掌柜您赚大了。"

工叙说的是实话。他半年前才被他哥哥介绍进来，因为不懂格斗术，只能坐在家里画画。

应掌柜说："工昺，就让你弟弟去吧。"

工昺说："头儿，您千万别打我弟弟的主意，否则，我翻脸不认人的。"

第二章　呼猿榜上都是些妖孽

呼猿局很快恢复了常态。

不过，这种安静少了安详，只能算沉闷了。周工昺平时坐的那张桌子，一直那么空着。大家无心干活，本来说去探监，看看工昺那边的情况，都被应掌柜拦下。他觉得现在最要紧的，就是什么事也不做，让外面的人尽快忘了呼猿局。

低调，低调。

除了弟弟工叙，工昺平时与霍金最合得来。霍金当着大家的面大声说："应掌柜，那就任由工昺一个人待在那地方受罪吗？"应掌柜说："没事，二老板说了，走个过场，过些日子就放人了。"

尽管这样，大家还是提不起劲。

应掌柜察觉到这种气氛，提了一壶酒进来，说今天都不干活了，就喝酒，想说什么就说什么。厨师老王连忙跑到厨房，烧了几个菜端过来。大家喝了一点酒，开始发牢骚，都说在这地方做事有点窝囊。工昺的事儿暂且不说，做了这份差事，回家还不能跟家人说，这就有点窝囊。

应掌柜说："窝囊？你怎么不说说这儿钱多？别处你找找这薪水去？"

还有人说："薪水是一方面，关键是家人不理解。都说我在药局当差，懂点药理，可上次孩子病了，我根本就不认识药，老丈人上来一巴掌，说我是假药贩子。"

应掌柜说："不对。我们都是幕后英雄，没有人知道我们，但是，所有的人都怕我们。"

没人反应，就是最好的反应。

应掌柜扫视了一遍，接着说："当你能决定一个大人物的生死时，你还觉得窝囊吗？"他指了指墙壁，虽然那里空空如也，但还是呼猿榜，那些上了呼猿榜的人，都是大人物。只要他们上了这个榜，他们中的每一个人只要有一点异动，都会被呼猿局布在各地的眼线报到这里。

从这个层面讲，这屋子里的人，捏着一个阶级的命门。

他又说，这屋子里的人，不可以觉得这活儿窝囊。"别看临安府的兵勇那么嚣张，在我们手里，他们的命还不如一只蚂蚁。当我们真要他们去死时，他们一个也跑不掉。"

霍金捏着拳头，嘎嘎嘎的，好像在捏死临安府的那些蚂蚁。他明白，应掌柜说的都是事实。前些年潮州有个案子，有个名叫王文献的人竟然串通朝中大臣，要给某个被朝廷定性的谪官翻案，侦破这件事的就是霍金。结果，谪官罪上加罪，从放逐潮州，改成放逐南荒极边的大岛上。

这个谪官，就是呼猿榜上的头牌，他在呼猿局有个代号，叫甲一。至于那个狂士王文献，根本没资格上这个呼猿榜。这个案子办完，霍金在呼猿局的地位就上升了，同时上升的还有他的薪水。

薪水下来的第一天，霍金就请工昇吃饭。案子侦破得这么顺利，全靠工昇的帮忙。整个呼猿局，工昇全权负责甲一人物案。甲一人物在潮州与哪些朝中官员勾结，包括他在潮州经常交往人员的名单，都是工昇提供给霍金的。

霍金走神的当儿，应掌柜决定放个更大的花炮。他喝了一杯酒，神秘兮兮地说："诸位，据我了解，这次临安府的人搜查我们，是有人告密。看样子，外面已经有人盯着呼猿局了。大家还是要小心，不可声张。"

霍金问道："谁告的密？"

应掌柜说："我也不知道。反正，呼猿局的损失，包括工昇被抓，都是因为这些人。我们接下来，就是要查查这些人是谁。"

工叙一直在埋头作画。

呼猿榜上那些人像被毁后，急需重新画上。呼猿局的活儿多，别的活他都不会，可画画这个活，也只有他会干。

半年前，呼猿局急需一个画师，工昇就把弟弟工叙带到了应掌柜的面前。进呼猿局干活，除了一些常规的条件，还有特别的要求，最好是孤身一人，没有父母。如果家人中有被金人所杀的，那就更好了。据说带着这种国恨家仇的人，立场会更坚定些。

工叙的家庭背景其实就是工昇的家庭背景，所以应掌柜没做更深的了解就让工叙入了局。至于有没有家人被金人所杀，这个就不用说了。当年金人"搜山检海"追杀圣上未果，就在明州放了一把大火，无数人死于这场大火，所以明州人都恨金人。

要说还有什么不足的话，就是打不了架。这也没什么，做个内勤画个画，不需要与人格斗。再说了，即使出差在外，也不需要什么太好的武功。应掌柜对此解释说，呼猿局只管刺探消息，真的要清除对手，有人会管这事。

这两天，工叙除了吃饭睡觉，基本上就在画画。本来要七八天完成的工作，他两天就快完成了。只有拼命干活，他才能暂时忘了哥哥。

呼猿榜上的人像，有些有底稿，按照底稿再画一幅就可以，有些没底稿，他完全凭记忆复制出来。这是他的强项，任何人，只要打了一个照面，他就可以准确记住此人的相貌。

现在他站了起来，把最后一幅画贴到了墙上，呼猿榜就算全部恢复了。

应掌柜想褒扬工叙几句。这两天，所有人都低迷着，倒是当事人的弟弟十分勤勉。这个人，不仅仅会画画，也会自我控制情绪，前天他还能假装买卖药材突破重围回到呼猿局，这证明脑子也好使。

"辛苦了。"应掌柜本想说些什么，话到嘴边，就说了三个字。

呼猿榜恢复了，一些被烧掉的密件也恢复了。

这么多年来，机密档案本来就要定期销毁的，前些天匆忙烧毁的案宗也没那么要紧。该统计的数据，早就通过黄狗送到二老板那里去了。这样做，是以防万一。这年头，到处都是敌人。金人的奸细，朝野的叛逆，甚至不明真相的官府，比如前几日来搜查的临安府，都可能是敌人，不得不防。

更多的机密，都是记录在各人的脑子里。

霍金在每个人的头像下写下了最新的情况。比如二号的头像下，就刚添上了一条：六月十八日私见武臣某某某。比如三号的条目下，则写上了一句：罪官派长子来京暗访朝臣某某某……

大家已经看出来了，工昺进了牢房后，霍金已取代工昺成为应掌柜最得力的助手，自然成了最忙的人。

那么，谁是最空闲的人呢？

是工叙。呼猿榜的人像都画完后，工叙反倒一下子没了活儿。他一空下来，就开始想念哥哥工昺了。他想，何不趁这个机会给哥哥画个像呢？

他用柳木炭在纸上打了个轮廓，想想不妥又擦掉了。上次给哥哥画像的时候还是五年前，那时候他刚学画归来，想给哥哥画张像，可是哥哥不同意。第二天，就在哥哥醒来时，发现墙上贴着一张纸，趋近一看，竟然是自己头像。工叙以为哥哥会很高兴，却没想到他阴着脸，一句话不说就把画像扯了下来，撕成碎片。

工叙实在弄不明白，哥哥为什么会发那么大的火。后来他到了呼猿局，才知道像哥哥这样做这种地下行当的，都不会把自己的画像留在世上。你看，那些画像上了呼猿榜的人，都倒了血霉。所以呼猿局的人心里都有阴影，怕看到自己的画像。

工叙正在纠结要不要给哥哥画像，霍金过来了。他悄悄说："工叙，你有好事了。应掌柜叫你到他那儿去下。"他还神秘地笑了一下。

单独到应掌柜那里去一下，就意味着有奖赏，呼猿局的人都知道。

应掌柜见到工叙，忙站起来说：

"先告诉你个好消息，二老板跟临安府打过招呼了，再过一阵子，你哥就回来了。不马上放你哥回来，是因为二老板要给临安府一个面子。这案子，是阻碍崇国夫人寻猫，那就是一等一的大案，加上又死了两个人，总得搁上一两个月。不过你放心，你哥在牢里有吃有喝，不会受什么苦。这些年他也累了，趁这个机会好好休息下。等过几天风声小了，我带你去探个监。"

这确实是个好消息。工叙多日紧绷不展的面容松动了许多，说："谢谢应掌柜，谢谢二老板。"

应掌柜说:"谢就不要谢了。有这么一件事,想请你帮个忙。"

工叙说:"您是呼猿局的老大,一屋子的人都听您的,您开口就得了。"

应掌柜很满意工叙的回答,喝了一口茶说:"是这么一件事。在南荒大岛,我们派去监视罪官的同事很久都没传回消息,这让我很担心。"

工叙也有些担心,前一段时间,派驻其他地方的同事,也有失踪的,事后证实遇难了。应掌柜说:"这罪官,官职高,也最难缠,所以就排在了呼猿榜上的第一位。这样的人物,不可能让他失去监视。所以我们得派个人去了解一下情况。"

应掌柜的脸上严肃了起来,接着说:"工叙啊,我想了半天,还是想请你出马一次。"

啊?工叙虽然猜到了,但还是很惊讶:"应掌柜,您是说让我去一趟崖州?"

应掌柜点点头。工叙问道:"可是,我有这个能力吗?我连刀剑怎么使都不知道。"

应掌柜看出他内心有些胆怯,鼓励道:"又不是让你去跟人打架,会不会用刀剑有什么关系?你刚来呼猿局的那会儿,我就跟你说过,我们呼猿局不杀人。"

应掌柜用手指指自己的脑门,又说:"我们靠这儿。我注意你已经很久了,觉得你会动脑筋。我想,你们兄弟情深,哥哥没完成的事,弟弟可以接着干。"

工叙觉得应掌柜说得对。应掌柜是个好上司,那么关心下属,现在又操心着他哥的事。既然一路上靠的不是冲冲杀杀,那就不是什么难事了。

应掌柜看到工叙的脸部表情,知道火候到了,叹口气说:"我也是没办法，老弟一定要理解我的苦衷。本来嘛，这件事是要你哥出马的，毕竟是他负责甲一案，可是现在这情况，这边的事急，他又一下子出不来……"

"应掌柜，您放心，我来替我哥办吧。"

应掌柜说："工叙，谢谢了，你了却了我一桩心事。"他从抽屉里取出厚厚的一沓卷宗，放到了桌上。工叙远远一看，封皮上标着"甲一号呼猿册"，就知道这是哥哥整理的。哥哥为了收集甲一人物的资料，花了太多的心血。

"感动，除了感动，还是感动。"应掌柜随手翻开卷宗，感叹地说，"我翻了这沓资料，只有一种感觉，感动。呼猿局开办至今人才辈出，还从来没有谁能像你哥这样做材料的。太细致了，太细致了。如果呼猿局的同事都能像你哥这样干活，我们何愁妖孽不除啊。"

是的，呼猿榜上所有的上榜之人都是妖孽。

应掌柜说："甲一案这个大人物，能一路贬谪到南荒大岛，跟你哥有一双明察秋毫的眼睛太有关系了。我希望你能学一学你哥，把这活儿干好。等你回来，你哥也出狱了。到时，我摆一桌酒为你兄弟俩接风、压惊。"

应掌柜说完，举起茶杯与工叙碰了一下。

虽然只是茶水，工叙却吃出了烈酒的味道。他已经感觉到一种使命感，不为别的，就为铲除妖孽、河山永固。

应掌柜这才拿起笔，书写了一份此行的任务清单，连同甲一号呼猿册一起交到工叙手里。

是霍金送工叙上路的。

霍金拿来一样东西，黑乎乎的，还有些膻味。他介绍说，这是猪尿脬，按照医家的叫法就是猪膀胱。这只猪尿脬不一样，是从千斤重的公猪身上割取的，经过脱油去肉、九次鞣制才成品。简单地用，是个防水袋，可放置书籍、画卷和一些怕水的物品；复杂地用，吹了气，那就是一只极小的舟，可以浮于水。

这是个稀罕物，关键是它能救命。工叙也就不客气了，把猪尿脬折起来塞进了行囊。

说了一些话，无非是一帆风顺之类的。只有一句话是有用的。霍金说工叙的哥哥工昺刚来呼猿局那会儿，第一次出门也是有些胆怯的，但现在已是呼猿局的顶梁柱了。

霍金还想说什么，远远看见有人骑马过来。应掌柜翻身下了马，说道："工叙啊，幸亏你没走远，否则我都要追到江干码头了。"他让霍金先走一步，他要跟工叙说几句话。

等霍金走远，应掌柜压低声音对工叙说："事情比我原先估算的要严重。我刚接到线报，一群被放逐到岭南的失势老臣不甘心失败，秘密组织了一个名叫'蛾眉科'的组织，专门与我们呼猿局作对。"

"蛾眉科？"

"我怀疑上次临安府搜查我们，就是蛾眉科搞的鬼。"

"这名字听起来，有些风花雪月。"

"听起来风花雪月，其实都是刀光剑影啊。据我多年的经验判断，这个起头的，十有八九是上了我们呼猿榜的头号人物。所以你趁这次去南荒大岛，顺便查明真相，寻找蛾眉科。所谓蛾眉科，一定都是美艳杀手。"

工叙心一惊，他直觉美艳杀手一定比男杀手更凶残。

应掌柜说："不过，不管碰到什么情况，你一定要牢记应对的原则：低调、躲开。就是自己死了，也不能暴露了呼猿局。还有，呼猿册里的内容，也不能泄露出去了。来，你重复一遍。"

工叙虽然心里有些恐慌，但硬着头皮复述了一遍。应掌柜这才放心了，又一次提到了工昺，说，只要工叙好好做，工昺就会没事。但是，如果工叙路上起了二心，那么……

工叙默然。应掌柜言下之意，如果自己背叛了呼猿局，那么哥哥也就死定了。但工叙也理解应掌柜，自己还是新手，忠诚度怎样，人家毕竟是不太放心的。把他狱中的哥哥当人质，也是很自然的事。于是他说："应掌柜，您放心，我不会拿哥哥的命来开玩笑的。"

应掌柜见工叙这么说，眼里竟然有些潮了。他故作轻松，拍了拍工叙的肩膀，最后说了一句话："再说一遍，你这一路务必要提防漂亮的女人，尤其是那些主动来套近乎的女子。"

第三章　老鼠与老虎的距离

工叙在码头上，本想找艘快船，但快船都被雇走了。只有一艘大船，五百石的，船大人杂，要一路停靠。工叙看了看船上的人，男女老少都有，基本没发现漂亮的女人，这样他就放心了。他在船上要了个单间，多花了一倍的船钱。

在呼猿局做事有个好处，就是经费充足。据应掌柜说，二老板爽气，为了做好一件事往往不计血本。工叙以前问过哥哥，为什么二老板这么有钱，哥哥解释过，二老板家的字画多，随便卖掉一幅，够呼猿局吃半年。

上了船，工叙才仔细看了这艘船。钱塘江水面宽阔，但是越往上游走，江面慢慢变窄，险滩又多，所以这样的大船只能上行到衢州的水亭门大码头，再要往上，要么换乘小船，要么换走陆路。单间小是小，但安全。所谓的窗户，其实只有一个小洞，只能看见来来往往的脚。

工叙注意到一双脚，穿着一双普通的鞋子，但鞋子的内侧隐隐有个图案。只有像他这样以画图为生的人才会敏感于图形。至于这图形是什么，他不知道，他只是发现了而已。

工叙确定安全后，便从行囊里掏出哥哥整理的甲一号呼猿册。按规定，呼猿册是不能被带出屋子的。因为事出有因，所以应掌柜破例让他在路上细读呼猿册，条件是，看完几页便销毁几页。

还没等他翻开呼猿册，艄公就走了进来。艄公有些老，可能每天出没风波里，肤色也黑。老艄公提醒说，这段时间有江匪出没，要小心点。等老艄公走了，工叙重新翻开呼猿册。仔细看，全册分成几辑，各有各的题目。比如最上面的一辑，就写着"元丰八年至靖康元年"的字样。

这行囊鼓鼓囊囊的，看上去确实像装满了钱财，难免惹人记挂。还是早点把哥哥整理的资料看完，早看早销，可以减轻点负担。他打开卷宗看了起来。第一页，画着甲一人物的画像，画像下面只写着两个字：

赵鼎。

工叙早就见过这个名字，这名字排在呼猿榜的最上面，排名第一。大家平时聊天，也时不时聊到他，有时按局里的规定称他甲一人物，有时也直呼其名，所以工叙对赵鼎的名字并不陌生。

他打开第一辑，最早看到的年份是元丰八年。卷宗一开始就写道："赵鼎，字元镇，号得全居士，元丰八年正月初五生于解州闻喜县。"

工叙记住了这个县的县名，县名喜气洋洋的。如果要把这个地方做个定位，只能说是在黄河边上。黄河流到山西，拐了个急弯，闻喜县就在这个急弯里，南边是黄河，西边也是黄河。元丰是神宗的年号，那时候，朝廷还在北方，在开封。

工叙关心的是赵鼎的家庭。哥哥的资料上,白纸黑字写着赵鼎父亲的身份,秦国公;他母亲的身份,秦国夫人。一开始,工叙以为赵鼎出生于公爵之家,再看第二页,才发现错了,这个家庭也就是黄河边一户名不见经传的人家。所谓的秦国公、秦国夫人都是赵鼎后来得势后朝廷追赠的。生前,他们什么都不是,在赵鼎四岁前,先后离开了人世。

也就是说,四岁的赵鼎是个孤儿。

不知为什么,工昺在这个"孤"字上,用红笔画了个圈。

工叙接着看了下去。成了孤儿的赵鼎,是继母樊氏带大的。樊氏不仅能识文断字,还极有主张,除了抚养跟她没有血缘关系的赵鼎,还亲自上阵,用经史百家的书籍来教他读书。

这就是赵鼎的家学。

工叙想到了自己。小时候,家庭还没遭遇变故,所以家学也不错。他和哥哥就是由父亲自己在家开蒙的。本来也可以一路读下去,参加各级的考试走入仕途,但是一场明州大火,什么也没了。他望着窗外,窗外是桨声。因为是逆水行舟,桨声听上去有些沉重,像所有人的人生。

哥哥在呼猿册里说,樊氏应该是天下最好的继母了。赵鼎七岁时,继母送他进了官学。虽然家里越来越困难了,但她给儿子选择了一条读书人的道路。十二岁,赵鼎已经懂事了,他出人意料地选择了外出游学。

那个时代,天下太平,游学之风盛行。读书人一边居无定所地四处漫游,一边习文、酬唱,辛苦又快乐。读了圣贤书,又读天地书,格局当然不一样了。

绍圣三年,赵鼎遇到了他一生中最重要的老师邵伯温。那是个恪守儒家之道的学者,赵鼎从这位大儒这里学到的最多,连性格也接近起来。崇宁四年，赵鼎二十一岁，开始参加地方官学的考试，通过了秋试。他经考官们推荐，有了参加殿试的资格。

在哥哥的资料中，工叙很清晰地看到黄河边一个年轻人，正站在河岸上，向东眺望着开封。工叙明白，这个农家子弟，正在等待着他自己的太阳。

没错，赵鼎只缺一次正式的考试了。

现在，机会来了。崇宁五年，北方的正月很冷，但有大温暖悄然抵达。科举之路上，二十二岁的赵鼎告别了继母，从黄河边赶往开封。

三月八日，京城的集英殿迎来了一群天下最优秀的读书人。他们不仅是来参加殿试的，而且要来改命。一旦这些读书人通过这场考试，他们的故里，就可能多出一座牌坊，或者本宗的祠堂里多出一块匾额，上书着状元，或者榜眼、探花，或者进士及第、进士出身、同进士出身。这叫流芳百世。

参加殿试的赵鼎凭着一篇特别的文章冲天一跃，考取了进士，成了天子门生，终于迎来了自己的日出。事后，春风得意马蹄疾的赵鼎，写了一首题为《登第示同年》的诗，诗曰："氤氲和气凤城春，正是英豪得志辰。"西归途中，过甘罗庙，他又在寺庙的墙壁上写道："血食官祠尚千载，男儿要自勉功名。"

从这些句子中，工叙看到了一个年轻人正怀揣着得意与大志，从学子蜕变成官员。

哥哥工昺没忘把赵鼎当年殿试的对策全文抄录过来，塞进呼猿册。靖康之变后，开封被金人摧毁，匆促逃窜的朝廷竟然还能把几十年前的试卷带到临安，真是重文轻武。当然，从内廷抄录这份作文，工昺是花了大价钱的。

工叙展开赵鼎的殿试对策全文，吓了一跳，赵鼎竟然在文章中列举并痛斥了章惇的误国之举。章惇是谁啊，那是哲宗时的铁血宰相，顶着大光环的大人物。所以，哥哥在这篇文章上，忍不住提笔评了赵鼎一句：

"这是个敢从老虎嘴里拔牙的狠角色。"

工叙正要看看这头老虎是怎样发威的，就感觉有人扯住了他的腿。应该是江匪来了，江匪一定是在工叙心无旁骛的时候进来的。

工叙大叫起来，随手拿起一条薄毯捂住了头颅。工叙的喊声有些尖厉而响亮。艄公冲了进来，大声问道："公子，怎么了？"工叙应了一声："有江匪。"艄公一把扯掉盖在工叙头上的毯子，笑道："江匪在哪里啊？你且找出来我看看。"工叙说："有的，他来扯我的裤腿了，还吃我的东西。"

这下艄公明白了，拿起旁边的行囊说："一定是你这行囊里的东西太香，惹得江匪都钻进去了，我帮你找找江匪。"工叙更急了，翻身起来伸手去夺，行囊里"吱"一声，一只老鼠跳了出来。

工叙一惊，下意识扔掉了行囊，行囊里的东西全倒了出来，撒满一地。

艄公一看，也顾不得取笑这胆小如鼠的年轻人，忙俯身拾取地上的东西。工叙更是慌了，这些东西，怎么可以给外人看见。如果哥哥在，又会一剑杀掉看见呼猿册的人。

地上还有银票。艄公为了避嫌，急忙退后一步，给工叙把着门，怕有人见财起意。工叙匆匆忙忙把地上的东西塞进袋子里，心里一松，脸上就有羞愧之色。再摸摸胸口，心在跳。他想，这不行，就这点出息还想做谍探，连哥哥的一半都不及。

哥哥与弟弟的距离，就是老虎与老鼠的距离。工叙自己得出了结论。

行囊里有些干粮,已经被老鼠啃过了,艄公估计这公子哥儿也不会要了,就拿来一些刚烧好的饭菜给工叙吃,又把干粮拿走了,说丢到江里喂鱼去。

因为这件事,工叙对艄公产生了好感。

不过,赵鼎刚入仕途也不顺利,都是做些地方小官,谁的牙他也拔不动。徽宗崇宁五年与大观三年,他先后被调到凤州的两当县、岷州的长道县,都任县尉,从九品而已。政和二年他在同州任户曹,政和五年又调任河东县丞,三年后去了安邑。

工叙一算,也就是三年一换岗,换来换去,朝廷也没把什么好职位给他。

对赵鼎来说,宣和三年是个灾年,因为他的母亲秦国夫人去世了。所谓的秦国夫人是他的继母樊氏,赵鼎生命中太阳一样重要的亲人。当然,樊氏的尊贵称号也是赵鼎发达后朝廷追赠的。樊氏生前,并没有享受到儿子升迁带来的巨大荣光。这个女人为继子燃尽了一切,然后悄然离世。

赵鼎悲痛欲绝,赶回了久违的闻喜,为继母服丧三年。

宣和六年,赵鼎四十岁了,终于被调河南府担任洛阳县令。虽然层级仍然不高,但也是一邑之首官了。再说,洛阳还真不是一个小地方。天下郡县除了京城开封,就算是洛阳了。所以洛阳令这个职位还是被人关注的,他也用功做了一些事。比如,帮朝廷去招兵买马。那时候,金人在北面虎视眈眈的,时不时南犯,所以危险性很高,但赵鼎还是招来了不少新兵。

当时的宰相吴敏开始关注这个谈不上年轻的年轻官员。这下,算是朝中有人了。两年后,钦宗的靖康元年,他被提拔为开封府士曹。当个开封士曹,虽不算进了朝廷,但也是进了京城,离天子很近。

工叙掐着指头算了算，此时的赵鼎，四十二岁。走入仕途这么多年，他都在低层级的职位上踯躅慢行。这位"敢从老虎嘴里拔牙的狠角色"，既没有拔掉老虎的牙，自己也没有成为老虎。

不过，哥哥工昺的看法还是跟别人不一样。他在甲一号呼猿册里感慨道，这二十年赵鼎最丰硕的成果就是诗名。工昺为了证明自己的这个观点，竟然把他搜集到的赵鼎诗作汇成了厚厚的一辑。工叙把这一辑翻阅了一遍，才知道这一辑的诗歌，不仅是赵鼎做小官二十年的作品，连他进京后位极人臣，甚至被放逐后的诗文，能搜集的都搜集起来了。

哥哥这是怎么做到的？

水声、鼾声、咳嗽声，这些都没打扰到工叙，他隐隐约约记得，刚开始看赵鼎这些诗文时，船才到富阳，等他全部看完再看窗外，已经到了婺州的兰溪县。

这时，他发现一个问题，这个集子中，还有很多人的作品也收录了。这些作品都有个特点，都提到了某个地方的某座亭子。

哥哥在呼猿册里说，等办完赵鼎案，他一定要去那个地方看看那座小亭。

工叙看累了，起身伸展一下身子。这次，他吸取了教训，把卷宗收好才到了外面，走到船后，他看见老艄公在吃饭，面前的碗里正是刚才被老鼠啃过的干粮。原来这些干粮根本没有被艄公丢弃。

老艄公一抬头看见了工叙。"挺好的东西，丢了可惜。"他解释说，"我们这种人，每天都从老鼠嘴里抢食，能抢到就不错了。"

工叙说："可您把新鲜的饭菜给了我……"

"这有什么，你给过双倍的船钱了。你看，坐我的船没错吧，我这船大，还快，用不了多久就到龙游了，接着就是衢州。"

工叙说:"这艘船这么大,像是海船。"

"也算是吧。听说船是高丽国造的,参加过明州海战。"老艄公说,"明州大火后,这艘船受了伤出不了海,就被我们船主买了,移到了钱塘江上。"

又是明州大火。工叙眼前,火光冲天的。半日,他才回过神来,没话找话说:"听口音,您应该不是江南一带的。"

老艄公弯下腰,从角落里摸出酒盅说:"公子,不嫌弃的话,坐下喝点。"工叙想,我一个画画的,算什么公子,不过也正好跟这老人了解一些事,便落了座。

老艄公看工叙开喝了,才解释说他是北方人。那一年,朝廷逃到江南,北方的大户都跟了过来。他是帮财主干活的,也一起来了。来了,却回不去了,老家被别人占了。他在南方也不会做别的,就做起了老行当。因为手上功夫还行,就来到这艘大船上。

工叙问道:"哦,在北方您也干这个?"

老艄公说:"是啊,我家就在黄河边上,闻喜的。三代人都在黄河上过日子。"

"哦,闻喜的。"工叙心里一动,故意说,"我听说,前些年有个老相国,姓赵,就是闻喜人。"

老艄公说:"知道,赵鼎。听说他被放逐了。"

工叙别有用心地问道:"这姓赵的,是好人还是坏人?"

"这怎么说呢?说他是好人嘛,他被放逐了,好人怎么可能被朝廷放逐呢?说他是坏人嘛,他在的时候,天上是有光的。对了,在船上讨生活,这些话是不能说的。"老艄公刚才还滔滔不绝的,突然就停了嘴。

工叙拿起面前被老鼠啃过的干粮吃着,问道:"老人家,这江上真有江匪吗?"

老艄公说，宣和年间，朝廷大兴花石纲，结果这严州地界就有方腊造反，方腊被剿灭后，他的部下中就有人在这条江上做了江匪，一直到现在。

工叙说："所以您时不时来提醒我们防备江匪。"

老艄公说："这阵子，我总感觉到这船上的人不对劲。常常有一群群精壮汉子来坐船，上船的地点是一样的，到了站，一下子走完了。我注意了他们的行装，都是一色一样的，应该藏着刀剑。最蹊跷的是，这些人坐的都是逆水船，往西南走。我这船顺水往回走时，就没见着他们了。"

工叙一惊。精壮汉子，行装一致，疑藏刀剑，上水，一个方向，这样的情形只能说明一个问题，有人在暗暗运兵。

朝廷用兵的方向一般是往北，抵御北人南侵。有人暗地里反向用兵，一定是图谋不轨，针对朝廷。可是，现在的朝廷设在临安城，图谋不轨的人应该是坐顺水船，往临安方向走才对呀。

这些，应该与赵鼎没关系吧？是不是要记录下来向呼猿局报告呢？

工叙回到舱里，在空白纸上记录下刚才的疑点。这也是应掌柜在清单里交办的任务。完成了这个，他随手取出呼猿册看了起来。这一辑，讲的是赵鼎进了开封府的事。担任士曹的赵鼎，管的是开封府的杂事。官不大，管的范围不小。

呼猿册第一次出现了"靖康"二字。工叙睁大眼睛，想看看在这个天崩地裂的年份里，赵鼎做了什么。呼猿册里说，那一年，朝廷决定把河间、中山、太原割让给金人，可小小的赵鼎大唱反调说："祖宗之地不可以送给别人，这哪里需要讨论？"朝廷命令各地赶来保卫京城的兵马返回原驻地，以向金人亮明议和的态度。不料，金人杀进失防的开封，把皇帝和太上皇掳走了，改大宋国号为大楚，把一个名叫张邦昌的降臣立为大楚的皇帝。

改朝换代后，好多宋臣也到新朝廷上班了，却有三个人躲在太学，一副不合作的样子。这三个人就是赵鼎、胡寅、张浚。

嗯，这件事，赵鼎应该没做错吧？工叙想。他也知道张浚，张浚的画像，跟赵鼎一起贴在呼猿榜上。当时的张浚是太常寺主簿，官位层级跟赵鼎差不多。

哥哥写到这里，注了一笔说："这是开端，赵鼎与张浚后来交好几十年。为什么他们之间斗而不破，这值得研究。"

后来的事，工叙不用看呼猿册也知道：徽宗的第九子赵构宣布登基，改元为建炎。随后，赵鼎偷偷地离开了开封，千辛万苦投奔到赵构的麾下。

接下去，就是南渡，到了江南，与一路追杀的死敌周旋、对峙。接下去，赵鼎慢慢进入中枢，赵鼎的时代开启……这就是关键所在了，工叙兴奋起来。就在这时他听到脚步声，先前看到过的那双鞋子，又停在他头顶的小窗前。他听见外面传来轻细的对话声：

"白天的时候，是这个人问起解州闻喜的事吗？你和他说了些什么？"

"什么也没说。他饿了，来讨点吃的。"

"没说起什么大人物吗？"

"没有。胆小如鼠的人，还能知道什么大人物？"

"不管怎样，突然问起闻喜的人都不是一般人。等天亮到衢州了，跟着他，看他去哪里。"

工叙想，完了，一招不慎，就惹来这么大的麻烦。落到这些人手里，就是一个死字。死还是其次，呼猿册落到他们手里，那还了得？说我胆小，我就是胆小，所以要逃命啊。

主意已定，他就收拾起行囊。他想起临行前霍金送给他的猪尿脬，就取出来摸黑展开，还挺大的。他把整个行囊放进猪尿脬，还吹了些气进去，然后用绳子扎紧口子，捧着肥大的猪尿脬就出了舱。

舱外，黑黢黢的，星星也没几粒，真是逃跑的好机会。他摸到船尾，有人划桨，左边，应该无人。他刚要下水，突然有人喝问道："谁在那儿？"工叙赶紧往江里跳，一着急，猪尿脬被舷上的钩子勾住了。强行跳吧，猪尿脬扯破了，跳了水也没用。

就在这时，他听见右边的船舷上有人大叫："快来，在这边，在这边。"

两个摸黑过来的黑影，闻声掉转头往那边跑去。工叙屏住气，定了定神，手顺着猪尿脬摸到了钩子，解了套就跳下水去。他听见那北方口音还在喊："我没骗你们呀，我是看到有人往我这边跑。可能是老鼠吧。"

另一个声音响了起来："你家的老鼠这么大啊？"

江水冷是冷，幸好是夏天，还不至于冻死人。工叙浮在水里，见大船远去了，才开始划水。他得感谢霍金，霍金的猪尿脬有足够的浮力，划累的时候，他可以借力浮在水面休息一会儿。

没多久，天就有些亮了，他也游到了岸边。他上了岸，找个空地生了火，烤干了衣服。他打开猪尿脬，果然里面的东西完好无损。他把呼猿册已经看过的那一部分丢到火里，这样行囊就减轻了许多。

火焰升起来，他看着北方时期的赵鼎，灰飞烟灭了。接下来，他将开始阅读南方时期的赵鼎。赵鼎的精彩，当然在南方，尤其是江南，直到失势、被逐。

他想把赵鼎的诗文集扔到火里，这些他也看过了，也应该让它消失。可是就在他把诗文集扔进火里的一刹那，他又把它抢救了出来，这玩意儿现在还不能烧掉。

第四章　独往亭与双鲤石

半天后，他赶到了常山。这是赶赴南荒大岛的必经之地，但他觉得不应该就这么路过，必须在此逗留个半天。

常山是个县，归衢州管辖，再往西就是江西。哥哥工昃收集了赵鼎的诗文，还做了分析，画出了赵鼎的关系网。哥哥发现了一个奇特的现象，就是赵鼎在常山期间有异动。

工叙在来常山的路上，抓紧看了呼猿册的第三辑，这一辑说的是赵鼎南渡后的经历。大量的南渡官员及其家眷拥入江南，安家居住成了大问题。圣上虽然到了江南，但还在到处流浪，一会儿杭州，一会儿越州，自己都居无定所，没能力给这么多的官员造房子。后来，有位高人说："陛下啊，古人说，'南朝四百八十寺，多少楼台烟雨中'，这江南到处是寺庙，何不让他们散居到各地的寺庙里去呢？"

圣上一听，这主意真好，就下旨要求江南各州县的寺庙都要接纳南渡的官员。

衢州地处江南西隅，离杭州不远，连孔圣人的长房长孙，因为扈跸有功也被皇帝赐居衢州。来衢州安家的大臣也不少，被称为两朝帝师的范冲，当时还是两淮转运副使，就先人一步到了衢州常山的叠石村居住。他写信给暂住在杭州的赵鼎，动员赵鼎来常山定居。

"这里风水好。"范冲在信里说。

赵鼎接到范冲的信，迫不及待就要赶来常山。当然，他那么急匆匆还有个原因，当时的常山县令魏矼就是他的好友。有人笑他心太急，他特意写了一首《发杭州有讶太遽者》来解释，曰："丧乱物情薄，奔驰智力疲。溪山有佳处，投老更何之。"

他哪里是在找安家处，他简直是在寻找老了以后的归隐养老之所。

建炎三年，赵鼎第一次来常山，在魏县令的陪同下到了县北的黄冈山。这黄冈山有一古寺叫永年寺，始建于唐大中十年，原名容车寺，到了五代十国出了一个极为著名的高僧大德，就是曾经开宗立派的罗汉桂琛禅师。

赵鼎到黄冈山的时候，永年寺的方丈是了空禅师。了空禅师虽在佛门，但喜欢写诗弹琴，曾云游四海，见识渊博。他以前看过赵鼎的诗作，现在听说赵鼎要来常山安家，极力邀请赵鼎一家到黄冈山上来居住。了空禅师在寺庙的后院整理出一个庭院，赵鼎一看，心里甚喜。从此，黄冈山就是赵鼎的家园了。

当然，那是十八年前的事了。

那么，哥哥工昺说的赵鼎在黄冈山的异动是指什么呢？工叙想，要趁这个机会查个明白，不枉自己顶着呼猿局谍探的名头。

就到了黄冈山。

工叙老远就看到了山形，整座山像一尊巨佛，所以黄冈山的主峰就叫如来峰。这永年寺坐落在如来峰的怀里。他走进大殿就觉得有点异样，那些僧人的眼里，总有一丝丝的警惕。他胆小归胆小，但因为以画像为生，所以喜欢读人的眼神。他想，必须找到一个突破口。

按照呼猿册里的提示，赵鼎当年的寓所在后院。他上了香，随便转了转，装作若无其事地走到了寺后。这后院的门窗是关着的，显然没人居住，但还算干净，应该有人定期打扫。院子里的地上还有一些脚印，不知道是何时落下的。门前小院里，立着一对巧石。巧石的形状有些奇崛，貌似一左一右并列的两尾鱼，底部却连成一体。鱼身布满自然形成的孔洞，如鱼鳞。但鱼眼部分，一看就是手凿的，孔口有刀痕。靠近看，孔洞深处似乎还有一件东西。

工叙想起了呼猿册里提到的一件事：当时御史中丞詹大方弹劾赵鼎受贿的案子里就提到过巧石，但赵鼎被贬后，在他临安的寓所里并没有找到这块石头。原来巧石被藏在他的常山老巢里。工叙想，应该把这块石头画下来，带回呼猿局存档。

工叙从行囊里取出纸墨，对着院中景物画了起来。虽然他专画人像，但在拜师的时候就画过景物。他的师父谈不上是什么名师，却跟着师祖画过景物，后因生计所迫才转到民间画墙围、百兽、鱼虾，还画睁一眼闭一眼的老鼠。

工叙按照师父教授过的画石法，画着这块石头，没提防他的身后站着一排人。因为太安静了，所以这院子里只有呼吸声。工叙听到了四个人的呼吸声，一回头就看见自己的身后有一道人墙。

是一群年轻的僧人。"请问施主，这是……"僧人中最年长的黄衣僧问道。工叙讪讪然，说："好奇，只是觉得好看，随手就画了。"

黄衣僧说："哦，这样啊。他们说有人溜到汪大人的寓所里了，我们就跑来看看。"

"汪大人？"工叙好奇怪，"不是赵鼎的寓所吗？"

那黄衣僧对其他三个僧人说："青羽师父猜得没错，又是一个冲着赵老丞相来的。"他又转过头对工叙说："我们方丈有请。"

青羽禅师听说有个人在主殿马马虎虎敬了香就贼头贼脑进了后院，不像一般的香客，他就觉得来者不善。

黄冈山历来高僧辈出，香火自然鼎盛。自从赵鼎寓家于此，加上永年寺早年的了空禅师的支持，这地方被一批南渡词人诗客一弄，竟然弄出一点小气候。赵鼎两度拜相后，此处更是成了南渡文人的圣地。一些人写了诗，都会跑到黄冈山来刻诗立碑，所以黄冈山上，一时诗碑林立。

这也是一把双刃剑，导致了赵鼎的被贬，至少是原因之一。他们说赵鼎结党，有图谋。赵鼎一失势，马上有人来铲除碑文，也常有人潜上山搜集赵鼎的黑材料。

但也有不一样的。今天一早县衙就来通报，说下午衢州太守张峣要上山来看看赵鼎当年修建的独往亭。青羽禅师立即让人清扫了通往亭子的道路。县衙的人还说，因为有些敏感，张太守不想让太多人知道他此行的目的。

毕竟，太守管着县令，县令管着黄冈山，这方外之地总归是在他们的地盘上，不能怠慢了太守大人。

就在这时，青羽禅师接到报告，说是有人偷偷闯进了赵鼎的旧居。这个不速之客偏偏在这个节点上来这么一出，就不得不令人生疑。所以，他得防着。

一会儿，工叙被众僧请到了青羽的禅房。因为太守大人就要上山了，所以青羽禅师不想多浪费时间，直接问工叙为什么闯入寺庙后院汪大人的旧居。

工叙又一次听人提到汪大人，问道："汪大人是谁？"

青羽禅师说："我朝最年轻的状元汪应辰。"

工叙在脑子里搜索一遍，想起呼猿册里曾经提到这个人，马上对青羽禅师说："禅师没说错，他是十八岁中状元的，常山邻县玉山的学子，被赵鼎收入门下。汪大人的母亲，就是这常山人。只是听说，此人仕途不甚得意啊……"

青羽禅师没想到眼前的不速之客竟然连这个都很清楚，越发可疑。他顾不得佛门礼仪，加重语气说："施主，快些讲，你到底是什么人？要不然等会儿就有公门中人上山来，我让他们来问问你。"

工叙说："我，就是赵鼎门生。"

他没想到自己会脱口说出这么一句话，他被自己的话吓到了。这下好了，我这胆小鬼终于有出息了，能撒谎了。

青羽禅师也不客气，追问道："施主，那你是哪一年的？"

工叙明白，禅师问的是他在哪一年中了进士，便回答道："禅师，我科场失意，并没有考取功名。"

青羽禅师说："看你年纪那么轻，而老丞相都已经被贬多年了。你倒是说说看，他是在哪个州县收你为门生的？"

工叙说："我从未见过赵老丞相。"

青羽禅师脸都变了，急忙站了起来，问道："那你怎么敢自称赵老丞相的门生？"

工叙卸下行囊，翻出呼猿册里的赵鼎诗文集，双手递给了青羽禅师，说："我一直在心里尊赵老丞相为师，想拜见老师，可是没机会。十年来，我到处收集赵老丞相的诗文，只要听说哪里有老师的文字，再远我也会跑过去，所以十年了，收集到这么多。"

他心想，我确实是有出息，第一次撒谎，就是个弥天大谎。

青羽禅师翻了翻集子。集子里最早的诗作，是赵鼎初出茅庐时写的，最晚的诗作，里面竟是鲸海之类，一定是被放逐到南荒大岛时写的。写黄冈山的诗也很多，连范冲、魏矼，还有永年寺以前的方丈了空禅师的作品也收集到了。他的脸色渐渐缓和起来，对工叙说："施主，贫僧错怪你了，请随我来。"说罢，青羽禅师起了身。

工叙长舒了一口气，也跟着站起来。幸亏没烧掉这沓纸，关键时候这还是块敲门砖。可是他高兴得太早，他听见青羽禅师"哎哟"一下，一看，有一张纸从青羽手上的集子里掉了出来，在空中飘了几飘，落到了地上。

还没等工叙反应过来，青羽禅师已经俯身捡起纸片。"这是什么？"禅师念了起来，"任务一，从速赶赴崖州……"

工叙脸都吓白了，他知道，这是应掌柜写的任务清单。他的行囊里，除了这张纸，其余都是装订成册的。真是不小心，怎么就被夹带出来了？这张纸被外人看到了，按照呼猿局的规矩，是要死人的。

工叙立即上前，从青羽禅师手里夺过这张纸，说道："禅师，是我一时慌张，拿错了东西。我把我做生意的一张清单，错当成赵老丞相的锦绣文章。禅师如果有兴趣，我把老丞相的锦绣文章找出来。"

青羽禅师本来还在想，这年轻人怎么可以硬夺别人手上的东西，又听他说有老丞相的锦绣文章，就觉得这张纸是别人的生意清单，也不合适看，顺坡下驴道："好，贫僧读过赵老丞相不少的诗词，老人家的文章，可从未读过。"

工叙忙收了清单，从行囊里翻出赵鼎参加殿试对策的文章，双手递给青羽禅师。青羽禅师也用双手接过文章，重新落座仔细看了起来。工叙经过刚才的一惊一乍，已经不敢松气了。

青羽禅师看完赵鼎的殿试对策，说："早就听说老丞相靠一番雄辩登上皇榜，今日一读，果然了得。怪不得老人家当国之时，国势蓬勃啊。"他说完，把赵鼎的殿试对策夹在诗文集中送还工叙。工叙连忙说："如果禅师喜欢，就留着吧。"

青羽禅师眼里放出光来，还有些不信："施主，此话当真？"工叙说："禅师尽管收下吧。老师的诗文，因为珍贵，所以我每样都抄写了几份放在家里，以备不测。"

青羽禅师这才说："施主有所不知，了空禅师——哦，想必施主在老丞相的诗文集中看到了这个名字，永年寺的前辈——老方丈曾交代后继的方丈,要把赵老丞相有关黄冈山的诗文都收集起来,永久保存。施主主动把这些珍贵的东西留在永年寺,实在是帮了我们一个大忙。这说明,施主和永年寺有缘啊。"

"那是那是,有缘有缘。"工叙说。到了这时候,他才敢舒一口气。

青羽禅师说:"我刚才要干什么来着……哦,我是想让人带施主去转转。"他们再一次站了起来,一前一后走出了禅房。

等禅房里的人走光了,有个人迅速溜了进来,翻看着案几上赵鼎的诗文。

黄衣僧遵青羽禅师之嘱,带工叙出了寺门,往前走了五六百步,就到了亭子附近。亭子里有一群人见他们过来,起身避开了。

这独往亭本来就是工叙此次上山要寻找的,哥哥工昺在呼猿册里着重介绍过。工昺在"独"字上画了个红红的圆圈。工叙想,哥哥用红笔画过的一定是重点。上次画的是"孤",这次是"独"。工昺好像对这"孤""独"二字特别感兴趣。

独往亭的周边石碑上,本刻着一首首诗,可惜被人铲掉了很多字。但工叙在赵鼎诗歌集里早就看到过。这首诗题为《独往亭》的诗是这样的:"亭前旧种碧琅玕,别后何人着眼看。山下溪流接潮水,时凭双鲤报平安。"

诗中的"双鲤",指的是书信。工叙看过呼猿册,知道赵鼎第二次来黄冈山时,距离第一次才十天。十天内,他把一切都安排好,才把整个家搬了过来。这一次,他在黄冈山上住了二十三天就接到朝廷召他回朝的书信。

这首诗写得还是很应景的。这黄冈山的每条山溪,都流向常山江,常山江流向衢江,衢江流向兰江,兰江流向富春江,富春江流向钱塘江。所以说,山下的溪流确实连着钱江潮。

赵鼎这次出山，开始飞黄腾达，一步步走向中枢。看来黄冈山是赵鼎的福地。可是天有不测，建炎四年，他因反对提拔没有军功的人而犯了龙颜，突然被罢免了宰相一职，于是，他兴冲冲地回家了。

——不是灰溜溜，是兴冲冲。

这是他第三次回黄冈山。这一次他待的时间最久，差不多两年。不知出于什么目的，赵鼎竟然在山上建了一座亭子，取名为"独往亭"。从收集到的诗文来看，那个时期来陪赵鼎的，主要有范冲、魏矼。这时候的范冲因受赵鼎牵连，干脆辞职回常山快活了。至于魏矼，虽然官小，却是个属地的县令，可以常常上山来陪这两个谪官聊天。

当然还有一个人也一起写诗弹琴，却从不喝酒，清规戒律规定他不可以喝酒，这就是永年寺方丈了空禅师。他们四个人常常以"独往亭"为题写诗。后来，更多的人也写独往亭，写这些诗的人大多没有来过黄冈山。

两年后，赵鼎又一次被朝廷召回。这一次出山更是牛气冲天，直至顶峰。这再一次证实，黄冈山是他的福地一说。

赵鼎这次一飞冲天后，再也没有回过黄冈山，但是"独往"一词，就成了一种标签。不断有人上山来找独往亭，这一块块诗碑就是物证。

赵鼎来黄冈山后，三个儿子中，次子赵汾正值童年，他在黄冈山的时间是最久的。赵鼎离开黄冈山后，继室三十六娘随他离开了黄冈山，三个儿子也逐渐成人，离开了黄冈山。

黄衣僧说，事实上，赵鼎的寓所也没怎么闲置过。赵鼎一家离开后，他的门生汪应辰就搬了进来，在黄冈山隐居了七年半。黄衣僧还说，随着赵老丞相失势，来黄冈山上的人，很少到独往亭。所以从寺院到亭子的路上长满了荒草，就像人心。能走过荒草到这亭子来的人，一定是有事的。

这样的人有两种。第一种，是来铲诗碑的，把自己当初的碑文凿了，怕被牵连。另一种人正好相反，还带着诗稿与酒，到独往亭来聚会。

因为大张旗鼓刻字立碑已经不可能，所以这些人常常吟诵了自己的诗稿后，在亭子里焚烧了，说是存稿于云天。工叙看见独往亭的四周确实有些灰烬，有陈年的，也有新鲜的。还有更大胆的，连诗稿都懒得烧，直接贴在残碑上。

这时，有个小僧人过来说，太守大人快到山门了，让黄衣僧赶紧过去。黄衣僧走后，工叙继续搜寻着碑上的诗稿，他很快就发现了吕本中、沈与求的两首。他在呼猿册里见过这两个名字。必须把这些诗抄录下来，带回呼猿局存档。这是应掌柜给他的任务清单中的第二条。

他打开行囊拿出纸笔，正在抄录时，旁边有人说话了："何必呢，直接揭下纸稿，带回去不就得了？"

工叙吓了一跳，以为是黄衣僧回来了，一看，不是。他见那人穿着官服，随口叫道："啊，太守大人。"

第五章　来了一个小小县尉

所谓的太守大人笑了，说："再仔细看看，我是不是太守？"

工叙看了那人服饰。官服确实是官服，但不是知州级别的，连知县都谈不上，也就是从九品吧，与太守相比差了十万八千里。再看年纪，二十来岁，跟自己差不多。从九品是个小官，比芝麻还小，工叙不那么怕了。"大人说得对，还真是个好法子。"他这么说，便真的去揭碑上的纸稿了。

从九品小官说:"你要这些诗有什么用处?"

工叙顺着先前跟青羽禅师说的话意,随口撒了一个谎:"我是赵老丞相的门生,收集跟他有关的诗文。"

没想到这从九品小官嘿嘿嘿笑了:"那只是你对青羽禅师的说辞而已。"

工叙停了手。刚才在禅房里,这个从九品小官并不在场啊,他是怎么知道的?从九品小官说:"刚才,青羽禅师审你时,我就藏在内室。你骗得了和尚骗不了我。"

工叙本来就心虚,哪里经得起这么一吓,便无话了。

那人说:"说吧,上山来干吗?"

工叙觉得一切都完了,一路过来,还没到南荒大岛就要栽在这小官手上了。他想了想,便说:"我可以跟大人说,可大人也要先告诉我你的身份。"工叙说是这么说,其实他也没想好对策,只是用话拖延一下。能不能闯过这关,就看天意了。

从九品小官也干脆,说:"我姓翁,是常山县的县尉。等会儿太守大人就要上山了,我来打个前站。我见你形迹可疑,所以一直盯着你。你口口声声说是赵鼎门生,还献上了一辑赵鼎诗文,哄得青羽禅师很开心。但我只想问你一件事,这件事过关了,我便放过你。"

工叙说:"好。"这个"好"字,说得很勉强。

翁县尉说:"先说说,你到底有没有见过赵老丞相?"

工叙没有正面回答,避实就虚说:"翁县尉若不信,我现在可以当场画一幅画,画出赵老丞相的模样。"

翁县尉说:"那你却跟那些和尚说,你没见过赵鼎。"

工叙急中生智,大着胆子说:"说实话吧,我算不上赵老丞相的门生,但在赵府跑过腿。我说不认识赵老丞相,是怕说多了被盘问。"

翁县尉点了点头,说:"嗯,很好,现在我可以带你去见一个人了。

注意,到了他面前,你千万不要出声。他老了,不要惊扰他。你若认出他,你只需要举一举手。"

工叙说:"好吧,我试试。"

两人便离了独往亭往山后走去,没走多远就到了巨岩下。巨岩下有一口山泉,有个老人就端坐在泉边的大石上打着瞌睡。大石上还端放着一具小泥炉,更有一只烙壶端坐在小泥炉上,咕咕咕冒着热气。旁边摆着三件小东西,是茶杯。

有意思的是,石头上还刻着四个字:龟兹遗声。工叙猜想,这指的是泉水声吧。

翁县尉停住了脚步,把手指按在自己的嘴唇上,示意他别出声。工叙蹑手蹑脚走近老者,左看看,右看看,他突然看到,旁边的翁县尉已经从腰间抽出了长剑。工叙一慌,碰到了倚在石头上的手杖。

吧嗒一声,手杖翻倒了,惊醒了那打瞌睡的老人。翁县尉立即把长剑插进剑鞘,轻轻叫道:"魏大人,吵到您了。"

老人说:"唉,你还真的吵到我了,我正梦到绍兴元年。"

工叙立即接口道:"是啊,魏大人,您梦到了绍兴元年。赵老丞相第三次回常山,你们几个就在这个泉边煮茶酬唱,说要建个亭子。后来,亭子建好了,你们为了给亭子取个名字,还争吵了好一会儿。您那时正好奉诏入京,就以书信来往的方式参与了这场讨论。"

两双眼睛都盯着他。他已经感觉到那两双眼睛里的惊讶。他不想停,也不能停,他要继续编下去。他的命,要靠他的这些话来拯救:

"后来,您被朝廷重用,步步高升。又后来,因为您反对偏安,所以也被冷落。前年,您干脆就辞官不做回到黄冈山寓居。一有空,您就到这泉边喝茶。您每次喝茶,会在面前摆上三个杯子,一个是赵鼎赵大人的,一个是范冲范大人的。"

老人说道："是啊，可惜三人中，范冲兄早走了一步。我们三人的同归之约，老范倒是率先履约了。我呢，也差不多了，就在这里等死。只是经常来这儿，听听龟兹遗声。"

工叙一直就没听到什么泉声，这下又侧耳听听，还是没听到。那泉，只是无声流淌而已。老人说："唉，这声音，你们是听不到的。哦，对了，年轻人，你是谁啊？"

翁县尉竖起了耳朵，想听工叙怎么回答。

工叙是这样回答的："啊，我是小周，您不记得我了？前些年老丞相送您一罐径山茶，是我送到您府上的。"

老人含含糊糊说："哦，小周？哦哦，哦。"

两人不再打扰老人，一起往回走。翁县尉问工叙，刚才老人话里的三人之间的同归之约是什么。工叙摇摇头，这个他倒是真的不清楚。他趁翁县尉不注意，偷偷地抹了一把汗。

说真的，他现在谁都不佩服，只佩服一个人，周工叙，也就是他自己。

他刚才在老人面前竹筒倒豆子一样说出的话，其实全是哥哥的功劳，老人的那些事都写在呼猿册里。这魏矴，在呼猿榜上是有画像的，只是画像上的魏矴比现在年轻得多，所以他刚才没有立即认出。可是，当翁县尉刚喊出老者的姓时，他立即明白这是谁了。来常山路上刚读到的信息，立马排山倒海地涌了出来。

这魏矴，与赵鼎、范冲当年在黄冈山上的交情，哥哥在呼猿册上早有了分析，所以他一看见老人面前摆着三个杯子，就能猜想到老人的用意。当然，呼猿册上也没说得那么细致，这些所谓的事实是他临场编造的。他料到翁县尉并不清楚这些旧事，所以大胆发挥，结果全蒙对了。

至于老人家最后是不是认识自己，则更不用担心，老者年事已高，昏昏欲睡，最容易用滔滔不绝、弯弯绕绕的言辞把他带到沟里。结果，也蒙对了。

我胆小，那又怎么了？我不会武功，那又怎么了？老子我，只用脑子思考，用脑子办事。有机会的话，老子一定要会一会蛾眉科的杀手。

他对自己有了信心。

魏矴认识这个陌生人，足以证明这人身份了。翁县尉不再怀疑工叙，他要思考更重要的事。

他每次上山，几乎都能遇见魏矴。因为魏矴和赵鼎一直关系不错，所以坐了冷板凳。赵鼎的密友范冲死后，也归葬黄冈山。翁县尉了解这些情况后，越发觉得黄冈山不但成了南渡士大夫的精神之所，近些年还成了风云之所。这就意味着，这不是个安静之地，情况很复杂。

昨日，他接到州府密令，说太守张嶪要于今日下午微服私访黄冈山，到永年寺为全州郡的子民祈福，让他尽心护驾。翁县尉很高兴，能有机会护卫一州之长是一种荣幸。所以他提前到了黄冈山，尽量把一些不安定的因素消除掉。

他也有些疑惑，地方首官为境内众百姓祈福，原本都要敲锣打鼓一路喧闹，唯恐上天不知，今天怎么反倒要微服私访、遮人耳目呢？再说，官定的祭祀一般都安排在上午，张太守为什么偏偏选在下午呢？

翁县尉隐隐约约感觉到，张太守的这次行动是刻意不让旁人知晓，可能就是为了独往亭。来之前，县令大人就提醒他，张太守是当朝太师欣赏的人。张太守来衢州后，一直刻意绕开黄冈山，就怕开罪了太师。可这次,怎么就改变主意了?

走着走着,就快到永年寺了。翁县尉吩咐工叙,太守在山上期间不要乱跑,会被别人盘问的。他说完,就赶去寺庙大门迎接太守大人。

工叙想,应该下山了。正要走,又想,来都来了,何不去看看范冲墓呢?

呼猿册里说过,赵鼎第一次被贬时,范冲也被贬。赵鼎重新起用后,范冲同样受到了朝廷的重用。范冲回朝主持重修了神宗、哲宗的两朝实录,后来出任了衢州、婺州的太守。绍兴八年,赵鼎第二次被贬时,他再次受到牵连。绍兴十一年底,范冲卒于婺州,按他的遗愿,归葬常山。

工叙很快就找到了范冲墓。

虽说是两朝帝师,范冲的墓园其实很寂寥。只是永年寺的僧人在墓旁另立了一碑,碑文记载着他与永年寺的一件事,大意是:是年阳春三月,范冲、赵鼎与永年寺了空和尚相聚,范冲作《赠寺僧了空》,曰:"几回飞锡入红尘,一任随缘自在身。琢句不妨踏明月,援琴谁与听阳春。"

这首诗,呼猿册里也抄录了,只是哥哥在诗旁注上一笔:"注意'援琴'一词。"

工叙想,这"援琴"之琴,可能指代了某种龟兹乐器,跟刚才魏矴听泉处的"龟兹遗声"四字应该有关联吧?这龟兹远在西域,什么时候与常山搭上了?

可是,该问谁去?哥哥可能知道这个秘密。可眼下,哥哥还蹲在临安府的大牢里等着救星出现呢。

过了一会儿，他听到了人语，抬头一看远处走来三个人。他想避开，但被黄衣僧叫住了。黄衣僧一路小跑过来说，青羽禅师在陪太守聊天，所以让他陪着两个女子过来。

"她们就是找你的。"

说话间，两个美人就到了跟前。一个大约四十岁，虽然徐娘半老，依然极有风韵。另一个，应该是这女子的侍女，年轻貌美，性格也外向一些。还没到跟前，那侍女就向工叙行了一礼，高声说："听青羽禅师说这山上来了一个要去南荒大岛的，所以来看看，果然是个书生。"

工叙不知怎的，脸就红了。那女子见状，偏偏要得寸进尺，哈哈大笑道："夫人您看，他还脸红，一个字，嫩。"那年长的美人说："少说几句吧。说人家嫩，你也不见得比人家老练多少。"

侍女也就不说话了。

工叙其实也就脸红了一会儿，假如再脸红下去，真的就不配呼猿局的名号了。他想起应掌柜的提醒，必须警惕一路上主动前来搭讪的漂亮女子。他脸上笑着，眼睛再一次扫过两位美人。年长的这位，背上还背着用黑布严密包裹的长物，一定是利剑。那侍女，嘴巴叽叽喳喳，眼神却有一丝狡黠。

工叙想，她们怎么知道我去崖州？是青羽禅师告诉她们的吗？还有，船上一听说"闻喜"二字就起疑的那些神秘人物，跟她们是不是一伙的？看样子，这两个女的有可能是应掌柜说的"蛾眉科"的人。

妈呀，刚想跟蛾眉科较量一下，蛾眉科就真的到了。他心里又开始叫苦了。

黄衣僧向工叙介绍了年龄稍长的妇人，三十六娘，赵老丞相的夫人。工叙有些吃惊，自己奉命南下去监视赵鼎，才短短几日就遇到了赵夫人，是不是过于巧合了？呼猿册里提到过三十六娘，她是赵鼎的继室，但没有生育过。哥哥工昂对赵鼎全家的介绍还是比较详尽的，唯独对三十六娘着墨不多。她为什么叫三十六娘，不知道；是哪里人氏，不知道；连基本的姓氏，也不知道。

工叙明白了，这种人最神秘，绝不可小觑。一个能把自己身世都刻意隐去的人，难道不可怕吗？应掌柜说的蛾眉科，是不是三十六娘指挥的？至少这名字，就像杀手组织的总头目。

遇到这两个尤物加恶魔，只有一个字，死。

现在，摆在工叙面前的，只有一个字，逃。

可一刹那，他改变了主意。如果逃了，二老板就不会去救哥哥出狱了。这是应掌柜临行前暗示的。结果就会是，临安的城头悬挂起哥哥的首级，流尽血的头颅，干瘪。虽然应掌柜是个重感情的人，但呼猿局的规矩、二老板的铁律，都会让他派人来追杀自己，一个死字，仍然逃不掉。

再说了，应掌柜说过呼猿局被官府搜查，可能是蛾眉科告的密，结果导致了哥哥身陷囹圄。从这个意义上讲，眼前的人就是自己的仇人。遇到仇人，可以伺机行事，不可以逃走。还有一点更现实：自己去南荒大岛，一点儿头绪都没有，即使找到了赵鼎，人家凭什么相信你？

眼下，最好的线索有了，最好的路引也送上来了，就是面前这两个貌美的魔头。

都是一个死字，还不如痛快一点，免得一直被人看成胆小鬼。于是他说："有幸见过赵夫人。我是个书生，尤其景仰赵老丞相。"

三十六娘说："听青羽禅师说，你收集了老丞相的诗文。"

工叙说："是的，我已经把诗文献给永年寺了。"

黄衣僧在一旁说："施主的善心，永年寺会一直记得。青羽禅师刚才说，有朝一日，永年寺会把老丞相的诗文汇编成书刊行的，以此报答施主。"

工叙心中一动。

三十六娘说："我替夫君谢谢永年寺。夫君当年随朝廷南渡到了江南，无家可归，是永年寺收留了他。夫君曾经跟我说过，一定要报答永年寺的恩情。只是夫君现在这样子……"

黄衣僧忙说："赵夫人，是永年寺应该感谢老丞相才对，因为老丞相，永年寺成了读书人云集的地方。"

工叙终于想好了对策。于是，他出击了，他需要抢先亮出自己此行的目的。等她们问了，那就被动了。他截住话头说："赵夫人，你们相信我，收集老丞相诗文的事，我还会接着做。我此行去崖州，是去收购药材的。本来我们药局派别人去的，我听说赵老丞相似乎就在那一带，就抢着来了。"

"你还'听说'？"侍女被晾在一边久了，终于逮到了发声的机会，"老丞相被冤枉放逐到崖州，这事天下人都知道，你却说'似乎'？"

工叙又觉得自己的脸一红，他回忆了一下，自己并没说错，可每次被那妖精一吼都会脸红。这女子，真是自己的克星吗？好在三十六娘及时救场了，她这次并没有骂自己的侍女，而是对工叙说："真的是巧了，我们也赶着去崖州。崖州那边来信说，老丞相从去年起就得了病，听说还蛮严重的。"

"什么病？"黄衣僧立即问道。

三十六娘说："没说什么病。这封信也在路上走了小半年才到我手上。老丞相一直身体不好，脚痛得厉害，消渴症也经年了，遇到那热死人的天气，一定是病症加重了。"

工叙心里想，不管赵鼎是好是坏，希望他别马上死。如果赵鼎现在就死了，任务就中止了，自己也就失去了为呼猿局建功的机会了。他喃喃而语："不知道我此去崖州有没有这个造化，能见到赵老丞相？"

他把喃喃之语控制得刚刚让周边的人听到。

三十六娘说："那你跟我们一道走，路上互相有个照应。"侍女高兴地说："好呀，有个人吵吵架，一路不寂寞。"不过，三十六娘又犹豫起来。与男的同行，多少有些不方便。工叙见三十六娘好久没声响，以为三十六娘不答应，急忙告诉她，自己的家族有个马队。有这个马队，去南荒大岛就方便了许多。

工叙说完这话，就想抽自己一记耳光，这是他一生中撒过的最蠢的一个谎。到哪里去找这个马队呀，根本就是子虚乌有的事。他希望三十六娘能拒绝，这样他就可以重新编造一个比较容易做到的谎言。三十六娘想都没想，直接回答说：

"行。"

工叙一直没见到张太守。可张太守确实来过，除了大殿，他只去了独往亭，然后就在禅房里与青羽禅师喝了一会儿茶，整个过程很短。为了不招摇，他走的时候也没让穿着官服的人去送他。他一走，黄冈山立即恢复了原有的秩序。太守是穿着便服来的，工叙就是遇到了也不认得。

工叙一行人往永年寺走，在大殿门口正好碰到青羽禅师和翁县尉。三十六娘向青羽禅师道别。一旁的翁县尉听说三十六娘是赵鼎的夫人，立即指着工叙问道："赵夫人，你也认识这位公子呀？"

工叙一听，头皮都要炸开了。虽然翁县尉空着手，但工叙感觉这个从九品小官又一次举起了屠刀。他不明白太守大人都已经下山了,翁县尉为什么还这么执着地怀疑他。现在,只要三十六娘摇摇头,他身上的假标签就会立马被撕掉。黄冈山上空,雷声隆隆的,雷之鞭就要打下了。就这时,他听见了一个声音:

"认识。"

翁县尉接着问道:"他叫什么名字?"

"筷子。"

翁县尉追着问:"筷子?这名字好。那你叫什么?"

"小碗。"

翁县尉哈哈大笑起来:"筷子,小碗,正好配一对。"

在场的僧人开心地笑了。工叙也跟着笑。这时候他能这么笑出声,还笑得那么好,真是撒谎的天才。"认识""筷子""小碗",三句最简单的回答,救了他的命。他必须感谢这个古灵精怪的女子,有机会要报答她一次。

一直绷着脸的三十六娘也笑了,骂道:"小碗,你这丫头。"

三十六娘能够这么笑骂,就证明小碗说的是实话,她真的名叫小碗,翁县尉有点放心了。等大家笑够了,他很认真地对三十六娘说,他可以安排马车送他们出境。

"我是常山县的县尉,官是小了点,但这点便利我还是给得起的。"

三十六娘说:"好吧。先谢谢了。赵老丞相在位的时候,是不让我占便宜的。他若稍微懂一些人情世故,断不至于被一贬再贬,贬到天边了。"

青羽禅师说:"吉人自有天相,恐怕老丞相一见着夫人,病就好了。哦,夫人,还有一事相告,了空禅师的谱子找到了。"

工叙看见,三十六娘的眼睛里明显放出了光芒。青羽禅师从僧袍里掏出一页纸,双手交给了三十六娘,说:"前阵子我整理了空禅师的旧物时找到了谱子。"

三十六娘也用双手接过谱子。工叙瞥了一眼，那是一张泛黄的纸，应该有些年头了。他心里想，刚才还在提到龟兹遗声，现在又冒出一个工尺谱。这故事，慢慢有看头了。

翁县尉真的叫来了两辆马车，一辆载着三十六娘和小碗，他和工叙坐在另一辆上。工叙一万个不愿意再和翁县尉凑在一起。他觉得这种人很可怕，遇到了就是灾难。但是，他们不但凑在一起，还凑在一个小小的车厢里。

果然，翁县尉还在执着，突然问道："你真的叫筷子？"

经过几次考验，工叙"出师"了。他不那么慌张了，泰然自若地说："老兄，你会相信吗？只是小碗老是这么捉弄我，我也麻木了。"他想，他还是主动一点吧，便继续说："我姓周，名工叙，明州鄞县人，卖药为生，但最喜欢的还是读书。"

也许是工叙的主动打动了翁县尉，翁县尉说："我叫翁蒙之，字子功，建州崇安人。"

工叙说："看，你们都有字号，我没有。其实，此去南荒还有一个目的，就想求赵老丞相给我起个字号。"

对，读书人没有字号，确实不像个读书人。翁县尉说："好呀，赵老丞相给你取的字号，一定好。"工叙随口说了句："等我有了字号，第一个就告诉你老兄。"翁蒙之说："年纪相仿，但我还是叫你老兄吧。老兄，别怪我，一个下午盘查了你几次。可我没办法，端了这个饭碗，就要对得起这碗饭。"

工叙说："应该的，应该的，我也是这样想的。"

翁蒙之说："很羡慕老兄能投入赵老丞相的门下。我就没这个福气了，幸亏这小小常山县，还有个黄冈山能跟他老人家扯上一点关系。"

工叙实话实说了："这时候跟他扯上关系，总不太好吧？"

翁蒙之说："那就看各人了。有人漏夜赶考场，有人辞官归故里。你看这独往亭，有人砸诗碑，有人添新词。对了，张太守今天在山上就给独往亭写了一首，我在一旁抄了一份来。"说罢，便从怀里掏出诗稿放在工叙的膝盖上。

工叙看了一下，诗题就叫《寄题赵丞相独往亭》，是三十二句的五言诗，确实有点长。工叙的眼光一扫而过，目光就停留在"上宰曩侨寓，新亭初目存"一句。这说明在现任太守张嵲的眼里，赵鼎仍然是"上宰"。"缅怀杖策时，风衣自翻翻"这一句，缅怀往事的张嵲，似乎在独往亭里遇到了当年黄冈山上风度翩翩、衣袂飘飘的赵鼎。

翁蒙之最感兴趣的却是"毕辅中兴业，终回西北辕"，他觉得这一句准确，赵鼎做的一切不过就是两个字，中兴。只是这话从张嵲嘴里说出来，他有些不解。据他所知，张嵲就是因为与太师走得近，才得到衢州太守这样的实职，不可能明目张胆地去缅怀太师的死敌。

难怪今天太守要微服私访，目的就是避人耳目。

工叙看完诗稿，还给了翁蒙之。翁蒙之摆摆手说："老兄，给你了。我知道你一直收集这方面的文章。"工叙点点头。张嵲明明知道赵鼎的罪行，还写出这种与赵鼎沆瀣一气的东西，是不可原谅的。他决定把这首诗带回呼猿局去。

这是清单上的任务。

车子慢摇着，两个人昏昏沉沉的，就闭上眼睛眯了一会儿。

没一会儿，翁蒙之睁开眼睛说："哦，想起来了。刚才在山上，青羽禅师还给太守看了一篇文章，是赵老丞相当年参加殿试的试文。我想，这也是你提供给永年寺的。"

"这还要问吗?"工叙笑道,"那时候你不是就躲在禅房内室吗?"

翁蒙之笑了,有些不好意思:"哈哈,过去了,不提了。"

他话锋一转,又说:"就要分开了,我还是忍不住告诉你,其实你在黄冈山上的形迹仍然可疑,但是我早就放过你了。"

"放我一马,县尉大人就算是渎职了。"

"那就渎职一回吧,必须渎职。"翁蒙之说,"此番前去,你一路上要小心,再老练一些。"

工叙说:"做赵鼎门生,往往凶多吉少。但愿下次见面时,我们都还活着。"

正说着,马车突然停了。外面有人大喊着,下雪了,下雪了。工叙想,正值夏天呢,哪里有雪?翁蒙之笑道:"哦,是球川到了。我们下车看看雪景去。"

工叙钻出马车,果然是下雪了,漫山遍野的大雪。前面,小碗早就跳下车,满心欢喜地冲向雪地,又从地上抓起雪,抛向天空,然后便是雪花飘飘洒洒。

三十六娘也钻出马车,冲着侍女叫道:"小碗,别糟蹋了别人的纸张。"

这漫山遍野的不是大雪,而是纸张。工叙弯腰拾取了一张,仔细看了,还用两个指头轻轻搓了搓,知道了成色。这纸,极白,是写字的好纸,如果用来作画,也是一等一的。

翁蒙之明白了,工叙可能没见过造纸,便对工叙说,这球川,古来就以造纸出名。纸工从纸槽捞出纸,就晾在野外。因为纸连纸,白茫茫一片,近观如银鳞闪耀,远看就像雪山。所以这就成了常山的一景,世人称之为"球川晾雪"。

这纸如果用一种树汁泡过,即使不慎掉到水里,纸上的字也不会化掉。

翁蒙之从地上收拢了纸张,撂成一沓交给工叙说:"再往西,就出常山了,不归我管了。我就送到这。这沓纸是加厚的,还没裁切过,都是毛边。你带着,想写什么就写什么,想画什么就画什么。我知道你喜欢画画。"

"球川晾雪"的景象,三十六娘是见过的。当年夫君第三次回常山,带着她走过常山的四乡八邻,早就见过这种"雪景"。时过境迁,这次,她不可能像以前那样兴奋了,她的内心十分压抑。

她望了望西南,西南的尽头,是夫君。从一个县城赶到另一个县城,一般需要一天。从常山边界赶往南荒大岛,得过几十个县城,赶得急一点,也得一个多月。这一个多月,会发生些什么?这一个多月,夫君能撑过去吗?

他的来信,只有一句她没看懂,却让她心里一紧。他说:

"他们要来了。"

三十六娘望着夫君放逐之地的方向,她看见了腥臭、溽热、潮湿、霉烂、混乱、恶劣、不安、失序。

还有血。

第六章　伏波将军铜柱被人当作赌注了

失序、不安、恶劣、混乱、霉烂、潮湿、溽热、腥臭,这房间里一样不缺。

房间里只缺一样东西,阳光。本来是有窗的,但是窗户被木板钉死了。四壁,点着四盏臭油灯。当然,房间也比别处多了一样东西:

死亡的气息。

叭,一声。骰子落在桌上的声音,在密闭的空间里发出巨大的回声。然后,四个男人按照骰子的指示,依次坐在桌子的四周。

四个男人,依次是疍人、番人、汉人、土人。他们坐定,然后拿起桌上的刀子割破自己的掌心,那血就涌到皮肤表面,亮晶晶的,像个珠子。饱满的血珠子,十分好看。幸亏掌心上的刀口很小,滴血的速度很慢。

每一滴血,都能准确地落到他们面前的铜钿孔里。

按照事先约定的,谁的血落在铜钿孔外,谁就输。最后一个赢家,会拿走桌上的四枚铜钿。据说这一种赌法,是从番外传进来的。桌上的铜钿,仅仅是筹码而已。胜者即将赢得的,是铜钿面值的百万倍。

对了,这是一场豪赌。为了不让自己掌心的血滴到铜钿孔外,他们必须调匀呼吸,全神贯注。但是,他们的嘴巴不能停。每个人要用最尖刻的语言,扰乱三个对手的心智。

这不是一场赌博,这是一场语言的战争。

按理说,疍人说疍话、番人说番话、汉人说汉话、土人说土话,互相是听不懂的,可他们中的每一个人,都会熟练操一种统一的语言,就是码头话。眼下,码头话,就是这场战争唯一的兵器。

这一刻,码头话像一把把刀剑,在这小小的密室里飞。从一个人的嘴巴飞了出来,刺向别人的胸膛。四个男人,都已经中剑。他们的身上,密密麻麻都是伤口。

番人、汉人、土人一起骂疍人,说疍人没出息,最早来到大疍港,而且连大疍港也是用疍字命名的,但疍人世世代代只能生活在海里。偌大的大疍港,甚至整个崖州,一片陆地也得不到。这陆地,是土人的,是汉人的,甚至很晚来这里的番人都建起了番坊街。可是疍人有什么?只有疍船。别以为这疍船有多大,一律小小的、扁扁的,出不了远海。吃喝拉撒都在这上面，睡觉也在上面。他们还问疍人，都说汉疍同源，但这崖州，有听说过汉人的女子嫁给疍家吗？

疍人镇静地坐着，一滴血也没偏离铜钿的方孔。

疍人、汉人、土人一起骂番人，说番人唯利是图，专干些坑蒙拐骗的事。还那么黑，一到夜里，当面相遇都看不到对方。那船，是大些，能出远海，但进不了河道。番人的风俗，都是那么奇怪，跟中土提倡的仁义礼智信、温良恭俭让，基本靠不上。要不是官府宽容，早就把这些化外之人赶回他们自己的蛮夷之国去了。

番人镇静地坐着，一滴血也没偏离铜钿的方孔。

疍人、番人、土人一起骂汉人，说汉人是读了一些书，识了几个字，懂礼教，但礼教顶个屁。山上跑下来一只狼，会被土人抓了，生个火烤了吃，香气扑鼻的。但汉人呢，看见狼就一个字，跑。跑跑跑，只会跑。北方的土地都被金人占着，打不过金人，就会跑，一口气从开封跑到临安，兔子也撵不上。汉人假如再不争气的话，不知什么时候就会被金人赶下琼海了。还有一个活生生的例子：汉人仗着与官府天然亲近，放着好好的田地不耕种，跑到大疍港的码头上来抢地盘。

汉人镇静地坐着，一滴血也没偏离铜钿的方孔。

疍人、番人、汉人一起骂土人，说土人是大岛最早的居民，但一代代下来，基本上还是野人的头脑，没什么长进。就在这码头上，论干苦力，干不过疍人；论做生意，做不过番人；论大脑活络，活络不过汉人。再看看这德性，天天嚼野果，一张嘴，臭……

土人镇静地坐着，一滴血也没偏离铜钿的方孔。

骂战已经过五轮了，谁也没有输。没有输家，也就没了赢家。

血，还得继续流。从各自的掌心，穿过各自的铜钿眼，流到了桌上，在桌面上融成了一片，然后从桌沿流到了地上。尽管这血，流得很慢，但再这么一轮轮下去，身体也会被抽空的。

这时，他们中的一个，觉得时机已到，必须使出最后一剑了。他慢吞吞地又无比清晰地说出了最后一句话。"臭油寡妇……"他故意停顿了一下，把这句极短的话分成了两半。还有半句，他近乎耳语，但在场的另外三个男人，还是听见惊雷似的，身躯一颤。他们听见他轻轻地说出剩余的三个字：

"……怀孕了。"

"臭油寡妇怀孕了？"三个男人一起把这句话凑完整了。他们掌下的血线终于慌乱了，有了一丝丝的弧度，吧嗒，偏离了铜钿的钱眼。

"哈哈，你们输了！"那个唯一的胜利者哈哈哈笑了起来，得意扬扬地把桌上的铜钿连着铜钿上的血污，统统抓到手里，然后在众目睽睽之下，把满是血污的铜钿丢进嘴里，又一枚枚吐回到手里，那已经是干干净净的铜钿了。

他握着四枚亮锃锃的铜钿，打开了门，万缕光线射了进来。

从水南村到疍人集聚的疍排，必须路过番坊街。裴怀无数次去番坊街，都是路过而已，但今天是特意。她对赵老丞相说，她要去买一块番糕，去去就回。这一去，就出了大事。

如果她能先知先觉，今天就不会去番坊街；如果去了，可以不经过主街；如果经过了主街，她可以不去招惹那些番人。至少，别去碰番人的东西。

但是，她就碰了番人的东西。

今天是番坊街的小节日，番坊街的番人们喜欢在这一天抢媳妇。当然，这是一种风俗。这番坊街里，一些人的祖辈是海盗，因为年纪大了才上岸定居。更多的人的祖辈不是海盗，但是因为他们来来往往的路上，都遭遇过海盗，所以知道怎么与海盗打交道。

几百年下来了，纪念海盗就成了番人们生活的一部分。再明媒正娶的姑娘，也要走个仪式，装成是抢来的。

抢来的馒头好吃，连小孩子都懂这个道理。

这段时间赵老丞相身体一直不太好，所以裴怀就想给他换换口味。裴怀本来是到这家买番糕的，却扑了一个空。正要走，所谓的抢亲队伍就过来了。裴怀闻到一种香味，再一看，番人们抬的轿架上，正摆着她要的那种番糕。她也不知道自己怎么了，伸手从轿架上拿起一块番糕，不小心就碰到了盛放番糕的银皿。

喂喂喂，旁边的番人立马大叫了起来。

裴怀意识到自己做错了，连忙把番糕放了回去。但是，已经于事无补。在番人的习俗里，只要碰到这种银皿的姑娘，就算是他们家的。番人一看这姑娘太漂亮了，连忙说道："姑娘，你碰过这东西，就代表嫁给我们家了。我们一看你就知道你是汉人，但我们不嫌弃你。"

裴怀觉得这下麻烦了。她，不可能嫁给番人。她大声说："那怎么行？我父亲是太守。"

"你父亲虽然是太守，但管不了崖州。"世代生活在这里的番人笑了，"姑娘，万万不可破了我们的规矩。"他们说完就来抓裴怀，裴怀急了就想跑。既然说不清楚，那就跑。

可是沉湎于抢婚风俗的番人们已经兴奋起来。这才是真正的抢新娘啊，怎么可以错过呢？他们觉得，这么多年了，就应该正儿八经抢一次。

裴怀虽说是汉人，但她从小就与土人的孩子上山打野狼、上树摘椰果，或者和疍人的孩子下海捕鱼，腿脚灵便，于是撒开腿就跑。番人们立即追赶了过来。问题是，她又不小心碰翻了街上货摊，摊主一急，也跟着过来了。最气人的，又有一条猛犬挡住了她的去路。她折回来，唯一的去路是跑往疍排。

那密密麻麻的疍船，是个迷宫一般的去处，随便往哪一钻，就会像鱼隐入大海一样。

她立即转向往西跑。番坊街在东，疍排在西，中间隔着大码头。可是，她好不容易跑到了大疍港，却傻眼了。码头上，人山人海。

密屋之外，全是拿着刀剑的人。相对于密屋，外面的码头上才是危机四伏。

码头上，谁都知道四枚铜钿代表着什么。

按照原先约定的，疍、土、汉、番四大族群各派出一个代表赌运，哪个族群赢得四枚铜钿，就赢得竖立在码头中央的大铜柱。

大铜柱是伏波将军立的，也算是整个崖州的大宝物了。伏波将军，一般指东汉光武帝在位时赫赫有名的马援。但在南荒大岛上，伏波将军却是路博德。他比马援还要早一百五十年来到这里。汉朝元鼎年间，南国有变，汉使被杀。汉武帝一气之下，任命路博德为伏波将军，率十万人南下荡平叛乱，并新设了九郡。九郡中的儋耳、珠崖二郡就在南荒大岛，从此，南荒大岛被纳入汉朝的版图。

为了宣示和平，伏波将军效仿秦始皇熔化天下兵器铸成十二铜人的做法，把当地收缴的兵器铸成巨大的铜柱，立在大疍码头上。

但在四大族群的眼里，铜柱只是十万斤的铜，是钱。一开始，是精于此道的番人有这个想法，被其他三族知道了，各不相让，结果经过一次次谈判，才有了密屋赌运这一出。于是四个族群，开始争做唯一的卖家。

至于买家，只有一个，是波斯人。波斯人的大海船，一天前就停泊在大疍港了。

那胜者，雄赳赳走出密屋，伸出手掌展示着四枚铜钿。他的族群沸腾了，拥到伏波将军大铜柱下。可是，接下来的事让所有人都傻眼了。

那输掉赌局的三个人，也跟着走了出来。他们说，他们商议过了，刚才的赌局不算数，必须重来一次。

"谁说的？"

"我说的，我们说的，是我们三个人说的。三对一，那么，少数就必须服从多数，这才是规则。"

"如果又是我赢呢？"

"那就再赌下去。"

现在那一场万众瞩目的赌局，变成可以随意翻盘的了。这样一来，大铜柱的归属之争，瞬间回到原位。那最早走出密屋的人，感觉被另外三个人合伙骗了。骗子！他大声咒骂着。他的族群也被发动了，高喊着骗子，骗子，骗子。但是，他们的喊声淹没在三倍于他们的声音里。

这时候，声音是无力的，拳头才有力。

到处是刀，剑拔弩张。密室里的唇枪舌剑，将迅速地转化为血肉对峙。

这个波斯人名叫穆噶。他多次来往于波斯与泉州之间，熟悉泉州，甚至去过临安。他想，在大宋境内，比起临安和泉州，崖州可真是一个地位卑微的边陲小郡，整个社会都蔑视着规则、秩序。

所以，这个赌局若没点欺诈，都配不上崖州的"好名声"了。

他也知道，这根铜柱并不是某个族群的，只有官府能决定铜柱的去留。他在这之前已经和官府打过招呼。

官府对这根铜柱的去向睁一只眼闭一只眼。如果铜柱真的被卖掉，官府可以把这件宝物失却的责任安到某个族群的头上。但是有条底线,不能任由四个族群无休止闹下去,不然官府就不能装作不知道了。这就是官府给出的态度。

幸亏,对峙着的族群并没有失控,仍维持着一种恐怖平衡。

恐怖平衡也是一种平衡。波斯人知道,这时候不能出一点乱子,要在暴乱之前把这根铜柱运走,然后迅速撤离这个失序的地方。

于是他大声地告诉在场的每个人,要安静,一定要安静。他要这根铜柱,是要运回去献给伟大的神。如果这根铜柱上不幸沾上了鲜血,那是不洁的,神一定会发怒。如果真的是这样,所有的人将一枚铜钿也拿不到。

一切都是意外。

可更意外的事情发生了。人群中突然跑进来一个女人,她大喊着:"快来救我,快来救我!"那是个汉家姑娘。在她后面追的,是一群番人。汉人们看到了,立即愤怒起来。

水南村裴家宅院里,赵鼎正在等待裴怀回来。

来到崖州快三年了,他一直住在这栋房子里。能住在这么大的屋子里,对厄运连连的赵鼎来说,已经是青天有眼了。那一年,他还没到岛上,朝廷的一封文书就追过来,宣布他是那种永不再起用的官员。

赵鼎带着朝廷的文书,千辛万苦赶到了指定的放逐地,竟然找不到地方落脚。因为大家都躲着他。他们都知道,这个姓赵的人可是个倒霉蛋,他这些年一路放逐过来,凡是善待他的人都倒了血霉。

但是有个人却自愿触这个霉头,对他说:"老丞相,住到我家来吧。"

这人叫裴闻义。赵鼎不认识他,但知道他的父亲裴璆。

裴璆曾是雷州太守,任满后他按规定回朝述职,却因为路遇盗贼耽搁了行程，没有及时赶回朝廷。皇帝一怒之下，就把裴琭发派到崖州任职。这样，裴琭就来到了大岛上。虽然同处岭南，同为太守的层级，但这里的太守无法与大陆上的太守相提并论。裴琭却无所谓，尽心做好崖州任上的事。

虽然同朝为官，但赵鼎并未与裴琭有过交集。后来，他就没有裴琭的消息了。想不到，他在这里遇到了裴琭的儿子。

裴闻义告诉赵鼎，他父亲在崖州任上退休后，干脆定居下来，在崖州城南面的水南村造了一栋房子。父亲去世后，他被荫补到隔壁的儋州任了太守。这样，他家的房子就空着了。他专门从儋州赶到崖州，让赵鼎搬到他的宅院里去居住。

赵鼎还是不肯，他不愿麻烦别人。可是，等裴闻义说出一个理由时，他就无力拒绝了。

其实，裴闻义的这个理由，连崖州现任太守郭嗣文都知道。

三年前，裴闻义要把裴家宅院让给赵鼎住的时候，崖州郭太守就劝阻过他。整个南荒大岛也就四个州郡，四个太守之间关系还不错。郭太守好心提醒裴闻义，如果对赵鼎太好，就会把上头给得罪了。

"裴大人，您这事欠考虑了吧？太师的真实意图，以老兄的阅历，难道没看出来吗？"

太师的真实意图，就是不断羞辱赵鼎。这点，裴闻义早就看出来了，可他还是摇摇头说："这事就这么定了。谢谢郭大人的好意。太师怪罪下来，自有我裴闻义一人担着。"

郭太守说："我担心裴大人远在儋州，崖州地面上的事，裴大人鞭长莫及啊。"

裴闻义说："所以，就要郭大人照顾了。"

"这形势，我还敢照顾谁？"郭太守说，"好吧，既然老兄坚持，我也不提醒了。只是,我给朝廷的报告里,可得把这事写上了。毕竟,每个谪官落户谁家,我们也是要报告给朝廷的。"

"这个当然。"裴闻义说,"也是我们这些为朝廷守土之人的职责。"

"那么,怎么写呢?"郭太守说,"您愿意提供住处的理由是什么呢?"

"理由嘛,您就写老乡之情吧。"裴闻义想了一会儿,才实话实说道,"赵老丞相是我的老乡。"

"啊,老乡?"

"是的,山西解州闻喜。"裴闻义说。

"对啊,赵鼎就是闻喜的。而裴大人的祖上也是闻喜的。"郭大人说,"您说的没错,当然是老乡了。"

——那天,裴闻义一说出"闻喜"二字,赵鼎马上就问:"闻义,唐朝宰相裴度是你什么人?"

"裴宰相正是我的十五世祖。"

"啊?"赵鼎说,"啊。"

后面却无话了。他不是无话,他是不知道怎么说。少年时代赵鼎还在闻喜,家乡的才俊裴度就是他的顶级偶像。裴度为唐德宗贞元五年的进士,在穆宗、敬宗、文宗三朝数度拜相。裴度为相二十余年,辅佐唐室实现了元和中兴。

赵鼎在相位时,还拿自己跟裴度做了一个对照,他自认为自己促成的本朝中兴,多少有点裴度的元和中兴的影子。还有一点他自认为是学裴度的,就是对名士的提掖。对了,裴度为皇室推荐的名士,其中一个就是被后人誉为"万古良相"的李德裕。李德裕是唐宣宗时被贬谪到崖州水南村的,比赵鼎早了三百年来到这个村子。

原来,这水南村与裴度这么有缘。赵鼎这才对裴家宅院有了兴趣。他从渡海踏上大岛,到这中土之南极,一路看到的都是泥房子、木房子,连崖州的官署里也有大量的茅铺,跟中原、江南等地的官署没法比。至于水南村,更不必说了,基本是低矮的草屋和石屋。

所以裴家砖砌宅院,在水南村就是鹤立鸡群了。

裴闻义说,父亲当年决意定居水南,把一生大部分积蓄用来造这栋房子,剩余的钱,就买了书籍。裴闻义的书房里,确实摆着满满的两墙古书。赵鼎被贬多年,不断搬家,很多书籍都已经丢弃,所以看到这些书就兴奋了。

于是,他就住了下来。这样,照顾赵鼎的活儿就落到了裴闻义女儿裴怀的头上。有时候,赵鼎也教裴怀读书。这也是裴闻义的意思。裴怀从小喜欢上山下海,荒废了学业,所以一代大儒的到来,让裴闻义喜出望外。他让女儿来照顾赵鼎,也想借机让她多学学书经,磨一磨痞气。

后来,赵鼎翻阅了书房里的书,发现这些书大多没被动过。裴怀解释说,她父亲虽然爱书,但总是读不懂。祖父裴琭当初定居崖州,什么都满意,唯一不满意的是找不到好的教书先生。所以父亲从小读的书不多,后来参加科举,每一次都落榜了。要不是享受祖荫,父亲根本没机会走上仕途。

南荒大岛是天下四大放逐地中最可怕的一个。在潮州时,赵鼎就看过古书,唐相李德裕被放逐到崖州水南村,因为缺乏吃食与医疗,一个小毛病就夺去了他妻子的性命。堂堂的宰相大人亲自撰写了妻子的碑文。本朝哲宗年间,新党、旧党两头不讨好的苏东坡被放逐到这南荒大岛,便写下了一首有名的自嘲诗:

"心似已灰之木,身如不系之舟。问汝平生功业,黄州惠州儋州。"

这儋州,就是苏东坡最后的放逐地。既来之,则安之,苏东坡放逐期间，创办学堂教化当地土著。赵鼎来南荒大岛不久，他想去儋州看下，但这个小小的心愿，变成了一个失败的行动。裴怀记得，父亲听说老丞相想去儋州，就带了车马想来接，可是就在出发时，被人拦住了。

那人对裴闻义说，赵鼎被放逐到极边之地，已经是士大夫受到的最大惩罚，没有资格跑来跑去。

事后，裴怀记得父亲跟她说了一句话：拦他马的人，说的话带着江南的口音。这蛮荒之地，出现了江南口音，裴闻义身为朝廷命官，当然猜得到他们的身份。

那人还算客气，对裴闻义说："您可是儋州太守呀，这水南村并不归属儋州，不是您操心的地方。您收留朝廷罪臣，已经不应该，朝廷睁一只眼闭一只眼，这事就过去了，只是希望裴大人不要错上加错了。"

裴闻义说："让老人家到周边走走，也不是什么大不了的事。"

那人说："我可以放他一马，可谁能放我一马？这周边，一定有人盯着。"

裴闻义感到一阵寒意，下意识往四周看看。他好像真的看到了一双隐藏着的眼睛，寒光四射。那人说："不用看了，那双眼睛不光盯着你，也盯着我。要不了多久，上头就知道我失职了。裴大人还是不要为难我了。"

裴闻义还想说些什么，赵鼎说："闻义，别为难这位了，人家也不容易的。"那人见赵鼎出来，竟然颔首微微致意了一下，悄悄走开。裴闻义已明白，赵鼎事实上被软禁在这栋房子里了。

码头上，气氛再度紧张。

汉人们见裴怀被番人追杀，立即跑上去截住他们，叫道："一群大男人追人家一个女的,不害臊吗?"

番人们说:"闭嘴。我们追自己的媳妇,你们管得着吗?"

汉人们一时无语,虽然他们和裴怀一家没什么交往,但也知道裴怀是裴太守的女儿,从来没听说过她已嫁人。也许吧,是她爹贪图钱财,把她暗中许配给番人了。那边,裴怀叫了冤屈:"别听他们胡扯,我什么时候嫁给他们了?"

"就刚才。"番人们解释说,"她动了我们的银器,按我们的规矩就是我们的媳妇。"

"那是你们的规矩。"裴怀叫道。

"我们来崖州也几百年了,这些规矩,官府也是认可的。"番人说。

既然说不通,那就奉陪吧。汉人说:"那怎么办呢?有本事就来抢吧。"

番人更高兴了,说:"那好呀,本来今日也是我们抢媳妇,不抢都对不起祖上了。"

波斯人穆噶一看,再这么闹下去,恐怕官府真要出面了。他怀疑这些人中可能有官府的暗探,只是事前有约,他们装作没看见。如果事情闹大了,官府也不能放任不管。这是官府事先提醒过他的。

"别抢了,她早就是我媳妇了。"

人群中响起一个声音。一句话,把所有人都惊到了。最震惊的是裴怀本人,她看到了讲这话的人,是她小时候玩得最好的蛋壳儿。蛋壳儿身边,都是小时候和她一起下过海捕过鱼的。

番人们根本不相信蛋壳儿的话。理由很简单,因为这个大言不惭的家伙是个疍人。大疍港开埠数百年,从来没有一个汉家女子嫁给疍人。连一直躲在高山上的土人,也没有与疍人通婚的。你想想,整天连睡觉都在晃来晃去的,有意思吗?特别是风暴来的时候,这疍船就是一个水帘洞。

或许，这也是疍人的乐趣，这才叫自由。一个地方待厌了，打一个呼哨，百户疍人会像云朵一样，一夜之间漂移到别处。问题是，崖州的疍人两百年都没挪过窝，不然怎么会有大疍港这个地名呢？这就是说，崖州疍人的这点乐趣，几乎没有了。

那么，嫁给疍人又有什么意思呢？

于是番人对蛋壳儿说："你说她是你媳妇，怎么证明？"蛋壳儿回答说："我的媳妇，自会跟我回家。这就是证明。"

现在，所有的眼睛都盯着裴怀。裴怀上天入地都没问题，但她没碰见过这样的事啊。她看了一眼小时候的玩伴，那天杀的，竟然朝她伸出了一只手。也许蛋壳儿那种自信有某种强大的魔力，裴怀不由自主地抬起脚，迈向了疍人族群。

疍人们都哈哈哈哈笑了起来。多少年了，终于有位汉家姑娘，走进了他们族群。哪怕这是一种权宜之策，那也是疍人的胜利。土人中也有裴怀小时候的玩伴，他们也许在想，为什么我们中就没有像蛋壳儿那样的人呢？

汉人的心态就更复杂了，本来最应该为裴怀遮风挡雨的是他们，裴怀最应该留在汉人族群里，但是她走了。不过，能度过眼下的危机，总是好的，先看看再说。

番人们看裴怀一步步远去，突然叫道："等等，就这样完事了吗？"就有一些番人冲上去拽住了裴怀。这一切，都是一瞬间发生的，裴怀根本没时间反应。

番人说："怎么说，她也真的碰了我们的东西。规矩不能改。"

波斯商人听了番人这么说，心想，这怎么可能。在这个码头上，只崇尚拳头，或者是钱。现在，不是比拳头的时候，他必须迅速平息这场闹剧，早点把这根铜柱运走。那么现在只剩下一个法子，就是花钱，花钱一定能改变番人所说的规则。

他再一次站了起来，对番人说："各位，我来说两句吧。这位美貌的女子，确实是犯了你们的忌，但她也确实是那边那年轻人的媳妇。这确实是一件难事。但是我认为，这件事是可以这样解决的，我花钱，买了你的规则。"

番人们有些不信，问道："波斯人，您的意思是，您花钱，让我们放弃这个女子？"

波斯人穆噶点点头。

"您是圣人吗？"番人们并不相信，说，"您真有这么好心吗？"

"我是商人，不是圣人。我不是花钱，我是垫钱。"穆噶先生用手指指疍人族群，接着说，"我先为他们垫钱吧。我想，他们一定会把钱还给我的。"

番人一听，都笑了起来："垫钱？他们用什么还给你？"番人们问到了点子上，疍人还真没有存钱的习惯，再说，整天捕鱼卖鱼，只够养个家糊个口。真有点钱的，早就用来置办新疍船了。

疍人这边，也有人笑了，而且十分响亮。"我们有钱。"蛋壳儿指着伏波将军铜柱说，"那铜柱子，一半的一半是我们疍人的，我们把这一份抵给他们好了。"

这下，疍人内部喧哗起来。

番人指着疍人说："你说得倒是有底气。你当你的族群是傻子，他们的钱都给你一个人买媳妇吗？"

疍人中有人说道："我们愿意，我们就傻了，我们很乐意。铜柱的钱，你们去分吧。我们要出海捕鱼去了。"这蛋壳儿，据说喝一口海水就能判断出水里有什么鱼，这本事让他在疍人中有很大的号召力。他们就是愿意听他的。

蛋壳儿说："走吧，今天潜水摸香螺去。"

他们马上就跟着蛋壳儿走了，很快就在码头上消失了，就像他们在海里消失一样，真的是漂泊的云朵。他们走的时候，带走了最好看的女子。这女子能跟他们走，他们觉得比十根铜柱还值钱。

现在，场上少了叁人，对谁都是好事。少一个人分财产，大家都高兴。

接下来，事情就简单多了。汉人、土人、番人觉得再没必要讨论铜柱的归属，平分即可。波斯商人把买铜柱的钱币分成三份堆在地上，然后说："看到了吗，这些钱，马上就要放到你们的袋子里去了。你们拿到钱，可以去买你们想吃的东西，可以去买花布，也可以去……"

人群中，马上有人抢着说："也可以去找臭油寡妇。"

"臭油寡妇？"波斯商人有些好奇，"臭油寡妇有什么好的？"

那人说："臭油寡妇，香，还那么饱满，谁不喜欢？"

波斯商人明白了，和刚才那个美好的姑娘相比，这个所谓的臭油寡妇更接近人间欲望，香艳加丰腴，所以喜欢的人更多。他说："好吧，赶紧把我的铜柱搬上船。早点搬了，早点拿钱，早点去找你那个臭油寡妇去。"

第七章　鲸海与中土最南端的码头

赵鼎感觉到有些饿了，但是裴怀还没回来。买一块番糕，要这么久吗？会不会遇到什么事了？他一边想，一边迈出大门。他知道只要他的脚一跨过这道门槛，一定是会被一双眼睛盯住的。

果然门口站着一个人。只是这张陌生的面孔是个女的。他觉得自己有些神经过敏，也许这女的正好路过这儿，没别的目的。这女的开口说:"您家的姑娘,在码头上被人拐走了。"

赵鼎一听,忙问道:"你怎么知道的?"

"这崖州,就没有我不知道的事。"那女的说完就走了。问题是,这个人走路的样子并不灵巧,还留下了一股奇怪的味道。赵鼎突然想起来了,这个女人就是著名的臭油寡妇。

有一次闲聊,裴怀说起过这个女人,说她和丈夫来崖州也没几年,就建了一家作坊,收购海棠仁并榨成油。这种油是专门用来点灯的。他们榨取的油还销往岛外,甚至很多海外来的番船,路过大疍港时也会临时停泊,上岸采购他们的海棠仁油。

因为榨油时会散发出令人不爽的气味,所以当地人就把海棠仁油叫作臭油。崖州人一直不知道这对夫妻的底细,只是把他们叫作臭油老鼠、臭油西施。臭油老鼠和臭油西施不知道谁出了问题,一直就没生育过孩子。臭油老鼠死后,这女人似乎很享受崖州人对她新的叫法,臭油寡妇。

裴闻义有一次也说过一个疑惑,他怀疑臭油寡妇有很大的背景,似乎很有钱。为了获得更多的海棠仁,这女人还常常跑到儋州。最令人觉得她有钱的是,她还在崖州、儋州交界的山地,收购了整片的海棠树林。

这些钱,是哪里来的?这是裴闻义当时的疑问。可眼下,赵鼎有个疑问,臭油寡妇为什么来告诉他裴怀在码头上的事?

他也顾不得别人监视不监视了,拖着病体赶往大疍港。

现在,地上铺满了圆木。一根大绳子套住了铜柱的顶端,只要一百个人一起开拽,那铜柱就会轰然倒地。然后,这根铜柱会通过滚动的圆木,慢慢挪向一艘海船。那艘海船,已经等待这根铜柱很久了。

"不能拉,这是伏波将军的铜柱。"他们的后面,响起一个老人的声音。

赵鼎刚好赶到这里,他对众人说,不能打这根铜柱的主意。他来崖州三年了,去的地方不多,但对大疍港的过往还是很了解的。裴家宅院的书房有很多很多的书,他靠这些书打发着放逐的日子,也靠这个方式神游着他去不了的地方。

"伏波将军跟我们有什么关系呀?"这些干活的人说,"我们只是波斯人雇来干活的。"

赵鼎见他们没兴趣,就换了个能让他们感兴趣的话题,他拍拍铜柱说:"你们知道这是什么做的吗?"

"铜。"

赵鼎说:"那么,这么多的铜,又是从哪里来的呢?"

这个,他们就不知道了,这铜柱立此有一千两百多年了,谁会知道这铜的来历。但他们见这老儿认真,也就松开了手里的绳子。赵鼎说,这上面所有的铜,都是当年从一个个箭头、一个个枪尖上扒下来的,然后熔化了浇铸成这根大铜柱。人家是化干戈为玉帛,而当年的伏波将军是化干戈为铜柱。

"这个,跟我们有什么关系呢?"他们还是没明白。

很有关系呀。赵鼎跟他们解释,当年伏波将军路博德立铜柱时,曾经说过一句话:"谁动了这伏波将军铜柱,崖州即现血光之灾。"

这就是"路博德咒语"。人们好像听说过这个古老的咒语。铜柱立在这里后,崖州已经很多年没有大的战乱。如果铜柱被毁,那对崖州来说就是不祥之兆。现在,他们有些害怕了。

波斯人穆噶终于出面了,他对赵鼎说:"你是谁?看你样子,不像疍人,不像土人,不像番人。说你是汉人嘛,你会晒盐吗?你会种地吗?你会织布吗?看你病歪歪的,路都走不动了,一定是个书呆子。"

赵鼎沉默了。对呀,我是谁?我怎么跟他们说呢?

穆噶先生进一步说:"如果你只会读书,研究那些古书,那就快离开这儿。在这儿,只信奉两样东西,拳头和钱,其他东西都不必说了。从汉到宋,都改朝换代好几回了,谁还信什么'路博德咒语'呀?"

就在这时,臭油寡妇赶到了,对穆噶先生说:"不得无礼,这是赵老丞相。"

穆噶先生有些吃惊。崖州这地方,一般的官员还没资格被放逐到这里。他虽然是个波斯人,但也知道这几百年来,已经有好几位宰相级别的大人物被羁押于此,他听说三年前有个做过宰相的人物来这里,没想到今天才得见。

"崖州离京城太远了,宰相就更远了。再说了,你已经不在位了,都已经被放逐到这穷乡僻壤了,何必还操这份心呢?对了,你是读圣贤书的,不一样。"穆噶先生指着众人说,"朝廷的那些屁事,跟他们这些土著有什么关系呢?"

赵鼎有些累了,但他硬撑着,转身对众人说:"你们中,有姓冼和姓冯的吗?"

有人朝赵鼎挥挥手说:"我们崖州什么人都缺,就不缺姓冼和姓冯的。"有个水南村的人,是见过赵鼎的,便说:"老丞相,我们水南村大多是这两个姓。我就是姓冯的。"

赵鼎耐着性子对大家说,冼夫人是隋朝时的岭南大统领,在她心目中,就没什么土人、汉人之分。如果没有她,整个岭南包括脚下这个孤悬海外的南荒大岛,早就另立他国了。就是这个冼夫人,她嫁给冯姓汉人后,率岭南百万土著归顺了中原皇朝。

这个姓冯的人指着伏波将军铜柱说:"这么说,我的祖先也保护铜柱？"

赵鼎点点头说："那是一定的。正因为冼夫人的保护，'路博德咒语'才没变成现实。"

冯姓人把手里的绳索丢在了地上，转身走了。他不想破坏伏波铜柱了。很多人见他走了，也跟着走了。剩下的人，则一直犹豫着。臭油寡妇开口了，说："今天，刚到了一批海棠仁，客人又催着要，得赶紧干活去。"

确实，在场的人很多是帮臭油坊采摘海棠仁的，又有一些人是帮臭油坊榨油的。他们听自己的老板这么说，都不好意思了，一个个扔下绳索走人。

穆噶先生看了一眼赵鼎，也走开了。

这伏波铜柱下，很快就冷清起来。赵鼎不知道怎么称呼这个女人，总不能跟他们一样直叫她寡妇吧。至于姓氏，他也不知道。他想了想，开口说道："臭油夫人，为什么要帮我说话？"

臭油寡妇哈哈哈哈哈笑了起来："老天，我在这码头上混了这么多年，还是第一次有人叫我夫人呢。不习惯，再说，我也担不起。我就是寡妇。寡妇好，名头大，男人都喜欢。"

赵鼎接不上话。

崖州湾深入山地的是一条宁远河。水南村、番坊街、大疍港、疍排在河的这边，郡城和吉阳军的官署在河的那边。

这崖州的地名有些怪，经常被朝廷改来改去的。因为地处边远，人口又少，不久前崖州又被改名为吉阳军。把"州"改叫"军"，是因为考虑到边防的因素。可是大家因为习惯使然，还是愿意使用旧名崖州。所以吉阳军这个地名只存在于朝廷的公文里。同样的原因，崖州北边的儋州被改叫昌化军后，大家还是喜欢原来的叫法。

不过,"军"与"州"都是州郡级的,因此吉阳军、昌化军的长官也被人称为太守。

崖州官署最北端有个高台,叫三高台,是崖州城的最高点,一个登高瞭望的好去处。三高台上有四张椅子,是给太守和太守的客人准备的。现在,这椅子上就坐着一张黑脸,这人脸虽黑,看上去还是儒雅的。这是崖州现任太守郭嗣文。郭太守的视线越过宽广的宁远河,落到大疍港上。派去刺探情报的人,每隔一阵子就会传回消息。

所以他还是基本了解那儿的各种变化。

现在,码头上的人群基本散去,但那一根柱子依然矗立在那儿。他觉得坏事了。伏波将军铜柱立在那里几个朝代了,少说也经了数百个太守之手,没有谁去打它的歪主意,但是郭太守想破了这个规矩,把它卖了。

筑城墙,没钱,防海盗,没钱,这边陲末等小郡,朝廷是不会给多少钱的。

他指望靠卖了铜柱的钱招募一些兵勇,再添置一些兵器,没有这些,海盗一来就遭殃。但他不能明着把铜柱处理掉,所以才有了这荒唐的一出戏。但是,现在,一切都落空了。

过了一会儿,波斯人穆噶来了,一脸的沮丧:"唉,被一个老头坏了事。"

"不用说了,我已经接到报告了。这个倒霉透顶的人触了霉头,被放逐到这里。盯着他的人监视不力,被他跑出来了。"

穆噶先生有些费解:"既然怕他跑出来,直接投入大牢不就得了?"

"那不行。"郭太守笑道,"本朝太祖定下的规矩,不杀中枢宰执。人家已经做到一人之下万人之上,那就更不能……"

他停了一下，笑得更诡谲了："得让他自己死。"

是的，杀死他与让他自己死，性质不一样。穆噶先生理解了中土官员的思维，他附和着说："我看他病歪歪的，走路的姿势也不对，应该是得了重疾。崖州这么暑热的天气，这样一个江南地带过来的老人，应该撑不过五年。"

"什么，五年？"郭太守拼命地摇着头，望着远处的伏波铜柱说，"五年太久了，赵鼎熬得住，可有人等不起。"

"是谁等不起呢？"

郭太守用另一句话回答说："得逼他，慢慢地……不是我逼他，是别人逼他。"

"逼？"

现在，码头上冷清下来了。赵鼎坐在伏波将军铜柱下，第一次细看大疍港。他刚到崖州的时候，是想过到大疍港好好看看的，可没想到被人牢牢盯着，足不出户的。这一次，他为了找装怀才不顾一切跨出了门槛，所以得趁机好好看看。

他自感身体越来越不行了，这第一次，没准就是最后一眼了。

对海港，他是不陌生的。绍兴九年，已被贬谪到绍兴府的赵鼎再一次被贬谪，到了泉州任太守。那泉州最有名的就是有个大海港，有人叫它泉州港，但外来的番人却喜欢叫它刺桐港。刺桐港，来往番国的海船很多，仅次于广州港。

他一直以为，番船西来中土，第一站是广州港。到了崖州以后，他才知道番船最先到达的中土港口并不是广州港，而是大疍港。当然，大疍港与泉州港、广州港还是不一样的，没有大宗货物的装卸，仅仅是补充淡水、食物，有时候也会在这里采购一些稀奇古怪的特产，比如臭油、鱼鳔、香料之类的。

要说货物的交易，那也是有的。裴闻义曾说，大疍港有个鬼市，其实就是秘密的黑市。至于交易什么货物，说出来也没人相信，鬼市交易的是老虎、狮子，有时也买卖人口。不是女人，是男人，一群群的男人。

"查不出是谁购买了这些男丁。"

"没想到这中土最南端，情况这么复杂。难怪朝廷就把我扔在这里了。"

"天高皇帝远，这地方比起中原和江南，不知道难管多少倍。所以，大陆来的官员，在这儿都待不住，都想早点调离。"

赵鼎看了港口，他起身又看了看崖州湾。

万里海域，自然让他想起自己以前写过的一首题为《好事近》的词，词曰："……姑射有人相挽，莹肌肤冰雪。骑鲸却下大荒来，天风乱吹发。慨念故人非是，漫尘埃城阙。"

词中的大荒，指的是南荒大岛。他知道，再过一阵子，鲸鱼就会来到崖州湾。现在，他已经感觉那平静的海面下，已是波涛汹涌。

他对鲸鱼并不陌生，那是他异形的兄弟。

那是建炎四年的事。有一次，圣上与他就谈到过鲸鱼。

这之前，朝廷南渡到江南，还没找好落脚点，金人元帅完颜兀术就来了，到处追杀大宋皇帝。赵鼎刚从常山被召回到朝廷，陪圣上从越州逃到明州，又从明州逃到温州，有一天就躲在温州城外的海面上。当时就有人担心，就算躲过搜山检海的金人，万一海上又有了吞舟之鱼来犯，那该怎么应付？

在场的御医安慰说，吞舟之鱼在夏天才会到温州外海来，到了冬天就会回琼海。现在这天气，温州海里是不会有吞舟之鱼出现的。圣上问道："万一有呢？"御医回道："微臣该死，微臣不知怎么退却吞舟之鱼。"

赵鼎见圣上也不是真要别人回答这问题，只是来了兴致而已，就接过话头说："陛下，听说我们常山有个高僧，他用一支无声箫，就能召唤吞舟之鱼，或许也能退却吞舟之鱼。"

圣上说："又是常山。爱卿从常山回来后，屡次说到常山。这样吧，等朝廷站稳脚跟，爱卿立下了不世奇功，朕就放爱卿回常山逍遥去。"

"这归山令，"赵鼎说道，"陛下能说到做到吗？"

归山令？圣上没听明白。赵鼎解释道："就是陛下愿意放微臣回归家山的敕令。"

"金口玉言，一定做到。"圣上强调道，"但是，朕要先看到爱卿说的无声箫，才能给爱卿下一道归山令。"

赵鼎说："记住了。微臣一定呈上无声箫，换取归山令。"

圣上看着海面，兴奋地说："朕不关心怎么退却吞舟之鱼，朕只关心怎样唤来吞舟之鱼。朕在想，假如吞舟之鱼被爱卿的无声箫召唤了，成群结队赶来，那是怎样的大场面啊！"

赵鼎说："那很蓬勃。"

圣上的眼里精光一闪，幽幽地说："噢，朕想看到那一种景象。"

"啊，老丞相，您在这儿啊。"一个声音把赵鼎从鲸鱼的世界里拉了出来。原来是裴怀来了。裴怀被蛋壳儿救了后，先是躲在苫排，后来等码头上的风波过了，就坐苫船从水路溜回水南村。她在水南村的家里没看到人，一路问来，才找到赵鼎。

"没事，就出来走走，也好久没出过门了，挺好的。"赵鼎说。

裴怀把一样东西递给赵鼎说："这鱼干，是蛋壳儿做的。哦，他就是蛋壳儿。"她招了招手，旁边就出现了一个年轻人。

蛋壳儿这才走近了，对赵鼎说："听裴怀说，您牙口不太好，所以我选了这条,是抽了骨头的,您一定咬得动。"赵鼎看了一眼裴怀,裴怀连忙解释说:"是我自己注意到的。这一阵子,您很少去碰硬一点的食物。"

赵鼎点点头。这姑娘看得仔细,快一年了,他的牙齿基本都松动了。他年轻时,师从大儒邵伯温,邵伯温懂医理,说过牙齿与年龄的关系。他试着把鱼干放到嘴边。轻轻一咬,很软。蛋壳儿说:"不好意思,疍人的东西,确实没有讲究。"

蛋壳儿继续说:"大家都叫我蛋壳儿,但我们也有姓的,我忘了叫什么。我们祖祖辈辈都没人识字,所以很多东西传不下来。"

赵鼎脑子里闪过苏东坡办的那些书院。"哦,对了。你怎么知道我在这儿?"他换了一个话题。蛋壳儿说:"是臭油寡妇告诉我们的。"

赵鼎说:"怎么又是臭油寡妇?"

蛋壳儿说:"前些年她丈夫死了后,她就好像成了妖,什么都知道。"

第八章 《千里江山图》

"小碗,你为啥叫小碗?"

"小时候家里穷,只能端着个小碗吃饭。"

"不对。我怎么听说是大户人家才端小碗吃饭的,人家才不会端着个大碗到处串门。"

"筷子,你好奇心有点重哎。"

"你真打算一直叫我筷子了?"

"筷子,筷子,筷子。"

每一天,三十六娘都听这一对年轻人在拌嘴。但她没说什么,沉闷的旅程中多些年轻的声音，总是好的。

她暗中观察着工叙。工叙在常山说他家里有个马队正在江西境内，只要找到马队，路上的行程就有保障。问题是，不知道走了多少路，也不知道看到了多少马队，没有一匹马是工叙家的。

每到一处，如果集市上人多，他都会上前问道："大爷，有没有看到这样一支马队，估计有四五匹马，马背上驮着药材，飘着一股药味。有一匹马，马掌有点钉歪了，所以跑快的时候，看上去有些瘸。哦，忘了说最关键的，我们那马队的旗，蓝底白字，旗的四周镶着白花边，最关键的，那旗号上写着一个'周'字……"

那些陌生人摇摇头。每一次，他们没等他说完就摇摇头。

其实，工叙心里是满意的。

如果那些陌生人不摇头，倒是怪事了。因为马队一说，本来就是他随口一提的。幸亏这一路过来，还没碰到意外。所以，该雇车的时候雇车，该雇船的时候雇船，逢山道，也会走几里地。谈不上快，谈不上慢，也没耽搁行程。

一路来，工叙也在暗暗地观察着这两个女人。总的来说，侍女小碗大大咧咧的，嘴快，属于那种头脑简单、没什么心机的女人，而三十六娘则不一样，每天的话不多。

工叙还注意到了，不管什么时候，三十六娘都是剑不离身的。

有一次上船，工叙故意替三十六娘搬行李，三十六娘立即转过身，对他笑了笑。他回忆着刚才手指的触觉，再一次做出精确的判断，他摸到的是硬木制成的剑鞘。他对自己说，要小心啊，与恶魔同行，一不小心就会丢了小命。

他还对自己说，你这么留意别人的行装，别人也会留意你的行装的。况且，你的行装里，还真的藏着惊天的秘密，绝对不能被三十六娘发现。

白天的时候，如果休息时间长，他会在街头给人画像。他对三十六娘说，这是习惯，每天不画个画，就手痒。其实，根本不是手痒的问题，他只是趁旁边没人的时候，把一路上想画的偷偷画了。比如说，常山黄冈山的赵鼎寓所里的那两块鱼形长石，再比如那个名叫魏矼的老头，他都画了下来，这是要带回呼猿局里存档的。如果被她们看到了，那就一切都完了。

到了夜晚，就是工叙的黄金时刻了，他必须尽快把甲一号呼猿册读完。行程都近小半了，他才读到第三辑，这个进程有点慢。

呼猿册的第三辑，写了赵鼎第一次被贬后在常山的快乐生活。这些，他在上黄冈山之前就粗粗读过，这次在路上，他又细细地看了一遍。哥哥在呼猿册的某个角落里，写着这么一件事，说是赵鼎在常山期间还常去一个叫崇兰馆的地方。至于赵鼎去干什么，呼猿册里并无交代。

但是，工叙看到这"崇兰馆"三个字，心就怦怦怦跳了起来。关于崇兰馆，他比他哥清楚。名满天下的《千里江山图》就是在崇兰馆绘就的。画这幅名画的江参，是他师父的师兄，或者说是他的师伯。

五年前，圣上欲复兴大宋的"文德之盛"，按照开封的模式在临安重建宫廷画院，便召江参觐见，顺便想看看《千里江山图》。可没想到的是，江参刚到临安就暴病身亡了，死因成谜，他的《千里江山图》也不知下落。

江参是常山人，生性飘逸，居无定所，也没有固定的弟子，所以死后，是工叙的师父赶去临安料理后事的。师父交代过工叙，一定要找到那幅《千里江山图》。可惜这次去常山，时间太过仓促，没能去成崇兰馆。

他把第三辑重读了一遍,见两个女人在隔壁聊天,就偷偷出了门,在野外无人处生了火,把册页投入火焰。他站在火堆旁,看着火焰舒张开来,包裹了整个集子。那些写满了赵鼎故事的文字,排着队唱着歌走向火焰。

突然,他想到了什么,趴在火堆前,用手扒拉着灰烬,终于找到一张残留着"崇兰馆"三个字的纸片,吹灭了上面的火星,小心翼翼把纸片放回到行囊里。他想,这次任务完成后,他第一件事,就是回常山寻访崇兰馆。

"烧了什么?"突然有人走了过来,把工叙吓了一跳。他连忙站了起来,把一些还没烧尽的残页踢进了火焰里。那人拍了拍他的肩膀,说道:

"筷子,你一定烧了什么见不得人的东西。"

工叙连忙说:"是白天画的几幅人像,自己看着都不满意,烧了。"这声音低低的,一点底气都没有,可那人偏偏又逼近了一步:"人像?好啊。谁的人像?你说来听听。"

"江参。"工叙一直在心里念着这个人的名字,便脱口而出了。

"啊,又是江参。"小碗轻轻叫道。

"怎么?你也知道这人?"工叙连忙问道。江参死后,这些年,他一直在找江参的遗作,所以对这个名字尤其敏感。

小碗摇摇头。可她终究是个没有心机的女人,说道:"那你先说怎么认识这个人的,我再告诉你。"

"那是我的师伯。"工叙老老实实说,"不过,我从来没见过他,他的事都是我师父告诉我的。好了,我说完了,轮到你说了。"

"啊,我能说什么呢?我又不认识他。"小碗迟疑了一会儿说,"听说,他画过一幅画,丢了,大家都在找。"

工叙的心跳了起来。

工叙想方设法摆脱了小碗的纠缠，回到房间里，接着阅读呼猿册。第四辑，收罗了绍兴二年以后的材料，基本上说的是赵鼎第一次被贬结束后，慢慢进入中枢的过程。

这个过程是从一封信开始的。

在常山休整两年后，赵鼎接到了朝廷的来信。他被好友张浚推荐，回到了朝廷，任平江府知府，后改任江东安抚大使兼知建康。江东一带，特别是建康、临安、扬州，都是南渡以来重要的地方，宋人与金人在此来回拉锯多年，已是满目疮痍。圣上对赵鼎说："朕想来想去，只有爱卿能当此任。爱卿到任后，怎么做，朕都会允准。"

绍兴三年三月，赵鼎改任江西安抚大使兼任洪州太守。行前，他面见圣上，却是为了辞职。他对圣上说："微臣脚痛得厉害，江西那地方湿气太重，不适合微臣。陛下如果念及微臣孤忠，请赏赐微臣一个闲职。"

赵鼎的请辞当然没有得到批准，只好忍着脚痛去江西剿匪了。这些年江西各州群雄并起，但赵鼎很快平息了各处的骚乱，稳住了江西。

工叙知道，这些天他们一直行进在江西境内。一路来，虽说兵荒马乱的，但也没有遇到大群的盗贼。他在路上问过当地人，他们说，赵鼎在江西期间确实做了很多事。难怪哥哥在呼猿册里说，赵鼎的政声传入圣上的耳朵，圣上就把他召回了朝廷，任命他为参知政事。这可是副相之职啊。

赵鼎仍然一次次请辞，圣上呢，仍然一次次不准。无可奈何的赵鼎只能去临安上任了。

这一去，就进入了中枢。

可是，这时候的赵鼎是不是察觉到，他开始不由自主地钻进了上天布下的一张大网？

工叙正想细看这个过程，隔壁就传来两个人的交谈声。看来，这个小旅店的隔音效果很不好。工叙迅速吹灭了灯火，竖起了耳朵。

三十六娘在念叨着江参的名字。

她一听到小碗说起江参，心一沉。夫君第一次被贬回常山期间，除了在黄冈山的独往亭乘凉，就是去与黄冈山隔江相望的崇兰馆。太祖赵匡胤的六世孙赵叔问南渡后，也选择在衢州安家。他在常山一个叫严谷山的地方，择了一处建池子、建亭子、建林圃，玩得不亦乐乎。这崇兰馆，是他接待亲朋好友的地方。

这些朋友中，有个名叫江参的画师，师从江南画派，擅画山水和百兽。他的画隐含着儒道气息，很受南渡文人推崇。

江参终生漂泊在外，每次回老家都喜欢来崇兰馆小住。有一次赵鼎去崇兰馆喝茶，偶遇了江参，江参正在画一巨幅绢本山水。在场的赵叔问、范冲、江衮都在关注此画的技法，唯独赵鼎看到了画中大势，觉得其中既有他老家闻喜一带的北方风貌，也有常山一带的江南风情。画中林木葱茏，峰峦相叠，溪水鸣谷，有一条曲折的蛇形小道贯穿其间。

画中有山、水、桥、亭、村落、栈道，也有各色人等，因为有这条蛇形小道连着，所以变成了一个完整的故事。

这幅长卷断断续续画了半个月，赵鼎去的时候，也刚好成形，尚缺一个名字。在场的都是大儒，都帮着想画名。赵叔问建议此画可叫作《崇兰馆外》，范冲选了《千山万水》，而赵鼎则建议将它题为《万里江山图》。范冲一听，就觉得这个不错。

江参只听取了赵鼎一半的意思，慢悠悠地说："那就先叫《千里江山图》吧。"

赵鼎不明白，江参为什么把"万里"改成"千里"？

"有万里江山吗？"江参抬起头，看了看赵鼎，低声说，"我怎么算来算去，只有五千里呢？"

在场的人马上明白了，江参说的是大宋的版图只剩下半壁江山了。想不到一个画画的，心中所念比他们这些朝廷命官还远阔。江参放下毛笔，对赵鼎说："赵大人，等江山完璧，我再按您的建议将它改为《万里江山图》，并把画送给您。"

三十六娘清楚地记得，赵鼎脸上一红。

不过，这已是十六年前的事了。她知道这幅画影响着她的夫君。她不止一次听夫君说，他的一生就像在这幅画里一样，一直走在一条羊肠小道上。道旁尽是风景，有高处、有低处、有静处、有闹处。他的命运，就被这条路径带到了高处、低处、静处、闹处。

绍兴四年，夫君进入了宰执行列，大家都来道贺，但是夫君却对她说，他已经被《千里江山图》的小路带到瀑布顶上了，一不小心，就会粉身碎骨。

他说："这条小路，是我的宿命。"

但是，她知道夫君的脾气，既然走在这条路上，就会硬着头皮走下去。

三十六娘硬着头皮走下去。

她知道，脚下仍是江西境内。她对江西地界并不陌生。赵鼎在江西期间，她一直陪着。夫君的膝关节处一直红肿，走得久了，腿部就像被千万根细针扎着，痛苦不堪。她请来了郎中，郎中给夫君敷了药，然后说："赵大人，药方就是四个字，多歇少走。"

三十六娘在一旁，只有苦笑。

刚到江西时，境内盗贼蜂起，各有各的背景。还有敌国的奸细，常常混迹于市井。在北面，金人扶植的伪齐攻占了襄阳，恐慌一如传染病，迅速波及江西各州。所以，赵鼎根本没时间喘气。那段时间，他的足疾更重了。可怕的是，他还得了更要命的毛病，整日口渴，且越来越瘦。郎中说，这是消渴症，如果不治好，时间久了会导致脏腑溃烂。郎中还说，赵大人多年的足疾不愈，其实就是消渴症作祟。

多歇少走。这对赵鼎来说，还得加上三个字：不可能。

有那么多的风波，需要他去奔波。那时候，南渡而来的北方朝廷，在江南各州东逃西躲，但总算站稳了脚跟。跟着朝廷来南方的，还有巨量的北方人。南渡而来的士大夫和北方豪族，主要落户在江南，北方的平民则主要迁徙到江西和湖广。而江西，正是皇朝的腹部，所以人流激增。这些人良莠不齐，很多人一下子找不到饭吃，就落草为寇了。

所以，整个江西最让朝廷头痛的，就是内乱。

照赵鼎的想法，不能一味地剿匪，这些所谓的盗贼，也是迫不得已成为草寇的，完全可以招安，甚至成为御敌的力量。所以，赵鼎每天都不知道要走上多少路。

人人都知道，赵鼎后来被提拔为参知政事，是因为他在江西任上剿灭了全境的贼匪，其实，圣上真正感谢他的，是他为朝廷发现了多名良将。就说岳飞吧，岳飞早就成名，但走进天子视野且被委以重任，归功于赵鼎的多次举荐。

三十六娘还记得，有一天夫君刚回到洪州府衙，就有人来求见，那就是后来同样有名的牛皋。牛皋将军兵败于襄阳前线，一时无路可走便来投奔赵鼎。夫君本来就很欣赏牛皋将军，不但接纳了他，还带他去临安觐见了圣上，又把他推荐给了岳飞将军。

后来，牛皋果然就成了岳飞军中干将。他们精心打造的背嵬军，成了金人的噩梦。

除了岳飞和牛皋，赵鼎还举荐了很多将军。金人大军压境之际，起用武臣、重用武臣是朝廷的当务之急。不过，就是因为夫君与这些将军交往过多，导致夫君在多年后被朝廷猜忌。

在大宋，文臣如果与将军们走得太近、私交太密，就相当于找死。

第九章　道观里的壁画

雨越来越大了。

侍女小碗拿出一把伞撑在三十六娘的头顶。三十六娘这才发现，原来已经下雨了。那雨线，来自神秘莫测的苍穹。唉，她叹了一口气。

从昨晚开始，三十六娘的心思就一直沉浸在《千里江山图》中，全然不觉天气的变化。她看过江参的这幅画，图中所画的景色跟真的一样，只有一样东西没被画入，这就是雨雪。其实，这幅画中充满了雨雪，只是一般人看不出来。

问题是，她正走在一段真实的山路上。

山溪水说涨就涨，顷刻间，脚下的泥路就被淹没了。要想摆脱困境，就要往高处跑。虽然在工叙的心目中，三十六娘就是蛾眉科的头目，杀人无算，但这个时候，他觉得还是要尽男人的责任。他把自己的行囊背在背上，腾出双手拎着两个女人的行李，大步走在前面。

其实，他也是想趁机判断一下这些行李中是什么东西。小碗就是小碗，依旧那么没心机，冲着工叙的背影喊道："筷子哥哥，你真是个顶天立地的大丈夫。"工叙脸上一红：一是觉得自己没有那么好，只是有些刺探情况的小动机；二是从常山出发到现在，不管他接不接受，小碗都叫他筷子，可今天，她还在筷子后面，加上了"哥哥"二字。

从小到大，都是他管别人叫哥哥，从没有被人叫作哥哥。工叙心里很受用，不由得多看了小碗一眼。这么多天，他不是没观察过小碗，他只是没像此刻这样仔细。这个女子，不要说是从性格上看，仅仅从外貌上看也不像是南方女孩。

小碗把手中的油纸伞罩在工叙的头上。工叙一下子就觉得这薄薄的伞面切开了世界，外面是风雨，里边是晴日。

"小碗，能说说你是哪儿的吗？"

"这还看不出来？"小碗站住了，"那你说说，哪边是北？"

工叙望着雨幕，没了太阳，也没有星辰，还真的辨别不出方向。因为双手都拎着东西，他只能努努嘴，随便说道："那边是北。"

小碗说道："那我就是北方的。具体哪里，你猜。"

工叙说："北方那么大，我哪里猜得到？"

小碗说："那你问赵夫人去。"

三十六娘自己撑着伞，跟在后面说："我也说不上来，知道是北方就好了。"

工叙想，是啊，知道北方就好了。在南方，有这么多的北方人，对他们来说，老家只是一个方向，都回不去了。时间一久，南方就成为新的故里。

正想着，小碗突然指着远处喊道："看，那里有房子。"工叙仔细一看，好像是一座道观，一定可以避雨。小碗回头对三十六娘喊道："赵夫人，您慢慢走，我们先把行李放好了再回头接您。"三十六娘气喘吁吁地说："好，你们先走，我歇歇就上来。"小碗和工叙马上加快了步伐，向道观奔去。

不一会儿，工叙听见后面一声惊叫，回头一看，三十六娘不见了。他放下手上的行李，转身往下冲。等他赶到三十六娘刚才驻足休息的地方，却没找到她。再看路面，有一处塌方了，估计三十六娘从这儿滑下去了。工叙不管三七二十一，顺着塌方处就滑了下去。结果，他的体重又加剧了坍陷。等他好不容易从泥里钻出来时，他发现下面有个大水潭。

他被泥石流带到了潭边，看到三十六娘就在水里。他想跳下去，却动不了，自己的一条腿被什么压住了。他再看水潭，水面还在升高，渐渐高过三十六娘的胸口，但三十六娘还是挣扎着，手上高高举着藏着大杀器的包裹。

工叙想，必须马上找个能浮在水面的东西扔过去，不然就来不及了。可是他身边除了泥水和碎叶，什么也没有。突然，他从行囊里翻出猪尿脬，对着管口吹起气来。

他正要把吹鼓的猪尿脬扔过去，又想，眼前这个人是蛾眉科的女魔头呀，怎么可能摆脱不了这点困境呢？还是静观其变吧。

两个人都获救了。

还是小碗机灵。就在工叙往下冲的时候，她跑进了道观叫来了人，等她带着几个道士赶到现场的时候，大水已经淹到三十六娘的口鼻处。万幸的是，她紧紧地抱着一个气囊，这让她躲过一劫。那个长条形的大杀器，也漂在水面。

他们救上了三十六娘后，又救起了工叙。工叙没什么大碍，就是左脚被藤蔓缠住，一时脱不了身。工叙打开行囊，里面已经进水，但并不严重，换洗的衣服潮潮的，也可以将就穿下。一个小道士把他带到井边，让他清洗满身污泥，又把他带到一个房间让他休息。

房间里早就生起了一盆炭火，暖暖的。他就着炭火烘着猪尿脬。

没多久，小碗敲敲门进来了，看了看猪尿脬说："原来是这玩意儿，怪不得一路上总觉得你身上有尿骚味。"

工叙吸吸鼻子，仔细一闻，这猪器官经火一烤，尿骚味更重。他笑了："原来北方人的鼻子，比南方人更灵些。"

"你到底是干什么的？怎么连这种玩意儿都备着？"小碗说，"什么都有，好完备啊。"

这真是一个难以回答的问题。他正在思索怎么应付，突然心就抽紧了。他看见小碗转过身，提起了他刚才随手放在一旁的行囊。那里藏着呼猿局的秘密，可以给外人看吗？"别动。"工叙不得不喊住了她。

小碗手一缩，说："怎么了？我是想看看，你还有什么没带的。"

"一些换洗的东西，臭袜子。"工叙把行囊拎到跟前，才说，"臭烘烘的，怕熏坏了你。"

"太好了，我来给你洗。"小碗又把手伸了过来，"我就愿意为筷子哥哥洗臭袜子。"

工叙越发没招了。他第二次听见小碗喊他哥哥了。这是其一。当一个姑娘说愿意给你洗臭袜子时，是不是意味着她看上你了？这是其二。这时候拒绝了，是否就是辜负了她？这是其三。如果我真的让她看了行囊，那是不是要按呼猿局的规矩杀了她？这是其四。幸好他灵机一动，说道："哎，我好像听见赵夫人在叫你。"

"你听错了吧？赵夫人早睡着了。"小碗收回手说，"我是等她睡着了才过来的。"

工叙觉得不妙，问道："她没事吧，怎么睡着了？"

小碗说："发烧了。"

工叙惊叫道："啊，发烧了。"

小碗点点头："嗯。浑身发烫。估计是被吓的，加上落水，又冻着了。幸亏你及时施救。没你丢给她的这个猪尿脬,估计就没命了。"

工叙脸一红,这回是羞愧。那时在水潭边,他应该早点把猪尿脬扔给三十六娘的。他观察的结果是,三十六娘就是个弱女子,并无功夫,应该不是峨眉科的女杀手。可是,她为什么要托着那大杀器呢?这可能不是宝剑,如是铁器,早就沉到水底,不可能漂在水面。再说,宝剑也不怕水浸,三十六娘犯不着这么舍命托举着。

也许,是某种质地比较轻的东西。

"你也别着急。"小碗安慰他说,"道士正在给她煎药。他们说,赵夫人没什么大碍,但眼下不能再赶路了。"

"是的,一时半会儿走不了。"工叙轻声附和道,"得等她烧退了。"

一会儿觉得很热,一会儿却觉得很冷。

三十六娘昏昏沉沉躺在床上,想起了夫君。那窗外的雨滴滴答答,听上去像马车声。一辆马车,在羊肠小道上颠来颠去的。车上坐着个苦命的人,险恶的路途,把他抛来抛去。这个人,被震得七窍流血,却毫无还手之力。

那辆马车,还满载着三样东西:羞辱,震慑,逼迫。

接着,精准的打击来了。

如果说赵鼎的贬谪之路是《千里江山图》中的羊肠小道,那么这条小道的半路,就是泉州。泉州从唐朝起就属于岭南道,自然算是岭南了。三十六娘不明白的是,夫君被贬为泉州太守后,突然就爱上了赏花。他看到泉州的巷间间落满了刺桐花,就在书房里挂上了唐人李郢的诗句:"回望长安五千里,刺桐花下莫淹留。"

可是,回望长安是没有用的,他还得淹留在刺桐花下。

泉州那地方住着很多阿拉伯人,他们喜欢用花占卜,据说很灵,可以预测家人的祸福。赵鼎按他们的点拨,买了一盆兰草,种在门前小院里。

三十六娘记得，那一天兰草突然掉下一个花苞，赵鼎望着地上的花苞呆呆不语，似乎感觉到某种不祥。下午，他又因为公干去泉州港。因为身体比较虚弱，三十六娘不放心，陪他一同前去。泉州港，这可是世界上的大海港，人山人海的。赵鼎正和一个从黑衣大食来的商人交谈，突然部属跑来禀告说，赵鼎的幼子赵渭死了。

赵渭之死至今是个谜，有人说他是因为得罪了某个海外商人，被人刺杀，可是赵鼎不相信——赵渭天性老实，他来泉州仅仅是来陪伴失意中的老父亲的。但，这个案子久久破不了。虽然赵鼎还是太守，泉州的官场却没人把他当回事。谁会把一个倒霉蛋放在眼里呢？

丧子的赵鼎一下子苍老了，更加沉默不语。悲痛中的他，终于相信这种占卜术了。每次看到花苞落地，他都会担惊受怕一阵子。

确实是祸不单行。

幼子赵渭死后，赵鼎几经沉浮，又被贬谪到潮州。七月的一天，家里的兰草又掉下了一个花苞，赵鼎马上惊恐起来。还真是灵验，有人抬着他长子赵洙的尸体来了。赵鼎立即就昏厥了过去。抢救了好久，赵鼎醒了，却说了一句话：

"还有一个花苞。"

在场的人都没听懂赵鼎的话，只有三十六娘能懂。赵鼎指的，是硕果仅存的次子赵汾。三十六娘连忙打探赵汾的消息，得知他还没出事，赵鼎这才放心了。赵汾要赶来潮州照顾父亲，被赵鼎断然否决。

虽然没有查出长子赵洙的死因，但赵鼎怀疑，这是一个阴谋，上头有个阴谋家想用这样的事摧毁他的意志。可是，赵鼎这样的谪官，已经无力去找证据了。他所能做的事，就是保护家人。他不允许他的家人再死于某种被刻意安排的不测事件中。

后来，次子赵汾又失踪了，三十六娘找了好久，也没找到他。如果赵汾也遭受不测，那对赵鼎，必定是致命的一击。

窗外响起一个巨雷，把三十六娘震醒了。又一阵风，哐当一下掀开大门。她看见门外有一辆马车被震翻了，马车里爬出一个人，匍匐着爬到门口，沙哑着喉咙喊道：

"夫人，救我。"

因为三十六娘的病，一行人只能歇在道观里。这对工叙来说，却是阅读呼猿册最好的时机。他安下心取出呼猿册的第四辑，从上次中断处接着读了下去。

赵鼎于绍兴四年担任参知政事，开始步入中枢。但是，危机也跟着来了。在委派岳飞攻打襄阳这个问题上，他又和其他重臣意见不一。他们认为岳飞还年轻、资质浅，但赵鼎力挺岳飞。好在岳飞很快就收复了襄阳，堵住了别人的嘴。

不过，他还是在用人问题上和上司不断产生冲突。圣上为了平衡各派，把赵鼎调离中枢，派他去都督川陕军事。可就在这个时候，峰回路转了。边境强敌来犯，朝堂内外很多人都认为，赵鼎懂军事，应该在这危难之际留在中枢。于是，圣上改变了主意。

这一年九月底，赵鼎担任尚书右仆射，也就是说，他被拜为右相。这才是真正的宰相。临危受命的赵鼎，开始了一系列的谋划。长期闲置的张浚被重新起用，主管前敌用兵，他的好友、曾任常山县令的魏矼，也被任命为御驾亲征队伍的督军。

不久，边境强敌被击退。圣上于是对张浚说："赵鼎是真宰相，上天派他来辅助我中兴，这是家国的大幸啊。"

绍兴五年，赵鼎任左仆射，也就是说，他升任左相，真正位极人臣。而张浚，则接替他成了右相。两个人联手，开辟了宋室中兴。

三十六娘的房内还有一个人。

小碗端着药汤，呆呆地站在床边，她的主母一会儿梦呓，一会儿喊叫，那眼珠子在眼皮的覆盖之下，能看得出在往复转动。她知道，她的主母正在经历一场惊恐的梦。

她还看得出，梦里的风雨该有多大。

其实，窗外阳光是灿烂的。已经是盛夏了，经过两日的暴晒，山路已经干透了，不是因为三十六娘的病情，他们早就走了。

工叙一早起来，就在道观里走走。这道观的墙壁上，画着很多道教图。工叙本来就喜欢画画，所以就来观摩这些壁画。

他听他师父说，师祖以前是宫廷画师，因靖康之变流落到江湖，就开始收徒教画维持生计。师祖是个聪明人，知道在这个乱世仅仅会画一些山水画是填不饱肚子的，还得实用。民间百姓喜欢画幅先人头像挂在堂上，各地的寺庙道观也需要水陆画，所以师祖基本上教授徒弟画人像。

师父还说，师祖有个徒弟就是不肯学人像，师祖一开始不高兴，但时间久了发现这个徒儿的画很有特点，就专门教授他山水画的技法。师祖的这个徒弟，就是工叙的师伯江参。

后来，江参的山水画被士大夫广为推崇。在绘画的江湖上，传说他留下几幅名画，比如《百牛图》《崇兰馆图》《林峦积翠图》《千里江山图》。除了《千里江山图》，师父把其他画作给工叙看过，所以工叙画的百兽，眼睛的画法就有点学师伯江参的，他画的巧石，也有江参的影子。

其实，师父也偷偷画过百兽。师父画下的百兽，往往闭着一只眼。师父说，这就是江参建议他这么画的。江参说，睁只眼闭只眼的兽，面不善，心善。

可现在工叙暂时不关心师父和师伯,他只关心眼下的这些壁画。对他来说,寺庙道观里的佛像、神仙像很值得观摩。老道士见他这么感兴趣,轻声说:"其实,内室还有一些画,只是平素不给人看的。"

工叙说:"有什么见不得人的吗?"

老道士说:"也算是吧。画是平常的,就是有几首反诗混在其中,传出去不好。"

工叙说:"反诗不反诗的,我没兴趣。有画看就行。"

老道士领着工叙从正殿走到一处偏殿,这偏殿果然平素没人去,大门都关着。老道士从腰间取下钥匙,从一扇小门开了锁进去,两人一下子就堕入了黑暗。老道士点了烛火,工叙的眼前一亮。因为这偏殿长年累月紧闭,所以里面的壁画远比外面的保存得好。

墙上果然有题诗。工叙顺便看了一眼,心里就一惊。他看到了赵鼎的诗。当然,这首题为《次韵子苍诸公韵》的诗并没有署名,但是因为不久前工叙看过赵鼎诗文集,知道这首诗是赵鼎写的,诗曰:

"乱来那复较升沉,愁极仍嗟病骨侵。双袖龙钟羁客泪,一樽倾倒故人心。沙寒独雁难求侣,山近浮云易作阴。落轸断弦非众听,暮年淮海叹知音。"

这首诗,赵鼎提到自己得了腿关节病,也提到了自己作为仕途"羁客"的痛苦,更是提到了"独雁难求侣"。记得哥哥工昊在呼猿册里,照例在这个"独"字上画了红圈。

是啊,哥哥在赵鼎诗文中所有的"孤"字、"独"字上画了圈,是不是想告诉别人,赵鼎是个孤独的人?

当然,从这首诗的题目看,赵鼎是用了别人的诗的原韵。工叙从老道士的手里接过灯火,很快就找到别人的原诗,题目是《次韵耿龙图棱陵书事》,也没有署名。此诗的最后两句,竟然是:"中兴气象须公等,是日频闻正始音。"这首诗明显在赞颂赵鼎,称其为中兴之相,这跟当今朝廷的大政唱反调,确实是反诗。

"这是谁写的?"工叙问。

老道士说:"是韩驹,曾经做过江州太守,已去世多年了。当年赵老丞相在江西,与江西诗派来往甚多。韩大人是江西诗派的领袖,有一天他们结伴来到小观,就留下了这些墨宝。"

工叙问道:"为什么诗里会有'中兴'二字?"

老道士说:"也许,他们觉得赵鼎人望高、有能力,就把中兴的念想寄托到他身上了。"

工叙默然,很久才问道:"赵老丞相拜相期间,真有中兴一说吗?"

老道士长叹了一声:"那日子,一去不返了。"

第十章　邸报里的三个消息与一张收紧的网

"赵鼎,你还活着吗?"

门外传来这么一声。赵鼎听到了,却没有任何表情。他知道,这一天迟早要来的。他依旧埋着头,吃着裴怀刚烧好的早餐。倒是裴怀听见这话,扔掉锅铲冲着走进来的人叫道:"你是谁呀,这么张狂?赵老丞相的名字也是你能叫的吗?"

门口站着两个人,他们说:"裴小姐,没办法,上头就这么规定的。"

裴怀说:"那又怎样?这是我的家,家父如果在崖州当差,你就不敢了吧?"

衙役说:"不好意思,我们只听郭太守的。"他们拿出了一张表格,还取出笔墨,放在了桌上。裴怀正想开骂,被赵鼎拉住了。这些兵勇也是在执行公务,没必要为难他们。他对他们说:

"好吧，那就记上吧：赵鼎，绍兴十七年六月廿日，没死。"

衙役们果然就在表格上写了这些字。他们写完，收拾起纸笔就走了。临行，其中一个停住了脚步说："老丞相，不好意思，您得注意了。这外面，眼睛越来越多。"

这人现在喊他老丞相，让赵鼎心里一热。外面眼睛越来越多，这是什么意思呢？难道说，已经暗探密布了吗？赵鼎心里一阵难过。唉，一不小心又给裴闻义带来了麻烦。

今天上门来登记生死状况，这对赵鼎来说，是更大的羞辱。这几乎是在咒他死去。他明白了，可能是一个月前伏波将军铜柱事件惹了祸。

十天后，赵鼎的猜想就得到了证实。

这天下午，裴闻义就从儋州赶了过来，给赵鼎送来一期邸报。对邸报，赵鼎再熟悉不过了，这是朝廷编撰下发的，邸报上除了抄发皇帝的谕旨、臣僚奏议，更多的是各地政事的抄本，还有许多有趣的杂事。印刷后，借用兵部的邮传线路迅速发给各地。

赵鼎在绍兴八年被贬谪后，开始的几年有资格看邸报，直到在漳州任上，才被朝廷剥夺了资格。

他展开邸报，在不起眼的一处找到自己的名字。行文很短，意思是赵鼎不安分，以戴罪之身笼络、蛊惑当地土人。

赵鼎笑了笑，放下了邸报。因为铜铁可铸造兵器，被列为管制之物，那伏波将军铜柱少说有十万斤，如果未经许可私自流出，那么按大宋律，崖州太守是要被问责的。这邸报上只字未提铜柱之事，也是故意隐瞒了。但是，赵鼎不会愤怒了，官场怪事见多了。

裴闻义说："赵老丞相，您一定要小心啊。还有一件事，这邸报上没说，是我听说从下个月起，要把您的俸禄减半了。"

赵鼎默然。虽然被放逐崖州，大小也算是官身，会发少许的费用，但也只能勉强喂饱肚子。如果再减半，几乎就要饿死了。

裴闻义宽慰说："老丞相，您放心，只要我裴闻义还有一口饭吃，就不会饿着您的。"

赵鼎说："闻义，不必客气了。能住在这么好的房子里，已经让我非常感激了，我还敢有什么奢求呢？只是……"

"嗯，赵老丞相请说。"

赵鼎说："闻义从小在崖州长大，令尊大人也曾是这崖州的首长。照理说，你们对崖州的风土人情是了如指掌的。"

裴闻义没敢出声，屏声静气等着赵鼎的下半句。赵鼎也迟疑了一下，往门口望了一眼。那门是关着的，但他还是走过去，确认了一遍才说："我以前总以为，大疍港仅仅是给夷船进出中土时加加水、避避风，看过之后才知道，这是个真正的码头。"

裴闻义说："是的，岛上土产都是从大疍港出去的。"

赵鼎接着说："不管是泉州港还是广州港，都是朝廷赋税的大头。可崖州有这么一个大疍港，怎么还穷困潦倒的？这赋税，去了何处？"

裴闻义没想到这老头每天处在半禁闭状态，竟然还关心着这样的大事。他想摇摇头，又一想，不能老是摇头了，于是悄悄说了两个字：

"海盗。"

赵鼎猜到是海盗，但他听见裴闻义那么轻描淡写地说出来，反倒是一怔。海边多海盗，他在泉州、潮州、漳州时就清楚得很。海盗厉不厉害，还是取决于官府的缉盗能力。

裴闻义只好跟赵鼎直说，崖州地处天南，素来蛮荒，朝廷拨下来的钱粮极为有限，防御海盗的兵勇也不多，根本就防不住海盗。所以有了事，也只有用钱买平安了。

正说着，那门砰的一下，把屋里两个人吓了一跳。

裴怀推开门，看到了父亲。

她还看到了父亲的脸色，知道父亲不高兴了，马上说："爹，我这阵子学了五本书。"赵鼎连忙点点头证实了裴怀的话。刚来那阵，他想学苏东坡办个书院、私塾什么的，教教崖州的年轻人。后来，这个愿望落空了。被禁足的岁月里，还能教教孩子读书，真是好事，哪怕只有裴怀一个学生。

裴闻义说："我说的不是读书。有老丞相在，我一百个放心。我是说，这阵子你做了什么大逆不道的事？"赵鼎见势不妙，抢过话头："一个女孩子，能做出什么大逆不道的事呢？"裴闻义回道："老丞相，我是听人说，小女这阵子跟疍家的小伙子走得近。"

裴怀叫道："爹爹啊，您是千里眼还是顺风耳？连这个都一清二楚？"

裴闻义说："那是疍家人，不一样的。整日在水里漂，跟我们不一样啊。自古到今，你听说有汉疍通婚的吗？"

还没等裴闻义开口，赵鼎先说话了："裴太守说得对，汉疍不通婚。不过，这是从前的事了，以后就很难说了。哦，冼夫人当年不嫁给汉人，就没了眼下的水南村。"

裴闻义见赵鼎这么说，也就不再说这事了。反正两个年轻人八字都没一撇，考虑这个为时过早。

裴闻义走后，赵鼎随手拿起邸报。污蔑自己的这篇，他也不屑一读了。反正这么多年来，总有人不遗余力地污名化他。他关注的是邸报上的两个消息。一个是，牛皋去世了。至于怎么去世的，邸报上看不出来。前些年，岳飞死后，岳飞的兵马就化整为零，散派到其他各将帅的军中。但岳飞的精锐背嵬军一直不肯散去，都集中在牛皋将军的麾下，到宋金边境打游击了。

赵鼎想，牛皋将军一死，群龙无首的背嵬军能去哪儿呢？

第二个是，大金国册封了忙豁勒国。对忙豁勒，赵鼎不太清楚，只知道这是金人的北邻，刚冒出来的草原部落。

还有一个消息，顶多算个街头谈资。说是临安的宫中，在巴蜀征集到了一只白面猕猴，为了显示宋金友好，已经送往北方。赵鼎摇摇头，把邸报点着了。这玩意儿不能让外人看见，否则会成为裴闻义私通朝廷谪官的罪证。

邸报很快就烧完了，他看着一坨灰烬，想起了什么。

"赵鼎，绍兴十七年七月二日，没死。"

两个衙役在表格上填上了这一句。这表明，来自朝廷的羞辱在继续。不过，赵鼎已经麻木了。他虽然一句话也没说，但还是走了两步，让衙役看到他还活着。其实，衙役们也是麻木了，执行公务而已。

等衙役走了，赵鼎开始摆弄院子里的兰草。不一会儿，裴怀送早饭来了。这一次，是从番坊街买来的手抓饭。赵鼎说："裴怀啊，不要再费钱买这些东西了。"

裴怀说："没事的。我爹说，家里有钱。"

赵鼎的那点俸禄已被崖州官府减半了。不过，被减掉俸禄的不止赵鼎一个，崖州官场每个人的俸禄都减掉了一点。郭太守说，要省点钱买一些船。崖州的水上捕快船早就坏掉了。他从裴怀这里了解过，郭太守不是岛上本地的人，是从大陆那边过来的。安排在岛上做官的，应该是一些朝中没有靠山的人。

赵鼎还了解到，郭太守这阵子做事还蛮用心的，目的就是一个，取悦中枢，调离南荒大岛。这个想法，赵鼎很理解，他在相位时就不断有边陲之地的官员来找自己。

赵鼎对裴怀说:"倒不是钱的问题,是我没什么胃口。"

裴怀说:"哦,是不是消渴症严重起来了?"

赵鼎摇摇头,他觉得这阵子的症状,已经不像是消渴症了。当然,消渴症还在,腿脚痛还在。这新添的病痛是什么毛病,他不知道。这里不是临安,不是大陆,没有好的郎中。所以,有那么多的人得了一点小病,也会拖成大病,最后死掉了。这瘴疠之地,果然令天下被放逐之人都闻之色变。

不过,他知道自己新添了一种病。趁裴怀不注意,他忍不住对着虚空喊道:"我得的是心病啊。"

在赵鼎冲着空气自言自语之前,裴怀就收拾好碗筷到了院子里。她来到院子,看到那一朵花。赵鼎从漳州来到海之南,除了一些书籍、书信,就带来了这盆花。裴怀实在弄不明白,这一盆兰草有什么好养的。这南荒大岛上,最不缺的就是这种花草。她曾对赵鼎说:"赵老丞相喜欢兰草,我给您挖几株来。"

"不必了。"赵鼎摇摇头说,"这株兰草不一样。"

裴怀想,也许是不一样的,不然老人家也不会从那么远把它搬过来。

这些年,赵鼎在家除了看书、写字、呆坐,就在院子里摆弄这盆花草,确实也用心,基本不让别人沾手。不久前,他的认真和期盼有了好的结局,就是长出了花骨朵。有一次,他指着花苞对裴怀说,这是我的儿子。

裴怀以为老人诗兴大发了,就说道:"那好,老丞相给您儿子起个名字。"

赵鼎说:"早就起好了,汾。"

"汾?"

"我儿子……"赵鼎停了停，然后轻轻地说，"就叫汾。"

这个，裴怀是知道的。她听父亲说过，老人家有三个儿子，其中一个就叫赵汾。在崖州快三年了，老丞相跟她说了很多事，就是闭口不说三个儿子的事。父亲也提醒过她，千万别问起老人家的家事。裴怀知道不该问的，一定是伤心事，虽然她不知道这些伤心事是什么。

不过，赵鼎没和裴怀说起儿子的事，倒是说起过他的夫人。他的夫人比儿子大不了多少，虽然是继室，但赵鼎从来没有轻慢过她。裴怀想，这个赵夫人一定不简单。

虽然裴家宅院常常关着门，但是大屋里有天井，院子里也有院子自带的天空。白天，赵鼎会坐在院子里遥望四方云天，夜晚，他也会通过天井观星象。崖州的天气，永远是热的，哪怕是天天下雨，那雨水也是热的。热的水，落了下来，一朵叫"汾"的花就这么一天天长大了。

可今天，裴怀走进院子的时候，她发现这花苞歪着头，摇摇欲坠的。兰草上有一只虫子看到她，迅速跑远了。

——这个叫汾的花苞，被虫子锯断了。

裴怀惊呼了起来。赵鼎听到尖叫，从堂前赶到院子里。他看到落在地上的花苞，突然就倒了下去。

叭！

蛋壳儿很快就来了。

碰到这样的事，裴怀只能找他。父亲远在儋州，肯定是指望不上的。郎中，一时找不到。至于巫医，她想这当过宰相的人绝不肯受那些装神弄鬼的人摆布。她去疍排上找蛋壳儿的时候，蛋壳儿正掬了一捧海水在喝。海水能喝吗？这个从小生在海边的女孩还是第一次看见有人喝海水。

蛋壳儿吐掉嘴里的海水,神秘地说:"你试试?我尝过海水味,好像……"

裴怀说:"别喝了,老丞相昏倒了,我一个人抬不动。"

蛋壳儿撒腿就跑,跑出老远,又折回来拽起裴怀继续往前跑。裴怀几次想甩掉他的手,都没有成功,她干脆不再抗拒这种力量了。

穿过大疍港和番坊街,就是水南村。他们冲进裴家宅院的时候,赵鼎已经自己醒过来了,软绵绵地靠在水缸上,目光呆滞。蛋壳儿连忙把赵鼎背进内室,让他半卧在床上。裴怀也找出平时老人服用的药丸子,递到老人手里。

赵鼎摆摆手,不肯吃药。他看蛋壳儿忙得满头大汗,终于开口说道:"没事了,不小心摔了一跤。你们俩……出去玩吧。"

两个年轻人都摇摇头。这种情况,老人家一个人待着又会胡思乱想了。裴怀想用话题把赵鼎的心思引开,故意拍了拍蛋壳儿的肩膀说:"你不是总喜欢问东问西的吗,你不是总嫌我回答不了你的问题吗,现在大老师坐在这里,你怎么一个问题都没了?"

蛋壳儿一下子就反应过来了,忙说:"赵老丞相,您已经做过大官里的大官了,书也读得多,什么都见过。我很想知道,疍人是怎么来的?"

这不是问题,赵鼎早已把裴闻义书房里的藏书都翻过一遍了。他就把疍人的来历大致跟蛋壳儿说了一下,又告诉他,疍人、汉人都是同源的,根本就没必要分得那么细。

赵鼎说的这些话,对蛋壳儿来说都是新鲜的。"那么,我们能不能跟你们一样,也住到岸上来呢?"

赵鼎说:"谁规定疍人一定要住在船上的?"

蛋壳儿想了想,终于问出了他最关心的问题:"那么,疍人能和汉人成婚吗?"

他问这话时,眼睛没看裴怀,但是他能感觉到裴怀的视线扫了过来。赵鼎终于笑了起来:"嗬嗬嗬,有个大胆的疍人,不是早就牵上了汉家姑娘的手吗?"

裴怀借口说倒水,从赵鼎的手里接过茶杯就走了出去。这个野孩子,还真的什么话都敢问,真是没教养。她走到院子里,看到了地上那个花骨朵,小心翼翼地捡了起来。

她实在不明白,赵鼎这一生,经历了多少风风雨雨,也经历过生死,看什么都风轻云淡的,来大岛也三年了,被人三番五次地羞辱,每天还被人问死没死,这些事都没有击倒他,可一个花苞掉了,却让他受不了。

就是因为这朵花的名字叫汾吗?

她倒好开水走回屋里,一老一少两个男人正聊得开心。她听见蛋壳儿说:"老丞相,我最后再问一个,鲸鱼为什么要在这种日子上岸呢?"

终于有了一个连宰相也回答不出的问题了。她听见赵鼎反问道:"什么?你怎么知道鲸鱼要上岸了?"

蛋壳儿说:"我刚才尝了尝海水,上百头鲸鱼要来了。"

第十一章　魔幻的事情总发生在夜里

夜,越来越诡异了。

赵鼎睡不着,干脆披衣掌灯,到院子里看了看,掉在地上的花苞被谁捡起来,用细绳绑在花枝上了,看上去跟以前一样。这是孩子们的一份心意,他得收下。到这个时候,他从巅峰跌落,不是相国,不是郡守,只是个人人避之不及的失败者,目前在这瘴疠之地,还有几个人这么关心他,应该知足了。

与汾儿离别已经三年多了,不知他在哪里。官场险恶,他不让汾儿走上仕途,汾儿想做生意,他也不允许。贬在泉州的时候,虽然没什么实权,但经常有商户找上门来,有的还是波斯人、阿拉伯人、日本人、高丽人、真腊人、渤泥人。虽然他从来不收他们的礼金,但还是出事了。有人制作了一个表格,把他从开封士曹到南渡之后各个任上的受贿记录上报给了朝廷。所以,他接着被贬,一贬再贬。

他没有资格也没有机会看到这份表格,但是听人说,里面竟然有日本人、金人的供词。

所以他不会让汾儿去做生意。

至于汾儿做什么营生,他也不清楚。刚到崖州的时候,他还能收到汾儿的来信,到后面基本都没有了。这也是他很担心汾儿的原因。

虽然是在夜晚,他还是看见那个花苞打开了一点点,这让他的心情回了暖。他一手掌灯,一手从旁边的水缸里掬了一点水,轻轻地洒在花朵上,然后进了书房翻开一本书。

前一阵子,他在书房里曾草草翻过这本书,是裴闻义的父亲裴琢任崖州太守时整理的一些见闻,里面好像提到过鲸鱼上岸的事。他花了两个时辰把这本书细读了一遍,终于把有关鲸鱼的事都找全了。

裴琢在书中说,崖州湾外的这片海,自古以来鲸鱼较多,所以又被文人骚客称为鲸海。每年八月,鲸鱼最多,但鲸鱼最盛的年份要五十年一遇,这一年才有鲸会。上次的鲸会,就在绍圣四年。

赵鼎算了一下,绍圣四年正是苏东坡被放逐到儋州的那年。东坡先生的一首诗里有"长讥韩子隘且陋,一饱鲸鱼何足脍。东坡也是可怜人，披抉泥沙收细碎"四句，可能是他看过了鲸会后才写的。

裴璚还说，五十年一遇的鲸会，海水会变味，所以会有鲸鱼上岸。每逢此时，会有人在此杀鲸取香，并取鲸油，这已成了琼岛陋习。

书上一段与鲸鱼无关的文字引起赵鼎的注意。裴璚说，大疍港有什么鬼市，鲜为人知，鬼市期间，往往有巨大的番船停泊。最让赵鼎不明白的是，这种码头鬼市，都是在后半夜进行的。

这里面有什么见不得人的秘密呢？赵鼎翻遍了全书，也没找到答案。他想，可以问问常常在夜间行走的人。而在崖州，夜间行走的人有两种：

更夫，疍人。

他想，明天让裴怀问问蛋壳儿吧——此地疍人捕捞一种特殊的香螺，常常在凌晨之前。

在崖州，有一个人常常行走在后半夜，既不是更夫，也不是疍人。

是臭油寡妇。

臭油寡妇的臭油坊，就开在大疍港与番坊街之间。岭南多海棠，南荒大岛更不缺，但崖州的海棠树更特别，再烈的台风也吹不倒。在土人居住的区域里，还有一大片的老树，听说是两百年前种下的。老树上的海棠果特别大，果仁也饱满，压榨出来的臭油自然特别耐烧，且香。

臭油寡妇的臭油就取材于这片海棠老树林子，所以她的臭油铺子生意很兴隆。当然，助其生意兴隆的，还是臭油寡妇的美艳。当年就是因为美艳，她才被称为臭油西施，她丈夫死后，大家就改叫她臭油寡妇了。她自己呢，觉得臭油寡妇的名号比臭油西施好，因为"寡妇"二字能触发男人揩油的念头，生意自然就来了。

但是臭油寡妇有一种本事，能让男人们梦见她却得不到她。她比岛上的一般女子都要高大结实，还有些小功夫，所以一般的男人也拿不下她。没一些本事，她也保不住那么大一片海棠树林。

也不知什么时候起，大疍码头上就有了一个新赌注，赌棍们赌的，竟然是臭油寡妇怀孕的日子，或者，赌她肚子里的孩子是谁的。这个赌法已经流行半年了，但臭油寡妇一次次让赌棍们失望，他们终于相信了，臭油寡妇怀不上孩子，是她自己没本事，与任何一个男人无关。可是这一次她竟然怀上了，还瞒了大家好久。

也许，丰满的人一开始怀孕，总不那么显怀。

从铜柱事件到现在快两个月了，寡妇的肚子一直是崖州的男人们最关心的。

就像今天吧，都已经过了午夜了，臭油寡妇一出门就觉得有人跟着。她头也不回高声叫道："还跟？老娘的肚子都那么大了，你还感兴趣？"

后面响起一个瓮声瓮气的声音，在光滑的地面上流着："嘿嘿，我就喜欢胖肚皮。"

"好这一口，也算天下唯一了。"臭油寡妇笑了，还是没回头。

"我还喜欢闻臭油味。"那人的口味，有点怪，有点重。

"那可是人间至味。你不跑到天之尽头，还真闻不到。"臭油寡妇这才停住了脚步，"听了半天，才听出来你是谁。说吧，波斯商人给了你多少钱？"

那人说："嘿嘿嘿嘿嘿。"

魔幻的事情总是发生在夜里。

这天，赵鼎正在看书，突然听到有人敲窗。他端起桌上的灯盏走到窗前，没看到什么。等他重新坐回桌前，又传来敲窗声，这一次的敲击更重了。赵鼎怕这声音吵醒另一间屋子里的裴怀，只好起身打开院门,门口无人。他往外走出两步,还是无人。

但是有物。门边,整整齐齐放着两个布袋。他解开袋口,里面装满白米,还有一壶醪酒。白米这东西,放在江南是普通之物,但在大岛上,意味着极为优渥的生活。赵鼎想,这白米,应该是裴闻义派人悄悄送来的。

天亮后,裴怀醒了,她否认了赵鼎的猜测。如果真的是她父亲干的,完全可以送进屋内,犯不着这么偷偷摸摸的。

过了一阵子,同样的事情又发生了,时间、地点、人物、事件基本相同,不同的是,这次送来的除了吃的,还有一些其他物品。裴怀看了看这些物品,都不是岛上的物产。那些瓜果,明显已经枯黄了。很明显,瓜果从采摘到现在,已经好些天了。

还有,送东西的时间都是下半夜。他是谁呢?为什么不能让别人看见呢?可能送货的人知道裴家宅院是被官府监视着的,只能这么做了。赵鼎担心如果这人来的次数多了,难免会被官府发现,所以必须阻止他。

又过了一些天,同样的事情第三次发生了,但这次是命案。

赵鼎听见窗户被人叩响时,立即起床开了院门。门一开,一个人直愣愣倒了进来,差点压倒了他。他提灯一看,那人身上全是血。门边,还放着几个麻袋。

很快,崖州官府的人就来了,查验了一番说,这是个惯偷,被仇家追杀了。等蛋壳儿赶到,死者已被抬走了,门口那些东西也被一并拿走了。蛋壳儿一边用水冲洗着血迹斑斑的地面,一边问裴怀:"你会相信这是仇杀吗?"

"不信。"裴怀说,"他们只是冲着赵老丞相来的。"

"他们?他们是谁?"

"仇家。"

109

"果然是仇杀啊？"蛋壳儿又问，"那么，仇家是谁？"

对呀，仇家是谁？裴怀想，赵老丞相这么多年来，越贬越低，越贬越远，一定是得罪了人。她不知道老丞相得罪了谁，但这个仇家一定是强有力的。只有朝堂之上的人，才有这种力量。她随口说："也许，是圣上吧。"

天哪，是圣上。蛋壳儿一惊，手中的扫帚掉了。这个离圣上最远的蛋人，一辈子连"圣上"二字都不敢说，现在觉得自己和圣上的距离，只隔了一个老头。

这老头眼下正坐在堂上回忆当时的情形。

赵鼎清清楚楚记得，他是听见窗外有人敲窗马上去开院门的。而那个被杀的人倒在他身上时，身体竟然是凉的。一个人刚被杀死，身体不可能马上就冷到这程度。那么，只有一种可能，凶手先杀了人，把死人靠在大门上，然后才绕到窗前敲了窗户，让屋子里的人出来开院门。

此人一定知道裴家宅院的结构，知道赵鼎会来开门。死人倒下去了，也一定会压在赵鼎的身上。

凶手为什么这样做呢？仅仅是为了吓唬一下赵鼎吗？

赵鼎走出屋子，站在了大门外，遥望着东北方。他看到满天星斗中，那张网收紧了。

坏消息接踵而来。

这事过后的半个月，裴闻义来了。跟上次一样，他带来了最新的邸报，因为这一期邸报上又有了赵鼎的消息。他指着邸报跟赵鼎说，广西经略使张宗元犯了错误，被调离了。

啊？赵鼎有些惊讶。广西经略使张宗元是个正直的人。当年张浚与岳飞产生了一些小矛盾，导致圣上对岳飞也有了一些不满，这对岳飞是很不利的。张宗元有一次看到岳飞练兵的情形，对岳飞极为佩服，回京后在圣上面前大大称赞了岳飞，消除了圣上对岳飞的误解。

赵鼎从漳州贬往崖州，渡海时坐的船就是他安排的。

裴闻义说："张大人利用职权，私下把一些东西送到了您这里，所以坏了朝廷的规矩。"

赵鼎这才知道，前阵子神秘人放在门口的粮米、醪酒，都是张宗元送来的。也就是说，为了他，又有官员倒霉了。只是，这南荒大岛也是广西管辖的，作为广西经略使，张宗元怎么说也是岛上各州的上司。这崖州郭太守就归张宗元管，怎么就敢杀了上司派来送粮的人？

裴闻义摇摇头说："按理说，郭大人不敢以下犯上，除非，郭大人拿到了尚方宝剑。"

"而且，"赵鼎接过裴闻义的话说，"张宗元也知道郭太守手上有这把尚方宝剑，所以每次送粮来，都是暗地里来的。"

没想到，还是出了事。

看来，崖州已经不安全了。赵鼎对裴闻义说："闻义，以后尽量不要回来了。我这么一个行将就木的人，不能把你们都拉下水了。"

"这不怕。"裴闻义说，"赵老丞相，三年前我敢把您安置在我这破房子里，就说明我早就准备好了。"

赵鼎说："那不行，不能因为我是闻喜人，你就感情用事。"

"赵老丞相，您错了。我这么做，绝不是因为您是我们山西老乡。"裴闻义站了起来，向赵鼎深深地行了一个礼，"虽然您遭遇了大难，有那么多的宵小落井下石，但是这天下，念着您的人更多，我就是其中一个。"

赵鼎仰天叹道："唉，我赵某何德何能，得你们如此厚爱？"

裴闻义说:"我虽然在这瘴疠之地做个无关紧要的小州官,远离朝廷,但是天下的事,我还是看得清清楚楚的。朝廷那么多的能人,是您举荐的。摇摇欲坠的大宋,就是在您手上中兴的……"

赵鼎打断裴闻义的话:"那我怎么会落到这个地步呢?"

裴闻义说:"那是因为您救了一只猫,现在这只猫变成了老虎,反过来吃人了。"

赵鼎一下站了起来,但是因为虚弱,脚一软又坐了回去。

结识三年了,他因为裴闻义不是科班出身,一直没有高看他,今天一席话,他发现这个不起眼的官员原来是个明白人。你看,"猫变成了老虎,反过来吃人了",这么简简单单的一句,把一个极为复杂的问题说清楚了。这是那些天子门生、榜眼探花能做到的吗?

是的,裴闻义说的没错,一切都是那只猫变的老虎在使坏。可当初,救了这只猫的,除了自己,还有张浚。现在,张浚也被放逐岭南。

裴闻义见赵鼎不语,又说道:"赵老丞相,据我所知,朝中有很多人,只要您一句话,都愿意随您一起去打这头老虎。"隔墙有耳,赵鼎忙不迭地制止裴闻义,轻声又坚决地说:"不能这样,绝对不行。这是谋反,谋逆大罪。"

裴闻义也压低了声音,说:"难道您就这样坐以待毙吗?"

赵鼎无奈地说:"那又能怎样?读了一辈子的圣贤书,我不能违背儒家的道义。"

如果圣贤书都让人忍气吞声,不读也罢。这是裴闻义内心的话,他不敢说出来。时间不早了,他不能在这里待太久,虽然这是裴家宅院,是他自己的家。他知道,他的家园已经不安全了。他想了想,说道:"在这个荒岛上,我不能看着您被一些小老虎虐待了。"

裴闻义说完,就站了起来。赵鼎看他要走,低声喝道:"闻义,别冲动,你还有女儿。水很深,千万千万别把裴怀卷进来。"

裴闻义一顿，说道："她会照顾好自己的。"

还真的是隔墙有耳。

裴闻义刚出堂屋，就看见院子里立着几个人。他一惊，他记得先前进来的时候，明明是把院门锁上的。能打开裴家大门的，除了自己和赵老丞相，只有裴怀。

当然，只有裴怀。她流着泪，泪水从脸上滑落。很明显，她听见了刚才屋里的对话。她哭着说："爹，我会照顾好自己的。"她的旁边，是位疍人装束的小伙子。他跟着说："裴大人，我是疍人，从小就在海里长大的。水再深，深不过疍人的木桨。"

这是疍人的俗语，从小生活在崖州的裴闻义不可能不熟。但眼前的这个年轻人，他不熟，但他不用问就知道是谁。他一句话也没说，伸出手在蛋壳儿的肩膀上拍了拍。然后，走了。

可是，就在他迈出院门的时候，第三个人开口了，大声叫道："裴大人，他们要来了。"

裴闻义停住了脚步，他不回头就知道是谁，刚才他看到这人挺着一个大肚子。裴闻义转过身，对臭油寡妇说："你说的他们，是谁？"

第十二章　人贩子不如马贩子

这两天，走的是水路。上了岸，街上奇形怪状的人多了起来。工叙估摸着已到洪州地界了。这是江西最繁华的所在，当然事也多。

小碗只身冲到前面，逢人就问："大爷，有没有看到这样一支马队，估计有四五匹马，马背上驮着药材，飘着一股药味。有一匹马，钉马掌时，有点钉歪了……"

工叙知道小碗是寻他开心,但也怕真的有人应了,不好收场,就说:"小碗,别闹了。花钱雇车不就得了。我不想找自家马队了,找不到。"

可小碗却不听,继续顺着自己的话头喊道:"……有一匹马,钉马掌时,有点钉歪了,所以跑快的时候,看上去有些瘸。哦,忘了说最关键的,我们那马队的旗,是蓝底白字的,旗的四周镶着白花边,最关键的,那旗号上写着一个'周'字……"

三十六娘这次没再训斥自己的侍女了,对工叙说:"别理她,她在船上闷久了,随她去疯吧。"

可是怕什么就来什么,突然,有个人停了下来说:"我知道,有这么一支马队。"工叙被吓傻了,真有这么一个他瞎编出来的马队吗?

那人却说:"是的,驮着一袋袋的药材。"

"那就对了。"小碗对工叙说,"你们家的马队,就是驮这些东西的。"

小碗显得特别高兴,让那人去找那个马队。那人说:"有钱吗?"意思是要带路费。小碗掏出一枚铜板,塞进那人的手里。工叙想阻拦,却也找不到理由,心想,让他去吧,反正世上根本没有蓝旗周字的马队,且看这人怎么收场。

不料,果然看到了一支马队。有四五匹马,驮着盐巴、布匹什么的。一个马夫正蹲在一匹马的脚下,在为这匹马修理钉歪的马掌。旗是蓝底白字的,四周镶着白花边,最关键的,那旗号上写着一个"周"字……

工叙惊呆了,还真有这么一回事吗?难道自己随口说说的事,会真的出现吗?那些人看见工叙,一个个都站了起来,恭恭敬敬地叫道:"少东家。"

比工叙还惊讶的,是小碗,她幽幽地说:"筷子,原来你说的,是真的。"

工叙瞬间高大起来,说:"我什么时候骗过你了?"

小碗说:"少东家,不敢叫你筷子了。"

工叙突然有些失落,脱口说道:"别。还是筷子好听。"

"好吧,还是叫你筷子……筷子筷子筷子,你快醒醒吧。"

工叙猛然睁开眼睛。原来自己正在街头画人像,一直没人光顾,所以就打起了瞌睡。小碗说:"我看了很久都没开张,给你带个生意来。"

工叙说:"好哇,在哪里?"

小碗说:"不就坐在你对面吗?"

工叙的正面,除了小碗,就是小碗。他说:"你的意思是,让我给你画个像?"小碗点点头,问道:"能不能便宜点?小女子这阵子囊中羞涩。"

"那不行,价钱是一样的。"工叙被她逗了,也开玩笑说,"要不,就画一只碗?画这个不收钱。"

小碗说:"可以呀。可你得在碗里再画只青虾送给我。旁边还得放上一双筷子……"

工叙看到这女子的眼里,充满了蛮横,但也有别的。也好,这一路来偷窥她很久了,可就是没有从正面好好观察过她。工叙拿起笔开始画了起来,他想借这个机会再好好看看她。他顺着刚才的话头说道:

"画一只盱眙青虾吧。"

他留意到,小碗的眼里,突然有了一丝不自然,稍纵即逝。

三十六娘就在不远处看着他们。一直赶路赶路赶路,弄得大家都紧张兮兮的。又到上路时间了,但她不想催促这两个年轻人。她的侍女她知道,是有些小刁蛮,却没有心机。

三年前,她从漳州回江南碰到了小碗,小碗还是个卖青虾的孩子,刚从盱眙回来。这孩子听说她是赵夫人,就希望能跟着她。自从赵鼎被贬后,家里的收入一落千丈,原先的一些用人都被清退了,这时候再雇个侍女,显然不合适。但小碗说,她不要工钱,因为她一家人都很仰慕赵老丞相。三十六娘见她做事还算利索,又没坏心眼,就收下了,权当是个伴。

三十六娘接到丈夫病症加重的信后,急忙要赶去南荒大岛,小碗一定要跟着来,说是路上有个照应。这一路上,三十六娘牵挂着夫君,忧心忡忡的,幸亏有个烂漫天真的小碗还能让她时不时露出笑脸。

就在这时,三十六娘的身边来了一个说书人,摆了一个席位,然后坐下来开始说书了。不一会儿,就有很多人围拢过来。三十六娘因为陪夫君在洪州待过,所以听得懂江西口音。说书人说的这个故事,大致是这么个意思:从前有一家人,家里有三个儿子,老人年迈了,要让儿子当家。这老大和老二,互相照应,虽然有些争吵,但也是君子之间的矛盾。可是有一天,老三从北方回来后,情况就变了……

这么平淡无奇的故事,被说书人演绎得风生水起、峰回路转。说到紧要处,他卖个关子,喝了一口水,才慢慢说:"那老三,到老大面前说老二的不是,又到老二面前说老大的不是。结果,老大和老二都推荐老三来操持家业。不料,那老三当家后,把他们都赶出了家门。"

"为什么呀?"有人明知故问。

"他怕两位哥哥有机会重新当家嘛。"

这就算是一个结局了？是不是有点平淡无奇呀？三十六娘在一旁听了，心里却难受极了。她没想到自己会被这么一个庸俗、老套的故事所触动。看看时间也差不多了，她就起身想继续赶路。但是，有趣的事情就发生了。听书的人群中，有个汉子用两个手指拈着一枚铜钿，在说书人的眼前晃了晃，然后一扬手把铜钿丢了很远。

这人是个光头，偏偏戴着一顶蓝帽子。

说书人有些尴尬，小心翼翼地问道："客官，我有什么地方没说对吗？"

蓝帽汉子说："这结局不好，不想给钱。"

"结局就是这样的，我们说书的都是按照书上来的。"说书人拿起面前的一本书说，"书上怎么写，我就怎么说。"蓝帽汉子说："书嘛，都是秀才写的，让他们改了不就得了？当场就让他们改，改个结局，你再读一遍，我就出二十枚铜钿。"说书人说："客官说得轻巧，现在到哪去找个秀才？"

"有哇，我早就看到了，现成的。"蓝帽汉子从说书人手里夺过书，又走到街这头工叙的摊位前，大声说："喂，兄弟，我看你文绉绉的，肯定是个秀才。你快把书里的故事给我改了。"

工叙抬起头，对蓝帽汉子说："我是画画的，不是写书的。"

蓝帽汉子说："都一样，都拿笔。"

工叙想说什么，却被小碗抢了先。小碗站了起来，大声说："你这人不讲理，我可是花了钱让他画像的。凡事总有个先来后到。"

"那好，我出双份，我把你那份也出了。你先一边候着去。"蓝帽汉子摘下帽子，露出锃亮的光头，说话有些无赖，"知道哥哥我是干什么的吗？"

小碗随口骂道："你是人贩子。"

蓝帽汉子嘿嘿嘿笑了起来："真被你猜到了。哥哥就是人贩子，有钱。"

小碗骂道："人贩子还这么嚣张，你不怕被官府抓了砍头吗？"

蓝帽汉子说："我们这儿，马贩子更嚣张，都没人管，还有谁来管人贩子？"

小碗说："我不管你是人贩子还是马贩子，也不管你有钱没钱，按规矩，排到我后面去。"

"小碗，别闹了。"工叙终于开口了，他好像对蓝帽汉子的话很感兴趣，问道，"大哥刚才说什么？马比人值钱？这怎么可能？"

蓝帽汉子把帽子戴回头上说："秀才，你不懂，一打起仗，大家都想抢的就是马。没有好马，这仗怎么打？"

一旁的三十六娘，心里一震。这话，她以前听说过。当年夫君曾为军中战马不足问题操透了心。就是因为朝廷供应不了足够的战马，边关将士才会自己想办法去抢敌方的战马。

怪不得老是打不过人家，原来是马的问题。骑着兔儿马，这仗没法打。工叙明白了，便说："好吧，我答应你，我来改。"

这话惹怒了小碗，她说不行，还有一只虾没画完。三十六娘走过来，伏下身子轻轻地在小碗耳边说："小碗，你且让一下，我也想听听他怎么更换结局的。"

既然主母都这么说了，小碗只好站了起来，对工叙说："你记住，要补我一只虾。"

这回，蓝帽汉子在说书人的篮子里，放下了二十枚铜钿。

其实，故事结局是蓝帽汉子改的，工叙只是把他的口语化成了规范的文字。蓝帽汉子满意了，坐在那里好像并未尽兴。好一会儿，他走过来说："秀才，我还有个故事，愿不愿意帮我写成书？"小碗说："走开走开，你一个人贩子，伤天害理的，没什么好事。"

蓝帽汉子刚想说什么，却瞪大了眼睛。

工叙回头一看，是大象，好几头大象。不仅是工叙，这大街上，人人都听说过大象，但是都没见过大象，更何况是象群。

嘿嘿，北上的象群。

大象们并不理会人类给它们规划好的路线，想怎么走就怎么走。它们擦着街旁的店铺，那些沿街的摊位哗啦啦散架了。工叙匆匆收了画摊，急忙躲进了最近的一家店铺。三十六娘和小碗一见，也往这边跑来。

坏就坏在这家店铺是卖玉米的。有一头大象受了满屋玉米的诱惑，直接就从前一家店铺闯入，又从这家店铺离开，不取分文地就把两家店铺打通了，当然它取走了玉米。还没等一屋子的人反应过来，那屋顶就倒了。

有一根梁子，天生与三十六娘和小碗有缘，直接就往她们站立的方向压了过来。小碗到底年轻，瞬间一跳就跳得老远。三十六娘不行，只能闭上眼睛了。工叙一看，连忙冲过去，没想到有人比他早一步托住那根梁子。

等三十六娘睁开眼睛，那根梁子正被蓝帽汉子托举着。"走开秀才，你那点小身板。"蓝帽汉子气喘吁吁的，却忘不了损一下别人。工叙这时候也顾不上别的，赶紧把三十六娘从横梁下拉了出来。除了头发上落了灰尘，她也没什么大碍。但如果没有蓝帽汉子，这事就不好说了。

大家一起逃出这家店铺，再看那群大象，一头头甩着尾巴，大摇大摆往前赶去，街上的青石板碎了一路。蓝帽汉子想冲上去讨个说法，却被说书人拽住了："别去了。那是交趾贡象，十年来一次。"

"交趾贡象？什么意思？"蓝帽汉子问道。

这个，三十六娘知道。因为体格大，性子又温和，所以大象往

119

往被人看作瑞兽。历朝历代的帝王在举办登基大典时都需要大象，特别是白象。但中原很少出大象，所以需要一些小国进贡。今天的这些大象，就是南边自称为李朝的交趾进贡的。

因为涉及皇家，所以一路来，各地的官府都不敢多管。一头头大象从交趾出发到临安，一路糟蹋了道路、桥、农舍、田地、田地里的庄稼，遇到过不去的路，官府还得临时开路。

工叙也有些纳闷。他算了一下，朝廷自南渡以来，因为供养大象比较费钱，所以一些典礼上已经不用大象了。眼下，圣上在临安活得好好的，又没有太子继位，为什么还需要交趾贡象呢？

"人贩子大哥，真的谢谢你。"

小碗因为蓝帽汉子救了自己的主母，马上改变了态度，都叫上大哥了。她一叫，这个土匪一样的人物变得十分羞涩。他听说他们要去南荒大岛，就带他们到一个马贩子的朋友那里借了几匹马，要送他们一程。

小碗乜眼看着工叙，却对蓝帽汉子说："不用不用，我们自己有马队，就在前面。"三十六娘知道小碗这是在揶揄工叙，连忙拽了拽小碗。工叙红着脸，从行囊里取出一张银票递给了蓝帽汉子。

"人贩子总比你有钱吧。"蓝帽汉子推开工叙的手说，"把钱留着。你们去崖州，还远着。"

他们一人骑着一匹马，往前走去。三十六娘上马的时候，工叙就开始留意她的骑马技艺了。谈不上好，也谈不上差。不管三十六娘是蛾眉科的女魔头，还是普通村妇，骑这种南方矮马是没什么问题的。

一路上，小碗的话最多，或者说，她的问题最多，一直在问蓝帽汉子。她问道："人贩子大哥，你真的是人贩子吗？"

蓝帽汉子说:"这个我还骗你吗?"

小碗接着问:"那么,像我这样一个女子,能卖多少钱?"

工叙笑道:"按斤论价,一定比盱眙青虾贵多了。"

三十六娘哈哈哈哈笑了起来,这么多天,难得有了笑声。小碗骂道:"筷子哥哥,别插嘴。给我记着,你那画上还欠我两只虾。"

工叙笑道:"不是欠一只吗?"

"先前是一只,现在要两只了。"小碗回敬了工叙一句,马上又转过身对蓝帽汉子说,"你还没回答我呢。"

蓝帽汉子说:"我不知道。我从不贩卖女人。"

三十六娘一惊,想,那就专门贩卖小孩了。蓝帽汉子似乎听见三十六娘肚子里的话,回答说:"我也不贩卖小孩。"

小碗笑了:"那你这个人贩子,不贩卖女的小的,难道还贩卖大男人呀?"

蓝帽汉子石破天惊地说:"真厉害,又被你猜到了。"

三匹马上的人都惊了。贩卖大男人?大男人怎么贩卖?卖给谁?谁那么大胆?官府不管吗?蓝帽汉子停住了马,抬头看看天,辨别着东南西北,然后说:"我看你们也不是坏人,就跟你们说了吧。"大家都停住了,竖起了耳朵。那人贩子伸出一只手指了指天边,嘴巴却闭着什么也没说。

工叙循着蓝帽汉子的手指看了看那个方向,问道:"有人愿意去那儿吗?"

蓝帽汉子说:"有。"

三十六娘摇摇头。百年征伐,无论南边还是北边,都缺兵源。这可是一门大生意啊。问题是,两国交战,竟然还允许自己一方的男丁流失到对手的地盘去,真是奇了。如果夫君还在位,哪怕是主事江西,他会允许这么做吗?

工叙对蓝帽汉子说:"大哥,那是投敌啊。"

"什么敌不敌的呀?"蓝帽汉子有些不屑,"不就为了一口饭吗。"

工叙想到了什么,又问道:"我没猜错的话,你那些贩马的朋友,也是把马贩卖到那边的。"

蓝帽汉子点点头:"他们那营生,更赚钱。"

工叙看了看胯下的马,有些疑惑了:"像我们今天骑的马,能卖个好价钱吗?"

"这是牲口,打不了仗的。"蓝帽汉子说,"但那些贩马的朋友那里有好马,可以打仗的战马。"

工叙问道:"南方都是矮马,能产战马吗?"

蓝帽汉子说:"这就不清楚了,隔行如隔山。他们都做了十年了,一定有办法。"

工叙想把这些信息都带回呼猿局,所以故意问道:"大哥,小弟说句不应该说的话,这些事好像不太地道,这么久,都没惊动州县吗?"还没等蓝帽汉子开口,小碗开骂道:"筷子,你有完没完?还不让别人歇歇了?"

工叙没理睬她,继续说道:"你们做得这么大,一定有高人相助啊。"他说的也没错,这么门大生意,靠一帮土包子是做不了的,后面一定有人。

"叫你别问,你还问问,烦死了。人贩子哥哥别理他。"小碗更加不高兴了,用力摆了摆脚,没想到一只脚就从马镫里脱了出来,整个人失去平衡,猛地歪向一边,树叶一样掉下了马背。蓝帽汉子立即跳下马,想扶起小碗,但他还是比人家晚了一步。

这回,是工叙比他快了。

小碗很快站了起来,毫发无伤。工叙想,小碗到底是年轻啊,经得起摔打。

就这样走了一个县,蓝帽汉子也要跟大家告别了。他也不是没事陪他们行走的,他是来这里谈生意的,顺道陪陪大家。

他对工叙说,他们可以继续骑他朋友的马赶路。

"这怎么行呢?"工叙说,"等换了水路,这三匹马又用不上了,到时怎么还你呀?"

蓝帽汉子想了想,掏出一张纸递给了工叙,说道:"秀才,这样吧。你顺着这路一直往南,到了有船南下的地方,有个码头。离码头不远有个地方,你把马还到那里就行了。喏,上面写着地址。我不认字,说不上来。"

蓝帽汉子说完,骑着马走了。

工叙看了看字条,上面写着"赣江左岸,篁渡角尺"八个字。他还待细看,远远看见小碗正陪三十六娘从茅厕回来,忙把字条塞进怀里。

"人贩子大哥走了?"小碗望着雾蒙蒙的天,幽幽地说,"唉,不知道接下去的路上,还能不能遇上这么热心的人。"

工叙听小碗这么说,心里竟然有些醋意,便稍稍反驳了一下,"人是好人,行当不是好行当……"

"筷子,别打他的主意。"小碗警告工叙,千万别挡了人家的财路。这兵荒马乱的,大家都不容易。三十六娘站在一旁,看看小碗,又看看工叙,什么也没说。

三个人继续赶路,果然前面有个叫篁渡的镇子,旁边就有个不小的码头。工叙让三十六娘和小碗留在码头上休息,自己一人牵着三匹马找到了角尺巷。

工叙原以为还马之处是个马场,里面会有很多马,到了这里才知道角尺巷并不长,只有一栋宅子。不过,能独占一条巷子的宅子肯定不是小宅子。

他进去的时候，院子里站着很多人，看他进来，这些人都压低了声音。工叙想，这些人这么谨慎有什么意义，反正他们讲的是鸟语，他一句也听不懂。一会儿，有个看上去像管家的人迎了过来说："啊，老弟，错了错了。人家要的是三匹毗那大蛮，你怎么牵来了三匹矮马？"

工叙被弄得莫名其妙的，问道："什么叫毗那大蛮？"

管家说："你连毗那大蛮都不知道，还贩什么马？"

工叙这才意识到是管家认错人了，就跟管家说了事情的原委。管家说："哦，原来是蓝帽子的朋友。来来来，坐一会儿。"

那管家吩咐下人牵走了马，又把工叙迎进里屋，让他落了座。工叙本想还了马就走，见这里这么神秘，就有心要留下来。管家一边泡茶一边问："敢问老弟是做什么营生的？"工叙随口说道："我是给人画像的。"管家的神情明显兴奋起来，又追问道："会画百兽吗？"

"画过百兽。"工叙说。

管家站了起来，说："老弟，实话跟你说吧，我们正在找一个能画马的画师。如果老弟真能画马，希望老弟试一试。"

我堂堂呼猿局的人，怎么可能给你画马呀？工叙觉得好笑，可嘴巴里说出来的话却十分好听："管家，您能看中我的这点末技，我十分高兴。只是我还不懂，贩马的怎么还需要画马？"

管家说："好吧，你是蓝帽子的朋友，也不当你是外人了。我只是想问一句，愿不愿意留下来？愿意留，我就跟你说。"

工叙不可能留下来，但他意识到这里有个暗黑的行业，作为呼猿局的一员，他有责任把情况摸清楚，回去再向呼猿局报告。于是，他点点头。

管家说:"你既然答应留下来,那就是自己人了。南方贩的马,分两种。一种是矮马,都是苦力马,当牲口的。这样的马,明着做就是了,官府不管。一种是打仗的,那官府就要管了,怕你把马卖给不该卖的人。"

工叙说:"嗯,明白了,你们是第二种。"

"不,我们才不。"管家摇摇头,压低声音说,"那些,都是普普通通的马贩子,也只是赚点辛苦钱而已。而我们,每次只需贩一匹,那就赚个饱了。"

工叙说:"这跟画画有什么关系呀?"

管家说:"一匹马,在卖出去前,得画成像,再把马的画像寄给买主。这叫异马图——良马中的良马,就叫异马。人家看中了,敲定了,我们才会把这匹异马运过去。异马到了买主手上,他还得对照画像,如果不符,那我们就算违约了。"

工叙又问道:"既然你们不做矮马的买卖,那蓝帽子干吗让我把三匹矮马送到这里来?"

管家哈哈哈哈笑了起来:"既然是做马的生意,总得弄几匹矮马装装样子吧。用读书人的话,叫作遮人耳目。"

工叙想了想,又问道:"你们做这行应该很久了,这么多年,你们就没找个画师?"

管家说:"怎么没有?前些年,我们老板花了大价钱,把天下第一画师的徒弟都请来了。"

工叙一惊:"天下第一画师的徒弟,是谁?"

管家起身走到角落里,从角柜里取一幅异马图。画上果然画着一匹马。马的身高、体重、毛色、雌雄,在画上都标注了出来。仅仅尺寸,就标满了马的全身。看一眼马腿的尺寸,就知道这匹马不同于一般的南方矮马。工叙急忙看此画的落款,没有署名。

工叙赞叹道："画得真好。"

管家说："可惜，他去崖州就杳无音信了。"

"啊，他也去崖州？"工叙惊问道，"他去崖州干什么？"

"这个，我就不知道了。他在我们这儿干得挺好的，可是半年前突然神魔附体似的，说要去，劝不住，走了。所以，我们急需找一个画师。老弟有没有随身带着画，你自己画的画？"

工叙明白了，这管家是想看看他画画的水平，便从行囊里翻出一幅画，说道："刚画的，没完工，这碗里还少画了一只虾。"

管家看了看，赞道："嗯，这画法，就是我们需要的，适合画马。敢问画上这女子是谁？漂亮，一定是你的……"

"不不不，别乱猜了。"

"这样吧，你先坐下，我去去就来。我把画给他们看下。我想，他们也一定喜欢的。"等管家一走，工叙马上把桌上的异马图卷起来塞到怀里，然后迅速离开了这个地方。他怕人家真的看中他，就难以脱身了。

工叙赶到码头，小碗一见他就骂道："要这么久吗？夫人急死了，以为你到哪家做上门女婿去了。"工叙有些理亏，也不辩解，在码头上找了一艘南下的船，三个人就上了船。

船不大，三人挤在船舱里，也只能半躺着。小碗问道："画呢，给我画的画？"

是啊，那幅画还在那座神秘大宅里呢。但他嘴上应付小碗说，还没画完，这些天一直赶路，还没时间添上一只虾。小碗说："那你现在画呀，现在空下来了，画一只虾不难吧？"

三十六娘说："小碗，马上就天黑了，等天亮再说吧。"

小碗不再吭声了。骑了一天的马，三个人也疲乏了，很快就睡着了。

到了半夜，工叙突然感到船剧烈摇晃起来，睁眼一看，有人持着火炬跳上了船。火炬下，一张张狰狞的脸。工叙想坐起来，却被人用刀子顶着脑门。完了，遇到抢劫的了。他往旁边一看，三十六娘和小碗的处境也一样。三十六娘的眼睛，在火炬下露出深深的恐惧。小碗更是吓得不敢睁眼。

看来，这两个确实不是蛾眉科的女杀手。工叙佩服自己的镇定，这个时候，还在判断她们是不是蛾眉科的人。

让他恐惧的是，那劫匪把火炬从他脸旁挪开，慢慢挪向他压在身下的行囊。这行囊里有银票，抢就抢去吧，但呼猿册怎么办？他说："好汉，能把刀子拿开吗？我行囊里有钱，我翻出来给你们吧。"

所有人都看着他。其实工叙想的是，劫匪来翻行囊，会把呼猿册倒出来。劫匪一定不会要这玩意的，但被三十六娘看到就坏事了。那劫匪听工叙这么一说，真把刀尖移开了。

工叙一骨碌坐起来，摸出几张银票递给劫匪。劫匪看到银票，却不急着取，看着工叙说："你这小子倒也知趣的。可是我这一次，看中了这两个女的。你倒是说说，你舍得把哪个送给我们呀？"

这个，让工叙怎么回答呢？他要完成呼猿局的任务，一定要从三十六娘这里得到线索，不管她是不是蛾眉科的，要接近赵鼎就得借助她。至于小碗，虽然古灵精怪，但一路走到这儿，他还真有点喜欢她了。他挥舞着银票说："好汉，这些银票，你们倒是拿去呀。她们一个是我姨娘，一个是我表妹，我都不能给你们的。"

劫匪说："看你仁义，就给你留一个吧。弟兄们，把小的这个给我带走。"一群劫匪得令，就把三十六娘放了，一起来对付小碗。小碗吓得浑身发抖，叫道："你们别绑了，痛。我自己走不行吗？"三十六娘冲过来，抱住了小碗，大声说："你们这些强盗，赵丞相在江西的时候,你们还敢这样吗?"

"可惜他下台了。"劫匪说,"你若有本事,让他老人家再回江西剿匪啊。"

这边,小碗已经走到船沿了,她就要跨上匪船前,突然回过身,向工叙深深地看了一眼。这一眼里,不仅仅有千言万语,还有千山万水。工叙被刺激了,突然暴跳起来,冲出船舱,往那一只匪船猛扑过去。

砰!一棍子。

工叙眼前飞舞着金星,倒了下去。

第十三章　异马图

等工叙醒来的时候,天已亮。

他听见船家对三十六娘说:"夫人啊,真对不住。我们这儿,水匪多,山匪多,如果借他们一双翅膀,他们还敢上天去打劫玉皇大帝呢。"

"嗯。"三十六娘立在船头,淡淡地说。

"女儿被他们抢了,你们还接着赶路吗?"船家又问。三十六娘回答道:"不了。我要上岸找官府,让他们把我女儿找回来。"

"那是枉然的。"船家摇摇头说,"已经不是赵丞相在位的时光了。"

三十六娘说:"还得要试试。等他一醒,我们就走。"

工叙坐了起来,对舱外喊道:"赵夫人,得赶紧走,赵老丞相的病拖不起。"他说这话,是思考了一阵子的。虽然他也很惦记小碗,但理智提醒他,必须赶紧南下。况且,这土匪横行的地方,要找回小碗几乎不可能。

三十六娘赶紧钻进舱内，对工叙说："谢天谢地，你终于醒了。"

工叙摸摸后脑勺说："看来，我这身板不经打啊。"

"那一棍子，老虎都经不住。"三十六娘说，"等你好点了，我们就上岸去。"

工叙继续说服着三十六娘："小碗的事，只好看她的造化了。毕竟，赵老丞相才是重中之重。"

那船家听了他们的对话，对三十六娘说："这么说，你们真的是赵老丞相家的？"

三十六娘点了点头。

"你们也别争了。听我说一句，还是继续赶路吧，早点见到赵老丞相。赵老丞相家里的事，就是我们船家的事。我把你们送去，不收钱。"船家对三十六娘说，"至于您那女儿，回头我再想办法帮你们找。"

船家说完，也不等回话，马上走回船头，起了铁锚就开划了。三十六娘和工叙对看一眼，也不知道说什么好。

停了一夜的船，又前行了。

这一路，是上水，所以桨声响。船家划得十分卖力，他想早点把赵老丞相的家人送到赣州去。

工叙不想浪费时间，就从怀里摸出异马图。异马图不是呼猿册，不必躲着别人。这回，他得从从容容、仔仔细细看了。不久，工叙有了一个新发现，那马眼上画着极细极细的眼线。如果不注意看，十有八九会漏掉。这种画法，工叙曾经听师父说过。那么这个人，一定是跟自己同一个门派的。那么他跟江参有关系吗？江参除了山水大作，也画百兽。工叙此次秘密南下，除了呼猿局清单上的任务，还有一件自己一直想干的事，就是找到江参遗物。

看样子，这幅画，就是一条线索。

可是，还是没找到署名。他们画人像的，与画山水的有不同的规矩。画山水的，有署名、印章，甚至有题跋，大张旗鼓。可画人像的，不能这么做，因为人像是要挂在人家堂前壁上的，所以画者往往会把自己的名字署在不显眼处，字也极小，一般也不签章。可眼前的这幅画，连署名的影子都找不到。

他把画翻了个面，反面除了画师不小心滴上的墨点，也没找到什么。

工叙暗暗叹了一口气。

旁边，三十六娘无意中一瞥，看到了异马图，脱口说了声："啊，是毗那大蛮。"

工叙一惊。毗那大蛮，他在角尺巷就听说过，没料到三十六娘一眼就能认出来。他抬起头望着三十六娘。

三十六娘却沉默了。说实话，三十六娘一直怀疑着工叙，觉得他来路不明。尤其是对工叙去南荒大岛的目的，她更是心存疑惑。可这一路来，她经过不断的观察，觉得这年轻人不坏。有好几次她和小碗遇到险情，工叙都毫不犹豫施予了援手。

这种表现，心怀鬼胎的人装不出来。

既然能结伴而行，那就不必再猜疑别人了。三十六娘告诉工叙，所谓毗那，是古彝人建立的化外藩国，早已归化中原皇朝了，大致的位置是在贵州一带。传说那里有个毗那山，出产良马，偶尔会出现一种特殊品种的异马，善跑，善斗，极为勇敢，相马师说，这就是毗那大蛮。所谓毗那大蛮，原指毗那之人，现被指代这种异马，倒是十分贴切。一个蛮字，恰好点出了异马的特点。不过，毗那大蛮引起朝廷的关注，还是在南渡之后。

听她这么一说，工叙就明白了。打仗除了兵器，最要紧的是战马。谁的战马多,谁就能称王称霸。南渡之前,大宋的战马几乎都是来自西北的大西马。靖康后,原先出产战马的领土全失去。想买吧,金人已经把大西马列为不可交易的禁品。大宋朝廷买不到西马、北马,就改变了马政,开始关注南马了。

工叙指着异马图问道:"赵夫人,您怎么认出毗那大蛮?"

三十六娘说:"老丞相当年在江西,除了剿匪,最忙的事还是御敌。几位将军筹划攻打襄阳,我们得提前为他们备足粮草、战马。虽说妇人不能干政,但老丞相腿脚病痛,有些事就我代劳了。所以我见过一些异马图。"

啊,原来我们自己人选马,也要画马的。他作为画师,以前也没听说过这事。工叙问道:"这么好的画,怎么都不署名呢?"

"好的画马师难找,怕被人挖走了,都不让署名。"三十六娘说。

工叙点点头。他在乡下给人画像就是不署名的。画像是给子孙瞻仰的,谁愿意对着外人的名字烧香上供?再说了,他在呼猿局画的画,照样不能署名。

"不过,"三十六娘说,"画马师也会想办法在画上留点暗记的。"

是啊,暗记。三十六娘的话提醒了工叙。他回忆起师父喝醉酒时说过,有些画师想暗暗署名,会在画纸上留下墨点。门派不同,墨点的排列、形状、大小、浓淡就不同。记得当时席上有弟子问师父,本门派的墨点有什么特征,师父就说了三个字:"像眼睛。"

工叙重新把手上的异马图翻过来,细看刚才那几滴墨点,墨点中间真有浓淡之分,隐隐约约像个瞳仁。马眼有眼线,署名又像瞳仁,都与眼睛有关。工叙基本肯定,这个画师跟自己是同一个门派的。仅凭这点,他也得赶到崖州,找到这个失踪半年的师兄。

三十六娘接过异马图,按工叙指点的,细看了墨点,再翻到正面,迟迟疑疑说道:"这个画马师,我应该见过的。"

工叙说:"对呀,十多年前,您和老丞相恰好在江西。"

"不是。不是在江西,也不是十多年前。"三十六娘摇摇头说,"那是绍兴十二年的事,在临安。"

绍兴十二年?临安?两个元素让工叙感兴趣,他知道某个故事要开始了。

三十六娘接着说:"那一年,我回常山给赵老丞相买药……哦,其实是买药香。这玩意儿点燃后容易催人入眠。赵老丞相患疾后,常常睡不好,所以我想给他买这个。可我刚到常山,有人就带来了老丞相的口信,让我赶紧去临安。"

"不对。"工叙也有些疑惑了,"那时候他老人家在岭南,让您去临安干吗?"

三十六娘说:"是啊,我也怀疑,我都没见着老丞相的书信。但那时也容不得我多想,稀里糊涂跟着来人就走了。本来从常山到临安一路顺水,走水路是最方便的,但来人早就备好了马车,我就上了马车走了。结果……"

她突然卡住了。

工叙感觉到三十六娘这趟路程一定有诸多不顺。三十六娘沉默了好久,幽幽地说:"因为我们要在天亮时赶到,所以连夜赶路,到了富阳地界已是后半夜。过恩波桥时,我就觉得车子一震,车窗外有人丢进了一团东西。同行的人发现有情况,立即策马去追,可是没追到。我趁人不注意,偷偷摸摸展开一看,是半幅异马图。我翻到画的反面,只看到一行字,让我不要去临安,更不能进入临安府衙的官驿,免得落入圈套。看得出,这行字还是新鲜的,墨汁还没有完全干透,也写得歪歪扭扭。我怀疑,这是谁在仓促之中写的,所以不拘章法。"

工叙问道:"这个人,长得什么模样?"

三十六娘说:"匆匆忙忙的,我也没看清那人的模样,但黑暗中还能看到一个影子,挺高的。"

工叙问:"后来,您去临安了吗?"

三十六娘说:"没有,我趁他们不注意,下车跑掉了。"

"这么说,您没去临安府的官驿。"工叙说,"真是运气,您逃过了一劫。"

"可能是吧。"三十六娘说,"但我不知道这一劫是什么。"

工叙说:"那是一起命案。"

"一起命案?"三十六娘倒吸了一口气,"谁死了?"

工叙说:"江参死了。"

"啊,画画的江参?我以前在常山见过他。"三十六娘更震惊了,"他怎么死的?"

这事得问你呀——如果搁在几天前,工叙心里一定会这样说。但此刻,他觉得三十六娘不像是装的,她应该是真的不了解。于是,他简单说了一下此事的来龙去脉:

朝廷恢复宫廷画院后,让谁来入主新画院,这是个难题。是画龙派还是画牛派?所谓的画牛派,其实是暗喻江南画派,因为江南的画家们喜欢把江南常见的水牛入画。后来,有人就推荐了江南画派的江参。他的画文人气重,符合士大夫们的口味,圣上也想见他一面。他本是散淡之人,但得到皇帝召见后,可发扬本门本派,所以他还是硬着头皮去了,在觐见的前一夜住进了临安府的官驿。

结果,第二天他就没有醒来,死因成谜。

三十六娘说:"那……他画的《千里江山图》呢?"

工叙说:"此画自此失踪了。"

三十六娘说:"那太可惜了,画这幅画的时候,赵老丞相和我都在场。"

工叙不敢当着三十六娘的面掏出呼猿册,只能靠画画打发时光了。他凭记忆画好了小碗的头像,又在旁边画上了两只虾。那是小碗再三要求的。就在这时,他感觉船身震动了一下,好像有人上了船,那人拍拍他的肩膀说:

"这盱眙青虾,活了。"

工叙呆住了,他不敢回头。他怕自己一回头会失望,他怕一回头,看到的不是他想看到的那个人。

他没有失望,这回不是梦。他画中的那个人从画纸上跳了下来,走到他的面前。他一把就抓住了那个人,又意识到不妥,又放开了手。

真的是小碗回来了。他们重新成了三个人。

小碗解释说,其实被劫匪劫走后不久,她就虎口脱险了。她告诉劫匪,她是赵鼎家的,赵老丞相病重,她陪赵夫人一起赶去看他。劫匪一听就说,哎呀,你怎么不早说。说完就把她给放了,还给她雇了一艘船,让她日夜兼程追了过来。

整个过程简单得不能再简单了,说书人一定不喜欢。但是工叙喜欢,这就意味着,小碗并没有受什么欺负。三十六娘当然更高兴了,没有耽搁行程,也没有少掉一个人,算是老天保佑了。

工叙画完青虾,意犹未尽,在上面写上了两句诗:"南来寄疏蓬,虾菜岂所欢。"小碗看了,赞道:"筷子哥哥,你不但会画画,还会写诗呀?"

"句子里有个虾字,送给你的。"工叙说完,又扭头偷看了一眼三十六娘,有些心虚。三十六娘微微一笑,也不戳破。心想,这年轻人记性确实不错,还能记得这首诗。这首诗是赵鼎去建康途中在太湖写的。那时候,夫君离开常山黄冈山,陪着圣上四处奔走,虽然辛苦,但内心是舒畅的。

三十六娘又想起夫君另一首写虾的词:"……谩水犀强弩,一战鱼虾。依旧群龙,怒卷银汉下天涯。雷驱电炽雄夸。似云垂鹏背,雪喷鲸牙。须臾变灭,天容水色,琼田万顷无瑕。俗眼但惊嗟。试望中仿佛,三岛烟霞。旧隐依然,几时归去泛灵槎。"

她现在才意识到,在这首《望海潮》中,早就出现了"下天涯""垂鹏背""喷鲸牙""泛灵槎"这些字眼。这些字眼,全部都指向一个地方:南荒大岛、天南尽头。"琼田"二字,原意为传说中的种玉之田,但在夫君的这首词中,难道不是指琼岛的万里波涛吗?

这么说,夫君在十多年前就预测了自己的结局?

船家见小碗喜欢青虾,真的就在船头钓了几只虾,又跑到船尾生起了火炉。三十六娘不想让自己再那么沉重,就跑去船尾帮忙烧菜去了。船家慌忙跑了过来,说:"赵夫人,这是下人做的事,您怎么可以……"

三十六娘摇摇头说:"老丞相都被贬了九年了,我早就成为一介农妇了,还有什么不会的?"

船家是明白人,知道她这是给年轻人腾地方,也没谦让。

其实,船舱里的两个年轻人,什么也没干。除了庆祝死里逃生,他们还能干什么呢?小碗说:"早知道劫匪那么怕赵老丞相,刚被劫船的那会儿就该抬出他的名头。"

工叙也很感慨,下野的人,名头还那么管用。小碗说:"所以嘛,那些没名头的人,就不要打肿脸充胖子了,说什么自己家有马队……哎呀呀,筷子哥哥你怎么脸红了?我就喜欢看你脸红,你红了脸才精神。"

第十四章　大庾岭的梅关的邂逅岗的邂逅

终于下了船。

水面越来越窄，也越来越浅，只能换走陆路了。往南面看，群峰如屏。那就是五岭之首的大庾岭，那也是令人生畏的大庾岭。大庾岭那一边，就是更令人生畏的岭南。既然大庾岭那么难走，岭南那么不堪，为什么大庾岭的驿道上，还人来人往、络绎不绝？

为了生计。

虽然累，也渐渐逼近梅关了。大庾岭最险要的一段驿道叫梅关，是唐朝宰相张九龄向玄宗上书并获批开凿的。岁月之踵，把整条驿道的鹅卵石打磨得光滑如镜。但并不是每一段路都可以骑马的，很多地方只能下马步行。

更要命的是，如此重要的古道，一些路段还十分崎岖，且狭窄，一般的宽度也不过是五六尺。来来往往的人，不管是高官还是贩夫走卒，都只能只身过界。

更让人吁叹的是，路上大部分人都挑着重担，那箩筐里，有茶叶、食盐、米面、药材、婴儿、布匹，还有苦和难。为了生计，无可奈何。

三十六娘想，除了为生计奔波，从秦到宋，这条路上行走着太多的谪官，还有陪着受难的眷属们。她自己，就是其中一个。

张九龄把这条驿道称为梅关，是因为这一段古道边全是梅树。可是这些为了生计苦苦挣扎的人，有心情赏梅吗？还是有的。抱着赴死心情的苏东坡就在这里写过一些与梅有关的句子。苏东坡是两过梅关，被贬谪去岭南是一次，被大赦回中原是一次。

可同样喜欢写梅花诗的赵鼎一次也没来过梅关。他去南荒大岛，是直接从漳州沿着海边过去的。如果夫君有机会被解放，是不是也可以从梅关回江南呢？

这希望，那么渺茫。

路越走越高了，也越走越险了。

在工叙眼里，这有点像赵鼎的仕途。

昨晚，为了养精蓄锐过梅关，大家找了个安静的客栈休息。夜深人静时，工叙没睡着，干脆点了灯阅读呼猿册。即将登山了，应该抓紧看完呼猿册，然后烧掉，减轻身上的负累。

这一辑，说的就是赵鼎登上人生巅峰的事。

赵鼎的这段经历，哥哥在呼猿册里记录得特别清晰，因为这时候的赵鼎万众瞩目，有关他的资料非常容易收集。工叙现在最感兴趣的，就是理一理赵鼎和张浚之间有趣的关系。绍兴四年，赵鼎任右相，劝说圣上起用张浚，任命他为知枢密院事，赢得了此年的宋金战争。绍兴五年，圣上任命赵鼎、张浚为左右相。官场上，左右级别相当，而以左为稍贵。左相赵鼎负责政务，右相张浚负责军事。

呼猿册里也提到，赵鼎、张浚联手打造出宋室的中兴气象，可好景不长，因为两人天性相反，加上有人离间，他们在很多方面产生了矛盾。于是，赵鼎辞去相位，去了绍兴府当太守。

好玩的是，坏景也不长。绍兴七年下半年，张浚因为对淮西事变措置不当，被罢相。他三番五次找圣上，强烈要求把赵鼎召回京城，接替自己的相位。就这样，赵鼎二次拜相，并且仍是左相。

这才是赵鼎一生中的最高峰。

就快到最高峰了。

虽然累，但是三十六娘还是一步步走了上来。脚下，是她的脚印，也是别人的脚印。这些脚印从山下来，到山上去。脚印与脚印之间，原来是相同的。虽然夫君没有来过大庾岭，但这梅关驿道上，分明有他的脚印。三十六娘能看到夫君赵鼎的脚步迈向梅关最高处。

抵达顶峰的赵鼎已无所求了，只想做事。他天性持重，从不冒进，他认为眼下的第一要务是把江山稳住。那时，金人终于把自己操控的伪齐废弃了，宋与金直接交手了。赵鼎抢在金人之前，招安了原来的伪齐守军，大批人马归顺大宋。

但这也留下了日后有人弹劾赵鼎通敌的隐患。

赵鼎总以为帝王相信他，所以他看到内侍把竹栽盆景搬进内廷，就说："徽宗因为大兴花石纲引发了民变，现在我们还想重蹈覆辙吗？"一句话把圣上说得脸红耳赤的。还有一次，户部有人进宫献钱，赵鼎一调查，竟然是圣上要求这样做的。赵鼎直接跟圣上说："别人不应该献钱，陛下也不应该收钱。"

虽然那几次圣上都及时改正了错误，但慢慢地，他就觉得跟赵鼎在一起，不那么快乐。

顶峰，就是险峰。

三十六娘一走到顶峰，就看到了无限风光里，险象环生。绍兴八年，是战是和，朝中吵作一团。这时，那个赵鼎生命中的煞星出现了。因为此人后来把自己的官邸建在临安城的望仙桥，所以，很多人就暗地里称他为望仙桥主人。

这望仙桥主人经过一系列的操作，让圣上觉得与他相处特别舒服。这时候，赵鼎因为立储问题，让圣上很恼火。于是，赵鼎第二次被罢相，从顶峰跌落。

一路跌，一路跌，一路跌……

"哇，邂逅。"

小碗看见"邂逅岗"三个字就叫了起来。这么浪漫的一个地名，当然会引起姑娘的兴趣。邂逅，确实令人神往。可是与年轻人心境不同的是，中年人心中想到邂逅，多了三分吁叹。

三十六娘早年看过一则笔记，说梅关近高处有一段山岗特别狭窄，最窄之处不盈三尺，来来往往的人，都免不了在此交会。如果是故人，那就是相遇了；如果不期而遇，那就是邂逅了。在此邂逅之人，有不少是走过苦难甚至生死之路的，所以一邂逅，便会生出无限的感触来。

这就是传说中的邂逅岗。

三十六娘想，这么一条窄路上，跟乘车坐船不一样，无所遮挡，面对面走来，没有不打照面的，要躲也躲不开。即使同向而行的，前面的人不侧身让路，后面的人也无法超越。工叙边走边看，就觉得让路的人有些规律，若是男的，会面向你侧身，若是女的，则会背对着你。还没等他找出原因，他突然被邂逅了。

他邂逅了一双双鞋子。他想起了从临安到常山的那条大船上看到的鞋子。不同的鞋子上，有个相同的暗记。工叙隐隐约约感觉到，穿这些鞋子的人有可能是一支军队。因为这些人体魄几乎是一样的，一种身经百战的样子。

这些人也朝他多看了两眼。

至于小碗，还沉浸在她的小情怀里。"梅关梅关，梅花呢？"没看见梅花的小碗，看见了不远处有一坡的花，越发兴奋。

那是木芙蓉。三十六娘认识这种花。刚才在山那边还没看见木芙蓉，现在从山顶下来不远，木芙蓉就这么鲜艳起来了。岭南岭北的气候就是不一致。她见小碗很想去看看那些木芙蓉，就应允了。她对工叙说：

"你陪小碗去吧，我就在这儿歇一会儿。别贪玩，下了山，我们还得……"

三十六娘找到一个稍微宽敞一些的地方，坐在一块石头上。她望着脚下的下坡路，莫名其妙就想起了下坡路上的夫君。她永远记得绍兴八年，这是赵鼎生命中的分水岭，他开始不断下滑。

这一年，赵鼎从相位下来，被贬谪到绍兴府当太守去了。这距离他上一次被贬到绍兴府还不满两年。赵鼎以为这次出京会像上次那样，很快就重回中枢，但是他错了。四个月后，他又从绍兴府被贬到更南边的泉州。之后，更是从泉州被贬到更南边的潮州。

"更南边"，那就是"更落后"。从汉唐开始，惩罚一个官员，往往把他的官位往下降，把他的就职地点往南移，往岭南移。赵鼎的被贬轨迹，就是一路向南，直至真正的岭南。越城岭、都庞岭、萌渚岭、骑田岭、大庾岭，这五大岭横亘一线，在南方隔出一个叫岭南的区域。

只有犯了弥天大罪的官员，才会被放逐到岭南。

在潮州没过几个月，他又被放逐到了漳州。在下坡路上狂奔的赵鼎，又等来了凌厉的处罚，他被人再次弹劾。他在毫无希望的漳州，痛苦地等了四年，然后，等来了终极的惩治。

整个中土，没有比崖州更南面的了。最南面的崖州，终于迎来了又一个被放逐的宰相。绍兴十五年，赵鼎从雷州渡海抵达了南荒大岛，然后照例写了感谢信，感谢朝廷的精心安排……

这样密集的、断崖式的惩罚落了下来，几同于天火降临，不要说是赵鼎，连三十六娘都吃不消了。此刻，她感到了前所未有的窒息，有一双手紧紧地掐住了她的喉管，让她昏沉沉的。恍惚间，她听到了有人在喊她，她以为是工叙和小碗采花回来了，睁开眼睛一看，却被吓到了。

喊她的人，是王文献。这个岭南狂人怎么会出现在这个地方呢？

看来，邂逅岗真能邂逅故人啊。

王文献不是别人，正是赵鼎贬谪在潮州时结识的朋友。

赵鼎谪居潮州时，为了不给亲友带来麻烦，整天把自己关在家里。但还是有不怕死的朋友给他寄来书信，甚至赶来看他，尽管这会给他们带来新的祸端。

刚到不久，赵鼎就收到了岳飞的来信。三十六娘记得，夫君收到岳飞这一封信时，老泪纵横。但是为了保护岳飞，他没写回信。

三十六娘后来听说，岳飞写这封信时，正受到朝廷的钳制。那么这封信，是不是就跟战事有关呢？赵鼎收到岳飞的第二封信，是在漳州，赵鼎仍然没有回信给岳飞，原因如前。三十六娘也是后来才知道的，那时候朝廷把很多将领召回临安，金人统帅兀术趁机兴兵南侵。后来，赵鼎再也没有收到岳飞的书信，因为不久后，岳飞被关进了天牢。

到了年底，赵鼎收到了岳飞的死讯，对三十六娘说："是我害死了他，是我杀了他。我都已经很谨慎了，连他的信都不回，怎么还会牵连到他？当年，我就不该把他推荐给朝廷。"

三十六娘说："夫君，这不是您的错。您远在岭南，怎么可能杀了他？"

"我虽不杀伯仁，伯仁却因我而死。"赵鼎流着泪说，"看吧，还有更多的人会被我株连的。"

三十六娘眼前这个名叫王文献的人，则是另一个例子。他是晋江人，有文名，写过《孝经注》等一些书。有一次他突发奇想，竟然写了一部《司马法注疏》进献给朝廷，而这本书的内容对望仙桥主人极为不恭，自然被逮捕入狱了。好不容易出狱了，他又做了一件更让人惊讶的事，就是去找赵鼎。

这当儿的赵鼎，谁都避之唯恐不及，王文献反倒是专程赶到了潮州。

相比于岳飞等人，王文献是个陌生的朋友。他的到来，倒是让赵鼎生出一丝希望。这些年，生活拮据，除了腿脚关节痛，消渴症更让他苦不堪言。他对王文献倾倒了苦水，并写了一封信让王文献带去临安，向太学之首的高闶求一本新书。

这王文献，回京后却展开了营救赵鼎的活动，因此再次入狱。这一案，京城一系列官员受到了惩处。南渡以后太学之制，都是高闶所建，可以说是学界领袖。高闶最强调的是，尊王攘夷，主张"谨华夷之辨，攘夷狄救中国"，给满朝文武提供了驱逐金人的理论基础。赵鼎给他写信求书，自然有串通朝臣反对议和的嫌疑。

绍兴十四年，御史中丞詹大方上了一道奏折，重提此事，说赵鼎贬谪多年仍不思悔改，而其党羽门生还在活动，非宗庙社稷之福。望仙桥主人把这份奏折直接给了皇帝。圣上一怒之下说："这好办呀，那就把赵鼎放逐到最远的地方去，断了他们的念想，让他的门生党羽都知道这老头永远不会复出了。"

在赶往崖州的前夜，赵鼎一夜未眠，郑重其事地跟三十六娘说："夫人，我想了一夜，我得赶你走了。"

三十六娘十分惊讶。自从嫁给赵鼎，她从来没见夫君这样跟她说话。再说，这样的处境，这样的身体，日渐老去的夫君到了最需要家人照顾的时候，她怎么可能离去呢？

赵鼎说："这些年，凡是跟我沾了边的人都倒了血霉，洙儿和渭儿因为陪我放逐都死得不明不白。所以你得离开我。我给汾儿写了一封信，你转给他，无论我被放逐到哪里，都不准他来陪我。"

三十六娘没想到，这王文献又被放出来了。王文献老了许多，不变的是那一份狂气，牢狱也消磨不了他的脾性。御史中丞詹大方对赵鼎致命一击的那份奏折里，就把王文献称为狂士。自此，狂士就成了王文献的标签，极为耀眼。

她更没想到的是，王文献这次南下，还是为了赵鼎。而跟他一起前来的，是全天下最强悍的背嵬军。那是岳飞麾下精锐中的精锐，完颜兀术最忌惮的军队。

"啊，背嵬军？"三十六娘惊道。

与王文献一起来的，还有一个人。那人见三十六娘看着他，忙摆摆手说："不是我，不是我，我怎么敢称背嵬军？我也是刚路过，去找我家主公。在此邂逅了王狂士，两个人说说话，没想到就被赵夫人撞到了。"

"哈哈，他们都叫我王狂士。好受用啊。我真的要谢谢御史中丞詹大方。"王文献开心了好一会儿，才正式向三十六娘介绍了这位朋友，饶州洪皓府上的洪管家。

三十六娘认识洪皓。洪皓就是被圣上称赞为"苏武第二"的宋使。洪皓被金人扣留了十五年，前些年才回国，却因为和望仙桥主人合不来被逐出京城。洪管家告诉三十六娘，拜御史中丞詹大方所赐，一份奏疏就导致洪大人被贬谪到岭南的英州。

王文献说："背嵬军脚健，我让他们先走了，这样我可以和洪管家多聊一会儿。对了，赵夫人怎么是一个人行走，您的随从呢？"

"还有两个小朋友去摘木芙蓉了。我在这里等他们。"三十六娘朝小碗他们的方向望了一下，又说，"看，他们回来了。"

王文献循着三十六娘所指看去，看到一对年轻人手捧着木芙蓉跑过来。工叙和小碗也是尽兴了，大老远就对三十六娘这面挥挥手。

突然，洪管家冲到三十六娘的前面，大声叫道：

"赵夫人，有一个奸细。"

三十六娘也吃了一惊，忙不迭问道："啊，是谁？"

洪管家伸出手指，指着工叙和小碗跑来的方向，他还没说出口，就一个趔趄滚下了悬崖。邂逅岗上年久失修的木护栏，挡不住意外的发生。

工叙是在小碗的尖叫声中夺路而逃的，工叙是在三十六娘惊愕的表情中夺路而逃的，工叙是在一个男人的追击之下夺路而逃的。

总之，逃。

尖叫声还没落下，深深的悬崖下面，就传来了人肉与岩石相击的声音。那是死亡的声音。工叙自从入了呼猿局，关注的都是些已死的人、快死的人、等同于死亡的人，应该说对死亡并不陌生了，但是当一个活生生的人在他面前真真实实死去时，他还是很震惊的。何况，这个人是因他而死的。

工叙一气跑到了高处，才回头看看，那个男的没追上来。再一看，这里就是刚才他和小碗采摘木芙蓉的地方。难怪刚才自己熟门熟路的，一下子甩掉了追兵。他停住了脚步，躲在木芙蓉后。木芙蓉还是木芙蓉，却没了香气。

刚才采花是那样的心境，想不到现在逃跑又是这样的心境。

他透过树丛，看见了山岗下的三十六娘。经他一路暗中观察，她只是一个普通的女子，一个苦苦念叨着丈夫的妻子。她千山万水赶过去，只是想见一面落难的丈夫。

他看见了小碗，那个胆小的女子一直在哭，一定是被吓坏了。毫无疑问，这是个不谙世事、没有心机的姑娘，虽然有点伶牙俐齿。但没这点刁蛮，他也不会暗中被她吸引住。

可惜的是，他再也不能陪她们走余下的路了。

那个追他未果的男人回到了三十六娘身边，说了一些什么。过了一会儿，他们三个人往山下走去了。

老天，小碗临行前，还朝他这个方向看了一眼。

天已经黑了下来，工叙觉得险情已经解除，从树丛里走了出来。可是，等他回到邂逅岗的羊肠小道时，他就不知道继续往前，还是往后。

往前走，谍探的身份已经暴露，还能继续往南荒大岛赶吗？真的赶到那里了，还能混到赵鼎的身边吗？

往回走，没有完成任务，呼猿局能放过他吗？

最要紧的是，他这么两手空空地回去，二老板还会帮忙把关在临安府大狱里的哥哥救出来吗？

还有，师父临终交代要找的《千里江山图》，还找不找？

那么三十六娘是往哪条路去的呢？

工叙反倒不急了，他干脆坐了下来，想好好捋一捋。刚才发生的那一切，似乎有点荒唐，更是不可思议。他想破脑袋也不明白，刚才那个男的怎么看了他一眼就认出他是奸细？难道，是有什么破绽被他发现了吗？

他想破了脑袋也没明白。

他突然想到他和小碗去摘花之前，三十六娘说了那句话：

"工叙，你陪小碗去吧，我就在这儿歇一会儿。别贪玩，下了山，我们还得去连州。"

工叙记得小碗当时这样问道："我们不是去崖州吗？怎么又去连州？"三十六娘是这样回答小碗的："绕道连州，去老丞相那里取个东西。"

老丞相？连州那儿也有个老丞相吗？工叙翻开呼猿册，一查，目前被贬在连州的是张浚，也算是个老丞相了。他烧掉了最后的呼猿册，轻装上路。

他知道他的脚要迈向哪儿。

第十五章　鉴真和尚的晒经坡

大海盗要来了。

恐怖的消息像天雷炸开一样传遍了崖州,所有人都紧张起来。

在崖州,海盗的事像家常便饭一样成不了集体的话题,但是大海盗,那就不仅仅是个话题,更是一个巨大的灾难。

大海盗,其实不是一个人,也不是一艘船,而是很多人,很多船。或者说,那是一支船队。他们手上除了锋利的刀具、射程很远的弓弩,还有喷火铁器。

这些也没什么。在番坊街,很多人的祖上都是金盆洗手的海盗,对他们来说,海盗也很亲。但提起大海盗,他们的表情完全就变了一个样。他们不是害怕大海盗那喷火的铁器,他们害怕的是大海盗的眼神。上了年纪的人都记得,那就是死神的眼神。

老人们说,被大海盗眼睛扫过的地方,草木都会立马枯黄。他们杀人,是一种习惯。

这股大海盗,沿着海岸线移动。在他们眼里,没有中土,没有琉球,没有天竺,没有锡兰,没有爪哇。所到之处,所有的财富都会被他们洗劫一空。

番坊街的老人还记得,上一次大海盗来的时候,整个崖州城都被烧掉了。那城墙,也被烧了九天。自汉朝以来,南荒大岛上各个城池的城墙,跟大陆不一样,都是围植着密密麻麻的矮树,最好的那部分,也不过是木头搭建的,易于燃烧。

这样的城墙,只能挡一挡狼群而已。

那一次,大海盗也是事先下了通知,说他们将在预定的时间、预定的地点来到崖州。所谓的地点,其实就是崖州湾。大海盗到了崖州湾以后,并不下船,只是从每一艘大船上放下几只小船,划到大疍港，把崖州人事先堆在码头上的献礼搬上船。

那些献礼，是水产、山货、银器，还有海盐、大米、干果、香料，等等，等等。崖州的土人、疍人、汉人、番人，还有官员们，都毕恭毕敬站在码头上，一个个僵笑着，看着大海盗把他们的东西搬走。

可是那一次，一个意外导致了血光之灾。码头上突然有人拔出刀剑，冲向了海盗们。这样一来，惨案就发生了。

番坊街上最老的老人曾经回忆过。他说，那一下子，所有的海盗船上都放下了黑色的旗幡，每一面黑旗后都喷出了邪恶的火焰，犹如毒龙吐火。顷刻间，码头上的房子都烧着了。一波攻击后，海盗们又冲上了岸，杀进了崖州城，在城里杀了一整天。

老人的外甥就从家里偷了一幅图出来，到处给人看。他说这幅图，就画着当年大海盗洗劫崖州的场景。番人的名字难记，所以大家都给他临时起了个绰号，叫藏图阿宝。藏图阿宝拿着画来到水南村的时候，裴怀看到了画里的黑旗，一排排，一列列。

虽然这画里没有血，没有尸体，也没有画上海盗的模样，但足够让人窒息了。

一副地狱景象。

裴闻义又回到了崖州，他这次来用不着避人耳目了，直接进了崖州官署。

郭太守在三高台上请裴闻义喝茶，然后说："裴大人，这纷纷扬扬的事，您在儋州也听说了吧？"

裴闻义喝了一口茶，点了点头说："不瞒您说，我还是从臭油寡妇那里听到的。"

郭太守笑了："怎么，我们崖州的寡妇跑到儋州去了？"

裴闻义一点提防也没有，说道："是啊，真难为一个孕妇，大老远骑着矮马跑来儋州。"

郭太守还是在笑："一个寡妇，专门跑到儋州，就是说这么一件事？"

裴闻义突然觉得郭太守话中有话了，急忙说："哦，郭大人，可别多想了，她是到儋州收购海棠仁的。"

郭太守说："裴大人，别误会了。我可没别的意思啊。"

裴闻义说："一接到您的茶约，我立马就赶回来了。我一路猜想，郭大人让我来，可能就是谈大海盗的事。"

郭太守这才收住了笑容，严肃地说："是的，这事可不是闹着玩的。您家就是岛上本土的，也没有离开的打算了。可我跟您不同，还是想早点北归，回陆上去，回江南去。所以这些年来，我还是兢兢业业的。"

裴闻义冷笑了一下，把笑声控制在喉咙以下，又努了一下嘴，把声音连茶水一起吞进了肚皮里。当然，所有的动作都被他用茶杯遮住了。郭大人也没说错，至少他在看管朝廷谪官这一点上，还是兢兢业业的。这些年来，朝廷把很多贬谪之人放在崖州，也是看中了他的这份认真。

不管怎么说，郭太守这段话也算是真话吧。当然，坚决执行上司的政令，也是应该的。

他放下茶杯，真诚地点了一下头。

郭太守也假装喝茶，偷偷关注裴闻义的表情，他终于等来了对方的首肯，一颗心也放下了。对这个同僚，他并没有什么不好的感觉，只知道此人不讨朝廷喜欢。不过，多年的官场历练，他也知道这种不够圆通的同僚，才能真心帮你渡过难关。于是他接上刚才的话头，继续说："所以我请裴大人过来，是想请兄长帮个忙的。"

裴闻义说："郭大人客气了，都是为朝廷守土，崖州的事、儋州的事，都是自己的事。何况，我还是土生土长的崖州人呢。"

"唉，"郭太守长叹道，"裴大人真不愧是裴度宰相的裔孙啊，名门之后。好吧，我也不客气了。您对崖州比我还熟悉，何况令尊大人也是我的前任的前任。您一定知道这崖州的底子，就这几个兵勇，不够。马呢，就更不用说了，都是大陆各州府淘汰下来的，不顶用。"

裴闻义说："可以向上头求援呀。"

郭太守说："这个，您说得对，我也草拟了信函，准备急递上去。不过，等大陆的兵马渡海而来，不知道要到哪一天，怕是来不及。这么多年来，您也是知道的，朝廷用兵，大多针对北边，这极南之地，只有我们自个儿操心了。再者，能不去麻烦上头，就尽量不去麻烦了。"

裴闻义一听，觉得有些道理，便问道："那么，郭大人有什么高见呢？"

郭太守靠近一步，这才说："当务之急，您看看，我们两家的兵马能不能暂时合在一处用用呢？"

裴闻义没想到郭太守是打着这样的算盘，心里很是为难。崖州的兵少，儋州的兵更少。马也一样，都是老马。但是，拒绝吧，他又不好意思。虽然他在别处当官，可也无法割舍他与崖州的情。崖州的每个族群，都是他的父老乡亲。他的宅院还在这里，他的女儿裴怀在这里。于公于私，他找不出不帮的理由。

可是，面对这个郭太守，他想在答应之前多了解一下情况。于是他趁机问道："大海盗要来的事，我也听闻一二，只是不甚清楚。第一，大海盗要来崖州扫荡，怎么可能事先就放出风声？第二，他们要来，有没有一个大致的时间？我们是否来得及？"

郭太守解答道："我听说番坊街的老人说，上一次大海盗来，就是事先放出风来的。也许这件事，令尊大人会更清楚些。"

"这不一定。"裴闻义说,"这也不是家父任上的事。"

"听说令尊大人喜欢记笔记。"郭太守说,"您回家查查他的遗物,或许能搜检得到。"

裴闻义说:"哈哈,家父的笔记有可能就留在崖州官署了。应该到你们的库房里去找一下才是。"

郭太守顿了一下:"有道理,那我们分头去找,一定能找到。至于大海盗来的时间,那信上说,应该是十天后。"

裴闻义说:"怎么,还有一封信?"

郭太守意识到刚才说漏嘴了,只好说:"嗯,是有这么一封信。"

裴闻义问道:"那么,这封信是谁送来的?能不能给我看看呢?"

郭太守说:"是个波斯商人送来的。他在海上遇到了大海盗的人,他们逼他送信到崖州官署。这封信嘛,我去找找。您先喝茶。"郭太守说完,就急匆匆下了三高台。

裴闻义站了起来,眺望着四下。南边的木筑城墙下,溯着宁远河往上就是广袤的群山,群山里住着一个个土人部落。顺流往下不远就是崖州湾,所有的海船都从这个方向进来。正南边,是水南村,他能从这个高台上清楚地看到自家宅院的屋顶。水南村以西,越过番坊街、大疍港、疍人的疍排,有一大块平坡,名叫晒经坡……

正想继续看下去,郭太守回来了,手里拿着一封信。

还真有这封信。裴闻义接过来看了一下,那信上歪歪扭扭写着一行中土文字:

"八月十三日,至崖州取鉴真遗物。知名不具。"

一下子,唐朝的鉴真和尚造的大云寺就热闹起来了。大家都想求得鉴真大师的护佑,连不信佛的人也来烧香拜佛了。

这大云寺,也确实是鉴真和尚修建的。

赵鼎把自己关在裴闻义的书房里，翻阅跟鉴真有关的资料。他还在闻喜求学时就听说过鉴真和尚，后来研读佛学，才知道鉴真和尚一生中的壮举就是东渡日本。从大唐天宝元年至十二载，鉴真和尚连续六次航海，才抵达了日本岛。前五次，因官府不允、粮草匮乏、团队内讧、盗匪阻扰、海路堵塞，均以失败告终。

赵鼎南渡后曾经数次来到扬州，专门去了鉴真当年住过的崇福寺，还有鉴真第五次东渡出发的港口。他到崖州后，才知道鉴真的第六次东渡竟然是从崖州出发的。至于细节，赵鼎也一直没去了解。这次，赵鼎终于从裴璆留下的资料里把这件事搞清楚了。

这得从鉴真第五次东渡说起：大唐天宝七载六月，鉴真的大船从扬州出发，经长江入海，遇风，漂泊到了定海小洋山。八月，等到风向转变，航行到了舟山，在舟山又等了数月，等到了合适的风向，便向日本直航而去。结果又遇强劲的北风，在惊涛骇浪中连续漂流十四天，终于看到连绵的陆地，以为到了日本。又过了许多天，大船才靠了港，结果他们发现这根本不是日本，而是南荒大岛最南端的崖州。不过，在唐朝，崖州还是叫振州。

说到底，他们还没能走出中土。

这应该是史上最为南辕北辙的旅程了。

让鉴真和尚没想到的是，他这个私下偷渡出国的和尚，受到了南荒大岛的欢迎。振州别驾冯崇债听说高僧来了，立即带着四百甲兵，将鉴真和尚接到了太守衙里设斋供养。他在振州修建了大云寺，设坛传经布道。休整了一年半后，他才离开大岛，准备他的下一次东渡。

所以说鉴真第六次东渡是从这里开始的，也不算是错得离谱。至少他带往日本的很多物品，比如十二种海南香料，就是岛上的豪强给他准备的。

这一次鉴真和尚成功抵达了日本，被日本皇室封为大僧都，统领全日本僧尼。

大疍码头的伏波将军铜柱上,很快就贴上了告示。

码头上的人都是干粗活的,都不识字。蛋壳儿就来裴家宅院,让裴怀去码头给大家读一读告示。裴怀跟着蛋壳儿跑到码头上,看见了告示,一左一右有两份。

裴怀见第一份告示跟自己的父亲有关,就先给大家读了告示上的内容。大致的意思是:百年不遇的大海盗要来了,崖州和儋州即将联手,共御强敌,希望崖州民众听从二州府的政令。

下面就有人叫道:"裴小姐,这到底是真的还是假的?"

裴怀说:"是真的。我爹说过,过几天就带着儋州兵回崖州。"

"我们倒是很乐意听你爹调遣。"那人说,"你爹到底是崖州人,真情实意的。"

突然就来了臭油寡妇,一个冷场面马上热了起来。不但热,还挤,仿佛码头上有千军万马似的。臭油寡妇一边用双手拼命地护着大肚子,一边气喘吁吁地说:"裴小姐,赶紧念第二份,不然,我肚子里的孩子就被他们挤掉了。"

大家都哈哈哈笑了起来。

"臭油寡妇,你这肚子里的孩子到底是谁的?"有人问道。

"是你的。"臭油寡妇毫不犹豫反击道,"你的就是你的,休想抵赖。"

大家笑得更响亮了。蛋壳儿说:"都这样了,你们倒是开心。都别吵,听裴小姐念第二份告示。第二份字都大一些,肯定要重要些。"

还有人笑道:"喂,蛋壳儿,你这疍人,还真的把汉人家的女子追到手了?"

裴怀一看,还得要自己来镇住场面,便说:"你们还想让我读告示吗？不需要的话，本小姐这就走了。"这一招，有点管用了。大家一看裴怀要走，果然安静了。裴怀看了一眼告示，转过身来跟大家说道：

"从日本那面传来消息说，大唐的鉴真和尚当年走之前，把一件重宝留在了崖州。这次大海盗要来崖州，就是来取这件重宝的。郭太守说，假如任由大海盗自己来找重宝，没个十天半个月，估计会把整个崖州都糟蹋了……"

有人插了一嘴说："可以躲在山里，难道海盗也会追到山里来？"

臭油寡妇说道："对，我在山里有个海棠树林，可以藏下很多人。"

"怎么又嚷嚷起来了？裴小姐，我们走了。"蛋壳儿在一旁说，拉起裴怀的手要走。臭油寡妇骂着众人："你们不吵，我就告诉你们我肚子里的孩子是谁的。"

这下，是真的安静，似乎能听到崖州湾的水浪声了。臭油寡妇想，为什么男人们都关心孩子是谁下的种？对女人来说，这可是咬舌自尽也不能说出来的秘密。

裴怀趁这会儿安静，接着刚才的话头说："所以，郭太守说了，谁能把鉴真和尚留下来的东西找到，并且交给官府，谁就能……哦，是这样的，是汉人，奖励六亩田；是疍人，奖励四艘船；是番人，免他五年税；是土人，提他当部落酋长。"

啊，郭太守真是英明，还能因人制宜，制定出不同的奖励方案来。

立即，有人想到了晒经坡。

为什么要去晒经坡，崖州人都比赵鼎清楚，特别是水南村的汉人们。一代代的传说里，都提过这件事。说是四百年前，鉴真和尚因为在海上经历了风浪，他随船带来的经卷全部打湿了。上岸后，他就在宁远河的出海口南边找到一块背风的大斜坡晾晒这些湿物。除了经卷，还有各种法器、药材、僧袍、随身物品。

两千件佛宝，在阳光下闪现着前所未有的光芒，让当时的崖州人一饱眼福。

还来了很多狼，它们不吃人，都伏在沙滩上跟人一样恭恭敬敬、服服帖帖。在老一辈的传说中，那天的太阳到了子夜也不肯下山。鉴真和尚一看这样不行，人和虫兽都不睡觉了，这违反天道，就挥了挥手，那太阳于是坠入崖州湾的海面。

从此以后，这个地方就被人叫作晒经坡。

郭太守有些欣喜，也有些担忧。

先说欣喜的：

他今天去了晒经坡，坡上全是寻宝的人。他又去了大小洞天，洞里也都是人。竖着"天涯""海角"两块巨石的地方，有点远，他派去的人回来说，也全是人。至于大云寺，那是佛门之地，总不能让一群人进去翻箱倒柜吧。他第一天就专门去了趟寺庙，求寺内的僧侣帮个忙。现在，他再来寺庙，庙里也确实有了动作。

他觉得，自己还是蛮有号召力的。目前一切进展颇顺，如果在这关键节点上不出幺蛾子，熬过这一关，那么他就有可能年内调离荒岛，运气好的话，还能进临安做个京官。那天，裴闻义建议他向上头求援，他不是没考虑过，但他觉得还是不声张的好，万一没处理好，还有个退路。如果结局完美，就能获取一个孤军克敌的好名声。

再说担忧的：

大海盗真的是为了鉴真遗物来崖州吗？这遗物是什么，根本就不知道。就算知道了，崖州的地盘那么大，到底到哪里去找呢？

他在心里权衡了一下，这担忧，是大过了欣喜。他觉得，还是要把波斯商人穆噶先生找来。

他在三高台上等了一个时辰，穆噶先生赶来了。

针对郭太守的担忧，穆噶先生说："郭大人，小人上次就汇报过了。这大海盗，前些年小人过南夷时就碰到过的，给他们送过一些景德瓷，所以他们也认识小人。这次小人航行于海上，被他们碰上了，他们就顺便让小人送封信过来。"

至于郭太守的另几个担忧，穆噶先生是这样说的："鉴真和尚有遗物留在崖州，这一定是这些海盗抢劫日本国的时候听说的。四百多年了，鉴真和尚在日本已经成了神一样的人物，记录他平生经历的书不计其数。海盗们一定是看了这些记录得到消息的。至于这遗物是什么，小人确实不知道。"

郭太守说："我现在最担忧的是，万一大海盗来了，鉴真遗物还没有找到，那该怎么应对？"

穆噶先生说："那好办。我接触过他们，了解他们的脾气。真的找不到，送一两百个人上去，他们就很好说话了。"

郭太守惊道："一两百个人？我们崖州能找得出这么多美女吗？"

穆噶先生说："大人错了。不是一两百个女的，而是一两百个男的。"

这回，郭太守才被真正地吓到了，一脸惊愕。穆噶先生说："大人听说过昆仑奴吗？"郭太守点点头，那是唐朝时被一些阿拉伯人带到长安的番外黑奴。难道，现在又有人要打昆仑奴的主意了？穆噶先生否认道："现在，没人要昆仑奴，人家感兴趣的，是成群结队的精壮男丁。到处都在打仗，到处都缺男丁啊。"

郭太守突然想起大疍港上的神秘鬼市。他第一次知道鬼市，是听臭油寡妇说的。那时候臭油寡妇还刚刚成为寡妇，她的丈夫突然死了。臭油寡妇跑到他这儿说，有人来绑架她丈夫，想到鬼市上卖给海外的番人，她丈夫不从，所以就被人杀了。郭太守这才知道，崖州鬼市上竟然有人口交易。在他的坚决打击下，鬼市虽然存在，但男丁的买卖就绝迹了。

至于鬼市上的其他交易，他就不多过问了。水至清则无鱼，他总得给人留几个饭碗。

于是，他拉长了脸说："不行不行，千万别出这个馊主意。你想要崖州的铜柱，我认了，你要崖州的土货，我也认了，但你不能动我崖州的男丁。这是我向来的主张。"

穆噶先生连忙说："大人，所谓的一两百个男丁，不过是一个备案，不得已而为之。既然大人不乐意，小人再另外想想办法就是了。"

郭太守说："先生也不要另想办法了，就一门心思帮我找找鉴真遗物的线索吧。这才是正事，也是当务之急。"

"好的，太守大人。"穆噶先生说，"这都过了四百年了，靠当地几个传说是找不到东西的，要到官署的记录里，或者前人的著作里找。这个，小人上次就提醒过大人。"

郭太守说："嗯，我已经让儋州的裴太守去找了。"

穆噶先生提醒道："还不够，要让更多的人去翻古籍。"

裴闻义很快就带着儋州的兵马到了崖州。他把兵马交给了郭太守，自己一个人回到了裴家宅院。他来时，按惯例把一份最新的邸报放在赵鼎的案头。

赵鼎很是高兴，有裴闻义做伴，他更加有胆气。这段时间，他觉得自己的身体越来越差。那朵掉下来又被裴怀绑在枝条上的花苞，早已枯萎，但他不想让两个年轻人操心，所以他把对汾儿安危的担忧吞进了肚子。

当晚，赵鼎就应裴闻义的要求，又到书房里翻阅了一遍。这次裴闻义要找的是四百年前鉴真和尚来崖州的记录。快到子夜的时候，两个人终于找到了一些文字记录。这些记录印证了崖州民间传说的真实性，但远远比传说更细致、更准确。上面清楚地罗列着当年鉴真和尚在晒经坡上晾晒的佛宝：

如来舍利，加上弥陀、药师、观音、弥勒等造像；金字书写的《华严经》一册，《大品经》一册，《大集经》一册，《大涅槃经》一册，《四分律》一册，《六妙门》一册。

赵鼎熟读佛经，知道这些经书都是佛门至宝，价值连城。除了佛经，还有一百余部杂经、章疏，甚至还有医书、药方。里面竟然还有菩提子、青莲华、天竺革履及晋朝王羲之、王献之的行书真迹。剩下的，道场幡一百面，珠幡一百面，袈裟一千余件。当然，还有铜盂、铜盘、铜碟、竹叶盂、藤簟等佛门法器若干。

赵鼎隐隐约约记得，当年贬谪在泉州时，好像在州署的库房里见过一本日本书，书中就提到了鉴真和尚。写这本书的虽然是日本人，但他是根据当年追随鉴真和尚的僧侣的口述记录的，应该非常真实。因为泉州港经常有来往日本的商船，所以他想了解一下日本的情况，就把此书带回了家。可惜的是，他还没细读这本书，就被迫离开了泉州。

他摇摇头，叹道："唉，要是三十六娘在这里就好了。"

裴闻义正往灯盏里添加臭油，听到这个名字，就抬起头看着赵鼎。赵鼎说："哦，那是我的继室。你忘了，我托你寄的那封信？"

裴闻义这才想起，他是替赵鼎寄过一封信给三十六娘，但他不知道三十六娘就是赵夫人。他还是第一次听到赵鼎提及家人。三年来，赵鼎闭口不说这个话题，所以裴闻义不怎么清楚赵鼎的家庭情况。

在泉州的那会儿，三十六娘还是陪在赵鼎身边的。赵鼎还记得，虽然他没时间细看那本日本书，但三十六娘看过。这三十六娘有个与众不同的本事,只要她看过一本书,就能倒背如流,一字不差。写这本日本书的人,既然取材自与鉴真一起东渡的僧侣,那么就有可能提到崖州,一定会提及更多的东西。

赵鼎来大岛时,就不允许三十六娘来陪他,但半年前,他觉得自己快撑不下去,这暑热的恶劣天气加剧了他的全身病痛,他终于提笔写了一封信,要三十六娘赶到崖州来。他有很多事要交代。

等裴闻义一离开,赵鼎就放下手上的东西,走到了窗前遥望着星空。他掐指算了算,三十六娘如果及时收到信,那么,她就应该快到崖州了。

这一夜,裴闻义就歇在了自己的家里。第二天一早,他刚准备出门,就听见门口有人喊道:"赵鼎,你还活着吗?"

裴闻义猛地拉开大门,看见两个衙役站在门口,手里拿着笔正待往册子上记录什么。他们看见开门出来的是裴闻义,也被吓住了。裴闻义虽然供职于儋州,但常回崖州,他们都认识。就在昨天,两个太守并排坐着,还给两地兵勇训了话,说了精诚合作之类的话。

"你们嚷嚷什么呢?"裴闻义发火了,骂道,"赵老丞相好好的,要咒死他老人家吗?"

衙役连忙跪下来解释说,这是官府的日常任务,是郭太守吩咐下来的,他们做下属的只是执行而已,决不是故意咒老人家死。裴闻义说:"那么,连怎么说话也是郭太守教你们的吗?"

衙役们互相对视了一眼,却没说。

裴闻义说:"就算是郭太守教你们的,那也不行。"他夺过册子,册子上密密麻麻写着赵鼎的生死状况,从日期上看,已历两月。

这时,赵鼎已经瘸着腿从里屋出来,见怪不怪的。

"闻义,我已经习惯了。别去为难他们了,也不是他们的错。"

"可以这么羞辱人吗?"裴闻义说,"这不是显得我们岛上之人很蛮横无理、不懂教养吗?"

赵鼎说:"这跟岛上不岛上没什么关系。我在潮州、漳州,也是受到这般待遇的。配合就好,别难为他们了。"

裴闻义对跪在地上的两个衙役说:"好,起来吧。连老丞相都替你们求情了。大敌当前,大海盗也要来了,少不了一场恶斗。真有精力,还不如练练枪棒,别跟一个老人过不去。"

也不是所有人在找鉴真遗物,有些人正往山里赶去。

宁远河的两岸,其实都是山,只不过在临近出海口有了一些平畴,所以把崖州城建在此处,疍人、番人、汉人都寄居在这一小块。沿着宁远河上溯,那才是更广阔的山林,那才是土人的天地。除了以物易物,换一些生活用品,土人们一般不进城。山林里狼群出没,外面的人也不太进山去。

也有例外的,比如臭油寡妇。谁都说不明白臭油寡妇是属于哪个族群的。她好像跟哪一个族群都有来往。

这一点儿都不奇怪,因为无论哪个族群都需要她的臭油。她几乎垄断了崖州甚至儋州的臭油买卖。要维持这么大的买卖,最重要的是要有足够多的海棠仁。所以,臭油寡妇的丈夫活着的时候,在山里买下了大片的海棠树林,然后,雇用了大量的土人,定期采摘海棠果仁,定期送到臭油坊。

臭油寡妇的丈夫长得又瘦又黑,还很矮,所以才得了"臭油老鼠"的绰号,时间久了,就变成谐音"偷油老鼠"了。每逢此时,他都要辩解说:"我是臭油老鼠,别叫我偷油老鼠。"臭油老鼠事业做大了,最大的遗憾就是从来没把自己老婆的肚子给搞大过。为此他去岛外请来了郎中看病,郎中来了以后,却发现不孕的问题出在他老婆这里。

后来,全崖州的人都知道了,臭油坊的老板娘肚子大不了了,除非崖州湾翻个个儿。

臭油老鼠死了两年,臭油寡妇的肚子却大了起来,当然是天大的新闻。大家都在说,那郎中看错了病,应该是臭油老鼠没本事。臭油寡妇怀孕后,如同千年的沉冤得到了昭雪,一天到晚在外晃荡,展示着她肚子的尺寸。

这阵子,臭油寡妇的肚子又大了许多,但似乎一点儿也不影响她的活动。每天,她都骑着矮马进山。当然,这次可不是为了海棠仁,不管是水南村还是疍排、番坊街,都有人跟她进山,去土人的地盘寻找避难之所。这些跟她进山避难的人,也忘不了在她身上揩个油。他们说:"大家都说,臭油寡妇怀上了,崖州湾就翻了个,是你的肚子惊动了大海盗。"

臭油寡妇说:"说的倒是有些道理哎。看来,我这肚子连着崖州湾。"

那人说:"跟我说说,肚子里的孩子是谁的?"

臭油寡妇说:"是你的。"

"你对谁都这么说吗?"那人揩到了油,却还不满足,"上次在码头你也这么说的。我想,他可是个大人物。"

臭油寡妇连忙制止他,轻声说:"嘘,别说出来,免得大家都知道。"

走了半天,就到了河汊口。宁远河到了这里,有两个上游,往东的这条水量较大,是通往五指山的。往北的这条水量小,却通往一个神秘的峡谷。这峡谷,其实就是黎母山脉西段的一个断口。据说穿过峡谷,就可以通往儋州下属的昌江县。

但是，很少有人走这条路去儋州，因为实在太难走了。从崖州去儋州的人，一般是沿着海边的平地走的。臭油寡妇的丈夫，生前就在这人迹罕至的地方，发现了大片的海棠古树林。

天色黑下来了。在河汊口，臭油寡妇一行转到了这条小路上。让她奇怪的是，以前每次走这条路，都会被路上新长出来的藤蔓挡住去路。但是今天，这条路上的藤蔓似乎都被谁清理过。

一定是有人刚来过。

正这时，臭油寡妇身子一震，差点掉下了矮马。她连忙用手捂住了自己的宝贝肚子。原来她胯下的马停住不前了。"不好，有狼群。"护卫的土人抽出长刀，挡到了矮马的前头。他有经验，这矮马的耳朵很灵，一定提前发觉了前面的危险。

队伍一阵恐慌，臭油寡妇身手灵敏地跳下矮马，不知从什么地方拿出了一把匕首，一丝不乱。嗒嗒嗒，很快，朦胧夜色中，前面的山路上果然出现了狼，不是狼群，是独狼。那独狼全身雪白，身形无比高大。土人们几辈子也没见过这样的狼。那已经不是普通的狼了，那是白狼精。

他们立即扔掉了刀子，跪了下来，闭上了眼睛。

但臭油寡妇没有闭上眼。她看见白狼精飞一样跑了过来，似乎也不理睬他们，又飞一样往他们身后跑去，便远去了。

臭油寡妇感受到了一种前所未有的野性——或蓬勃。她明白，这根本不是什么白狼，而是一种白色的奔兽。除了毛发一样白，奔兽的身量数倍于白狼，又高大又威猛。

这奔兽跑动起来，白狼精根本撵不上。

第十六章　不速之客

赵鼎在家里等着裴闻义，却等来了不速之客。

这之前，他在书房里有了一个新的发现，就是鉴真和尚和海盗的关系。这让他大吃一惊。

四百年前的大疍港，虽然已经初成码头，但那时中土去西方一些国度，走的基本是陆路，就是借道西域沙漠，很少有走海路的。换句话说，那时候的泉州港都不成气候，更不要说这个更偏远的大疍港。小小的大疍港只是一个普通的渔人码头，没有番国来的大商船，即使来了，也只是临时避风而已。这样一来，崖州官府在码头上收不了什么税赋。供养鉴真和尚的钱，还有修建大云寺的钱，是另有出处的。

当时对鉴真和尚帮助最大的，除了权位仅次于振州刺史的别驾冯崇债，还有豪强冯若芳。冯若芳是岛上的奴隶主兼海盗头子，常年浮掠波斯船舶。除了劫货，还把船上的番人都劫为他的奴婢。这样，岛上渐渐就形成了几个波斯村。这些人后来就成为番坊街的部分番人的祖先。奇怪的是，大海盗冯若芳后来却放下屠刀，皈依了佛门。

大唐早在唐玄宗的时候就崇道贬佛，但是南荒大岛就不一样，因为天高皇帝远，既不崇道又不贬佛。鉴真和尚在冯若芳帮助下，趁机在南荒大岛大兴佛事。

赵鼎见冯崇债与冯若芳同姓，又查了资料，发现他们是关系很近的亲戚。果然，是官匪相依。虽然已经过了四百年了，朝代更迭了，这崖州官场是不是跟土匪之间还是互有依托呢？他觉得要给裴闻义提个醒，所以一早让裴怀给她父亲带个信。

"喂，赵老丞相在吗？"

赵鼎听见有人喊，以为是裴闻义回来了，走出书房一看，见是个陌生的年轻人。那年轻人背着一个行囊，一见他就深深作了一揖："老丞相，我见大门开着，就斗胆进来了。"

赵鼎问道："年轻人，你是找我吗？"

年轻人说："是的，我是赵夫人派来的。"

啊，赵鼎虽然腿痛，但也跳了起来："你说的是三十六娘？你真的是她派来的？她自己怎么不来？她遇到什么事了吗？"

那年轻人为了让赵鼎相信，卸下行囊，从里面掏出一幅画像，用双手恭恭敬敬地递给了赵鼎。赵鼎接过一看，那画纸上，果然画着三十六娘。虽然已经三年没见了，这画上的人有些衰老了，眼角的皱纹也比以前多了许多，但是，这确实是他的继室，他的夫人，老来的伴侣。

"你画的？"

那人又从行囊里掏出纸笔，还有一根柳木炭。赵鼎虽然不画画，但他知道"九朽一罢"之法，画像师都会用柳木炭打草稿，心里就信了几分。那人就跟赵鼎说，他是怎样在常山遇到了赵夫人，怎样结伴而行，路上又碰到了哪些事。这些，都是赵鼎想听的。

"赵夫人怕您不相信我，所以特意让我画了一幅宝像先呈上。"

赵鼎摇摇头说："年轻人，我相信你。我没理由不相信你啊。退一万步讲，你就是骗我了，我也会深信不疑。"他坐了下去，叹了一口气。快渴死的人，给一杯毒酒也乐意喝下去。

"夫人怎么没一起来？"他又问。

"是这样的。"那人说，"我们到了大庾岭，赵夫人说要绕道连州去面见一个人，就让我先来崖州了。"

赵鼎说："没错的，她是要到连州去的。"

这下，他更相信这个人了。连州，那是张浚的放逐处。他信上跟三十六娘说过，路上往连州绕一绕，去张浚那儿取一样东西。他拿起案头最新一期邸报，翻了翻说："嗨嗨，张浚在连州的境遇，好像也比我好不到哪去。"

那年轻人说："从大庾岭下来，我们在珠玑镇分道时，张老丞相派来带路的人说，要我先赶到崖州来，给赵老丞相画张像，再给他送去。"

赵鼎笑了："这老头，到这境遇了还记挂我啊。好吧，你要画就画吧。"

这时的郭太守正生着气。他的属下向他报告，儋州来的兵营里跑出了一匹马，在码头上横冲直撞，把波斯商人穆噶撞伤了。郭太守立即跑出了官署，要去找裴太守。

他想，这匹马伤到谁不好，要伤到穆噶先生。目前，穆噶先生是他手里的一块牌，盾牌，大海盗来的时候，他还是要靠穆噶先生与大海盗沟通联络的。不然，他到时没办法制止大海盗的血腥杀戮。

他刚出了官署大门，就看到了裴闻义。裴闻义也是怒气冲冲的，看见他就嚷嚷道："郭太守，快让您的部下管好马，别让它跑出来伤人了。"

郭太守傻了，原来裴闻义急匆匆赶来也是为了这个，他忍不住回骂道："裴太守，您这就不仗义了吧？明明是您兵营里跑出了马，怎么赖到我的头上？"

裴闻义说："我可没弄错，我的下属说，我们儋州的营房里根本就没有白马。"

郭太守冷笑了一声："我们崖州的营房里，您若能找出一匹白马，我就不姓郭。"

裴闻义一听，糟糕了，自己确实有些莽撞。刚才裴闻义在回水南村的路上，接到报告说，崖州的兵营里跑出一匹马，在码头上伤了人。裴闻义一听，就跑来崖州官署，想给郭太守提个醒。结果，双方闹了个乌龙。

既然不是兵营的马，来历不明，这非常时期，还是去看看。两位太守一起赶到码头，果然老远就看见了那匹白马。这匹马，横冲直撞的，怎么看也不懂规矩，应该是一匹野马。郭太守说，崖州倒是有白马的，但都是从大陆淘汰下来的战马，又老又瘦，还极为温驯，根本不可能跑到这码头上来撒野。

让郭太守感动的是，那波斯商人穆噶正在指挥几个番人用套马索捕马。穆噶先生确实受伤了，被野马踢伤了左颧骨，还流着血。但他根本顾不上自己，一心想抓住这匹野马。

郭太守回头交代了几句，不一会儿，就有一排弓弩手赶了过来，趁人马分开时，向白马射出一排乱箭。穆噶先生连忙冲过来阻拦，但是来不及了，又一排乱箭离了弦，一支走运的箭噗一声射中了白马的脑门。白马跃了起来，用最后的力气冲向大海，落到了海水里。

穆噶先生大叫一声，也跟着冲过去，见那海水里有成群的鲨鱼赶来，撕咬着那匹白马。他的旁边，站着一个人，是蛋壳儿。

蛋壳儿俯身捧起混着鲜血的海水，喝了一口，慢慢地吞了下去。

现在，赵鼎准备让这个专门赶来的年轻画师给自己画像了。

这一定是此生最后一张画像了。赵鼎极为认真，从柜子里找出了一套正装换上。名义上，他还是官员，但在层级上已经很低很低了，所以他的官服也是粗布的。来到荒岛后，天气如此暑热，也不可能穿正装，这套衣服就一直闲置着。

但是，今天再热，他也要穿起正装来。这是要提醒自己，不管怎样，他还是个士大夫。任何时候，不能丢了士子的风骨。

当然，他也要把最好的一面留给一辈子的死对头张浚，或者说，留给他这一辈子最交心的朋友张浚。他曾认为，巴蜀之人张浚是为他而生的，是老天派下来做他兄弟的。靖康之难那年，金人扫荡了大宋的京城开封。他和张浚都是层级很低的官员，他们不愿意归附金人扶植的伪朝廷，一起逃到了太学。圣上即位后，他们又追随着一路仓皇南渡的宋廷到了江南……

工叙关上了院门，反身回屋摆开了架势。他铺上了球川纸，用柳木炭在纸上轻轻勾勒出赵鼎的轮廓。本来，他只是准备画个头像，后来见赵鼎穿着正装出来，就决定改画半身像。

这幅画，画了很久。在他身后的行囊里，有一份任务清单。应掌柜在这份任务表上，列出了工叙见到赵鼎后要做的事。现在他很纠结，是不是一定要按清单办这些事呢？

从常山到崖州，这一路过来，工叙总感觉，赵鼎不坏。是呼猿局错了吗？可是呼猿局会冤枉一个好人吗？更让工叙不解的是，哥哥在呼猿册里整理的赵鼎的材料，文字口气上有了一些变化。他已经感觉到，哥哥对赵鼎的态度慢慢变得恭敬起来。

但是，时间紧迫，也容不得工叙慢慢思考这些问题。他怕三十六娘突然赶到，会戳破他对赵鼎说的谎言。

是的，他冒充了三十六娘派来的人。在大庾岭被三十六娘识破他的谍探身份后，他全速前行，就是为了在三十六娘之前赶到赵鼎贬所，完成呼猿局交办的任务。这些任务不完成，他就无法回到呼猿局交差，那么，哥哥工昺也就危险了。昨天晚上，他就梦见哥哥的头被吊在城墙上。那头颅见他路过，大声叫道："弟弟，怎么不来救我？"

工叙从梦中惊醒，冷汗直下。

是的，为了哥哥，还是要照单完成这些任务的。只是，他把这些任务的顺序做了一个改变，最紧要的任务，就是寻找《千里江山图》。这是他交给自己的任务，跟呼猿局无关。他装作漫不经心的样子，边画边说："哦，赵老丞相，还有一件事我差点忘了。"

赵鼎还沉浸在回忆中。这些天，因为大海盗的事，裴闻义父女都在外面忙着，所以他也基本上处于静坐的状态。老人的静坐，等同于回忆。其实，今天就算不画这张人像，他也处于这种状态。他听见有人跟他说话，回过神来看着工叙。

工叙加了一句："张老丞相说您这儿有一卷画，他想看一看。"

赵鼎说："哦，一卷画。我去找找，应该带到崖州的。"他说完，艰难地站了起来，慢吞吞去了里屋。

工叙内心一阵狂喜。他希望赵鼎端出来是《千里江山图》，这样，师父临终的心事可以了结了。一桩业内的悬案，也算告破。但是，他心里隐隐约约又有一个相反的意愿，但愿赵鼎端出来的不是《千里江山图》，他不希望对面的这个老人，有雇凶杀人、窃取名画的嫌疑。

他宁愿自己白来一趟。

郭太守以为自己为民除了害，有些得意，歪过头对裴闻义说："看见了没，我的兵勇还可以吧？"裴闻义说："看来，郭大人战备抓得紧啊。我们儋州的兵，可以打道回府了。"

郭太守连忙说："别别别，老兄千万别开这个玩笑。崖州军务再好，也抵挡不住大海盗，独木难支啊。哦，上次托您帮忙查的事，有结果吗？"

裴闻义想起来了，前几日郭太守托他回家查阅他父亲笔记，便说："没结果，我和赵老丞相一起查的。"提到了赵鼎，他想起那天早上崖州衙役在门口登记赵鼎死活的事，便说："郭大人，赵老丞相已经落到这个田地了,我们做晚辈的,是不是不要做得那么绝啊?"

郭太守说:"我也很无奈,都是上头这么要求的。"

裴闻义明白了这个所谓的上头是哪里,说:"上头有这个要求,作为下属,是要执行的,但直接问人家死没死,这就有点下作了。"

郭太守笑了:"哈哈哈,我又没把人家寡妇的肚子搞大了,算什么下作?"

裴闻义不知道怎么说了。凭他的直觉,郭太守的这句话是冲着他来的。接也不好,不接也不好。在这个社会上,纳个妾,找个良家妇女都很正常,即使去花街柳巷召妓,也是一种时尚。但朝廷命官找个寡妇,而且是码头上最浪的寡妇,那顷刻间就会成为一个舆论事件。

虽然他可以对天发誓,跟臭油寡妇没有半点关系,但现在解释就有点此地无银三百两了。

大敌当前,裴闻义先软了下来,还是装作没听明白吧。

郭太守内心有些得意,就这么轻飘飘的一句把对方击倒了。其实他也不确定臭油寡妇与裴闻义是不是有染,只是蒙的。蒙错了,反正也没指名道姓,等于放了一个屁。没想到,他还蒙对了。对方不争辩,证明是心虚了。他要一次性把对方打趴下,所以又补上了一刀:

"幸亏这事还只有我知道,否则传了出去……"

这下,裴闻义觉得不能再沉默了,不然,真被冤枉了,怎么对得起一直就很体面的裴氏家族,怎么对得起十五世祖裴度宰相?他正要说,郭太守先开口了。郭太守觉得,是自己求裴闻义带兵来协防崖州的,不可以把脸撕破。他说:"裴太守啊,我跟您一样,不想把事做绝,但上头不允许啊。"

裴闻义说道:"这天高皇帝远的地方,难不成有人盯着?"

"就是有人盯着。"郭太守说,"他绝对不是我的人。我都不知道他们在哪里。"

裴闻义倒吸了一口凉气。他想起了三年前阻止赵鼎前往儋州拜谒苏东坡的那个人,又想起广西经略使张宗元派来的使者被人杀死在裴家宅院门口,啊,啊,这岛上真有临安派来的谍探。

正想着,穆噶先生过来了,哭丧着脸说:"郭大人啊,这是我的马啊,我要的野马。"

郭太守一听,马上回头对一排弓弩手说:

"谁干的?我都没下令,谁就擅自放了箭?"

背后,谁都没吭声。他们以为郭太守只是做个样子而已,以前他老是这样。但这次,郭太守是认真的,又厉声问了一次。有个兵勇只好走了出来,说是他先射了箭。郭太守说:"大敌当前,我也不按军法从事了。这样吧,你在穆噶先生面前,自己打自己十个巴掌吧。"

那兵勇没办法了,只好伸出手来抽自己耳光。

裴家宅院,暗流涌动。

过了一会儿,赵鼎从里屋出来,手里果然捧着一卷画。他轻轻地把画轴放到了几案上,说道:"老张头不提这事,我都把它忘了。"

工叙连忙展开画轴一看,画是画,也是山水,但根本就不是什么《千里江山图》,图上的山水里,画着一座小亭子。亭子里,坐着四个人,有三个是文人墨客的样子,另外一个是僧人。在画的右侧题有一首诗,曰:"九州何日生烟尘,聊结新亭契我心。只恐马头关陇去,却辜风月伴高吟。"

工叙前一阵子读过赵鼎诗文集,他记起来,这首题为《和独往亭》的诗就是张浚写的。

工叙在大庾岭烧掉最后一册呼猿册前，粗粗翻看过一遍，知道赵鼎和张浚进入中枢后，两人一左一右共理朝政，打开了被世人津津乐道的中兴局面。但因性格不一，处理政务的方式也不同，他们之间产生了嫌隙。比如在对金人的态度上，张浚想一鼓作气、速战速决、尽快北伐，而赵鼎却认为要先恢复大宋的元气。在临时国都的设立上，张浚建议放在建康，赵鼎建议放在杭州。

二相失和后，赵鼎辞去相位，张浚以独相身份主持朝政。

绍兴七年，张浚北伐遇挫被罢相，他离开相位前，建议圣上召回赵鼎。于是赵鼎复相。圣上本想把张浚发配到边远之所，赵鼎屡次为张浚求情，他说："张浚母亲年迈，并且他的过错只不过是失策而已，没有大罪。"于是，张浚被改贬到相对富庶的永州。

工叙想，这惺惺相惜的两个人，一生有矛盾，也有和解，有对立，更有帮衬；但所有的矛盾，只是政见不同而已，与人品无关。

赵鼎指着画卷中亭子里的人影说："这一个是我，多年前的我。这两个，一个范冲，一个魏矼，他们也一样年轻啊。这个比我们年长的和尚叫了空禅师，他也常常过来喝茶。那时候，我们在常山的黄冈山上，多逍遥。有一次，崇兰馆里有个画师到黄冈山做客，随手一画，把我们四个人都画在了一起。"

工叙有意插嘴道："这个画师，叫江参。"

赵鼎说："哦，你也知道他？"

工叙说："这画打开一半，我就知道是江参画的。他还有一幅画，叫《千里江山图》。"工叙这时候已经觉得这幅画并不在赵鼎这里，但是他还想确认一下。没想到赵鼎接上来就说："对啊，我见过《千里江山图》。"

工叙的心里复杂极了，又问："那么这幅《千里江山图》，还在您老人家手里吗？"

赵鼎摇摇头说:"我心里倒是有《千里江山图》。唉,又何止千里啊,那应该是万里江山了。可惜啊,丢了一半。"

工叙明白,赵鼎所说的万里江山是指什么。他接着指着案上的画说:"那么,张老丞相的诗,怎么会题在这幅画里呢?"

赵鼎从虚拟中的万里江山收回目光,俯首看了看说:"我把画寄给了张浚,他直接就在画上题了《和独往亭》后又寄了回来。这些年,搬来搬去的,就这幅画,我一直随身带着。有这幅画在,我可以常常看到独往亭,看到这几个老友。"

工叙问道:"如果早知道现在这种境遇,您当时还会离开独往亭去临安吗?"

赵鼎说:"当然会。君王有难,神州板荡,我在黄冈山也闲不住。不然,圣贤书都白读了。好了,不说这些空话了,赶紧画,画好了,早点给老张头送去。你看见他,替我捎带一句话,就说:'老张头,我赵鼎老了,没有机会再见面了。来世,我们还在一起吵架、做事吧。只是,不要再中别人的离间计了。'"

别人的离间计?那个人是谁?工叙还想问,但他看见赵鼎已经老泪纵横。他把有张浚题诗的这幅画卷起来,放在一边,继续给赵鼎画像。

这时,天色暗了下来,他也画完了。对面的赵鼎,已经坐在椅子上睡着了。工叙不忍心叫醒他,轻轻地收拾着桌上的画具。然后,他看见了一期邸报,随手拿起来翻阅。邸报上,有一行文字引起了他的注意。他正要细看,便听到院门口有人在敲门。那人一边敲门,一边喊道:

"夫君,在吗?"

工叙一听,是三十六娘的声音,他随手把邸报塞进怀里,拾起地上的行囊赶紧跑出了客堂,但是他跑到了院子里,才发现离院门外的三十六娘越来越近了。这院子没有第二个出口,只有角落里有一个矮矮的杂物间。他穿过几株花草,碰落了几束花,从墙角的一堆木柴爬上了杂物间的屋梁,突然发现屋梁上蹲着一个人。

工叙受了惊吓,跳下了围墙,梁上的那个人也跟着跳了下来。

来的就是三十六娘,还有侍女小碗。

她们敲了一阵子的门,里面没反应。有邻居过来,问明了情况,就去找裴怀了。幸好裴怀和蛋壳儿正从海边回来,马上过来开了门。

门开了,院子里一片狼藉,裴怀发现赵鼎最喜欢的花草已经被人踢倒了。但是赵鼎没事,他穿着官服,已经睡着了。显然,他还不知道发生了什么。

过了好一会儿,赵鼎醒了,他看见三十六娘,立即问道:"老头怎么样?身体还好吧?"

三十六娘说:"哪个老头?"

赵鼎说:"张浚,张老丞相啊。你不是刚去了连州吗?"

三十六娘惊道:"夫君,我根本就没去连州啊。"

"啊?"赵鼎说,"你不是派来一个画师给我画画,说是要把这画送给张浚?"

三十六娘醒悟过来,急忙说:"那是个奸细,是冲您来的。我若晚了一步,不知道会怎么样!"

原来,三十六娘按计划是要先去连州,不想在梅关偶遇了王文献和洪皓的管家。这管家识破了奸细身份,却意外地坠崖身亡了。王文献叫来背鬼军,把管家的遗体送到英州洪皓的贬所。三十六娘只好临时改变行程,也跟着到了英州。

在英州,大家分析了工叙一路上暴露的疑点,觉得他就是赶往崖州刺杀赵鼎的刺客。所以，三十六娘觉得事情紧急，让王文献替她去连州找张浚，自己带着小碗先赶来崖州。

她舒了一口气。虽然工叙比她们早了一步，但幸运的是，她们还是在工叙动手之前赶到了。

桌上有两幅画像，一幅画的正是她自己。她也不知道工叙是什么时候给她画的，虽然是个奸细，但画技还是不错的。很明显，奸细就是靠这幅画骗取了夫君的信任。另一幅画，画的正是夫君。

赵鼎拿起画像，仔细看着，心里很满意，但有一点他实在不明白。他明明穿着低层级的谪官服，可在工叙的笔下，他的官服被改成了最高层级的官服，那是他位居左相和右相时才有资格穿的朝服。画侧恭恭敬敬写着五个字：赵丞相宝像。

是啊，为什么呢？连三十六娘也想不明白这奸细的心思。

第十七章　假刺客遇到真刺客

好吧，刺客的事就让它过去吧，反正又没损失什么。三十六娘检查了赵鼎的身体，内心越发沉重了。赵鼎到了这瘴疠之地，又添了很多病。她有些心痛,但更多的是后悔。三年前，夫君不让她上岛，她竟然照办了。

不过，她心里更多的是恨。夫君已经到了这个地步，几乎没有任何还手之力了，但这些年还是有人不断在他头上泼粪。很明显，他们要在身体上折磨赵鼎，还要在精神上消灭他。更可怕的是，他们又计划在史料里抹去他的痕迹，让他好像从不曾来过这个世界。

三十六娘得出了一个极为可怕的结论：

这不是私怨，私怨没有这么旷日持久、赶尽杀绝的。那是一个阶层对另一个阶层的无情灭杀。而赵鼎，正是某个阶层的象征，他正在为整个阶层挡下毒箭。他若不死，就会有一大堆人不断遇难。

她不知道老天为什么要这样对待赵鼎。

不过，让她最恨的，还是她的夫君。每次碰到这种倒霉事，夫君总不奋起反抗。御史中丞詹大方污蔑他收取了金人的贿赂，他只写了《辩污实录》做了争辩，除了这些对他个人声誉有严重伤害的事，他一般都不反驳，不反抗。

为什么要这么逆来顺受？

从汉到唐，再到本朝，是有很多人跟夫君一样，被贬谪到这南荒大岛，但很多不是重回中原了吗？连南渡初期的宰相李纲，才来几天就接到大赦，直接回中原了。

那么，夫君呢？永无希望，他所盼望的那一封双鲤，永不到达。

作为妻子，三十六娘最担心的是，夫君已经缺乏等待的耐性了。这个三年来都不准她踏足南荒大岛的人，这次却破天荒地写信让她赶来，这一定是个不好的征兆。这说明，他要交代后事，他已经撑不下去了。

那么，应该守住他，不让他滑走。假如上天真的要收走他，她也一定要让他躺在自己的怀里，由自己送他离开这恶毒的人世。

工叙一直跑，那人一直追着。

工叙虽无武功，但还是善跑的。他们一前一后，很快就跑到了晒经坡上。天色已黑，那些挖地三尺的人，早就收工回去了。

工叙说："好汉，你为什么要追我？"

那人说："那你为什么要混到赵鼎家？"

工叙说："我只是来给老丞相画个像！"

那人说："谁派你来的？"

工叙想说，是张浚，又一想，不对，这只是用来蒙赵鼎的。那人没等工叙开口，竟然说："别提张浚的事，你骗得了赵鼎骗不了我。再问你，你怎么问起了《千里江山图》的事？"

工叙一听，完了，自己跟赵鼎的对话，都被他听见了。看得出，这才是一个真正的杀手。那人见工叙不声张了，冷不防问道：

"你是不是蛾眉科的？"

这下，工叙有话说了："你没见我是男的吗，怎么可能是蛾眉科呢？"

那人哈哈哈笑了："蛾眉科的人真是狡猾。你难道不知道蛾眉科里的杀手，都是男的吗？"

工叙这下可真的蒙了。这一路来，自己老是怀疑三十六娘和小碗是蛾眉科的，原来自己连蛾眉科是什么都没弄清楚。应掌柜应该也不了解蛾眉科，否则，不会让他一路提防美艳女人。不过，这不要紧，要紧的是他必须以最快的速度赶回临安。因为他在赵鼎家，看到了邸报上他哥哥的消息。

于是他说："好汉，求你放我一马，我要赶紧赶回临安去。我哥死了。"

那人笑道："好吧，我也不是个乱杀之人。你放下行囊就可以走了。"

这下可难倒了工叙。放下行囊，对呼猿局的人来说，是一种耻辱，但是不放下行囊，估计也回不到临安了。他心里迅速盘点了行囊里的东西，就是一路来画的画。这些都没什么问题，回去重新画一遍就可以了。至于哥哥整理的呼猿册，他看完一辑销毁一辑，已经没了。一个猪尿脬，也不算什么机密。

还有一幅赵汾的画像，是哥哥夹带在呼猿册里的，他忘了一同销毁。一幅画像而已，没什么大不了的，别人拿去了也派不上用场。

于是，他爽快地解下行囊，放在地上。

那人说话算话，收了剑说："你走吧。你是回临安吧？如果你还想活命的话，我建议你就别回了。"

工叙也没说什么，扭身跑进了茫茫黑夜。

一块礁石后，还躲着一个人。

裴闻义听裴怀说三十六娘来了，连忙回到了裴家宅院。

赵鼎没忘了上次查阅鉴真资料的事，就跟三十六娘说："夫人还记得不，几年前我们在泉州曾经带回来一本日本书？"

三十六娘说："记得的，日本国的真人元开所著的《唐大和上东征传》。那书上，和尚的'尚'字被日本人写成上下的'上'字。"

裴闻义在一旁说："赵夫人的记性真好。"

赵鼎说："夫人，你好好回忆下，这本书里有没有提到崖州——哦，不对，那时候崖州叫振州。"

三十六娘说："有，提到了振州。我一个字不漏，背诵一遍吧。"三十六娘盯着眼前虚拟的一个点，开始背诵了，口气连贯，就好像空气中真有一本日本书摆在她面前似的。

赵鼎安静地听着，不放过一个字。等三十六娘背完，他已经明白了。他对裴闻义说："如果这本书里的记录没有大的谬误，那么，我敢肯定，鉴真和尚确实留下了一个宝物，是送给岛上某人的。"

裴闻义说："那么，怎样才能查到这个人是谁？"

赵鼎说："我把整个书房的藏书都大致翻了下，资料很少。这些档案，还是要到崖州官署里找。"

三十六娘说："可惜，我进不了崖州官署。唉，要是能进去就好了。"

大堂人多，小碗便到院子里看那些花草。那些花草，果然有些岭南特色。

突然,墙外有个东西被扔了进来,从她头顶越过,砸到了她面前的花草上。小碗立即拉开院门,跑了出去,好像是有个人影晃过了。

小碗追了几步,根本就追不到。她正要往回走,感觉踢到了什么,叮当一声,俯身捡起来一看,是一块铜制的腰牌。她看到上面的文字,惊讶了好一会儿,四下一看无人,把腰牌放进了口袋里。

回到院子里,她再细看刚才砸进来的东西,那是她一路行来最熟悉的东西。

——工叙的行囊。

难道,刚才那人是筷子哥哥吗?早知道是他,她应该一直追着他的,哪怕跑到天涯海角。其实,这天涯海角也不远,就在崖州湾的东面。

不过,看那人逃跑的身影,要比筷子哥哥强壮。

小碗把工叙的行囊拎进了大堂。三十六娘跟小碗一样,一眼就认出这个行囊。这一路来,三十六娘就不明白,工叙为什么时时刻刻要背着它,睡觉时也会护着它。有几次,小碗有意去刺探行囊里的秘密,都被极为警惕的工叙巧妙地挡了回去。所以,三十六娘就觉得这行囊里有名堂。

昨天,她们紧赶慢赶赶到崖州,才知道工叙已经来过裴家宅院,但是除了两幅画像,根本就没看到他的踪影。那么,现在他为什么又特意把这个行囊扔进来呢?是想让我们看到什么吗?三十六娘这么想着,就打开封口,掏出了里面的东西。也没什么,就几样:换洗的衣服,几张银票,一沓纸,一个黑乎乎的东西。

小碗听工叙说过,这东西叫猪尿脬。三十六娘记起来了,路上她有一次落水,就是靠猪尿脬才获救的。她抬起头,对小碗说:"想不到我们一路上,竟然是跟蛾眉科同行的。"

小碗吃了一惊。她也听说过这个组织。这个江湖上最可怕的秘密组织，总部就在临安，好像受朝中某大臣指挥。所以，蛾眉科所干的事，都是大事；蛾眉科想杀的人，都是大人物。这个工叙，真的是蛾眉科的吗？他现在人在何处呢？刚才消失在巷闾间的影子，真不是他吗？

三十六娘拿起那沓纸张，正要打开看，蛋壳儿跑进来对赵鼎喊道："赵老丞相，鲸鱼上岸了。"

蛋壳儿说，崖州湾虽然鲸鱼多，但这鲸鱼上岸还是极为难得的，很多人一辈子都没见过一次。听蛋壳儿这么一说，姑娘们就特别想去看看。小碗拉着裴怀的手说："裴怀姐姐，带我去看看好不好？"

裴怀说："走，趁机让你看个海。"

这两个女孩，年龄相仿，昨天一见如故，小碗就跟裴怀说，从小到大还没看过海。现在，裴怀可以帮小碗满足这个愿望。说是这么说，两个姑娘还是看了一眼三十六娘。三十六娘知道，没有她的同意，至少小碗是不敢去的。她朝姑娘们点了点头说："你们去就是了。我在家里好好陪陪老丞相。"

小碗原地蹦了起来。裴怀说："赵夫人，那我们走了。我会赶回来做饭的。"

三个年轻人正要走，赵鼎叫道："夫人，你也去吧。"

啊？三十六娘不解了。

赵鼎做了一个推的动作："赶紧把鲸鱼推回海里去，别让人杀了它。"他见三十六娘一时没明白，又加了一句：

"秦射鲸，王侯薨；帝国倾，霸业终。"

崖州湾的海滩上，果然躺着一头巨大无比的鲸鱼。来了许多人，能来的都来了，还有很多官员，有崖州的，有儋州的。一些不怀好意的人，也终于等来了这个机会。

最高兴的是小碗和裴怀。小碗连海边都没去过，不要说见到鲸鱼上岸了，可她一来，就遇到了这等好事，这叫运气。裴怀虽然生活在所谓的鲸海旁边，偶尔能看到鲸鱼喷水，但也没见过鲸鱼上岸。

码头上的人都想仔细看一看、摸一摸如此庞大的身躯。这样一来，沙滩上就围满了人。他们为了这条大鲸鱼争论了起来，因为这地方穷，所以大家都认为这鲸鱼是海神赐给他们的吃食。这山一样高的大鲸鱼，可以帮他们抵挡住大半年的饥荒。所以，他们来的时候，顺便把菜刀、斧头、骨锯带了过来。

这头海洋霸主闭着眼，随你们怎么宰割。

不过，还没人敢动手，是官府的人阻止了他们。很快，郭太守就出现在现场，他说，这是官府的财物，所以归他处置。

蛋壳儿说："太守大人，凭什么说这是官府的？是官府喂养的吗？"

郭太守说："凭什么？凭这万里波涛，都是官府的。我郭某人为朝廷守土，就是为朝廷看管好所有的财物。"

官府有官府的打算，太守的格局就大过了万里波涛。刚才，精于此道的波斯商人穆噶帮郭太守做了一个估算，在一个时辰内把大鱼解开，能得到万斤鱼油。郭太守去过临安，知道皇宫里通宵照明的油灯里，就燃着鲸鱼身上取出的油脂。

这个还是小事，最要紧的是，一头鲸鱼体内有几百斤的龙涎香，这才是皇家最喜欢的东西。如果能把龙涎香快速送到临安，那崖州某人调离这蛮荒之地的可能性就更大了。

还有，刚才穆噶先生出了个主意，万一找不到鉴真遗物，把龙涎香献给大海盗，也能劝退他们的。

所以，郭太守真是一个好太守。好太守就这么愉快地决定，由官府杀了这头鲸。

这一定是个血腥的场面，很多人开始散开了。也有一些人不肯散开，他们就是喜欢看杀戮。三十六娘没走开，但她又不想看到血腥。她突然高声说："大人，不能杀鲸鱼。"

郭太守循着声音看去，看到了三十六娘。他不认识她，但是好太守允许陌生人说话。

三十六娘重复了一遍："不能杀鲸鱼，那是海神派来的。"

在场的人一下子被人提醒了。对呀，鲸鱼即使不是海神本尊，也是海神派来的使者。如果杀了鲸鱼，一定得罪海神。这些人中，疍人就有话说，他们就是靠海神的庇护才能有一口饭吃，所以不能得罪海神。

郭太守对三十六娘说："鲸鱼上岸，帝王享之。看样子，你是个知书达理的人。你如果看过《史记》，一定知道在秦朝，鲸鱼就归皇家所有。"

三十六娘接着他的话说："是的，我看过《史记》，秦始皇在东海之滨的之罘山，用连弩射杀了一头鲸鱼。《太平御览》里也提到了这件事。"

郭太守说："连《太平御览》都看过，你不是个普通的女人。"

蛋壳儿插了一句说："郭太守，这位是赵老丞相的夫人。"

郭太守后退了一步，拱拱手说："哦，原来是赵夫人。听说过夫人的博学，我今天领教了。只是，在下有一句话，不知当讲不当讲？"

三十六娘说："承蒙崖州的照顾，我夫君还活着，所以我要谢谢您。太守大人有什么话就尽管说吧，我会洗耳恭听。"

郭太守说："赵老丞相已经不是丞相了，朝廷把他发配到崖州，自然有朝廷的理由。作为他的家眷，应该想着怎么帮他过了这关，而不是跑到这里给他添乱。"

这些话也确实触到了三十六娘的痛处。夫君明知道让她跑到这里阻止杀鲸，会给自己添加罪名的，但他还是催她赶来。看来，夫君关注这一头落难的鲸鱼。在夫君眼里，这头鲸鱼代表着什么？

不管怎样，她要完成夫君给她的任务。

郭太守见三十六娘没了声音，以为自己的话起了作用。海面开始涨潮，如果再不动手，海水一到，这鲸鱼就游回大海了。他朝属下挥了挥手，属下拔出了刀剑，对准了鲸鱼的眼睛。

三十六娘急了，大声说道："大人且慢。您刚才提到《史记》，《史记》里有一篇《秦始皇本纪》就记载，秦始皇在之罘山射杀了这头鲸鱼后，在回咸阳的路上就死了。"

郭太守又一惊："你……你想说什么？"

"秦射鲸，王侯薨；帝国倾，霸业终。"三十六娘说，"大人，我担心杀了鲸鱼，崖州城会遭受报应的。"

郭太守说："夫人，这话有些妖言惑众了吧？"

蛋壳儿说："赵夫人没说错啊，那报应马上就要来了，大海盗都在路上了。"

是啊是啊是啊是啊，对的对的对的，海神不能杀不能杀不能杀，那会遭报应的遭报应的遭报应的。在场的疍人都跟着说，慢慢地就成了喧哗。

郭太守有些心虚了，虽然求学时就知道"子不语怪力乱神"，但在这半开化之地，怪力乱神的东西还是管用的。他往大海的方向瞥了一眼，看见海水越来越近，估计已经来不及杀鲸鱼了，还不如顺水推舟做个善事。他心里有了一个新的主意，故意放缓了语气，说道："赵夫人，您说，这鲸鱼是祥瑞？"

三十六娘点点头。

郭太守说："您提醒得对。当今圣上就喜欢祥瑞。我去过临安，禁苑里都养着白象、白猿、狮猫、鬼面狐什么的。"

三十六娘说:"这些,圣上要进贡给金人。"

郭太守说:"对的,金人也喜欢这些玩意儿。"

小碗见郭太守和颜悦色的,长长地舒了一口气。是的,金人也喜欢这些瑞兽。这是几天前她们赶到英州时听洪皓说的。洪大人羁留在北国极寒之地十五年,亲眼见到了这些事。

郭太守的脸色更加好看了,还笑出一朵花来。他笑眯眯地说:"那么赵夫人,是不是不杀鲸鱼,崖州城就能逢凶化吉了?"

三十六娘说:"上天总是有眼的。"

郭太守笑着说:"那行,能不能这样,麻烦您跟我走一趟,到崖州官署喝口茶,顺便看看崖州的景色。在那里,能看到您和老丞相住的地方。还有,我看您学识渊博,还有好些书,我可看不懂,想借机请教请教。"

三十六娘说:"那不行,我还得赶回去照顾老人家呢。"

"那也耽搁不了多长时间。"他笑得更灿烂了,"如果崖州城真的平安无事,就放您回来。"

三十六娘终于明白,郭太守是把她当人质了。她想了想,追问了一句:"您刚才说,您那儿还有很多书?"

郭太守说:"都是些老书,多少年没人翻过了。"

三十六娘心中暗暗一喜,她想看的就是崖州官署的这些老书,便说:"只要您放过这头鲸鱼,我就去。"

郭太守躬身做了一个动作:"那么,请吧。"

这下,蛋壳儿他们不干了。赵老丞相已经到了这个地步,好不容易盼来了赵夫人,不可以在最需要亲人陪伴的时候,让她被崖州官府羁押。

小碗对郭太守说:"大人,您不能带走赵夫人。我是她的侍女,我可以跟您去。"

三十六娘走到小碗的面前,悄悄地说:"傻孩子呀,你去有用吗?你赶紧回去照顾好老丞相,跟他说,黄冈山的无声泉。"说完,她跟着郭太守走了。

黄冈山的无声泉?小碗想,这是什么意思呢?

裴怀望着三十六娘的背影,悄悄地对蛋壳儿说:"幸亏来的是赵夫人,如果换成老丞相,他也救不了鲸鱼。"

蛋壳儿一脸的不解:"怎么,还有老丞相做不了的事吗?"

裴怀说:"赵夫人能拿海神、祥瑞说事,换成老丞相一定不会,他太正统了。"

蛋壳儿说:"那你的意思,郭太守没说错,赵夫人还真的是'妖言惑众'了?"

裴怀连忙申辩道:"那是你说的,我可没说。"

"看你那么紧张,逗你的。"蛋壳儿笑道,"赵夫人说的不是妖言,她说的是真言,我们疍人还是相信海神的。"

海水说涨就涨,如期抵达。那鲸鱼沾到了海水,慢慢地睁开了眼睛,蛋壳儿带着一帮疍人,在沙滩上挖出一条沟。除了疍人,在场的汉人、番人、土人也一起用力,把鲸鱼推进了大海。

鲸鱼游回了海里,潜入了水底,没一会儿,它又浮了上来,面朝岸上的人群,背上喷出了水柱。

岸上的人喊道:"愿海神保佑崖州。"

蛋壳儿眼尖,他透过深深的海水,看到越来越多的鲸鱼,正往崖州湾赶来。

海水中的盐,发出了噼里啪啦的声音,似乎丢进一个火团,海水就会熊熊燃烧起来。

183

第十八章　追忆排山倒海

又是一个人了。

赵鼎休息好了,慢吞吞地走到堂屋里。他见屋子的角落里有个包裹,有点眼熟,应该是昨天给自己画像的那个年轻人的。他想起刚才大家说的,这个年轻人是个奸细,是专门从临安赶到崖州的。

那么,这个年轻人究竟是为了什么?难道自己这样一个狼狈不堪的人,还值得有人千山万水地赶来行刺吗?一个刺客会画画,或者说,一个画师会杀人,也是有些意思的。还有,这个人为什么要假托张浚来询问《千里江山图》呢?几年前,三十六娘曾经被人设了圈套,差点卷到江参案里。现在,这个人跑到南荒大岛来追寻《千里江山图》,就证明江参案还没完,总有人不死心。

赵鼎打开行囊一看,除了一个臭烘烘的皮囊,还有一沓纸,几乎都是画。

他随手拿起第一幅画看了起来。画里的场景太熟悉了,那是他南渡后最温暖的寓所。黄冈山、永年寺、独往亭,是与他的生命连在一起的。画中的重点,是一对竖起来的巧石,这就是双鲤石。

那些年,他和友人逍遥着,过着最惬意的日子。其实,他不快乐。他了解自己,从来就不是个没心没肺的人。他在惬意的独往亭下,想着不惬意的事。那会儿,南渡的朝廷还在江南一带被敌兵追来追去,堂堂的天子也跟一条丧家之犬一样东逃西躲。他觉得在这种情况下自己还躲在常山的安乐窝里,有些可耻。

他明白,他还是想再次出山的。所以,他在盼望一封信。

在独往亭下,他写了一首诗,诗中有"双鲤"二字。那时候汾儿还小,以为"双鲤"就是两尾鲤鱼。有一次,汾儿在常山江边的乱石中发现了一对鱼形石,就一口咬定这就是"双鲤"。他真的就雇人把鱼形石搬回家立在小院子里。汾儿为了让鱼形石更像一尾鱼，还在石头上凿出了鱼眼。

也真的有趣，这对双鲤石立在院内不久，他还真的收到了"双鲤"——召他回朝的旨意。

这第二张纸上，画着一个人。赵鼎一眼就看出来了，这是魏矼。

多少年不见，魏矼明显老了。他要感谢这个杀手画师，至少让他能够以这种方式见到老友。这画中，还缺了范冲。不过，这个不能怪画画的人，因为范冲在多年前就过世了。

赵鼎记得，范冲之所以归葬常山，缘起于他们三人之间的一个生死之约。他们其实都不是常山人，但他们约定以后不管死于何时何地，都必须归葬常山。这样，百年之后，仍然可以在一块儿写诗、弹琴、喝茶、聊天、争辩、悟禅。

第一个践约的，是范冲。

赵鼎在漳州时曾收到魏矼的来信。魏矼说，范冲老儿在婺州任上驾鹤仙去了，归葬常山那天，黄冈山的无声泉里藏着的那头大鲸鱼喷水了。

赵鼎接信一怔。魏矼说的是一个只限五个人知晓的新掌故。对的，五个人。有一天，他们三个到禅房喝茶。这次，喜欢弹琴的了空禅师却取出一根长管，套上管头就对着面前的曲谱吹了起来。等他吹奏完毕，席上没有一丝反应，因为他们没有听到乐声。了空禅师说，听不见声音就对了，因为这叫无声箫。

大家再细看这支无声箫，有箫头，也有箫身，箫身是骨制的。了空禅师解释了它的来历。早年，有个名叫江少虞的人出使西域得到了一支悲篥，就把它带回常山。这悲篥，说是龟兹的乐器，却是一种杀器。西域胡人在敌人冲过来时吹响悲篥，悲篥凌厉的声音会使得敌人的战马猛然受惊，失去控制。

了空禅师又说，有一次江少虞不小心弄坏了悲篥的头，它就再也无法发出凌厉的声音。江少虞本想把悲篥丢弃，但被了空禅师制止。了空禅师想，世上没有吹不出声音的箫，只有听不到箫声的人。江少虞就把悲篥留在永年寺中。

悲篥其实不是箫，它是簧管乐器，只是外形像汉地的竖吹洞箫而已。了空禅师就把这支发不出声音的悲篥叫成了无声箫。簧片失效的管子，难道不是箫吗？

"世上真的没人能听到这无声之声吗？"赵鼎问道。

"有，有人能听到。"了空禅师很肯定地说。

"谁？"

"吞舟之鱼，只有吞舟之鱼能听到。"了空禅师说。

"吞舟之鱼也算是人吗？"

"吞舟之鱼也是人，甚至比人更接近佛。"了空禅师很肯定地说。他说，他有一阵子到福建云游，每日坐在海礁上吹着无声箫，没想到有一次引来了吞舟之鱼。此鱼此刻并不吞舟，它很友善。了空禅师以为是偶然，当他几天后再一次吹奏无声箫，吞舟之鱼又出现了。

了空禅师对众人说："你们可以不信，但这是真的。"自此，了空禅师把这支用坏了又被佛门起死回生的无声箫视为佛门宝物。回常山后，他常用无声箫吹奏佛乐。

佛乐的最高境界便是无声，这才叫大音希声。吞舟之鱼能听到无声乐，悟性自然超过了人。赵鼎当时是这样想的。

雅集上，还是有个人能听见这种音乐，这是雅集中的第五人，三十六娘。这天，她正好进来找赵鼎，却一下子被无声箫吹奏的佛乐迷住了。她不但听见了，而且还听懂了。了空禅师大悦，当场就把无声箫赠给了三十六娘。

一开始，三十六娘并不敢要，赵鼎劝道："先收下吧。等我拿到归山令，再把它还给永年寺。"三十六娘问道："归山令是什么？"赵鼎却笑而不语。

凑巧黄冈山上有一无名泉，他们喜欢从这一口泉水中汲水煮沸泡茶。这口泉有个特点，就是看上去水流湍急，却几乎听不到泉声。所以从这次雅集后，受无声箫的影响，他们喜欢到泉边听无声之乐。

范冲不愧为帝师，他指着泉水说，如果有一天这口山泉会成为趵突之泉，那一定是这泉中深藏着一头吞舟之鱼。吞舟之鱼一喷水，即为趵突之泉。那么，我就归去了。

魏矼说："这等好事不能由您独享，我们都是要归葬常山的。"

至于趵突泉，在漳州收到的这封信中，魏矼再一次提及了。他写道：看来，无声泉有可能成为趵突泉。难道黄冈山的大地之下，真的藏有一头巨大的吞舟之鱼，在等着千年一遇的鲸喷？

赵鼎正要放下魏矼的画像，突然又想起了什么。他起身找出江参给他们画的《和独往亭》，两幅画虽然不是同一个人画的，但运笔的气韵却有点相像。这杀手，一定跟江参有关系，难怪一来就问起江参的《千里江山图》。

你看，他们都逼上门来了。

赵鼎拿起了第三张纸，这张纸上画的是一匹马。

这种异马图，赵鼎在江西任职时见过多次。宋人打不过别人，有个特别的原因，就是战马太缺。南渡之前，朝廷拥有完整的河山，都是去西面的党项人那里买大西马的。南渡以后，国土缩半，够不到党项人的地盘了，朝廷就专门设了马纲。这马纲，跟徽宗时代的花石纲完全相反，得到了各州县的拥护。那时候，西南有个叫毗那的地方发现了毗那大蛮，完全可以媲美西域的大西马，引起了世人的注意。不过,最关注此事的是金人。

赵鼎看了手上的异马图,这个杀手怎么也画了毗那大蛮?难道他是金人派来的奸细?

很多年前,被金人羁押在极寒之地的洪皓曾经托人带回一个消息,说金人一直对赵鼎特别关注。赵鼎被贬后的这些年,他也听人说过,金人使者来临安时常会问一句"赵鼎还活着吗",这说明,金人一直是忌惮他的。

也许,望仙桥主人这样往死里逼他,就是外人授意的。

接下来一张——其实不是一张,是被折起来的一小沓——打开一看,是几份诗稿,都是写黄冈山独往亭的。这些诗,他以前没见过,应该都是新写的。诗稿似乎是从壁上揭下来的,纸背面还有糨糊的痕迹。

很明显,这个刺客从墙上撕落诗稿,就是收集证据。

赵鼎细看了几个作者的名字,有些认识,有些不认识。比如这个吕本中,他在《题官使赵枢密独往亭》中写道:"……出佐明天子,意欲无强胡。行当复中原,即日还旧都。"这首诗意思是,赵鼎应该出来辅助明君,赶走强大的蛮夷,恢复中原,还都开封。

又比如这个林季仲,写了一首《寄题赵丞相独往亭诗》:"海内英豪还有谁,宁容丘壑着皋夔。欲知今日中兴业,已定黄冈独往时。谢傅本无朱组愿,留侯应念赤松期。更须整顿乾坤了,我亦芒鞋随所之。"此诗认为,张良向赤松子学了本领,帮助刘邦建立了汉朝,而赵鼎在黄冈山建独往亭时的思考,成就了后来的宋室中兴大业。现在天下无道,是整顿朝纲的时候了。如果赵鼎来带头做这个事情,大家都会跟从的。

赵鼎不知道自己是不是有张良那样的功德,他只是想,如果这份诗稿被交到蛾眉科，那么这些写诗的人一定会受到追究。所以，要保住这样的人，不能让他们为自己陪葬。怎样才能让望仙桥主人放过他们呢？

最后一份诗稿墨迹很新，是张嵲写的。赵鼎对张嵲不陌生，张嵲现在是衢州太守，当然也管着常山县。前段时间赵鼎从邸报上看到，张嵲在衢州兴建贡院，估计已经建成一半了。这个人有点复杂，他能主政衢州，完全是巴结了望仙桥主人的结果。但是，他能上黄冈山写下《寄题赵丞相独往亭》，也很难能可贵。至少张嵲的心里是承认当年赵鼎当国时的中兴盛况的。

问题是，张嵲目前深得望仙桥主人的信任，这样的人写的诗也被杀手收集起来，这说明不管是敌是友，只要怀念赵鼎，就得赶尽杀绝。

赵鼎明白了，自己活在世上越久，就有越多的人跟着遭殃。

最后一张，赵鼎还没拿起来就被击倒了。

——那是儿子赵汾的画像。

这还是赵鼎第一次在画像中见到儿子。从画法看，也是这个杀手画的。杀手能画出汾儿的画像，一定是找过汾儿了。那么，杀手去找汾儿干吗呢？

赵鼎担心，七年前的事情又要重演了。那一年，两个儿子相继死于意外。三十六娘和朋友分析，这不是意外，也不是巧合，而是有人故意这么设局的，目的就是一个，用最激烈的方式从心理上折磨赵鼎，一步步打掉赵鼎一个个希望，慢慢地逼死赵鼎。

不巧的是，三十六娘的这些话，正好被赵鼎听到了。但他没声张，只是拒绝了唯一剩下的儿子赵汾来陪他。他当然不想赵汾也被人盯着，然后发生新的意外。既然人家已经用这种方式，让他在孤苦中自然消亡，那他有什么办法，也只能这样了。所以，从漳州贬到南荒大岛，他甚至都不让三十六娘陪着了。

一个人，当他失去任何能力时，他的要求极为卑微，就是为家人挡灾，让他们避过风雨。

那悲哀，从汾儿的画像上升起来，又迅速弥漫到整个屋子。明明有儿子，却不能见面。一辈子的折腾，还不如一个老农。

这杀手，为什么要画一幅汾儿的画像呢？这答案早就有了。甚至，在杀手出现之前，在这幅画出现之前，他就有了答案。院子里，那个代表着汾儿的花苞早落地了，他就预料到有人已经盯上自己的儿子了。他们没放过洙儿，没放过渭儿，怎么可能放过汾儿呢？

果然，他在院子里，看到那盆花草已被整株摧毁。

这是汾儿的下场吗？

说一句特别残忍的话，他已经知道汾儿的下场了，近来的一次次梦里，他甚至梦见了杀手，这个杀手不是来取他性命的，而是冲着他儿子去的。在同一个梦里，他甚至清晰地听见云端里有人这么说："赵鼎，我们杀了你的幼子，你没想去死；我们又杀了你的长子，你还没想去死；那么我们会杀了你的汾儿。只要你自己不死，还会有更多的人因你而死。"

赵鼎记得自己在梦里对着云端喊道：

"你们可以随时来杀我，为什么要这样羞辱我？"

云端上的人用无比正义的口气说："我们不能杀你。太祖早在立国之时就立碑起誓，不杀士大夫，不杀宰执，这个你比我们更清楚。你都是宰相了，我们怎么敢把刀子架到你的脖子上？"

那人说完，就随着那朵乌云飘走了。那方向，就是临安的方向。赵鼎呆呆地望着临安的方向，又看见了天边的那张大网，大网收紧了。那网里，有许多冤魂，对着他哭。这让他毛骨悚然。

他感觉有人拍了拍他的肩膀,回头一看,是个跟自己长得一模一样的人。那个一模一样的人先开了口,说道:"您刚才做了一个梦。"

赵鼎说:"您是谁?"

那人笑了,说:"您竟然认不出我?我就是赵鼎呀。"

赵鼎说:"我才是赵鼎呢。"

自称是赵鼎的人说:"对,您是赵鼎,我也是赵鼎。您是真身,我是假的。但是,我说的才是您内心最真实的想法。"

赵鼎震惊了,他不明白自己的想法还有什么不真实的。

自称是赵鼎的人说:"是的,您累了,撑不下去了,但您不承认。"

赵鼎低下了头,半天才说:"我已经承认了,只是硬扛着而已。您看得很准,我是累了。这双病痛的腿脚,已经支撑不住我。我现在,最担心的是汾儿的性命。要怎么才能保住汾儿的命?"

自称是赵鼎的人说:"他们说得很明白了,如果您死了,就没人再对赵汾感兴趣。"

赵鼎说:"好吧,我已经没力气了。"

"那就早点解脱吧。"自称是赵鼎的人说,"别撑着。"

突然,吧嗒一声,桌上有个东西掉到了地上,惊醒了赵鼎。梦中的那个赵鼎也消失了。赵鼎一看,是杀手留下的行囊,便艰难地俯下身子,捡起行囊。打开袋口,还有一张纸在里面,纸上面写着"清单"二字。清单里,果然列着几项任务:赶赴崖州,监视甲一人物;沿途收集呼猿榜上人物的各种罪证……

这个所谓的呼猿榜上的甲一人物,应该指的是自己吧?那么呼猿榜又是什么?

赵鼎想了很久,只在记忆中想起一个地名,呼猿洞。这是临安的一个地名,就在西湖的西北,离灵隐寺不远。问题是,大宋朝掌管监视官员的机构只有一家，叫皇城司。赵鼎在中枢多年，还担任过左相和右相，应该是大宋最有权势的人，他都没有任何资格过问皇城司的事。皇城司的顶头上司只有一个，圣上本人。圣上既然有了皇城司，有必要再另设一个吗？

如果，这跟皇城司无关，那么……

赵鼎脸上，冷汗直冒。这段时间，他越来越感觉到了虚弱。除了腿疾和消渴症的折磨，这极暑之地的瘴疠紧紧地箍着他，让他喘不过气了。赵鼎明白，自己手上拿着的，是这个可怕组织的任务清单。这个潜来崖州的杀手，基本上就是按照这个清单做事的。

这时，他看到了清单上最后一项任务，只有四个字：

"杀掉赵汾。"

第十九章　臭油作坊仍然热闹

三个年轻人赶回家时，赵鼎已躺到床上去了，一切正常，只有一点让他们很不解，老人家不吃饭。裴怀也没当一回事，因为这三年，赵鼎常常吃不下饭。碰到这种情况，她会去外面买点好吃的回来。她让小碗在家照顾着老人，自己和蛋壳儿出去给赵鼎买番糕。

"夫人呢？"赵鼎问小碗。他一直没看到三十六娘，内心有了不祥的预兆。小碗不知道怎么说好，吞吞吐吐说了句，夫人被崖州官府请去做客了。"不过，"她又补充道，"她很快就会回来的。"

"是不是因为鲸鱼上岸的事？"

小碗点点头，大致说了一下过程。赵鼎从小碗软塌的口气里，已经猜测到是怎么回事。三年未见，来了没多久，又见不着了。三十六娘虽然只是个继室，又没有生育，但在赵鼎的心目中极为重要。嫁到赵家来，她没有享受过所谓的富贵，反倒是跟着他受累。

按照大宋的规矩，家眷不能干政，但赵鼎有时候忙不过来，也会让她去做一些事情。虽然是个妇道人家，但她处事能力并不差。赵鼎在江西任上，就是让三十六娘去各地养马场选战马的。毗那大蛮被用于军中，其实就是三十六娘一手操办的。赵鼎是个念旧的人，无论进入高层后忙于政务，还是被贬谪后行动受限，与一些故知的互动也由三十六娘代劳了。

但是，赵鼎对三十六娘的依赖，并不限于这些。赵鼎平时话语不多，很多时候他都陷于沉思，每到这种时候，三十六娘往往都能读懂他的内心。在潮州，狂士王文献为他鸣不平，做出了一些逾规的事，是三十六娘及时去扑灭的，否则后果更不可收拾。洙儿、渭儿之死，也是三十六娘低调处理的，她的目的就是一个，替赵鼎保住汾儿。

现在好了，汾儿被他们锁定了，三十六娘也被他们锁定了。赵鼎不知道羁押在崖州官署里的三十六娘，会遭受怎样非人的折磨。

赵鼎看错了郭太守，郭太守其实是个好官呢。他把三十六娘请到官署，就安顿在三高台上，给三十六娘泡的，也是崖州鹧鸪茶。

而且，他说话的口气也很好，客客气气的。

他说，亏得赵夫人及时提醒，才没有得罪了海神。他说，赵夫人来到了崖州，赵老丞相的身体就会好起来。他说，他很忙，可再忙也要陪赵夫人喝口茶。

郭太守也确实忙，日理万机的。昨日，裴闻义突然接到一个什么消息，带着人马匆匆回儋州去了，崖州的防务又压到了他一个人身上。大海盗就要来了，所谓的鉴真遗物一点线索也没有。他刚去过晒经坡，那里已被掘地三尺，只挖出了一大堆贝壳。大小洞天那里，虽然他没时间去，但听说也是被挖个底朝天。寺院那里，僧人们翻箱倒柜的，确实也翻到了一些老经书，也不知道是不是鉴真和尚留下的。

至于那个波斯商人穆噶先生，都不知道在忙什么。但是有一点是肯定的，穆噶先生在尽心尽力帮他渡过这个难关。整个崖州，只有穆噶先生最贴心。

所以，郭太守对三十六娘说："我看赵夫人有过目不忘的本领，所以特意请您到崖州官署，帮我看看这些老书。"

郭太守说这话也不是突发奇想，他前阵子托裴闻义回家查了裴璆的日记，两天后裴闻义告诉他，只能从崖州官署的藏书里找。

三十六娘看到面前堆放着的，除了古旧的经书，还有一些崖州官署收藏的志书、笔记。她明白了，郭太守是要她在这些资料里找到鉴真遗物的线索。三十六娘答应了，虽然她心里记挂着夫君赵鼎，但她知道自己一时半会儿是脱不了身的，这种情况下，能为崖州脱困做点事也未尝不可。

再说了，这也是她一直想看的东西。

这时，又有一个人上了三高台。

他似乎有些急，没有顾忌旁边有人，直接对郭太守说："太守大人，我已经在番坊街动员了一些人，他们都愿意跟我走。"

郭太守说："穆噶先生能自己组织人马，那再好不过了。你看，儋州的兵马一走，我真的腾不出人手。"

穆噶先生说："能不能求太守大人去给我的人训个话？大人训了话，他们才会卖力为我们做事。"

郭太守一想，可以。凡是对抗击海盗有利的事，他都会去做。

等郭太守一走，三十六娘就认真看起了案上的书籍。

大云寺送来的佛经，她是不太看得懂的，但从版本上，还是看出了一些眉目。这些佛经，大部分是古本，基本是唐后的。只有一本跟鉴真东渡的时代有点吻合，应该是用藤楮、桑麻、寒芒做的纸抄写的。这种纸因为用黄檗树汁泡过，即使浸了水，纸上的墨迹也不会化开。按照《唐六典》记载,这种藏经纸是衢州产的细黄白状纸。

她在常山时，在球川看过这种纸。工叙后来画的那些人像就用了球川纸。

至于经文，三十六娘看不懂，只能大致做个判断，应该是《唐大和上东征传》中记载的《大涅槃经》。那么，经卷既然已经送达日本了，而且成了日本的佛学经典，海盗为何还要来搜寻留在中土的底本？难道，内文不一样吗？即使内文不一样，都已经过去四百年了，还有必要来取吗？

就算有必要，也不可以采取这种要挟、勒索、抢劫的方式。这样才是对佛祖最大的不敬。

天慢慢就暗了下来，兵勇拿着一盏臭油灯过来。

就着昏黄的灯火，她又翻阅了官署的记录，这些记录也不全。从鉴真那个时期到现在，都改朝换代好几次了，临振、振州、崖州、吉阳，同一个地方的地名也变来变去，别说衙门的变动了。倒是几本杂记让她找到一些线索，说是鉴真和尚在大岛期间，得到了大海盗冯若芳的长期供养，鉴真和尚为了消弭冯若芳的杀气，把一件宝物送给了冯若芳。

杂记上说，冯若芳得到宝物后，果然解散了波斯村，让这些被他抢来的波斯奴婢回了国。一部分不愿意回国的波斯人就来到了大疍港东边，建立了番坊街。鉴真和尚留下的这件宝物，有可能被冯若芳转赠给了番坊街。

三十六娘明白了，如果这本书里的传说是真实的话，那么，鉴真遗物就需要到番坊街去寻找了。

问题是，番坊街里的番人，成分特别复杂。除了冯若芳释放的波斯奴婢，还有后来陆陆续续从大疍港上岸定居的黑皮肤岛夷，还有鼻子更挺、头发火红的红夷。他们可不信佛，会把佛家的物品一直保管到现在吗？

都已经很晚了，郭太守还在忙，确实是个好官。

到现在，他已经干了不少实事了。番坊街临时组建的番人队伍经他训话后，士气高涨，跟着穆噶先生走了。至于他们去哪里，穆噶先生没说。

郭太守穿过整个码头，港口也没什么商船。商船们听到风声，都不来大疍港加水了。站在晒经坡上，可以看到遥远的海面上，那些游弋的大船，都绕开大疍港往北行驶。那是去儋州的方向，儋州也有港口。

郭太守也理解裴闻义。裴闻义带着儋州兵马来崖州后，儋州那边就有人趁机闹事，听说还蛮严重的，所以裴闻义又把人马带回了儋州，说是先赶回去处理那边的事，处理完了就回崖州。

郭太守在海边站了半个时辰，又折回码头，拍了拍伏波将军铜柱，感觉有些异样。这铜柱的根基，好像被人动了手脚。他蹲下摸了摸脚下的地面，都是些浮土。上一次，穆噶先生想要这铜柱，明着拿，不好办，就设计了一出戏，鼓动码头上的人把这铜柱当作赌注卖掉。这样，穆噶先生出了微不足道的一点小钱，就能达到目的。

这之前，穆噶先生找他来商量这事，他一开始不同意，还拒绝了穆噶先生的银票。但穆噶先生说了一句话后，他就点头了。只要是能助他调离这南荒大岛的东西，他都愿意接受。不过，这事后来黄了。

现在，铜柱下有这么多的浮土，这就意味着有人不死心，趁这个乱局又在打伏波将军铜柱的主意了。

郭太守正要走，远远看见几个人过来，他连忙躲进了黑暗中。

那几个人手上，都提着东西，在黑暗中一闪一闪的。一个说："快点，别让蛋壳儿等急了。"另一个说："不知道这一招灵不灵？"

郭太守看他们来的方向，估计是疍人。蛋壳儿这个疍人，是疍人中的一个头领，年纪轻轻的，却有些号召力。最重要的是，还老是和裴闻义的女儿混在一起，经常出入赵鼎寓所，也算是异己吧。大敌当前，这些疍人在密谋着什么呢？

这样想，郭太守就尾随着他们七转八转，就转到了一处热闹的场所。

浓烈的臭味钻进了郭太守的鼻子。他明白了，这是臭油寡妇的臭油作坊。他忍住臭，找了一个暗处藏了起来。来南荒大岛这么久，他还是第一次到作坊来，竟然这么偷偷摸摸，做贼似的。

已经很晚了，作坊里还是灯火通明的。臭油灯里，啪啪啪燃烧着臭油。做臭油的地方，不怕没臭油。郭太守还知道，整个崖州加上儋州，就是这南荒大岛的一半了，半个岛的灯盏里都点着臭油寡妇的油。如果她的店铺倒闭了，半个岛的夜晚都会伸手不见五指。

一个女人能有这么大的家业，她的后面，站着谁？

这作坊里有很多人，土人做着土人的事，汉人做着汉人的事，现在，加上了疍人。郭太守看见了蛋壳儿，蛋壳儿正站在高处指挥着疍人。在灯光下，他才看清楚刚才疍人手里拿着的，只是平时常用的水桶。汉人们走过来，用木勺子往这些水桶里灌着臭油。

没多久，臭油寡妇出现了。看得出，她也刚刚赶到，她的身后跟着一群用头顶着重物的人。汉人喜欢肩挑,疍人喜欢手提,郭太守一看,就知道刚进来的是土人。土人们把头顶的东西卸下来,倒进巨大的木榨里。那是臭油寡妇刚从山里收来的海棠仁。

郭太守暗想,这寡妇就是神,原以为她带着胆小怕事的人去山中避难,没想到她还回来了。这么危急的时候,她倒一点儿不慌。

还没站定,臭油寡妇就大声嚷道:"海棠仁来了。老娘进山忙了两天,还不惜动了胎气,把陈年的货都搜刮来了。"

大家笑了起来:"动了胎气,怎么没见把孩子生下来啊?"

臭油寡妇说:"得等孩子的爹到了崖州再生,我算好了日子。"

有个汉人说道:"老板娘,好像对不上呀。就算把十年的陈货都收了,也不可能有这么多。"

臭油寡妇说:"那是,多亏了儋州的人帮忙,不然搞不了这么多。儋州那一带的海棠树,不比崖州少。"

儋州的人?郭太守躲在暗处想,这分明指的是裴闻义。这一男一女果然走得近。难怪那天他一提到臭油寡妇,裴闻义就脸红耳赤的,那是心里有鬼。等这寡妇生下孩子,看裴闻义怎么说。躲在崖州的峨眉科的人,一定会把这事捅到临安。万一上了邸报,那就是一件大丑闻。

臭油寡妇哪里知道这屋子里藏着郭太守,依然叫道:"今晚榨到天亮。干不完活,谁都不能回家。"

那个汉人又说了:"不行啊,老板娘,这么多的料,我们忙不过来,人手不够。"看来,他确实有经验。在这个榨油坊,臭油寡妇雇土人采货晒货运货,雇汉人做榨油师傅,懂榨油的师傅就那么些,所以今天一下子要榨这么多油,确实有点力不从心。

"什么人手不够?他们,"臭油寡妇指着一屋子的人说,"土人,疍人,这么多人,都不是人手吗?"

"他们干不了这活。"汉人声音小了下去,"我说人手不够,指的是榨油师傅。"

"谁规定这些事只能汉人做,那些事只能土人做?"臭油寡妇说,"你们知道赵老丞相吗?"

有人说:"知道,住在水南村裴家的那个老头,是个大才。"

臭油寡妇说:"对。赵老丞相说了,榨油师傅一定要教教土人怎么榨油。"

所有的人都停下来,他们不相信一个当过宰相的人会说这些细枝末节。那榨油的汉人说:"赵老丞相啥时候说过这话了?"

"蛋壳儿,蛋壳儿在哪里?"臭油寡妇在人群中找着蛋壳儿,对他说道,"你快告诉大家,老丞相是怎么说的?"

蛋壳儿正在埋头干活,被臭油寡妇一点名,一个激灵。前几天,他是跟臭油寡妇说了这么一件事。他和裴怀去陪赵鼎,说起臭油坊木榨的事。赵鼎说,他看过一些旧书,岛上的人以前榨油是用石头压的,后来汉人上了岛,就把中原的木榨术带了过来。上岛后的汉人,还教土人种地。现在的土人,不仅仅是会上树摘椰果了。疍人中也有人上了岸,甚至在番坊街开店铺卖鱼。番人呢,也会用筷子吃饭了。大家在这岛上共存几百年了,没必要彼此分出你的我的。

"四海之内皆兄弟。"蛋壳儿对臭油寡妇说,"赵老丞相就这么说的。"

"对呀,赵老丞相这句话的意思就是,榨油师傅一定要教会土人榨油。"臭油寡妇转过头对榨油师傅说,"快,赶紧教教大家。时间不早了。"

蛋壳儿本来也想学学榨油,但今天也没什么心情,他正忧虑着赵鼎的事。这当儿,裴怀和小碗在家照顾着赵鼎,三十六娘又被官府羁押了。他想抓紧干完手上的活计,早点赶到裴家宅院去,手上

的动作就快了许多。臭油寡妇见他满腹心事,便走过来问道:

"蛋壳儿,老人家怎么样了?"

"不知怎么的,一口饭不吃。"蛋壳儿停了一下,又说,"最要命的,还一口水不喝。"

"啊?"臭油寡妇说,"不喝水怎么行?"

作为疍人,蛋壳儿可是在海上经历过死亡。疍人们都知道,在海上没的吃,不是什么生死问题,总能捞点小鱼小虾充饥,但在海上没水喝,那就是灭顶之灾。年轻一点的人还好些,能挺个五六天,可像赵鼎这样备受折磨的老人,一口水不喝就熬不过三四天。

三四天,正好是大海盗要来的日子。蛋壳儿心里有点急。

郭太守蹲在一堆杂物下,时间一久腿就麻了,正想悄悄溜掉,就见有人走了过来,干脆趴在地上。不一会儿,他感觉有一些臭油飞溅到自己的脸上。他知道臭油臭,没想到臭油这么臭。

他再抬起头,没看到有什么异常,慢吞吞站起来。臭油寡妇似乎发现了什么,冲郭太守的方向骂道:"喂,那个谁,你待在那里干吗?"

郭太守一惊,以为被寡妇看见了,正要走出来,他前面有个人比他早了一步站了起来,对臭油寡妇说:"没干吗呀,就撒了一泡尿。"臭油寡妇说:"你一个男的,还跟我一样蹲着办事?"一屋子的人都笑了。郭太守想笑,却又不敢笑,怕被人发现。臭油寡妇继续对那人说:"没事,尿吧,不信你这尿能臭过我的臭油。"那人还真是听话,俯身闻了闻,老老实实说:

"我的尿也臭的。"

大家都哈哈哈哈狂笑不已。

郭太守突然明白了,刚才飞溅到自己脸上的,不是臭油,而是大男人的尿水。他又细细回忆了一下，他当时还用手抹了一下，放到嘴里尝了尝味道。这样一回忆，他忍不住呕吐起来。那声音，清晰地传到蛋壳儿的耳朵里。蛋壳儿不但舌尖灵，耳朵也灵，他冲过来，看到了正在干呕的人。

臭油寡妇也举着灯盏过来了。她看到了崖州最有权势的人竟然以这种方式出现在臭油坊，忍不住说道："太守大人光临寒舍，有失远迎。"

郭太守一点儿也不生气，拍拍衣袖站了起来，亲切地说："老板娘啊，大敌当前，跑的跑，溜的溜，你倒是一点事儿也没有，不慌不忙，趁机囤起了货。"

臭油寡妇是何等人物，怎么听不懂太守的话，她自我解嘲道："太守大人啊，我就是个生意人，那海盗来不来，我这臭油都得卖。"

郭太守心想，商女不知亡国恨，没觉悟。他正想说她几句，被蛋壳儿抢过了话头："太守大人，赵夫人关在哪里？是不是可以放她回来了？"

郭太守微笑着说："你这话不对，我们并没有关押赵夫人。赵夫人正在优哉游哉翻阅崖州官署的老书呢。嗯，说优哉游哉也不对，应该说是心急如焚。赵夫人说了，她要赶在大海盗来之前，在书中找到鉴真遗物的线索。"

"赵夫人真是个好人，她为我们大家操碎了心。"郭太守补充道。

三十六娘终于找到了一样东西，确切地说，是一段文字。这段文字，出现在一本不起眼的唐人笔记里。按照事先约定的，她应该把这条线索告诉郭太守。

她搓了搓眼睛，站起来，走到三高台的栏杆前。四周，都是崖州的夜。比起中原，这里的夜更黑一些。她往正南望去，那是水南村。

她的夫君，就在那无边无际的黑暗中挣扎着。

离开夫君赵鼎的一千天里，她在临安、常山、饶州、赣州遥望着这个点。他和她，就像站在《千里江山图》的两端，天各一方，中间是图中的千山万水。但现在，她终于沿着《千里江山图》中那一条断断续续、隐隐约约又贯穿始终的羊肠小道走到了图中的终点，却见不着他了。她在黑暗中，看到一只巨大的手从临安伸过来，挡在他和她的中间。

那只手，随时就可以收拢指头，把他和她捏个粉碎。

她知道，自己的夫君不是凡夫俗子，他有力量，有强大的感召力，也有经验。但是他的性格是有问题的，孤忠有余，圆润不足。这跟古往今来的一个个宰相，好像都不相像。虽然从政见上看，夫君与王安石不同，甚至相反，但两个人的性格都一样执拗。王安石的变法是彻头彻尾的失败，还动摇了国本，夫君赵鼎的运气要好些，至少他还与张浚一起，让朝廷在江南站稳了脚跟，并积蓄了与外人抗衡的实力。

性格，就是性格。他的性格，决定了他会从高峰跌落。

其实，跌落也不是一件可怕的事，甚至放逐也不是一件可怕的事，多少人，就是在放逐后重新起用的。远的，谢安的复出，留下了"东山再起"的典故。近的，二十年前的李纲，也在南荒大岛复出，成了"东山再起"的新版本。但是，夫君赵鼎的放逐是个例外，一次次回望京师，看到的都是一个个泡影。这就是性格使然。

问题是，这么一个有傲骨的人，怎么就一直逆来顺受呢？三十六娘问。那是孔夫子的书读多了。三十六娘答。

她不想提起孔夫子了，此刻，她觉得自己必须从远处回到近处，落到地面。这么久，郭太守也没出现，她不能再等了。她下了楼梯，但是地面上站着两个兵勇。兵勇说，郭太守有交代的，不能放她出去。

"去告诉郭太守，就说我已经找到鉴真遗物的线索了。"

一个兵勇转身走了，另一个仍然守着楼梯口。这兵勇说："赵夫人，还是回到三高台上去吧。这是太守大人交代过的。"

三十六娘看这情形，也觉得没必要在这待着，转身重新爬上了楼梯。还没爬到一半，她听见那兵勇说："赵夫人，我看到您救鲸鱼了。"

她低头看了看那兵勇。那兵勇继续说："我想，那头鲸鱼会感谢您的。"

三十六娘一听这话，心里一热。这时她正好爬到了最高一级，便扭头向西边看去。那一片更加黑，那是崖州湾，是鲸鱼的世界。她似乎听见一头鲸鱼在唱歌。这一头鲸鱼，就是她救下的鲸鱼。其实，她也知道，鲸鱼不会唱歌，更不会对着她唱歌。她耳边响起的鲸歌，是她心里的。

那一年，她陪夫君在常山，和夫君的几个故交喝茶，她似乎听到永年寺了空禅师用无声箫吹奏了一段只有鲸鱼才能听见的无声乐。从那时开始，她就觉得她和鲸鱼之间，有某种联系。后来，她还觉得自己与夫君之间也有这种无声乐。他们不用开口，也能对彼此说话，那心意就如《千里江山图》中那条暗藏的小径一样，是彼此连通着的，即使隔着千里江山。

现在，她看见那些从未谋面的老友，正跟她一样，千里跋涉而来，集结在崖州的水域里。

好吧，等着我，鲸鱼们。

郭太守终于离开了臭油作坊，急急忙忙向官署赶去。黑暗中，一个人在后面追上了他，低声叫道："太守大人，有情况。"郭太守停住了脚步，等那人走近一看，竟然是刚才在臭油作坊偷偷撒尿的老实人。现在，那张脸上一点也不老实了。

"大人，臭油寡妇可不是囤货，她是在炼药膏。"

郭太守第一次听说臭油能炼药膏。他以前倒是听说番人中有种药膏很灵，经常有人坐船来大疍港寻求这种药膏。那人继续说："太守，臭油寡妇炼的，可不是一般的药膏呀。"

郭太守说："有什么不同吗？"

那人四下一看，轻声说道："这是军中用物，能卖大价钱。太守如果能够帮我弄到这批货，我愿意分您一半的酬劳。"

郭太守说："那你看错人了。我郭某守土有责，可不是用钱就可以收买的。"

"您这么说，我就放心了。"那人笑了，说，"郭太守果然是岛上的栋梁啊。"

郭太守一惊，能这么对他说话的，可能就是从临安来的人。这种人一般都是来暗中监视谪官的，但有时也针对岛上的军政大员，绝对是得罪不起的。郭太守一直知道崖州藏有这样的人，今天终于得见。自己的脸上还残留着他的尿液，那也是临安的尿液。他马上谦卑地说："那么，接下来怎么做？"

"有两件事。第一件……"那人把嗓音压得更低，在郭太守的耳边轻轻地讲着，"这第二件嘛……"

第二十章　狂士带来了背嵬军

赵鼎依旧躺在床上，不吃不喝，以求速死。他知道，他死得越早，亲人们就越安全。这让裴怀和小碗头痛不已。裴闻义不在，蛋壳儿不在，两个女孩子可没了招。裴怀也不等蛋壳儿了，她决定赶到儋州去找父亲。父亲来了，就能把关在崖州官署的赵夫人救回来。她对小碗说：

"小碗姐姐，我走后，你千万不要放生人进来。"

裴怀拉开院门，一下子就消失在夜色中。这炎热之地的热浪冲进屋里，把小碗"冻"得直打哆嗦。

小碗关好院门，回屋收拾了一番，又一次看到了桌子上那些资料。现在，没人再打搅她，她可以仔细看看她的筷子哥哥留下了什么。

她拨亮臭油灯，仔细翻阅着这些材料。有一幅图上画的人她是认识的，那老人叫魏矼，她在常山时见过。老人虽然身体很不好，但也坚持天天上山。至于这几首破诗和异马图，她也没什么兴趣。她的兴趣，在一张任务清单上。

清单上列着几项任务，最触目惊心的，是清单上的最后一项。"杀掉赵汾"这四个字，跟前面几项的字体不一样，墨迹也有点新。难道，最后这四个字是有人添加上去的吗？其目的，是故意给赵鼎看的吗？

小碗不确定赵鼎是不是看到过这份清单。她怯怯地去看赵鼎，赵鼎已经睡着了。但是那面容，又不像睡着的样子，有些难看，呼吸非常沉重。小碗伸手摸一摸他的额头，滚烫滚烫。其实，他从昨天开始就发烧了，但眼下更甚。

那被热度烤焦的嘴唇，不断地翕动着，似乎在跟谁说话。

  三十六娘，我知道你委屈了。都说"女怕嫁错郎"，没想到这句话应到了你身上。嫁给我赵鼎，确实是你一生中最大的错。这宦海沉浮，你帮我照顾了这个家，彼此间聚少离多。我进入了中枢，你没享受过什么荣光，倒是跟我在各地奔波，行走在我们自己的《千里江山图》上。图上的水秀山明、桃红柳绿，你没怎么欣赏过，倒是江湖的险恶，你跟我一起分担了。

我经过许久许久的考虑，决定离去了，以遂了那个千古小人的心愿。我想，这个世界上，只有你一个人，会理解我这最后的决定。

毫无疑问，这是崖州史上最特殊的夜晚。不一样的明暗，不一样的凉热。这个夜晚，有人不眠，对着水南村喃喃自语着——

夫君啊，我是您的三十六娘。我在风中，听到了您的言语。

三高台，这个崖州官署最逍遥的高处，此时成了我的囹圄，但我因祸得福，看到了崖州的四面八方。您知道吗，我刚才眺望了西边的鲸海。我听到黑漆漆的水域下，鲸鱼们在说话。一头鲸鱼，与另一头鲸鱼，它们不发声，但是它们一样能说话。

这多像我与夫君您。这些年，千山万水也挡不住您的声音。无论是临安还是常山，无论是温州还是洪州，还是岭南各州，甚至是这大地尽头的崖州，我能随时听见您在喊着三十六娘、三十六娘、三十六娘。

没错，我与君，就是两头陆地上的鲸鱼，姓赵的鲸鱼。

这一生中，我做对了一件事，就是嫁给了夫君。虽然我只是个继室，但我也知道，我是您唯一的女子；虽然我没能为您生育过，但是您的儿女就是我的儿女。尽管我和他们的年龄相差不大，但我和您一样，呵护着他们。

我甚至忘记了自己的姓氏，忘记了自己的名字。我只知道，我就是您的一部分。您所想的，我都能猜到。我知道您想用您的方式，来保全别人。所有人会劝您，但我会尊重您这了不起的一生中，这最后的决定。

我现在，只有一个愿望，就想夫君您能在我的臂弯里长眠，永远不再醒来……

　　海神保佑两头赵氏鲸鱼吧。

　　这奇特的夜，醒来才是噩梦。

　　一大早，一群兵勇就闯进了臭油作坊，到处翻箱倒柜的，把臭油寡妇吓了一跳。他们的制服上写着"昌化军"三字。昌化军就是儋州，儋州的头头是裴闻义。臭油寡妇想，儋州的兵马不是被裴闻义带回去了吗，怎么又出现在崖州？

　　只是，没看见裴闻义。

　　"你们干什么？"臭油寡妇用双手护着高高隆起的腹部，责问道。小头目答道："有人举报你私藏了鉴真遗物。"

　　"即使我犯了事，那也是崖州管的，关儋州什么事呢？"

　　"我们裴太守说，你经常窜访我们儋州地界，一定是偷盗了儋州的东西。"

　　"就是在你们儋州的山里采摘了一些海棠仁，也算是偷吗？"

　　"那也不行，得经过我们裴太守同意。"

　　"是不是我到儋州蹲个茅厕，也得先憋着，等裴太守批准？"

　　"那倒不必，你和我们太守都滚到一块了，这种私密事……"

　　"你说什么？"臭油寡妇忍不住发飙了，变了声说，"什么叫我和你们太守滚到一块？这是什么意思？"

　　"啊，这个嘛，你肚子里的孩子最清楚了。"那小头目意味深长地说。

　　"快，把你们裴太守叫来。"

　　"裴太守才不会来见你。"小头目心里明镜似的，"他怕你一不小心说出去了，坏了他的名声。"

　　臭油寡妇脸皮厚，但碰到更狠的角色，她也是没招了。她捧着肚子蹲在地上，骂道：

"好吧，给那个无情无义的人带一句话，他也逃不了。等我生下他的孩子，会去儋州找他的。"

这当儿，兵勇们都过来了，一个个摊开了双手，手上除了沾满臭油，什么也没有。他们没找到所谓的鉴真遗物。那小头目见状，也只好挥了挥手，撤了。

臭油寡妇等兵勇走了，艰难地站了起来，全场一片凌乱。过了一会儿，臭油作坊的帮工们都到岗了，唯独不见了蛋壳儿。有个疍人告诉她，蛋壳儿昨晚陪裴怀去了儋州。

蛋壳儿和小碗是划着船去儋州的。

昨晚，裴怀刚出门，就碰到了从臭油作坊匆匆赶来的蛋壳儿。蛋壳儿听裴怀说要去找父亲，便说陪她一起去。他俯身抓起一把细沙扬向空中，见细沙被风吹往北面，带裴怀赶回疍排，划着一艘疍船就往儋州驶去。

他的选择是对的，因为海盗快来了，官府在崖州到儋州的陆路上布满了岗哨。即使不被拦截，也会花很多的时间应付盘查。另外，南风劲吹，正好有利于往北的船只。

蛋壳儿挂起了船帆，船速飞快。那海面上，涌动着奇怪的浪潮，似乎海底深处有龙潜行。他对裴怀说，这是鲸鱼群在移动。裴怀的心思可不在鲸鱼身上，她在自责。父亲把赵鼎接到裴家，又把照顾赵鼎的任务交给她，她觉得没照顾好老人家。特别是老人家绝食后，她更是心急如焚。

她听蛋壳儿说过，一个人不吃东西，五六天会死，如果连水也不喝，那就……

风大有风大的好处，船快；船小有船小的劣势，不稳。快到儋州的时候，海面上明显多了一些船，是大船。蛋壳儿知道，儋州港口不如崖州的大，也很少有大船。今天的这些船，有可能是因为崖州即将有难，所以都改走儋州去加水，或购买吃食。

到了儋州港，更意外的事情发生了，港口被封。裴怀的心又揪了起来，好不容易到了父亲的地盘，却一下子见不到父亲。好在蛋壳儿是闯过码头的人，对儋州港也熟悉，他让裴怀先等等，便跳下了水，潜在水底没了踪影。

裴怀只好独自待在小船上，心怦怦怦地跳。远处有人驾船驶过来，盘问她。她只好说，自己是儋州太守裴闻义的女儿，找父亲有急事。那人一听就笑了，说：首先，裴太守的女儿不可能坐着这么一艘破船；第二，码头就是裴太守下令封的，他自己不能带头破了例。

反正，就是不让裴怀靠岸。

好吧，不靠岸就不靠岸，但她得明白裴太守为什么要封码头。那人解释说，前几天裴太守带人去崖州帮忙，儋州兵力空虚，海上就有很多陌生人趁机上岸打劫，闹出了许多事，裴太守只好把兵勇带回了儋州。

为这点事就封了码头呀？裴怀觉得父亲有些小题大做了。她正想说什么，见蛋壳儿坐着一艘船赶回来了。那船上有个年长者，对正在盘问裴怀的那个人说，这确实是裴太守的女儿，他已经派人去通报上头了。他让裴怀坐上他的船，绕过码头直接进了内河，就向儋州城驶去。

原来，这个年长者是蛋壳儿的朋友，叫阿吊，琼州人。他在这码头上开了个小船行，专门出租小客船。蛋壳儿问道："我记得你三四年前只有一艘船，怎么一下子有了四艘？"

阿吊说："我遇到海神了，有海神保佑，找我租船的人多了，就赚了一点钱。"

蛋壳儿说:"那你说说,海神是什么样子的?"

阿吊看着宽广的海域,好像就看到了海神。他的神态有些游离,对着虚空说:"那海神很文气,他把画好的符丢进海里,鲸鱼都得听他的。"

蛋壳儿见阿吊神神叨叨的,也没理他。阿吊也就不说了。看来,阿吊在儋州城还是有些好人缘的,一路打着招呼,自然也没人拦他的船,没多久就到了城墙下的小码头。蛋壳儿也不客气,拉着裴怀跳上码头往儋州官署赶去。阿吊远远向裴怀挥了挥手说:"见到你爹,就跟他说,琼州阿吊向他问好。"

崖州这边,也一样到了下午,小碗掐指算着裴怀的行程。她听到了敲门声,赶紧走到了院门口,问道,谁?门口有人说:"快开门,我是崖州官府的。"她马上打开了院门,门口果然站着兵勇。小碗仔细一看,兵勇倒是兵勇,样子却很不和善。她马上关门,但是已经迟了,三个兵勇冲进了院子。

"你们干什么?"

"是她,就是她。"其中一个对另外两个说。那人又对小碗说:"你昨天是不是在门口捡到了一样东西?你别否认,就是你捡的,我看到了。"

小碗明白,眼前的就是那天把筷子哥哥的行囊丢进院子的人。这么说来,筷子哥哥已经被他杀了。她突然想冲上去打那人一巴掌,想想又打不过,只是狠狠地看了那人一眼,把他的相貌也狠狠地记住了。她咬牙切齿地说:"那么,人呢,那个背着行囊的人?"

那人说:"你先把东西还给我,我就告诉你。"

"不行,你得先说。"小碗说,"但愿你没杀了他,不然我会追着你。"

那人有些老实,说:"他没死,早就去临安了。"

小碗问道:"你怎么知道?"

那人说:"蛾眉科的人,有蛾眉科的想法。"

啊,筷子哥哥真是蛾眉科的人?小碗来不及细想,从怀里掏出铜牌扔到了地上,发出哐啷一声。那人立即俯身捡起铜牌,看也不看就放进了兜里,转身就走,轻飘飘地对两个兵勇发出了明确的指令:

"杀了她。"

两个兵勇有些迟疑:"为什么?太守大人没说过要杀她。"

那人说:"她看过这块铜牌,就不能留活口。这是我们的规矩。"小碗突然觉得,死亡来临了。就这时,她听见背后有人说话了。一个病歪歪的老头,正拄着拐杖站在他们身后,有气无力地说:

"把我的人一个个都杀了,还不如就杀我一个好了。"

小碗有些感动,她在赵鼎的眼里成了自己人。她向赵鼎跑去,突然又站住了。这不行,他们是想杀我灭口的,怎么能把祸水引向赵鼎呢?她掉转头改向大门跑去,想把他们从赵鼎身边引走。有个兵勇识破了她的企图,叫道:"你敢跑,我们就杀了这老头。"

小碗一听,就站住了。她慢慢转过身,果然看见那兵勇已经掐住了赵鼎的脖子。那索要铜牌的人对那兵勇说:"别杀老头,要让他自己死。我们可不能担个杀赵鼎的罪名。"

他又笑嘻嘻地说:"但要让老头看着,他的人是怎样死的。"

让赵鼎亲眼看着自己人被别人杀死,这对赵鼎来说是种怎样的折磨。曾经位极人臣的宰相,又一次感觉到了痛苦与无力。事实上兵勇一松手,赵鼎就无力地倒在了地上。

小碗彻底没招了。为了赵鼎,她不能跑,只能领死了。她绝望地闭上了眼睛,叫道:"赵夫人啊,我没能照顾好赵老丞相。"

211

接着,她听见有人摔倒了,以为是赵鼎,连忙睁开眼,却发现倒在地上的是两个兵勇,那个索要铜牌的人飞速地翻过院墙逃走了。惊魂未定的她,听见救她的人叫着她的名字:

"小碗,我是王文献。"

是的,王文献来了。

按原来的行程,三十六娘到了岭南后是要先去连州见张浚的。在大庾岭邂逅岗,工叙的奸细身份暴露后,她怕工叙先行赶到崖州刺杀赵鼎,大家顺路在英州看过洪皓后,就让王文献代她去连州见张浚了。

现在,王文献就是从连州张浚那里回来的。

跟他一起来的,还有三个陌生人。三个陌生人把赵鼎抬到了床上,然后一句话也不说,立即撤到了院子里,护卫着裴家宅院。小碗立即明白了,这些才是训练有素的一等一高手。

小碗跟王文献也只是在邂逅岗之后同行过一段路,谈不上熟,印象中就是个手无缚鸡之力的狂妄书生。王文献没看见三十六娘,有些奇怪,小碗就告诉他,赵夫人已被崖州官府羁押了。王文献叹了一口气说,这些人为了让赵鼎丧失活下去的念想,无所不用其极。

他们在赵鼎的床边坐定,一起守着赵鼎。赵鼎基本陷入了昏迷状态,无法交流。王文献从小碗手中接过水碗,用木勺舀了一小勺,顺着赵鼎微张的唇间倒了几滴水。他这次来崖州,就是来救赵鼎的。一滴水不喝,老人家很快就会没的。

可是,赵鼎的嘴唇遇到了水,竟然自动闭合了。连昏迷状态也不忘拒水,老人的自绝意志该有多坚定。小碗一点儿也不奇怪,这样的喂水,她不知重复了多少遍了,这个书生也同样没办法让赵鼎喝下一滴水。

王文献趁机跟小碗简单说了下去连州见张浚的情况。他说，张老丞相在连州的遭遇不比赵老丞相好，也常常有人暗暗逼他自弃人生。

"张浚，张浚，你们说的是张浚。"赵鼎突然说了这么一句，把两人吓了一跳。他们以为赵鼎醒了，细细一看，还是没反应，就知道赵鼎是在说梦话。看来，张浚还是幸福的，至少有个人在昏迷时还能念叨着他的名字。

小碗问道："王先生，那东西取来了吗？"

"当然。这事怎么敢忘了？"王文献从怀里取出一个小木盒放到小碗手里，"张老丞相听说是赵夫人要，立马就找了出来，还说是物归原主了。"

小碗作为侍女，原本没资格看木盒里的东西，但她实在是太好奇了，终于放肆了一回。盒子打开了，里面是一小截管子，这就是三十六娘心心念念的东西。

小碗实在认不出这东西，随手递给了王文献。王文献发现管内有簧片，就怀疑这是一种乐器。他试着把管头放到唇间，一吹，没有任何声音。

但是，赵鼎却动了动嘴唇。

王文献连忙把管放回木盒，俯身在赵鼎的耳边轻轻喊道："老丞相，我是王文献，我带着背嵬军来看您了。"

赵鼎嘴巴动了动，好像是在念着"背嵬军"三个字。

王文献连忙说："是的，背嵬军。背嵬军赶到崖州来，就是来救您的。"

赵鼎终于睁开了眼睛，看见了王文献，很费劲地说了一句话："邸报上说，牛皋死了？"

王文献告诉赵鼎，几个月前有人授意一个叫田师中的统领设宴毒死了牛皋将军。这样一来，群龙无首的背嵬军突然就解体了，一部分北上去了宋金边境，一部分南下，去解救一群被朝廷放逐的大臣。

赵鼎用尽力气睁大了眼睛。王文献以为他会说什么，结果赵鼎什么也没说，只是摇摇头，又摇摇头。

小碗在一旁悄悄说："王先生，赵老丞相好像不怎么乐意。"

王文献摇摇头说："宁可被人弄成这样，也不肯接受背嵬军的帮助，不知是为什么。"

小碗说："只有赵夫人能回答您的问题。"

王文献说："也许吧，赵夫人确实是个奇人，只有她能懂赵老丞相。在潮州那会儿，我就发现赵老丞相很依赖她。这样吧，我现在带背嵬军去崖州官署，把她救出来。"

小碗笑道："书呆子，哪有大白天劫狱的？"

王文献一想，这侍女说得对，背嵬军再厉害，也只有三个人，敌不过崖州官署那么多人马。那么，等到晚上再说吧，就是委屈了三十六娘，她得在官署里再熬上几个时辰。

第二十一章　码头上的破楼

裴怀终于见到了裴闻义。也没几天，她父亲就瘦了一圈。

裴闻义从崖州赶回后，就发现了一件诡异的事。儋州城内，确实有人滋事，在儋州与崖州界域交错的地方，也出现了一些不明身份的人。如果这些人真的是海盗，他们完全可以乘虚洗劫儋州城，去偏僻的山里干什么呢？

他问了去过那地方的人，他们回答说，那地方除了树木，就是野兽和毒虫，瘴疠之气尤为严重，根本无人居住。从汉到唐，曾有一条儋崖古道，因为宋初沿大岛西岸修了官道，这条古道几乎就湮没了。

裴闻义还问了城内几个老学究，他们说，差不多是苏东坡贬到儋州的那个时期，儋州南境的山里确实有很多境外之人秘密来此修炼，为此，这些人与当地的土人发生过几次群殴，结果是两败俱伤。据说，最后一个境外之人临死前，曾在自己的葬身之地用异文刻下一行咒语：

"大海沸腾之前，我将与神兽一起复活。"

大海怎么沸腾？神兽又是什么？难道这南荒大岛，又出现了新的兽类？没人知道，除非找到那个境外之人的墓葬。但是，谁也不敢去找这个墓葬，因为死者还留下另外一条口头咒语："打扰我的人，将喂给怪物。"

裴闻义带着一批人，在山林的外围绕了两圈，只找到一些新鲜的鞋印。

他刚回到儋州官署，就看到心急如焚的女儿。他很震惊，赵鼎竟然会绝食。在他的认知里，赵鼎行走过万里江山，见过各种各样的风雨，又经历各种各样的官场险恶，已经极为练达了，不可能会用这种极端的手段了结自己——要么病痛折磨太甚，要么被人胁迫。

说起被人胁迫，这肯定是有的。不要说赵鼎本人，连他这个远在儋州的人也感觉到，有人肆无忌惮地折磨赵鼎的心，就想用特殊的方式逼迫赵鼎自尽。

他知道，这种安排来自临安。所以他虽为朝廷命官，也无能为力。他唯一能做的事，就是安慰、陪伴。看着自己所景仰的人在自己面前渐渐成灰，那是一种痛苦。但是，现在连这个也不可能了。儋州的形势不允许他离开。虽然他并不恋栈，但他此时还是昌化军的正堂、最高长官。

儋州的安危才是他的最高责任。

他刚接到报告,儋州湾外又出现了一些神秘的船只。这些船,与即将抵达崖州的大海盗有关联吗?他在脑子里复盘了一下,觉得这段时间他已经被人牵着鼻子走了。先是应邀带兵去崖州增援,后又回防儋州,这一来一去造成了儋州空虚,让一支来去无踪的队伍钻了空子。那么,这只无形之手是谁的?是崖州郭太守,还是另有其人?

裴怀有些失望,父亲是不可能马上回崖州了。如果蛋壳儿没说错,那么赵鼎熬到明晚就会死去。所以她眼下要做的,是以最快速度赶回崖州,这样才能在赵鼎生前,见上最后一面。

这个,裴闻义帮得上忙。他安排了一辆马车,让裴怀和蛋壳儿回儋州。今天的海面仍然是南风,回崖州是逆风行驶,水路走不快。他像上次一样拍了拍蛋壳儿的肩膀,也像上次一样,一句话也没说。但是,蛋壳儿明白了,这是一个父亲的语言。这个父亲,要把女儿托付给他了。

蛋壳儿急着赶回崖州,还有一件天大的事,他必须在明天一早就见到臭油寡妇。

偌大的大疍码头上,站着一个闲人。

崖州太守郭嗣文望着崖州湾。就在后天,大海盗就要来骚扰他的子民了。这崖州湾,会出现怎样的惊涛骇浪?如今,一切都没准备好,尤其是大海盗索要的东西。所谓的鉴真遗物,已经找到几样了,可到底哪一样才是大海盗想要的?

昨天有人说,在晒经坡挖出的一大堆古代海螺中,发现了一只镶嵌着金银的老海螺,这个海螺很罕见,是右旋定风螺。在唐朝,皇家往往会把右旋螺作为航海避灾的最高法器,赏赐给出海去日本、琉球、渤泥、天竺国的使臣。可当时的皇帝崇道抑佛，把鉴真和尚东渡日本看成偷渡，睁一眼闭一眼已算客气了，怎么可能把右旋海螺赐给鉴真呢？

再说，鉴真和尚第五次东渡日本，就是因为遇到风灾才被吹到此地，这就说明这只右旋海螺并没有保佑他。这样一种不可信的东西，会引起大海盗的兴趣吗？

又比如说大云寺的《大涅槃经》。三十六娘分析，这本经书的用纸确实是与鉴真和尚同时代的，很可能是鉴真和尚留下的手抄经卷。可杀人越货的大海盗，会冲着一本佛家经典来吗？

三十六娘还跟他说过，鉴真和尚离开大岛时曾经留下一个秘方。这个方子，最大的可能就是在番人族群里。但是，这个方子是什么，三十六娘也不知道。郭太守去了番坊街，那个家里藏着大海盗攻城图的人说，祖上是有传，说鉴真和尚确实留下了方子，番人凭这方子炼成了驱虫膏。南荒大岛上毒虫多，有了驱虫膏，多少可以抵挡一阵毒虫的侵扰。

郭太守不太相信，番人产这种药膏，已经两百多年了。外人要买这种药膏，也非常方便，用不着这么兴师动众吧？

说起药膏，他想起臭油寡妇，凌晨他派兵勇突袭了臭油作坊，未能搜到临安来人说的那种药膏。但是那作坊里有一间密室，摆满了各种瓶瓶罐罐，这证明臭油寡妇确实在秘制着什么。不过，大敌当前，他没精力去追究臭油寡妇私造药膏的事。

至于波斯商人穆噶先生，已经两天不见人影了。那天经他训过话后，穆噶先生就带着他的船员，外加三十几个番人去大小洞天找鉴真遗物了。问题是，大小洞天又不是很远，穆噶先生早应该回来了。他们到现在还没回来，很可能是去了更远的地方，或者逃离了这个凶险之地。

不管怎样，郭太守希望穆噶先生马上回来。毕竟到了后天，大海盗来了，崖州与海盗间的沟通、交涉，还必须仰仗这个好心又能干的波斯商人。但愿他在大海盗到来之前，能出现在大疍港上。那么，大海盗退去之后，穆噶先生就可以光明正大地拿走伏波将军铜柱。

这个波斯人，不是很想得到铜柱吗？

至于裴闻义，他确实有些遗憾，本来说好的一起守卫崖州，可裴闻义突然带兵回儋州去了。应该说，裴闻义也没有说谎，这几天很多商船路过大疍港不停，直接开到儋州去，估计也给儋州带去了一些麻烦。

那好吧，没了裴闻义的儋州兵，我就独自扛着吧。

其实码头还有一个闲人。

臭油寡妇躲在码头小楼里。她的脚下，一个个酒坛子整整齐齐极有规矩地码在角落里。她撬开墙上的木板，现出一扇小窗户。她望着窗外，第一眼就看到了伏波将军铜柱。她刚才路过铜柱的时候，也跟郭太守一样发现了铜柱下面的浮土。为什么总是有人在打伏波将军铜柱的主意？

一定是有人想趁大海盗来的机会，再一次偷盗这根铜柱。

她现在看到了铜柱下的郭太守。她知道，凌晨时分臭油作坊被官府抄了，其实是郭太守下的令。只是，他们为什么要冒充儋州兵呢？幸好他们没有拿走什么，一壶壶臭油还在，该送哪儿就送到哪儿了。

有些秘密的东西，她早就藏好了，藏在何处，只有她知道。

但眼下，臭油寡妇在等着蛋壳儿。

她的肚子越来越大了，别说走路，就是静静站着，也有点站不住了。现在，她刚想坐下来歇一歇，却发现码头上除了郭太守，又突然多了一个人。那人四下看看,没发现什么异常,就快速向郭太守走去。

臭油寡妇费了好大的劲,才终于看清那个人。

天,那是常到臭油作坊打零工的榨油师傅罗大关。罗大关因为在江南、中原见过大世面,要比其他的帮工上手快,所以臭油寡妇比较相信他。只是,这是个神龙见首不见尾的人物,有时候半个月也不露脸。不过,在臭油寡妇的眼里,罗大关还是个老实人,平时不太说话。有时候,她还会让他到密室里帮个忙。

难怪郭太守派人来搜查时,能准确无误地找到臭油作坊的密室。原来,一切都是这个貌似老实的人在搞鬼,是他告的密。

码头上的郭太守还在苦思冥想着,他听到脚步声,才发现是罗大关来了。

罗大关说的第一件事,他做到了,他派崖州兵勇搜查了臭油作坊,但是没找到什么。第二件事,他也做到了,他派人跟着罗大关去裴家宅院寻找失物。

现在,罗大关走到他跟前,说道:"郭太守,谢谢您,我已经索回我的铜牌。"

"嗯,那就好。"

"但是,赵鼎身边有了高手。我敢确定,那些人不是我们自己人。"

"嗯,知道了。"

"他们打伤了您的两个兵勇。"罗大关说。

"嗯,听说了。"

"所以,您得赶紧调查一下,那些新来的人是谁。会不会跟大海盗有勾连呢?"

"嗯,调查这种事,还是你们临安来的人更在行啊。"

说这话时，郭太守脸上笑出了花朵。有一只虫子瞅准时机，穿过他的嘴巴，射进了他的胃里。胃里很黑。自从赵鼎到了崖州，除了按规定由崖州官府监管外，总是有一支神秘力量同时监视着赵鼎，也监视着官府对赵鼎的态度。广西经略使张宗元给赵鼎送点吃的，就被这些人发现了，还动手杀了人。

那人见郭太守话里有话，也不客气了，说道："万一……这些人是谁谁谁的余孽呢？"

谁谁谁的余孽？这谁谁谁又指谁？郭太守想，这种直通临安的人物能这么说，一定是有道理的。

那人又补上了一句："我们不希望下一期的邸报上，出现您的名字。"

郭太守一怔，这才是他最畏惧的。他一直希望邸报上有他的名字，是因为被调任富庶之地，而不是这种被蚂蟥叮咬的脏消息。

罗大关见郭太守的脸上一抽，知道自己刚才的话起了作用，说了声"后会有期"就走了。

作为晚辈，郭太守不可能没读过赵鼎的诗文，不可能没听说过赵鼎的威名。前些年南渡之后的赫赫中兴，就是赵鼎当政时的业绩。中兴时，郭太守就在临安做一个低级的官员，他当然知道中兴给每个人带来了什么。

但是，他的运气不好，因为犯了一些错误，他从天子脚下来到了岭南，后来终于被提拔了，却不是好去处。他的这张白脸，拒绝着崖州湾的风。他心情更沮丧了，他讨厌来这谪官遍地的地方赴任，他一心想回到江南去。可有高人跟他说了一句话，让他突然看到了光芒。

高人悄悄地告诉他：这中土之南极，可不是别处可以比的。那一个个谪官，就是你的羊。能贬谪到崖州的官员，一般而言都是重要的京官。你和圣上之间，只隔着一个谪官。这些谪官中，有些人一旦翻盘，会重回庙堂。你只要抱对了一条大腿，就有可能被他带入锦绣之境。

郭太守马上查阅了崖州的谪官，果然，每朝每代都有大人物来此。仅仅是水南村，就不少。赵鼎的到来让他喜出望外，崖州贬谪史上，又多了一个宰相，而且还是正相。但是，他研究了赵鼎的被贬经历，发现赵鼎其实早已被判了死刑。越贬越远，越贬越苦，这一定是古往今来第一倒霉的谪官了。

看，就连同朝为相的张浚，虽然也被贬到岭南，但也没到孤岛来。

赵鼎的那一条大腿，他是抱不上了，这让他沮丧。可是高人又指点他说：像这样的情况又要另当别论了。既然抱不了谪官的大腿，那就在谪官的头上踩上一只脚，不断踩，不断踩，踩出动静，踩出响声，踩出哀嚎，你也一样会引起别人的注意。受了点拨的郭太守这么一脚踩下去，果然引起了朝廷的暗暗关注，其后，有关赵鼎的处置意见就像蝴蝶一样纷至沓来。

这样也好，至少他不再有那么多纠结了，他可以安慰自己说："那不是我的本意。作为朝廷命官，我只是在执行朝廷的指令而已。"

现在，赵鼎终于如一些人所愿，开始自己绝食了，而且是不喝水的那种。如果不出意外，老人会在明天的某个时辰死去，一了百了。这就是那些人等待多年想看到的结果。这样也好，等到后天，没有赵鼎之事的牵绊，崖州官府就可以专心致志应付大海盗了。

臭油寡妇正想走，就看见她的雇工走了上来。

罗大关看见了雇主，也非常意外："啊，老板娘也在这里？"

臭油寡妇说："这破楼，你来得，我就来不得？"

罗大关说:"你听见我和郭太守的谈话了?"

臭油寡妇本想摇摇头,但什么动作也没做。她只是看见,却没有听见,距离太远,根本就听不到他们说什么。但是她说什么也没听见,别人不会相信。"所以,你准备杀人灭口了?"她说,"听说有个人心狠手辣,已经杀死好几个人了,原来就在我身边,而且一脸老实相。"

"不不不。"罗大关笑了起来,"你是谁,你肚子里的孩子是谁的,这些我都没搞清楚,连你秘制的那批货,我也没找到,你说我是不是很无能?"

臭油寡妇也跟着笑了:"罗大关,你太抬举我了。我肚子里的孩子是谁的,有那么重要吗?你要找到那批货很容易,来,现在就掐住我的脖子,逼我说出那批货的下落。"

罗大关说:"这,我可搞不定。你不是一般人,你是蛾眉科的,身手不凡。"

"你才是蛾眉科的。"臭油寡妇笑了,"你有临安口音。"

罗大关说:"你说对了一半,我是从临安来的,但不是蛾眉科的。蛾眉科不蛾眉科,跟临安口音没什么关系。你没有临安口音,但你有更怪异的口音,你一定来自更令人猜不到的地方。你这么神秘,更像是蛾眉科。你来崖州没几年,一下子把家业做得这么大,傻子也能猜到你有大背景。"

"呵呵,连我怪异的口音也被你听出来了,真是高人。"臭油寡妇说,"据我所知,你本为赵鼎而来,那你干吗要盯着我的那点破事呢?"

罗大关说:"所有想颠覆我大宋社稷的人,我都要盯着……"

臭油寡妇立即抢过话头说:"那你的意思是,堂堂的大宋宰相赵鼎,想颠覆大宋的社稷?"

"我的上司是这么认为的。"罗大关说。

臭油寡妇说："就算他有颠覆之心，那也是一个风烛残年的人，为什么要赶尽杀绝呢？如果我没猜错的话，你对这个垂死的老人做过很多缺德事了。"

"那也是上司的意思。"罗大关说，"上头叫我怎么做，我就怎么做。"

臭油寡妇说："那么，你该如愿了，老人家去意已决，应该活不到明天晚上了。等他一死，你也该回临安领赏了。"

罗大关说："那不一定。赵鼎走了，还有张鼎、李鼎、王鼎会来，我得留在崖州。"

臭油寡妇说："罗大关，你会有报应的。"

罗大关说："如果有报应，我也没办法，我愿意接受。事实上，我也一直等着报应。"

臭油寡妇说："说到这个份上，我也不想劝你了。好了，撇开这事不说了。你们自己的事，我也不想多嘴。只是，我心里有个主意，一直就想跟你商议。"

罗大关说："说吧，什么主意？"

臭油寡妇说："我想，我们联手做一件事可否？"

罗大关很奇怪，你死我活的时候，对手却要求联手？他笑了一下说："老板娘，你怎么知道我会同意呢？"

臭油寡妇说："罗大关，为了你的大宋社稷，我觉得你不会拒绝。你不是想要我的那批货吗？你已经猜到了，那就是鉴真遗物。如果你我联手，帮崖州人对付了大海盗，我就把鉴真遗物给你一半。"

"为什么找我？"罗大关说。

臭油寡妇说："你在我臭油作坊干过，我知道你手上的活儿比别人好，所以有一件事想请你帮个忙。除了你，别人不一定行。"她压低声音,指着墙角的瓶瓶罐罐说了一些话。罗大关一听,脸色都变了:"你不怕我把这个秘密告诉别人?"

臭油寡妇说:"我相信你。你虽然做了很多不好的事,但终究不是外人。"

罗大关顿了一下,心情很复杂,好久才说:"这样吧,我先帮你处理一批,你先用着。随后我要去追查另一样东西,回来再继续帮你做。冲你的诚意,我也不说假话,我急着去追查的那东西,也可能是鉴真遗物。"

臭油寡妇说:"好的,赶紧帮我做一批吧,我急用。"

郭太守的手里多了一幅图,就是番坊街的藏图阿宝家传的那幅。

他把图摊在案几上,仔细查看,似乎就看到了大海盗。耳边一声刺耳的哨声响起,一排排、一列列的黑色悬旗同时落下,每一艘大船上,都派出好多小艇,上面坐满了海盗。他们瞬间冲上了大疍港,点起了火炬,烧着了西边的疍排、东边的番坊街,还有更东边的水南村。然后,他们又合成一股,往北冲进了崖州城,围住了官署。

他一个激灵,再看这幅图,图上已经空无一人了。

他刚才去了番坊街,发现番坊街上没了人气,自从大海盗发出威胁后,崖州人中,动静最大的就是番人。毕竟,五十年前那一次浩劫,受损最大的就是他们。所以,恐怖的记忆在番人中代代相传,他们才会凭借回忆画下了满纸的痛。

他记得当时问藏图阿宝说:"这幅图里画得那么仔细,甚至画上了一朵朵水浪,可为什么街上没有人呢?"

藏图阿宝回答道:"太守大人,画师的意思是,那一天街上的人都被杀光了。"

他说:"那些被杀死的人呢?"

藏图阿宝说：“画师的意思是，他们升入天堂了。”

他说：“那些升入天堂的人，都是信天堂的吗？”

藏图阿宝一下子不知道怎么回答。他的舅舅，那个番坊街年纪最大的老人走了过来。这幅图，就是老人家传下来的。他替藏图阿宝回答说：

"那些升入天堂的人，不全是信天堂的。全崖州信佛的、信道的、信海神的、信烈火的、信白狼的，只要他们抵御过海盗，都会成为神。"

只要他们抵御过海盗，不管是谁，都会在番人信仰里成神，升入天堂。郭太守默然了，原来番人们的信仰那么宽容。他又问："这幅画里，怎么没画上大海盗？"

藏图阿宝说："画师的意思是，海盗不是人，所以不能入画。"

郭太守不再问了，番人们还是爱憎分明的。难怪大海盗要来的消息发布后，穆噶先生在四大族群里唯独选择了番人，在他们中组建一支临时的寻宝队伍。

郭太守刚走出屋子，藏图阿宝就追了出来，见四下无人，对他说了一番话。藏图阿宝说，据说这幅画里也有鉴真遗物的线索。郭太守有些不信，如果藏图阿宝说的是真的，那么上一次大海盗来，会不会也是为了鉴真遗物呢？据说上次大海盗来，杀了人、放了火、抢了东西，那意味着他们并没有如愿得到鉴真遗物。

那么，这次大海盗卷土重来，是不是就是上次行动的继续？

藏图阿宝把图放到了郭太守的手里，说："太守大人需要的话，尽管拿去吧。"他突然就跪了下来说："大海盗来了后，千万别惹毛他们，否则他们会再一次烧了崖州城的。"郭太守连忙扶起藏图阿宝，颤抖着说：

"我是朝廷命官，我的职责就是让崖州尽量少死几个人。"

郭太守把这幅图带回了官署，再一次细细查看，发现船上的海盗印倒映在海面上。他立刻翻开上次穆噶先生带来的大海盗的信，对照了那个海盗印，差不多是一样的，但郭太守左看右看，总感觉哪里不对。

过了一会儿，侍从端着茶水过来，他便对侍从说："去，到三高台，把三十六娘给我叫来。"侍从还没转身，他又说："是把她请来。"

他改用了"请"字。

上次，三十六娘用一天的时间，就把他给她的古籍翻阅完了，并给出了一份鉴真遗物的线索。比较确定的是，一本《大涅槃经》，一个做驱虫膏的古方子。这女子确实有些常人不及的本领，难怪连堂堂的前任宰相赵鼎也那么相信她。

鉴真遗物的线索找到后，郭太守并没有让三十六娘回家。为什么要这样，彼此都心照不宣。除了不让她回家这点外，他别的也没亏待她，既没有让她饿着，也没让她冻着，番人做的驱虫膏也摆满了一地，保证她不受毒虫的叮咬。

不一会儿，侍从慌慌张张跑来，大叫道："太守大人，三十六娘不见了。"

第二十二章　猪尿脬里有一张联络图

小碗一辈子也忘不掉三十六娘再回裴宅的那个场景。

没有呼喊，没有奔跑，只是一个眼神。她从千里之外而来，只见了赵鼎一面，赵鼎就派她去解救鲸鱼，继而被郭太守关了很久。但是，在她的眼里，看不到慌张、失序。

她俯下身子跟赵鼎说，我回来了。

赵鼎动了动严重皲裂的嘴唇，好像说了句什么话。在场的，没人听得懂，事实上，也没人听得见。老人家只是动动嘴唇而已，根本没说话。但是，三十六娘听见了，还听懂了，她抬起头对王文献说："那件东西，您取来了吗？"

小碗立即明白了，忙到柜子里取出王文献交给她的那个木盒。三十六娘小小心心地掀开盒盖，取出那一截管子对王文献说："这是西域悲篥，龟兹乐里的一种簧管，因为坏了簧片，被我们改称为箫。绍兴八年，赵老丞相又被贬谪，离开临安前，他把悲篥一分为二，把箫头寄放在张老丞相那儿，说，等他重回中枢，再让此物合璧。"

王文献说："难怪在连州，一听说我是赵夫人派来的，张老丞相就让人找出这物件。两位老丞相真是惺惺相惜。"

三十六娘说："也是一对死对头了，算起来，斗了一辈子了。"王文献说："结果斗出了一个南渡后的中兴，多好的事。大凡君子之争，都是这样的。"

三十六娘说："其实，我懂得赵老丞相的意思，所谓的合璧，就是他们想再次联手，重振朝纲。"王文献长叹道："可惜，悲篥可以合璧，但人却无法再联手了。"

三十六娘正要起身去找箫管，一回头看见小碗早把她一路背着的那个筒形行囊拿来了，便对小碗说："哦，你已经知道这里面装着什么。"

小碗摇摇头说："一路上您都自己背着，从不离身，我就知道这里面有个特别的宝贝。我猜过这是画轴，也猜过这是宝剑，但我从没想到这是箫管。"

三十六娘说："这是赵老丞相的命，他把命交给了我，我怎么敢弄丢了它。"说话间，她已经从筒子里抽出了箫管。王文献想起了什么，突然说道："如果我没猜错的话，这是龟兹人用的兵器。"

兵器？小碗吓了一跳，她可从来没听说过箫可以做兵器。

三十六娘说:"但是,从常山永年寺了空禅师开始,这兵器再也不是兵器了。"

紧赶慢赶,裴怀和蛋壳儿终于赶回了崖州。他们一到码头,就看到了臭油寡妇。臭油寡妇一直在码头上等着蛋壳儿。他们三个还来不及讨论其他事,就急乎乎赶到了裴家宅院。

裴家宅院里早就有很多人了。除了躺在床上依然昏睡的赵鼎,有三十六娘和小碗,还有三个陌生人。小碗见到他们进来,拼命地摆着手,示意他们不要出声。

所有人都静静地站在后面,看三十六娘吹箫。他们实在不明白,三十六娘吹的箫,为什么没有任何声音。他们以为自己的耳朵出现了问题,跟旁边的人对视一下,但是对方的眼神似乎在说,我也没听到呀。

没有人听到。无论是小碗,还是王文献,谁都没有听到箫声。龟兹人用来惊吓战马的恐怖乐器,被三十六娘吹得无声无息。王文献明白了,这个箫头是被改造过的。

只有三十六娘听到了乐声。她一边吹奏,一边沉醉在禅乐的美好里,不知不觉,她流出了泪。只有她知道,这是她提前唱给夫君的挽歌,藏着嫁给夫君二十多年的辛苦、委屈、荣耀、欢愉。她想起《千里江山图》,她跟着他,走在千里小径上,踏过了所有的山峰、危崖、险滩、草地,还有一条长长的漫水路。长空中,不断切换着星星、月亮、烈日、豪雨、雹子,还有漫天雪花般飞舞的毒虫。

这一生,聚少离多,但她觉得值得。

故,泪成河。

小碗跟了三十六娘这么久,从来没见主母流过泪,她以为主母不会哭的,但今天她明白了,主母哭泣的样子是这样的。小碗跟着哭了。被御史中丞詹大方斥为天下狂士的王文献也哭了起来。这天不怕地不怕的狂士,怕自己的哭声吵到三十六娘,便把半个拳头塞进了自己的嘴巴。

三个背嵬军的军士,悄悄地退出了房间。这些绝顶高手,跟金人将领拼过命,却没见过这无声无息的场面。

这是此时无声胜有声,还是于无声处听惊雷?

裴怀依着蛋壳儿,很想放声大哭,但她不敢。她的哭声,被结结实实包裹在蛋壳儿的怀里。臭油寡妇见多识广,她不能控制眼泪,但能控制自己不哭出声来。那泪水,一滴滴往下流动,每一滴都爬过她高高隆起的腹部。

其实,这屋子里,不仅仅三十六娘听到了禅乐,还有赵鼎。

慢慢地,他开始有了反应,有一滴泪,从他的眼角流了出来。三十六娘看见了,她终于用一滴泪,换来了一滴泪。三十六娘停止了演奏,把悲篥放在赵鼎的身边,然后说:"夫君,三十六娘知道您听见了无声箫。您能不能睁开眼,看一眼吹箫的人?"

所有的人,都聚拢过来,他们终于见证了三十六娘用无声禅乐唤醒了醒不来的人。

赵鼎慢慢地睁开了眼睛,看见了三十六娘、小碗、裴怀、蛋壳儿、臭油寡妇,然后,他把眼光停留在王文献的身上。王文献立即挤到前面,对赵鼎说:"老丞相,我是王文献。您在潮州时,我天天去府上拜访您。"

赵鼎点点头,他怎么可能认不出王文献?他最后被贬谪到崖州,就是因为王文献一案。他嘴巴含含糊糊说了一句话,但是王文献听不懂。三十六娘对王文献说:"老丞相问,您坐了几年牢?"

王文献怕赵鼎听不清楚,撑开了右手掌,想想不够,又加上左手的两根指头。赵鼎嘴巴又无声地动了动。这次,王文献听见了,他大声回答说:"我不后悔。"

明知不可为而为之,这就是狂士的性格。

就在这时,院门又被敲响了。

院外,似乎有很多的人,裴怀从门缝里一看,都是崖州兵勇。三个背嵬军的军士终于笑了,到崖州已经一天一夜了,他们的刀剑还没喝过血,真是枉称背嵬军了。他们一起拔出了刀,守在门口。

"你们谁也不要冲动。"三十六娘说,"他们只是冲着我来的。"

她怕吵到赵鼎,忙把男的都拉出了内室,只让几个女的守护着赵鼎。臭油寡妇不干了,她不愿意跟女人们混在一起。三十六娘说:"你又不是男人,凑什么热闹?"

臭油寡妇说:"有时候我就是男的。"

事态紧急,三十六娘也不再坚持了。大家一起到了院子里,三十六娘对背嵬军的军士说:"把刀收起来,万万不可暴露了背嵬军的身份。不然,赵老丞相会死不瞑目的。"

王文献从来没见过三十六娘这么威严,他意识到了什么,对三个军士说:"听赵夫人的,赶紧把刀子收起来。"

等背嵬军军士收了刀子,三十六娘朝蛋壳儿点点头,蛋壳儿得令,猛地打开了门。门外,果然站着一排兵勇。郭太守站在正中,慢吞吞地说:"听说,裴家宅院里有三名高手,他们打伤了我的两个兵勇,是不是?"

门后,三个背嵬军军士再次把手搭在了刀柄上。王文献急了,连忙按住了其中一个军士的手,悄声说:"不可造次。我在潮州的时候就见识过赵夫人的厉害。赵夫人不让你们出手,自然有她的道理。"

郭太守在门外接着刚才的话头说:"听说,三名高手还到崖州官署劫了狱,他们会飞檐走壁,是不是?"

"不是的。"三十六娘终于笑了,说,"太守大人真会开玩笑。崖州官署可没有狱,大人把我招待得那么好,真的要感谢太守大人了。"

郭太守说:"赵夫人抬爱了,我只是在三高台上多放了几盒驱虫膏。"

三十六娘顺着自己的话头说:"既然没有狱,哪来的劫狱一说?我可是自己一个人走回家的。想家里老头子了,就回来了,就这么简单。"

郭太守黑黑的脸有了一丝笑容,他对三十六娘说:"赵夫人,别误会,这段时间崖州出现了很多可疑之人,这些兵勇,只是挨家挨户来问问,例行公事而已。"

三十六娘说:"既是例行公事,我们理应配合。如果太守大人需要,我等会儿就赶到官署去。"

"不不不,那是这些兵勇的事,我想他们都是通情达理的。"郭太守忙从袖管里取出一物,又说,"至于我,倒是专程赶来拜访赵夫人的,有一事相求。我刚弄到了一样东西,画的是上次大海盗的场景。我想请赵夫人抽空看看,也许能从这幅画里找到一些线索。"

三十六娘说:"好,郭太守请放心,我一定会仔细看的。"

蛋壳儿从郭太守手里取过图,交到了三十六娘的手里。郭太守也知趣,马上带着他的人马走了。

很久,三十六娘站在原地一动不动。

刚才在郭太守的队伍里,她发现了一个奇怪的人。这人自始至终拉着帽檐,想挡住自己的脸,但他挡不住自己的眉目,三十六娘似乎认出了他。

"那人,我好像在哪里见过。"三十六娘自言自语。

"是的,我刚才也发现了那个人。"有人回答了他的话。王文献走了过来，很确定地说："在潮州，我就见过这张脸。"

小碗说："我知道他是谁。"

三十六娘和王文献一起看着小碗。"他就是那个来索要铜牌的人。"小碗转过脸对王文献说，"昨天要不是王先生及时赶到，他已经杀了我，也可能杀了赵老丞相。"

三十六娘说："这个人，从潮州到崖州，一直跟着夫君。"

王文献说："这样吧，我现在带着背鬼军杀到崖州官署去，去把他干掉。"

臭油寡妇终于开口了，对王文献说："他并不是崖州官府的，他应该是临安的人，崖州官府也怕他。真要找他，应该到码头上那栋破楼房去等他，他常常去那儿。"

小碗说："原来你认识他。"

臭油寡妇说："我不清楚他的底细，但我知道他叫罗大关。可目前，还不是除掉他的时候。"

小碗说："为什么？"

臭油寡妇说："大海盗要来了，留着他有用。"

王文献立即说："这我不管，凡是害过赵老丞相的人，我都跟他过不去。不然，我跑东跑西的，又跑到这南荒大岛来干什么？"

赵鼎能下地了，就坐在大堂上。裴怀很高兴，这说明老人家好转了。她立即去了厨房，要给赵鼎烧一碗稀饭。小碗更聪明，连忙端起一碗水，想让赵鼎喝水。

对，水。这才是更重要的。

但是，所有人都失望了，大家眼睁睁地看着他把水碗推开了。王文献从小碗手中接过水碗，他想试一试。但是，赵鼎依然不肯喝水。

大家都看着三十六娘。估计全世界都知道了，这世上只有她能劝动赵鼎。但是全世界都没猜到三十六娘的动作,她接过水碗,又把它放到了几案上,根本没有劝说之意。

赵鼎满意了,他知道,只有三十六娘懂自己。二十年前他这么认为,二十年后的此刻,他还是这么认为。

三十六娘对众人说道:"大海盗就要来了,该干什么就干什么去吧。"

是的,大海盗就要来了,还有很多事要做。臭油寡妇从昨天等到今天,就等蛋壳儿去做一件事。蛋壳儿当然明白,连忙就跟着她走了。三十六娘对裴怀说:"你也去帮帮忙吧。这儿人多,我们都会照顾好赵老丞相的。"裴怀看了小碗一眼,说:"小碗姐姐,饭菜才烧了一半,这儿就交给你了。"小碗点点头,就跑到厨房去了。

大堂里就剩下赵鼎、三十六娘、王文献,以及他带来的三个背嵬军军士。刚才,三十六娘把那么多人支开,其实是她从赵鼎的眼神里读懂了他的意思。

气氛一下子就严肃起来了。

果然,赵鼎先开口了。他对王文献说:"王先生,现在可以介绍一下你请来的人了。"

不等王文献开口,三个背嵬军中那个为首的军士就解释起来,赵鼎这才弄清楚了情况。他们几个都是不甘被解散的背嵬军军士,遇到了才出狱不久的王文献,就合成了一股。王文献不改狂妄做派,带着背嵬军军士们想要营救几个被朝廷放逐到各地的老臣。

"营救?怎么营救?"三十六娘觉得这大才子有些幼稚。王文献说:"营救不了,能帮帮他们也好。"三十六娘问:"那好,你们去过哪些地方?"

王文献说:"其他地方先不说,岭南去过的地方,您都知道的。"

王文献去英州,是不久前与三十六娘一起去的。她细细地回想了一下，王文献当时确实是与洪皓密谈过半个时辰。今天才知道，他是想营救洪皓。三十六娘按下此事不表，接着问道：

"那么，这几位大人是什么态度呢？"

"几位大人都谢绝了。所以，"王文献说，"我们就跑到崖州来了。"

三十六娘说："您觉得赵老丞相会接受吗？"

王文献拐了个弯，说道："赵夫人，恕我斗胆直言，有些人圣人之书读多了，满脑子的愚忠。"

赵鼎虽然没力气，也忍不住笑了："可以点出我的名字。"

王文献说："那我不敢。"

三十六娘说："也许您说得对，这些老家伙确实读多了圣贤书，但是不是愚忠那就不能一概而论了。你可以换个词,孤忠。"她又说："王先生，您这一路来，没觉得有异常吗？"

王文献回忆了一下，摇了摇头。

三十六娘这样问，是有道理的。这些年来，国策有变，凡是跟赵老丞相关系密切的官员，都被定了罪。王文献前些年为赵鼎大鸣不平，被御史中丞詹大方关进了大牢。按理说，他只是民间的一介书生，本朝优待士大夫的雨露甘霖还落不到他的头上，但是，他被提前释放了。这么一个被重点关照的对象，出狱后还继续为一些被谪官员奔走，怎么可能不被人盯梢呢？

王文献与洪皓大人在英州密谈时，现场就似乎晃过神秘的身影，这就是盯梢。

某个像鲸鱼那么大的阴谋，浮现。

王文献虽然饱学，但就是个狂士，哪懂得这些复杂的事理？当三十六娘把这些说给他听时，他的头上一下子冒出了汗。小碗烧好一碗菜，正要端进大堂，见这架势，连忙退了出去。

还有一些事，因为有背嵬军的军士在，三十六娘就不好意思明说了。牛皋被人毒杀后，背嵬军就被分成几股编入一些将军的军中。只有不事二主的一群，被视为牛皋余孽，被秘密监视着。一些谪官一旦与他们联系上，就可能坐实了谋反之罪。在本朝，士大夫一旦与武臣私通，都有可能被怀疑。

赵鼎相信王文献的品行，三十六娘更相信王文献的为人。但王文献一出狱就能顺利组织人马解救一些遭到放逐的大臣，这事本身就很蹊跷。更蹊跷的是，他从临安出发一直到崖州，也顺利得不能再顺利了。

就是这种顺利，让三十六娘感觉到了此事有妖。她怀疑王文献已在无意之中被人当成一粒棋子，那一只无形的大手，想再一次通过王文献给赵鼎扣上一顶更大的帽子。

有人不想简单地逼死赵鼎，他们想搞臭赵鼎，确保拥护赵鼎的整个势力再也不能东山再起。

赵鼎已经坐不住了，疲倦继续袭来。大家连忙上前扶起他，把他架到了内室。赵鼎靠在床上，休息了一会儿，睁开眼睛对王文献说："赶紧回去吧。"

"回去？我回哪里去？"王文献说。他说的也没错，他已经没家，他的前行方向，就是伸张正义。而现在，他伸张正义的行为可能被人利用，他还有什么方向可言呢？

三十六娘说："既然老丞相这么说了，您就走吧。"

王文献说："如果要走，也得等等。眼看巨盗就要劫掠崖州了，这些背嵬军军士正堪大用。"

三十六娘想了想，说："大海盗的事，只是一州一府的事，要相信崖州官府已经有了安排。对背嵬军来说，有更重要的事等着他们去做。"

王文献得感谢三十六娘给他找到了方向。

刚才，三十六娘陪王文献几个吃了一顿饭。她在饭桌上，说了她这一路走来发现的一件怪事，就是中原特别是江西一带，一些优秀的种马都被外人掌握，偷运往域外。这说明外人已经渗透入大宋的马纲，且有个完整的组织。

王文献说："我可以带人去抄了他们。"

"对，这才是正道。至少，朝廷也扣不上造反的帽子。"三十六娘说，"就是你们的人少了点。"

背鬼军领头的马上说，背鬼军已经有序撤离江南并且南下，现在都散居在岭南各州，加起来也有四五十号了，人数足够。他放下筷子，要三十六娘说出具体的线索，他要赶到江西去破掉金人布下的谍探组织。

但是，真要让三十六娘说出那些地方，她倒是说不清楚了。正好小碗烧完最后一锅菜走进来，说她知道。三十六娘惊道："小碗，你怎么知道？"小碗说："是筷子哥哥说的呀。"

三十六娘急忙问道："工叙？那个蛾眉科的杀手？他怎么跟你说的？他说了什么？"她一路看到两个年轻人从陌生到默契，没想到还谈了这么多。

"其实，筷子哥哥没跟我说过这事。"小碗脸都红了，又说，"我是从他留下的行囊里发现了一张联络图。"

三十六娘更加吃惊了，工叙留下来的行囊她都翻过了，没发现什么联络图。

"联络图呢？"

"还在行囊里。"小碗说，"我以为您看过的，所以就没说。"

"那赶紧把他的行囊拿来。"三十六娘说。小碗被三十六娘一催，便慌慌乱乱跑到里屋翻出那个行囊，回到大堂交给三十六娘。

三十六娘立即打开行囊，一看，除了一个臭烘烘的猪尿脬和一些换洗衣服，就是原先她都看过的那些画，根本没有小碗说的联络图。

小碗更慌乱了，抖抖索索从行囊里取出猪尿脬，然后抖开了这臭烘烘的东西。果然，里面有一张纸。

三十六娘没想到这猪尿脬里还有漏网之鱼。工叙为什么会把这张纸另外放置呢？她急忙展开一看，果然是一张联络图。

等王文献带着背鬼军军士走了，三十六娘就问了小碗一句话："小碗，你想念筷子哥哥了？"

"我想念他干吗？"小碗摇摇头说，"他是蛾眉科的人，来刺杀我们赵老丞相的。"

三十六娘说："那你怎么想到翻他留下的东西？"

小碗说："哦，我听筷子哥哥说过，这猪尿脬像鱼鳔，吹了气后能浮水，所以我有些好奇，就偷偷试了下，结果发现里面有张联络图。"

三十六娘想起自己曾掉到水里，就是靠这只猪尿脬脱了险。她问小碗："你说说看，他到底是不是来刺杀赵老丞相的？很多地方，我看不像。"

小碗很惶恐，叫道："夫人，您怎么问我这个？我就是个小丫鬟，哪里懂？"

三十六娘知道自己吓到这姑娘了，笑道："好吧，不说了，说了你也不懂。如果他真有些喜欢你的话，他就应该还留在这里。"

"啊，他还在这里？"小碗惊跳起来，环顾着四周，"在哪里，他在哪里？"

第二十三章　梦中跪拜赵鼎

三十六娘的预感是对的，工叙确实还在崖州。

不是他不想走，而是他走不了。他被人抢走了行囊，行囊里的银票也被一起拿走了。没了钱，雇不到车马，也租不了船，关键是，他的心有牵绊。整个白天，他会找个地方躲起来，夜深人静，才大着胆子赶到水南村。

他知道小碗住在这儿，所以回到这里。但他又不想被小碗发现，所以只能偷偷摸摸的。这第二夜，他一回水南村就出事了。他还没走到裴家宅院，就有人拍了拍他的肩膀，他吓了一跳，可他的尖叫声发不出来，嘴巴被人一把捂住。

"别发声。想活命的话，就安静一点。"

工叙用力转过头，感觉这人不是原来那个杀手，个头更高，连声音也不像，就随着这人走了。两人来到一个偏僻处，那人才放开工叙，一只手却搭在腰间。

"我跟踪你好久了。我偷听过你和罗大关聊天，知道你是冲着《千里江山图》来的。"

"谁是罗大关？"

"就是追你到晒经坡又抢了你行囊的那人。"

事到如今，工叙只想早点脱身，离开崖州赶往临安，他什么话也没说。那人说："我劝你不要找了。《千里江山图》根本不在赵鼎这里。"

工叙说："那么，在哪？"

那人说："我知道图在哪里，可我不能告诉蛾眉科的人。"

工叙本想说，啊，连你也认为我是蛾眉科的，可他不想解释。蛾眉科到底是什么？难道，这个世界就苟且在蛾眉科的大网里吗？

那人说:"反正,这幅图在哪里,你永远不可能想到的。你要告诉我,你为什么一定要找到《千里江山图》?"

工叙说:"你错了,我不是一定要找到这幅图,我只是想循着这幅图找到杀我师伯的人。"

那人说:"你师伯是谁?"

"我知道你要杀我,反正都是死,我干脆就告诉你吧。"工叙说,"我师伯就是《千里江山图》的画师。"该实话实说的时候就实话实说,这法子屡屡救了他的命。

哦,是江参。那人慢慢松开放在刀把上的手,口气缓和了,他说:"你放心,我不会杀你。我本想问问你是谁派来的,但现在,你不说也没关系。你可以走了。"

工叙捡回一条命,却欣喜不起来。"谢谢你不杀我。我是临安派来的,我现在就想马上回临安。我哥哥那里出事了。如果你信得过我,就借我一点钱。没钱,我回不到临安,还不如被你杀了更好。"走投无路的人,都会死皮赖脸到处借钱。

那人说:"告诉我,你哥叫什么?"工叙说:"姓周,名工昺。"那人说:"名字有点熟,邸报上有,不知道有没有见过。哦,他跟你长得像吗?"

"很像。"工叙说。黑暗中,看不清那人,但工叙感觉到他的脸部发生了变化。过了很久,那人才说道:"哦,你刚才说什么来着?嗯嗯,是回临安没路费。这个还不简单,你跟我来。"

两人摸黑到了大躉港。

此时,天上好像连星光都没有了,他们却看到了地面上有一盏灯在游走。接着,黑暗里又亮起了几盏灯,这些灯排成一条线往码头蛇行而来。码头边,有一艘船悄悄靠岸了,虽然是艘小型的海船,但也比疍船大了十多倍。奇怪的是，船上没有一盏灯，看上去就像幽灵船。

线状的灯阵游到海船边，变成了一个圆圈。海船上下来许多人，走进了这个圈里。

那人带着工叙，靠着夜色的掩护悄悄走进了码头上的小楼里。那人很老练地拨动一个小机关，轻轻卸下窗上的木板，这样他们就能清楚地看到外面的一切。

那人说："看吧，这就是崖州鬼市。"

崖州鬼市？工叙摇摇头，他从来没听说过这样的事。那人告诉工叙，这鬼市，是崖州古往今来最神秘的一种货物交易方式。在鬼市上交易的，都是见不得人的东西。鬼市上的人完成交易后，会神秘消失，连一张纸片都不会留下来。所以，当太阳升起的时候，码头上一切如旧。

那么，鬼市上买卖的，都是些什么呢？

那人解释说，都是一些违禁品，却不是一般的违禁品。这次会更不一样，因为大海盗就要来了，很多人想，这些东西与其被大海盗抢走，还不如卖掉算了。

工叙问："官府不查吗？"

"除了前些年查过一次人口买卖，就没人查过了。没准鬼市上的一些东西，正是京城里的大人需要的呢。"那人指了指海船，"看到了吗，那船不大也不小，不是番国来的，而是临安来的。你只要混进那艘船，就能回到临安。"

工叙说："开什么玩笑，我一个陌生人，能混进临安的大船里？"

那人说："可以的。等会崖州官府的兵勇来抄场地，你从这儿跑过去，直接躲在大船里就可以了，然后跟着大船回临安就是。如果船上的人问起，你就说是崖州番坊街做生意的。"

工叙说:"不对。你刚才还在说,崖州鬼市除了查过一次人口买卖,都没人管了,这次怎么有人管了……"

那人笑道:"上一次吧,是有人举报。这次吧,嘿嘿,也是有人举报。"

工叙说:"是你举报的?"

那人说:"我跟崖州官府说,今晚有人要把鉴真遗物偷偷卖了。所以,官府的人一会儿就会过来了。到时,你就会看到鉴真遗物了。"

工叙问道:"你怎么知道这一次一定有鉴真遗物?"

那人说:"我在崖州有一阵子了,知道坊间有些好东西。我听说,还真是有人想把好东西送出去。所以,我要用这个办法把这件东西逼出来。不过是不是鉴真遗物,这个由官府说了算。官府说它是,它就是鉴真遗物。"

果然,没过多久,码头上的人就越来越多了,一定是崖州官府在行动了。那人跟工叙说:"就现在,跑过去,趁混乱躲进船舱去。"

工叙点点头。他刚要出门,又想起了什么,回头问道:"朋友,以后到哪里去找你呀?"

那人笑了:"以后为什么要找我?"

工叙实话实说道:"因为你刚才说过,你知道《千里江山图》的下落。"

那人沉默了一会儿说:"是的,我知道这幅图最终的去向,也知道是哪一伙人设的局。时间不早了,你赶紧上船先回临安。《千里江山图》的事,我会处理,你还是别插手的好。过了这场浩劫,我就回临安去找那一伙人了。"

在这海角天涯碰到了自己的同行,工叙很意外。但时间紧迫,容不得他细想了,只好说:"那好,以后若遇到你,怎么称呼你?"

那人说:"叫我余画子,多余的余,画画的画,呆子的子。"

"余画子,谢谢你。"工叙说完,拉开门冲了出去。

这一次仍然是徒劳的,工叙又没走成。上天就是这样刁难他。

那时,他一拉开门,就发现门口站着人,是抢他行囊的那个杀手。天虽然黑,但他看清了这张脸。现在,他已经知道这个杀手的名字叫罗大关。

工叙的身后,余画子冲罗大关叫道:"你来干吗?"

罗大关却对工叙说:"怎么,你没回临安去?"

余画子说:"他不是正要乘船去临安吗,你来凑什么热闹?"

罗大关仍然只对工叙说:"你走不了了。上次放了你,这次不行了。"

余画子拦在工叙的前面说:"罗大关,这次,你也得放过他,因为……因为他是我的师弟。"

工叙吃了一惊,看了余画子一眼。一刹那,同行变成了同门。这个余画子,一定是为了救他才随口这么一说。余画子没理睬他,继续对罗大关说:"这样吧,我跟你做个交易。"

"交易?干我这行的,从不缺钱,但我有兴趣。"罗大关对余画子说,"那么,你打算用什么来换他的命?"

"我什么也没有,两手空空。"余画子举着双手说,"这样吧,你放了他,我就带你去那地方。"

罗大关一点反应也没有。

"呵呵,装什么装?"余画子笑了,"我还不知道你的心思,你不是很想去那个地方吗?"

罗大关也笑了,对余画子说:"看来,你这师弟对你很重要。行啊,我放了他,谁叫我不怎么喜欢杀人呢?余画子,现在你带路,我们赶紧去。"

他说话算数，果然收起了刀子。

余画子往窗外看了一眼，码头边，那艘大船已经离岸了，便对工叙说："船走了，你一时半会儿也去不了临安了。这样吧，我在这有个画像铺，专门给人画像，你先到我的画像铺里待着吧。"

啊，余画子果然是画画的。工叙急忙问道："画像铺在哪？"

余画子说："番坊街上，一问便知。我现在和罗大关去一趟山里。那儿有点远，你耐心等着。有些事，等我回来再详详细细跟你说。"

工叙知道余画子说的是《千里江山图》的事，但是因为有旁人在，他们也不能明说。余画子说完，从腰间摘下一把铜钥匙扔给工叙，就带着罗大关开门下了楼，很快就走远了。

工叙回到窗前，再看鬼市。崖州官府的人果然收缴了一些东西，也准备撤了。码头上，有个番人不肯走，冲着那些兵勇大叫道："天哪，我这个象牙雕怎么可能是鉴真遗物？快还给我。我看你们才是海盗。"

工叙在画像铺里等了很久很久，也没等到余画子。他们要去的地方，果然有点远。

他心里要感谢罗大关了。罗大关的再次出现让他失去了逃离崖州的机会，但也让他有了新的斩获。他在画像铺里，看到了很多意想不到的东西。

一开始，他还以为余画子就画一些人像，但是他翻了翻桌上的画稿，几乎没什么人像，倒是画了百兽和海面风光。有一幅海面风光明显是画坏了，被丢弃在一个角落里。工叙犹豫了很久，还是把这幅画捡了起来。画稿上画着很多黑黑的船，所有的船帆都是黑色的。

工叙想，所谓的海盗船，可能就是这样子的，蛮吓人的。

这角落里，还有许多废弃的画。他也顺便看了看，结果他在这些画里，发现了《千里江山图》的线索。难怪在偷窥鬼市的那会，余画子会明确告诉他，《千里江山图》跟赵鼎没关系。这样看来，这幅图的失窃，甚至江参之死，余画子确实知情。

那么，余画子留在崖州，还在这条街上给人画像，仅仅是为了生计吗？像这样心里藏着大秘密的人能留下来，一定是有重任在肩的。

工叙现在决定，不管等多久，哪怕回不了临安，他也要等到余画子回来。

就这时，外面有人敲门，把工叙吓了一跳。一定是余画子回来了。工叙连忙把桌上恢复原样，跑过去开了门。门口的人，不是余画子。那人也觉得奇怪，说："咦，你是谁？余画师不在吗？"

工叙摇摇头说："我是他的学徒。师父不在，我替他看店。"

"你替人看店，还关着门？"那人嘴里嘟囔着，却没有要走的意思，"既然来了，我就不走。大海盗就要来了，谁都不知道能不能逃过这一劫。临死前，我得留个画像在人间。"他说着，推开工叙走了进来，还自己拉了一条凳子坐下了。

"我是收费的。"工叙说。他正愁回临安的路费，见有人画画，就想到了钱。

那人说："你好好画，我会给你好多钱。反正是个死，钱也没用了。"

工叙在桌上寻找着画具，找了好一会儿，才找到一叠空白纸。他手一摸就明白了，这纸不是普通的纸，纸的边缘都有产纸年份的暗记。他又在画具盒里找到了柳木炭条，就开始给人画像了。

这人，现在是工叙的顾客了。他问道："以前都没见过你，刚来的吧？大海盗马上到了，这时候还来崖州，你胆子不小。"

工叙顺口问道："这崖州真有大海盗索要的鉴真遗物吗？"

顾客说："有的话，也四百年了，找不着了。倒是老一代在传，鉴真和尚留下一个方子,我们这就凭这个方子制作了驱虫膏。但我觉得,人家兴师动众跑来就为一盒驱虫膏,实在说不通。"

工叙说:"那他们冲什么来呢?"

顾客说:"没人猜得到。一定要崖州血流成河了,大家也就知晓了。也许有人贪念太甚,冒犯了'路博德咒语'。"

路博德咒语?工叙有些不解。那顾客便简单地解释了一下"路博德咒语"与伏波将军铜柱的关系。说到这个份上,工叙心生一计,想从顾客的嘴里了解一下这间画像铺的主人,便装作漫不经心的样子问:"我师父在这里给人画像,平时生意好吗?"

顾客说:"你这师父,常常关了门往外跑,能有什么生意呢?"

工叙问:"他去哪呢?"

顾客说:"不知道,估计是黎母泊吧。每次回来一身泥的。"

工叙第一次听说这个地方,问道:"黎母泊是什么地方?"

顾客说:"一个没人去的地方。黎母山西边有个豁口,那里有个湖,南边的崖州不想管,北边的儋州不想管,除了虎狼和毒虫也没什么了。"

工叙说:"这样的地方,我师父去干吗呢?"

"也许,那儿才有鉴真遗物吧。"顾客笑道。他脸上的笑容突然消失了,他大叫起来:"哦,我想起来了,黎母泊那里也有古人留下的两条咒语,更可怕的咒语。你师父常去那地方,一定与那咒语有关。这样看来,他有危险了。"

工叙吓了一跳。这个时候,余画子不能出事,否则《千里江山图》的线索就断了。

蛋壳儿正在忙碌着,他看见远处洋面上,出现了一排小黑点,那黑点越来越大,慢慢就显出了大鱼的形状。

他停住了手上的活儿，仔细看了看，应该是鲸鱼，成群结队的鲸鱼。从昨天起，他在海水里尝到更浓的味道，就知道鲸鱼即将到来。

所有的疍人都站了起来，看着那些排山倒海而来的鲸鱼。

他们知道鲸鱼们要来，但他们不知道鲸鱼们这个时候来。他们更不知道的是，鲸鱼们是以这样一种方式来的。

突然，蛋壳儿觉得不对，对裴怀喊了一句：

"不好，快跑回去告诉赵夫人……"

等那个顾客一走，工叙就睡下了。他确实有点累。

过了一会儿，有人拍了拍他的头，他一惊就醒了，睁开眼睛看见了小碗。那小碗，依旧一副古灵精怪的样子，对他说道："筷子哥哥，来崖州了还躲着我，什么居心呢？"

工叙说："我没躲着你，每晚都到你住的地方转悠。"

小碗没心没肺地说："那怎么不敲门？明显就是做贼心虚了。"

是的，就是做贼心虚。可这让工叙怎么解释呢？他感觉自己有些脸红。幸亏小碗不再捉弄工叙，她告诉他，赵老丞相也一起来了，因为腿脚不便，所以走得慢些。她还说，因为他给老丞相画了像，所以老人家要来谢谢他。工叙连忙站了起来，收拾着桌上的东西。过一会儿，赵鼎果然在三十六娘的搀扶下走进门来。

还没等赵鼎开口，三十六娘先说话了："工叙啊，在邂逅岗，你怎么突然就跑了呢？害得小碗天天念叨。"

工叙不知道说什么好，犹豫了半日，突然就跪在了赵鼎面前，哭道："赵老丞相，我对不起你。我不是好人，我是临安派来害您的。"

小碗叫了起来："筷子哥哥，你胡说。我不许你是临安派来的。"

三十六娘说："哦，原来你是蛾眉科的。蛾眉科不都是女的吗？"

工叙说:"蛾眉科有男的,也有女的。这个,我也是刚知道。"

小碗说:"我不许你是蛾眉科的。"

"好的。"工叙说,"我本来就不是蛾眉科的。"

小碗说:"啊,你不是蛾眉科的,那又是什么科的?赵老丞相面前,希望你自己说说清楚吧。不然,我不许我自己放过你。"

工叙就跟赵鼎坦白说:"赵老丞相,我其实是临安呼猿局派来的。"赵鼎有些奇怪,说道:"我在中枢多年,只知道京城有个皇城司,没听说还有呼猿局呀。"

工叙仍旧跪着,解释说:"呼猿局里有个呼猿榜,排着很多名字。上头的人告诉我们,呼猿榜上的人,都是意图颠覆江山社稷的大恶之人,所以要派人盯着。赵老丞相的大名就列在榜首……"

小碗狠狠踢了工叙一脚,骂道:"放什么狗屁?怎么在你嘴里,赵老丞相成了大恶之人?"

三十六娘连忙制止小碗:"你别动粗,让他说完。"

工叙继续说道:"所以,呼猿局派我到崖州来,就是……"

小碗说:"原来,这些年赵老丞相遇到的那些事,都是你干的。"

工叙说:"不是我干的,我才来崖州就被你们发现了,什么事都来不及干。"

赵鼎终于说话了:"年轻人,我不怪你,也不怪派你来的什么呼猿局。我要怪,就怪呼猿局后面的那个人。可是,那个人是谁?"

工叙说:"我不知道。我只知道我们呼猿局的应掌柜,听命于一个叫二老板的人。"

小碗说:"你还是不老实。"

三十六娘说:"小碗,不能怪他。呼猿局这样的地方,他只认识他的顶头上司,再往上,他确实不知道是谁。"

工叙对赵鼎说:"赵老丞相,我今天自愿跪在您面前,是因为我现在才觉得，您是对的。所以，我才愿意把这些秘密都告诉您。按照呼猿局的规矩，泄露局内秘密的，必须死，这是铁律。现在，我说完了，愿意去死。"

工叙说完，拿起跟前的一把裁纸刀，猛地扎在自己身上。这裁纸刀是平头的，根本扎不出血。这时，门口走进来一个人，说："弟弟，你傻不傻？你能跟赵老丞相说这些事，说明你已经不是呼猿局的人了，就不必守它的规矩了。"

那是他日夜想念的哥哥周工昺。"哥哥，怎么是你？"工叙从怀中掏出邸报说，"这邸报上不是说你已经死了吗？"

哥哥工昺接过邸报说："我是死了，我在临安等弟弟给我收尸。但我的灵魂先来崖州，给赵老丞相谢罪来了。"

哥哥说完，就向赵鼎跪了下去。

吧嗒一声，工叙猛然睁眼一看，哪有什么赵鼎、三十六娘、小碗，也不见有哥哥工昺。幻觉，都是幻觉。他看着桌上，有一张银票，就是刚才那顾客留下的。那顾客见他画得好，给他更多的银票，至少可以充当一部分路费了。哥哥无端地出现在刚才的梦里，是不是在责怪他？

是的，不能再等余画子了，再等下去，大海盗一来就走不了了。他得以最快的速度赶回临安给哥哥收尸。

码头上，有四个人堵住了工叙。上天再一次刁难他，就是不让他离开崖州。

堵住工叙的，是王文献他们。王文献离开裴家宅院后，并没有立即渡海北上，而是决定在崖州再留一会。三十六娘的猜测是对的，一只看不见的手已经把他作为诱饵，给赵鼎、张浚、洪皓以及一大堆失意老臣布下新的罗网。所以，王文献决定，除掉罗大关后再走。

他立即带着三个背嵬军军士赶到了码头上的小楼。他对崖州不熟悉,要找到杀手,唯一的办法就是守株待兔。他在小楼里等了很久,也没见到罗大关回来,他们刚要离开,就远远看见有人跑过来。

这是另一张熟脸,却不是罗大关。

在梅关的邂逅岗,王文献见过这张脸。当时,洪府管家就是看到这张脸后惊呼一声"有一个奸细",才不慎失足坠崖了。

他伸出手拽住了工叙:"你这个奸细,没想到你也来了崖州。"

工叙定睛一看,当然认识这人。梅关邂逅岗,就是遇到这人,他才落得个仓皇逃窜的。

王文献说:"你一路跟着三十六娘,是不是想加害赵鼎?"

工叙看见对方有四个人,知道跑不脱,只好竭力辩解道:"我不是奸细,一定是你们有人弄错了。我只是一个画画的,我来崖州,不是加害赵鼎,而是来救他的。"

"啊?你以为你是谁,你能救得了赵老丞相?"

工叙大脑飞转,找到了对策,决定下一手险棋,便诱导道:"你知道《千里江山图》吗?"王文献微微一点头。当年这幅画的失踪轰动了京师,他在牢里也听说过。工叙接着说:"有人怀疑,这幅画在赵鼎的手里,所以我就过来了。"

"啊,你还真的去烦扰了赵老丞相?"王文献转头对背嵬军的人说,"去,满足他,给他一刀。"背嵬军军士一听,抽出了刀。工叙急忙道:"杀我可以,那《千里江山图》可就永远找不到了。你知道这意味着什么?"

意味着什么?王文献一时没明白。

工叙道:"那就会有人以为,《千里江山图》真的被赵鼎藏起来了。我想找到它,就是为赵鼎洗脱嫌疑啊。"他说这话时,既狡猾又真诚。

但是，王文献看到了工叙的真诚。不久前，他才知道有人拿他当鱼饵陷害赵鼎，现在当然不想赵鼎因为这幅图再受冤枉，于是说："看来，蛾眉科里也有聪明人。"

"我不是。"工叙说，"我若是蛾眉科的，你现在可以一刀杀了我。"

王文献说："你先说说看，你怎么救赵鼎？"

工叙说："我刚得到线索，《千里江山图》大案的知情人在崖州。可刚要去追，这个知情人就被蛾眉科的人带走了。"

"是不是蛾眉科的人，都会说别人是蛾眉科的？"王文献又笑了，口气里有些揶揄，"这蛾眉科这么好玩，应该介绍我加入。我就喜欢这样玩。好吧，告诉我那个蛾眉科的人是谁。"

工叙说："他叫罗大关。我也刚知道他的名字。"

哈哈哈哈哈。

王文献狂笑了半天才说："巧了，有趣，我找的就是罗大关，看样子他名头不小嘛。快，带我去找罗大关，不，是追捕。"

工叙长舒了一口气，看来，凭自己的三寸不烂之舌，又一次保下了小命。可是，真要带他们去黎母泊，也不可能，因为他根本不认识路。

正在纠结时，他发现海面上出现了移动的群山。

裴家宅院里，赵鼎的状况越来越不好了。

这是三十六娘早就预料到的。赵鼎刚才能下地，在别人看来都以为是一种好转，但她知道，这是回光返照。所有的回光返照，都是死亡的歌唱。现在，赵鼎又睡着了，或者说，又昏迷了。她俯身看着他，看了一辈子，这几乎是最后一次。但这一次，她眼里的夫君，是个婴儿了。

至少他此刻具备婴儿的一些特质：虚弱、无助、单纯、茫然。

她理解他求死的强烈愿望，这是一种委曲求全。这一辈子，他们互相成全，这就是最后一次成全了。

小碗进来了，点起了两盏臭油灯。其实，现在还是白天，没到点灯的时辰。这是三十六娘吩咐小碗这样干的。她要提前照亮夫君的前行之路。

臭油在臭油灯里燃烧，散发出最好闻的气味，这是南荒大岛上的人喜欢用臭油驱赶黑暗的原因。所以，三十六娘选择用这样特殊的方式代替焚香，准备护送夫君去他的天上。

她刚才去过书房，看到桌上的一幅字，上面写着十四个字：

"身骑箕尾归天上，气作山河壮本朝。"

三十六娘熟读典籍，知道箕尾指的是二十八星宿中的箕宿和尾宿。夫君这话，如果按照最简单通俗的解释是这样子的：诸位，我将骑着箕宿和尾宿回归天上了，我此时的气概就像高山大河那样，雄壮豪迈存于本朝。

谁会相信如此气壮山河的语句，就是眼前这个蜷缩成一团的病人写下的？但三十六娘相信。他的这话，是用十四个字高声宣布自己的死亡。她再看条幅的形制，不是楹联，而是出殡仪式上的铭旌。原来，他早就把自己的后事都安排好了。

让三十六娘更吃惊的，是这桌上的另一篇文章。那竟然是夫君自撰的墓志铭，千字左右。在自己的死期上，赵鼎填上了年份、月份，唯独在日期这里留了空格，以待届时填写。

一个决意求死之人，才会把后事规划得那么好。

三十六娘发了好一会儿呆，把这张墓志铭铺回到桌上。只要这个日期的空格没被填上，夫君就是活着的。她又把工叙给夫君画的人像找出来，与铭旌放在一起。虽然工叙可能是蛾眉科派来刺杀赵鼎的，但这幅人像，他确实画得十分用心。

三十六娘再看看臭油灯盏，盏中一朵即将被吹灭的微火，原来是如此浩大。

正在这时，裴怀跑进了裴家宅院，还没进里屋，她的喊声就进来了：

"赵夫人，坏了坏了，大海盗来了！"

第二十四章　大海盗突然提前到了

大海盗来了。

最吃惊的是郭太守。他一直就相信大海盗是说一不二的，大海盗说哪天来就哪天来。按照说好的日期，大海盗是明天到的。可现在，他们提前了一天。

所有的战备都没有完成。这时候再封港，显然是来不及的。连那个能与海盗言语沟通的穆噶先生，也一直没回来，估计早就避逃远处了。

郭太守急忙爬到了三高台上，往西眺望，那崖州湾上一下子泊满了海盗船，像漂来的山丘。大疍港最繁忙时，也没见过这么多的大船。与番坊街藏图阿宝献出的那幅画里一样，所有的海盗船都是黑色的，连帆布也是黑色的。为首的那一艘大船上，高高飘扬起一面黑色的大旗，上面画着一个巨大的海盗印。

看来，海盗的规模远远超过他的预想，就靠崖州这点兵马，无疑是以卵击石。

郭太守急忙让人敲响了城门上的钟。

崖州人已经多年没听过这样慌慌张张的钟声了。钟声未落，整个崖州已经乱成一团，所有人互相问着，海盗怎么提前来了？

问了也就问了，答了也就答了，都是废话。好在铺盖早就卷好，无非是提前一天跑路罢了。只有郭太守不能跑，他是崖州所有人的父母官，得为朝廷守土。他立即集合了队伍，带着人马出了城门往大疍港赶去。

让郭太守意外的是，大疍港上，已经站着很多的人，有疍人，当然也有番人、汉人、土人。刚才他在三高台瞭望的时候，还是空无一人的，就这么一会儿，来了这么多。每天，他都看到有人逃离崖州去深山避难，原来留下的人更多。那些他平时讨厌的人，比如臭油寡妇、蛋壳儿、裴怀，都来了。这些人中，还有许多的陌生人。人多了，胆子就大了，至少郭太守是这么认为的。

所有的人看到郭太守来了，都自动给他让出了一条道路。郭太守来崖州很多年，到这一刻才感受到了做太守的威仪。这种威仪，平时在用兵勇吃喝开道时是没有的。他目不斜视，但他分明感觉到，所有的目光都注视着他，他内心的恐惧一点点消失了。

现在，他已经站到了最前面。他发出了一个指令，兵勇们很快就划来一只小船。那小船是典型的小疍船，平底，宽边，只是拆除了船篷。船舱的正中摆着一张方桌子，整张方桌是用黄色的绸布覆盖的。桌上，一个景德镇的大瓷盘闪亮着。

现在，瓷盘的中间，被兵勇放上了一本经卷。

——这些仪礼，是郭太守按照穆噶先生事先的吩咐安排的。穆噶先生跟他说过，这也是大海盗交代过的。当时郭太守跟穆噶先生说："其他都没问题，但是不能用黄色绸布，这是皇家专用的颜色。"穆噶先生说："天高皇帝远。大海盗来了，他就是皇帝。若不按他们要求的做，被他们一怒之下屠了城，那才是您最大的不忠。"

郭太守挥了挥手，兵勇就把疍船划向最大的海盗船，在适中的位置停住了。郭太守拿起一只树皮喇叭放在嘴边，对着遥远的海盗船大声喊道：

"大王，这是四百年前的鉴真遗物，鉴真和尚手抄的《大涅槃经》，现在，崖州子民把它献给大王……"

"裴怀，别慌，你慢慢说。"

裴怀因为跑得急，气喘吁吁的。她跟三十六娘说了大海盗提前来了的事。三十六娘想起了什么，叫小碗把郭太守送来的古图拿了过来。窗外，太阳很快就掉了下去，小碗又点亮了两盏臭油灯，加上之前白天就点着两盏灯，房间里灯火通明了。

在臭油燃烧的香气中，三十六娘仔细地查看着这幅图。虽然她置身于裴家宅院，但她能从这种图中，体会到大疍港上的阴森可怖。这一个景象，《千里江山图》里有吗？夫君赵鼎生命中最后的一个章节，就收尾在这样的天气里吗？

她深深呼吸了两口气，尽量摆脱这种沮丧的情绪，全神贯注研究着眼前的古图。图上满是黑船、黑旗、黑印、黑云、黑月、黑水、黑火。黑的火，才是地狱的死光。

她想看清图中映入水面的海盗印，把旁边的臭油灯盏端了过来，不料有几滴臭油滴在了纸上。被臭油浸润的地方立即透明起来。她把海盗图举了起来，对着臭油灯火一看，好像里面画着什么。她干脆让小碗把整幅画都涂上了臭油，再迎着光一看，这薄薄的、古旧的纸里，透出一排暗字。

"裴怀，"她头也不回叫了声，"你赶紧去找郭太守……"

"大王，这是四百年前的鉴真遗物，鉴真和尚手抄的《大涅槃经》，现在，崖州子民把它献给大王……"

郭太守一字不差又重复了两遍，可是海盗船那边一点反应都没有。他一开始以为，一定是海盗们听不懂他的话。能跟海盗交流的穆噶先生偏偏不在，真是让人气恼。他一回头，远远看见了那个藏图阿宝，便让兵勇过去把他请了过来。

他以前见过穆噶先生和这藏图阿宝聊天，是用一种听不懂的语言，便想，也许让藏图阿宝向海盗喊话，会有点效果。藏图阿宝按照郭太守的要求，用一种古怪语言喊了话。许久，那海盗船那边突然射出一支箭，一箭就射中了疍船上的《大涅槃经》。

这可是鉴真和尚留在大云寺的重宝啊。岸上的人群开始喧哗了，大云寺的僧人们立即跪下来了，向着疍船里的经书合十呼号。当初，为了让大云寺的僧人献出此物，郭太守可是说尽了好话。僧侣中，就有人喊道："太守大人，看样子海盗根本不想要鉴真遗物。"

"怎么可以这么说？也许是他们要的不是这一件。"郭太守说。

他连忙让疍船返回，用一件新的东西替换了那本手抄经书，再次划到刚才的那个位置。郭太守深呼吸了几次，仍然握着树皮喇叭对海盗船喊道：

"大王，这是四百年前的鉴真遗物，是唐朝天子赐给鉴真和尚的右旋定风螺，是航海避风用的。现在，崖州子民把它献给大王……"

他喊完，又让藏图阿宝用海盗们听得懂的语言再喊了一次。没多久，疍船上传来清脆的一声，应该是那只右旋定风螺被击碎了。岸上的人更愤怒了，大声说："太守大人，不用试了，他们真的不是冲着鉴真遗物来的。"

郭太守铁青着脸，但是他还是要再试一试。小不忍则乱大谋，只要有一线希望，他还是想试一试。

郭太守又拿出了准备好的第三种东西。这第三种东西，早就装载在另一艘疍船上了。他跟兵勇说了一声，就有一艘船划了出去。因为天色已晚，兵勇们在这艘船上点满了臭油灯。

郭太守仍然用饱满的情绪，对海盗船大喊着："大王，这是用四百年前鉴真和尚留下来的古方制作的驱虫膏，我把一年的产量都收拢来了。如果大王喜欢，崖州子民每年都会向大王贡献这种神品……"

他让藏图阿宝用海盗们听得懂的语言再喊一次，可这次，藏图阿宝有点磨蹭，他说："大人，不是他们听不懂，是他们根本不想要这些东西。"

郭太守说："你怎么知道？"

藏图阿宝说："我知道他们要的是什么。"

"啊，是什么？"郭太守急急忙忙问道，"他们要的，究竟是什么？"可是还没等藏图阿宝回话，意外发生了，有一支箭如约而来，射中这一艘疍船。这一次，他们不射船上的物品，他们只射人。

一声惨叫后，划船而去的那个兵勇被射中了。那兵勇大叫道："太守大人，快救我……"

因为远，加上天更黑了，码头上的人看不见血，他们只看见一个人影直通通掉进了海水里。那人不再喊，估计已经死了。所有的人都愤怒了，但是他们只能愤怒。因为他们的敌人，除了射出三支箭，根本就没露脸。他们的敌人，只是远处一艘艘巨大的船舶。黑色的船，在夜里更黑。

郭太守铁青着脸，又让兵勇捧上第四样东西。他让兵勇端着盒子站在码头边，打开盒盖，里面是个巨大的象牙雕。人群中立即有人叫了起来："太守大人，那是我家从狮子国买来的，跟鉴真和尚没关系呀。"那人从人群中挤过来，想来抢回这件东西，被几个兵勇死死拉住了。

郭太守抑制着内心的愤怒，对海盗船大喊着：

"大王，这是象牙雕，但不是四百年前鉴真和尚留下来的东西，献给您不合适。所以，我现在决定物归原主。"

所有人都以为听错了，尤其是那象牙雕的主人。

"还不赶紧过来？"郭太守冲着那人骂道，"这样的好东西，你也拿到鬼市卖掉，对得起崖州吗？"他送了前三样东西，大海盗都不要，他更加不相信这件象牙雕是鉴真遗物了。与其这样，还不如还给人家。

象牙雕的主人红着脸跑过来。可没等他跑到，一支箭就射中了他的头颅。刚才死的是兵勇，现在死的是平民。人群更恐慌了，纷纷往后退去。郭太守也想退，但他没退。他知道自己一退，崖州的信心就全失了。他高高举起树皮喇叭，对着海盗的方向大喊道：

"我操你大娘。"

崖州人从来没见过自己的父母官骂出这么难听的话，不过，他们倒是被这难听的话提起了胆气，不再往后退。郭太守又把树皮喇叭交给藏图阿宝，让他用海盗听得懂的语言再骂一次。但藏图阿宝说，不能硬顶，毕竟来敌太强悍了，还是要尽量避免冲突。

"我知道他们要的是什么。"藏图阿宝又追述了一遍先前说过的话。

郭太守问道："说吧，他们要什么？"周遭的嘈杂都消失了，大家都安静了下来，盯着这个藏图阿宝。

藏图阿宝举起了一根手指。

等裴怀一走，三十六娘又开始整理赵鼎与亲友之间的一些书信。这些信件，三十六娘做了一些简单的处理。有些要紧的东西还得留下，等找到赵汾后，交给他，替赵家一代一代传下去。

有几封信是装在一个麻布包里的，是岳飞寄来的。比如这一封信，是绍兴七年的，当时赵鼎是第二次拜相。岳飞写信对赵鼎说："近来得到谍报，河洛之地人心惶惶，这是驱逐鞑虏的好机会。赵丞相一直在筹划恢复中原的大计，我请求您帮我跟圣上说说，同意我领兵北伐。他日廓清华夏，您就立下首功了。"

这封信没问题，问题出在这之前，岳飞曾面奏圣上要求确立皇太子。圣上回答说："爱卿，你虽然很忠心，但你拥兵在外，这样的事不该是你操心的。"赵鼎知道这事后，一直担心岳飞的多嘴会被一些人所利用。果然，岳飞从此以后就被猜忌了，心心念念的北伐便遥遥无期了。

第二封信，是岳飞在绍兴十年年底寄来的。那一年赵鼎连丧二子，是他最悲痛的年份，他收信后心情更沉重了。三十六娘记得，赵鼎当时没有给她看这封信，但他透露了一些内容。他说，自从岳飞被召回临安剥夺兵权后，完颜兀术卷土重来，所以岳飞发了一些牢骚。这一封信，赵鼎没有回复。那一阵子，有张脸孔一直出现在寓所周围，天生谨慎的赵鼎就一直没有回信。

他对三十六娘说，他不能把自己的霉运带给岳飞。

三十六娘今天在门口看到的这张脸孔，其实在潮州时就见到过。这个人真是阴魂不散，跟着赵鼎到了这地之尽头。

第三封信，是在漳州收到的。来信的内容还是驱逐胡羯。赵鼎为了保护岳飞，仍然不肯给岳飞回信。但是赵鼎的好意是徒劳的，岳飞不久便遇难了。后来有一天，赵鼎流着泪对三十六娘说："我没想到岳飞会死在我之前，是我害了他。"

三十六娘把岳飞的三封信重新塞回到麻布包里，走到窗前。

藏图阿宝把竖起的手指放平了。所有人发现，他手指所指的，是码头中央的伏波将军铜柱。

郭太守不信，问道："他们要的是这根铜柱？"

藏图阿宝点点头说："我听穆噶先生讲过，大海盗好像在海上问起过这根铜柱。"

郭太守觉得这事有些蹊跷,这伏波将军铜柱,明明是汉朝时就立在这儿的,这跟唐朝的鉴真和尚有什么关系呢?

但是,郭太守又不得不相信藏图阿宝的话。因为不久前,穆噶先生确实图谋过这根铜柱。是不是他上次想要这根铜柱,本就是大海盗的意思?如果真是这样,大海盗那封通牒上,把四百年前的鉴真和尚抬出来干吗?难道,是一种掩护吗?

啊,意在伏波将军铜柱。

藏图阿宝明确指出大海盗的真实意图后,像上次一样单腿跪倒在郭太守的面前说:"太守大人,您得赶紧让大家拆了铜柱,给大海盗送去,否则……"

"否则什么?"蛋壳儿问,臭油寡妇问,所有的人都这么问。

"否则,大海盗就自己来拆铜柱。"藏图阿宝脸上露出可怖的神态,"那么,整个崖州就要血流成河了。"

"这才是'路博德咒语'。"他又恶狠狠地加上了一句。

所有的人都心惊肉跳的。"路博德咒语"原来要以这种方式反噬崖州。郭太守的脑海里,再次出现了熊熊的火光,这些烈焰,从大疍港烧起,烧向旁边的疍排、番坊街、水南村,又渡过宁远河,烧着崖州城门、街巷、官署。下个月的邸报上,会出现一行字:

"崖城大火,吉阳军军守郭嗣文难辞其咎。"

他正要说什么,蛋壳儿先开口了。他对藏图阿宝说:"我先问你,那铜柱下面的浮土是怎么回事?我想,你是一定知道内情的。"

"那不是我干的。"藏图阿宝申辩道,"那是穆噶先生雇人干的。"

蛋壳儿又问了一句:"你们番人,是不是早就知道海盗要什么?"

蛋壳儿的身边就有很多番人,他们似乎有些不悦。"别这么说我们好不好,我们与大海盗没什么关系。"他们指着藏图阿宝说,"再说吧,他也算不上我们番人,只是去年来番坊街投奔亲戚的。他们家的老人,不是他的亲舅舅。"

郭太守说:"是的,管户籍的人告诉我,这几年,崖州确实多了许多身份不明的人。什么时候起,我们这儿这么吃香了?"

他没注意到,臭油寡妇的脸上一红。

那藏图阿宝没回答蛋壳儿的问题,他转过身子对郭太守说:"太守大人,别管我是谁,我就是来救大家的。再这么磨蹭下去,海盗就真的要上岸了。你看那边——"

郭太守回头一看,已经有两个兵勇悄悄地下水游往远处,去捞那个被海盗射杀的同伴。这时候,月亮替代了太阳,发出耀眼的光芒。郭太守从来没见过崖州有如白昼一样的夜色。他已经在这夜色中闻到了不一样的海腥味。

现在,海腥味又增加了一分。海盗船里射出两支箭,穿过银色的月光,准确无误地射向那两个兵勇。又有三个兵勇跳下了水,游向漂浮在海面上的死者。关键时刻,这些平时松松垮垮的兵勇还是有些血性的。

藏图阿宝说:"大人,再不挖铜柱,就会有更多的人被杀了。"郭太守犹豫了半日,终于点点头说:"好吧,这事你去做吧。"藏图阿宝得令,正要走,被人拦住了。

拦住他的,是番人,番坊街卖番糕的番人。

"这怎么可能?"他说,"这根铜柱是番人的,是所有番人的。也是疍人的、汉人的、土人的。"

他们说:"说到底,是崖州所有人的。"

终于,臭油寡妇有话说了。这么久,她一直冷眼旁观着事态的发展,现在轮到她说话了。她对藏图阿宝说:"你错了,'路博德咒语'不是你说的那样的。赵老丞相说过,伏波将军铜柱只会给崖州带来好运。赵老丞相说,只有大恶之人动了这伏波将军铜柱,崖州才有血光之灾。"

第二十五章　比毗那大蛮更优秀的黎母大蛮

裴怀赶到现场时,蛋壳儿正站在伏波将军铜柱前,他和很多人一起护着铜柱,而藏图阿宝则带着另一伙人想冲进这道人墙。这些人,裴怀都没见过,不知道是从哪里冒出来的。她觉得,这段时间,小小的崖州确实增加了许多陌生人。

臭油寡妇看到了裴怀,大声问道:"裴小姐,赵老丞相还好吗?"

裴怀没时间回答臭油寡妇,也许,这个问题是她最不愿意回答的问题。人都快死了,还好什么呢?她冲到郭太守的面前,大声说:

"太守大人,赵夫人叫我转告您,那海盗古图有问题。"

焦头烂额的郭太守正在纠结自己要站在哪一边,一看来的是裴闻义的女儿,忙说:"赵夫人怎么说?"

裴怀扬了扬手中的海盗图,说:"赵夫人让您看看,这幅图是假的。"郭太守连忙从裴怀手上取过海盗图,按照裴怀指点的看了看,果然看到了破绽。

郭太守立即把藏图阿宝叫了过来,问道:"你说你这幅图是番坊街的古画?"

藏图阿宝说:"是的。老一辈说,上次大海盗洗劫了崖州后,一个劫后余生的画师就画了这幅图,一直传到了我手上。"

郭太守说:"好吧,我只能跟你说,你这幅图是假的。"

"这不可能!"

郭太守把手上的海盗图扔给藏图阿宝,说道:"今天多亏月亮很亮,你自己对着月亮看看。"

藏图阿宝捡起海盗图,展开对准月光,看到空白处透出几个字:"皇宋绍兴十五年制纸。"当下正是绍兴十七年,这张画纸是两年前生产的,怎么可能是一幅古画呢?

郭太守嘿嘿一笑道:"到底是你们根据五十年前海盗之难画了这幅画,还是今天你们按照这幅画,设计了一个海盗事件呢?"他见藏图阿宝一下子没听明白,补充道:"说吧,是先有盗后有图,还是先有图后有盗?"

月光下,藏图阿宝头上的汗珠,如一粒粒银色的豆子,啪啦啪啦往下掉。突然,有个老人走了过来,飞起老腿就踢在藏图阿宝的屁股上。

"家里那幅古图,被你加上了一个海盗印?"

"舅舅,这样更一致……"

"是啊,更一致,整件事都是你们设计的。你别叫我舅舅,我根本不是你的舅舅,我也不知道你从哪里来。"老人转身对郭太守说,"太守大人,您尽管处置吧。我们番坊街,本来就没有他这个人。"

郭太守一声令下,一群兵勇赶了过来绑住了藏图阿宝。那些准备冲进人群要抢走铜柱的人,立马散开了。

显然,远处的海盗们也充分利用了月色的明亮,发现了这边的异常,一支箭奔袭而来,射到了伏波铜柱上,哐当一声,吓住了所有人。藏图阿宝趁这个机会挣脱了绳子,跑到了码头边,对海盗船的方向大喊大叫着。码头上的人,谁也听不懂他的话。

接着,又有一支支箭射了过来,射到了众人的身上。蛋壳儿跑过来,对郭太守说:"太守大人,快叫大家撤,这里交给我。"

郭太守很惊讶,忙问道:"这里交给你?你有办法吗?"

"我们有办法。"蛋壳儿还没等到郭太守问第二句,就带着一大群氐人跑向他们自己的苫排,裴怀也跟着去了。臭油寡妇正要跟着蛋壳儿跑,突然看见码头的东边跑来了一头白色奔兽,跟她上次在山里看到的一模一样。

月光十分应景地照亮了它的毛发,让它熠熠发光。

赵鼎仍然是昏迷的。

三十六娘一边陪着,一边看着床头的一些诗作。有些是赵鼎在崖州写的,有些是更早时候写的。他重新抄录了一遍,就一直放在枕边。

三十六娘注意到了,这些诗有个共同之处,就是怀归。比如:"伏枥马告劳,投林鸟知倦。"比如:"却坐涑水傍,适我结庐愿。"比如:"两公于此固无心,钟鼎山林随所寓。慎勿蹉跎两失之,岁晚要寻栖息处。"比如:"我生多难伤暌离,茫然却顾当何归。伏辕不作马思奋,塌翼应怜鸟倦飞。"比如:"志谢长嘶走千里,身如倦翼返深林。"

最直截了当的还是这句:"更阑人静一声声,道不如归去。"所以,他又在另一首诗写道:"不须遐想念今昔,吾庐好在寻归期。"

有了归心,便寻归期。

赵鼎的怀归诗,三十六娘早就读过的,这些怀归的念头在赵鼎很年轻的时候就有了,甚至可以说是与生俱来的。只是,赵鼎早年所怀归的不一定是他的老家闻喜县,而是虚拟的故乡。他只是用这些句子,表达自己在仕与隐、进与退、出世与入世之间的彷徨。他的本心是散淡的,超然物外,但他的"匹夫之责"又让他接受一次次的临危受命,出山济世去了,直至撞得头破血流。

造化真是弄人啊,一个天性不争的人,偏偏被大风吹到风口浪尖,成为一人之下万人之上的相国,被万众瞩目,或被谗陷、诋毁。

不过，三十六娘还是发现，随着一次次的头破血流，夫君赵鼎怀归之诗写作越具体，他的怀归之处才越来越清晰。在寄给几个儿子的诗歌中，他心里已经有些明确的目的地，那是一座山。

三十六娘放下最后一首题为《三衢多碧轩》的诗，她就明白了，夫君赵鼎已忍不住把他自己想要的归所交代出来了："平生爱山心不足，寸碧已复明双眸。暮年得此幽栖地，枕上烟岚万叠秋。"

三衢，衢州，常山，黄冈山，永年寺附近。

他的"暮年幽栖地"已经非常明确、非常具体了。他们三兄弟，范冲已经安息在那里了，魏矼，也在那地方等着大限来临。

是啊，"不如归去"，去意已决，去处已定。

只缺了那一道他苦苦等待的归山令。

来临的，不仅仅是一头奔兽。

第二头、第三头、第四头、第五头、第六头跟着冲了过来。这后面，还有很多的奔兽。它们快速移动着，在月亮下，就像一朵被照亮的云。换一个角度看，更像排山倒海的潮汐。这样的潮汐是要吃人的。

果然，白色奔兽冲进了码头，践踏着人群。码头上的人群开始避让着，但总不能跳到海里去吧，很快就有人受伤了。奇怪的是，这些奔兽身上绑着绳索，有的还是断头绳，似乎它们是被魔鬼驱赶来，一路上又与魔鬼搏斗过。

郭太守赶紧呼来了弓弩手。一排弓弩手开始拔箭上弦，拉开了弓。就在这时，有个声音响了起来：

"不——"

所有人的目光都看了过来，他们看到一支被打扰的箭，偏离了方向，射向了空中。然后，他们看到一个陌生的年轻人跳了出来。刚才就是这人发出了尖叫。

太守就是太守，太守的眼光就是比常人尖锐三到五倍。他用犀利的眼光盯着这个陌生人。

那陌生人叫道："不能射杀，这是黎母大蛮。"

黎母大蛮？大家一下子没明白。陌生人又补充了一句："那是比毗那大蛮还好的黎母大蛮。"

毗那大蛮？黎母大蛮？大家仍然没明白。郭太守喊道："什么？你再说一遍。"

陌生人回答说："这是黎母大蛮，世上最好的野马。你看它的额头，两个旋。"

臭油寡妇抓住一匹野马的马头看了看，果然马额上的毛发有两个旋。两个旋的马有蛮力，这是大家都知道的，但这匹马的两个旋，是挨在一起的，这就更难得了。

陌生人又说："再看看它的眼神。"

这下，所有的人都看到了，这匹马的眼里果然燃烧着烈火。臭油寡妇明白了，她上次在进山路上遇到这白色精灵时，就知道它是一匹不一样的马。

那黎母大蛮也不客气，狠狠地踢了臭油寡妇一脚，这一脚，就踢在她高高隆起的肚子上。旁边的人倒吸了一口凉气，以为她当即就要流产了，可她却迅速地站了起来，好像一点事也没有。

郭太守也明白了什么。刚才这些白马冲进码头的时候，他一看跟上次在这码头上被射杀的那匹白马一模一样，心里就觉得奇怪。他在临安听说过毗那大蛮，知道这是极为罕见的马种。用它育成的战马，比大西马都善战，而且无所畏惧。这个品种的野马一经发现，就会被人不惜血本地抢夺。

他真没想到，这个孤岛上竟然出现了比毗那大蛮还稀罕的黎母大蛮。作为太守，他立即就知道了自己的职责，必须保护好这些野马。

可是，让人意想不到的事发生了，那远处的海盗船一见到黎母大蛮，就放下了黑色的旗幡，所有的海盗船，都放下了黑色的旗幡。这画面，真的跟藏图阿宝那张海盗图中的场景一模一样。所有的黑色，在明亮的月光下变成了蒸腾的杀气。

每一艘海盗船上都放下了小船，每一只小船上坐满了海盗。这些海盗全身也是黑色的，唯有他们手上的刀光，与月亮比着光芒与高低。不一会儿，海盗们就拥上了码头，要把这些野马拉上小船。

"不能让他们把马拉走。"那个陌生的年轻人又一次尖叫起来。

臭油寡妇醒悟过来，跑到郭太守的跟前说："太守大人，这些马才是最宝贵的东西。"这下，崖州人都明白了，大海盗根本不要所谓的鉴真遗物，人家要的是这些极为罕见的种马。真是识货啊，从社稷安危的角度看，这些马确实比那些鉴真遗物重要得多。

没有最好的战马，打不过别人，再多的宝物也保不住。

郭太守马上发布了正式的命令，命令所有的兵勇，阻挡海盗们的进攻。但是，除了崖州的兵勇有武器，那些疍人、汉人、番人、土人，几乎都是手无寸铁的，他们唯一能做的，就是用赤手空拳拉住这些野马。

这时，郭太守看到了他最想看到的人，穆噶先生。

穆噶先生的后面，跟着一群上次临时召集起来的年轻番人，还有他自己的船员。这下好了，救兵到了。郭太守远远地叫了一声："穆噶先生，你们终于回来了！"

穆噶先生有点急，冲郭太守叫道："这码头上怎么有这么多人？您快下令，让他们散开，不要挡住别人的路。"他又补充了一句："把这些野马给了他们，他们就撤走了。"

郭太守说："你怎么知道？"

事态紧急，穆噶先生直接说："他们事先跟我说过的呀。"

郭太守心里一凉，这好不容易等来的救兵，竟然是跟大海盗一伙的。对呀，海盗要来崖州的消息，本来就是穆噶先生说的，海盗通牒也是他带过来的。他们当然是一伙的。但郭太守忍住火气，还是说了一句话："穆噶先生，这些黎母大蛮，不能给外人。"

穆噶先生大惊失色，喊道："太守大人，您怎么知道这叫黎母大蛮？"

郭太守暗暗一笑。穆噶先生能这么问，正说明这些白色野马确实就叫黎母大蛮。

穆噶先生见郭太守笑而不语，急急忙忙又说："大人，这些马如果不给他们，崖州恐怕就保不住了。您看，大海盗那边的人更多啊。"

郭太守明白了，穆噶先生消失了好几天，原来是找野马去了。这些野马，也正是他从丛林深处绑架而来的。所谓的鉴真遗物，真的就是一个幌子。用这个借口，穆噶先生分散了崖州的注意力，然后浑水摸鱼。

"我再说一遍，"郭太守用坚定的语气重复了一遍，"黎母大蛮绝对不能给外人。"

刚才在人群中，第一个喊出黎母大蛮的那个陌生人就是工叙。

其实，工叙在画像铺收获的最大的惊喜还不是《千里江山图》的线索，而是百兽图。他在角落看到许多废弃的画，百兽的眼睛上都画着特殊的眼线。他终于明白余画子把他叫作师弟，并不是一时兴起。

他眼睛瞬间发出精光，想在一幅幅百兽图上找出什么。真是老天相助，他找到了，就是那纸背的小黑点。这些貌似漫不经心洒上去的墨点，仔细一看，是瞳仁。可以确认，余画子就是赣江右岸篁渡镇那个失踪的画马师。

那是自己的同门师兄弟。

工叙记起来在鬼市那会儿,当他说起江参是自己师伯时,余画子眼里的一道光芒刺破黑夜。难怪,他愿意挺身而出从罗大关的刀下解救自己。

工叙又翻出了一幅画稿,上面画着一匹异马。他在篁渡镇见过余画子的异马图,但现在一看,此图上的异马比毗那大蛮更加高大威猛,图上标着的马身上的各种尺寸,直接证明了这一点。马额上特有的双旋,也被画得十分细致。

这画师果然有本事,竟然用笔触画出了野马的眼神。他想起师父说过的一句话:没有二十年的功力,画不出眼睛里的光。他在其中的一幅图上看到一行字:"黎母大蛮,发现于黎母泊,故名。"是不是可以这么说,这些新发现的野马,就是自己的同门师兄弟命名的?

——眼下,工叙在码头上看到了真正的黎母大蛮。就像余画子在异马图里画的那样,马的体格强于毗那大蛮,而眼神中则有虎豹的焦渴。用这种马做种马,能培育出比毗那大蛮更热爱沙场、热望征战的战马。

工叙发现,背嵬军军士一看见这些野马,眼里也射出与野马同样热烈的火光。这不奇怪,背嵬军大部分是骑兵,对每个军士来说,他的坐骑就是他的兄弟。牛皋将军被毒杀后,背嵬军四分五裂。南下的这一支,几乎找不到用武之地,连战马都找不到。王文献带来的这三个背嵬军军士,每天都只是赶路,替人警戒,自己都觉得无趣起来。

现在,懂马的人意识到,他们的主场到了。

背嵬军遇到了烈马,故事就发生了。这故事的开始,就是现场驯马。背嵬军三个军士,每个人都像接到命令似的,跃上野马的马背。那些野马从来就没有被人骑过,它们奋力地想把军士甩下马背,但是没有用。背嵬军的军士勉强降服了黎母大蛮，然后进入故事的下一阶段，抽出刀砍向已经冲上码头的海盗们。

崖州的兵勇这才醒悟过来，自己才是崖州的法定守护者。他们也拔出弓箭，射向小船上的海盗。崖州的民众也明白了事理，赤手空拳抓捕这些野马，不让它们落入海盗之手。

但是，背嵬军的骑术再厉害，那野马身上没有马鞍，要自如驾驭是不可能的。就那么点大的码头，也不是任由驰骋的沙场。崖州的兵勇，许多也年老体衰，哪里抵得过那蜂拥而来的海盗？海盗们成功登陆的速度，大大高于被击退的速度，慢慢地，码头上的形势开始逆转。有几匹黎母大蛮，被海盗们拉上了小船。

郭太守忘记了背后。背后，也有敌人。

穆噶先生突然从兵勇们的背后发起了攻击。形势一下子复杂起来，护马的崖州人腹背受敌，被前后夹攻。

郭太守说："穆噶先生，我上你的当了。"

穆噶先生说："那是因为你的想法太多。"

郭太守说："是的，被你利用了。我现在很想问你，你为什么要为大海盗卖命呢？"

穆噶先生说："我不为海盗卖命，我只为钱卖命。"

郭太守说："那么多黎母大蛮，你会分到多少钱？"

"这跟我无关。事成之后，黎母大蛮归大海盗。"穆噶先生指着边上的伏波将军铜柱说，"铜柱归我。这是我和他们事先约定的。"

郭太守长叹一声，原来穆噶先生的心里，一直以来就没放下这根铜柱。从一开始的设赌局到前几天偷挖铜柱根基，这些都是穆噶先生所为。这码头上，海盗越来越多了，等到他们把野马全部拉走了，他们就会来抢夺铜柱了。异马不保，铜柱也不保，他的子民，又一个个倒下，这真是最大的失败。

也许，这是老天对他的惩罚。

穆噶先生围住郭太守是有目的的，他用刀尖指着郭太守，要郭太守下令让崖州兵勇一起来放倒铜柱。在他眼里，铜柱跟黎母大蛮一样，都比鉴真遗物值钱。战备的价值，才是真价值。伟大的商人都懂这个。

虽然铜矛、铜箭早已被铁矛、铁箭取代，但这一根铜柱，可做很多的铜铠、铜锤。他甚至想过，把它卖给阿拉伯人做铜炮车。

当年的伏波将军路博德能把杀人的武器熔为一根铜柱，现在，穆噶先生就能把这铜柱重新还原为杀人的刀具。

郭太守面对着眼前的刀尖，有些害怕，稍有不慎，这刀尖会刺破他的脸部。这一切不能怪别人，他轻信了一个真正的异己，以至于连累了整个崖州。"没用，他们不听我的。再说了，我如果让你拿走这根铜柱……"他指着身边的民众，对穆噶先生说，"这些疍人、番人、汉人、土人，也会把我杀了。都是死，我还是死在你这个老朋友手里比较合适。"

他自己都没想到，他说出后面半句话时，竟然十分轻松。

穆噶先生明白，郭太守已经不是以前那个郭太守了。但是，说出口的话收不回了，还不如把事儿做得更绝一点。他让手下把郭太守控制住，然后对周边的崖州兵说："全部退下，不然我就一刀杀了他。"

这句话起了作用，那些兵勇果然不知所措了。也就是一瞬间，大量的海盗拥上了岸，他们用更结实的细铁链套住了黎母大蛮。

王文献一看情况不对，冲过来对穆噶先生喊道："你别瞎嚷嚷了，要杀就杀了他吧。这郭太守对赵老丞相下过毒手，死有余辜。"

果然是天下第一的狂士，语不惊人死不休。王文献的想法是，假如郭太守真的被杀了，也许崖州的兵勇就没有后顾之忧了。这码头上也真有人想起了郭太守的种种不好，局面更混乱了。王文献还没说过瘾，继续对穆噶先生喊着：

"快动手啊。你不杀他，我都要杀他了。"

他这一喊，穆噶先生倒是不知道怎样才好了。他的目的是吓阻别人，而不是真的要杀掉郭太守。活着的郭太守，或许更有用。

郭太守却低下了头，虽然对赵鼎的所作所为，都是按照上头的意思做的，但他还是执行得太彻底了。几百年来，崖州都是朝中失势大臣的放逐地，因为天高皇帝远，历任官府对这些被放逐者，很多都是任其自生自灭的。唯有对赵鼎，他几乎动用了最严格的措施。

还有，赵鼎来崖州后身体越来越差，他作为太守从来就没有给赵鼎请过郎中……

好吧，随你们怎么处置吧，我也是死有余辜啊。郭太守这么想，闭上了眼睛。可这时候他的耳朵里，钻进了一句话："太守大人，救兵来了。"

第二十六章　沙场或者屠场

来的是崖州本地人、儋州现任太守裴闻义。裴闻义的背后，是一大串的儋州兵。

果然是救兵。

这段时间，跟崖州一样，儋州也接连出了怪事。除了海港来了很多大船，城内也出现了一些莫名其妙的事。裴闻义带兵去了儋州与崖州的交界处，一无所获。但他没有把全部人马带回来，而是悄悄地留下了几个换上土人装束的兵勇，然后大张旗鼓回城。

今日凌晨，裴闻义得到密报，说儋州最南端的丛林里有异动。裴闻义带着人马杀了一个回马枪，赶到了黎母泊。他在那里发现，确实有几个神秘人在活动。

儋州兵逮住了其中的一个，从他嘴里，裴闻义才弄清楚了这事。原来，不知何时起，不知出于什么目的，有人在黎母山西麓一带丢下了几匹马。这一块地方，一直就是野兽、毒虫、风雷、酷热、瘴疠的世界，几百年来几乎就无人进入过。

这些野马在这样一个极为恶劣的环境里，居然活了下来，繁殖了一代又一代。到了最近的这几代，野马已经进化，除了毛色雪白、身材高大，还善跑、耐跑，从不畏惧，极具攻击力。它们成群结队生活在黎母泊周边，不为世人所知。

但有一两次意外，还是有野马偶然跑出了黎母泊，从而暴露了它们的踪迹。

从来就不产马匹的南荒大岛，竟然也能孕育如此威猛的野马，这引起了一些人的暗中关注。有人意识到，这是世上最新发现的异马。这些异马落到哪一支军队手里，哪一支军队的战力就会倍增。所以，有人秘密潜入了黎母泊。

所谓的大海盗，就是为了盗取这些黎母大蛮而来的。整个盗取行动，他们密谋了好几个月。裴闻义从审讯中基本了解了大海盗的全盘计划：

第一步，炮制寻找鉴真遗物事件，在崖、儋二州制造恐慌以驱散人群，掩藏其真正的目的；第二步，派人从儋州港入境，与穆噶先生的人马在黎母泊会合，捕捉黎母大蛮；第三步，海盗船提前一天赶赴崖州的大疍港，或儋州的儋州港，接走黎母大蛮。作为回报，大海盗同时顺便劫走大疍码头上的伏波将军铜柱，送给穆噶先生。

裴闻义这才明白，他所管辖的儋州也是大海盗的袭击目标。这阵子儋州城的骚乱就是大海盗故意引发的。他很庆幸一开始发现异常时就封锁了儋州港，无意间切断了大海盗从儋州运走黎母大蛮的线路。这样的话，大海盗要运走黎母大蛮，只能走大疍港了。比起儋州港，大疍港要宽广得多，且水深，即使要封港也未必封得住。

而现在，黎母大蛮早已上路了，他抓住的这个神秘人，只是留下布毒的。整个黎母泊，每一处都被撒了毒粉，这样一来，这批黎母大蛮离开后，这个地方再也产不出新的黎母大蛮了。这是一个断子绝孙的恶毒主意。

裴闻义还想从神秘人嘴里知道些什么，可神秘人却说不出更多的话了。他突然口吐白沫，终于被自己的毒粉干掉了。

裴闻义当机立断，直接从黎母泊出发，追击盗运黎母大蛮的队伍。这一路上，其实走得不顺利，因为这深山老林根本就没有路。所幸的是，他带上了在沿海出租渡船的琼州阿吊。琼州阿吊说不上是土人还是疍人，反正是在海上讨生活的，但他母亲却准确无误是个土人，他从小就在黎母山西麓长大。

虽然黎母泊一带人迹罕至，琼州阿吊也没来过，但是他凭着血液里传承的土人本能，很快找到了可以行走的路径。

除了毒粉，现场还留下了很多藤笼和麻绳。裴闻义判断，这些野马的头上都套了藤笼，而且每匹马都用粗粗的麻绳连着。虽然野马性子暴烈难以驯服，但因为有藤笼、麻绳的助力，马群移动起来也很迅速。裴闻义估计，等他们赶到崖州的大疍港，大海盗都已经扬长而去了。

但是，裴闻义决定，即使这样，也得追。万一，野马的队伍在路上被耽搁了呢？他的猜测是对的。穆噶先生的队伍走出黎母山西麓后，就在宁远河的右岸遭到伏击。等裴闻义赶到时，就找到了一死一伤两个伏击者。

就是这次伏击，减缓了盗马贼的行动速度，给裴闻义争取到了时间。

那个活下来的袭击者告诉裴闻义，穆噶先生带着人和马刚过去不久。裴闻义知道穆噶先生与崖州官场的关系特别好，他担心郭太守已经落入穆噶先生的圈套里。所以儋州军顾不得疲累，火速赶到崖州城。

让裴闻义高兴的是，这些黎母大蛮还在，更高兴的是，四大族群的人也没避祸外逃。大家都在以自己的方式，尽量不让黎母大蛮落入海盗之手。

也不用裴闻义下令，儋州兵一到码头，就穿过人群冲到水边，跟崖州兵合为一体，竭力抵挡着海盗们。

郭太守很高兴。裴闻义能来，且来得这么及时，完全出乎他的意料。有了儋州的帮忙，码头上的形势一下子改变了。所有的激战，集中在码头前端，但郭太守担心海盗反攻，毕竟海盗的人更多，一定要趁这个机会把野马转移到更安全的地方。但是，他开不了口，穆噶先生从侧面搂着他的脖子，让他喘不过气来。

还没等他开口，有人比他先开口了。臭油寡妇捧着大肚子，对崖州人说："快把野马拉回家，快把野马藏到你们家里去。"

崖州人醒悟过来了，对呀，把马拉走了，藏好了，海盗还抢个屁。虽然野马的性子很烈，会把他们踢伤，但是他们也有笨办法。幸亏马身上还有残留的绳头，他们慢慢把烈马拉离码头，往各自的村坊走去。这些马经过一天的折腾，也有些累了。累了，就听话了。

过了一会儿，野马少了许多。郭太守的视线越过穆噶先生的刀尖，看见了海盗们的小船在后退。已经冲上码头的海盗，也重新跳回了小船上。这码头上的敌对势力，只剩下穆噶先生一干人了。

胜利，来得如此简单。

郭太守大着胆子，伸出手拨开了眼前的刀，对穆噶先生说："你已经失算了。谢谢你给我送来了大礼。明天我就会安排人，把这些异马送到临安，献给当朝天子。没准，就因为这个我就会立下大功，然后，要调离这南荒大岛了。"

他又补充道："再看看我的脸。我的脸，原来是多么白净啊，被崖州湾的海风吹黑了。"

他的话，有些戏谑的味道。立功，调离，这两个词对郭太守的意义，穆噶先生以前就明白的。不过，穆噶先生也笑笑说："不见得，再等一会儿，你就笑不出来了。"

郭太守听了这话，顿时有了不祥的预感。他看见臭油寡妇爬到了码头小楼，冲着众人大喊着：

"快看哪，海盗进城了。"

码头上的人惊呆了，纷纷拥到码头边，看见所有的海盗小船往上游去了。

那些更早一步行动的海盗小船，已经抵达了崖州城正门。城门口一带，有房子被点着了。码头边的海盗小船也随后陆续撤离大疍港，跟着向上游驶去。在大疍港和崖州城之间，依次是番坊街和水南村。海盗们直接上岸了，用火炬点燃了一幢幢民宅。

不好，海盗们要屠城了。郭太守最担心的就是这个。

穆噶先生笑了，对手下说："解一根马绳来，把这个黑脸蛋绑起来。"那名手下却扔下手里的刀子，说道："穆噶先生，你自己干吧，我家被你们烧了，我要回家救火了。"他说完，头也不回就走了。穆噶先生正想追上去，另外几个手下扔下刀子，也准备要走。

"为什么？你忘了我一路上跟你们说的吗？"穆噶先生问道。

"没忘。"他们中的一个说，"我们番人，跟他们这些疍人、汉人、土人都不一样，进的不是同一个庙。这是你路上跟我们说的。"另一个说："是的。你还说过，什么大唐天子、大宋臣民，这些都跟我们没关系。"第三个说："我们虽然是番人，可在崖州已经传了四五代了。所以，我们早就归化了，和疍人、土人、汉人一样，都是地地道道的崖州人。"第四个人最直接，他指着不远处燃烧起来的一间店面说：

"我只知道，烧番坊街的不是疍人，不是土人，不是汉人，而是你的人——你请来的大海盗。所以，我们不打算跟着你了。"

这些人，一个个跑回番坊街救火去了。

"穆噶先生，看到了吧，想分化我们崖州人，没那么容易。"郭太守大笑起来，"对了，忘了告诉你，我也是崖州人。从今天起，老子就不想调离崖州了。"

他加了一句话："你也走不了了。"他挥挥手，崖州官府的兵勇赶了过来，要围住穆噶先生。没想到穆噶先生先人一步，再次搂紧了郭太守，用刀抵住郭太守的脖子说："让他们走开，我的刀子可不认人。"

"我也要杀了这个狗太守。"王文献举着刀，恶狠狠地跑了过来，毫不犹豫往前一捅……

啊——郭太守尖叫了一声，他全身是血，用惊恐的眼神望着他面前的王文献。

王文献也惊呆了，低头看了看自己手上的刀子，想，自己一介狂士，竟然也会杀人了。他抬起头对同样惊呆的郭太守说：

"狗太守，我说过，我会杀人的。"

扑通一声，郭太守倒在了地上。可是，他试着站起来，居然就站了起来。原来，王文献刚才举刀刺杀的，不是他心心念念要杀掉的郭太守。

王文献杀死的，是穆噶先生。

穆噶先生倒下前，伸出手想摸一摸伏波将军铜柱，但是他永远也摸不到了。

工叙终于可以仔细观察一匹黎母大蛮了。

海边的房子都是低矮的，番坊街也不例外。工叙好不容易把野马拉进余画子的画像铺。野马虽然很烈，但因为工叙及时关上门，这匹马只能靠想象驰骋疆场了。桌上还摊着余画子的异马图。工叙匆匆忙忙对照了一下，图上的马眼的画法，与真正的黎母大蛮有细微的差别。这差别是故意的，还是无意的，工叙没时间多想。

眼下，还不是他多想的时候，他得再次出去，多救一匹马。

可还没等他开门，门就被人踢开了，两个海盗举着火炬就往里冲。显然，他们听到了屋内的马叫声。工叙急忙拿起桌上的裁纸刀，对准了他们。可是海盗根本不看工叙一眼，直接冲野马来了。也许工叙在发抖的样子，吸引不了他们。

那匹野马也有趣，刚才不想进来，现在却不想出去。两个海盗急了，说了一句什么话，就用手上的火炬点燃了满屋子的纸品。火光起，接着是浓烟，把野马逼了出去。

两个海盗正要出去，又有人进了屋，那人更厉害，挥刀就砍倒了两个海盗。他从工叙手里取过裁纸刀，丢在地上说："我说吧，令天下人闻风丧胆的峨眉科，怎么就派了一个只会裁纸的人来？"

工叙正呼吸困难，哪顾得上辩解，弯腰捡起了裁纸刀，就被那人一把拉出了小屋子。工叙用力吸了几口空气，缓了过来，这才发现救他的竟然是罗大关。

这罗大关是跟余画子一起去黎母泊的，可怎么是一个人回来的？工叙有了不祥的预感，他还是沉住气，问："我师兄余画子呢？"

"死了。"罗大关直截了当地回道。

"啊?"工叙气得脸都歪了。好不容易从余画子这里得到一点《千里江山图》的线索,这线索就被掐断了。师伯江参的死因搞不明白,他无法告慰死去的师父。虽然他不是罗大关的对手,但也大着胆子责问道:

"你为什么非得杀了他?"

"我是想杀死他的,但还没来得及,"罗大关冷冷地说,"他就被别人先杀了。"

原来,罗大关在崖州期间,碰到了几个可疑的外来之人,一个是臭油寡妇,一个是余画子。他想弄明白这两个人来到崖州是不是跟赵鼎有关。他是专门盯着赵鼎的,跟赵鼎有关的人事,他都要调查清楚,该杀的,杀。

经过长期的跟踪,他觉得臭油寡妇早于赵鼎来到崖州,应该与赵鼎没什么关系。余画子是在赵鼎之后来的,一来就在崖州开了一家画像铺。又经过一段时间的调查,他改变了看法,他觉得这画师与赵鼎无关,却与黎母山西麓的原始丛林有关,尤其是一个叫黎母泊的地方。可去这个地方并不容易,如果没有向导带路,几乎是自寻绝路。

今天一早,他逼着余画子带他去黎母泊。他们还没走到黎母山西麓,就看到了有一大群人赶着一群野马过来,立即埋伏在路边。他们看到,一匹匹野马被藤条编织的笼子套住了头部,每匹马之间都用粗粗的麻绳相连着,被人驱赶着往前走。他们此行要探寻的,正是这些马。

罗大关和余画子在崖州也不是一天两天了。他们大老远就认出那些赶马的人,很多是番坊街上的人,为首的那个,正是郭太守面前的大红人穆噶先生。

罗大关清楚地记得，余画子当时脸色大变，跟罗大关说，一定要阻止马队继续前行。罗大关说："事到如今，你要跟我讲实话了，你到底是谁？来崖州干什么？为什么常去黎母泊？"

余画子说："那我跟你说了，你是不是要帮帮我？"

罗大关点点头。因为事态紧急，余画子只能简单说几句。他告诉罗大关，来崖州之前，他是画马师，专门画异马。一个偶然的机会，他听说黎母山西麓发现了一种野马，体能极优，就偷偷跑到了崖州，找了几个月，果然被他找到了，便按照毗那大蛮的方式，把新发现的野马命名为黎母大蛮。

这些天，整个崖州挖地三尺寻找鉴真遗物，但余画子却暗暗关注了替海盗下通牒的穆噶先生，他发现穆噶先生也到了黎母泊。他怀疑，大海盗真正要的东西，就是黎母大蛮。最好的战马，比什么稀世珍宝都重要。所以，一定不能让这些真正的至宝落到大海盗手中。他担心大海盗会把它们卖给金人，或者大宋的其他敌人。

"我们现在怎么办？"罗大关问。

余画子说："他们人多，我们打不过，只有一个下策，就是在他们反应过来之前，把麻绳砍断了，也尽量多砍些藤笼，这些野马四处跑散，再重新抓捕起来就不容易了。"

"对，用这个办法拖住他们。"罗大关说，"你们蛾眉科的人，脑子好用。"

"你杀我之前，还污蔑我？"余画子说。

罗大关记得，他们说完这些话就立即从后面冲了上去，用最快的速度砍着马绳和马笼。给他印象最深的是，余画子在做这些事时，嘴里一遍遍大喊着，黎母大蛮，黎母大蛮……

那些黎母大蛮失去了羁绊，一下子就乱跑起来。押送马队的人立即去追失散的马匹。但也有几个过来追杀他们。这画马师，估计真的不是蛾眉科的人，没什么本事，没一会儿就被追来的穆噶先生砍翻在地。穆噶先生对倒在血泊中的人说："谢谢你告诉我这叫黎母大蛮。"

罗大关还记得，他去救余画子的时候，余画子还没死，那瞳仁里倒映着黎母大蛮的影子。在眼里的光芒消失之前，余画子从怀里掏出一样东西交给罗大关，用尽最后的力气说道：

"不劳你动手，我先走了。快回画像铺……找、找我师弟……答应我，别、别杀他。"

第二十七章　杀手终于杀过人

谁都没料到战场会从码头转到街区。

郭太守看见海盗重兵围攻崖州城，急忙带着人马前往城里。他是对的，城内的人多，房子也更多，官署也在那。作为崖州的主官，他必须丢卒保车，首先要保住主城。他走的时候，向裴闻义鞠了一躬。

同僚相见，一般拱拱手就可以，这一鞠躬就有些重了。裴闻义并不知郭太守在这鞠躬里，放置了多少的歉意。他没有鞠躬，只是颔首回礼。黑暗中，其实彼此都没看清什么细节，只是一种感觉。

裴闻义目送崖州兵离去后，立即把自己的儋州兵分成了两股，一股跟着崖州兵协防崖州老城，一股去护卫番坊街、水南村。至于疍排，他放弃了。刚才码头上与海盗争夺野马的，基本是汉人、土人、番人。番人虽然一开始分成对立的两派群，但最后的结局是，被穆噶先生蛊惑的那一派及时醒悟、重归本心。

但是，他没看到几个疍人。真不知道这么个时候，疍人跑哪去了。

他往西看了很久。天这么黑，看不到那些矮小的疍排，以前常见的疍家渔火，今天也熄灭了。更让他郁闷的是，连蛋壳儿的影子都没看到。自从裴怀跟蛋壳儿好上后，他嘴里虽没表态，可心里还是有点喜欢这个浑身冒着太阳味的年轻人。现在，这个年轻人不见了，裴闻义也始终没找到自己的女儿。

这两个人，到哪里去了呢？是逃掉了吗？

也许，他们就在码头上，只是混战中，他没看到而已。也许，他们不在这儿，而是先人一步去水南村保护赵老丞相了。

是的，他心里最挂念的还是水南村。不是说水南村有他的大宅院他才挂念，而是这宅院里住着赵鼎。他上次就估算，赵鼎应该熬不到今天夜里了。作为赵鼎坚定的拥趸，他多希望陪赵鼎走完最后的一程，可大海盗一来打破了他的如意算盘，他根本没时间回水南村。

现在，就是一个机会。他这么想，就直接往水南村走去。

可这时，他被人拦住了。

这时候能拦住他的，有两种情况，一是正在杀人放火的海盗，二是跑散的黎母大蛮。但这些都不是，拦住他的是臭油寡妇。

几天不见，臭油寡妇的肚子更大了，似乎一颠簸，胎儿就会掉下来。

番坊街间燃烧起来了。很多人牵着野马，往更远的水南村那边跑去，但罗大关却跑向了大疍港。他前几日跟臭油寡妇说好的，等他找到真正的宝物，一定去帮她。

或者说，帮崖州。

罗大关走前，扔给工叙一封信，并说："放心，我没拆过信，我没那么坏。你们师兄弟之间的私事，不是我打探的范围。"等他走后，工叙借着火光一看，这封信封着口，确实没有破损。看来，盗亦有道，这个坏人也不是那么不讲道理的。

他知道，有了这封信，他会找到杀死师伯的真正凶手，运气好的话，能找到《千里江山图》，还赵鼎一个清白。

只是，他现在没时间拆开这封信，他把信塞进怀里，牵着马跑向了水南村。他要把这匹马，藏到裴家宅院去。那是赵鼎住的地方，小碗也在那里。不管她怎么误会他，他要看到她，也许这是此生最后一次见面了。能在这天涯海角之处见上最后一面，有点儿悲伤，有点儿欢愉。

他现在，是奔着这点悲伤或欢愉去的。

裴家宅院里，最紧张的是小碗。裴怀带着三十六娘的口信跑出去后，这么久还没回来，她就觉得情况一定是糟透了。她很想跑到大疍港那边去看看，但是走不开。病床上的赵鼎，基本上已经进入弥留之际了。她的主母却十分淡定，默默地坐在夫君边上，只是在摩挲着无声箫。

案上的臭油灯暗下来一些，小碗赶紧在灯盏里添加了臭油。三十六娘突然问道："月亮出来了吧？"

小碗赶紧放下水中的臭油壶，往窗外看了一眼，回答道："月亮出来了，但是又被乌云遮住了。"

三十六娘又问道："崖州湾应该起夜潮了吧？"这个，小碗就不知道怎么回答了。这样的时候，她没想到主母关心的却是月亮和潮汐。三十六娘没等小碗回答，问出了第三个问题：

"那些鲸鱼来了吧？"

小碗更不知道怎么回答了。她看了一眼三十六娘，发现后者根本没看着自己，心想，主母这是在自己问自己，跟我无关。

果然，三十六娘自己回答道：

"虽然有乌云，但月亮已经出来了，八月十二的月亮不那么圆，但也够亮了。夜潮很快会起来了。那些鲸鱼，都来了。"

三十六娘看了一眼昏迷中的赵鼎，继续说道："夫君啊，我看过您的诗文了。那一头鲸鱼，已经来了。"

小碗这才明白，三十六娘魔怔了。这不奇怪，自己最亲爱的夫君就要离开人世了，作为一个凄苦的女人，伤心失神是必然的。小碗这样想着，流下了泪水。慢慢地，她听见了外边有些嘈杂，似乎还有马嘶声。

她走到院子，打开院门，已经看到远处的火光。最明显的，就是崖州官署的三高台。三高台在火光中哆嗦了一下，翻了个跟头就倒了下去。那种下滑，是最灿烂的坠落了。

小碗的心里也哆嗦了一下。

她还看到有个人从门口跑过，嘴里说道："海盗进村了，海盗进村了。"那人看到小碗，停了一下，说道："赶紧把老人家藏起来，他们来烧房子了。"

小碗一听，连大门都忘了关上，慌慌张张就掉头跑到屋子里，对三十六娘说："夫人，怎么办？他们来烧房子了，他们来烧水南村的房子了。"

三十六娘的眼神仍然是游离的，她似乎没看到惊慌失措的侍女，但似乎听见了那些惊慌失措的话。她继续喃喃自语道："夫君啊，该来的都来了。"

小碗惊奇地看见，病床上的人睁开了眼睛，那皲裂的嘴唇动了动："那你马上去。"

三十六娘站了起来，看了赵鼎一眼，又坐了下去，似乎有些两难。小碗似乎明白了，三十六娘此时有件天大的事要去做，但这也是赵鼎临终的一刻，三十六娘作为妻子又想守着丈夫，所以纠结。

"快去……"赵鼎又艰难地说了一句，"不然来不及了。"

三十六娘猛地站了起来，又俯身把脸贴在夫君的脸上。她听见赵鼎最后说了句："回来后，替我上奏给圣上，说我要归山令。圣上曾经……答应过我的。"

是的，圣上曾经答应过。三十六娘心里点点头，终于流出了泪。她贴在赵鼎的耳边上，一字一句说：

"会的，找到汾儿后，我们就送您回常山。"

小碗看到，赵鼎的脸上突然有了一丝笑容。赵鼎自己知道，他只有死了才能回家。现在，连小碗都知道了，赵鼎的这个家，是常山，常山的黄冈山，黄冈山上的独往亭。死去或者等死的老友，在那儿等他归去。

码头上，臭油寡妇拉住裴闻义，悄声又坚决地说：

"裴太守，您不能走。"

裴闻义站住了，他不知道这个女人要干吗。臭油寡妇左右望了望，就把身子靠了过来。裴闻义往后一躲，臭油寡妇一个趔趄差点摔倒。裴闻义又往前一把扶住她，那女人就倒在了他的怀里。这一下子，裴闻义不知怎么才好，整个人就僵了。

他一直告诫自己，不可以靠近这个风骚的女人。因为，那些流言蜚语会毁了他，毁了裴氏家族的好名声。他对手下使着眼色，可是天色暗黑，手下人并没有看到他的暗示。他暗暗地把臭油寡妇的身子扶正，正准备把双手抽离，就不小心碰到了寡妇高高隆起的肚子上。

"哎哟。"

寡妇没叫，裴闻义倒是叫了起来，似乎是寡妇弄痛了他。他刚想跑，臭油寡妇又说话了，这次声音更低了，几乎是耳语："裴大人，谨防中计。"

"中计？中什么计？"裴闻义这下认真起来了，他开始明白，这妇人故意靠在他身上，是想跟他说些机密的东西。他不再推开臭油寡妇，而是把耳朵凑了过去。臭油寡妇用更轻的声音在他耳边说了几句话。

裴闻义更加震惊了，他终于知道蛋壳儿的去向了。他高兴的是，他的宝贝女儿也参与了。好，这才是裴家人。

说完了这件事，臭油寡妇才开始恢复以往的常态，跟裴闻义说，现在不管海盗杀到哪里，大疍港一定得死守住，不能中了别人的调虎离山计。

裴闻义被提醒了，大海盗放弃码头其实是个假象，他们真实的意图是把码头上的守兵引往别处。他们攻击的重点不是别处，仍旧会是大疍港，也一定是大疍港。这就是说，海盗们在崖州老城、番坊街、水南村烧杀一番后，会很快杀个回马枪。因为上游水浅，大船无法行进，所以也只有大疍港这一带，海盗的巨船距离海岸最近。

假如大海盗占领不了大疍港，那么，好不容易抢到手的野马就无法顺利地运到大船上，连派出的人也可能有去无回，所有的行动都会失去意义。

臭油寡妇又靠近来，在裴闻义的耳边耳语了一句，说："只有这样，才能掩护蛋壳儿他们。"

裴闻义望着这个即将临盆的女人，心想，这个女人一定是懂兵法的。他注意到一点，臭油寡妇在说上面两件事时，与蛋壳儿有关的部分她都用了耳语，不让别人听见。也就是说，码头上似乎还有海盗的耳朵。

他也明白，不管臭油寡妇说的前一件事还是后一种情况，都必须把兵勇留在这码头上，而且多多益善。如果海盗一直不进攻的话，他还得主动挑事，反守为攻。但问题是，崖州兵早就走了，儋州兵也被他派走了，一时也召不回。

他看看码头上的人影，并不多，如果这时候海盗杀个回马枪，那一定是应付不过来的。

好像知道裴闻义犯愁似的，就有几个人影走了过来，为首的那个说："裴太守，我们还在，我们听您号令。"裴闻义不认识这几个人，他先前看过他们的好身手，以一当十。有了他们，加上他留下来的一些儋州兵，守守码头还是可以的，但是要配合蛋壳儿的行动，那就几无可能了。

因为，自己这方的小船不够，而且缺乏弓弩手。

他叫来一个亲兵，让他马上赶到崖州城向郭太守借兵。当然，借兵还是其次，主要的是，他想让退守在崖州城里的郭太守，也了解一下海盗的真正目的。

工叙还是晚了一步。

等他牵着马到了水南村，水南村也有一些房子着火了。一小股海盗一边寻找黎母大蛮，一边就点着了木屋子。水南村乱了起来，很多人从屋里跑了出来，巷子里满是人。

工叙避开了人多的巷子，赶到了裴家宅院。那裴家宅院，大门竟然洞开。工叙想把野马直接拉进大门，但没起步就改变了主意，他怕野马引来海盗，会惊扰到屋子里的赵鼎。他往后退了几步，躲在弄堂口一个凹处，既可藏马，又可关注到裴家宅院。

他想，这个时候还开着大门，一定是有情况的。

可是，那匹马不是这样想的，它不但想，而且想念。它觉得在没有羁绊的世界里，才是好玩的。那里有毒虫，有狼群，但是也有丰美的水草呀。它这么一想，就开始大叫起来。马嘶声从弄堂口发出来，沿着水南村的巷间急速流动。远处，也传来了一声马嘶。这匹马猛地竖起了耳朵。可工叙看到的是，野马的眼睛射出光来，睫毛也一下子立了起来。

工叙明白了，余画子没画错，马在某个时刻，睫毛会有变化。

很快，海盗就过来了。领着海盗过来的，正是工叙在大疍港见过的那个藏图阿宝。他们很快就包围了裴家宅院。藏图阿宝举着火炬正要点燃门口柴堆时，很多人围了过来，阻止了他："不行，这里面住着赵老丞相。"

藏图阿宝说："我要抓的就是这老头。"

水南村的人问道："你抓一个老人家干什么？"

藏图阿宝笑了起来："抓了他，好让裴闻义退兵呀。"

工叙明白了，藏图阿宝是要把赵鼎当作人质。没有儋州兵，仅仅靠崖州兵是抵挡不住海盗的，所以裴闻义不能退兵。虽说赵鼎生命的烛火行将熄灭，但也得让他最后一刻得到安宁。他远远地对着藏图阿宝说："不必进去了，里面早就没人了。"

藏图阿宝说："你怎么知道？"

工叙还没编好理由，海盗们就看见他身后的黎母大蛮，赶紧围了过来。对他们来说，这比什么大人物都重要。那野马也机灵，好像知道了什么，飞一样跑了，海盗们哇啦哇啦追了过去。

这时，大门开了，有个女的跑了出来。

"你这个骗子，屋里不是有人吗？"藏图阿宝骂了工叙一句，转身想把刚才那几个海盗叫回来，可是他才张开嘴，一把刀就准确无误地扎进了他的腰间。

一把裁纸刀。

问题是，这把裁纸刀不是尖头的，工叙虽然击中了藏图阿宝，但不确定是否刺入了他的体内，是不是要拔出来再刺一刀呢？正在犹豫着,藏图阿宝突然倒地不起,挣扎了几下就不再动弹了。藏图阿宝死了,这才是唯一能确定的事。

三十六娘并没有认出工叙。她沉浸在自己的幻想里,目中无人,只是往前跑。又有一个人从大门里跑了出来,那是工叙最想见的人。那一刹那,两人对视了一下,全世界的时间在此时都暂停了片刻。很快,时间恢复了流动,小碗马上追着三十六娘而去了。

工叙看见小碗就像一只缩小版的白色野马,在夜色中像箭一般穿行。有一句话,穿过雾气飘了过来:

"不愧是蛾眉科的,一刀索命。"

工叙明白,小碗这是在说他。从此刻起,他就是个杀过人的杀手了。

王文献终于找到了他一直要找的人。这个人不除,他不会离开崖州。

也许是老天帮他,让他看到了那人。那人蹑手蹑足正往码头小楼走去。王文献来不及招呼背鬼军,只身追了上去,抽出了刀。

"罗大关,别来无恙?"

"老朋友,"罗大关回过头,笑嘻嘻地说,"你确信能拦住我?"

"我是蛾眉科的。"王文献说,"信不信我一刀杀了你?"

"算了吧。你若是蛾眉科的人,那街上随便拉一个都是蛾眉科的。"罗大关笑得更灿烂了,"我劝你别拿着刀。一介狂士,还是写你的锦绣文章去吧。"

"信不信?"王文献说,"我刚才就杀了一个人。"

"我不是不信,我是在你的刀上闻不到杀气。"罗大关摇摇头说。他伸出手,捏住王文献的刀尖,突然一动就把刀夺了过去。这下,王文献慌了,对着楼下呼叫着。罗大关安静地说:"这就对了,你应该早点叫背嵬军来。"

背嵬军军士听到王文献的叫声,飞快地从远处跑来,几步就跃上了小楼。那罗大关好像没事似的,旁若无人地在捣鼓着什么。见背嵬军到齐了,他才停下手里的活儿说:"是的,我知道你们一直在找我,我也知道你们为什么要找我。我甚至知道,你们要杀了我。现在这情况,你们三个背嵬军堵着我,呵呵,我想我是插翅难逃了。"

他打开墙角的罐子,掏出里面的粉末,放到一个个瓷瓶里。"不过,我也不想逃,要逃的话我也不来码头了。"他的脸上,全无恐惧之色。

王文献本想让背嵬军一刀杀了罗大关,听了这话,不禁问道:"为什么不逃?自觉罪孽深重吗?"

罗大关说:"你说得对,我是罪孽深重。但对我来说,上头派我来崖州,我就得不折不扣做好分内的事。你说我是鹰犬,这个词虽然不好听,但受人重用就得忠心耿耿的。至于你问我为什么不逃,我只想说,我就是为赵鼎案来的,赵鼎没死,我不可以回临安。这是上头规定的。"

王文献说:"是啊,你是忠心于蛾眉科,但赵老丞相却被你害惨了。我们怎么可以放过你啊?"

罗大关说:"等等,我先声明一下,我不是蛾眉科的。蛾眉科是我们的死对头,我也一直在找他们。我承认赵老丞相是个好人,但上头叫我这么做,我就必须执行。你觉得我错了,现在就可以杀了我。这些年,我也累了,该躺一躺了。"

"我们会成全你的。"王文献说,"但是你得告诉我,既然你不是蛾眉科的,那你是谁的人?"王文献当然想弄明白,这些年,他们干吗要设下那么大一个圈套,让自己往里钻?

罗大关摇摇头,又笑了笑说:"这个,是不可以说的,泄露了这个秘密,即使现在你们不杀我,我回到临安也会被处死的,这是铁律。"

王文献没那么好的耐性,就让背嵬军赶快动手。他们暂时没走,为的就是除掉罗大关。这个人不除,马上就会有一封信送到临安,诬告一批谪官勾结背嵬军图谋造反。到那个时候,声名被污的不仅仅是赵鼎,还有张浚、洪皓等一大堆老臣。现在罗大关自己送上门来了,那还用得着客气吗?

"好吧,让我死在赵鼎前头,也许就是一个最好的结局。"罗大关说,安静地坐在地上,坐等着大限到来。可还没等背嵬军动手,楼梯口就传来了一个声音:

"再等等。"

所有的人,都看向了门外。比人更早一步走进来的,是个巨大的肚子。

"他坏事做绝,想杀他的人很多。等击退了海盗,你们再杀他不迟。"

罗大关听见臭油寡妇的声音,睁开了眼,说道:"老板娘呀,对不住了,我赶到晚了些。谁会想到海盗提前一天到了。"他指着地上的瓶瓶罐罐,又说:"你看,还有很多活儿,我都来不及做了。"

臭油寡妇说:"没事,已经够用了,你调好的那一批,我们都搬走了。"

王文献这才明白,罗大关在地上调制的是用来对付海盗的东西。这个时候,罗大关也算是自己人,大敌当前,不可以自相残杀。王文献摆了摆手,带着背嵬军的人走出了小楼。

臭油寡妇松了一口气。但是,她刚放下的心又揪了起来,她听到了奇怪的螺号,一种不祥的感觉漫了上来。

那种号声,她在崖州从来就没听见过。

小楼的人都走了出来,他们都听到了号声。码头上,一下子多出了许多火炬，把黑暗排挤走了。火炬与火炬，也是纠缠不休的。刚安静下来的码头又重新陷入了混乱。臭油寡妇头皮炸开了，她最担心的事不幸成了事实。

——海盗们发动总攻了。

第二十八章　鲸喷与鲸落

跑。

三十六娘和小碗一直往西跑。她们的后面全是海盗，挥着火炬一直在追着，嘴里还叽里呱啦叫着。小碗不明白，当她们跑到宁远河边时，河面上所有的船只都跟她们同一个方向行驶。为什么所有的人，都要追她们？

小碗紧张极了。两个女人怎么跑得过一帮海盗？如果他们一刀砍过来，该怎样保护自己的主母呢？她看了看前面的三十六娘，神态好像还沉浸在自己的心境里，梦游一般。梦游的人，无法察觉身边的险境。

问题是，海盗追上她们的时候，根本没有理睬她们，继续往前。这又是一个疑问了。

小碗终于明白了，海盗们根本不是追她们，而是在快速集合。这样，海盗们看上去倒像一支卫队，簇拥着三十六娘。

这一团人，是循着螺号的声音前行的。

很快，一大群人从陆上、水上到达了大虿港，与守在码头上的人开始了再一次的交锋。两支沉默的队伍，原来是为了这一刻的嚎叫。嚎叫是真的，小碗听见的。小碗看见的是，那些海盗开始合围守军。她只是扫视了一遍，就看到了一些熟人。比如裴闻义，裴家宅院的主人，儋州太守；比如臭油寡妇，那个身怀六甲、声名狼藉的女人；比如王文献，一个满怀正义，却被人暗里利用的狂妄书生；比如王文献带来的背嵬军，三个勇猛的军士。

她还看到罗大关，那个被峨眉科派来监视赵鼎的奸细。这一刻，罗大关不凡的身手有了绝佳的用场。

海盗们终于发现裴闻义才是守军的统领，开始围攻这个最有价值的人。裴闻义应该也认识到自己的价值，他一个人能拖住很多海盗，所以他有意识地往码头小楼的方向跑。

快到小楼的时候，他发现了误闯入局的三十六娘，立即停住了脚步。他意识到，他不能把身后的海盗引向三十六娘。他用刀尖指着某个方向，冲着三十六娘大喊了一声："赵夫人，快向那边跑，快。"说完，他迅速掉转身来，迎面冲向成群的海盗。

小碗明白了，往那个方向跑，是眷排，也是晒经滩，鲸鱼上岸的地方。可是小碗还没跑两步，后面就被海盗重重一击，倒下了。

小碗好不容易站起来。幸亏她背后的行囊替她挡了一下，否则她就永远站不起来了。她刚想朝着三十六娘跑的方向追上去，便听到不远处传来一阵惊呼：

"裴太守被砍了。"

裴闻义果然被海盗砍中了。

一把刀深深地扎进了他的背部，血柱从刀口里喷了出来，像鲸鱼喷水。

海盗们知道只有彻底结果这个人的性命才能打掉守军的气势。所以，他们再一次冲了上来，想给裴闻义再补一刀。

或者，再补两刀。

也许，大唐名相裴度显了灵，想来补刀的海盗被另一股力量挡住了。那是崖州兵。发现受骗的郭太守带着崖州兵及时回到了大疍港。郭太守冲了过来，对着裴闻义喊道：

"裴太守，您没事吧？"

裴闻义闭着眼，艰难地说道："裴怀，你们怎么还不行动呢？"这个时候，能记挂着女儿的，一定是为人父者。

郭太守眼睛有些潮湿，对裴闻义说："老兄，您是替小弟挨了这一刀啊。"他还想说什么，却说不出来了，他一抬头，眼里看见了荡妇。那个著名的荡妇的一个动作，让他张大了嘴巴却说不出话来。

王文献也说不出话来。他看见臭油寡妇正在解开自己的衣服，那动作飞快，一刹那，她就把自己的上衣都脱完了。在场的人，包括海盗，都停住了手，看着这个裸体的荡妇。

那身体，很白，很诱人。虽然挺着大肚子，但依然是个女人啊。

狂士的脑海里，莫名其妙地有了为这个尤物写首诗的冲动。

月光皎洁，整个世界都是银白色的。

臭油寡妇解开了背后的一个纽扣，突然，一对丰满的乳房掉了下来，在地上弹了几弹。其中一只乳房，就跳到了一具尸体上。

所有的人都不敢相信自己的眼睛，他们看见臭油寡妇的胸前，没了巨乳，原先长乳房的地方，骄傲地飘扬着一片胸毛。

接着，臭油寡妇又朝自己的大肚子上猛击一掌，那个大大的、白白的、挺挺的、圆圆的、即将临盆的大肚子，就，掉，了，下，来。

大家再一看，臭油寡妇哪里是个女人，分明是个男的。

首先脸红的，是郭太守。他一直怀疑跟裴闻义有一腿的臭油寡妇，竟然是个伪装成女人的男人。原来，他错怪了裴闻义。

这样子，不能把这个人叫成臭油寡妇了，应该改称为臭油郎。

罗大关是这样想的。在场的人中，最感兴趣的一定就是他。罗大关跟踪臭油郎这么久，知道这人不正常，可不知道这人如此不正常。一个男人，为什么要伪装成女的呢？

一定是有巨大的秘密。

所有的人，都在看着臭油郎接下来要干什么。

他们屏住了呼吸，看见臭油郎从地上捡起刚才脱落的假肚子，扯开一道口子，伸手进去掏出一把黏糊糊的东西，抹在裴闻义的伤口上。那像鲸鱼喷水那样往外喷的血，一下子被止住了。

罗大关放下手中的刀子，趋近一看，突然叫道："臭油寡妇——哦，臭油郎，我知道你是谁了。"

"这下，你死而无憾了吧？"臭油郎仍然在埋头涂抹着药膏，头也不回地说，"你知道就好，别说出来。"奇怪的是，臭油郎这时发出的声音变成了男声。

这个人，模样在男女间切换，嗓音也一样可以切换。

罗大关高声说道："不，我要说出来，你是兔儿……"他还想说什么，却不知怎的摔倒了。小碗正好在身边，她连忙扶起了罗大关。但是罗大关牛高马大的，她一下没扶住，自己差点也倒在了地上。

王文献连忙过来，帮小碗扶起了罗大关。小碗对王文献说："你照顾好他。我要赶紧去追赵夫人了。"说完，她抽出身就跑了。

"你去，赶紧去，保护好赵夫人。"

王文献说完，再低头去看罗大关，罗大关动动嘴唇，只说出一句话："我，遭报应了……"他看着王文献，用手指指自己的胸口，头一歪断了气。

王文献摇了摇头，内心悲凉。他和背鬼军留下来就是为了杀掉罗大关。可罗大关现在死了，他却一点也高兴不起来。他觉得罗大关该杀，但得死在他手里才对。并且这个时候，也不是罗大关死的时候。

臭油郎环顾四周，悲伤地大叫着：

"你，为什么要杀死罗大关？"

王文献按照罗大关死前的暗示，从他怀里摸出一张纸，他草草一看，上面写着赵鼎次子赵汾的地址。他见没人注意，偷偷地咬碎了这张纸条。

这码头上，倒下的人太多，一个罗大关的死并不会引起别人的关注。

三十六娘继续梦游到了晒经滩。这地方能看到整个大疍港，整个大疍港的港口停泊着数不清的海盗大船。眼下，那是个屠场，不断死去的，是人。

再远处，崖州官署的三高台已经没有了。不久前，她还在三高台上眺望着晒经滩，现在，她在晒经滩回望三高台，三高台已经成了炭，只有燃烧着的柱子，委屈地指向夜空。

她记得她在三高台上翻阅那一沓沓旧书籍时，意外找到一份崖州湾鲸鱼活动的资料。那个记录里，详尽地记录了两百年来每次鲸鱼集聚的年份、日期、时辰。她把这份记录偷偷地带回到裴家宅院给夫君看了。那时候，夫君已经看不到什么，是她念给夫君听的。那一刻，夫君动了动嘴唇，她读懂了夫君的唇语：

"该呼鲸了。"

现在，三十六娘爬上一处临水的礁石，盘腿坐了下来，然后从背后取出无声箫，把箫头装上箫管，开始对着海潮吹奏了起来。

箫管里发出的，依然是无声之乐，这无声之乐打扰不到世界。眼下的世界，仍然只有原先的两种声音，一种是近处的海浪之声，一种是远处的杀伐之声。唯有三十六娘还听到了另外两种声音：

无声之乐，以及，鲸鱼之歌。

过了好一会儿，她觉得海浪之声与杀伐之声慢慢消失了。耳朵里的声音倒是越来越响，越来越清晰。这些声音里，她甚至能分辨出哪些来自雄鲸，哪些来自雌鲸，哪些来自更年轻的、更蓬勃的幼鲸。

那声音，有点像夫君赵鼎治下的中兴大宋，带着重生的欢喜，年轻、向上、兴奋、生机勃勃。那个大宋，站在《千里江山图》上，企图恢复原有的"万里江山图"。

三十六娘继续沉浸在她自己的梦游世界里，已经察觉不到任何的危险。

危险，其实离她很近了。

工叙本想守住裴家宅院的大门。但他发现水南村没什么人了。要说有人，也只是水南村的汉人们，他们在救火，或者把那些失散的黎母大蛮拉回家里藏好。至于海盗，一阵螺号以后，突然就像水滴一样蒸发了。

工叙仔细想了一会儿才明白，海盗们来水南村杀人放火是个骗局，他们一定回到大疍港去了。他犹豫了片刻，在门口跪下，向屋子里磕了三个头，就起身关好大门，回头向大疍港跑去。

那里更危险，他必须追上小碗。

可是，等他赶到码头时，码头上一片混乱。裴闻义被包扎好了后，被众人抬到了码头小楼里。他看见了臭油寡妇，已经不是原来的那个臭油寡妇了，好像流掉了肚子里的孩子，倒像个精瘦的男人。那嗓子，也跟男人一样大叫道："大家都下去吧，裴太守不会有事的。"

楼上的人都跑下楼，继续跟码头上的海盗厮杀。这码头上，海盗越来越少了，他们扔下了满地的尸体，退了回去。让守军们没有料到的是，海盗这么快就撤退了。

守军们开始放下刀剑,喘着气。

"我们赢了。"

郭太守终于松了一口气,他靠在伏波将军铜柱上,环顾了四周。月光下,他也看见倒下的人中,有许多崖州人、儋州人,还有许多不认识的人。他让手下把死难者都清理出来,等天一亮,请大云寺的僧人来为他们超度,然后入土为安。

手下抬着死去的海盗尸体,准备丢进海水里喂鲨鱼,被郭太守制止了。"把他们也一起埋了吧。死者为大。"他说完,又来到了码头的北边。一大堆受伤的人都集中在这里。那个变回男人模样的人检查着受伤者的伤口,再把一种黑膏涂在他们的伤口上。

这不是神药,但至少也是仙药,一种极为清凉的感觉渗入伤口深处,驱赶了深深的疼痛。

郭太守说:"没想到你是男的。"

曾经的臭油寡妇、现在的臭油郎正想说什么,郭太守说:"不,不用解释。我知道你是自己人。"他拎了拎那只鱼鳔制成的袋子,感觉挺重,又说:"也真是难为你了,每天身上绑着这么重的东西。"

工叙正好经过这里,他看见了这个鱼鳔,想起了自己的猪尿脬,各有各的妙处。只是猪尿脬不知道被谁拿走了。

工叙现在没时间想这些,他是来找小碗的,在人群中呼喊着小碗的名字。那个已经变成男人模样的人,用男人的嗓音告诉他:

"往西,我看见她往西边跑去了。"

晒经滩上,小碗停住了脚步,看着远处自己的主母。

月光泼洒下来,把三十六娘浇铸成一座银像,端庄、贵气、灿烂、梦幻至极。这时候,她的主母却在拨弄一根永远也吹不响的长箫。

她停住了脚步,远远地望着三十六娘。她跟着三十六娘这么久了，还是第一次见到三十六娘像今天这样反常。她断定三十六娘真的是在梦游了。她小时候听人说过，不能打扰梦游者，否则梦游者被惊扰后将会失神得病。

她决定，不出声，就在暗处保护三十六娘。

今天的海面，似乎特别平静。小碗想起了水南村的赵鼎，想起那小屋里的臭油灯盏，应该快没臭油了吧。

没了油，灯就灭，像赵鼎。

小碗实在不明白，赵鼎马上就要油尽灯枯了，作为他身边唯一的亲人，三十六娘为什么要在这最最关键的时候离开夫君。

只有一种解释：三十六娘扛不住了，崩溃了，精神失常了。

小碗流下了泪水，为赵鼎，为三十六娘，为混乱不堪的世道。

小碗呆了一刻钟，决定回到水南村给臭油灯盏添油，或者说替三十六娘为赵鼎送终。不能让赵鼎孤独地死去。她回转身，准备离去，突然就发现了危险。

——海面慢慢开始摇晃起来，有一艘海盗小船，偷偷地往三十六娘的方向驶去，距离越来越近了。再不提醒，三十六娘就有生死大难。她朝着三十六娘大喊了一声："赵夫人，快跑。海盗来了。"

礁石上的那尊银像，就像塑像般一动不动。

除了无声的箫声与鲸鱼之歌，三十六娘真的什么也听不见。她全神贯注地吹着禅乐。

那海盗小船，很快就接近了礁石。其中的一个海盗，甚至做好了跃上海滩的准备。小碗急了，却一点办法也没有，她只能想到最笨的办法，就是往前冲，暴力冲翻小船。

她往后退了几步，然后停住，起步，加速，再加速，起飞。她从来没有像今天这样飞翔过。嘭！这只飞翔的鸟儿，准确无误却又重重地落到小船上。小船上的人，怎么也没想到如此娇小轻盈的女子会像一块陨石一样，猛地动摇了小船。

船翻了，船上的人包括小碗自己，顷刻间掉入了大海。大海好像一下子被吵醒了，波涛汹涌。

这一幕，被刚刚赶到的一个年轻人看到了。他跳进水里，可哪里还找得到落水者的影子。他扯开喉咙，朝着急剧震荡的海面大喊一声：

"小碗——"

王文献带来的背嵬军，满身是血。不过，三个人都活着。有他们保护，王文献也死不了。

郭太守走了过去，对他们拱拱手，说了一些动情的话。他不认识他们，但他一直关注他们，从他们作战的表现看，这三个人可不是一般的武士。

那三个背嵬军军士咧着嘴笑了。自从背嵬军被解散后，这三个军士还是第一次玩得这么过瘾。

郭太守问道："能不能说说你们的名字？"

三个背嵬军的军士彼此看看，没说。长期又严酷的军旅生涯，他们都养成了不爱说话的习惯。王文献连忙跑了过去，问郭太守有何吩咐。郭太守说："按照规矩，我会写一份报告上送给朝廷，所有的有功人员，我都得写上他们的名字。"

王文献指着三个背嵬军军士说："这个叫陆海峰，这个叫陈育洪，这个叫彭满增，都是来崖州贩鱼押镖的。至于我，是管账的，叫沈应白。"

"呵呵，你会编。不过，就按你说的记下吧。"

郭太守说这话的时候，连他自己都听不到。他说完就走了。至于这三个人是不是武臣派来的士兵，是不是背嵬军，是不是与贬臣赵鼎有联系，他现在根本没兴趣调查。

三个背鬼军没说话，只是对王文献笑笑。是的，任何时候都不能泄露自己的秘密。王文献经历了这阵子的事，已经不是原先的那个狂士。何况天一亮，他们就要离开崖州，按照三十六娘的意思，到江西去找潜入大宋马纲的金人谍探。

突然，又传来一阵螺号声，大家都抬起了头。

这螺号是海盗大船发出的。

郭太守跑到码头边，看到最后一批撤离的海盗，已经从小船登上了大船。一同登上大船的，还有两三匹黎母大蛮。所有的大船，即刻换上了黄色的大旗，准备开拔。

他感觉有些不妙。他的后头，王文献跟了上来，幽幽地说："郭太守，作为一个账房先生，我不用算盘也算得出来，我们亏大了。"

郭太守停住了脚，似乎听懂了王文献的话。虽然更多的黎母大蛮已经被崖州人藏了起来，但是没用，海盗只要成功获得少量的野马，哪怕是一匹，他们照样可以培育出新的马种，只不过时间久一点而已。难怪，他们放弃了对整个城池的报复性掠夺与屠杀，抓紧要溜，因为他们抓回了野马，达到了最根本的目的。

郭太守一下子瘫软了下来。他似乎听到大船上，海盗头子已经在嘿嘿大笑了。那海水在海盗的笑声中，也在剧烈地颤抖。一个浪头扑上岸，差点把郭太守卷入水里。

最后的胜利，是海盗的。

三十六娘终于听到了鲸鱼的回复。她透过深深的海水，看到了那些家伙。它们向她致意，它们听见了呼唤。几百年了，它们还是第一次听到如此精妙的箫声。它们觉得，应该浮出水面，向杰出的吹奏者表示感谢。它们用它们之间的语言，一个向一个传递着消息。

它们自己也觉得,要在这崖州湾,举办一次盛大的聚会。

这真是千年不遇的大聚会啊。几百头鲸鱼,在东、南、西、北四个角落一起舞蹈,然后它们三三两两对游着,东与西,南与北,彼此交换着位置。过了好久,它们一起顺着右旋的方向游起来,这样,海水也被搅动了,不得不旋转起来。

三十六娘全神贯注,用尽全身的力气,吹奏起禅乐的尾声。了空禅师在最后一段禅乐里,置入了佛陀对众生万灵的祝福。现在,这种祝福借着无声乐,成了一张无形的大网,沙沙沙落到水里。

处在东、南、西、北四个角落的鲸鱼,突然朝天喷起了水柱。那水柱,极高。四束水柱,像戏台四角的台柱,先是把整个崖州湾变成了超级辽阔、硕大无朋的大戏台,并撑起了云天。云的气、水的气,互相交织成万丈薄纱,在崖州湾的四面布下了四四方方的帷帐。

云层被捅破了,月光从云的洞里泄了下来,搓成四道光柱,清晰地射在海面上,比梦还美好。接下来,所有的鲸鱼都浮出了海面,也喷起了水柱。整个海面像被烈火煮沸,噗噗噗噗冒着巨大的水汽。

崖州湾的海面上,所有的船只,一艘不剩都沉入了海底。

三十六娘泪流满面,她透过泪水,见到的是一个更加夸张、变形的天地。她还看到海面上,升起一个巨大的图像,那是一头由光影构成的,与岛屿等长、等宽、等高的鲸鱼,通体透明,慢慢地升腾到空中。天上的群星,也自动奔来,嵌入了鲸鱼的身体里。云彩,那些云彩也被吸附了。

过了一会儿,这鲸鱼突然掉头往下,直通通地坠入海底。

三十六娘手一松,悲箫掉在了礁石上。她知道此时此刻,她最亲爱的夫君、皇朝的战时宰相、孤旅独往的赵鼎,已经不在了……

鲸落!

下　部

第二十九章　重回临安

哇，临安。

工叙这次是从海路赶回临安的。他赶到时，临安城正下着大雨。临安的街头上，仍贴着一些狮猫图。经历了几个月的风雨，那些狮猫图还是依稀可辨。工叙这时候再看猫的眼睛，那眼睫毛就别有一番风味了。

他承认，离临安越近，他的心情就越难过。他在南荒大岛看到邸报上的一则消息，就知道了哥哥的下场。他记得出发前，应掌柜说过的，只要二老板出面，一定会救下哥哥的。看来，二老板没有成功救出哥哥工昺。

他循着一幅幅狮猫图，折回到了嘉会门。大门之上挂死囚人头的地方，已经空出一个位置。他知道，哥哥的头颅曾经就挂在这儿。他到旁边的店铺里买了一些香烛，然后在城头下点燃了。有人走了过来，问他是给谁烧香。工叙说："给我哥哥。"

那人说："你这做弟弟的来晚了。烧了这一炷香，赶紧走吧。"

工叙问道："为什么？"

那人应该是个公差，他指着城头上那空着的位置说："你哥哥得罪的，那可是崇国夫人。"

工叙问:"后来,崇国夫人丢掉的狮猫找到了吗?"

那人说:"就因为没找到,才会杀了你哥呀。"

工叙问:"因为一只猫,就杀一个人?"

那人说:"他们说,狮猫不一样,一只猫顶得上千号人。"

好吧,就这样吧。

江南的雨水多,这是好事。他又一次看了看城楼,哥哥的血已经被雨水洗掉了,这样,就方便挂上另一个人头。

他就以这样的方式祭奠了死去的哥哥,然后下一步去哪里,他没想好。这一路来,他都想脱离呼猿局,但是真的脱离了呼猿局,就无法进一步了解哥哥的情况了。

他等一炷香燃尽,还是往呼猿洞的方向走去。

工叙一跨进呼猿局的大门,同事们都站了起来向他致意,这让他很意外。

应掌柜连忙从自己的房间跑出来,要所有人都向工叙学习。"你们看,他,"应掌柜指着工叙说,"一个入局不久的新手,一个没有任何武功的斯文人,不辞辛劳,代兄出行,照样做出了好业绩。"

工叙一怔,他都弄不明白自己到底干出了什么了不起的事。

"没想到吧,崖州太守郭嗣文的奏折比你快多了。"应掌柜朝工叙扬了扬手中的本子,然后翻开一页说,"郭太守把护卫瑞兽有功之人的名单都报给了朝廷,洋洋洒洒十九页纸,你的名字在第四页。"

工叙越发吃惊了,在崖州,他从来就没透露过自己的名字,郭太守是从哪里知道的呢?能知道他名字的只有两个人。那天他亲眼看到小碗落水而亡,只有三十六娘活着。一定是三十六娘告诉郭太守的。还有,黎母大蛮到了应掌柜的嘴里,怎么就成了瑞兽?

马上就有人说："工叙，凭你这身手，在崖州杀了几个海盗？"

"一个。"工叙回答说。他暗想，他所刺杀的那个藏图阿宝，应该算是大海盗一伙的。

"不错了，杀过人，你已经是合格的刺客了。"应掌柜说完，把手里的东西扔给霍金说："查查名单，看看上面有没有可疑之人。"然后，他双手啪啪啪拍了三下。所有人知道应掌柜要说重点了，陆陆续续坐了下来。

"嗯，很好，我来宣布一件大事。"应掌柜指着呼猿榜上的赵鼎像说，"呼猿榜甲一人物赵鼎，已经提前绝食自尽。一句话，死了。"

这是呼猿局很早就得到的消息，不新鲜，在场的人根本没反应。应掌柜指着工叙，继续说："这，是我们工叙取得的好业绩。"原来，后面这句话才是他要说的重点。

噼里啪啦。霍金带头鼓起掌。

工叙的大脑里嗡了一声。赵鼎之死竟然是自己的功劳？他想大叫一声："不，他不是我害死的。"但是，他只是嘴唇动了动，并没发出声音。这一刹那，他觉得选择回到呼猿局是对的，一是给哥哥讨个说法，二是可以弄清楚呼猿局为什么盯着赵鼎不放。

再说了，赵鼎的死，他也脱不了干系。应掌柜确实没说错，从一定意义上说，他也是害死赵鼎的人。至少，是参与了，是帮凶。

霍金走到呼猿榜前，想把赵鼎像扯下来，却被叫停了。应掌柜说："别动，就那么放着好了。现在还不是换人的时候。"

霍金说："我还以为赵鼎一死，会把张浚提到甲一榜首上来。"

"这是二老板定的。"应掌柜，"再说了，张浚被贬到连州，身体也不好，基本上也算是个快死的人，翻不起什么大浪来。倒是这死了的人，嘿嘿……"大家见应掌柜这么说，没再说什么了。二老板是个能通天的大人物，他这么安排，一定有他的理由。

应掌柜又转达了二老板的一句话:"二老板说了,虽然甲一人物死了,但赵鼎案还远远没有了结。"

"为什么?"

"赵鼎死了,只是身体死了,但是这儿,"应掌柜指指脑门,说道,"这儿没死。所以,还得让他再死一次。"

工叙一阵心悸。一个死去的人,怎么可能让他再死一次?

现在,是在应掌柜的小房间里了。

应掌柜关上房门,原先灿烂的脸上就开始堆满悲伤的云。他告诉工叙,工昺入了临安府大狱后,二老板非常关心,但是因为这个案子实在是太大,所以二老板也无能为力了。

工叙就弄不懂了,崇国夫人丢了一只猫,也是天大的事吗?

应掌柜说:"嗯,比天还大。崇国夫人养这只猫,是替国效劳。等这只猫养壮实了,是要上贡给金人的。"

工叙算是弄明白了,原来哥哥是因破坏议和的罪名被处死的。这下子,还怎么翻案呢?

应掌柜说,虽然工昺犯了死罪,但呼猿局一直都关心着他,经常带着好吃好喝的东西去探狱。工昺死后,因为等不及工叙,兄弟们已经把他安葬在吴山上。

"等忙过这阵子,我会带着你去上坟。"

工叙难过了半天,才问道:"他没给我留下一句话吗?"

应掌柜长叹了一口气,说了一句:"有啊。但是,唉,我是担心没这个勇气。"

工叙深深吸了一口气说:"我有勇气。"

应掌柜说:"不是你,我是说我没勇气。"

哥哥留下的,难道是一件惨不忍睹的东西吗?工叙想,哪怕这东西再可怕，他也一定要看。应掌柜这回不说话了，起身打开角落的柜子，取出一个盒子放在工叙面前。

一定是人头。难道留着头颅没安葬吗？工叙的心狂跳了起来。

盒子打开了，是一件血迹斑斑的囚服。

工叙爹了头皮。这一样东西，说明哥哥在大狱里是怎样的一个状况。他感觉到一种无以名状的剧痛，有一条鞭子在抽打着他。

应掌柜走了过来，把手放在工叙的肩上，轻声地说，还是要感谢工昺的，在狱中始终没有透露呼猿局的任何情况。看来，呼猿局的每一个人都值得信任。

"现在，把血衣抖开。"应掌柜说。

工叙深吸了一口气，从盒子里取出血衣，慢慢抖开，上面写满了字。每个字，都是用鲜血写成的。他似乎看到每次毒打之后，哥哥的身上都会像鲸喷一样飘着血柱。然后，哥哥趁没人注意，脱下囚服，用手指蘸着自己的血，在衣服上写下这些字。

工叙明白了，在自己南下去崖州的路上，哥哥是这样过来的。哥哥在这件血衣上，用简简单单的血字告诉他，大意是：

"弟弟，你本想在明州开一家画铺，是我硬把你拉到了临安。但来都来了，还是要好好干下去的。应掌柜是个好人，值得效忠，我死后你要多向他请教。哥哥只求你一件事：希望你能给我画一幅像，然后烧给我，我会在地下看到的。"

工叙突然失声痛哭起来。哥哥终于答应要一幅画像了。他的泪，也鲸喷了。他透过滂沱的泪水，看到血书上的最后一句话：

"弟弟，阴曹地府虽然冷，但有你给我画的像作陪，就不冷了。"

工叙抹着眼泪对着血衣说："哥哥，放心吧，我一定给你画一幅最好的画像。"

过了好一会儿，应掌柜说："工叙啊，听哥哥的话，好好干。不瞒你说，我派你去崖州，其实是想考考你，结果你顺利通过了。接下来，我会把一些真正要紧的事交给你去办。"

工叙站起来说："谢谢掌柜的栽培。"

应掌柜示意工叙坐下，让他考虑一下有什么要求。工叙想也没想说，他想见下二老板。应掌柜摇摇头说："工叙，你现在是自己人了，就不怕你笑话我了。我跟你说实话吧，我到现在都没见过二老板。"

工叙说："那您怎么跟二老板联系呢？"

应掌柜苦笑道："不是有一条大黄狗吗？"

接连好几天，工叙想给哥哥画像，可就是挤不出时间，实在是太忙了。

霍金拿出一个登记清单，上面写着工叙去崖州之前领用的物品，然后核实每一样东西的去处。工叙没想到呼猿局还有这规矩，内心有些紧张。他带走的呼猿册，是按照规定一边看一边销毁，不存在泄露情况。他担心的是银票，工叙在崖州的那晚，整个行囊被峨眉科的罗大关抢走了，剩余的银票自然就没了。对了，行囊里还有一份任务清单，这个被罗大关看到了，算不算严重泄密呀？

他正在盘算怎么回答时，霍金说："银票的事，不查了。呼猿局背靠大树，就没缺过钱。"工叙连忙顺着霍金的话说道："不见得。有那么一棵大树，还救不出我哥吗？"

唉。霍金长叹了一声，嘴巴动了动，刚想说些什么，见有人进来，便又严肃起来说："好吧，按规定，你一路上总见到过一些可疑的人，记录下来了吗？"

工叙马上想到了魏矼、翁蒙之、王文献、裴闻义等一大堆人，可惜他给其中几个人画的像也被人抢了。但是他又不能说出这个，这是死罪。于是,他摇摇头。

霍金说:"记得我送你一个猪尿脬,这个你得还给我。"

工叙说:"唉,老兄,这不算清单里的东西,我也没在意,丢了。"

"哦,丢了就丢了。"霍金摆摆手,站起来说,"例行公事而已,别往心里去。每个人回来,都要这样走个程序,也是呼猿局的规矩。"

工叙开始接手一个新案子,胡铨案。

一个上午,工叙都在研究呼猿册。这一本册子里,全是有关胡铨的资料。再过两天,霍金将带着他去胡铨的放逐之地,偷偷给胡铨画个像。

这是工叙进了呼猿局后,第二次被安排做这种事。上一次,是哥哥带他去徽州,偷偷给某个人画了像,画好了也不知被画的人是谁。后来,工叙是在甲一号呼猿册里看到自己画的那幅画,才知道他画的是赵鼎的次子赵汾。

这次,将要去广东的新州。

胡铨这个人跟赵鼎、张浚、李纲等罪臣都不太一样,做事不计后果。官场上都说胡铨的脖子硬,说是绍兴八年,朝廷正在酝酿两国议和,胡铨上了一道"斩桧书",要求斩杀宰相秦桧。金人听说后,派人入宋重金购了此书。从此,胡铨跟赵鼎一样,开始了一路被放逐的生涯,到了一城又一城,前些年被放逐到了新州。

工叙在一大堆的资料里,特别关注着赵鼎与胡铨的关系。他发现提要里有一句提示:一定要找到证据,来证明胡铨屡犯太师,是受赵鼎指使的。

霍金走过来说:"明白了吧,我们南下新州,可不仅仅是给胡铨画个像。"

工叙指着桌上的资料说:"我明白了,是去续写呼猿册。"

霍金微微一点头，说："胡铨这个人有料，性子急，乱说乱做，所以收集他的材料要容易些。你知道一个小小枢密院编修官，为什么会上了我们的呼猿榜吗？"

工叙摇摇头说："应掌柜都不知道，我怎么知道？"

"可是我知道啊。"霍金有些小小的得意，"一德格天阁上，就写着三个名字，一个是赵鼎，一个是胡铨，一个是……"他还没说完就停了嘴。可工叙并不知情，继续问道："一德格天阁？这是哪里？"他看到霍金已经惊慌失措地站了起来。

背后，响起了应掌柜的声音："你们两个在讨论什么呢？说来听听。"

霍金马上说："我们在讨论胡铨案，争取早点去新州。"

"不用去了。"应掌柜把一份词稿扔到了桌上。工叙一看，是胡铨的一首词，题为《好事近》(富贵本无心)。应掌柜说，这首词末了的两句，"欲命巾车归去，恐豺狼当辙"，直接攻击当今国政，所以，要把胡铨再挪挪地方，挪得更远一些。

"更远？更远是哪里？"

"是最远。你说最远的地方是哪？大宋的疆域，还有比你刚去过的地方更远的吗？"

"啊，是崖州。"工叙说，"为什么又是崖州呢？"

霍金笑道："这还用问吗？谪官迁客去了崖州，特别容易自我了断。嘿嘿，赵鼎不就是一个例子吗？"

"别多嘴，没规没矩的。"应掌柜骂过霍金，又对工叙说，"其实也没什么，胡铨是赵鼎、张浚的跟屁虫。上头的意思是满足他，他要追随他们，就让他一路追随到底吧。"

他说完这些，才说到了正事，有三件都与崖州太守郭嗣文有关。

原来郭太守向朝廷提供的有功之人名单中，有一个人叫沈应白。

呼猿局经过比对，认定此人就是号称"天下第一狂士"的王文献。王文献在赣州郁孤台投宿时，曾用过此名。王文献的行程，本来一直被朝廷掌握的，可是最近不知去向。

第二件是，郭太守已经把劫后余生的黎母大蛮装满一大船，自己亲自押船送往明州港。应掌柜说，这些野马已经从明州上了岸，然后走陆路抵达临安城。

第三件事情，才是重中之重。应掌柜说，郭太守随身带着一封密函。据探报，郭太守上岸后，在明州太守设的接风宴上喝醉了，无意间展示了这封密函，是赵鼎遗孀三十六娘写给圣上的。

霍金说："三十六娘说了什么？"

应掌柜说："三十六娘代诉了赵鼎的生前请求，就是身后想归葬常山。这件事，就有些反常了。"

"赵鼎是北方闻喜的，要求归葬南方的常山，确实有点反常。"工叙说。

"不不不不不，反常的不是这个。"应掌柜摇着头说，"反常的是郭太守这个人。一直以来，他都挺配合的，这次不知怎么坐歪了屁股。"

霍金说："敲一敲，提个醒。上次广西经略使张宗元私下给赵鼎送米粮，就是这样解决的。"

应掌柜说："经崖州一战，这个崖州太守为圣上保全了瑞兽，已成了新晋的红人，怎么敲打？我们担心的是，圣上一旦念起旧情恩准了赵鼎的请求，让他顺利归葬常山，我们就无法让赵鼎再死一次了。"

工叙这阵子看多了呼猿册，已明白"让赵鼎再死一次"的意思，就是进一步搞臭赵鼎，避免赵党抬头。而所谓的赵党，虽然不像张浚那样一意主战，但更反对太师的一味主和。眼下的宋金议和正处于关键期,不能让赵党归来。

"所以,"应掌柜说,"一定要阻止这封密函送到圣上手上。"

"应掌柜多虑了。"霍金笑着说,"这封密函要送到圣上手上,中间得过几道关口。这些关口,都由太师的人把守。"

"你错了。郭太守有一个绝佳的机会,"应掌柜说,"他能直接见到圣上。"

边陲小郡郭太守面圣的机会,只在一处:

玉津园。

说起玉津园,临安人没几个知道,但在开封就无人不晓了。玉津园原是汴京开封的一处皇家园林,据说里面不是巧石就是奇花异草,还有帝王检阅骑射的校场。仅仅是瑞兽,据说就有大象、麒麟、驺虞、神羊、灵犀、狻猊、孔雀、白鸽、吴牛等。苏东坡写了一首《玉津园》,说此处"不逢迟日莺花乱,空想疏林雪月光"。徽宗皇帝迷上花石之后,常去玉津园看太湖石、常山石。后来,这些石头被金人碎成了投石机中的炮石,用于攻打开封城,从此玉津园就没了,瑞兽们也跑光了。

南渡后这么多年了,当今圣上觉得应该在临安也搞个玉津园。经几年筹建,终于在不久前建成了,但是里面的瑞兽不多,所以圣上心里有点急。有宋以来,每一任帝王都会在新年伊始去皇家园林打猎,欣赏各类奇花异草和瑞兽珍禽。正月快到了,他也必须去新造的玉津园为万民祈福。

这一次去玉津园,还有更重要的事,就是他要陪着金人的使者一起庆贺两国议和的顺利推进。但玉津园里只有那么一点点瑞兽,是要丢人现眼的。所以,前不久在崖州发现了黎母大蛮,让圣上着实高兴了一把。

朝廷接报后立即下令，让崖州把黎母大蛮送到临安玉津园来。崖州郭太守怕路上有闪失，亲自押送着黎母大蛮走海路来京。玉津园有了这批天纵神马，算是可以风光开园了。开封时代的玉津园，还没这种神马呢。

按照安排，圣上不但要带金国使者观看神马，还要顺便接见一下远在蛮荒之地替天子守国门的功臣。

——这么一个特殊事件，让穷乡僻壤的小郡太守意外地有了一个面圣的机会。

可以想象的是，那个场面君臣之间是融洽的，没有朝堂上那些繁文缛节。圣上看到那些黎母大蛮，心情将会是愉悦的。他亲耳听取崖州抵御海盗的汇报，也一定会动容。假如圣上一时兴起褒奖了郭太守，那郭太守一直想调回临安的夙愿就能达成。

这些，应掌柜都不担心，他只担心郭太守会在面圣时把密函面呈给圣上，估计心情大好的圣上会答应赵鼎的归葬请求。

那么，有什么办法让郭太守面圣时做不成这事呢？

"这个简单，我有办法。"霍金从口袋里掏出一样东西，递到应掌柜的手里说，"这是我刚弄到的剧毒之物。把这玩意儿倒进郭太守的嘴里，立马就要了他的小命。"

"不行。不管怎么样，这郭太守跟别人不一样，他是朝廷命官，且被圣上宠着，得另想办法。"应掌柜说得对，朝廷命官不是草民，再怎么处置，也得让他死于自尽。最好的办法，是让他见了皇帝也不会说话。你想想，一个边陲之地坐了多年冷板凳的人，突然得到皇帝的青睐，激动得嘴不能说、手不能写，这不是很正常的现象吗？

——那时候，假设郭太守还能止不住地浑身颤抖，那就更好了。也许，圣上就喜欢这样的效果。

霍金说："应掌柜真是厚道。"

应掌柜把剧毒之物交还给霍金，笑道："快把这玩意儿收起来。真的要弄死一个人，呼猿局自有呼猿局的办法。"

霍金说："我知道，一张油纸即可。"

第三十章　古怪的药方子

一夜间，那些泛黄的狮猫图就被撕掉了。这些墙头，将会被新画覆盖。

全城的画师，只有工叙见过黎母大蛮。郭太守的名单里，赫然写着他的名字。很快，临安府来人，指名道姓要求他去府衙画马。应掌柜恭恭敬敬送走官差后，对工叙说："我千交代万交代，一定要低调、避让、躲开，你还是让外人知道了你。这下好了，全天下都晓得有个呼猿洞药局了。工叙啊，我是不是要替二老板谢谢你呀？"

工叙低下了头。

应掌柜也真的像哥哥在血书里写的那样，是个大好人。他马上降低了声调说："好，不说了，赶紧去临安府吧。还是那些老规矩，要向你哥哥学习，宁愿犯王法也不暴露呼猿局。"

经过很多事，工叙更加明白，避免被外界关注才是呼猿局的最高要务。

他收拾了画具，很快赶到了临安官署。这里，已经有一大批画师在等着他了。其中的一个中年画师，就是上次画猫时认识的。他拍了拍工叙的肩膀说："老弟，没忘了我的名字吧？"

"没忘，你是蓝兄蓝三禾。"

蓝三禾说："工叙老弟啊，上次你在猫的旁边添了一只小老鼠，这主意绝了。"

"谢谢蓝兄，希望这次不用再加什么了。"工叙说完，坐下来凭着记忆画起了黎母大蛮，一会儿就画好了样稿。毕竟，他在赣江边和崖州，都看过余画子的异马图，所以画起来很顺手。当然，他也没忘掉在黎母大蛮的额头画上一对相挨着的发旋，这是标签。

等他画好了，其他的画师就按照他的样稿，各自画了起来。

工叙明白了临安府请画师们来画画的目的。上次画猫，是为了替崇国夫人寻猫，这次却是为了告知天下，我们的圣上要去玉津园为万民祈福了。

确实是祈福。按照朝廷提供的线路，圣上在正月初十这天，一大早先去天竺寺，然后再来玉津园。天竺寺远在西湖的西边，而玉津园在西湖的东南边，中间隔着一大堆的山峰，走最短的路也有二十里。而且，圣上不是一个人走，有一大群的仪仗队。仪仗队，总得慢慢走才能走出赏心悦目的样子。

这样算来，御驾到玉津园，估计会很晚。

有一个官员走了过来，看了半天，对工叙说："这样吧，这画上再添点什么吧。"

大家都停下了手中的笔。上次在寻猫图上添上老鼠，是为了让猫更像一只猫，这一次又是为什么呢？

那官员解释说："这次，要让这匹马更不像一匹马。"

让马不像马？工叙心里叫道，天哪，世上还有这样的事吗？他冷冷地问道："那么，想让这匹马像什么呢？"

"龙。"那官员明确地说，"要让人看到的是马，心里想起的却是龙。"

所有人都明白了，这马，得让人联想到圣上本人。圣上就是人间的真龙。就在玉津园开园之前，黎母大蛮被发现，这是天降祥瑞啊。所以，黎母大蛮就是上天给圣上派来的瑞兽。

那么，要在异马图上添画些什么呢？

按照古人的画法，伴龙而行的，无非祥云、甘霖、海浪。还有一种办法，就是推倒重来，干脆把马头嫁接到龙身上。不过，真要把一匹马画成龙，又过于离谱了。一下子，官员也没什么好的主意。就这时，人群中有人叫了一声：

"这个简单，在马身上画上龙的鳞片吧。"

哎，这还真是个不错的主意。大家都这么觉得。可是，工叙的心里却像被什么敲了一下。他朝那边看了看，就是那个蓝三禾。蓝三禾这时候也正好看过来，两人的目光在空中"啪"一声碰到了。工叙读懂了蓝三禾的眼神，意思是：

"上次你能添上一只老鼠，这次我就能添上一副龙鳞。"

那些画上龙鳞的异马图，很快要贴上临安城的大街小巷。

画师们领到一份酬金，都打道回府了，但工叙不想马上回到呼猿局，他打算跟踪蓝三禾。刚才添画龙鳞时，他在一旁细看蓝三禾运笔，突然想到余画子临死前托罗大关带给他的那封信，信上只写着五个字：

"临安，画龙的。"

这五个字里，一定藏着玄机。工叙从蓝三禾的笔法里判断出，这就是专门画龙的人。五六年前，师伯江参死后，工叙记得师父说过一件事。朝廷还在开封时，宫廷曾养过几个专门画龙的画师。南渡后，这些画师也跟着来到江南。有一天，有个画龙师专门跑来找江参，不知怎么的，两人就吵了起来。那画龙师走前气呼呼说："姓江的，你敢来临安，小心丢了命。"师父就猜想，可能是江参被士大夫们热捧，惹得一些画师嫉妒了。

但这仅仅是师父的猜测，并无实据。

工叙躲在临安府的假山后，盯着蓝三禾。可等画师都走完了，蓝三禾还没走的意思，却与官员站在门前小园子里闲聊起来。看样子，这两人本来就是相熟的。闲聊了几句，他们的声音就小了下去，工叙只能听见微风里飘来的几句话：

一个说："我看到了崖州上送的名单，画马的余画子死了。"一个说："那好啊，龙马之斗，我们画龙派胜出。"一个说："从此《千里江山图》的下落，只有你一个人知晓了。"一个说："也不一定，今日那画马的，他画马眼的方法，跟余画子很像。我担心他就是江参一门的。"

一个又说："嗯，要赶紧去云珍驿取那物证。这事再拖下去，就来不及了。"

工叙仍然没时间给哥哥画像。玉津园马上要开园了，最忙的却是呼猿局，黄狗一天四次给应掌柜送来二老板的密令。

应掌柜就给工叙派了临时任务，出去买药。

假药局就是假药局，买个药还得派人去真药局。这事想想也会令人乐上一会儿。工叙在出门之前，偷偷在书库里查了一番，找到了云珍驿的材料。前些天他在临安府里听人提到云珍驿，就知道怎么回事了。他曾听师父说，师伯江参就是死在这个驿站。

云珍驿原来是个官驿，许多外地官员进京会在此住宿。自从江参离奇死亡后，官员都不住这儿了。慢慢地，云珍驿就成了一个普通的客栈。

工叙趁外出买药这个机会，先去了云珍驿。

那柜台后坐着的是个老人，见有客上门马上起身招呼。工叙心生一计，拿出银子办了住宿，又拿出应掌柜给他的药方子说："店家，我今日腿痛不能走路，能不能劳您派个人去药店把我这些药配齐了？我会多付些跑腿的钱。"老人也爽快，叫了个伙计替工叙配药去了。

等伙计一走，老人马上变了脸说："客官，我看你是个正经人，是个拿笔杆子的，可你刚才的药方子有问题啊。"

工叙连忙说："这药方子不是我的，是朋友的，他让我来临安买药。"

"看样子，你这朋友也不是个好人，他瞒了你。"老人性子很直，直接说，"我干脆就跟你说吧，这药方子有些凶险。"

工叙一惊："怎么，能毒死人吗？"

老人头也不抬说道："这个，你问给你药方子的朋友去。"

工叙明白了，应掌柜买这药是准备给郭太守服用的。那么这药，他是买回去呢，还是回去说没买到呢？买了吧，害人；没买吧，应掌柜还是会派别的人去买的。他来这儿另有目的，不想纠结于此事，便没话找话问道："老人家，怎么没人来投宿啊？"

老人一点表情也没有，说道："客官不是来了吗？"

工叙感觉出老人微微的敌意，脑子飞快转动着，突然想出一计，故意说："是啊是啊，我也是没办法。我的一个亲戚是京城的大官，死了大半年了我才得到消息，所以匆匆忙忙就赶来了。我那亲戚就是用了刚才那药方子才死的，所以我要把这些药配齐，带回去给懂行的人看看……"

"等等。"老人突然打断了工叙的话，抬起头说，"不对啊，你这药方子里，一味药也毒不死人。"

"您刚才不是说，有些……"工叙说，"凶险？"

"死了人才叫凶险吗？"老人说，"好吧，我告诉你，服用了这药脸上潮红，全身会抖个不停，三个时辰内，除了傻笑，基本上就做不了什么事了。"

工叙听了这话，眼前就浮现出这样一个场景：玉津园里，天威浩荡。极边弱州的小太守终于见到了圣上，全身激烈颤抖，除了一脸僵硬的微笑，他一句话也不会说。圣上满意了，他的臣子崇敬他到如此程度。太守傻笑了三个时辰终于醒来了，他才发现，面圣之前想好的话一句也没说，想做的事一件也没做……

工叙还在想着郭太守，却被老人的一句话打断了。"客官，你刚才说你亲戚是京城的大官，还是被毒死的？"老人说，"能不能告诉我，你亲戚姓什么？"

工叙心里一笑，鱼儿上钩了，便说："姓牛。"

"哦，姓牛，大半年前死的，还是被毒死的，"老人马上说，"那就是牛皋将军了。"

工叙点点头，他要用牛皋之死，先试出这老人的立场。

老人长叹了一声说："可惜了，该死的不死，不该死的死了。"

"老人家，您的意思是，我那亲戚是属于不该死的？"工叙立即问道。他见老人半天没开口，又补充道："哦，我多年在乡下苦读，都不知道京城的事了。"

老人说："是啊，堂堂上国，落到用贡品御敌的地步，哪里用得上牛将军这样的武人。再说了，他和他的上司岳飞，都是当年赵鼎举荐的。赵鼎一倒台，哪有他们的好日子？"

"啊？赵鼎？赵丞相倒台了？"工叙故意这么说。

老人说："年轻人，不知天下事，还读什么圣贤书？赵老丞相早就下台了，那些跟他有关联的，如果是文官，按例不杀，轮个儿放逐，让你自己了断。听说赵老丞相就走了这一步，可惜了。"

"如果是武人呢？"

"那就简单了，直接干掉。像你亲戚牛皋，就被一个叫田师中的人毒死了。"

工叙说:"弄了半天,我那亲戚还是赵鼎赵老丞相的人。"

"这话只对了一半。"老人说,"牛某不是赵鼎的人,岳某也不是。南渡后,武人彼此不服气,相互猜忌,朝廷也无法控制他们。赵鼎上位后多方调解,武人们才听从朝廷的调度。所以不能说,谁谁谁是谁的私党。你那亲戚被毒死,就因为与当今的气氛不对路。"

"当今的气氛是什么?"

"逃呀,躲呀,送呀,巴结别人呀。"老人忍不住骂道,"已经巴结了十年,你居然不知道?"

工叙挨了骂,内心却十分受用,他已成功试出这老人的立场。他对老人施了一礼,说道:"实话实说吧,我其实不是牛将军的亲戚,只是心里敬他。我到这儿来,也不是真的要住宿,就是想了解一下,当年我的师伯是怎样死在云珍驿的。"

这下,轮到老人错愕了:"你是大画师江参的师侄?"

工叙点点头。老人仍然不信,把桌上登记住宿客人的店簿往前推了推,又把一支笔放在了店簿上,却不说一句话。这意思,再明白不过了。工叙拿起笔,很快就在空白页上画了一匹黎母大蛮。老人立即站了起来,指指门外,压低声音问道:"外面墙上的那些画……"

工叙又笑了笑。

老人明白了,眼前的这人确实是画师,而且与江参是一门的。他说:"只是少了一身龙鳞。不过,这才是马。嗯,好马用不着穿金衣。"

工叙被这说法逗笑了。老人接着说:"我一看墙上的那些画,就知道有人要来找江参了。"

"啊,连这您也知道?"工叙把笑声塞回肚里。

老人指指自己的眼睛,那里精光暴闪了一下。"江大画师画的牛,牛的眼睛也是你这样的画法啊。"

啊,也有人会看出这么细微的东西。工叙知道自己找对人了,忙问道:"老人家,您也见过《百牛图》?"

老人说:"那一年,圣上召见江大画师,指定要看他的几幅画,所以这些画被他带在身上。那一天发生了命案,就是我报的官。我没想到的是,临安府的人会来得那么快,好像早就候着似的。他们拿走了江参的东西,然后说《百牛图》还在,但少了一幅《千里江山图》。"

"所以您看过《百牛图》。"

正月的冷风从门外吹了进来,让江南不那么像江南。老人关上大门后,又走回柜台,蹲下身子从柜里找出一样东西放在台面上。工叙以为是一幅画,心跳加快。老人解开包在外面的布,露出了里面的一本老店簿。他见工叙有些失望,就说,这本就是当年的店簿,发生命案的那天,所有客官的住宿记录都齐全的。

对呀,那天跟江参同时住店的是哪些人,这很重要。

"那天,确实有些蹊跷。明明是个大男人来投宿,结果他执意要写成一个女人的名字。"

女人的名字?工叙一下子有了兴趣。"这女人的名字有些怪。"老人打开老店簿说,"稍等,我找出来你看看。"工叙满怀期待地看着他一页页翻着,也许,这才是破解江参遇害之谜的关键。可老人突然停住手,惊呼了一声:

"糟糕,那一页被他们撕去了。"

老人说的他们,是指前几天到客栈来的两个人。老人认识其中的一个,是在临安府当差的官员。他们到江参当年住过的房间里转了转,临走时,又看了那一年的住宿记录。他们看完后,就把店簿还给了他。临走前,其中一个对另一个说:

"要盯住那药局里的画师,他画的马眼睛,跟江参画的牛眼有点像。"

难怪一个守店的老人也能看出马眼与牛眼的相同画法，原来是听别人说的。老人直接带工叙到了院子里的一栋独立的小楼前，说："因为是圣上召见的人，所以当年临安府特意安排江参住在这栋。"

开门之前，工叙绕着小楼走了一圈，发现这窗户不小，窗台却不高，很容易从外面翻进去。工叙问老人，当年那个用女人名字住宿的汉子住在哪一间，老人顺手指了指。那一间离这边小楼最近，且是唯一一间门户对着小楼的客房。也就是说，这栋小楼里发生些什么，除了当事人，没人听得到异常的声音。

工叙猜想，那个汉子就是凶手。那一夜，没有月色，汉子从自己的房间悄无声息地溜出来，走过小院，直接爬进了小楼的窗户，进了此间⋯⋯

进了此间，一股浓厚的霉味直冲工叙的脑门。老人解释说，此间成了凶宅后，没人敢住了，一直紧闭。除了霉味，工叙还闻到了死亡的气息。他看到屋内的摆设依旧凌乱，保持着原样。他站在雕花大床前，没看到任何血迹。

一个没有血的血案。

老人说，凶手没有用刀，而是用手掐死了江参。

当然，最重要的问题是，江参按照圣上的要求带上了一些得意之作，可为什么凶手只带走了《千里江山图》？

"因为⋯⋯我带江大画师进来的时候，跟他说，身上若有重要物件，可藏在这个暗处。"老人吃力地移开几案，露出了几案下的一个暗格，"事发后，是我告诉临安府的人这里有暗格。可他们在暗格里，只找到《百牛图》。"

也就是说，江参根本没把《千里江山图》藏起来。

老人说："也许，他在等一个人。"

工叙接着话头说："是的，他在等一个事先约好的熟人。而正是这个熟人，杀死了江参。""对了，老人家，"他想起什么，又问道，"当年那个盗用女人名字来投宿的汉子，您还认得出他吗？"

老人摇摇头说："认不出，他蒙着口鼻。他说他患了风寒。"

门一响，老人派去买药的伙计回来了，把药包递给工叙。不能再说江参的事了。工叙提着药走到大门口，又折了回来对老人说："我这药，必须拿回去，不然无法交差。"

老人有些莫名其妙，问道："你，到底想说什么？"

工叙迟疑了一下才回道："我是想问，怎么才能悄悄地减掉这药的毒性？"

老人笑了，说："我没看错，你果然不坏。"他挥手让店里的伙计走开，然后在工叙的耳边说道："加半两炉灰，一吃就吐。"

他又说："哦，我再告诉你一件事，当年店簿上有名字的那个女人，根本没来过……"

很快，工叙拿着药回到了呼猿局。

应掌柜过来了，看着工叙。工叙主动说，这药有点难配，跑了好几家药局。应掌柜哦了一声，问道："没人问起这药方子吧？"

工叙说："没有。我是分开几处买药的，没人看全药方。"

应掌柜说："好，越来越老练了，快追上你哥了。"

应掌柜这么一说，工叙就想起了哥哥。今天仍然没时间给哥哥画像。呼猿局忙成这样，他也不好意思干私活。应掌柜当场拆开了药包，撮起几味药用舌头舔了舔，又问工叙：

"买回的路上，没有动过这药吧？"

工叙笑了："怎么可能啊，一路上我都没遇到过生人。"他说这话时脸上暗暗一红，幸亏应掌柜没注意到他的脸。应掌柜正低着头，打开手里一个小瓷瓶的盖子，把瓶中的一些药粉倒在药包里，又让属下把药包拿到厨房里制成药丸。

忙完这些,他才抬起头对工叙说:"以前你哥哥在,这些都是你哥哥干的。现在你哥不在了,你要多帮帮我。哦,对了,你从南荒大岛回来,一直都没给你时间去看你哥。等忙过了玉津园开园大典,我陪你去上个香。"

工叙说:"谢谢掌柜。"

应掌柜正要走,一个同僚把黄狗刚送来的一个小布袋递给了他。他打开一看,然后看了工叙一眼,问道:"你这次去南荒大岛的路上,去过常山黄冈山了?"

工叙说:"是的,为了调查独往亭,赵鼎早年建的亭子。"

"你还去过永年寺,看到过衢州太守张嵲。那么他的这首诗,你怎么就没带回来?"应掌柜扬着手里的诗稿说,"这首《寄题赵丞相独往亭》,说什么'毕辅中兴业,终回西北辕',这是在唱反调啊。你知道的,凡是写过独往亭的人,都得给他建档。"

工叙心里一阵紧张,这首诗他是抄录过的。他撒了一个谎:"我真没见过这首诗。张嵲身为衢州太守,去下属县视事,随手写首诗也是可能的。"

应掌柜说:"那也不行。赵鼎在衢州常山余脉很深,太师让张嵲主政衢州,他不会不知道太师的心思。何况,他在诗里把赵鼎捧得高了。你抽空去给他画个像,贴到呼猿榜上去。二老板把这首诗送来,估摸就是这个意思。"

工叙点点头,以为这事算过去了,没想到还有更厉害的。应掌柜突然说道:"另外,你还遇到了一个叫翁蒙之的人?"

"翁蒙之?哦,我都快忘了这个名字了。路过常山时是遇到过他,可我没觉得他有什么问题。怎么,要给他画个像吗?"

"那倒不必。"应掌柜大手一挥,豪迈地说,"一个小小的常山县尉，上不了我们的呼猿榜。"

他又说："这两个人，也一并交给你了。等玉津园开园后，你专门去一趟衢州常山。"

等应掌柜一走，工叙拿起桌上的资料仔细看了看，这些东西就是自己收集的，后来跟张嵲的诗稿一起，都被罗大关抢走了。现在，这些东西怎么会出现在呼猿局呢？

难道，罗大关是呼猿局的同事？如果是，那么整个呼猿局怎么都不知道有罗大关？要么，罗大关真是蛾眉科的。就像应掌柜说的那样，这蛾眉科，一直盯着呼猿局不放，就是要搞垮呼猿局。

一不小心，自己成了呼猿局与蛾眉科之间争斗的工具。

第三十一章　冬季里的鲜花铺满地

过了一会儿，门房跑了进来，叫道："快快快，临安府又来人了。"

所有的人都看着工叙，工叙被大家看得莫名其妙的。他们说："我们已经有经验了。一听说官府来人，就知道是冲你来的。"这倒是的，他们指的是前几天临安府来请工叙去画异马图的事。门房又加了一句：

"这回不一样了，门口停着囚车。"

工叙一听，马上起身就往厨房赶去。他要在官府找到他之前，往药罐子里加一把炉灰。

厨房里，厨师老王师傅正好在煎药，药罐子里咕咕咕冒着热气。工叙假装肚子饿了，满厨房找吃的。他悄悄地从炉膛里取出一把炉灰，抓在手心，然后趁老王师傅不注意，把炉灰投进药罐。一回头，他看见老王师傅正拎着菜刀盯着他看。

工叙掩饰道："没什么，我闻闻药味。"

老王师傅说:"下次要取炉灰,别从炉膛里取,太烫了。"

工叙听他这么一讲,果然手心痛了起来,展开手掌,已经烫出了泡。老王师傅接着说:"旁边就有冷炉灰,加到药里,效果可能更好些。"

工叙搞不懂老王师傅为什么要说这样的话。更让他意外的是,老王师傅放下菜刀,随手拿起抹布,把散在药罐罐口的浮灰抹掉了。

工叙刚想说点什么,应掌柜已经领着临安府的人进来了。临安府的人手里都带着家伙,显然不是来请他去画画的。工叙想,这一去,基本上是回不来了。

应掌柜也是这么认为的。他说:"工叙啊,临安府又要请你走一趟,调查一些事。他们问你什么,你就说什么,听到了吗?"他边说边拉住了工叙的手,紧紧地捏着,好像在暗示着什么。工叙感觉到痛,这痛感似乎来自刚才烫伤的部位,又似乎不是。

应掌柜说:"你看看,我们呼猿洞药局,向来买药卖药童叟无欺,从来不偷工减料,进的原材又好,都是去产地采制的。就像上次派你去崖州,只是为了采制一些海棠油、驱虫膏。我们老老实实经营,谅他们也找不出什么问题……"

"说完了吗?"临安府的人不耐烦了,"你心虚什么?"

"好好好,我说完了。"应掌柜加重语气说,"工叙啊,去吧,要向你哥学习。"

工叙突然挣脱了应掌柜的手,笑着说:"好的。我要像我哥哥那样,等着二老板来救我出狱。"

应掌柜有些尴尬,马上说:"会的会的。"

工叙头也不回往外走去。外面,确实有一辆驴拉囚车在等着他。他心里有些小激动,他哥哥也没这个特殊待遇。他微笑着,钻进了囚车。

还没等囚车走远,应掌柜对围观的人群说:"都散了吧。买卖假药可恨，被人告了官，我们自清门户了。"他说是这么说，眼睛一瞥，看到人群里有个人，那眼神有些怪异。他赶紧转身，往门内走去。霍金贴在他耳边说了一句：

"应掌柜，刚接到线报，黎母大蛮又死了一匹。"

黎母大蛮也是多灾多难的。

这些野马在黎母泊被发现时，有二十八匹，经过大海盗一役，损失了十六匹。

据说，崖州郭太守把剩下的十二匹装上海船亲自押船北上，在海上还遇到一艘可疑的船靠近，抛过来一些毒草料。虽然被及时发现，但还是有一匹马被当场毒死了。另一匹呕吐了两天，也没坚持住。

那片海域临近福州。福州太守得报后，立即派兵护卫这崖州船一直到明州港。茫茫海路，到底有谁要跟几匹野马过不去，东海龙王也不知道。

到了明州港，劫后余生的十匹被转运到了路上。结果，又一匹马死了。这次不是毒草料，而是在走山路的时候，这匹马不知被谁解开了缰绳，坠崖而死。至于谁解开了绳子，也一样查不出来了。不过，这匹马的死倒是引起了一些关注，这下大家都晓得了，临安街头贴着的那些画里的野马，又少掉一匹了。

这还得了？这些马，以前是野马，顶多叫了一个黎母大蛮的新名儿，可现在是天子即将接见的天纵神马，而且在街头告示里，马身上都被添上龙鳞了。御史中丞詹大方说，这才是天意，为什么原先的二十八匹会减到如今的九匹，那是上天要让这些马不多不少，正好九匹。因为"九"是至尊之数，上天就是用这种方式为龙年贺岁的。

御史中丞就是御史中丞，他总能提炼、总结出某件事的意义和高度。大家就说，对呀，已是绍兴十八年正月了，今年就是戊辰年，龙年啊。大家又想到了街头那些异马图。

啊，原来马身上添上龙鳞，是有如此高远的想法啊。大家被这样一提示，再拥到街上去看那些异马图，那些龙鳞都有点金光闪闪了。

但是，意外总是有的。

因为担心这九匹野马再出意外，绍兴府官府在黎母大蛮过境之前，就给每匹马定制了方笼，然后把笼子放在马拉车上。但是野马们不肯进笼，它们大叫道："不！这小小的笼子，不是我们的世界。"它们还说："我们要的是，辽阔、飞快。"

可惜没人听得懂。

好不容易把它们装进了马车，黎母大蛮发现更为不妙的事，就是竟然让一些驴子来拉它们。这也许是它们有生以来受到的最大的侮辱。它们再次大叫，或者是咆哮："我们善跑，为什么要让比蜗牛还慢的家伙来驮我？"

更没人懂得野马为什么脾气那么差。

于是就有一匹马，不吃不喝，三天后，死了。

那么问题来了，一匹天纵神马，体格强壮，三天不吃不喝就会死吗？更大的问题是，为什么会有那么多的神秘力量要与黎母大蛮过不去？

工叙不知道自己被押到哪里。

一路上，他都被蒙上了眼睛，他眼前繁华的临安城，是黑的。慢慢地，他开始怀疑此行的目的地，并不是临安府官署。他去过几次临安府，路程不可能这么长。

路上，他感觉车子被谁拦住了，一阵厮杀后，车又开始动了，好像有人受伤了。

又过了好久,他感觉车子顿了一下,应该是驶过一道门槛,然后才慢慢停下来。这次是真的到目的地了。

他被解开了眼罩,一下子涌进他眼睛里的,除了刺眼的日光,还有无比灿烂的花朵。花朵不是一朵,是千万朵。时值深冬,江南也不至于鲜花遍地吧?

随后,他被关进了一个黑屋子。过了一会儿,就有人走了进来,给他泡了一杯茶——是花茶,很香。工叙喝了一口,问道:"这是什么地方?"

那人应该是写酸曲的,笑道:"鲜花盛开的地方。"

工叙说:"那么,你们又是谁?"

那人说:"我们是临安府的。不然,怎么敢动用大车请你。"

工叙明白大车的意思,就是囚车,便说:"你这大车挺舒服的,我还是第一次坐,很过瘾。至于临安府,还是算了吧,我去过几次了,怎么不知道有这么个花团锦簇的好去处?"

那人哈哈哈笑了起来,不说是,也不说不是。工叙问道:"用大车请我来,一定是极重要的事。你们想从我嘴里知道些什么呢?"

"也没什么,一个小小的问题,"那人笑道,"就是想问问,你们呼猿洞药局到底卖不卖药?如果不卖药,那卖的是什么?为什么每天都有那么多人进进出出?"

工叙提醒道:"这是三个问题,不止一个。"

那人继续问道:"还有呢,你为什么会出现在崖州荡寇人员的名单里?你去崖州干什么?"

工叙说:"我可以不回答的。"

那人说:"你觉得你可以不回答吗?你真的以为我们这儿,只有鲜花?"

"还有鲜血。"鲜花和鲜血,也就一字之差。工叙想起了哥哥的血衣,但他没说出口。他说了一句别的:"如果我没猜错的话,第一,你们不是临安府的,你们只是冒充了官差,连囚车也是假的。如果你们真的对这些感兴趣,我们药局的每个人你都可以抓来问一通,为什么单单选中了我?"

那人说:"那么,你以为我们请你来干吗呢?"

工叙突然提高了调门说:"别绕来绕去了,你们真正想知道的是《千里江山图》的下落。你先告诉我,蓝三禾在哪里?这一切,一定是他安排的。"

门外走进了另外一个人,他大声说:"老弟,我来了。呵呵,我就知道你想我了。"

果然是蓝三禾。

工叙在上囚车之前,脑子里第一个想到的人就是蓝三禾。他猜测,蓝三禾一定已经从他画马的技法上猜出了他和江参的关系,所以串通了临安府的官员,一起为他设了这个局。所以工叙便毫不犹豫上了囚车。

不入虎穴,焉得虎子,只有在这种无奈的时刻,他才有机会见到蓝三禾。

蓝三禾让原先问话的人退下,然后说:"好吧,都是画画的,那就是同门师兄弟了,我们好好聊聊吧。"

"同门就谈不上了。"工叙说,"你是专门画龙的,我是专门画人的,根本挨不上。至于画马嘛,我也是才学的。"

蓝三禾笑了:"如果我告诉你,我也是专门画马的,你会怎么想?"

这个,工叙倒是没想到。他有了些小小的惊讶。

蓝三禾接着说:"是的,我曾经是画过一阵子的马。画马比较实用,来钱快。后来,画龙派更吃香了,我就改画龙了。我知道你心里笑我见风使舵，但是一切为了生计吧。世道乱了，赚点钱是实实在在的。"

工叙暗想，来对地方了，照这样聊下去，会从蓝三禾这儿找到线索的。如果蓝三禾以前真的画过马，那么他就十分了解江参，有可能参与了江参案。可以证实的是，前些天从云珍驿撕走登记资料的，确实是他。

那么，他为什么只撕走这一页呢？

工叙很想了解这个问题，但是现在还不能问。眼下，是在别人的地盘上，是别人审他，不是他审别人。除非，两人做个交易。但是，工叙手里没有任何交易的筹码，唯一的办法就是，先顺着蓝三禾，把自己所知道的一些事情告诉他，或许能撕开一道口子。

于是工叙这样说："都是同门，什么都好说。你想知道什么，我都告诉你。"

蓝三禾很高兴，给工叙续了茶说："是这样的，我在荡寇名单里看到你名字，所以知道你去过崖州。我在名单里也看到余画子的名字，不过，他列在死难名单里。不瞒你说，如果我当年不改门庭的话，余画子还是我的师兄。前些年我们还有些联系，后来他失踪了，这次我才知道他死在崖州。"

蓝三禾脸上现出明显的悲哀。工叙瞥了一眼，觉得不像是装出来的，便说道："是的，他应该是被海盗砍死的。"其实，工叙也很难过。如果余画子能活到现在，《千里江山图》的谜局早就云开雾散了。

蓝三禾抬起头继续问道："今天请你来是想了解一下，你在崖州时见过他吗？"

工叙点点头，实话实说道："只是一面之缘。据我猜想，他在江西风闻南荒大岛上有异马，就跑到了崖州。我在崖州去过他的画像铺，看到了他画的异马图。前几天我画的黎母大蛮，就是学他的。"

"那么,他跟你说了些什么?"蓝三禾身子前倾着。

工叙还真的好好回忆了一番,好像什么也没有。在崖州两个人所有的对话加起来,也没几个字。那画像铺也被一把火烧了,什么也没留下。

"不过,我倒是记起他一封信。"工叙决定剑走偏锋使出怪招,这是他唯一能自救的方法。他迅速地在大脑里理了一遍,接着说:"但是这封信,会给我带来杀身之祸。"

"怎么可能?我为什么要杀你?你我同门,就不跟你绕圈子了。"蓝三禾拍拍工叙的肩膀说,"其实你心里早就明白,你和我都在寻找同一样东西。找到了,我们都没事;找不到嘛,我们俩谁也逃不掉。"

"好吧,那我就说吧。"工叙把刚编好的谎言再理了理,说道,"我确实在余画子的画像铺里偷看了一封信。那封信里,把什么都说明白了。"

接下来,时间属于工叙。他的思维,可以像黎母大蛮那样肆意奔走。结合五分的缜密推断,再添加五分的假想,一个半真半假的故事就这么出笼了。

工叙告诉蓝三禾,余画子有一次进京,在一个酒席上偶然获知了一个秘密,京城有人设了一个局,想让赵鼎往里钻。余画子素来景仰赵鼎,便连夜行动,拦住了进京途中的赵夫人三十六娘,让他们免了此祸。

蓝三禾的脸上,有些不自然了,暗地里,他咬了咬牙齿,腮帮子动了动。

这一切,都被工叙看在眼里。他继续编造说:"余画子救下了三十六娘,却失去了救下江参的时机。等他赶到云珍驿时,蒙住口鼻的人已经掐死了江参。"

蓝三禾的半边脸微微抽了一下,却轻描淡写地说:"除了这一个,他还遇到其他人吗?"

工叙感觉到鱼儿在咬钩了,便说:"你别急,具体一些细节,你得容我慢慢回忆了。"

蓝三禾说:"好,你不用回忆了,我也没兴趣了解。我只想知道一件事,江参被害时,是谁拿走了《千里江山图》?我想,余画子的信里一定是提到的。"

工叙一听就明白了,当时的血案现场,确实是有另一路人马,这才是蓝三禾关心的事。于是他及时调整了方向,继续往下编造道:"确实提到了一个人。余画子信里说,他看到那人比蒙住口鼻的人更早一步取走了一个画轴。"

"那人是谁?"这回,蓝三禾不装淡定了。

工叙说:"信里没说,只是附了一幅画像。余画子看了此人一眼,却不认得,所以随手画下了那人的模样。干我们这行的,常这么做不是吗?"

"对呀,谁让我们是画师呢。"蓝三禾兴致更高了,急忙说,"现在看来,这个案子最关键的,就是画像中的这个人了。你看过余画子画的人像,应该可以复原出来吧?"

工叙说:"没问题,我回药局帮你复原便是了。"

蓝三禾哈哈哈笑了起来:"工叙老弟啊,我用宝马香车把你接了出来,突然又送你回去了,你那神秘兮兮的药局会放过你吗?这样吧,你就在我这里慢慢复原就是了。别忘了,我们是同门,你画人像需要的画具,我这里都有,何必舍近求远呢?"

他说完,也不管工叙同不同意,便敲敲桌子喊进一个人,让那人去取他的画具。

猫要老鼠做一件事,并不需要老鼠的同意。但是,这只老鼠可

不是一般的老鼠,也算是经历过风浪的。经过一番重新的思索,这只名叫工叙的老鼠故意说:

"唉,我偷看了这封信,是不是对不起赵鼎呀?"

蓝三禾连忙问道:"你是说,余画子的这封信本是要寄给赵鼎的?"

工叙说:"信封上是这么写的。"

蓝三禾说:"哦,我猜想,余画子给赵鼎写信,目的是让他们去找那个画中人。所幸的是这封信还没发出,余画子就被大海盗杀死了。否则,《千里江山图》的线索就被赵家的人掌握了。"

工叙说:"不,你错了。赵夫人可没兴趣掌握这条线索。"

蓝三禾惊道:"为什么?"

工叙说:"她躲着《千里江山图》还来不及,没必要再打这幅画的主意。这画烫手,还是不碰的好。对你我来说,也一样。"

蓝三禾说:"再烫手,我也要碰一碰。"

"然后呢?"工叙顺着话头,不失时机地说,"然后,你把这幅画交给你背后的人?"

"我背后的人?"蓝三禾说,"不,唯有这幅画是我个人的事,跟别人无关。"

这回,错愕的是工叙。

蓝三禾沉默了好久,才说:"这些年,我替别人做了不少事,总得要为自己做一件事了。不然,我死后,老师在天上是不认我的。"

工叙猛地想起第一次见到蓝三禾时,他们是在崇国夫人府上画狮猫图。他记得蓝三禾在狮猫图上添加的不是一只老鼠,而是两只,当时蓝三禾解释说,这就是生死都要团圆的意思。于是,工叙有意说:

"是啊,活着要团圆,死后也要团圆。这话,可是你跟我说的。"

蓝三禾笑道:"是我说的。我还说过,死前能团圆,不算悲惨,就怕一个人活得孤苦伶仃。"

工叙说:"可偏偏就有这样的人,活得孤苦伶仃,死得也孤苦伶仃。"

蓝三禾知道工叙指的是谁。

没等他回话,工叙有意抛出一句重话:"哦,我想起来了,余画子还在信里说了一句话,他认出那个蒙住口鼻的人了。他说,那个欺师灭祖的家伙,就想借江参案让赵鼎死不瞑目。"

蓝三禾一惊,这次,他控制不了自己脸部的表情了。好一会儿,他才对工叙说:"好了,不扯远了。现在最重要的事,就是把你看到的那幅画像默画出来。画好了,我立马就送你回去……"

蓝三禾的逻辑是对的:江参被蒙面人杀死时,另有一人抢先一步夺走了《千里江山图》。夺图者的面容被赶到现场的余画子看到了,余画子画下了他的画像,附在写给赵鼎的信里。而这封信又正好被工叙看到了,所以,只要工叙复原出这幅画像,就可能找到夺图者。

正说着,属下已经取来了画具,在蓝三禾的耳边轻轻说了一句话。

"什么?玉津园还要五百盆花草?立即?马上?"蓝三禾对那人说,"快,通知所有人,赶紧准备,立即,马上。"他说完就走了。

锁上门前,他又探进头朝工叙说:"师弟,你慢慢画,等我回来。"

第三十二章　死去的人复活了

洋泮桥是一座单孔石拱古桥,章杰是桥上的一道风景。

此时他的脚下除了潺潺的流水,还有柔柔的春风。没错,所有人的冬天,特别是张嵘的冬天,反倒是章杰的春天。他站在桥上回望不远处的嘉会门,心想,这城门的名字不错,嘉会嘉会。

他的嘉会,马上就要来了。

吴越国那会儿,嘉会门还叫龙山门,钱俶"纳土归宋"后,龙山门改名利涉门。宋廷南渡后,赵构把杭州改成临安,顺带把此门又改名一次。《晋书》上说,"嘉会置酒,嘉宾充庭",说明"嘉会"二字指的是盛大的宴集。所以,把新的玉津园建在嘉会门外,是最好的选择。

玉津园到底是皇家园林,还没开园就已气度不凡。除了楼阁,那些假山也有了些规模。南渡前,徽宗大兴花石纲引发方腊暴动,动摇了国本,所以此次在临安新建玉津园,圣上就不敢再兴花石纲了。

这样,章杰的机会就来了。

章杰从江阴太守的任上下来,已经有一段时间。那天,他大着胆子上了折子说,玉津园节俭办园是好的,作为江南的园林,花石还是必不可少的。如果不想让天下人联想到徽宗时期的花石纲,那也好办,集中一地,悄悄采制即可。他讲的一地,就是常山。他讲的花石,就是常山巧石。

这么一个折子,竟然被太师看中了。太师把折子呈给了圣上。

圣上去过开封玉津园,见过常山巧石,心里也是喜欢的。所以他看到章杰的折子,就批复同意了。太师也在一旁说,等玉津园开园后,就可以让章杰主政衢州。

"为什么让他去衢州?"圣上问。

太师说:"一来,衢州知州张嵲任期将满,位子快空出来了。二来,玉津园开园后,还是少不了要慢慢添置些常山巧石。这常山,正是衢州的属县。"

圣上也知道章杰这个人。他并非平民出身,其祖父就是曾居相位多年的章惇。章氏一门,也算是对皇家忠心耿耿了。再说了,章杰这人听话,去了衢州后,可以源源不断又毫不张扬地给他运来常山巧石,没什么不好的。

太师见圣上半天没响,就说明默认了。这老赵家的一代代君王,骨子里都是喜欢石头的。借石头说话，仍然很管用。还有一个理由，太师根本不会说出口。他要借此把章杰收入门下。因为他知道，章杰与赵鼎有世仇，用章杰去钳制赵鼎的余孽是最合适不过的。

上了这道折子后，章杰就被临时抽调到玉津园帮忙。然后，玉津园的假山就慢慢成了形。现在，他站在园外的洋泮桥上，也能看到最高的那块。再过一会儿，又一块常山石要顺着洋泮桥下的水流运来了。他站在这儿，就是等这块石头，等他的嘉会。

嘉会嘉会。

谁都否认不了章杰的勤勉。一调任玉津园，他就亲自去了常山采办巧石。在那里，他遇到了常山县尉翁蒙之，发生了一些冲突。按理说，县尉并不管县境内采矿、买卖、运输一类的事，但是他管治安。

那一阵子，翁蒙之不断收到手下的报告，说是有一伙人常常在几个矿山转悠，形迹可疑。自从方腊起事后，花石纲被废，常山的采石业熄了火，一些采石场也就被废弃了。现在，这些无人问津的地方突然来了人，还悄悄运走了一些巧石，这就让一县之尉起了疑心。

一早的时候，宋的君主按规定要把金的君主尊为叔父，现在，又改叫伯父了。但这是表面上，内心里金人还是仰慕宋人生活的，不管民间还是朝廷，什么都学大宋的规制。这样的话，女真贵族们也开始玩起石头。所以近来有个说法，说金人可能会冒充宋人来常山偷采石头。

翁蒙之立即带了兵勇赶到采石场，逮住了章杰。这章杰也是做过太守的，哪里会怕县尉，但他并不亮明身份，只说自己是苏州商人。碰巧他在江阴从政多年，熟悉苏常锡一带，随便说点苏州商界的事就把翁蒙之给蒙住了。更碰巧的是，常山境内有座苏州庙，还有苏州佛的传说，所以常山人对苏州人天然有好感。

他们熟悉之后，章杰才慢慢说起玉津园采购巧石一事。等他拿出朝廷的任命状，翁蒙之就信了他。本来，章杰为皇家园林干活，直接通过衢州太守张嵲把任务交给常山县令办就可以，但是他不。第一，张嵲因为同情赵鼎已经失去太师的信任，此时最好不要跟张太守有什么交集。第二，玉津园采制花石，一开始就特别低调，所以在常山的事务，让层级更低的县尉具体操办更合适。

虽说这些都不是翁蒙之的职责，但既然是皇家的行为，且州、县两级主官都不过问，翁蒙之也就硬着头皮接下了这活。

在桥上站久了，章杰扭头看看桥西北的盼月亭。这是一座重檐四角攒顶的方亭，亭柱上挂着一副楹联："清风明月本无价，近水遥山皆有情。"楹联边，被谁用刀子胡乱刻着一排小字。他走近一看，上面写着"亭下风波死良马"七个字。

这句话暗嵌着"风波亭"三个字。这些年，官场还是很忌讳这三个字的。而这"死良马"指的又是什么？是指即将入园的黎母大蛮，还是指某个人物？如果是指人物，那么近来死去的大人物只有一个：赵鼎。

也许，这是个谶语吧。

正月的冷风吹来，章杰不禁打了个寒战。他恨赵鼎，就是这个赵鼎坏了他祖父的名声。如果这排小字真的是为赵鼎鸣不平，那么说明赵鼎的死党还在活动。眼下，太师最担心的事就是这个。

既然太师这么看中我，我就得把这些余孽找出来。章杰想绕着盼月亭走几圈，可他还没走几步就被一阵喊声打断了：

"花草来了，花草来了。"

工叙等蓝三禾一走，就起身看了看，那门从外面锁着，根本不可能逃出去。

桌上，摊着蓝三禾的画具，那柳木炭条和他用过的没什么两样，确实是同门。那么，给谁画像呢？刚才说起的那个夺图者完全是他临时臆造出来糊弄蓝三禾的，其实并无此人。难道要画一个不存在的人物吗？

工叙踱步到窗前，看看外面的鲜花，有些明白了，他被关在了临安城最大的花圃里。他记得哥哥说过，有个叫孩儿岭花圃的地方值得怀疑，应该就是此处。孩儿岭花圃，多么灿烂的名字。但是，哥哥感兴趣的不是冬天里盛开的鲜花，哥哥是对孩儿岭花圃进进出出的人起了疑心。

对了，他欠哥哥一幅画像。为什么不趁这个机会，画一画自己的哥哥呢？

工叙坐回桌前，铺开画纸开始画了起来。回临安这么久了，他终于有了一段安静的时间，以及一张安静的桌子。尽管，这是囚室里的时间、囚室里的桌子。

他用柳木炭轻轻地在画纸上打出了一个轮廓。他和哥哥最后相见，是在哥哥被押往临安官署的那一刻。当时，他很奇怪，哥哥的表情竟然是安详的，甚至有些欢愉。所以，他现在要画的哥哥，就是那一刻的哥哥。

几笔下去，哥哥的样子就清晰起来了。画纸上的哥哥，开始对他笑。他不知道哥哥领着他进呼猿局的真正目的是什么。那时候，他在明州张罗着要开一家画铺，专门教孩子画像的那种。但是哥哥说，办画铺不急，还是先把《千里江山图》找到再说吧。而要找到这幅图，最好的方法就是仰仗呼猿局的力量。

原来，呼猿局不卖药，是搞秘密活动的。哥哥明白他的心思，一句话就把他说动了。对，师父临终的时候，再三交代要找到师伯江参的《千里江山图》。看来，要完成师父的遗愿，得把教人画像的事放在一边了。

就这样，工叙就跟着哥哥进了呼猿局。他这才知道哥哥是负责呼猿榜上的甲一人物案，所以忙得要飞起来。霍金偷偷告诉他，工昇在局里的地位仅次于应掌柜。因此，工昇要让自己弟弟进来，应掌柜马上答应了。

呼猿榜上的甲一人物是赵鼎。虽然赵鼎早已被放逐，但是天下他的拥趸太多了，所以呼猿局永远忙。至于工叙，到局里后，也几乎是天天画像，一样很忙。这样一来，兄弟俩讨论江参案的时间就很少了。唯一的一次，是哥哥被投入临安大牢的前几天，他正在画画，哥哥从外面回来跟他说："我在孩儿岭花圃门口见到一个人，这人应该参与了江参案。"

因为局里人多，哥哥只能简单地讲了两句。意思是，当年圣上召见江参，其实是想让江参主持宫廷画院。这让宫中的画龙派感到惊恐，所以制造了命案。哥哥还发现更令人吃惊的事，这个案子竟然和赵鼎有关。

正讲到关键时刻，应掌柜突然出现在哥哥的身后，脸上满是愠色。后来，哥哥就没说这事了，再后来，哥哥就进了临安大牢。工叙现在怀疑，他去崖州之前，应掌柜交给他的呼猿册并不齐全。呼猿册里似乎提到了《千里江山图》，但真的去细看，又找不到什么。

那么，这本呼猿册交给他之前，是不是被应掌柜做过手脚了？

还是不要怀疑应掌柜吧，应掌柜是个好人。哥哥在血衣上的血字里，还特意叮嘱他要听应掌柜的话。不管呼猿局做了什么见不得人的事，不管赵鼎是不是被冤枉的，应掌柜的人品都不应该被怀疑。

室内，暗黑了许多。工叙抬头一看，窗外的阳光已经掉入地底，这世界只剩下花香了。只是，蓝三禾怎么还不回来？幸亏，哥哥的画像已经画好了，他就着最后一缕光线，看了看画中的哥哥。哥哥似乎在笑，笑得十分诡秘。工叙心一惊，再想看一眼时，哥哥消失在黑暗里。

天，真的黑了。

他在黑暗中，静静地待着。他想，如果能逃离孩儿岭花圃，第一件事情就是带着哥哥的画像上山去祭奠他。他站了起来，摸黑走到窗前。就在这时，开门声传来，有两个影子出现在门外吹进的冷风里。

工叙听到了他们拔刀的声音。

黑暗中，工叙看不清来人的脸，但是他感觉一道寒光射向他的鼻尖。

他们一进来，劈头盖脑就是一句话："说吧，呼猿洞药局到底是卖什么药的？如果不卖药，那么卖的是什么？为什么每天都有那么多人进进出出？"

为什么孩儿岭花圃里的人，都要问他同样的三个问题？上次他就岔开了话题，这次，他该怎么回答？正思考着对策，他们又加问了第四个问题："赵鼎死了，那现在谁成了呼猿榜上的甲一人物？"

工叙这下傻了。呼猿局一向行事低调，严苛地保守着自己的秘密，想不到还是有外人知道呼猿榜上的事。不过，他不急于回答，因为，他们问的问题多了，慢慢就暴露出自己真实的嗓音。这嗓音，有点熟。捏着鼻子讲话，嗓音是不会变的。

于是，工叙高声说道："呼猿局卖不卖药，你们比我清楚。呼猿榜上挂着谁的画像，你们也天天看着。你们都是呼猿局的人，为什么跑到别人的地盘上来问我呢？"

一切都静止了。

过了一会儿，两个不速之客开始对话了。一个对另一个说："你别那么问了。掌柜说过,杀了他就行了。"另一个回答说:"不,我得确认他是不是泄了密。"

工叙明白了,是应掌柜派同事来杀他了。杀他的理由很简单,因为他被外人盯上了。

工叙说:"你们真的要对自己人下手吗?"

他们说:"工叙,不是我们要杀你,是局里要杀你。局里有局里的规矩,你也是清楚的。"

工叙说:"可是,我没暴露什么呀。"

他们说:"只要有一星点暴露,那就叫大暴露。谁也无法证明你是不是对他们说过了什么。所以应掌柜吩咐,宁可错杀,不可漏杀。"

工叙仰天长叹,风风雨雨都过来了,今天竟然要死在自己人的手里。连他哥哥都认定是好人的应掌柜,做出了这样的事。他正无计可施时,感觉到又一阵冷风闯进来了,面前那两个同事突然惨叫了一声就倒了下去。黑暗中,有一只手一把拽住工叙,在他的耳边轻轻说:

"筷子哥哥,快跑。"

全世界只有一个人叫他筷子哥哥。

工叙根本没料到,他亲眼看着被大海吞没的人复活了,而且还赶来救他了。原先的那个弱女子,拉着他飞快地跑出了黑屋子。工叙突然想起给哥哥画的画像还在屋子里,又想折回屋子去取,被女子死死拉住了。

两人正要往大门跑去的时候,有一大群人正举着火炬从外面进来。女子一见,连忙拉着工叙钻进了鲜花丛中。

很明显,是蓝三禾带着人从玉津园回来了。他一进大门,就从花香中嗅到了一丝丝异常的气味。

"看住大门。"他大声吩咐道,马上冲向了黑屋子。他的预感是对的,黑屋子里,躺着两个人。他用火炬一照,都是陌生人。翻遍全身,几乎找不到伤口,好不容易在脖子处找到一根极细的针,且没入了皮肤下。最重要的是,死者的身体还是热的。这说明凶手还没走远,应该就在附近。

他马上跑到屋外,大声命令道:"有人跑了,赶紧搜查花圃。"

这群人一听就迅速散开,奔向花圃各个角落,一副训练有素的样子。

那么现在,一株株的荷包花、仙客来、鹤望兰、金鱼吊兰、虎刺梅、大花蕙兰、瑞香、蟹爪兰、蝴蝶兰遭了殃,它们痛得叫不出来了。不过,花儿本来就没嘴巴。整个花圃,能开口说话的,还有两头驴。但是这两头驴,根本就不想开口,它们只想睡前吃点草料。

那群人没找到刺客,继续深入寒菊、瓜叶菊、腊梅、一品红、炮仗花、角堇的花丛里。一千朵冬天的花,来不及等到春风吹拂就掉到了地上。

蓝三禾有些后悔,他没想到工叙有这么高深的武功。早知道这样,应该把他绑起来。不过,绑起来也没用,他刚才也看过了屋外的锁,可能是不速之客撬锁进屋刺杀工叙,反被工叙杀了。这两个不速之客是谁呢?如果是工叙的同伙,他们不可能自相残杀。

一定是那个劫车人。他听车夫说过,下午从呼猿洞药局到孩儿岭花圃的路上,有人试图劫车。他把车夫叫了过来,让车夫进屋去辨认一下。车夫从屋里出来说,死者不是路上遇到的劫车人,那个劫车人是个女的。

车夫刚说完,他就看见自己的驴跑了。让他惊讶的是,囚车也在跑。也不知道什么时候,车辕已经套在驴背上。这两头驴,也一反往常往大门跑去,那速度,比平常快了一倍。守大门的人想拦住囚车，可没碰到驴子，已经倒地不起了。

蓝三禾追到大门口，那囚车已经不见了踪影。他扶起倒地的同伴，首先查看他们的脖子，脖子上果然插入了一枚细针。

不过，懊恼归懊恼，他还是有些高兴的。因为，工叙画的人像还留在桌子上。

对他来说，工叙死不死、逃没逃，都没什么大不了的。最要紧的是，从工叙留下的画像里，可以找到《千里江山图》的线索。

绍兴十八年正月初九深夜，临安城的夜游神们都看到了一件怪事，两头驴子拖着一辆囚车，跑过了众安桥、御街、灌肺岭、朝天门，往皇城大内的方向跑去。

那还得了？

再过几个时辰，圣上就要从皇宫正门出发，依次去天竺寺、玉津园为万民祈福。所以，这辆神秘的囚车出现在京城的大街上，立即引起皇城司的关注。皇城司立即拦住囚车，囚车上空无一人。再找囚车的编号，没有。皇城司的人明白了，一定是哪个组织非法伪造了囚车。

皇城司又对囚车做了更细致的检查，发现车上有很多鲜花的碎片，有的极碎。皇城司研究了半天，这些鲜花起码有九个品种之多。这些碎片，应该是沾在乘坐之人的头顶、身上、脚底被无意中带入了。

正月的临安还是处于冬天，身上能沾满九种鲜花碎片的地方，除了皇宫、聚景园、花港观鱼、小瀛洲、玉津园、一德格天阁、后苑、扑蝶会现场，加上大户人家的私家庄园，就是几家花圃了。

按照大宋律，私造囚车不是一个小罪名，作为圣上直管的皇城司，当然有责任要把这件事查清楚。所以，皇城司在凌晨分批赶到了几个花圃，挨个儿搜查，果然在孩儿岭花圃发现了一些异常。九种鲜花，孩儿岭花圃都有。

所谓的异常，就是偌大的花圃空无一人。

在临安，人最多的地方是西湖边。何况还在过年，来西湖边的人就更多了。

现在，西湖边多了两个人，一个是工叙，一个是小碗。据说，人多的地方是最安全的，所以他们选择在人群里散步、聊天。很长的一段时间，工叙跟在小碗后面，思绪万千的。

说实话，他还没有缓过劲来。

简单复盘一下这几个时辰的经历，简单地讲就是一个词：意外。

先是工叙被一辆囚车带走，这是一个意外。再是蓝三禾审问了他，主题直奔《千里江山图》。他以为自己会死在蓝三禾手里，没想到真正来杀他的，却是呼猿局的自己人，这是更大的意外。而且下令杀他的，是他兄弟俩都认为是大好人的应掌柜。最后，小碗从天而降救了他。

这才是最大的意外。

短短的一小段时间，他目睹了小碗连杀三人，手法极为迅捷，而且一招致命。最为神奇的是，小碗杀人，从不见血。

这还是那个一同从衢州常山出发，到饶州鄱阳，转走赣江水路，又一同翻越大庾岭的弱女子吗？三十六娘的小侍女，什么时候成了一个顶尖刺客？如果她没死，那么崖州最后一晚，死在惊涛骇浪中的那个女子又是谁？

可是，眼前的，确实是小碗，全世界唯一叫他筷子哥哥的小碗。

小碗也不说话，只是默默地走上了苏堤。苏东坡在南荒大岛教化了土人，而他留给老杭州的，就是这条泥巴做的堤坝。虽然时值深冬，但苏堤上的垂柳还是有点像苏东坡，在逆风里兀自洒脱，高高兴兴。

然后,他们在一棵垂柳下坐了下来。小碗终于开口了:"筷子哥哥,这么久了,你不问点什么吗?"工叙仍然不语。他不知道怎么开口,脑子里有很多很多的东西,他要捋一捋。

小碗从行囊里取出一样东西,放到工叙的跟前。"多亏了这玩意儿,我才没被海水淹死。"

工叙看了看,就是自己的那只猪尿脬。他记得这只猪尿脬最后是被罗大关抢去的,怎么会出现在小碗手上?那天,他看到小碗跳进滔滔海水中,以为她必死无疑,原来她靠这只猪尿脬死里逃生了。

他从地上捡起猪尿脬摩挲着。当时带上这玩意儿的时候,他还觉得累赘,现在才知道是有意义的。小碗活着,这比什么都好。

小碗说:"还记得吗,当时你大喊了一声?"

工叙记得,他当然记得,当他看到小碗没入海浪时,大声地喊了她的名字。

"那喊声好响啊,我在海水下面也听到了。"小碗拉过工叙的手说,"我就是因为你的这一声喊,才到临安找你的。"

几个时辰里,小碗终于听见工叙开口说了第一句话。他说:"哦。"

第三十三章　找呀找呀找朋友

蓝三禾没有跑,他还在孩儿岭花圃。

世上只有一个临安城,但临安城却有两个孩儿岭花圃。一个孩儿岭花圃,种着各种各样的花卉。绍兴八年,宋金和议签署后,朝廷把临时居住的临安作为永久固定的京城。这老杭州,开始盛行各种赏花会、扑蝶会，越来越多的富户也修建起私人庄园，所以花卉行销起来，这花圃的生意自然也越来越好。而孩儿岭花圃，据说有些官方的背景，很快就成了临安最大的花圃。

杭州，越来越像汴州；临安，渐渐超过了开封。

另一个孩儿岭花圃，没人知道，它似乎是虚拟的，或者说是地下的，就好像是鼠大仙建的窝。而对创建了这个花圃的人来说，这个虚拟的花圃才是要紧的、真实的、盈利的。这个花圃跟花卉无关，只做些外界不知道的事，连神通广大的皇城司也被瞒过去了。临安府的官员们不会知道，自己管辖的区域内还有这么一个不卖花的花圃。

这临安，有不卖药的药局，当然也有不卖花的花圃。

没人知道这个神秘组织是为谁效劳的。

蓝三禾点起蜡烛，再一次细看工叙没来得及带走的人像。如果画中人真的如工叙所言，是余画子所看到的那个夺图者，那么他应该见过这个人。

蓝三禾以前是江参门下的画师，一直在民间讨生活。一次，因为替人画春宫图，被江参一气之下逐出师门。为此，他有点怨恨江参。就在他生活无着之时，有人找上门来，让他帮忙做一件事。那人承诺事成之后，会把他召入宫廷画院。他就这样参与到江参案中。

事后他才知道，人家之所以找他，就是因为他曾是江参的徒弟，容易接近江参。

江参案其实有两个目的。第一是杀掉江参，阻止江南画派入主宫廷画院；第二是拿到《千里江山图》，为赵鼎案做铺垫。后来，江参案只成功一半，《千里江山图》在最后一刻被一神秘人夺走。

蓝三禾很感谢工叙，工叙的这幅画帮他回忆起一些细节。他记得进入驿站时，他和神秘人只打过一个小照面。就那么一下，他看到那人右脸上的小疤痕。

而工叙画的这个人，右脸上真有这道疤。

因为《千里江山图》没能找到，蓝三禾连宫廷画院的门槛都进不了，只能暂时留在策划实施江参案的孩儿岭花圃里，给各种各样的花儿画像。但是，他一直记得御史中丞詹大方对他的承诺。詹大方说，什么时候找到这幅图，就什么时候让他入职宫廷画院。

所以，《千里江山图》对他很重要。

不过，现在他改变了想法，即使找到这幅图，也不想送到詹大方的手里了。他要另作用场，这样才真正对得起自己。

蜡烛啪了一下，吓了蓝三禾一跳。这之后，蜡烛继续燃烧着，他却无法继续淡定了。其实刚才把他吓一跳的，不是烛火，而是他自己的一个念头。他终于想明白了，为什么去年一看到工叙，就觉得面熟，因为工叙和这人，有几分相像。

那么，他们就有可能是同胞兄弟。对了，去年为崇国夫人画狮猫图时，工叙就是得知他哥哥杀了人才提前离开的。这证明工叙确实有个哥哥。那么问题来了：工叙为什么要用这幅画，来坦白当年的夺图者是他哥？他为什么要引孩儿岭花圃的人去捉拿自己的哥哥呢？

看来，工叙画了一幅画，便是设了一个局，要引人上钩。不管怎样，要先找到工叙，才能解开这个谜。这个坑，必须往里跳。蓝三禾突然笑出了声。他把工叙画的人像折叠起来，塞到怀里，然后对自己说：

"你个欺师灭祖的蠢货，还躲在暗处干什么？快满大街找人去呀。"

现在，工叙和小碗已经走到了万松林的一条岔道上。因为人少，小碗的话就更多了。她把事情的来龙去脉都说了一遍。

小碗是从他们见面的第一个地方说起的。

小碗说，在常山永年寺，她和三十六娘一见工叙，就觉得他不像个普通旅人，更不像是南下去采购药材的。但工叙自称仰慕赵鼎，随口就能背诵赵鼎的诗句，倒是让三十六娘有些惊诧。她们商量了一下，想让工叙一起结伴而行。她们冒这个险，想看看工叙的用意到底是什么。

工叙听着万松林的松涛，似乎涛声也在暗笑。这一路来，他一直以为她们是峨眉科的人，所以想方设法窥测她们的身手。原来，他窥测别人的同时，别人也在窥测他。自己果然是个极不合格的谍探。

他忍不住问道："你们发现我有什么不对的地方吗？"

小碗点点头说："你那行囊，从不离身，所以我们一直判断，那里面有不可告人的东西。"

"是啊，那都是些呼猿册。"工叙承认了。

"呼猿册是什么？"小碗问道。

工叙就跟她解释了什么叫呼猿册，什么叫呼猿榜，上榜的是一些什么人物。小碗说，人家是金榜题名，到你这里是黑榜题名，上了这黑榜就没什么好事了。工叙说，他那行囊里就带着赵鼎的黑材料，极为详细。小碗这才明白，工叙能随口说出赵鼎的各种事，还能拿出一沓赵鼎诗文，原来这些在呼猿册里早就准备好了。

"好吧，我们现在就离西湖不远，赵老丞相有没有写过西湖啊？"

"写过几首的。但我只记住一首，是在七宝山写的。"工叙抬头望了望，指着远处一座小山说，"看到了吗，那就是七宝山。建炎二年，临安还没叫临安，他在七宝山上写的一首词，有些长，我只记住一段：'西北欃枪未灭。千万乡关，梦遥吴越。慨念少年，横槊风流，醉胆海涵天阔。'"

小碗说："说实话，没听懂。"

工叙说："没事，我也是半天才读懂的，说的是抵御金人的事，算是边塞诗、征戍诗一类的吧。"

抵御金人?一直说个不停的小碗,突然低下头,半天不说话。工叙以为她不喜欢说这些,就换了个话题说:"我已经坦白我是呼猿局的了,现在,你能说说你是谁吗?"

小碗还是老样子,好久不说话。工叙又换了一个话题,追问道:"那你能不能说说,你是怎么找到我的?这个问题不难回答吧?"

小碗说,她在崖州时捡到过罗大关身上掉下的铜牌,虽然铜牌被罗大关要回去了,但她记住了铜牌上的五个字:孩儿岭花圃。她很早就到了临安,找到了孩儿岭花圃,潜伏在附近,监视着进出花圃的人,越看越觉得这儿不是普通的花圃。今天,她看见有一辆囚车驶出,一种强烈的预感让她跟踪了这辆囚车,果然到了呼猿局门口,看到了她的筷子哥哥上了囚车。

工叙心一热。幸亏小碗及时赶到,不然自己已经被杀了。虽然小碗是个来路不明的女人,但救了自己的命,还是要谢谢她的。

工叙刚要说谢谢,小碗整个人扑进他的怀里,颤抖着说:"筷子哥哥,我一直想跟你说一句话,可是我怕说。"

这是工叙第一次怀抱着一个年轻女子,他犹豫了一下,抱紧了她,深吸一口气说:"不怕,你说便是。"

小碗突然流出了眼泪,颤抖着说:"筷子哥哥,我如果说出我是谁,我怕你从此就不再理我了。"

工叙这下,有些呆住了。不就是一个女杀手吗,有什么理不理的?她杀的也不是什么无辜之人,只是下手狠一点而已。再说了,自己也不是什么好鸟,是呼猿局专门对付朝中老臣的鹰犬,对赵鼎之死负有责任,有什么资格去评判别人的对错呢?

于是,他再一次说:"不怕,你说便是。"小碗一咬牙,终于说了一句石破天惊的话:

"对不起，筷子哥哥，我就是金人的谍探。"

世上所有的宫殿都轰然崩塌了；那冬阳，顷刻间被月亮挡住了。

问题是，挡住太阳的月亮，也发出了什么光芒来，雷峰塔从上而下，裂成两半。

保俶塔的顶部，冒出了滚滚浓烟，反馈给了天空。

北高峰，那剑一样的山尖倒转过来，直刺地心。

而西湖之水，呼啸着穿过涌金门，通过涌金池，倒灌进临安的御街，往南到达清河坊，往北到达了惠民西局。

白堤和苏堤，连根部都露出了水面，又交叉着拱了起来，像斜插在湖底的两把刀。

这是国都呀，这是京师呀。

临安城里，官员、马夫、卖荷包者、伙计、小偷、读书人，或者正在做好事的、做坏事的，一个个像断线的木偶，不会动了。

他们张大了嘴巴，却什么声音也发不出来……

……工叙张大了嘴巴，却什么声音也发不出来。

他松开了双臂，下意识地推开了小碗。他已经有了心理准备，但是一切比他预料的要严重百倍，哪怕小碗是呼猿局的、蛾眉科的，甚至是杀父仇人、大奸巨恶，他都能承受，可没想到的，她是金人，夺走了半个大宋疆域的女真人。

他已经感觉到，自己体内的东西在流失，嘶嘶作响。他知道他的心空了，他的大脑也是空的。争先恐后地逃离他身体的，还有他的意识、他的思想、他的魂魄、他的命。

他知道，他现在已经是个空心人了。

小碗知道自己闯祸了，万般惊恐地蜷缩成一团，无助地望着筷子哥哥。小碗这样子，怎么也不像是一个杀人不眨眼的女杀手。

过了好久，才有一点意识慢慢回流到工叙的空脑壳里。他慢慢睁开了眼睛，看到了眼前的女人。其实，他的眼睛一直没有闭上过。刚才闭上的，只是心的门。

那么，要不要重新打开心门呢？

小碗看到工叙恢复了意识，慢慢地靠近了他，轻轻地说："我继续告诉你，我的真名叫耨碗如殷儿，正好二十岁。我从小生活在宋金交界的盱眙、泗州一带，所以会说你们南边的话，到江南后就取了姓氏中的一个字，叫了小碗。"

哦，原来她的名字是这样来的，原来她叫耨碗如殷儿。工叙想，难怪去崖州的一路上，她对盱眙青虾情有独钟。

小碗停顿了片刻，继续说道："你可以去告官，或者直接把我送到皇城司，这样，你就为你的大宋立下了大功。我既然敢把真实身份告诉你，就不会后悔。你做什么，我都会高兴的。这一切都为了那一夜，你在海边唤了我一声。"

"现在，我把你的呼叫还给你吧。"小碗真的大声呼喊着工叙，"筷子哥哥——"

工叙再也忍不住了，一把就把小碗拉回自己的怀中。

小碗呜呜呜哭了起来。那泪水，顷刻就灌满了干枯的西湖。湖底的青鱼、白蛇，还有透明的虾，又开始摆动起尾巴来。

工叙说："我只问一句，你能如实回答吗？"

小碗说："我千里迢迢来找你，就打算好了绝不对你撒谎。"

工叙深深地吸了一口气，试探着问："那好，你要告诉我，赵夫人知道你是金人派来的吗？赵夫人是不是蛾眉科的？还有，传说中赵老丞相与金人勾结，真有这事吗？"

小碗摇摇头，拼命地摇摇头说："不是的，绝对不可能。任何人都不能冤枉赵夫人。全天下人都知道，赵老丞相就是因为反对两国议和才下了台，还被人一路催命。其实，金人也是希望赵老丞相死的。"

这话，工叙是相信的。他在呼猿册上看到，金国使者到了临安都要问上一句"赵鼎怎么还没死"，他们也惧怕赵鼎东山再起。他从崖州回来的路上还听说，金人朝廷接到赵鼎死讯，就立即举觞称庆了。

小碗接着说，她是一年前被安插在三十六娘身边，以刺探赵鼎的情况。工叙问道："所以，你的任务就是杀了赵鼎？"

小碗摇摇头说："那倒不是。我从没有接到杀赵鼎的指令。对我们来说，赵鼎死在你们自己人手上比较好，犯不着我们动手。"

自己人？是的，自己人。工叙黯然。赵鼎虽然是被迫自尽的，但还是算死在自己人手上的。

"当然，你要说我有个明确的任务，那也有，就是寻找《千里江山图》。传说这幅图在赵老丞相的手上，所以我们也想要。"

工叙觉得可怕，有关赵鼎盗图的谣言居然流传得那么远，连金人都听说了。只是，金人为什么也要获取这幅图呢？

"千里江山，谁不喜欢？"小碗一语双关解释说，"再过一段时间，大金的朝廷有个大典，需要最好的礼品。这幅图最合适不过了，寓意多好。"

工叙说："那你找到了吗？"

"你明知故问。"小碗轻轻骂道，"我贴身服侍赵夫人一年了，能翻到的东西我都偷偷翻了个遍，哪里有什么贵重之物？一定是有人故意放出风声，想栽赃给老人家。"

工叙不由得偷看了小碗一眼，他觉得他和她有三处相同。第一，都是谍探，一个是金人派来的，一个是呼猿局派来的；第二，都是相信了传言，去赵鼎那里寻找《千里江山图》；第三，现在两人都确认那是谣言。

既然是这样,何不让小碗帮他一起来寻找《千里江山图》的真正下落呢?但是,现在他还不能说出这个要求,他要等待时机。说得明白点,他还要暗中再观察一下。一个金人的奸细突然反水了,这事还是有些蹊跷。

工叙说:"你进入大宋地界后,就从来没有暴露过吗?"

小碗说:"至今没有。遇到熟人,必须在他识破你之前干掉他。你还记得我们过梅关邂逅岗时,赵夫人身旁有个人突然掉下悬崖吗?对了,你就是那时候莫名其妙跑掉的……"

工叙当然记得这事。他永远不会忘记,他和小碗采花回来,看见赵夫人的身边站着两个人,其中一个看见了他就对赵夫人说:"你身边有奸细。"他一听,以为自己已被这人识破了身份,拔腿就跑。

"其实,那个人是洪皓大人的管家。他认出的是我,不是你。"小碗说,"这位管家曾经在盱眙见过我,他知道我是金人的谍探,所以及时地提醒了赵夫人。"

工叙想起来了,宋金边界初定后,双方就在金占的泗州与宋占的盱眙军的交界处,设了高级别的使馆,叫皇华馆,也算是个通关口岸吧。旁边有个习仪馆,两国使节会在此学习出使礼仪。双方一些迎来送往的事都在这里进行。洪府管家就是在习仪馆里见过小碗的。

工叙说:"哦,我明白了。洪管家根本不是失足掉下悬崖的,而是你用一根细针悄悄地把他干掉了。"

小碗说:"是的。一路上杀了那么多人,我最内疚的就是杀了他。但不杀他,我就暴露了。"

工叙说:"那你说说看,这一路上,还有谁是被你静悄悄干掉的?"

小碗说:"好吧,那我说。除了洪管家,其他人都该杀。你还记得那天晚上吗,在裴家宅院门口,赵夫人和我冲出大门那会儿,有个海盗要冲进裴家宅院？"

工叙说："我怎么可能不记得，那是我第一次杀人。我用一把裁纸刀刺死了那个海盗。"

"你没有杀人。"小碗摇摇头，笑道，"你一把平头刀，怎么可能刺死一个大男人？"

"那是你……"工叙明白过来了，"你射出了细针？"

小碗说："你既然没杀过人，那你以后都别杀人了。跟我在一起，杀人的事就让我来做吧。"工叙听到这话，心里一阵温暖，但有些不寒而栗。一个女孩子，开口杀人、闭口杀人，有些违和。

他的脸一松，又一紧，有些轻微的痉挛。

小碗没有察觉工叙的神态变化，继续说："哦，还有，罗大关也是我杀的。他就是临安派去监视赵老丞相的谍探，你说该杀不该杀？"

工叙说："不该杀……哦，太早杀了他。他虽然害了赵老丞相，但是大敌当前，还是应该先留他一命的。"

小碗说："当时迫不得已……哦，这样吧，这事以后跟你说。"

工叙觉得小碗说这话时，言辞间有些闪烁，应该说，她内心还是有一点秘密的。但他不想追问，时候一到，相信她会主动说出来。

"筷子哥哥，还有一件事，我得现在就告诉你。"果然，她又说起了一件事，不过，又是另一件事了。

"你知道在赣江的时候，我被劫匪抓走了，为什么很快就回来了？"她没等工叙问什么，自己马上回答说："那是因为你在篁渡镇无意间让他们看见了我的画像，所以他们就知道我的行踪了。他们假装上船抢劫，借机带走了我。"

工叙说："角尺巷的那些人，都是你们的人？"

小碗说："是的，他们发现异马，就会想方设法搞到手，再偷运到北边去。如果偷运不走，也会杀掉。反正，不能让异马落到宋军手里。"

工叙长叹一声："想不到，连大宋的马纲都被你们渗透了，这仗还怎么打啊？"

小碗想说什么，想想，又把话儿吞了回去。

工叙换了一个话题，问道："你刚才说，罗大关是临安派去的？"

小碗说："他腰间丢下来的那块腰牌，就是证明。我原以为你也是孩儿岭花圃的人，就追了过来。"

这么说，罗大关是孩儿岭花圃的人，和蓝三禾是一伙的。蓝三禾早就知道《千里江山图》并不在赵鼎手上，整个孩儿岭花圃的人也应该知道的，那么，罗大关在崖州除了步步紧逼赵鼎，是不是还有别的要紧事？

工叙继续想，以前应掌柜说过有个蛾眉科与呼猿局处处作对，现在看来，处处作对的是孩儿岭花圃。那么，蛾眉科又是怎么回事呢？

见工叙沉思许久，小碗就问道："喂，你想干什么呢？"工叙连忙说："我在想一个人。就是他，造个假的囚车把我抓到了孩儿岭花圃，还真是别出心裁，有想法。"

小碗说："没事，谁让你坐囚车，你让他也坐一次囚车嘛，是那种真正的囚车。"

她这话，会一语成谶吗？

第三十四章　都想看看人间的龙

忙，身不由己，一件件事纷至沓来。

这是蓝三禾的日常。

他并没有上街去找工叙。临安是什么地方？世上最大的城，人海茫茫的。一个事务缠身的人，不可能用这种笨办法。幸亏他没走开，他的下属送来了好消息，说是失踪了好久的王文献现身了。

先来说罗大关。

蓝三禾早就从郭太守的荡寇名单里看到罗大关，赫然出现在死难者之列。罗大关死后，崖州的消息就断了。赵鼎一死，罗大关的任务就完成了一半。但从罗大关传回的最后一封急件看，罗大关在崖州有个意外的发现，就是岛上出现了新的神秘势力。这个势力是域外的，但可能不是女真人。

罗大关说，这些域外之人在岛上收集某种东西。

罗大关死后，王文献就不知去向了。但蓝三禾手里的这份文件说，王文献正往临安赶来。这份文件，是御史中丞詹大方送来的。詹大人既没有把消息报告给皇城司，也没有通报给他自己管辖的御史台，而是直接告诉了孩儿岭花圃这样的私人机构。

蓝三禾知道詹大方的心思，皇城司只对圣上一人负责，王文献来京的消息要是被皇城司知道了反倒坏事。

蓝三禾入职孩儿岭花圃，就是詹大人牵的线，所以一直以来，花圃都把监视王文献的任务交给了蓝三禾。他也尽心尽职，一刻也不敢懈怠。他还是想詹大人替他说句话，这样他就可以如愿以偿进入宫廷画院。这才是他最想去的地方。蓝三禾想画画，不想杀人。

去年王文献一出狱，就被孩儿岭花圃盯住了，他放飞自我的过程全被记录下来了。王文献号称狂士，行为举止有些乖张，但这些都引不起詹大人的注意。蓝三禾把王文献的几件事报告给詹大人，詹大人只对王文献私下联系背嵬军的事有兴趣。王文献联络一批旧臣，先是洪皓、张浚，看他的路线一直向南，预测最后拜访的就是赵鼎了。所以詹大人密令孩儿岭花圃，一定要派人盯牢王文献。

从王文献这里入手去瓦解赵鼎的旧势力，这样最有效。

可就是这个时候，罗大关死了，线索断了，王文献私通罪臣的证据也没了。为此，蓝三禾也被詹大人叫去训了话。这还是三个月前的事。好就好在王文献这个人做什么都动静大，易暴露，很快，官府就在严州地界发现了他。看他的样子，是往临安而来。

整个临安城，只有蓝三禾明白詹大人的心思，他知道詹大人想从王文献的嘴里得到什么。也许，这才是詹大人跳过自己掌管的御史台，要把这么一件事交给孩儿岭花圃的原因。

问题是，怎么对付王文献，詹大人的信里没说，只有蓝三禾自己揣摩了。王文献虽然是个读书人，却没进入士大夫阶层，按理说不受太祖誓言的保护，但他的狷狂天下闻名，也不能随便处置。所以，眼下还不是灭了他的时候，反倒可以充分利用他的狷狂，让他自己跳出来。

再说了，一脚踩死一只蚂蚁有什么意义呢？有意义的是蚂蚁背后的大象，是象群。

蓝三禾现在不知道王文献这只蚂蚁在哪，但是，他知道蚂蚁要去哪。

工叙终于有时间读一读郭太守的荡寇名单了。

他看到了自己的名字，他还看到了小碗的名字。不同的是，小碗的名字跟罗大关、余画子他们一样，列入死难者名单。小碗说："我跳进大海后，就潜到礁石的孔洞里，等打败了海盗，我就离开了崖州。"

死难者名单里，工叙看到了臭油寡妇，名字被写成了臭油郎，边上还备注着性别：男。工叙想，这臭油寡妇恢复了男儿身，应该就不那么有趣了吧？还有，臭油郎为什么要把那些神奇的药膏紧紧地裹在身上呢？只有一种解释：药膏极为珍贵，他要带着药膏随时开溜。

那么，这个神秘的外乡人要去哪呢？

工叙还没来得及细想,又被小碗打断了思路。"看,蛋壳儿,裴怀,他们还活着。"小碗兴奋地叫了起来,把几个人的名字指给工叙看。他们不但没死,还与裴闻义一起,列入功劳最大的一列名单中。

啊?他们立下了什么大功?

工叙连忙夺过这份奏折抄件,仔细看了郭太守写的报告。

原来,摧毁海盗舰队的,不是鲸鱼群,不是三十六娘引发的鲸喷,而是火攻!

上一次的火攻,据说还是在汉朝。

工叙从郭太守的奏折里慢慢了解到这件事情的经过:

在大海盗来之前,臭油寡妇也即臭油郎收集到尽可能多的海棠仁,通宵达旦榨臭油。跟以往不同的是,他们这次榨的臭油不再沥出清油,而是把油汁与渣料一同装桶,拌入特殊的火药粉,连夜运到疍排藏在疍船上。

海盗来的那天,趁大海盗与崖州人激战正酣,蛋壳儿、裴怀领着疍人,趁着夜色偷偷潜到海盗船队下面,把臭油料糊到了海盗船的船身上,然后,引爆了臭油。

那一刻,崖州全年用量的臭油同时被点燃了,火势猛烈。大海盗发现自己已中计,立即开始攻击水面上的疍人。所以,在郭太守的奏折里,那些陌生的死难者,很多是疍人。

至于蛋壳儿有没有受伤,奏折里看不出来。

郭太守在奏折里,一反官场常态写了最后几句话,说他是流着泪写下这些死者的名字的。名单虽然长,但他一定要写进奏折里,一个也不漏。那曾是一个个活蹦乱跳的人,他的子民。他还说,他就是在这个书写的过程中"幡然醒悟"的。

工叙不明白郭太守说的幡然醒悟是什么意思。也许,面对着一大串死难者的名字,有的人真的能被触动,能被唤醒。也许,正因为猛然间的良心发现，郭太守开始转变了，并冒着官场的巨大危险，想替"罪臣"赵鼎送一封密函给圣上。

郭太守这样做，几乎跟疍人火攻海盗一样，是自杀性的举动。

但有大义。

小碗却能理解郭太守的幡然醒悟。她本来是金人派来的，但与赵夫人三十六娘朝夕相处，见了很多事，所以决定自我中止任务。当初在崖州时，王文献准备领着背鬼军去破除金人潜入江西的秘密组织，那份金人联络图，其实不是从工叙的行囊里发现的，而是小碗早就藏在身上的。

她用一种巧妙的方式，把联络图交给了王文献。

对的，王文献。好久没想起这个人了。这么久了，估计王文献已经成功了吧？那份联络图，应该起到了关键的作用。小碗这样念叨着王文献，旁边的工叙却惊奇地喊了起来。

他看见了成群结队的人形蚂蚁。

其实，现在，全城人的目的地都是同一个。

还是正月，还过着节，家家户户的春联下，连糨糊都还没干透。很多人拉肚子，拉出来的还是没消化掉的年夜饭。这么个日子，圣上不但要亲自为万民祈福，还心血来潮，广邀天下臣民一起游玉津园。

于是，初九那天，满大街的龙马图边贴上了新的告示。告示上说：

"朕与万民同乐。"又说：

"就在明日。"

城墙之内的人，一下子都有话说了。一些人说："快，扶我起来。我还能走两步的，能赶上这样的好事。"一些人说："哇，能跟真龙天子一起游园，那是三生有幸。"一些人说："不就是个圣上嘛，有啥稀罕的。我要看的是黎母大蛮。"所有人，现在是所有人说：

"对呀，还不趁机去看看满身龙鳞的神马？"

开园仪式还早得很，但为了抢占一个靠前的位置，好多人天不亮就开始出发了。所以，这一天的临安街头，挤满了人形蚂蚁，蚁群排着队，像一条往南延伸的黑线。

也不知道走了多久，突然，前面出现了一些人。那是临安府的人，他们拦住了行走的人群，检查每个人的身份。人群中有人说道："圣上不是与民同乐，让我们都去玉津园吗？"

临安府的人说："没错，圣上是这样说的，但也要提防有人图谋不轨。万一有人要在玉津园刺杀圣上呢？"临安府的解释很有道理。于是，身上带有铁器的人被集中到一边，即使交了器械也不会被放行。长得过于狰狞的，也被截住了，怕吓着圣上。有些人虽然没带器械且长得还算周正，但也被拉住了，理由是，可能当过兵，万一在玉津园里耍起泼来，会危及圣上和各位大臣，尤其是金人使者。

临安人这才知道，今天在玉津园，最尊贵的人还不是自己的皇帝。

但是，设置了这么多的条件，被截住的人还是不够。毕竟，玉津园就是一个园，容不下那么多的人。那么，还得筛选掉更多的人，这真的是考验临安府的智慧了。这时，有个人出现了，跑到了临安府的统领那儿叽里呱啦说了一大堆话。

很明显，那统领是认识那人的。统领点点头，觉得这主意有用，便跳上街道正中的一张案桌，扯开喉咙大喊道："现在，让你们回答一个问题。南渡多年，我们终于安居乐业了，临安城里，也是一派繁华景象。那么大家说说看，这是谁的功劳？"

是真龙，是圣上，是天子。大家叫法不一，指的是同一人。统领似乎不太满意，又启发着说："除了圣上，还有哪位大人，厥功至伟？"

嗡嗡嗡嗡，众人说了一大堆名字。统领还是不太满意，再一次启发着说："除了他们，还有哪位大人厥功至伟？"嗡嗡嗡嗡，众人又说了另一堆名字。"还有……"有人说了两个字,突然改口说,"哦,他被砍了。"

统领笑眯眯地说:"你们说得好,说得对。现在,请说过某某某、某某某、某某某的,排到我的左手边来。其他人,就排到我右边来。"很快,统领的面前排起了两支长队。一左一右,像朝堂之上的一列文臣、一列武臣。

突然,左边队伍有一个人跑到了对面的队伍里。这动静有点大,大家都看见了。

王文献排在队伍里,可不是去看黎母大蛮的,而是有更大的盘算。崖州一战后,他迅速回到大陆,召集了更多的背嵬军军士,按照小碗给他的那份联络图,悄悄破除了金人潜入大宋马纲的奸细群。

他一踏上临安的土地,就有点感慨。他在这里住了多年,讲得再明白些,是在大牢里关了多年。他记得自己犯了一个特殊的罪名,就是妄图替赵鼎翻案。他以前一直不明白,这怎么可能是一种罪。

赵鼎当国以来,整个大局迅速稳定下来。这些,王文献都看到了。他没想到,好局面没维持多久,赵鼎就被贬黜了。

后来,赵鼎就被放逐到王文献居住的潮州。他接触了赵鼎,更深入地了解了一些事,开始为赵鼎鸣不平。王文献不是所谓的赵党,但御史中丞詹大方立即抓住这件事,把王文献抓到临安下了大狱。这是绍兴十年的事。四年后,詹大方旧案重提,上奏说王文献早已坐牢,可主犯赵鼎仍有窥伺之谋,应该追加惩罚。太师把这份奏折呈给了圣上,又说了一大通话,圣上气愤地说:

"那就放逐到更远的地方吧,让赵鼎的门生故吏明白他不可能再被起用了。"

赵鼎因此被放逐到了南荒大岛。

王文献是个普通书生，捅了这么大一个娄子，知道自己的下场是被杀头，或者老死狱中。但让他意外的是，他被释放了。他也一直没搞清楚这究竟是为什么。但是，经过崖州之行，特别是赵夫人三十六娘的一番点拨，他才明白自己被人当作诱饵了。

有人想借他的手，除掉赵鼎死后的残余势力。

他觉得，他现在不应该只是一介狂士了，应该长点脑子。他破除金人奸细群后，还收集了一些证据。他一直盘算着，要把这些证据送到临安来。为了不再让别人抓到他私通武人的把柄，他没让背嵬军军士随行了。这些失散的背嵬军私下进京，是被绝对禁止的。

王文献当然是排在前面那支队伍中的，但他只排了一会儿，猛然觉得不对，赶紧从队伍中跑了出来，跑到另一支队伍中。

不过，他还是很心细的。他感觉到离开前一支队伍的时候，有人指着他的后背说些什么。他脸上有些发烫，匆匆忙一回头，看到了统领的身后，有人死死地盯住他。甚至，他还能从那双眼睛里，看到冷笑。

狂士一旦醒来，所有的预感都是对的。

果然，临安府的统领又说话了，他指着左边的人说："你们不识时务，敢说那些人的好话。他们都犯了大错被放逐了，至于你们念叨的那个某某，更是意图谋反被及时处决了。你们说这些话，在平时是要收监的，但今天适逢玉津园开园，所以就不再追究了。你们，各回各家吧。"

也就是说，被认定为不安定因素的人，被禁止前往玉津园。

去掉不识时务的、老弱病残的、过于强悍的、长成歪瓜裂枣的、身携器械的、半路被大小便憋的、忘了吃早饭的、孩子哭闹的、昨晚被猫抓伤的，去玉津园的人少了一大半。王文献很是庆幸，庆幸自己学会了变通，才没有被拦住。

王文献行走在这支幸运的队伍里，努力地不发声。可是，别人会发声的。他听见前面的人重重叹了一口气。

"三兄弟之间，何必弄得这么不可开交呀。"

"什么三兄弟？什么不可开交？"

那人就说了一个故事，说是有一家人，有三个兄弟。老大和老二互相帮衬着，出了差池，都能为对方担一些责。可有一天，老三从外头回来后，当了家，一脚把老大和老二踢出了家门……

王文献是什么人，他马上就听懂了这个故事。要是在往常，他一定会说出三兄弟的名字，可今天，他还有更重要的事。他伸手摸了摸怀里，那东西还在。他在想，真的进入了玉津园，他应该找谁呢？坐牢多年，这满朝文武，他基本就不认识了，那么，他怎样才能把要紧的情报呈给圣上呢？

这时，有人拍了拍他的肩膀，他扭头一看，笑了。他没想到，会在这里遇到三十六娘的侍女小碗。小碗旁边的年轻人，他也面熟，在崖州的码头上打过交道。

那年轻人还没看到王文献，嘴里还在嘟囔道："哦，又是三兄弟的故事。"

整条大街上，没有人比蓝三禾更开心的了。

他刚才略施小计，就在黑压压的人群中逼得某个人自我暴露出来。他看到了，王文献学坏了，明显比以往狡猾了。明明为赵鼎奔走，刚才排队时却排到了对立面的队伍里。

这反倒说明，此人身上确实有重要的东西要送进玉津园。

蓝三禾满心欢喜地跟踪着王文献。跟踪了一段路，他确定王文献确实只有一个人，身边并无那些武功高强的背鬼军军士。可还没等他动手，他发现了一个更大的惊喜。

因为，他又看到了王文献身边的工叙。

这下好了，詹大人想找的人，和他自己想找的人，都不约而同凑到了一块。工叙身边还有个女的，可能就是从孩儿岭花圃救走他的那个人。

这样，蓝三禾就更加不能打扰他们了，他要看看这两男一女到底想要什么花招。

慢慢地，快到嘉会门了，出了城门就是临安城的南郊。按照事先的安排，以洋泮桥为界，桥北的警戒归临安府管，南边的警戒归皇城司负责。临安府的人表面上吆五喝六的，其实容易摆平，皇城司的人却只做不说，他们只忠于圣上一个人。

假如，真让这三个人过了桥进了园，那时候再动手，恐怕就找不到机会了。再说了，这些人落到了皇城司的手里，那就什么都完了。特别是王文献，尤其不可以。他有可能把什么都告诉皇城司。

刚才还狂喜的蓝三禾变得焦虑。是啊，现在王文献他们有三个人，靠一己之力不可能以一敌三。正在忧愁着，人群开始喧哗了，因为，大家看见了黎母大蛮。这些神马终于赶在圣驾来临之前踏上了洋泮桥。

很多人拥向前去，原来的秩序被打破了。蓝三禾急了，他也顾不上暴露不暴露了，就往前冲去，他怕跟丢了人。但是，还没等他碰到洋泮桥，就被后面的人挤倒在地。他想爬起来，但是不可能，几百双鞋子踏过了他的身躯。

蓝三禾伏在尘土里，冰冷的路面让他意识到，自己先是成了一座肉桥，接着又成了一道肉门槛。一个接一个的人被他绊倒又压在他身上，跟他一样成了肉桥与肉门槛。很快，他的胸口掉下了一张纸，又被人踢到了不远处。

他拼命地爬过去，在失去知觉之前，从一双双脚下抢出这张纸，牢牢地抓在手心里。

世上所有的踩踏事件，都是这样发生的。

踩踏事故惊动了皇城司，也提醒了皇城司。他们等黎母大蛮的马队进了园子，立即就关上了大门。在圣上到来之前，这大门黑着脸，任你千呼万唤就不理你。这样一来，人群被关在大门外了。问题是，他们不愿走。虽然黎母大蛮进去了，但等会儿还可以看看圣上。

圣上长着人身人面，虽然没有神马好看，但人家毕竟是人世间的龙，不妨看一眼。

就有消息传来了，圣上在天竺寺为万民祈福后，已经往玉津园而来。于是，人群围在玉津园的大门外等待着皇家仪仗。洋洋桥旁，人潮反倒是退去了。临安府的人正在加速清理着踩踏现场，圣驾要经过的地方，不可以有血。

工叙远远望了一眼，临安府的人把一些被踩死的人拉上一辆辆马车。那些车子应该是临时借来的，竟然全是囚车。工叙意识到什么，悄悄问小碗说："刚才，你是不是向蓝三禾射了暗器？"小碗说："我不知道他叫什么名字，我只知道他在孩儿岭花圃追杀过你。"

工叙说："所以，你要杀了他？"

小碗摇摇头说，她只是在他后面轻轻推了他一把。她补充说："我若射了暗器，他立马就死了，还能活到现在？"

工叙目睹过小碗射暗器的本领，一击必中，且无活口。她的话提醒了他，他起脚往囚车跑去，在一辆囚车前停住了，他认出了那张脸，那张脸虽然被踩肿了，但能勉强分辨得出。他的脖子上，确实没有毒针的针孔。他对清理尸体的人说："等等，这人还没死。我是郎中，让我来吧。"

那人顿了一下，就去别处收拾其他尸体了。工叙钻进囚车，摸摸蓝三禾的身体，果然是热的，还有心跳。他掐住蓝三禾的人中，叫道:"《千里江山图》,《千里江山图》……"

这《千里江山图》真的是能招魂的。过了一会儿,蓝三禾醒了过来,费了好大的劲抬起一只手,张开了五指。那掌心里,握着一团纸。工叙取过纸团,展开一看,正是他在孩儿岭花圃里给哥哥工昂画的画像。画像上,已经染上了蓝三禾的血,还有不同的脚印。

是蓝三禾抢得及时,所以整个画像还是完整的。

蓝三禾喘着气说:"没错,就是他……在云珍驿……抢走了《千里江山图》。"

工叙有些吃惊,自己随心所欲画的一个人像,怎么就与真正的夺图者对上了?世上有天大的笑话,也真有天大的巧合。为什么费了这么大的周折,《千里江山图》竟然就在自己哥哥的手上?哥哥到底是谁?哥哥到底想干吗?

还有,为什么蓝三禾要拼死护着工昂的画像?

蓝三禾又吐出一大口血,艰难地说:"因为,再不找到图,图就没了,我就对不起江门了。"

工叙又是一惊。

"找到图,别让赵鼎死不瞑目,"蓝三禾喘着气,继续说道,"有人要……杀他。"

"赵鼎已经死了。"工叙身后的小碗说道。

但是,工叙听懂了蓝三禾的话。趁蓝三禾还有一口气,他急乎乎问道:"他们是谁?他们想用《千里江山图》来杀死赵鼎吗?"

蓝三禾艰难地点了点头。

工叙说:"那么,那一年是你杀了你师父?"

蓝三禾说:"所以,我该死。你得替我找到图,我才敢去跟……师父团圆。"

工叙心一酸,安慰道:"会的,你会和师父团圆的。"

"好了，我要去了。"蓝三禾用尽最后的力气说，"你们，要小心兔儿。罗大关的信上说，兔儿潜入大宋了。"

"快说，谁是兔儿？"工叙大声问道。

"是金人啊，我的同伴，他们早就潜入大宋了。"这回，说话的是小碗。工叙抬起手，示意小碗别来打搅他们，可是，没用了，蓝三禾头一歪，很遗憾地死去了。一个本来要杀死自己的人，临死前却像个好人。

工叙现在更佩服赵鼎了，因为赵鼎总是能让自己的敌人喜欢上自己。他哥哥、他、小碗、罗大关都是这样归心的，现在又加上了一个蓝三禾。

仵作见蓝三禾已死，连忙跑了过来说，得赶紧把人拉走，圣驾马上要来了。工叙看着囚车远去，这辆囚车的车身上刻着临安府的编号，这才是真正的囚车。

他回头对小碗说："你不该推他一把。"

"是你自己说的，是他把你关到假囚车里的。再说了，我又没存心杀他，只是推了一把，谁知道就发生踩踏了。"小碗有些委屈。工叙意识到话有些重了，小碗虽然下手重，可毕竟是出于好意。再说，若不是小碗相救，他早就被呼猿局灭口了。

对，呼猿局。

"走，赶紧去呼猿局。"他对小碗说，"我突然感觉到，我哥哥应该给我留下了话，得赶紧回去找找。"

"啊，呼猿局？"小碗有些不解，说道，"这种地方，要去也得半夜去。"

"你错了，半夜反倒危险。就这会儿，呼猿局应该没什么人吧，正好乘虚而入。"工叙老谋深算地说，"如果我没猜错的话，呼猿局的人都去玉津园了。"

"那我们不去玉津园了吗？"小碗问道，"如果不去，那我们还大老远赶来干吗？"

"我们又不是王文献，干吗一定要进玉津园？"工叙说。

"是啊，我们又不是没见过黎母大蛮。咦，王文献呢？王文献跑哪去了？"小碗叫了起来。

第三十五章　怎样才能混入玉津园

王文献其实就在盼月亭里。他又得做一回狂士了。他知道已经进不了玉津园，能进入玉津园的机会只剩下一个，就是跟着宫廷仪仗队一起进去。这想法够大胆了，那可是天下最高层级的警戒，他一介老书生，并且蹲过大牢，有可能靠近天子吗？

他有他的办法。他刚到临安的时候，就听说除了大宋天子、大金使者，还有一个使者被邀入园观礼，是临安人都没怎么听说过的忙豁勒人。其实，忙豁勒是个大部落，他们的大头领叫可汗。去年，金人把忙豁勒部落的可汗册封了国主。

按王文献所想，他只要混进忙豁勒人的队伍就可以了。这个想法，不是他现在才有的。昨晚他住的地方离忙豁勒人的客栈不远，他见忙豁勒人在晾晒衣裳，脑子里就冒出了一个主意。于是，趁人不注意，他偷了一套忙豁勒人的衣帽带在身上备用。今天玉津园大门紧闭，他的备用方案正好有了用场。

刚才，他趁临安府的人清理踩踏现场时，趁机躲进盼月亭，散开发髻穿戴上了忙豁勒人的服饰。这亭子处在洋泮桥以北，属临安府警戒，临安府的人见亭子里有人穿着奇装异服，就过来盘问了。

王文献叽里呱啦讲了一通他自己也听不懂的鸟语,把他们给吓住了。他又从地上捡起一块石头,用左手在亭壁上写了一行字:

我是忙豁勒副使。

临安府的人见字歪歪扭扭,感觉他真是域外之人,也就作罢了,只是远远地盯着他。不急,忙豁勒人的使者过一会儿就来了,这人是不是忙豁勒副使,看看使者的反应就知道了。

忙豁勒使团的地位低,他们必须赶在大宋皇帝与金人使者之前到达玉津园。所以,还没等踩踏现场清理完毕,忙豁勒使团就穿过嘉会门前往玉津园。就在他们迈上洋泮桥的时候,王文献从盼月亭闪出来,紧随在队伍后面。使团见一个陌生人混进来,有了一些骚乱。

过了洋泮桥,这地盘是皇城司管的。皇城司的人不像临安府的人那么松垮,立即有人冲了上去,把王文献拽了出来。

完了,功亏一篑了。王文献哀叹了一声。可正在这个时候,使团里有人突然用中土语言对皇城司的人说:

"放了他。他是和我们一起的。"

那人又转头跟使者说了一句中土无人能懂的话,使者点点头,好像是同意了。王文献差点吓晕了。能把天下狂士吓晕的,一定是天下奇事。刚才操着鸟语替他求情的人,竟然是他在崖州见过一面的臭油寡妇。

——错了,不是臭油寡妇,是恢复男儿身的臭油郎。

在极南之地的崖州留下无数香艳故事的臭油郎,原来是来自极北之地的忙豁勒人。从极北到极南,从极寒到极暑,这跨度有点大,仅凭这一点就显得很神秘。

既然忙豁勒使者点了头,皇城司就放了王文献。臭油郎跟王文献走到一起,用中土的语言悄悄问道:"为什么穿着我们的服装?"

王文献说:"没什么,只是想混入玉津园。"

"叫我孛儿赤斤吧。"原先的臭油寡妇、臭油郎,现在的孛儿赤斤说,"您混进玉津园究竟为何?可别图谋不轨呀。"

王文献说:"想混入玉津园,给圣上提个醒。"

孛儿赤斤说:"什么事这么严重,让您一定要惊动你们的皇帝?"

王文献欲言又止。这秘密不能随便说出来,但是,孛儿赤斤能在这么关键的时刻拉他一把,他应该感激才是。再说了,在崖州期间,他看见孛儿赤斤也是拿命来抵抗大海盗的,是自己人。虽然他到现在才知道孛儿赤斤是个忙豁勒人,华夷有别,但他觉得必须相信这个异族人。

他简短地跟孛儿赤斤说了金人渗透江西马纲的事。孛儿赤斤也有些惊讶,沉默了好久才说:"嗯,我会帮您的。"

一会儿,忙豁勒使团就进入了玉津园。玉津园笨重的大门,又被重新关上了,轰隆隆。王文献跟着他们,往指定位置走过去。

前面,有一匹马突然就叫了起来。王文献熟悉这叫唤声,这问候来自极南之地。

章杰听到黎母大蛮的叫声,心里踏实了。

他知道,黎母大蛮是他晋升的阶梯。几个月前,刚听说黎母大蛮要来临安的时候,他就开始关注这些特殊的野马。按照朝廷的安排,这些马到了临安,要安置在玉津园。说实话,他那时候没觉得这些马对他很重要,因为,玉津园已经有一些瑞兽了,再多几匹野马又算得了什么呢?

但黎母大蛮的画像贴满临安街头时,章杰这才明白,这些马不是一般的马。街头那些画像中,那些野马的身上都被画满了龙鳞。这说明,这些马的背后站着帝王。

果然,章杰不久就得到了通知,圣上将于新年正月初十陪同金人使者一起入园观看瑞兽。本来，章杰要给各种瑞兽采购上好的食料，可他把通知又看了一遍，上面注明圣上来看的瑞兽，主要是黎母大蛮。一般人听到这，仅仅就想到这是皇帝每年正月里的例行公事，但章杰就是章杰，他开始研究圣上为什么对黎母大蛮情有独钟。

那天，他和前来押送常山巧石的翁蒙之偶尔提及了这事，翁蒙之说，当今圣上就是被一匹马救的命。章杰突然就被这句话点醒了。靖康之难中，两任皇帝连同最有继位可能的几个皇子都被金人掳走了。原本离龙椅很远的九皇子当时还是康王，在应天府匆匆忙忙继了大位。

民间传闻，康王在登基前曾被完颜兀术追杀，后来被一匹马救了。这匹马驮着康王渡过了黄河后就恢复成真身，原来是一尊泥塑之马。

后来，世人就把这件事说成是"泥马渡康王"。世人还说，康王是真命天子，就该他继位。

章杰猜度，圣上自己虽然不好明说，但是心里一定很受用。按照这个推测，章杰立即悟透了一点，圣上来玉津园只看黎母大蛮，就是想让世人把他、黎母大蛮、救星泥马三者联系起来。

章杰一旦明白过来，就能马上行动。他把翁蒙之留在玉津园，帮他一起把马圈挪到全园最醒目的位置，还扩大了两倍。这个还不算，他最想做的事，是怎么让人一看到黎母大蛮就联想到那匹传说中的泥马。

时间不等人，因为没有更好的法子，他在马圈里铺满了新鲜的泥土。然后又临时决定，到临安城里最大的花圃紧急购置近千盆冬天的花卉。孩儿岭花圃也极为配合，一夜之间就把花儿送来了。

这些还不重要，他真正的得意之作是，找来了手艺人，用稻草扎了一匹巨大的草马，然后全身糊满了黄泥。

这样，就是一匹标准的泥马了。

他想在泥马上再放置上一个草人，让人更能联想到"泥马渡康王"。翁蒙之却觉得不妥，帝王不是常人，可不能随便塑像，万一被人说是亵渎圣上，那就要被放逐了。章杰一听有道理，只好套用街头那些龙马图的思路，在泥马身上缠了一条泥龙。当然，泥龙的内胎也是用稻草扎起来的。

泥的马有了，真的马也有了。虽然姗姗来迟，黎母大蛮还是赶在仪式开始前到达了。章杰和崖州郭太守做了交接，把这些马关在了鲜花簇拥的马圈中。交接完毕，章杰立即让人在每一匹马的身上扎了绸带。

"这样一来，果然喜气。"崖州太守郭嗣文站在一旁，转头对章杰说。

这时，就有一群人走了过来，他们穿着北方的服饰，估计是忙豁勒使团的。本来，在圣上和金人使者来之前，是不允许别人靠近马圈的。但因为是友邦使节，章杰也就没管他们。这些人围着马圈，说着只有他们自己才听得懂的话。

但章杰读懂了他们的眼神，看得出，忙豁勒人对这些野马极有兴趣。

接着，章杰在他们之外又看到了一拨人，那拨人的眼神很古怪，他们只盯着崖州来的郭太守看。郭太守走到哪，他们就跟到哪。但那拨人故意与郭太守保持着距离，似乎不想惊动他。

章杰猜想，这拨人应该是皇城司的便衣，他们要暗中保护好崖州太守，免得圣上接见前出什么乱子。

孛儿赤斤和王文献并没有挤到前面去看黎母大蛮，他们怕被郭太守认出，一下子解释不清。多一事不如少一事，还不如躲着他。

他们走到角落处，闲聊起来。

王文献说："为什么要帮我？"

孛儿赤斤说："因为在崖州的时候，我们一起救过黎母大蛮。"

王文献说："对呀，我还记得，你一下子从女儿身变成了大男人。你倒是厉害，做女人时千娇百媚的，现在一看又是个标准的汉子。"

孛儿赤斤说："做女人时像男人，做男人时像女人，那就乱套了。您也一样，做天下狂士时写锦绣文章，杀海寇时，您那刀子又快又准。"

"啊？我第一次杀人就被你看见了？"王文献有些兴奋。孛儿赤斤说："您一到崖州，我就关注您了。"

"为什么？"王文献又问道。

孛儿赤斤说："那一阵子，赶到崖州的陌生人中有两种人，一种是去害赵鼎的，一种是去救赵鼎的。两种人，我都看在眼里。"

王文献说："你一个忙豁勒人，为什么参与到宋人内部的纷争中？"

孛儿赤斤说："我本来是不想参与的，上司派了我们两个人去崖州，仅仅就是去提炼金创膏的……"

"等等，老孛，"王文献连忙打断了孛儿赤斤的话，"你是说两个人，另一个是谁？"

"是我丈夫呀。"孛儿赤斤说。

"你有丈夫？"王文献说，"啊，你到底是男的还是女的？"

"哦，习惯这样叫了。"孛儿赤斤解释道，"我们是假扮夫妻去崖州的，自然就把他叫作丈夫了。有一次，他无意间跟踪到一个监视赵鼎的人，被那个人骗到崖州鬼市上杀了。从此，我也开始关注赵老丞相了。如果不是这件事，我不会介入你们内部的纷争。你们宋人这样欺负一个可怜的老头，让我们看不起。"

这么一说，王文献脸都红了。

"不过，我没说您。您还是有良心的。"孛儿赤斤拍了拍王文献的肩膀，接着说，"我听说您是赵鼎一派的。您千里迢迢赶到崖州，就是想救他。"

"我不是赵党。"

王文献竟然摇了摇头，这是孛儿赤斤没想到的。

"我一介书生，又不走仕途，我跟谁都不是一派的，我只是为赵老丞相鸣不平。我赶到崖州,确实是去救他的,但是后来我知道了，我救不了他。想他死的人，不是一般人，我无力撼动。"

"您已经够意思了。宋人性软，可您不一样，您虽然没救下赵鼎，但起码您在做了。"孛儿赤斤说，"刚才在桥上，我愿意帮您混进来，就因为这。"

王文献说："老孛，不知道怎么谢你。"

孛儿赤斤说："要谢我，很简单呀，跟我回大漠就行了。"

王文献抬起头，问道："为什么要我跟你们走？"

孛儿赤斤说："我们一开始都是学金人的，后来发现金人也是学宋人的。我们就想，为什么不直接学宋人呢？但是，金人管着我们，所以我们只能偷着学。王先生的学识天下闻名，我们那蛮荒之地需要您这样的大儒。"

王文献笑了，用左手撸了撸右手的袖子说："老孛，你看哈，我穿惯了宽袖大袍，再穿你们的衣服，总觉得紧。"

孛儿赤斤说："您是读书人,不会没听说过胡服骑射的掌故吧？"

王文献惊道："啊，原来你们还知道赵武灵王的事，都快一千五百年过去了。你再说说，你还有什么不知道的？"

孛儿赤斤说："太多了，我们想学的事太多了。就像这次来，我们就学礼仪。再过一段时间，我们可汗就搞个大庆典，所以早就搞了几头贡象回去了。"

377

"哦,这个嘛,"王文献说,"你们倒不必学,也不应该学。"

为什么？孛儿赤斤正要问,看见郭太守正往这边走来,连忙拉着王文献躲开了。他们藏好了,才发现这是常山巧石的石阵。常山巧石上的孔洞自然成了瞭望孔。

郭太守只是路过而已,很快就走远了。孛儿赤斤和王文献刚要从石阵里走出来,又看见了一群人正往这里走来,连忙从石阵后面的一条小径跑开了。

应掌柜带着六个人走了过来,见石阵处可以避风,停了下来。其中一个是霍金,他问道:"应掌柜,确定前面那人就是郭太守吗？"

应掌柜说:"就是他。崖州一任,海风把他那张小白脸给吹黑了。"

"那怎么不跟过去？"

应掌柜把手从口袋里拿了出来,呵了呵气说:"那边皇城司守着,不能再跟着了,我们几个在这躲躲吧。再过一会儿,郭太守就得出来,他必须在圣上到之前在大门口候着。到那个时候,再给他下药。哦,天气不错,就是风大,临安的冬天还是有点冷的。"

那五个人听头儿这么说,也在矮的巧石上坐了下来。霍金说:"唉,要在以前,这种事就不用您老出马了。"

"我再不出马,你们六个就不够了。"应掌柜叹气道,"人算不如天算,我没料到呼猿局一下子少了这么多人。"

霍金说:"是的,周工昺死了,他弟弟周工叙突然背叛了。派去杀工叙的那两个失踪了,估计被反杀了。还有一些外派的弟兄,一时也召不回,呼猿局几乎都空了。说起这工叙,我还以为他只会画画,没想到杀人放火、坑蒙拐骗,样样在行。"

应掌柜说:"怪我用人失察,看错了人。谁知道他们兄弟俩会在背后捅我一刀呢？"

霍金说:"等今天的事完了,我去抓他回来吧。或者,直接就干掉他。您说过,坏了呼猿局的规矩,就是个死字。"

"规矩是不能破,但这回我改主意了,得留着他。"应掌柜摆摆手,笑着说,"嘿嘿,得让他替呼猿局再干一件事。这件事,可是天大的事啊。"

部属问道:"一个叛逃的人,还能听您的?"

"他必须听我的。"应掌柜笑得更灿烂了,"事实上,他一直在替我们做这件事,都已经做一大半了。"

"应掌柜,您布了个妙局啊。"

"不,不是我,我哪有那能耐?"应掌柜伸出一根手指,指指天空说,"这么大一个局,是我们的二老板布下的。"

这么大一个局,该是什么局?部属们可想象不出来。他们还想问什么,皇城司的人就走了过来,让所有的人都到大门口去,说是圣驾和金人的使者到了。

"好,我们马上就走。"霍金对皇城司的人说。

等皇城司的人走远了,应掌柜悄悄地对其中的三个部属说:"这样吧,六个人分成两半,等会开了大门,你们这一半赶回呼猿局去。我突然感觉,有些不对……"

那三个人说:"我们一走,玉津园这边的人手就不够了。"

应掌柜说:"呼猿局那边更重要,不能被人破了空城。"

霍金对那三个人说:"应掌柜说得对,你们三个赶紧回呼猿局去吧。"

事实上,自从周工昺入狱后,霍金已经升任呼猿局的二把手,地位仅次于应掌柜。那三个人见一把手和二把手都这么说,就起身离开了。

第三十六章　怎样才能闯进呼猿局

比起孩儿岭花圃，呼猿洞药局小很多。可就在这么一栋房子里，藏着半个临安的秘密，这让小碗很兴奋。虽然知道大门推不开，她还是上前推了推门。推门时在门上摸到黏黏的东西，一闻，好像是猪油。她又握起拳头敲门，没有任何回应。

这是她意料之中的。筷子哥哥猜得对,眼下这屋子里应该没有人。

她正要离开，感觉脚下踩到一样东西，捡起来一看，竟然是铜钥匙。她兴奋地向躲在远处的工叙招了招手，工叙马上跑过来拿过这把钥匙。钥匙上沾满了灰尘，用手一抹，也是油。

"为什么都是猪油？"小碗有些疑惑。

工叙也有自己的疑惑。按理说，呼猿局的人训练有素，不可能这么大意丢了钥匙。但情况紧急，他也不想那么多了，立即用钥匙插进了铜锁，一扭，锁开了。这么容易，这么简单，这么快捷，一定是上天的安排。

他们立即进了大门，院子里果然冷寂。他直接进了左厢，走到哥哥用过的那张桌子旁，然后拉开抽屉。

他必须找到哥哥留下的资料。他已经确认哥哥当年奉命介入了江参案。在云珍驿杀了江参的人是蓝三禾，但最后拿到《千里江山图》的，是哥哥工昺。那么，哥哥是把这幅图上交给呼猿局了，还是自己藏起来了？这一切，应该在哥哥的遗物里找答案。

但是抽屉里，什么也没有。

这就奇怪了，工叙前几日才拉开过这个抽屉，那时候还是满满的。那么，哥哥整理的呼猿册最可能的去向，就是密室。工叙连忙拉着小碗跑到了密室门口，密室当然是紧闭着的。他飞起一脚，哐啷一声，门就开了。正对着大门的，就是令人生畏的呼猿榜。他惊呼起来，因为，他看见呼猿榜下站着一个人。

一个活人。

能笑得那么生动的，且把一把明晃晃的菜刀高举在头顶的人，当然是活人。

他对工叙说："嘿嘿，你很意外吧？你没想到应掌柜还留了一个人。"

工叙说："没想到留下一个烧菜的。"

工叙吃过面前这位大厨烧的菜，确实好吃，应该是真正的大厨，明州菜系的。说起来，大厨还是他们兄弟俩的同乡。能进呼猿局做大厨的，刀法一定不错，可切菜，也可切人头颅。

大厨厉声说："工叙，你身为呼猿局的人，难道不知道局规吗？"

"老王师傅，您笑话我了。"工叙笑道，"呼猿局的局规，我能倒背如流。"

但是，面对着菜刀，他没觉得怕，反倒有一种莫名的亲切。老王师傅继续说："那你还活得了吗？你应该知道的，你哥哥就是为了守住呼猿局的秘密才死的。你回就回吧，还带着一个漂亮姑娘来。你应该知道的，看过呼猿榜的外人，都得死。"

老王师傅说的外人，当然指的是工叙身后的小碗。

小碗说："试试看，不知道谁先死！"

工叙一听这话，下意识就抓住了小碗的手臂。"你答应我的，不能随便杀人了。"他知道小碗又要使出绝技，抢先制止了她。

"把手拿开。"小碗保持眼睛不动，嘴巴微微一动，"我是答应你了，但现在他要杀你。"

工叙摇摇头。上次煎药时，他在药罐里撒了炉灰，老王师傅装作没看见，那时他就觉得老王师傅是个好人。他悄悄地对小碗说："不能杀他。他是我哥最好的朋友。"

老王师傅听见这话,问道:"你怎么知道的?"

工叙说:"我哥哥告诉我,整个临安城,你烧的明州菜是最地道的。"

老王师傅说:"这倒是的。你哥哥最后那天,那餐牢饭就是我送的。我专门为他烧了明州菜。"

工叙说:"问题是,你今天不烧明州菜,怎么满手都是猪油啊?"

小碗突然明白了工叙这话的意思,也接着说:"对呀,滑腻腻的,怎么握得住菜刀?"

老王师傅一听,忍不住笑了,当即就丢下了刀子。"好吧,被你识破了。既然来了,就留下来吃饭吧,我现在就为你们烧几个明州菜去。"

"老王师傅,谢谢你给我留了门。"工叙说,"可是,你怎么知道我会来?"

老王师傅说:"一种预感吧。你走得匆忙,一定会有东西没带走,所以我料想你会来。你那么聪明,应该知道今天是唯一的机会。"

工叙说:"是的,我要找到我哥留给我的话。"

老王师傅说:"哦,你哥要说的话,都写在那件血衣上了,他托应掌柜带给你了。当时我就在场。"他指了指呼猿榜边上的墙角,血衣赫然挂在那里。

工叙远远看着血衣,摇摇头说:"应该不是吧,那不是他要说的话。"

老王师傅想了一下,说:"根据我对你哥多年的了解,他不会用自己的鲜血写那么一堆废话。好了,时间不早了,你们赶紧找。我去把大门闩了,免得闲杂人员进来。"

老王师傅说完就走了。工叙连忙在密室里翻看着满地的资料,这些资料,基本上是呼猿局的同事为各自负责的案子写的呼猿册。

工叙翻了很久，终于看到了哥哥的笔迹。那是一大沓零落的纸，估计都是从呼猿册上撕下来的。

工叙想起来，去崖州路上他在看呼猿册时，曾发现好几处是缺页的。现在证实，应掌柜把那本呼猿册交给他之前确实是做了手脚的。

小碗走到呼猿榜前，看着榜上的画像，榜上有个她熟悉的面孔，这就是洪皓。

绍兴十三年，被金人羁押十五年的洪皓终于回到大宋，入境之地就在盱眙的皇华馆。按照上头的安排，小碗混在洪皓一行中伺机进了宋境，随后她的身份就由金人护卫转换为一个贩卖盱眙青虾的小贩子。也就是在盱眙皇华馆的习仪馆，她遇到了从饶州老家赶来迎接洪皓的洪管家。

她感觉呼猿榜上洪皓的画像活了过来。

洪皓盯着她，气愤地责问道："你为什么在大庾岭邂逅岗杀了我的管家？"

小碗心里很是愧疚，赶紧避开了洪皓的眼神，逃到了墙角。

墙角，挂着一件满是血迹的衣服，旁边还写着两组词：忠诚，楷模。这件就是筷子哥哥的哥哥留下的血衣，上面写满了血字。她拿起血衣闻了闻，一股血腥味。但是在浓浓的血腥味里，她闻到了一丝淡淡的异味。

小碗想起了什么，冲工叙喊道："你们这，洪皓案是不是也是你哥哥负责的？"

"怎么？"工叙放下手中的残页，看着她。小碗拿着血衣说："这血衣上，除了这些血字，可能有你哥哥另外写下的秘语。"

"啊？"工叙轻声叫道："很有可能。我也这么想过。我想，应掌柜也这么想过,所以他不肯把这件血衣还给我。"

小碗说:"他一定也在找秘语。"

工叙从小碗手里取过血衣,翻来覆去看着,除了上次看到的那些血字,什么也没找到。"刚才你问洪皓案是不是我哥负责的,为什么这样问?"他又说。

小碗告诉工叙,当年在盱眙皇华馆,她听说洪皓羁押在金国期间,曾经把他所见所闻写成两种文稿呈送给宋廷,一种是正常的文稿,一种是用特殊菜汁写的密函。这些密函写的都是金人的机密。

小碗说:"如果你哥整理过洪皓的材料,他就一定知道洪皓密信。"

"你这么一说,我倒想起来了,"工叙说,"去年夏天吃西瓜,我哥就跟我说,大宋原先是没有西瓜的,是洪皓归宋时秘密带回了西瓜的种子,后来我们这就有西瓜吃了。"

小碗急了,骂道:"都到什么时候了,你还在说吃西瓜?"

工叙辩解道:"我哥说西瓜的时候,随口提到过洪皓密函的事呀。"

"洪皓密函?"老王师傅从院子里回来,听他们那么一说,他嘴里也这么一说。工叙连忙问道:"怎么,您也知道洪皓密函?"老王师傅说:"你哥那阵子参与洪皓案,几次跟我说起密函的事。"

小碗连忙问道:"那他跟你说过怎么破解密函吗?"

老王师傅想了半天说:"没有。他那段时间老是到厨房里来,却不是找我的。"

工叙问道:"那他找谁?"

老王师傅说:"他找葱白。他把我烧菜的葱白都拿走了,说是要做个实验。没了葱白,那几天我烧的菜都少了一种味道。"

"葱白?"小碗开心极了,"对,是葱白。洪皓写秘语用的菜汁,就是葱白榨的汁。"

老王师傅说:"对呀,我想起来了,那天给他送牢饭,他就莫名其妙说到了葱白。他说他每天吃饭,都盼着菜里的葱白。"

工叙说:"问题是,真要是用葱白汁写的字,怎么才能让它显出来呢?"

"等会儿,别吵,让我边说边回忆吧。那一日吧,因为是你哥哥最后一次吃牢饭,临安府按规定通知了我们。应掌柜就让我专门为你哥烧了明州菜,然后我随着他一起去了大牢。你哥把血衣给了应掌柜,让他把这件血衣转交给你。应掌柜在低头收拾这件衣服的时候,你哥却对我暗暗使了个眼色。"

"他还说了什么?"

老王师傅回忆道:"你哥说,到时你要去他坟前,务必带上这件血衣,然后把血衣烧掉。"工叙流着泪说:"我会的,我会去烧掉的。"小碗一听,大叫道:

"傻瓜,你哥已经把显影的方法告诉你了。"

老王师傅很快就生起了火,工叙便把整件血衣放在火上烤。

"那不行,不是这样的,你得慢慢来,别烧着了衣服。"小碗说着,推开了工叙,接过血衣,细细地烤了起来。葱白汁涂到衣服上,干透之后是看不出来的,但是用微火一烤,葱白汁比布料早一步烤焦变色,这样就显出渍来。所以,烤火的火候很重要,等到布料也烤焦了,文字也就不见了。

慢慢地,这血衣上出现了一个字,然后是两个字,然后是三个字,然后是一排字,然后是一排排字。

看得出,这些字因为是用特殊方式写的,所以歪歪扭扭甚至还模糊不清。但是,工叙看懂了,他说不出话来。他的眼里,呼猿册消失了,呼猿榜消失了,他只听有个声音从幽暗的地面浮了起来,充盈了整个屋子。

对的，血衣上数目不多的文字，化为绵绵不绝的声音，还原了哥哥对弟弟说的话：

弟弟，对不起，把你拉到旋涡里来了。当初让你来呼猿局，就是为了江参案。我经过调查，觉得所谓的江参案，就是有人针对赵鼎而设的局。我暗中调查赵鼎多年，发现赵鼎不是他们说的那样坏。查得越多，我心里越是不安。功劳那么大的一个人，被一次次放逐，我们还派人去逼他，逼他去死，呼猿局真的不干好事啊。上次临安府的人看到了呼猿榜，我杀了他们，并不是一时的冲动，而是想趁机离开呼猿局，求得心底的解脱……

老王师傅在一旁插了一嘴："其实你哥在呼猿局还真有些闷闷不乐。你来之前，局里只有我和他是明州人，所以他常常来找我诉苦，说应掌柜一方面拼命让他干活，一方面又防着他。有一次二老板来安排任务，碰巧应掌柜不在，你哥就把二老板的吩咐安排下去了，应掌柜回来后，两人为此吵了起来。"

"等等，"工叙打断老王师傅的话，"你说二老板来局里安排任务？二老板是谁？我听应掌柜说，连他都没见过二老板，这是真的吗？"

老王师傅说："这个，他说对了。呼猿局里没有一个人见过二老板。二老板是天，虚无缥缈的，但我们都怕他。他好像时时刻刻都在我们身边。在我眼里，那一条黄狗，就代表着二老板。"

工叙点点头，不再问。他集中注意力，继续听着那浮在地面上的声音：

……弟弟，在牢里这么久，我慢慢地想，终于理顺了思路。我隐隐约约感觉到，二老板通过我们呼猿局，给赵鼎设下了一个更大的局,而我们兄弟俩,成了应掌柜手中的棋子,专门对付赵鼎。今天为了要一个葱花馒头挨了打,但是值得,因为有了很多的葱花,所以就给你多写几句吧。你看到这份密信后,马上离开这个可怕的地方……

老王师傅对工叙说:"我跟你一起离开吧。这地方太可怕了,我可不想折寿。"

工叙这次没理他,那些神秘的声音已经讲了最关键的地点:

……弟弟,离开前,你要带走《千里江山图》,把它还给江参门徒。我在云珍驿夺了这幅图后,就交给了应掌柜,应该锁在他的铜皮抽屉里。好了,葱白汁快用完了,我要收笔了,带着你给我画的人像来坟前看看我吧。就此别过了,我的弟弟。

哇,小碗哭出声来。她替筷子哥哥哭。

工叙面无表情。他在想,哥哥真有能力,在暗无天日的大牢里也能把他在洪皓案里学到的隐字法利用起来。写了这么多字,那得收集很多的葱白。可每顿饭菜里,能有多少葱白呢?而葱白,只能是新鲜时才能榨出汁,干了就废了。所以,哥哥的这封信得每天写,从第一个字写到最后一个字,一定花了他整月的时间。

工叙眼前一恍惚,似乎看到了哥哥一边吃饭,一边偷偷地在菜碗里搜拣那少得可怜的葱白。现在,哥哥微微一笑,因为哥哥发现了一截饱满的葱白。哥哥用拇指和食指从菜汤里夹出葱白,想把它放到口袋里,但是那葱白并不配合,从哥哥的指尖跳到地上去了。哥哥连忙伏下身子,在地上寻找着。

哥哥趴下的时候,后背就露了出来,都是血。那血迹,有老的,有更老的,也有新鲜的,层次分明。

工叙连忙上前一步,伸出一只手,想帮哥哥捡起那一截葱白。但是当他的手指碰到哥哥的时候,哥哥还没开口说话,整个人就变成了泥灰,散落到地上。工叙这才醒悟过来,哥哥早就离开人间了。

可现在,他不能哭,他没时间哭,他得按照哥哥说的马上找到《千里江山图》。他对老王师傅说,快,去应掌柜的房间。

小碗把血衣扔进了火盆里,火盆里一下子冒出了明火,血衣燃烧起来。她拨弄着火盆,让燃烧更彻底些。她用这种方式,祭奠了她的筷子哥哥的亲哥哥。

这回,一脚踹开房门的是老王师傅。

应掌柜的房间不大,但是桌子不小。他的桌子还有一点不同——特别厚实,抽屉面都是用铜皮包住的。这下,老王师傅的菜刀终于派上了用场。过了好一会儿,铜皮抽屉被打开了。立下功劳的,除了菜刀,还有锅铲。

这铜皮抽屉里有很多的东西,工叙干脆把抽屉全部抽出来翻了一个面,抽屉里的东西飘飘洒洒,全落到地上。《千里江山图》是个山水长卷,应该非常显眼,但是工叙把地上所有的东西都翻了一遍,就是没找到什么卷轴。

他失望了,飞起一脚,踢散了这些杂七杂八的东西。

一张纸飞了起来,蒙住了老王师傅的脸。老王师傅下意识扯下了头上的纸,无意间一瞥,叫道:"咦,这是什么?"

小碗正在旁边,凑过去一看,是一份信函,信函上写满了字,里面就写着"千里江山图"五个字。这封信上的字还是新的,应该是这几天才写的。这下,工叙有了精神,他拿起这封信看了起来,嘿嘿嘿笑了。信上的笔迹,就是应掌柜的。

看样子，应掌柜写完信，还没来得及送出去，就随手锁在了抽屉里。

这是应掌柜写给二老板的信，大意是：

"二老板，甲一计划实施至今，到了收官阶段。派去崖州的周工叙已回京，我们完全可以按原计划弹劾赵鼎，条件已全部具备。属下草拟了一份弹劾奏疏附在信后，请二老板过目。如可以，属下会把此弹劾文书送至御史中丞詹大方处，让他以御史台的名义呈给朝廷……"

工叙连忙翻到最后，看到了应掌柜替詹大方草拟的弹劾书。

他终于明白了一切，长叹道："我哥说我们兄弟俩是应掌柜手里的棋子，果然没错。"

老王师傅识字不多，加上奏疏都是按照朝廷规定的格式写的，所以没完全看懂弹劾奏疏的内容。"为什么？"他问道。

工叙说："您知道应掌柜为什么派我去崖州吗？"

老王师傅说："你走后，应掌柜有一次喝酒时说过，他给你的任务列了一个清单。"

工叙说："他确实给我一个任务清单，每一条都是骗人的。他真正交给我的任务，恰恰没写到清单上。"

老王师傅说："那是什么？"

工叙说："什么也不干，就是让我走一趟。只要我去过了，然后回来了，就算是完成任务了。"

老王师傅这下更不明白了。"什么也不干"，这也是一种任务吗？

工叙解释说："只要我去过崖州，他就可以说，呼猿局的人在崖州赵鼎的住所找到了《千里江山图》。詹大方把这些写到弹劾赵鼎的奏疏里，再在朝堂之上把《千里江山图》一起拿出来给大臣们看，这样，有根有据的，赵鼎派人杀害江参、盗走《千里江山图》的新罪名就成立了。"

老王师傅说："弹劾一个死人有意思吗？"

工叙说："赵鼎是死了，可天下尊崇赵鼎的人太多了，得用鞭尸的方法压住他们。"

"哦，原来是这么一回事。可是，"老王师傅想了想，又说，"这《千里江山图》不是没找到吗？他们在朝堂拿什么来证明你从崖州拿回了这幅图？"

工叙把手中的信函又翻回第一页，给老王师傅看了应掌柜写给二老板的最后一句话："……现在，敬请二老板把《千里江山图》送回呼猿局。"

老王师傅惊道："搞了半天，原来《千里江山图》在二老板的手里。"

工叙说："是的。所以我们还得从二老板手里拿回这幅图。"

老王师傅说："这不可能。刚才不是说，连应掌柜都不认识二老板吗？你到哪里去找他？"

"有办法呀。"工叙终于笑了起来，"您先前不是提醒我了吗？"

老王师傅呆了一下。"我先前提醒过你？我先前说了什么？让我想想……"他终于想到了，也笑了起来，"对了，黄狗。"

第三十七章　一颗去口臭的药丸子

玉津园的大门终于开了，这回，连两边的侧门也打开了。圣驾到了玉津园，就是不一样。

虽然大门小门都开了，但候在门外的平民依然进不了园。不过，他们也没白来，至少他们见到了圣上。原来传说中泥马渡来的康王是长这样的。只是，他们恐怕要有些失望了，因为他们看到自己的君王很谦卑，很不像君王。

但，君王的谦卑跟国人无关，只与金人使者有关。

在圣上的坚持下，金人使者与圣上一左一右并排进入正门。等他们进去了，仪仗队、文武百官、随从、皇城司的人，才从边门进了园子。

老天，还有女子的队伍，都是天仙一样的女人，足足有一百名呢。一百个女人，长相都跟中土的女人不一样。今天算是来对了，能看到这些绝色女子，比看到圣上强十倍。

等一百名女子进了园子，所有的门又轰隆隆合上了。门外，有人拍着厚厚门板大叫道："圣上呀，说好的与民同乐呢？"皇城司的人立即冲过来骂道："叫什么叫？你们还想再搞出个踩踏事故吗？给我耐心等着，等会这些女子跳起龟兹舞了，你们看不见，还能听不见吗？"

门外的人终于明白了，这些女子原来是来跳龟兹舞的胡姬。是啊，身处如此繁华的京城，竟然说不认得胡姬，真是丢脸的事。皇城司的人说得对，看不见她们跳，那就用耳朵听嘛。

这些一想，玉津园外的那些人都不走了。耳朵留下来了，身体就得留下来。

世上的围墙，都高不过声音。

墙内的人更忙了，他们都在迎接着圣上和金人使者，连先期到达的忙豁勒使团也要列队恭候。

最忙的人，一定是章杰。虽然名义上，他只是来玉津园帮个忙，但因为他无比用心，做事也实，所以礼部就把一些具体的事交给他办。在最后一刻，黎母大蛮就位，章杰的心就放下了一半。但现在，他发现没放下的那一半其实更大，因为后面的环节更重要，一个不慎就会全盘皆输。

按照顺序,第一件事,就是圣上和金人使者领头观看园内的瑞兽。大部分文武百官及西域请来的胡姬进了大门就各归其所了,所以观看瑞兽的人不多,就加上忙豁勒人、夏人、辽人、高丽人,当然还有宋廷中枢的数位大臣。

大臣中最大的,当然是大宋现在的宰相。当今不再是赵鼎为相的年代了,不再有左相、右相分权掣肘。现任宰相只有一个,权力极大,但是,大家都喜欢尊称他为太师。

太师看见章杰,什么也没说,只是在他肩膀上重重拍了一下。章杰明白太师这一拍,是在提醒他,只要今天的表现能让圣上满意,衢州太守的位子就稳了。

这是老天给章杰的机会。他开始领着这些尊贵得不能再尊贵的人物看瑞兽。每到一处,他都会详细介绍每种瑞兽的情况。他看得出,圣上会关注金人使者的感受。金人汉化久矣,所以他们的使者也精通中土语言。

大象、狮猫、金丝猴、猴面鹰、鹰嘴龟、犀牛,这些珍禽异兽,每一样都来头不小。

在以前,瑞兽之王必定是交趾贡象,会放在园中最显眼的位置,而现在,大象们被野马取代了。大象是好大象,它们不争,它们知道眼下在圣上的眼里,自己比不上野马。何况,这些大象到江南超过十年了,已经很老了,早就见怪不怪。所以当贵人们路过它们领地时,它们也没转过身来,好像它们硕大的屁股上写着四个大字:

关我屁事。

几只狮猫就没这么有气度了。别看眼下临安的大街上贴着黎母大蛮的画像,可在这以前,是贴着狮猫图的。它们望着远处的野马喵喵喵叫了起来,翻成人间的话是:野种,乡巴佬,南方岛夷,你得意啥呢?论血统,我们是西域来的;论风头,我们比你更早就上了墙。你去问问崇国夫人，她喜欢的是谁？

狮猫们根本没注意到，就在它们发泄不满的时候，圣上和金人使节走过去了，大臣们走过去了。更重要的是，崇国夫人的亲爷爷走过去了。如果没有这个亲爷爷，去年临安府就不可能为崇国夫人全城搜寻一只走丢的狮猫了。

其实，不满也好，嫉妒也好，这些瑞兽确实没有引起太多的关注。章杰也没了详尽介绍的兴趣，话慢慢少了下来。太师装作漫不经心的样子走到章杰面前，悄悄地说："你知道刚才介绍的是什么吗？"

"天下各处收罗来的瑞兽。"

"不对。"太师正色道，"这不是瑞兽，这是我们大宋的千军万马。"

章杰不解，他真的不明白这么高深的理论。太师说："把这些作为贡品，进贡给友邦，他们一高兴就不发兵了，免得大宋要养那么多的将士。这个账合不合算，你算算。你知道今天金人使者来干什么的吗？"

章杰摇摇头，这些东西，他这个层级的官员是不知道的。太师骂道："笨蛋，他们是来选瑞兽的。瑞兽，就是贡品。"

章杰刚想说什么，看见一行人已经离开了，往黎母大蛮的方向走去。太师连忙对他挥挥手，叫他赶紧跟上。

章杰一路小跑，跑到了黎母大蛮面前的雕塑位置，然后站定了。他必须让君王先看到他的用心。

圣上果然看到了泥马，以及绕在泥马上的泥龙。当年"泥马渡康王"传说中的主角，如今的大宋天子现在就站在这里。当年，这个传说确实让他平添了巨大的号召力，几乎半个北方的流民都自愿跟着他南渡，重建了朝廷。

眼下，有人把"泥马渡康王"的雕塑和黎母大蛮放在一起，就是巧妙又明确地昭告天下，这次黎母大蛮的出现，是上天又一次派遣神马来庇护他赵构了。

圣上心一动。几个月前,崖州太守上奏说了崖州抗击大海盗的事,他关注的却是奏折里提到的黎母大蛮。当下,无论是庙堂还是山野,都有大量的人不赞同放弃北方失土,所以他想借黎母大蛮之事,生造一个类似"泥马渡康王"的传说来暗示百姓,君权就是神授的。

而现在,竟然有人猜透他的心思,这怎么不让他心动呢?

尽管圣上脸上毫无表情,一旁的章杰还是凑过去说:"陛下,时间紧,微臣只能做到这么大,以后有机会,微臣会把泥马做得更大一些。"

圣上这才认真看了章杰一眼,说道:

"哦。"

虽然他只说了一个"哦"字,但他已经知道面前这个人是谁了。南渡以来,朝中出现了一连串的能臣,帮助他在这乱世中站稳了脚跟,但这些人再厉害也走不到他心里。比如赵鼎吧,他两次把宰相重位交给了赵鼎,赵鼎也没辜负他,很快开创了中兴局面,可赵鼎在很多关键时候,就是不理解他。

幸亏后来出了太师,这么多年了,只有太师一个人能跟他心心相印。现在,又一个能读懂他内心的人出现了。人才难得,一定要重用。他抬起头,把不远处的太师请到面前,吩咐道:

"去找个文笔最好的,好好写一写黎母大蛮的事。"

章杰的心,怦怦怦跳了起来。圣上已经认可他的这种做法。不要多久,一个类似"泥马渡康王"的新传说就要出笼,并传遍天下。

圣上终于看到了黎母大蛮。

现在的黎母大蛮,已经不像是黎母大蛮了。除了被洗得干干净净,身上还披满了锦绣绸条,大红色的。

只有章杰知道,这些红绸条里暗暗包裹着铁链。这些野马天性很烈,又没经过驯马师的训练,完全不听号令。万一在关键时刻失控,那就是轰动天下的大事故。真的那样,那么,马还是马,但人就可能要被放逐到岭南了。而第一个被放逐的,一定是他,可怜的章杰。

章杰是个思维缜密的人,为了保密,他舍近求远,托翁蒙之在常山秘密打造了超细的铁锁链。这些特制的铁锁链到货后,他还和翁蒙之试了试,确实拉不断,就把这一根根细铁链缝制进锦绣绸条里。不仔细看,还真看不出来。今天黎母大蛮到了玉津园后,他立即用锦绣绸条绑住马身,还在马的胸前挂上了绸花。

这些野马不管怎么挣扎,就是挣脱不了这些铁锁链,旁人看去,以为它们挺老实。

圣上一脸欣喜,就像他当年遇到泥马那样。其实,"泥马渡康王"这回事,他自己都不信,后来天下人都这么说了,他也开始相信了。现在,他也信了黎母大蛮。

章杰看到圣上这么欣喜,当然是高兴的。

太师的关注对象,却是金人使者。他发现,无论是交趾贡象,还是西域狮猫,甚至是黎母大蛮,金人使者都只看了一眼,好像没什么大的兴趣,这让太师心急如焚。

太师知道,如果这次金人使者没看中这里的瑞兽,那么今年进贡给大金的银子,就要增加很多。可是去年多个州府粮食歉收,与外番各国的海上贸易,也因为海盗的频繁滋扰,税赋锐减,国库已经亏空了。万一这银子一下子筹集不起来,金人就会翻脸。

所以,他得让金人使者看中黎母大蛮。

他不再小心翼翼了,直接走到章杰面前说:"快,重点介绍黎母大蛮,强调黎母大蛮的好,要让金人喜欢上。"

章杰说:"我知道,我马上把'泥马渡康王'的故事讲给他们听。"

太师急了,低声骂道:"你傻啊,'泥马渡康王'说的就是圣上躲避金人追杀的事，你还跟金人说这个？刚才你带圣上看那狗屁的雕塑，是我把金人引开的，否则你就犯了破坏宋金议和的大罪了。"

章杰这才想起来，刚才在看"泥马渡康王"时，好像是没见到金人使者。他知道了，自己再聪明也比不上太师。官场的水，太深了。

怎么向金人推销这些野马，太师也没好的办法，便说："这样吧，我再救你一次，你日后要记得报答我。"

他也没等章杰回应，就跑到人群前面，大声地说：

"各位使者大人，我们现在看到的黎母大蛮，是刚被发现的瑞兽，是在天南极地的崖州发现的。至于它妙在何处，我们听听崖州的父母官是怎么说的。现在，我们就请崖州太守郭嗣文说说它的妙处吧。大家耐心等一下，我这就派人去请他。"

章杰这下机灵，飞一样去找郭太守了。

应掌柜带着三个人，一直盯着郭太守不放。

他试图捕捉一个机会，可以把一颗药丸投入郭太守的茶杯里。药丸是茶色的，遇水即化，也几乎没有特别的味道。郭太守一旦喝了这样的茶水，就会变得很安静。安静到什么程度呢？安静到几乎不说话，或者说什么忘什么。

但是，这很不容易。这次郭太守来京，一开始都没引起大家的关注。要说关注，关注的也是黎母大蛮。后来传来消息说圣上要接见他，大家都不相信。可是后来消息被证实了，圣上不但要见他，而且要在玉津园的大典上让他坐在自己的身边。

现在，传闻变成了事实。郭太守现在真的坐在这极为显眼的座位上。应掌柜远远望着这个核心区域，大致估算了一下，最中心的两个位子，是圣上和金人使者的，他们的两边可能是太师和忙豁勒、夏、辽、高丽的使者，而郭太守的座位就在圣上的正后方。按照以往的规矩，这个位子上一定会放上某个一品大员的大屁股。

应掌柜当然知道，没有皇城司的允许，旁人是绝对不可能靠近这块区域的。这也意味着,他手中这颗药丸肯定进不了郭太守的茶杯。

眼下这个座位上，安放着一个品级很低的屁股。周围的每一个屁股，都比这个屁股高级。万幸的是，有时候是座位决定了屁股。虽然郭太守瘦瘦的屁股压不住这么高贵的座位，但此时，这个尊贵的座位反过来让郭太守的屁股高级了好几倍。现在，很多大屁股站了起来，向一个小屁股献媚，害得这个小屁股坐下去又站起来，站起来又坐下去。

应掌柜变换了思路。走不进圈，难道就不能让你自己出圈吗？一颗药丸，放不进你的茶杯，难道不可以直接放到你嘴里吗？他一旦这么想，就要马上实施。时间不等人，等到圣上坐定并接见了郭太守，就一切都来不及了。

他正焦急，看见章杰从远处跑了过来，要往那核心区域钻，被皇城司拦住了。章杰急了，解释说是太师派他来请崖州郭太守的，还说金人使者在黎母大蛮那里等他。皇城司还没反应过来，应掌柜立即冲上前去，说：

"我来吧，我来吧。我是郭太守的随从，崖州来的。"

事情急，没等章杰反应过来，应掌柜就冲进戒备区。戒备区更贴近核心区域，皇城司的人连忙拦住了他。他也很懂规矩，大老远就冲着里面喊道："崖州的郭太守,崖州的郭太守,太师请您去一趟。"

郭太守欠着身子正在与人寒暄，听有人这么叫，连忙跑出戒备区，跟着应掌柜往黎母大蛮的方向赶去。章杰跟着也要跑，却不知怎么的，突然就摔倒在地上。呼猿局的三个人连忙上前扶起他，把他拉在一旁察看伤势。

"没事的没事的，太师还等我回去呢。"章杰说。等他好不容易脱了身,郭太守早就跟着应掌柜跑远了。

应掌柜一边跑,一边对郭太守说:"我是皇城司的人,按照规定,您见金人使者前,得先服下一颗药丸子。"

郭太守有些奇怪,从没听说还有这规矩。应掌柜说:"金人使者怕宋人嘴臭,所以要服用一颗去口臭的丸子。"

郭太守终于开口了:"你是说,我有嘴臭——我自己怎么不知道?"

应掌柜说:"自己怎么闻得到嘴臭呢?大人从崖州赶到这里,一路辛苦无比,嘴臭也很正常的。"

郭太守终于相信自己的嘴臭。不但臭,还很臭,特别臭,熏倒驴。他接过应掌柜递给他的那颗药丸,塞到了嘴里。

这时,章杰也已经赶上来了,跟着往黎母大蛮的区域跑去。

应掌柜见状,掉转头撤了。

他跑回刚才那地方,对三个随从说:"刚才是谁给章大人使了一绊子?"

霍金笑了,客气又不客气地说:"我这是向应掌柜学的。"

应掌柜拍了拍霍金的肩膀说:"嗯,配合得好,你比周工晟还厉害。"

霍金说:"应掌柜尽夸我,从不骂人。"

"别这么说。"应掌柜摆摆手说,"对自己人,要厚道。"

第三十八章　呼猿局里的呼狗令

呼猿局里,工叙一直在等着天井下的响动。

一个时辰前,他们搬开青石板的盖子,丢进了一只特制的肉包子,等了很久也没动静。老王师傅又从厨房里拿来两只肉包子丢了下去，没多久，一条黄狗现身了。工叙把应掌柜没来得及发出的信函放入黄狗背上的麻袋里，拍了拍黄狗的头，说了声：

"十万火急，找二老板。"

那黄狗竟然听得懂，摇摇尾巴钻进了秘道。

现在，他们就在等黄狗的再次出现。漫长的等待中，工叙把呼猿册的残余部分看完。在这部分，哥哥出人意料地叙述了一个故事，故事里有三个人，一个是赵鼎，一个是张浚，一个是秦桧。三人最大的共同点，就是都当过宰相。

有意思的是，赵鼎与张浚，一个过于老成、持重，一个过于果决、激进，两人共事往往不欢而散。更有意思的是，无论赵鼎还是张浚，因为决策失误引咎辞职后，都会毫不犹豫向圣上推荐对方接替自己的相位。这两个人，虽然政见不同，可他们即使有缠斗，也是君子之争，不涉私利。

但有一次，他们俩犯下了人生中最大的错误，同时推荐了秦桧。因为秦桧对他们特别谦卑，他们都因此看走了眼。秦桧一登上相位，就把两个恩公赶出了京城。于是，赵鼎就被第二次放逐。放逐的原因有些荒唐，说他在立储的问题上让圣上不高兴了。

一旁的老王师傅听工叙说起这事，马上说："哦，这事，你就别看你哥写的了，文绉绉的，还是听我说吧。"工叙正好看酸了眼睛，就放下了资料。老王师傅说："这事嘛，赵鼎也不对，不懂人情世故，人家老赵家裤裆里不行，你凑什么热闹呀？"

工叙说："帝王立储，关系到国本，本来就是宰相该考虑的问题。"老王师傅说："这没错，可是你知道人家秦桧是怎么做的吗？"

小碗问道："怎么做的？"

"哦，你还没嫁人吧？"老王师傅说，"姑娘家就不要听了吧？"

小碗一听，红着脸走开了，丢下一句话："嫁人没嫁人，还用得着问吗？"

老王师傅嘿嘿一笑，见小碗走远了，才压低声音说："秦桧明知道圣上下面不行，还常常去民间给他找偏方。天晓得他找来一些什么，反正圣上吃了没用，但是人家心里觉得秦桧贴心呀。"

"一点药的事，算什么呀？用得着把小碗支开吗？"工叙说。

"这还不够。"老王师傅这才说到妇孺不宜的事，他说，"这老秦，明知道圣上不会生育，还常常找些女的，偷偷送到圣上的床上。虽然圣上还是生不出一个屁，但人家心里觉得老秦够意思呀。而那个老赵，就太古板了，一点儿也不好玩。"

"所以，圣上把赵鼎的相位给了秦桧。"

"是啊，人家会猜圣上的心思，而且一猜一个准。他不做宰相，谁做宰相？"

工叙点点头，又摇摇头。他觉得老王师傅的话不全对，圣上那么器重秦桧，应该不是裤裆里那点事。他刚才从呼猿册的残页里看到哥哥的分析，哥哥说过，秦桧提出了媾和的主张，正符合圣上的隐秘想法。

哥哥还说，赵鼎这人聪明过人，可在侍奉君王的方式上，还不及秦桧的一个零头。他根本就猜不透圣上的心思。当秦桧在试验这些想法时，赵鼎的反对是切切实实的。

工叙明白赵鼎的心迹。赵鼎是北方人，那里埋着他祖先的骨殖。他心心念念要收回故土，怎么可能同意签个和议永久放弃自己的家山？所以，他被罢相是必然的事。问题是，赵鼎很蠢，竟然不知道他一旦离开了相位，就失去了保护符，裸奔在箭雨中。

老王师傅也意识到刚才对小碗有些唐突了，对工叙说："你先忙，我去把小碗请回来。"

工叙也没说什么，低头继续看起了呼猿册的残页。

呼猿册里,哥哥又讲了一个故事:赵鼎被二次罢相后,去绍兴府任知府。他离开临安时,秦桧在津亭渡备了一桌菜给赵鼎饯行,哪知道赵鼎竟然没给现任宰相一点面子,直接就上船走了。

当时赵鼎一定没想到,他这一去就是不归路。是啊,赵鼎前一次遭遇罢相,离开了中枢,但没过多久又成了一人之下万人之上的宰相。在他心目中,这一次贬谪也会很短暂,他将很快回到中枢。所以,他在码头上拒绝了秦桧的好意。其实,他当时根本没察觉到秦桧表面谦卑,眼里已露出杀机。

这件事后,秦桧心里就发誓,绝不让赵鼎再回朝。

所以,赵鼎的放逐地就越来越远了。赵鼎贬到崖州时,按规矩给朝廷写谢表,竟然写了"丹心未泯,誓九死以不移"一句。秦桧看了,摇摇头说:"这老头还那么倔,我还敢放虎归山吗?"

小碗在院子里的天井下,一直盯着那个秘道口。

那条黄狗还没回来,这让小碗有些担心,再拖下去,呼猿局的人就有可能回来了。她见老王师傅走过来,问道:"真有黄狗传书这种事吗?"

老王师傅说:"是的,黄狗一定会来的,它记挂我做的肉包子。"

小碗又问道:"这地下真有一条条长长的秘道,穿过整个临安城?"

老王师傅笑笑说:"都这么说的。估计都是从应掌柜那里听来的鬼话。我也想过,我们这个洞,是不是连着不远处的呼猿洞?那可是个古洞,有些名气的。黄狗只要把东西送到那个古洞,可能就有人接应了。"

小碗说:"这么久,你们就没人去呼猿洞探个究竟吗?"

老王师傅说:"我去过的,可我没看到什么。呼猿洞就连着飞来峰,旁边就是灵隐寺,那一带人来人往,不是香客,就是游人,也容不得我细细找。"

正说着，那天井的秘道里传来了一个声音。

小碗兴奋起来，连忙趴在了洞口。那声音更清晰了，好像是有人在说话。秘道很窄，只容一条狗通过，怎么可能藏着人？她对着屋子里喊了一声，工叙放下呼猿册跑了过来。

过了一会儿，一条黄狗露了头，工叙连忙把它拽了上来，心却沉了下去。他看见黄狗颈部的袋子，瘪瘪的，不可能放着一幅长卷。但是小碗不死心，还是打开了袋子，这袋子里有一张纸，上面只写着两个字：口令。

这下，三个人都蔫了。老王师傅说，这样的情形他只见过一次。"就是我刚才说的，你哥哥和应掌柜吵起来的那次。那一天黄狗现身，好像也送来一张纸，要求答口令。你哥哥对着洞口真喊了口令，第二条黄狗就现身了。为了这，应掌柜跟你哥哥吵了起来……"

工叙连忙打断老王师傅的话，让他回忆哥哥当时对秘道里喊了声什么。老王师傅正在回忆，那大门就被外面的人拍响了。外面的人一边砰砰砰敲门，一边大喊着：

"开门，开门。老王师傅听见了没有？"

工叙辨认声音，是呼猿局的同事回来了。可老王师傅还没回忆出口令，如果这些人闯进来，那今天所有的努力都泡了汤。工叙给小碗使了个眼色，两人马上冲到大门后面，提防外面的人破门而入。

老王师傅明白他们的用意，但是他也无法静下心想口令。门外的砸门声越来越小了，他意识到不对，马上对工叙说："快，快跟我到后门去。后门最薄弱。"

后门？工叙一下子没反应过来。他在呼猿局待了半年，知道有扇后门，但从未见过这门被打开。先前，老王师傅在前门上了铜锁，就是通过这道后门回到屋内的。

三个人到了后门，才发现晚了一步，后门被外面的人踹裂了。老王师傅冲了上去，拼命地抵住了门板。外面的人叫道："老王师傅，你果然在里面。里面还有什么人？"

老王师傅说："除了一条狗在吃包子，没有其他人。"

外面的人说："那你顶着门板干吗？"

老王师傅没话了，他没底气了。外面的人又说了："老王师傅，应掌柜让我们提前返回，就怕家里有情况。没想到问题出在你这里。你和周工昺是乡党，果然同穿一条裤。"

老王师傅这下有了底气，隔着门板骂道："你们没觉得应掌柜借刀杀人，杀了工昺吗？"

外面的人说："并没有冤枉工昺呀。他近些年生了异心，暗地里和应掌柜对抗，按照局规早得死了。"

老王师傅心生一计，故意说："生什么异心呀？不就是因为上次黄狗来，他无意间朝秘道里喊了一声，这算什么事？"

"那还不够吗？"外面的人说，"那是二老板定的口令。"

老王师傅说："啊，他随便喊了一声，怎么就成口令了？"

外面的人说："什么叫随便喊一声？那个人的名字是可以随便叫的吗？"

老王师傅想起了什么，连忙回头对工叙喊道：

"快，我知道口令了。"

他马上压低嗓门对工叙说了一句话，工叙一听，撒腿就往天井跑去。外面的人意识到了什么，开始猛烈踹门。小碗本来是跟着工叙跑的，听到声音立即回转头来。

这时，门被踹破了一个大洞，小碗立即拔出暗器射向了破洞，外面的人应声倒地。但是，这已经于事无补了，老王师傅躺在地上，前胸都是血。一把尖刀穿过破门板，插进了他的胸口。他看着小碗，艰难地说：

"看，我真要离开这里了。"

他猛吐了一口血，头往旁边一歪，再也没有动静了。

小碗后悔死了，刚才门破的一刹那，她本该立即出手的，就因为她跟工叙约定过不能随便杀人，所以才犹豫了一下。就这么一犹豫，老王师傅的命被别人取了。

王文献和孛儿赤斤见郭太守跑了过来，下意识地躲到了人群后面，用围巾围住了半张脸。忙豁勒人虽然来自极冷的大漠，但也受不了江南的湿冷，所以每个人都备了一条围巾。

章杰把郭太守带到太师面前，太师对郭太守说："快，去说些黎母大蛮的好话，把他们说动了。"

郭太守想了想，问道："我可以说真话吗？"

"你自己看着办吧。"太师暗示道，"我已经在考虑把你从崖州那鬼地方调回京城来了。"

郭太守说："好呀，那是我的夙愿。"

郭太守走到前面的位置，离他最近的，自然是金人。这不奇怪，宗主国的人当然要站在最前面。忙豁勒人被金人册封最晚，地位还不如高丽人，只能站在最后面了。穿过人群缝隙，王文献看到郭太守的脸涨得红红的。也许，这个边远小郡的小太守，在圣上面前激动过了度。

可孛儿赤斤不这么看，他摇摇头，低声地对王文献说："我看他脸色不对劲，可能是……"

王文献说："喝了酒？"

"面圣之臣，谁敢喝酒？"孛儿赤斤说，"我说的是，他可能是吃过药了。"

啊？狂士再狂，也想不到这点。接下去，他便相信了李儿赤斤的话，因为郭太守说话的方式确实有些怪异。

这时候的郭太守不像太守，倒像一介狂士，他出人意料地翻入了马圈，大声说：

"你们看，这黎母大蛮的毛色，一律是白的，中土罕见哪；你们看，黎母大蛮这么高，中土罕见哪；你们看，黎母大蛮这大腿，多么有力哪，我亲眼看到它一个扫堂腿，就把一个海盗踢到了空中，啪，你们猜，怎么着……"

那么远，王文献也能看到太师的脸已经拉了下来。事实上，所有人都面面相觑了。南渡以来，还没有一个臣工在圣上面前这样激昂的。

太师低声又有力地说："郭嗣文，该闭嘴了，你讲得太多了。"

"不。"郭太守昂着头说，"我还没讲完呢。"

"去，想个办法把他请下来。"太师心里十分恼火，暗地里对章杰交代道，"别动粗，别让外人看笑话。"

章杰正要上前，被金人使者拦住了。金人使者一直没怎么说话，这回开口说道："别吵他，让他把话说完嘛。"这话，透着宗主国的威严，连大宋天子赵构也没办法，何况是太师。再说，太师把郭太守叫来的目的，就是让他把金人使者的注意力吸引到黎母大蛮上来。现在看来，已经达到目的了。既然这样，只能让这个疯子疯下去了。

太师摆摆手，让章杰退到原位。

那癫狂的人越发癫狂了，继续用他刚才的句式大声说道："你们看，黎母大蛮跑得多么快呀，它就像马一样——哦，不对，它就是马——它就像崖州湾的风，一瞬间就无影无踪了……"

金人使者立即打断郭太守的话："你是说，这么病恹恹的马，竟然跑得比风还快？"

郭太守说："是的，我亲眼看到，它一跑起来，旁边的海棠树会落下叶子，连崖州湾的海水也会起浪。"

金人使者说——他是跟太师说的，他说：

"好吧，我就要驾驭这道风。"

这下，又把大家吓到了。最让章杰担心的是，这样一来，野马身上那些绸布条里暗藏的秘密就要暴露了。他想阻止，但他哪有这样的资格。他唯一能做的，就是颤巍巍走上前去，替金人使者打开栅栏门。

金人使者走入马圈，转了一圈，在最高大的那匹面前停了下来。那匹黎母大蛮盯着他，发出怒啸，这倒是让金人使者更兴奋。他伸出手摸摸马头，满脸是喜爱。也许，尚武的金人与崇文的宋人不同，喜欢的就是这种野与蛮、速度与暴力。

他退了两步，飞身一跃跳上了马背。那马更加愤怒了，颠动着身子想把背上的人掀下来，但是不能够，它忘了自己的身子其实是被锁住的。

金人使者没被撼动，一开始还有点得意，但过一会儿就高兴不起来了。因为他发现不是因为自己的骑术高明，而是这匹马根本就动不了。他用手摸了摸马身上的绸条，勃然大怒道：

"你们宋人，真是违反了天道，所以该死。这么好的马，怎么可以捆着铁锁链？"

章杰一下子觉得大祸临头了。幸亏太师仗义，对金人使者说："哦，使者大人别动怒，我们这么做，完全是好心，怕这些野马跑了。马跑了，大人就骑不了了。"

金人使者急于骑马，也没理太师，只是叫道："来人哪，给我把这些铁链全解掉。"

皇城司的人刚要上前，被金人自带的武卫拦住了。宗主国就是宗主国，连护卫也是自带的，而且还可以不受皇城司的约束。金人护卫进到马圈，很快就把这匹黎母大蛮身上的铁锁链卸掉了。

除却了铁锁链的黎母大蛮，一下子恢复了精气神。马额上两个相邻的发旋，似乎明亮了许多。

郭太守又开腔了，抢着说："你们看，这才是黎母大蛮。真正的大蛮，怎么可能病恹恹呀？来听听三十六娘怎么说的吧，三十六娘说，这些黎母大蛮，它应该是沙场的龙。"

"说对了。"金人使者说，"这个三十六娘是谁？一定是个娘们。这个娘们说得太好了，它，它们，就是沙场上的龙。"金人使者说完这句，又拔出刀剑，砍掉了其他野马身上的铁锁链。他的护卫见状，也一起上去帮忙了，都是一副极开心的样子。

都说金人爱马，没想到爱成这样。在场的宋人有些唏嘘。但是，最有感触的还是忙豁勒人，他们的眼里发出了光芒。

工叙冲到天井边，立即朝着秘道喊出了口令。

秘道深处，果然又有一条红眼黄狗探头探脑的，样子极为警惕。它的身上确实背着一个竹筒。工叙向它招招手，但是作用不大，那条狗前行了几步，到了离秘道口还有三尺远的时候，又停住不动了，只是动了动狗鼻子，满嘴白沫。

小碗过来了，从地上捡起一个肉包子，把手伸进了秘道口。那黄狗闻到了香味，口水四溅，往前拱了一步。看来，狗就是狗，吃东西比守纪律更重要。小碗干脆掰开肉包子，让肉馅的香味肆无忌惮地扩散开。那黄狗被诱惑了，又朝前挪了两步。工叙急了，猛地伏下身子，一把抓住了黄狗的前腿，把它拉了上来。

黄狗不高兴了，在工叙的手上狠狠地咬了一口。工叙也顾不上痛，连忙解下黄狗身上的竹筒，除去筒盖，筒里果然藏着画轴。工叙兴奋极了，倒出画轴展开一看，确实是《千里江山图》。不过，这幅画不是画在纸上的,而是画在丝绢上的。

小碗找来一块布,简单地给工叙包扎了一下伤口,但工叙手上的血还是流到了画轴上。工叙手不痛,心却痛了,师伯江参的名画经历了风风雨雨,好不容易到了自己手里却被弄脏了。他再看了一遍,发现血染的部分是画头,就是写着"千里江山图"五个字的地方。只是,这五个字的字迹有些熟悉,应该不是师伯江参的字迹。

他再仔细一看,原来这是后面粘补上去的,还有糨糊的痕迹。

他看出来了,这五个字是哥哥写的。

小碗倒是急了。这个时候得赶紧走,夜长梦多。工叙怕画头的血沾到其他地方,就把画头部分撕了下来,然后把画重新卷起来塞进竹筒。他走到了后门口,看到了躺在地上的老王师傅,有些难过。他把老王师傅抱起来,放到大堂的太师椅上,然后说:

"乡党,您是好人。您慢慢走,到了那边,不用买菜、洗菜、烧菜,只管吃就是了,一定会有人给您烧明州菜的。"

一直没说话的圣上终于开了金口,轻声问道:

"三十六娘是谁?这个名字好熟。"

太师耳尖,赶紧回道:"陛下,三十六娘是赵鼎的继室。陛下公务繁忙,可能不记得了,赵鼎在朝时,三十六娘被册封为安国夫人,这份文书就是陛下签署的。"

圣上说:"哦,记起来了,太师的孙女也是那一批册封的。"

"是的。微臣代孙女崇国夫人谢谢陛下。"太师道了谢,但他想讲的不是这个。他压低声音说:"陛下,赵鼎罢相后,三十六娘已经不能叫安国夫人了。据御史台报告说,三十六娘不恪守妇道,插手公务,看样子是赵鼎没管好家眷。"

圣上说:"哦,有这样的事吗?"

太师转身对郭太守说:"郭太守,你既然这么健谈,那就说说去年秋天三十六娘在崖州做了什么。一个罪臣之妇,你把她请到官署里,那又是什么用意呢?那赵鼎,死到临头了,为什么还不死心?圣上在此,你就直接向圣上禀告吧。"刚才郭太守兴奋过了度,已经让太师不满了,他现在想借这个机会,刁难一下这个冲动的疯子。

郭太守说:"启禀陛下,赵夫人,哦,就是三十六娘,天资聪慧,微臣请她,是为了让她一起寻找鉴真遗物。这鉴真是大唐的高僧,四百年前他东渡日本之前曾误入崖州,留下了……"

太师说:"这些不用说了,你呈给朝廷的奏折里已经说过了。你就直接说她和野马的事吧。"

郭太守说:"陛下,赵鼎归天后,三十六娘留在崖州办理后事,我和她详谈过一次。她跟我说,这些黎母大蛮是上天恩赐给大宋的重宝,有了这些马种,大宋就不必到处买战马了。"

"等等,不要说了。"太师又一次打断了郭太守的话,他直接跟圣上说,"陛下听见了吧,三十六娘妄议陛下的马政,赵鼎纵容女眷干政,证据确凿。"

圣上没理太师,问了郭太守一句:"朕听太师说,赵鼎在崖州期间常常埋怨朕,有这样的事吗?"

郭太守说:"不会的。赵鼎在崖州期间,足疾严重,几乎足不出户。微臣因为避嫌,也不便去他贬所。但微臣倒是听手下说,他在崖州期间,天天对着一幅画发呆。"

"什么画?是不是一幅长卷?"太师急忙问,"《千里江山图》?"

圣上说:"哦,《千里江山图》,听说那是名画。可惜,朕一直没看到。"

还没等郭太守回答,太师指着自己的脑门又追问郭太守:"你用脑子再好好一想,那一定就是《千里江山图》了。我早就听御史台说,赵鼎被放逐期间就派三十六娘来图谋这幅画了。"

"好,我用脑子好好想一想,"郭太守想了半天,才说,"陛下,太师,微臣用脑子想了一遍,又用脚肚子想了一遍,赵鼎挂的不是长卷,而是一幅人像。"

太师有些失望,故意用鼻子发出了一些声音,但是他面前的这个疯子就是听不见。圣上倒是感了兴趣,问道:

"那是他儿子的画像吧?我记得他最喜欢的儿子是赵汾。"

"不是赵汾。"郭太守说,"微臣看到的是陛下的画像。微臣今天瞻仰了天颜,才知道那画像画得多真实啊。"

圣上眼睛发亮了:"哦,说说看,赵鼎为什么要把朕的画像挂在堂前?"

郭太守大声地说:"那是赵鼎在思念陛下。赵鼎说,他看到了画像,就会想起陛下。赵鼎说,路途太远了,他已经没力气赶回来,只能这样怀念陛下了。赵鼎说,不知道陛下有没有想起他?"

太师没有获得他想要的东西,更失望了,悄悄骂了一句:"你是不是吃错药了?"

圣上什么话也没说。

他不表态,至少不是坏事。他心里有没有想起赵鼎,只有他自己知道。

第三十九章　在玉津园里撒个野

这些,都被王文献和孛儿赤斤听见了。他们就坐在离圣上不远的地方。

一个悄悄问:"你我都去过赵鼎家里。你见过赵鼎在堂前挂过圣上的画像吗？"另一个回答说："没有啊。赵鼎的堂前只挂着一副楹联，是他自己撰写的'四海未知栖息地，百年半在别离中'。从来没见过什么人像，何况是当今天子的画像。"于是他们一致怀疑：

郭太守真的吃错了药。

他们屏住呼吸，继续偷听着那边的对话，结果听到了一声马嘶。这不是普通的马嘶，而是一种愤怒的吼叫。

太师也听到了。他对圣上说了一句什么，就往那边跑了过去。

郭太守听到黎母大蛮的嘶叫时，再次被镇住，差点流下了泪。就这一下子，他好像从梦中醒了过来。也就是说，一个可能吃错药的人，被一种特殊的声音唤醒了。

声音也是药。

被黎母大蛮嘶声镇住并且差点落下眼泪的，还有王文献和辛儿赤斤。只有在崖州的大疍港上，拿命来保护过黎母大蛮的人，才能听懂这一声马嘶。玉津园内这样的人，只有郭太守、王文献、辛儿赤斤，再也没有第四个人了。

他们三个，还从这一声马嘶中听到了一种不服。

这马嘶也极大地激发了金人使者的征服欲。他被甩下来，却又一次冲上去，紧紧地抓住马鬃，试图再飞身上马。马不肯，人偏要，所以开始较劲。现在，在场所有的目光都紧紧盯着这一对人与马。

终于，金人使者成功了，又一次坐稳在马背上。那黎母大蛮急了，冲出栅栏，往外跑去。

这下，让人更紧张了。能进玉津园的，都不是一般人，谁被野马踢伤了都不好。现在皇城司要干的，就是立即堵上栅栏，免得其余的野马跑出来伤人。至于金人使者骑出去的那匹野马，那就任由金人使者自己去控制吧。

偌大一个玉津园，也只有他能撒个野了。

可是，王文献和孛儿赤斤看到了另一个场景。那郭太守趁人不备，从怀里掏出一本册子，托在手上，突然跪在了圣上面前。

"陛下，这是赵鼎的遗愿。"

圣上显然还没听清楚，问道："爱卿，你说什么？"

郭太守现在完全恢复了正常，非常严肃地说："启禀陛下，这是赵鼎遗孀三十六娘替亡夫写的请愿书。赵鼎有遗愿，要求归葬故里常山。"

"是衢州的常山吗？"圣上说，"赵鼎的原籍应该是山西解州的闻喜，怎么跑到衢州常山了？"

郭太守说："闻喜在北方，铁定是回不去的。"

圣上说："他一直忠心耿耿，朕也知道的。但宋金议和，他始终都是一块绊脚石，所以反对他的人也不少。朕担心，如果同意他归葬故里，恐怕会有人不高兴。"

郭太守说："陛下啊，归葬故里，是连一个老农都能做到的事。先不说赵鼎两任宰相，南渡中兴，就说这些黎母大蛮吧，若不是他的提醒，这些给陛下带来吉兆的瑞兽就没了。"

圣上显得很清醒，淡淡地说："没了就没了吧。朕不是昏君，瑞兽这东西，也就是骗骗人的。"

郭太守说："但是，赵鼎曾跟陛下有过一个约定的，陛下也答应过他的。"

圣上有些惊讶，急忙问："约定？朕想不起跟赵鼎曾有过什么约定。"

郭太守说："归山令。"

"归山令？"圣上感觉这三个字有些熟悉，只是一下子想不起来。

郭太守提醒道："建炎三年，在温州外海的大船上，陛下跟赵鼎说，只要看到无声箫，陛下就答应让他重回故里，归隐家山。"

圣上想了半天，似乎想起来什么，说："对，好像是有这么个约定。"

郭太守说："君无戏言。微臣恳请陛下践约。"

圣上说："好呀。那么无声箫呢？"

郭太守连忙从怀里掏出一样东西说："这就是无声箫。箫身太长，容易被人误以为凶器，无法带进玉津园，所以微臣就带来了这个箫头。"

圣上接过箫头，仔细看了看，内心极为复杂。过了好久，他才对郭太守说："信函留下，朕会再看看。这无声箫的箫头嘛，你就先带回去吧。"

郭太守还想等圣上进一步的指示，但圣上却不说话了。郭太守不知道该说什么。圣上能把密函留下，说明此行还是成功的。

就这时，人群中又爆发出一声惊呼。

来个假设。

这样假设应掌柜吧：应掌柜把自己今天在玉津园的经历写成了呼猿册。作为呼猿局的首领，他也应该带头写好呼猿册，给下属做个示范。

他应该这么记录：

今日是正月初十，天晴，临安的鬼天气，有点冷。

一大早，我就带着弟兄来到了玉津园。原计划是把特制药丸投入郭太守茶杯中，但行动受阻，我们及时变通，让郭太守现场口服了药丸。但是，郭太守的反应完全出乎我的预料。给他服用的这丸药，是我亲自配制的。按照药理，无论谁服了这种药后，整个人会很快进入白痴状态，除了微笑和全身颤抖，基本上是不会言语的。

但是，我看到郭太守服下药丸后，不但没变成哑巴，反倒口才无碍，动作夸张。

这说明，他吃错了药。或者说，是熬药的老王师傅搞了鬼。这是我们犯下的第一个错误。

补充说明：前几日我接到线报，说郭太守身上有一封三十六娘写给朝廷的信函，希望圣上能同意她的亡夫归葬故里。我本想把这个消息报告给二老板，但我担心二老板会把截获这封信的任务派给别人去做，所以把这事瞒下来了，图的是让呼猿局独立来处理这事，借机立个大功。

但是，我们又犯下了第二个错误。我发现服了药丸的郭太守，变得特别清醒。如果我没看错的话，他已经把三十六娘的密函呈给了圣上。万一圣上批准了赵鼎的请求，那么呼猿榜的甲一案就永远结不了。

好吧，来说说今天的第三个错误。

刚才说过，我一直关注着郭太守。郭太守把东西交给圣上时，我为了偷听他们的谈话，又往前走了几步。忘了说，刚才金人使者逞能，骑上一匹野马在玉津园里乱窜，所以乱了玉津园的秩序。我一看机会难得，就往前更进了一步，走到了路中间。

没想到的是，那匹不服气的野马朝我疾奔而来，而我根本就没察觉到危险。我只感到屁股被谁踢了一下，一阵剧痛。

接着，我看到有一大群人赶了过来，还有御医。能被御医服务，那是帝王的待遇呀，这辈子都值了。但是，让我意外的是，他们包括御医，都不是冲着我来的。

我忍着痛歪头一看，吓了一跳，离我不远的地方，还躺着一个人。

…………

在场的御医立即检查了金人使者的伤情,他一条腿严重扭伤了。

这也意味着,金人使者与黎母大蛮的较量终于结束了。一次次坠马,这一定是最后一次跌落了,严重的伤情让他无法跳上马背。

金人使者坠马受伤,那还了得啊,太师很快赶了过来。一声令下,玉津园的官方活动都暂停了。他心里特别慌张,金人使者在大宋的地盘出了事,那就是大宋国的责任。如果金人以此为借口撕毁和约,北方的铁骑就将再次南下。

所以,眼下最要紧的,是把所有的罪名安到肇事者的头上。

这个肇事者,根本不用找,就是那匹永不配合的黎母大蛮。章杰还是聪明的,他立即捡起铁锁链交给皇城司的人,大家一起动手,再次把犯下弥天大罪的野蛮家伙捆绑起来。原先捆绑黎母大蛮时,铁锁链外面还包着绸布,现在连这点遮羞布都不要了。

金人使者被包扎完毕,端坐在一张大椅上。一大堆宋廷官员来询问伤情。过了一会儿,那匹黎母大蛮过来了,完全像个被缉拿归案的贼,被游街示众。

它的身旁,站着几个刀斧手。

金人使者有些奇怪,问道:"你们这是干什么?"

章杰马上说:"使者大人,这匹野马不懂事,冒犯了大人,所以太师决定当着大人的面,把这匹野马斩首,以平息大人的怒气。"

黎母大蛮受不了这样的屈辱,拼命嘶叫。

"这,真是天大的笑话。"金人使者说,"我愤怒了吗?你看到我愤怒了吗?"他用受伤的腿支撑着,竟然站了起来,指着黎母大蛮说:

"但是,现在,你们倒是可以看到我的愤怒了。我的愤怒,是雪原的漫天雪花,是渤海的滔天巨浪。因为,没有我的命令,你们又用铁锁链锁住了黎母大蛮。我今天骑过了黎母大蛮,虽然每次都被它颠落,但它是我最好的朋友。它是用这种方式,告诉我它的快、它的力、它的所向披靡。我骑过多少战马，取过多少人的首级，但我从来没见过像黎母大蛮这样蓬勃的马。你们说对了，它就是龙。"

章杰不管现场还站着层级比他高得多的官员，大声说："大人说得对，黎母大蛮就是龙。卑职刚才在现场看得真切，大人与黎母大蛮贴合在一起就像两条龙。"

金人使者想起刚才去马圈时，好像瞄到一眼泥塑，原来是这意思，便笑了："请打开铁锁链吧。"

既然金人使者这么说了，那就是上天的命令。今天的玉津园的至尊人物，不是大宋的天子，而是金人使者。立即，就有一群人上来给黎母大蛮松绑。问题是，那几个刀斧手还没有走的意思。他们没接到命令，就不能下去。这场面，有些令人尴尬。

金人使者正想说什么，章杰却回头喊了一句，一个人就被抬了上来，放到了使者的面前。看得出，这人的臀部受了伤，因为痛，一直呻吟着。呻吟是件好事，说明人还活着。

金人使者不知道宋人要干什么。

章杰接着说："卑职刚才在现场看得真切，就是这个人，故意挡住黎母大蛮，目的就是惊扰黎母大蛮，加害大人，破坏议和。"

破坏宋金议和，那是大罪。金人使者的表情严肃起来。章杰说："既然肇事者已经归案，现在请使者大人发落。您只要点个头，我身后的刀斧手就立即斩了他，以谢天下。"

狡猾的宋人，做了两手准备。金人使者心里这么想，可他也一直不点头。

那个所谓的肇事者不再呻吟了，他意识到死亡临近，大叫起来："我不是故意的，我不是故意的，我只是一不小心跑到路中间。"

章杰说："那你是干什么的？是怎么进来的？为什么会靠近禁区？图谋什么？"

这人动了动嘴巴，却不知道说什么。章杰说："好吧，我把你交给皇城司。皇城司一定会让你开口的。"

　　来个假设。
　　假设应掌柜真的那么写，绝对不可能是标准的呼猿册。他写的，最多算得上普通的笔记，记记流水账而已。
　　接下来，他的流水账其实可以这么记录：

　　　　他们说，要把我交给皇城司，这怎么可以？皇城司的酷刑之下，万一我受不了交代了，那就暴露了呼猿局。按照局规，即使皇城司没杀我，我也得自行了断。即使我自己不动手，二老板能放过我吗？
　　　　是啊，局规是我定的，现在轮到我了。现在想想，有点冤枉周工焐了，不管他是不是有二心，至少他在临安大牢里是没有暴露呼猿局的。这点，不容易。
　　　　还有，我带着弟兄们能事先进入玉津园，当然是朝中有人。万一我进了皇城司，受不了严刑拷打，又把他给交代出来了，那就比暴露了呼猿局还严重。
　　　　这个不能被暴露的人，就是御史中丞詹大方詹大人。
　　　　幸好，詹大人也是仗义的。你看，他现在及时地走过来了。我听见他对刚才那个官员说："这件事，就不烦劳皇城司了，由我们御史台来处理。我把他带回去慢慢审问吧。"詹大人见那官员有些犹豫，又说："庆典就要开始了，别把这里搞污了，不吉利。"
　　　　我听见金人使者说了一句话，他挥挥手，不耐烦地说："都别在这里嚷嚷，赶紧走。"
　　　　金人使者都这样说了，他们当然把我抬起来就走了。我往旁边看了看，那几个刀斧手也撤了。他们手上的刀，明晃晃的，差点砍下了我的头颅。接着，我经过了詹大人的身边，他看着我，几乎耳语般对我说："应掌柜，放心，我不会让你去皇城司的。"

我差点流下了眼泪。当年我就是因为在詹大人手下干过活，被他推荐给二老板的。虽然呼猿局掌控了那么多失势大臣的后半生，明面上也只是个药局而已，一个见不得阳光的私设机构，没有任何品级。

人家那么大的朝廷命官，还要亲自出面刀下捞人，我当然感激他了。

现在抬着我的，是呼猿局的三个兄弟。他们很快地把我抬到了外围，詹大人跟着过来，对我又说了一句话："我也不会让你回呼猿局了，应掌柜。"

我忘了痛，大叫道："为什么？"

詹大人说："跟周工禹一样呀，因为你这样一弄，就被皇城司盯住了。我只是暂时把你救了出来，等你真的到了御史台，我也拿不出令人信服的报告给皇城司，那还不如现在就结案好了。"

结案？我明明白白听见詹大人的嘴里吐出这两个字。作为呼猿局的掌柜，我太知道所谓结案的真正含义了。我忘了屁股上的剧痛，抗议道："不，我不要结案，我还不想……"

詹大人说："那就由不得你了。"

"你无权决定我的生死。"我挣扎着说，"我听二老板的。我得见到二老板。"

詹大人说："用不着了。我见一面二老板都难，何况是你。我当年能把你推荐给他，现在我也能替他做主灭了你。"

我可能过不了这道坎了，但我不甘心，对他说："可我对二老板忠心耿耿啊。别的不说，就说呼猿榜上的甲一案，没有我费神劳心布的局,那赵鼎会提前绝食自尽吗?"

詹大人说:"是的,逼死赵鼎,你确实有功,但你为什么不把郭太守怀揣赵鼎遗书一事及时报告给二老板?"

啊?詹大人怎么连这事都知道?一定是……我抬起头,环视了一遍,霍金的眼睛躲开了我。我知道了,一定是霍金向詹大人告密的。整个呼猿局,除了我,只有他跟詹大人单线联系着。我对霍金说:"霍金,我待你够厚道了吧?工冔死后,你就是二把手了,为什么还不知足?"

霍金是这样回答我的:"应掌柜,我不这样做,日后你会像对工冔那样把我处理掉的。我还是先下手吧。"

好吧,以其人之道还治其人之身,霍金这一招用得好。我说:"是啊,你提到了工冔。可能你忘了,工冔截取黄狗密件这件事,就是你告诉我的。"

霍金说:"是的。你不知道的是,黄狗口令也是我告诉他的。否则,他怎么可能拿走黄狗密件?"

"你为什么要在我和他之间搬弄是非、挑拨离间?"

"这样,我才会成为你最信赖的人。"

我很难过,但也有些欣慰。这是典型的两面三刀。街头流传的三兄弟的故事,有了翻版。工冔、我、霍金的故事,比赵鼎、张浚、秦桧的故事更精彩。你看,呼猿局的人不但对失势大臣狠,对自己人也狠。这就对了,这世界残酷,厚道给谁看?

呼猿局有霍金这么无情的新掌柜,一定会走得更远的。我应该感到欣慰才对。

霍金凑近我的脸,羞报地说:"应掌柜,忘了带油纸了。"

我摇摇头,这是今天一早从呼猿局出来时,我对他们的要求。因为我料想到今晚可能会在玉津园杀人,所以让他们带上这种软软的杀器。为此,老王师傅用了两斤猪油,匆匆忙忙赶制了一大沓油纸让我们带上。

我对霍金说:"来,用我的,在我衣袖里。"

我得对自己更狠。

霍金伸手在我的衣服里摸出一沓油纸,抽取了其中的一张。我赶紧对他说:"等等,多用几张吧。一张太单薄了,容易破,捂不死人。"

是的,一下子捂不死,人是很痛苦的。我现在只想死得快。

霍金迟疑了一下,说:"应掌柜,谁被外人关注就得死,这是您以前常常告诫我们的。希望您忍一下,一会儿就好。"他说完,把整沓油纸压在我的脸上,捂住了我的两个鼻孔、一张嘴巴。他又整个人压了上来,不让一点点空气进入我的肺腔。

你看,这一沓油纸果然有了用场。真没想到,这软软的杀器最后用在我自己身上。只是,老王师傅在做这些油纸时,可能准备做明州菜,有些海腥味。

我是闻着海腥味离开人世的。

整个过程,詹大人都在。我死后,听见他对霍金说:

"你回去以后,就这么写呼猿册:绍兴十八年正月初十,呼猿局应掌柜亲率下属赴玉津园执行公务时,不幸被飞奔的黎母大蛮踢中后背,因伤势过重当场殉职……"

詹大人说的,才是呼猿册标准的格式。这格式,本来就是他制定的。

太师松了一口气。他原以为金人使者摔下了马,悬停在南方天空中的冰雪就要落下来了,没想到金人使者见了黎母大蛮竟然没了魂,他就知道,一场大灾大祸暂时消弭了。

既然金人使者没什么大碍，太师就让庆典照常进行。

现在，至尊之座上，落下了一个个相对应的屁股。

舞龙、舞狮，然后是开封戏。大宋的皇族来自北方，当然喜欢听汴梁老调。等开封大戏结束后，那些从西域召来的胡姬上场了，就着龟兹乐跳起匹尔舞。她们的长相不仅有别于汉家的女子，与那些金人、高丽人、忙豁勒人的女子也不同，所以惹人关注。

王文献混在忙豁勒人的使团里，坐在指定的座位上。他看着前面的胡姬，心里想着的却是前朝旧事。前朝唐太宗坐在长安城里听龟兹乐时，已是整个西域的"天可汗"，而当下，圣上坐在临安城看匹尔舞时，只是个"侄皇帝"。

他转头对孛儿赤斤说："你看这些女人，都是花了大价钱从西域买来的胡姬啊。用这些钱，买些胡马多好呀。"孛儿赤斤指着不远处的金人使者说："金人允许你买十倍的胡姬，也不会批准你买一匹胡马的。"

王文献说："他们对你们忙豁勒人也这样吗？"孛儿赤斤说："我们那儿本来就产良马，不需要买马。但金人的册封使者到我们那儿，把最好的马选走，说这是给他们的贡品。这样一来，我们产良马的地方也缺良马了。"

这时，胡姬们跳完了舞，慢慢退场了。一阵花火后，便是大人物们的时间。按照程序，应该是圣上讲两句话了。但是，金人使者抢先说了话。他说：

"我们女真人向来说话直接，我就不客气了。这次南下，我是奉了天下共主、大金皇帝之命来江南寻求瑞兽。这不是一件容易做到的事，因为以前你们进贡的瑞兽，我都看不上眼。而今天，我很高兴，我找到了心目中最好的瑞兽。"

他讲到这里，有意停住了。人群中有人欢呼起来，接着，整个场子都响起了掌声。

孛儿赤斤一边拍着手,一边对王文献说:"完了,我最担心的事情发生了。"他说完,就站了起来。王文献忙问道:"你想干吗?"孛儿赤斤说:"解个手,去去就来。"王文献意识到孛儿赤斤可不是去解个手这么简单,就说:"正好,我也去解个手。"孛儿赤斤迟疑了一下,也没说什么。

会场上依然热闹,谁也没有注意到有两个人悄然离开。

金人使者等欢呼声过了,这才正式说道:

"好了,我现在正式宣布,玉津园内所有的黎母大蛮,都将是你们进贡给宗主国的贡品,今日起就将运往上京。"

太师这下高兴了,至少他的目的已经全部达到了。他很注意地看了一眼旁边,圣上的脸上竟然毫无表情。太师的一个特长就是会揣度人心,他从一进园就看出了,圣上是真心喜欢这些可以附会上"泥马渡康王"的黎母大蛮。圣上的内心一定是不愿意神一样的马被金人当成贡品带走。

太师趁人不注意,悄悄地说:"陛下,户部来报,今年国库亏空,如果金人看不上这些野马,那我们到哪去筹集银子上贡给他们?"

圣上仍然没露出表情,但多年服侍皇帝的太师已知道,尽管无奈,圣上已经同意了。太师趁机又加了一句:"章杰今天很机敏,是个堪用的大才,请陛下同意他转任衢州知州。"

圣上这才开口说:"崖州太守郭嗣文,也挺不容易的,就不要打他的主意了。"

太师明白,这算是条件交换。

第四十章　继续假设、假设、假设

有人说，人死了，一了百了，什么也不知道。也有人说，人死了，他的灵魂会在身体的周边徜徉几天。照后面这个说法，继续做个假设吧。

假设应掌柜死后是有灵魂的，他一定感觉到他从自己的躯体里脱离出来，飘浮到半空。这样的话，他立即发现了死亡的好处，就是没有层级之分，更没有层级之限了。他可以在玉津园上空飞来飞去。什么圣上，什么金人使者，什么皇城司，谁也管不了他。

只要他愿意，他可以悬停到任何一个人的头顶上空。

他在御史中丞詹大方的头顶停了一会，解下裤子撒了一泡尿。问题是，他明明看见了他的尿液滴在了詹大方的官帽上，又从官帽的乌纱上渗透下去，依次流到了詹大人的头发上、眉毛上、眼睛上、鼻子上、胡须上、嘴巴上，可是詹大人一点儿反应也没有。

他明白了，自己已经死了，他的尿，也是虚拟的。

他发现自己的耳朵灵敏多了，在这么嘈杂的场所，他还是听到了马圈的那个方向有异动。他立即往那个方向飞去。很快，他看到了有两匹黎母大蛮躺在地上，嘴里吐着白沫。作为呼猿局的前掌柜，他立即明白这两匹马中毒了。马圈里有两个人，明显不是守马圈的人。一个人拼命地拉着另一个人，说道：

"孛儿赤斤，你疯了吗？这是黎母大蛮。"

这个叫孛儿赤斤的人说："王先生，别拦着我。我一定要毒死这些黎母大蛮。"

那个叫王先生的人说："孛儿赤斤，你别忘了在崖州，我们为了保护这些马，差点死在大海盗的手里呀。"

孛儿赤斤说："我没忘。这是世上最好的马种，您知道落到金人手里意味着什么吗?"

王先生回答说:"我知道,这就意味着金人会用黎母大蛮育出一群群最厉害的马。"

孛儿赤斤说:"到了那时候,无论是宋人、夏人、辽人、高丽人,还是我们忙豁勒人,更拿金人没办法了。所以,我要抢在金人拿到这些黎母大蛮之前,毒死它们。"

浮在半空中的应掌柜这下听明白了,一个叫孛儿赤斤的北方人在毒马,一个叫王先生的南方人在保马。这个保马的王先生听了孛儿赤斤的话,却犹豫起来了,动了动嘴巴,什么也没说。

应掌柜还是读懂了王先生内心的纠结。是啊,举世无双的至宝马上就要被毁灭了,这叫暴殄天物。而现在毁灭它的人,正是先前拿命来保护它的人。

孛儿赤斤趁王先生在犹豫,立即从口袋里掏出一把豆子塞进了马嘴里。

王先生说:"原来你带了那么多毒豆子。"

孛儿赤斤说:"我早有预感,金人会要走这些野马,所以就准备好了。带刀进不了园,只能带毒药了。"

再来个假设。

应掌柜想,他和这位王先生一样,都是宋人,既不想把这些珍贵的东西送给金人,也不想亲手毁了它们。他想说什么,突然想起来自己已经死了,活人是听不到他说话的。

不过,那些没被毒死的黎母大蛮嘶叫起来了,声音极为反常。黎母大蛮虽然不是人,但它们是活物,它们的声音会传得很远。应掌柜见状,立即升高了三丈,果然看到会场那边,有些人听到古怪的马嘶声就往这边赶了过来。

很明显,王先生也感觉到了危机,急急忙忙说:"孛儿赤斤,快走,你是忙豁勒人,你被他们发现了不好。"他见孛儿赤斤没反应,赶紧补充道:"你被他们发现了,会连累你的部落。"

孛儿赤斤正忙着把手里的毒药塞进马嘴里,他的手,已经被马咬伤了。他头也不回地对王先生说:

"我不能走,我要毒死所有的马。"

接着,端坐在云端的应掌柜看到了令人惊讶的一幕:

那文弱的王先生突然从孛儿赤斤的手里抢过装着毒豆子的口袋,扔在自己的脚下。孛儿赤斤一惊,俯身要去捡袋子,王先生趁机拿起一块石头,砸向孛儿赤斤。那孛儿赤斤头一歪,就倒下了,不省人事,头上全是血。

这一幕,刚赶到的人都看到了,他们停住了脚步。王先生捡起地上的袋子,对昏死过去的孛儿赤斤说:

"再怎么说,老子在崖州可是杀过海盗的,还杀不了你吗?"

赶来的人,有章杰,有皇城司的人,也有金人护卫。杀人凶手很快被控制住了。

章杰问杀人凶手说:"咦,你是忙豁勒使团的,怎么杀起人了?而且杀的还是你们忙豁勒人。"

杀人凶手推开皇城司的人,脱下身上的忙豁勒外套,镇定自如地说:"你们错了,我不是忙豁勒人,我是标准的宋人,晋江的。我混进忙豁勒人的队伍中,就是想潜入玉津园,把这些所谓的神马全毒死。"

章杰说:"你为什么要毒死这些马?这是金人指定的贡品,马上要运到北方去了。"

杀人凶手说:"正因为这样,我才要杀掉这些马,这些马到了北方，以后就会成为我们的大麻烦。"

正说着，御医赶来了。今天的御医真的很忙，他没料到喜气洋洋的玉津园里会有这么多的血案。他给被砸伤的忙豁勒人包扎了伤口，然后说："无大碍，只是一时半会儿醒不了了。"

杀人凶手指指地上的伤者说："看来，我下手还是太轻了，没能一石头砸死他。要不是这忙豁勒人拦住了我，我就大功告成了。"

章杰说："你说什么，是这个忙豁勒人拦住了你？"

"是啊。我不明白，他一个忙豁勒人为什么要替金人卖命？"杀人凶手回头望了望硕果仅存的黎母大蛮，叹道，"唉，还剩下一匹来不及下药了，真是遗憾啊。"

章杰对刚赶来的忙豁勒使者说："听到了没有，是你们忙豁勒的好汉，救了最后一匹黎母大蛮，挽救了宋金和议。"可是忙豁勒人不像金人那样熟悉中土的语言和文字，没听懂章杰在说什么，能做传译的忙豁勒人正躺在冰冷的地上。忙豁勒使团的人也不想问什么，跟御医一起，把伤者抬了下去。

章杰接着审问杀人凶手，他问道："好吧，现在你可以说说你是谁了。"

还没等杀人凶手开口，就有人大声喊道："不用问了，我来审他吧。章大人请下去吧。"章杰转头一看，来的是御史中丞詹大方，百官都害怕的一个狠角色，便知趣地走开了。詹大方立定，对杀人凶手说：

"王文献，你还认识我吗？"

王文献听见有人喊他的名字，定睛一看，哈哈大笑道："原来是詹大人啊。因为赵鼎案，你亲手把我送进了天牢，让我成了光荣的天子囚徒。"

"你这狂士，还是这么狷狂。"詹大方说，"可是你别忘了，也是我放了你。否则，你真要把牢底坐穿了。"

王文献说："哈哈，那是你的阴谋。你放我的目的，是把我做成一个诱饵，继续钓鱼。得感谢你，我这一路走来，顺风顺水，一定是你派人在暗中护送。"

詹大方也笑了起来："嚯，名满天下的狂士，也懂这些官场之道了。跟踪你的人也跟丢了好几次，比如这次就跟丢了，没想到你就混到了天子跟前，真让我刮目相看。"

王文献说："更让你想不到的是，我还利用了你放我出狱的机会，干成了一件大事。"

詹大方说："什么大事，无非是串联了一些叛党余孽，做了一些偷鸡摸狗的事。"

王文献说："什么鸡的狗的，我只关心马。前不久，我已经带人清除了金人潜藏在江西马纲里的人……"

"住口，不得胡言乱语。"詹大方慌了神，现场还有很多金人，怎么可以让狂士说出这种破坏议和的话，那是要出大乱子的。

但是，来不及了，金人听见了，他们可是听得懂南方话的。金人护卫立即从皇城司的手里抢走了王文献，喝问道："说吧，是谁指使你的？是谁向你提供了线索？"

"是赵鼎夫人三十六娘点拨我的，也是她的侍女小碗找到联络图的。"王文献心里这么想，但他知道不能这么说。一直以来，詹大方都在寻找赵鼎贬谪后干政的罪状，如果说出此事，那就遂了詹大方的愿了。于是他说："没人点拨我，也没人给我线索，我就这样找到了，纯属瞎猫碰到了死老鼠。"

詹大方判定这狂士仍旧不善于说谎。他转过身，跟金人护卫亮明了身份。"此人是个要犯，我们御史台已经跟踪他很久了，现在要拿他归案，审问他破坏议和的事。"

金人护卫见他这么说，也就让开了。

詹大方拍了拍王文献的肩膀说："嘿嘿，赵鼎案，始终是少不了你的配合。上次对你用刑不够，这次要加倍，一定要撬开你的嘴。"

王文献说："不必用刑了，我现在就招供吧。我刚才说的金人潜入江西马纲，是有证据的。我这次进京，就是来给朝廷送证据的。"詹大方说："那好，快把证据给我。"王文献说："你看，他们把我的双手都绑了起来，怎么给你呢？"

詹大方对旁边的人点了点头，有人上来搜了搜，确定王文献没有私藏凶器，就解开了他手腕上的麻绳。王文献先是活动一下发麻的双手，然后突然从怀里掏出一沓纸撒向了空中，嘴里说道：

"陛下啊，希望您能看到这些证据。"

再、再来个假设。

假设应掌柜死后是有灵魂的，那么此刻，应掌柜的灵魂应该还盘桓在玉津园的上空。

那个叫王文献的人把一沓纸抛上来，惊扰到了应掌柜的灵魂。他在空中，自然比地面上的人看得更真切一些。那一张张纸，确实写着江西官员里通外国的证据。

那些纸，被正月的寒风吹散了，飘飘扬扬了一会儿，又落向了地面。应掌柜听见詹大方在大叫："快，快帮我捡起来，一张也不能少。谁也不许偷看，否则，御史台会追究你们的。"

应掌柜的灵魂还看到，就在大家乱成一团时，那王文献从旁人腰间拔出一把剑，冲向不远处被金人护卫保护着的黎母大蛮。他一边冲，一边大叫道：

"我要杀掉最后一匹黎母大蛮。"

金人护卫连忙抽刀刺向王文献。应掌柜坐得很高，他清楚地看到，有三把刀插进了王文献的胸部。但是，王文献的剑，也刺中了黎母大蛮的臀部。

人倒了，马惊了。

应掌柜作为死人，能够看见另一个死人的灵魂。他飘过去，想去拉一把王文献，可是够不着。王文献的灵魂丝毫不作停留，欢欢喜喜地往南天飞去。

应掌柜猜到了，那是赵鼎所在的方向。

他还没来得及和王文献道别，就听到了一声悲鸣。那黎母大蛮长啸一声，冲倒挡在它前面的金人护卫，冲倒了栅栏。更要命的是，它还冲倒了"泥马渡康王"的雕塑，又向典礼会场跑去。

这还了得啊，那里可坐着一个个至尊的屁股，比如圣上，比如金人使者。胡姬们的屁股虽算不上至尊，但一个个也不便宜啊。

所有的人反应过来，撒开腿追起了黎母大蛮。没人跑得过应掌柜，因为他飞在空中。

他迅速地追上了黎母大蛮，看见黎母大蛮的眼里，闪动着伟大的光芒。这光芒里，有上古的野性、上古的力量、上古的蓬勃、上古的怒火、上古的飘逸、上古的美德。

这光芒里，有所向披靡，有不害怕，有不绝望。

这道光芒，顷刻间就刺向了人群，那些西域来的胡姬尖叫着，她们扭动着浑圆的屁股四处散开了。没人关注至尊或非至尊的屁股、浑圆或不浑圆的臀部，大家都躲避着惊马。其实，黎母大蛮没有伤到任何一个人，也没人敢拦住它。

它头顶着两个相邻的发旋，以最快的速度冲向玉津园的大门。这大门并没有打开，它也没打算从大门过去。它大叫一声，直接从大门上方飞了出去。

是的，飞了出去。

一片惊叹声中，半空中的应掌柜关注到一个人。整个会场，只有这个人一动不动、不惊不乍。这个人看着他的黎母大蛮、他的"泥马"、他的龙、他的神话。这个人的嘴角，现出一丝难以察觉的笑意。那是圣上、大宋皇帝赵构。

他似乎不想装，他似乎要坏一坏。

不知怎的，圣上用力伸展了一下四肢，还脱下了头上的帽子。就这一下子，空中的应掌柜看到了圣上的头顶有些异样，也长着一对发旋。最让应掌柜惊讶的是，他看见圣上的眼神有了变化。

皇帝的眼神，奇怪、兴奋、狂野、高深莫测。

这一次，跑上街头的不是豹子，不是狮子，不是狮子模样的猫。

是一匹马。

那一匹马迅速从嘉会门闯进了临安城，擦着大内皇城，从六部桥转向朝天门，再转向御街，在御街上狂奔了好一会儿，才从众安桥这里拐向国子监，那么，前面就是钱塘门了。

它根本不理睬街头的那些画像，它也许知道这画像里画着的就是它，甚至画上了它特有的发旋，但它不会承认，更不会同意。它不愿意自己的身体，被那些龙鳞锁着。

那些龙鳞，就是锁链。

出了涌金门，前面就是西湖，自古就是热闹之处。它想都没想，就跳了下去。让临安人奇怪的是，这匹马竟然能游泳。正月里的湖，水很冷。临安人都为这匹马担心着。天上，突然降下了冻雨，湖面很快起了一层纱幔，然后，这匹马就消失了。

它本是上天安排的一个传说，现在回归为传说了。

霍金他们一回到呼猿局，就觉得不对了。后门虚掩着，但是门板破得厉害。他轻轻一推，整个门板就翻倒了。门内，躺着三个弟兄，脖子上有些发黑了，还能找到细细的针。这么细的针能致命，一定是有毒的。他们知道工叙并没有这样的本事，看来工叙有个很厉害的同伙。

冲到里面，那太师椅上坐着的老王师傅，也死了。他的脖子上没有针孔，胸前倒是有刀伤的。

整个屋子里只有两条狗是活物。这屋子里能同时出现两条狗，就说明有人动用了呼叫黄狗的口令。第二条黄狗，是替二老板传送重要物件的。霍金看了看那条黄狗身上的麻袋就知道，这重要物件是个长形的东西。

他们很快知道这里面装着什么了。他们在院子里发现了一块染血的细绢，上面写着五个字：千里江山图。霍金明白了，这就是《千里江山图》的画头。看样子，这幅天下名画已经被工叙从二老板那里骗到手了。

除了这些，屋子里一片凌乱，好多抽屉都被拉开了，不知道工叙还翻到什么，带走什么。霍金立即把这里发生的情况包括应掌柜的死亡过程写成一份报告，放到黄狗身上的麻袋里，把两条狗送回了秘道。

他看着黄狗消失在秘道深处，让手下处理屋内的四具尸体，自己瘫坐在地上。

这当儿，霍金把自己和应掌柜、工昻三人的关系捋了捋，具体情况是这样的：

整个呼猿局，应掌柜最信得过的人其实是霍金，而不是周工昻，而且，霍金的能力不输于工昻，可是应掌柜却把最重要的赵鼎案交给了工昻。这一点，霍金心里是不服气的。不过，应掌柜也给了霍金别人都没有的特权，就是单线联系御史台的詹大方。

这样，局里的其他人包括工晜，就不知道詹大方与呼猿局的关系，目的就是保护詹大方。

詹大方是官身，他会把很多官方不便办理的案子偷偷交给呼猿局；反过来，也会把呼猿局刺探来的一些情报拿到御史台去处理。这些年来，御史台和呼猿局一样，都在办理赵鼎案。

不同的是，御史台是明着搞，呼猿局是暗地里弄。

这也是符合大形势的。从绍兴八年开始，大形势就是媾和，清除妨碍宋金议和的一些阻力。其中，最难消除的就是赵鼎的影响力。虽然赵鼎离开相位后被一贬再贬，但追随他的人太多了，自然形成了一派。所以御史台和呼猿局的任务就是，不仅要灭了赵鼎的肉身，还要连根拔起赵鼎这面大旗，免得赵鼎死后，赵党的余孽卷土重来。

这样一来，詹大人就少不了呼猿局的秘密支持，所以全部的来往信件就通过霍金传送。尽管霍金不负责甲一赵鼎案，但他手里也掌握了不少赵鼎的材料。所以，他和工晜的接触也是最多的。

工晜研究、整理赵鼎案久了，霍金便发现工晜对赵鼎的看法有了改变。有一次在西湖边喝酒，工晜醉后说了很多赵鼎的好话，霍金就觉得时机来了。呼猿局这样的地方，办案者只办案，不能把个人感情带到案子里。说得更透彻一点，在这里只准冷血，不能动情。

于是，霍金就常把工晜的一些反常表现暗中报告给应掌柜。

反过来，他也常常会把应掌柜对工晜的不满偷偷告诉工晜。他看准工晜的性格缺陷，他知道工晜一定会冲撞应掌柜。果不其然，这两个人渐行渐远了。三兄弟的故事，其实是很微妙的。

霍金非常清楚地记得一件事：圣上召大画家江参进京那时，詹大方让霍金把一封密函带给了应掌柜。霍金在路上偷拆了这封信，才知道詹大方设了一个局，想杀了江参并劫走《千里江山图》。

这次行动，呼猿局照例是派工昺去了。工昺也确实厉害，竟然在重重困难之下，拿到了《千里江山图》。但是，工昺回来后也说起了两个疑点。一、他赶到时，江参已死于他人之手；二、赵鼎的继室三十六娘在来临安的路上突然折回，并未进京，但有人在云珍驿故意伪造了三十六娘在此住宿的记录。

工昺由此判断，除了呼猿局，另有一个组织也介入了这次行动。

霍金还记得，工昺曾跟应掌柜说，他弟弟周工叙是学画的，跟江参同门，应掌柜立即让工昺把弟弟工叙召到了呼猿局。霍金后来悟到了，让工叙来呼猿局，其实是应掌柜的主意。这也是应掌柜的阴谋，他想让周氏兄弟成为手里两粒棋子，下一手更大的棋。

可是现在，这手棋搞砸了。下棋的应掌柜死了，两粒棋子，一粒没了，一粒跑了。那么，作为继任的下棋者，霍金要不要接着下完这局棋，他还得等黄狗的指示。

可是黄狗一直没出现，那秘道一直静悄悄。

第四十一章　从云珍驿到吴山之巅

工叙一走进云珍驿，云珍驿的老人就问道："上次的那个药，后来给谁服用了？"

工叙摇摇头。他确实不知道用这药方制成的药丸，应掌柜最后给了谁。他掏出一页纸，递给了老人说："您看看，这页纸是不是从您的店簿里撕下来的？"

老人从柜子里取出当年的那本店簿，一对，刚刚好。老人便问了："你这是从哪里找到的？"

工叙说："在二老板那里。"老人追问道："二老板是谁？"工叙仍然答非所问地说:"二老板派一条黄狗给我送来的。"

小碗说:"筷子哥哥,你能不这样说话吗?"

这样一说,工叙清醒了。这么久,他还一直沉浸在呼猿局的那个情形里。当时,他一打开《千里江山图》,就掉出了这一页纸。他一看就明白了,这是云珍驿店簿里被人偷偷撕掉的那一页。可是,这张纸怎么会到了二老板手上,然后又通过黄狗转送到呼猿局来?他隐隐约约想到了什么,只是不确定。

因为有了这张纸,他和小碗从呼猿局出来后,就直奔云珍驿了。

老人问道:"他们为什么要偷这一页呢?"

工叙指着这页纸上的一个名字说:"您知道这个三十六娘是谁吗?您一定猜不到,那是赵鼎的夫人。"

老人倒吸了一口气。

小碗解释说,当年有人盗用三十六娘的名字登记住宿,目的就是要造个假记录,以此证明三十六娘曾经来过云珍驿。这样,就可以把江参之死栽赃到三十六娘的头上。

"啊?这么说来,"老人很惊讶,看看工叙又望望小碗,"归根结底,他们是冲着赵鼎去的。"见两个年轻人都在点头,老人又问道:"可是,到底是谁要这么做呢?"

工叙说:"我刚才已经告诉您了,是二老板。几年前在您这儿害死江参的人,也是二老板派来的。"

老人说:"是啊,我记起来了,那一夜先后来了两拨人,应该不是同一伙人。对了,其中一个人,右脸有个小疤痕。"

工叙明白,脸上有小疤的这个人,就是自己的哥哥工昺。

老人接着问道:"那二老板,到底是谁呢?"工叙摇摇头说:"我不知道。这世上,几乎无人知晓。"

工叙和小碗离开了云珍驿，走到大街上。

大街上，临安府的杂役都上了街。黎母大蛮死的死、跑的跑，让金人使者非常恼火。朝廷不想让金人使者看到街上黎母大蛮的画像，就让临安府清理掉街上的那些画。临安府的衙役一边干活，一边闲聊着。

"先是狮猫，后是黎母大蛮，再以后，这墙上会贴上什么？"

"也许是……三色狐。"

"哦，是新发现的瑞兽吗？"

"嗯，好像是巴蜀的，还在半路上呢。"

远处，一阵鞭炮声炸响，域外的使团来了。等他们慢慢走近了，大家才发现是一群忙豁勒人。他们上午参加了玉津园的祈年大典，下午急匆匆要回去了。听说忙豁勒使团中有个人为了保护黎母大蛮，差点被坏人砸死。幸亏那凶手是个书生，没什么力气，所以伤者只昏过去一个时辰就醒过来了。大宋的朝廷为了表示歉意，更是为了表示敬意，在他们经过的路上，安排人放鞭炮。

那个受伤的人，因为戴着忙豁勒的毛皮帽，看不出他是哪里受伤了。

眼看着他们就走近了。工叙和小碗发现，这个英雄般的人物非常面熟。小碗立即低下了头，怕被那人发现。其实，小碗的担心是多余的，那些忙豁勒人叽里呱啦地讲着忙豁勒语，好像在讨论着什么，根本没有注意到路边的人。

等他们过去了，工叙才说："刚才车上那个人，像不像崖州的臭油寡妇呀？"好久，他也没听到小碗的回答，转过头一看，小碗正在无声地流泪。这把工叙吓住了，这么一个武功高强的女杀手，竟然也会哭泣，而且哭得莫名其妙。

他连忙揽过小碗的肩膀，柔柔地问道："怎么了？这次不是我惹

的吧?"小碗抬起头来,带着哭腔说:

"筷子哥哥,你知道吗,圣上已经同意赵老丞相归葬常山了。"

工叙惊讶极了,急忙问道:"你怎么知道的?你听谁说的?我怎么都没听说呀?"

小碗再也不理他,放声大哭起来。

呼猿局里,霍金等来黄狗的时候已是夜里。黄狗身上的口袋里,有二老板的密函。二老板在密函里正式任命霍金为呼猿局新掌柜。终于得到了这个职位,霍金却高兴不起来,因为密函里有个触目惊心的坏消息:

圣上满足了赵鼎最后的愿望,敕令归葬故里。

二老板在密函里透露,圣上在签署敕令的时候,嘴里喃喃自语着"归山令"三字。

霍金很是不解,自从太师当国以来,国君、相国始终是一条心的,在抑制赵鼎一派的问题上,帝相总是同一个立场。没有圣上的首肯,一个开创过中兴局面的前宰相,不可能被贬后死在中土的最南端。

可是,这次到底怎么了,圣上突然对赵鼎网开一面了?

在呼猿局多年,霍金知道这是一个不祥的信号。虽然赵鼎只是归葬,但这会鼓舞很多人。引捻再细,也能引爆大花炮。

霍金又看了一遍密函。二老板在"归山令"三个字上画了一个圈。

霍金猜到了二老板的心思。二老板应该在暗示,所谓的"归山",正解就是"放虎归山"。一头被囚禁多年的老虎,一旦重归山林,它的连锁效应,会对眼下的大势造成大破坏。

所以,二老板明确无误地指示,鉴于呼猿局人力遽减,全局日常事务暂停,集中精力追捕叛逃的周工叙,务必追回《千里江山图》,抢在赵鼎归葬前,完成既定计划。

也就是说，必须阻止归山令执行。

二老板还补充说，现在的形势不利于动用御史台的力量，所以只能仰仗呼猿局了。

霍金没想到，自己刚当上呼猿局的新掌柜，就面临了这样的颓势。一切，都拜周工叙所赐。现在，二老板的明确指示来了，就是得马上抓捕周工叙。

在茫茫人海里要捞一个人，还是要动点脑筋的。他推测，工叙取得《千里江山图》后，会很快离开临安城。必须在工叙离开之前找到他。好在今天是玉津园大典，进出临安的路口都设了禁，所以周工叙要么躲在城里，要么躲在西湖边的群山里。

但到了明天早上就来不及了，因为封禁一开，就有大量的人进进出出。霍金望着窗外，天色浓黑很多了。他没有急着出门，在局里又待了一会。突然，他想起不久前工叙跟他讲的一句话，立即跳起来：

"工叙，我知道你在何处。"

吴山，真是眺望临安城的好地方。奇怪的是，都深夜时分了，还是会从城池的各个角落里，冷不丁地冒出一支支花炮，突然在空中炸开。应该说，临安城在偷偷地庆祝着什么。

很久很久，工叙终于在一个叫铁冶岭的地方找到了一座新坟。他用火炬照了照，墓碑上果然刻着周工昂的名字。

他把火炬递给小碗，然后从怀里掏出了一张纸，跪了下来，说道——

哥哥，你已经走了好几个月了，原谅我到今天才来看你。其实，我从崖州回临安很久了，因为没有拿到《千里江山图》，所以没脸来见你。你在天之灵一定会知道，我是在孩儿岭花圃那种差点被人杀死的情形下给你画的像。我在那里能够虎口脱险，一定是你在天上保佑了我。

我刚进呼猿局时，你跟我说过，做我们这一行的不可以有个人的立场，不可以同情案中人。你曾经举例说，你负责赵鼎案，那么赵鼎就是坏人，就必须是个坏人。但是后来，你自己打破了这个规矩。因为你发现赵鼎并不坏。你在狱中还用秘语告诉我，他是被冤枉的。其实，在你告诉我之前，我自己去了一趟崖州，就改变了对赵鼎的看法。我跟你一样，成了赵鼎的拥护者。

跟你说了这些，只是想跟你说，赵鼎真有归心术。

——工叙说到这里，用火炬点燃手中的画像。画像上虽然落满带血的脚印，但看上去仍然很清晰。沉默已久的画纸遇到火，立即变得活泼又灿烂，它大口呼吸着山间的空气，拼命地伸着懒腰。空气一激动就变成了风，把这一团火焰拆分成无数的小光点，上下左右浮游。

工叙继续说道——

哥哥，现在我按照你的意愿，把你的画像遥寄给你了。你看看，我画得多用心呀，连小时候我在你右脸抓破的那个地方，我也画上去了。这幅画你收到后，别藏着掖着，可以挂起来，也可以拿着这幅画，托村头的阴婚媒婆给你找个好女人。这么大的人，还孑然一身，太丢人……

小碗的任务就是守住放在地上的《千里江山图》。工叙选择这个时间上山，是因为这个点万物都慵懒。工叙闹了呼猿局后，呼猿局会到处追杀他,所以小心点也没错。但是,她心里不踏实,总觉得黑暗里有双眼睛在盯着他们。

所以,她早就灭了火炬。

她知道,这个夜晚不寻常,暗潮汹涌的。

白天,她在街上就听人闲聊,说圣上的这道敕令是个归山令,因为赵鼎终于可以重归山河了。她想,这山河,就是《千里江山图》内外的千里江山吧。换一种说法,赵鼎的重归山河,就是重出江湖,浮出水面,再一次呼风唤雨。

已经快到凌晨了,城里还时不时传来花炮声。这个世界通宵不睡觉的人有很多,他们知道了归山令,看到了一朵火苗。

这些放花炮的人,是怎样的面孔呢?

当然,不舒服的人也会有很多。对他们来说,只要赵鼎的"党羽"还在,他们就不放心,他们担心已经成形的和约将受到质疑、冲击。所以,他们会用更极端的方式来阻止赵鼎归葬。就比如吧,一个时辰前,她和工叙走到吴山东边的粮料院,就感觉有人跟踪。

那人面部罩着纱布,步态像个女人,因为天黑,根本看不清模样。他们花了很大的劲,确认把那神秘女人甩掉了才上了吴山。

不管这个女人是谁,都得提防。

更让小碗不踏实的是,她刚才摸了摸行囊,暗器已经用完了。按理说,一根细细的针刺入体内,并不会令人马上死去,但她的暗器是有毒的,才有了顷刻追命的效果。现在,这些毒针已经用完了,假如敌人突至,那该怎么办?

突然,她感觉脚边有一样东西游过。"有蛇。"她惊叫起来。工叙说:"小姐,这才是正月,江南的冬天里怎么可能有蛇呀?"小碗也偷偷笑了,从事这行业很多年,杀人无数,却在这儿露了怯。是啊,惊蛰日还早得很,蛇正睡得香。

除了这个小插曲,到现在也没有异常发生,但她心里仍不安心。多年的谍探生涯告诉她,这一刻很安全,不能保证下一刻不会有意外,所以必须见好就收。这时候,天边渐渐发红,远处的西湖显出了淡淡的轮廓。

"筷子哥哥,天快亮了,我们赶紧走吧。"

工叙起身踩灭灰烬上的火星,然后去摸地上的《千里江山图》,没摸着。再摸,还是没摸着。他让小碗重新点燃了火炬,仔细看去,地上空荡荡的。

突然,黑暗中响起一阵笑声,令人毛骨悚然的。接着,一块岩石的后面走出了三个人,他们也点燃了火炬。对工叙来说,这都是熟面孔,其中一个说着无比亲切的话:"啊,工叙呀,我们又见面了。"

工叙不语。这是他以前的好朋友,但昨天老王师傅告诉他,他哥和应掌柜闹崩了,都是这个人在背后搞的鬼。于是,他冷冷地说:"谢谢你来我哥墓前。好吧,正好有些事要跟你聊聊。"

"你可能还不知道吧,你最讨厌的应掌柜死了。"霍金兴奋地说,"我现在是呼猿局的新掌柜了。"

工叙说:"恭喜霍掌柜,你终于等到了这一天。"

霍金说:"工叙,跟我回去吧。现在呼猿局严重缺人,这么大一个摊子我忙不过来,需要你帮我。"

"这怎么可能?我杀了呼猿局的人,破了呼猿局的规矩。"工叙指着身后工昴的坟墓说,"你看,我哥就是坏了规矩,才落得个这样的下场。"

"规矩嘛,都是人定的,可以改。"霍金说,"我可以请示二老板,只要你回来,以前的事都不再计较。至于你哥的结局,跟呼猿局没有关系,那全是应掌柜个人所为。应掌柜就是因为见死不救才得了报应,被马踢死了。"

工叙说:"霍掌柜,按你这么说,我哥的死就跟你没关系了?"

霍金说:"看你说的。我和你哥,一起操心赵鼎案,我们彼此无话不谈。"

工叙说:"在我哥坟前,有些话你就直说吧,可别连死人都要骗。"

"工叙啊,你好大的口气啊。"霍金有些不高兴了,"经过呼猿局的历练,你还是那么不成熟。我刚才那么和风细雨的,你不听,偏要让我说实话。"

工叙说:"我爱听实话。"

霍金这回认真说话了:"其实,应掌柜派你去崖州,只是让你走一趟。你看,崖州郭太守的荡寇名单里就有你的名字,正好证明……"

"正好证明我去过崖州,"工叙抢过话头说,"这样一来,所有的伪证就坐实了,你们就可以说,《千里江山图》就是我从赵鼎的家里取回的。"

"啊,原来你都知道了?"霍金略微一惊,旋即恢复了常态,"是的,我们会说你在崖州期间,冒着生命危险与赵鼎的人斗智斗勇,终于夺回了《千里江山图》。你觉得这个计划怎么样?天衣无缝吧?你别以为应掌柜的头脑好用,其实是我出的主意。"

工叙说:"所以,你刚才趁天黑,悄悄地把这地上的《千里江山图》偷走了。"

"是啊,你们还以为是一条冬天的蛇呢。"霍金看了一眼工叙身边的小碗,又说,"真不好意思,无意间偷听到你们的私密话了。"

小碗又脸红了。她看到霍金从身后拿出了长形的袋子。一个训练有素的人,竟然让别人在自己的眼皮底下偷走了东西,能不脸红吗?这时,她听到了一阵狂笑。奇怪的是,发出狂笑的人,竟然不是霍金,而是被人算计的工叙。

工叙说："可是，你百密一疏啊，偏偏忘掉了一件事。当年你们和詹大方密谋此事的信函，会证明这一切都是假的。"

这回，霍金有些惊讶："怎么，你翻了我的抽屉？"

"对不起，昨天在呼猿局肚子有些饿，找吃的，忍不住翻了你的抽屉。"工叙边说边从怀里抽出一个信封，扬了扬，"看吧，詹大人的字迹，圣上应该认得的。"

这下，霍金意识到问题很严重，换了一种口气说："工叙，事到如今，我也不想跟你啰唆了。你看，我们人多，可我不想以多欺少，你把詹大人的密信还给我，我放你们走。"

工叙把信函塞回怀里，刚想说什么，一直没说话的小碗却抢先说："霍掌柜，你查过呼猿局那几个人的死因吗？我可以告诉你，他们的脖子上都有个细孔，你不仔细看，连血点都看不到。我就那么手一挥，他们就同时中了我的毒针。他们死得快，一点儿痛苦都没有。现在，我的手里就捏着细针，正好是三根，特意给你们留的。"

小碗感觉她的话起了作用，对面的人没那么嚣张了。

霍金说："请问这位小姐，你是谁？"

小碗说："你们听说过蛾眉科吗？"

霍金说："我多次听人说过，倒是第一次看到蛾眉科的人。果然是蛾眉红颜，长得不错。"

"知道就好，你们待在那别动。我可没有那么好说话。"小碗说完，急忙回头跟工叙耳语道，"筷子哥哥，我手上早没毒针了，你赶紧跑，我马上追过来。"

但是，工叙没有动，他问道："小碗，你真的是蛾眉科的吗？""傻瓜，骗他们的。我怎么可能是蛾眉科的？"小碗还没说完，就惊叫起来，"啊……"

有一把剑刺入了她的腰部。

霍金趁小碗说话分心的时候突然出了手。

工叙这才反应过来，大叫一声，从小碗腰后拔出剑，刺向了霍金。还是来不及了，有两把剑同时架到了他的脖子上，他的双手又马上被人扣住了。工叙看着倒在地上的小碗，痛苦地叫道："小碗，你要等我，我马上跟你来。"

趁这个机会，霍金连忙到工叙的怀里掏密函。但他还没摸到密函，就看到他的两个随从仰天倒下了。他们的胸前，都插着一把刀。还没等他反应过来，一个人影从不远处飞了过来，用一把小小的弯刀抵住了他的脖子。

天色又亮了不少，所有人都看清楚了，来的是一个陌生人，而且是个女的。她对工叙说："赶快去看看小碗，她怎么了？"

啊，这个神秘女人怎么认得小碗？工叙来不及细想，连忙俯下身子扶起了小碗。小碗的背后，竟然没有血。工叙还不放心，解下小碗的行囊，倒出了一只猪尿脬。猪尿脬确实被刀刺过，但是没刺破。

这皮囊竟然挡住了利刃。不然，小碗已经被人刺穿了腰。

小碗张开眼睛，对工叙说："真好，又听到你的那一声喊。"

工叙确认小碗已无碍，这才想起要对神秘女人说声谢谢，可是他抬起头只看了一眼，就叫出声来：

"臭油寡妇。"

工叙搞不明白，这个人怎么忽男忽女，好像在两个性别之间可以自由切换。臭油寡妇指着霍金问了工叙一句："你先告诉我，要杀掉他吗？"

工叙拎起猪尿脬，对霍金说："霍掌柜，这只猪尿脬还是你送给我的，没想到是个好货，真是谢谢了。就冲这一点，我放你一马。小碗没死，比什么都好。"

臭油寡妇听工叙这么一说，就放了霍金。霍金也懂规矩，在工叙哥哥的坟前磕了一个头，然后对工叙说："工叙，谢谢你的不杀之恩。我走了，后会有期。"

工叙说："但愿今世，永不相见。"

天亮了，不但亮，还很亮，反正嘛，是个亮。

臭油寡妇说："我早就不是什么臭油寡妇了，还是叫我的本名芓儿赤斤吧。别看我变来变去的，我就是一个男的。这次因为方便跟踪你们，才又化装回女人了。"

原来，昨天在大街上，芓儿赤斤就看见了工叙和小碗，但是他装作没看见，不动声色地派人尾随着工叙，找到了他们暂时栖身的云珍驿。到了晚上，他才化装成女人跟踪工叙，从云珍驿到粮料院，从粮料院到吴山铁冶岭。

芓儿赤斤从身上掏出一个小木盒，从盒子里挑出一点药膏，涂抹在小碗的腰部，小碗立即就不痛了。

工叙知道了，这就是芓儿赤斤以臭油寡妇的身份从海棠仁里提炼出来的金创膏。提炼金创膏的方子，听说是鉴真和尚留下的。工叙问道："我记得你当时肚子上的鱼鳔袋，整个儿都装着金创膏，怎么现在只剩下这么一小盒了？"

芓儿赤斤说："早就运回去了，运到忙豁勒了。忙豁勒的壮士们每天出生入死的，最需要这个。"

工叙终于明白了，芓儿赤斤在崖州办的那家臭油作坊，就是忙豁勒当局秘密置办的。这就是背景，有钱。

芓儿赤斤这才说出了此行的目的，就是想报答王文献。他虽然被王文献砸伤了头部，但他知道王文献这是在救他。如果当时王文献不这么干，那么当场被杀的就是他，整个忙豁勒使团也会很被动。金人不会放过他们，更不会放过他们的大部落。

他事后也向忙豁勒使者承认，自己在玉津园的行为确实有些鲁莽。但是，不让这些黎母大蛮落入金人之手，这是整个忙豁勒使团的秘密任务，所以使者大人也没怎么责怪他。使团回忙豁勒后，他留在临安继续潜伏。

工叙心里一惊，这些看起来地位卑微的忙豁勒人，原来私底下针对金人做了很多事。当然，工叙不会把这些话讲出来。至于王文献，工叙只有一面之缘，可他从甲一号呼猿册里，已经很了解他了。王文献这样悲壮的结局，工叙没料到，但想想，也不意外。这个天性猖狂的人，品行如玉。

孛儿赤斤想起了什么，补充道："哦，在玉津园闲聊时，王先生和我聊得最多的还是赵鼎。他还跟我说，罗大关死时，他从罗大关的怀里拿到一样东西，便知道了赵鼎儿子的下落。"

"啊，是赵汾。快告诉我，赵汾此刻在哪里？"工叙急切地说，"赵老丞相的三个儿子，我以为全被人杀了。"

孛儿赤斤说："好，你去救他，我告诉你在哪里。"他回忆了一下，就把确切的地址说了出来，然后挥挥手就走了。走了很远，他突然又停住脚步，大声问道："黎母大蛮还剩下最后一匹了。假如你遇到了，杀，还是不杀？"

工叙心里又是一惊。他动了动嘴唇，却什么也说不出来。

自始至终，小碗都没说什么，眼里却全是泪。现在，她偷偷抹干了眼泪，走到工叙右边，一起目送着孛儿赤斤消失在山腰处。

过了好久，她才问道："筷子哥哥，我们下一步去哪儿？"

工叙想了想，说："兵分两路，你回崖州，帮赵夫人把赵老丞相接回江南。"

小碗插了一句："是啊，我已经小半年没见到主母了，也想她了。

不知道再出现在她面前时，我是杀人不眨眼的女杀手，还是原来那个乖巧胆小的侍女？"

工叙说："是侍女，继续服侍她，但关键的时候，你要成为侠女，保护她。"

侠女？这说法新鲜。小碗觉得喜欢，便说："好吧，本侠女马上去崖州。哦，你还没说呢，你会去哪儿？"工叙把那个神奇的猪尿脬塞进小碗的行囊，又给小碗背上，然后说：

"我去找赵汾，该他出场了。"

第四十二章　去铅山大牢里捞人

常山的翁蒙之，现在正站在江西铅山县的大牢前。

站在他身边的，是工叙。虽然两人半年前在黄冈山上才见了一面，但彼此感觉良好。工叙从临安出发，连夜赶到常山找到了翁蒙之。翁蒙之知道工叙的来意后，从县衙搞了一辆马车，两人很快赶到了铅山县。

他们要去救一个名叫程品山的人。

不知怎么回事，工叙身上开始发热，好像患上了风寒症。翁蒙之本想带工叙去看郎中，被工叙拒绝了。他说，这事更要紧，不可拖延。

翁蒙之以常山县尉的身份，拜见了铅山的县尉。他出具了一份公文，说是常山发生了一起采石纠纷，死了几个人，经过调查，与铅山大牢里一个叫程品山的在押犯有关，所以翁蒙之要求铅山县尉带他去见这个人。

铅山县尉也有点奇怪。铅山大牢的这个人，来历不明，查了半天，也不知道这人犯了什么罪。反正,就被关进来了。每天,也没让他做什么事,就在牢房里看看书。铅山县尉问了牢头,牢头就说,是两年前上头安排的。至于是哪个上头,牢头也说不上来。反正,一笔糊涂账。

铅山县尉很快把程品山提了出来。这时候工叙头昏脑涨的,眼皮都睁不开,听说犯人来了,睁开眼看了一眼,便来了精神。工叙暗暗地给翁蒙之点了个头,翁蒙之就跟铅山县尉说,确定是这人,要把他带回常山去归案。

铅山县尉有些为难。这个背景复杂的罪犯,就这么轻易让常山县带走,万一上头追查起来也很麻烦。那程品山听说自己要被人带去常山,脸上有些惊恐,说自己跟常山没关系,不愿意离开铅山监狱。

翁蒙之虽然是福建人,但在常山任职有一段时间了,对常山也熟,便对程品山说:"你跟常山真的没关系吗?我怎么听你说话,有一点常山口音呢?"

程品山拼命摆着手说:"我小时候随父母在常山待过,所以会说几句话。但我真的没在常山犯过什么案子呀。"

工叙忍着身体的不适,突然发难道:"你在常山犯过案,而且是惊天大案。你参与了赵鼎案,是案中的要犯。现在,铅山、常山两位县尉在这里,你老老实实说,你是不是赵鼎的余孽?"

程品山听到这话,脸色都变了,一句话也说不出来。

工叙又回转身对铅山县尉说:"县尉大人,我是临安来的,奉御史中丞詹大方密令追拿赵鼎案要犯程品山。"他也没等铅山县尉回应,立即掏出一个信封,又说:"这是詹大人写给我的密令。不知道县尉大人认得他的字不?"

铅山县尉吓了一跳。这是个连朝中大臣都忌惮的人物,怎么可能没听说过?至于是不是詹大人的亲笔信,他只是瞄了一眼,怎么能判断？再说，他这个层级的官员，也没见过御史中丞，不能说它真，更不能说它假。他想，说话的这人是常山的翁县尉带来的，又有常山县的公文，错不了。即使错了，上头追究起来，也是常山方面先挨板子。

关键，还有一张银票。

铅山县尉刚才看常山县尉掏公文时，不小心从怀里带出一张银票，这银票飘了飘，就落到了墙角处。在场的人，谁都当作没看见，一个个心照不宣的。铅山县尉也没说什么话，挥了挥手，让牢头放了程品山。翁蒙之道了谢，立即和工叙押着程品山就往外走。

正这时，有几个人不顾阻拦，直接就往里面冲。那势头，没人拦得住。他们大声说："让开，快让开。我们是御史台的人，来你们铅山县提审犯人程品山。"

铅山县尉一听，心想坏了。"你们是谁？"他指着常山过来的人，对不速之客说，"怎么他们也是来提程品山的？"

御史台的人回头一看，意识到出问题了，掉转头追过来。翁蒙之和工叙拉着程品山就往停在大牢门口的马车跑去。可程品山并不配合，有两伙人争夺他，他不知道哪一伙人救他，哪一伙人害他。都已经跑到马车旁边了，可程品山就是不上车。

工叙急了，他对程品山叫道："赵公子，我是你爹的人，赵夫人三十六娘在崖州等你赶过去呢！"

赵汾呆住了。还没等他开口，御史台的人也追到了跟前。工叙眼尖，看到里面几个人都有些面熟。他虽然浑身乏力，还是使出所有的力气，猛一推把赵汾推进马车，然后回头冲着那伙人叫道：

"你们不是官家的，没有资格提犯人。"

他们叫道："咦，你是谁？"

工叙说："我认识你们，你们都是孩儿岭花圃的。害死赵家两个儿子的人，都是懂花草的。"

那些人顿了一下，认出了工叙，叫道："原来是你，蛾眉科的。"

工叙继续说："你们冒充御史台，该当何罪？"

这句话好像是咒语，他们停住了脚步。工叙趁机跳上了车厢，翁蒙之猛地抽了一鞭，马车就启动了。工叙好像没说过瘾，从车窗里探出头说道：

"我不知道你们是受谁指使的。麻烦你们回去告诉他，老实一点。只要我一告发，皇城司就会登门造访孩儿岭花圃，顺藤摸瓜，你们和他一个也跑不掉。"

马车到了山脚，停了下来。

三个人见没了异常，找了一块石头坐下。工叙这才对赵汾说："赵公子，我要告诉你一个坏消息，就是赵老丞相……"

"啊，我爹怎么了？"赵汾的眼泪一下子就流了下来，"等等，你不必说了。我在牢房里，外面发生了什么都不知道。我只知道，有人一路逼他自杀，他一定是活不了的。"

工叙说："是的，赵老丞相是为保全家人，特别是你，才选择了这条道。"

赵汾哭出声来了："我知道，我爹被放逐岭南后，我哥和我弟都死得不明不白的，所以我爹担心我。"

"你爹担心你是对的。"翁蒙之说，"你刚才也看到了，临安有人来追杀你了。这说明，他们在挖空心思找你，不管你在哪都要找到你。"

赵汾问道："我爹为了我，都已经自行了断了，可他们为什么还不放过我呢？"

翁蒙之说："他们不是不放过你，他们是不放过你爹。"

"啊？我爹不是死了吗？"赵汾不理解。工叙见机会成熟了，对赵汾说："好了，不说这些了。现在我再告诉你一个好消息。圣上突发慈悲，敕令你爹归葬常山了。"

工叙看见赵汾的眼里露出了一道熹光。他说："现在，我要陪你回崖州。这条路我走过一趟了，比较熟，从铅山出发又近了许多，很快会到崖州。我们去接你爹，让他老人家早日归葬。"

翁蒙之想了一下，对工叙说："能不能这样——让我陪赵公子去？你病得这么重，我担心你路上吃不消。"

工叙说："没事的，不就是一点风寒吗，明天就会痊愈。说好的事，就不要变了。何况你是公门中人，管着一县的事务，不能随便走开。"

"好吧，那我就回常山，在黄冈山给赵老丞相择一块上好的墓地，再刻好碑文，等赵老丞相的灵柩回来。"翁蒙之说完，从怀里拿出几张银票，又从车里拿下一个包裹，一起递给了赵汾。这包裹里，是为赵汾准备的衣服，总不能让赵汾一直穿着囚服去见父亲吧。赵汾立即换了服装，准备与工叙上路。

就这时，工叙一个趔趄，倒了下去。

翁蒙之心里咯噔了一下，他担心的事情还是发生了。从常山到铅山，工叙昏睡了几次。但这一次，翁蒙之怎么也叫不醒工叙了。

翁蒙之把工叙带回了常山。已经过了很多天，工叙的病症不但没好，反而严重起来。怕风，怕水，甚至听到滴水声都会惊恐万分。翁蒙之请来几个郎中，郎中来了之后，询问工叙病因，因为工叙已经不能对话，所以都没个诊断结果。

最后来了一个郎中，他家世代为医。他仔细检查了工叙的全身，对翁蒙之说，病人不行了，要准备后事了，这世上再好的药也治不好这种病了。他指着工叙的手腕，对翁蒙之叹了一口气："唉，你看看吧,狗咬的印子,都烂了。中了犬毒,必死无疑。"

翁蒙之问:"那么,他能挺多久呢?"

"最多十天,他就油尽灯枯了。每天给他喂些粥汤,兴许能多拖延几日。"郎中说完走了,也不收诊治费用,留下了一个没了主意的翁蒙之。

翁蒙之瘫坐在椅子上,心里极度悲哀。眼睁睁看着朋友要死了,却无力回天,那是一种大悲哀。虽然他和工叙谈不上至交,但他发现工叙和他有一个共同之处,就是对赵鼎的态度。就是因为这点,当前几日工叙突然来常山找他帮忙时,他立即就答应了。赵鼎虽然不在了,但能为赵家做点实实在在的事,也是自己的荣幸。可在这关键时刻,工叙却倒下了。

不过,有些事是不能拖的,比如给赵鼎择墓地。他安排了一个兵勇专门照顾昏迷中的工叙。他对兵勇说,每天都必须熬点薄粥,强行灌进工叙的嘴里。他交代完毕,立马赶往黄冈山。

他要去找一个老头。

老头是个怪老头。

半年前,赵鼎死讯传来的时候,魏矴一点悲哀也没有,反倒是拎了一壶酒去了范冲墓前。范冲号称两朝帝师,却因与赵鼎交好,落得墓前凄凉。但是,魏矴却非常满意,没人打搅他,也没人打搅睡在墓里的人,他就可以安安静静陪范冲。

他隔着墓碑告诉范冲,赵鼎死了是一件好事,因为赵鼎的性格一直就持重老成,不够洒脱。一路被放逐后,赵鼎更是一个痛苦的人,为自己痛苦,为别人痛苦,特别是为君王痛苦。被人威逼后,又每日为家人的安危忧心忡忡。对赵鼎来说,能早点死掉,真是一种大舒服、大解脱。

前几日,坊间都在传,圣上批准赵鼎归葬常山了。魏矸听说后,又拎了一壶酒去了范冲墓前,跟范冲说:"帝师老范啊,我们三人的常山之约,马上就成了。等老赵落了葬,接下去就是我了。想想啊,我也是蛮委屈的,凭什么都是我给你们送葬,而不是你们给我送葬?"

不过,更多的时候,魏矸还是坐在独往亭里。

今天,他来的时候,发现独往亭上多了几首诗。这是一个好的迹象,至少很多人的心开始活泛起来。他还想再看看其他的诗作,就看到一个人走了过来。这个人,本可以戴官帽的,可今天却没戴。

其实,对魏矸这样做过京官的人来说,一个小小的县尉真不算什么。但是,他给了这个小县尉一个面子。根据他这么久的观察,这个年轻的小官对赵鼎的态度还不错,并且,每次看到他也十分恭敬。

没戴官帽的翁蒙之带来了一壶酒,对魏矸说:"魏大人,这是本县招贤古渡的招贤酒,特意给您带来的。"魏矸是挂冠之人,但翁蒙之每次都称他为大人,魏矸以前是不接受的,今天却没表态,只是指指对面的石凳,意思是让翁蒙之坐下来和他对饮。翁蒙之摆摆手说:"魏大人,今天卑职上山来,就是想请魏大人帮个忙。"

魏矸喝了一口酒,笑道:"年轻人,老夫官衔再高,也早就辞职了,而你层级再低,手上却有实权。有什么事直说,别耽搁了喝酒。"

翁蒙之说:"赵老丞相的灵柩不久就要到了,我想给老丞相找个上好的墓地。不知魏大人是不是精通堪舆术?"

魏矸停住了手里的酒杯,有些警惕:"是常山官府的意思,还是衢州官府的意思?谁叫你干的?"魏矸确实不信,赵鼎获批归葬常山,但身份还是罪臣,朝廷又无平反昭雪的正式通告,有哪一级衙门敢做这样的事?

翁蒙之老老实实回答说,这是他个人的意思,跟官府无关。他今天特意穿着便服,就是这个意思。魏矸想,这就够了,这种事没有官方的介入，才叫好。再说了，整个官场都视赵鼎为瘟神，避之唯恐不及，却有这么一个现任县尉能主动为赵鼎寻找墓地，真是一股清流。

他不再喝酒了，指着亭子楹联上"双鲤"二字说，赵鼎的院子里有一对名为"双鲤"的巧石，是在黄冈山下紧靠常山江一个叫石门的谷口发现的。每次赵鼎重回常山黄冈，都在这个地方弃舟登陆，然后通过这个谷口入山。在起挖这对双鲤石时，赵鼎曾经跟魏矼说过，但愿自己百年后，能以此处为穴。

魏矼还说，赵鼎曾经跟神霄派道士林灵素学过一点堪舆术，应该是懂得一些风水的，再没有比赵鼎自己选的地方更合适做他的安息之所了。

翁蒙之得到魏矼的指点，心里有了数。他陪老人喝了一杯酒，还没尽兴，魏矼就拿着杯子睡着了。翁蒙之脱下自己身上的衣服，披在老人身上。他刚要走，却被人拦住了。那人说：

"翁县尉，想看双鲤石吗？随我来吧。"

说实话，翁蒙之来黄冈山很多次了，今天还是第一次进入赵鼎的寓所。这寓所，其实是永年寺的一个别院。永年寺方丈青羽禅师打开了赵鼎寓所，院门一开，翁蒙之一眼就看到了双鲤石。双鲤石，真的有些像鲤鱼。

青羽禅师又打开内室，里面竟然是一尘不染的。他说："别看这一间普普通通的房间，住过一个宰相、一个状元，也算是永年寺的荣耀了，所以我们一直保持着当年的样貌。"

"这位状元，因为是赵鼎的入室弟子，所以也被牵连了，至今才做了个通判，有点屈才了。"翁蒙之说。

青羽禅师说："佛门不谈风云。其实，贫僧请翁县尉过来，是见县尉对赵鼎的事这么上心，所以想求县尉一件事。"

翁蒙之说："禅师请讲。"

青羽禅师说："赵鼎这次奉旨归葬，全天下人都知道他把常山当故里了。那么，故里是有了，是常山。具体在哪里呢？是黄冈山呀。在黄冈山的哪里？嘿嘿，是永年寺呀。我们永年寺，就是赵鼎的家，我们都是他的家人。"

青羽禅师自问自答着，然后才说到了正题。他的意思是，一个人不管是得意还是失势、发达还是落魄，在佛门中人的眼里都是一样的。赵鼎虽然是个谪官，但为宋室中兴呕心沥血，所以赵鼎的葬礼应该由永年寺来操办。

这倒是一个好主意。翁蒙之想，由寺庙操办一个有争议的人的后事，可以规避很多现实的麻烦。他对青羽禅师说：

"哈哈，佛门偶尔也谈风云呀。"

从永年寺出来，翁蒙之没有选择每次上山下山常走的路，而是翻过如来峰，下到了石门村，又沿着石门溪往下走。这一路又是另一种风景了。石门溪的水似乎知道了什么，自告奋勇来指引他，一直到了谷口，水滴们才说，县尉且留步，石门到了。它们说完，继续前行了半里路，才奔向常山江。

翁蒙之这时候回望，这谷口确实像一道石门，难怪有这样的名字。石门外，有些空旷。翁蒙之按魏矼所说的，很快就找到当年发掘双鲤石的位置。此穴除了面对奔腾的江流，还背靠一座小山，这小山又背靠着整个黄冈山。这给翁蒙之的感觉是，这地方收纳了山川之灵气。

他虽然不懂风水，但凭他的直觉，这地方绝对配得上两登相位的赵鼎。

他又马不停蹄地跑到了采石场。这一年，因为临安玉津园建园的需要，临时负责常山巧石事务的翁蒙之跟采石场的矿工混得很熟。他把大家召集起来，商议一下给赵鼎修建坟墓的事。采石场的人大多是黄冈山的原住民，对赵鼎不陌生。年纪大的，也见过赵鼎本人。他们都知道赵鼎在常山期间，从小处讲，在黄冈山建了一座独往亭，往大处讲，影响了当地的州县官员，让常山江上多了许多堰坝。

就讲采石场本身吧。南渡之前，徽宗兴起花石纲，采石场专门采制常山巧石送往汴京开封。花石纲被废后，常山的采石场也被废弃多年，采石工无事可做。赵鼎定居常山后，让采石工改采料石，用于铺路、筑屋；还让他们把大块的石料装上船，运往钱塘江两岸，做了各座城池的城砖。

翁蒙之刚说完，采石场的人就说，他们天生就是苦力，寺庙操办赵鼎的后事，他们自然要出力。翁蒙之见他们这样表态，心里也就有了谱。永年寺虽然规模不小，也不缺钱，但僧侣有僧侣的事，很多俗事还得俗家的人帮忙。

赵鼎墓从勘探、设计到开挖，到垒石、砌砖，时间不长。矿工们还从常山江下游的溪口镇找来几块上等的青石板用作墓碑。翁蒙之雇了县里最好的刻工，就等墓志铭文了。他在邸报上看到，赵鼎临终前自撰了墓志铭。

球川纸坊的纸工也跑来说，他们纸坊会特制一批专门的纸，用于制作赵鼎丧礼的纸钱。他们听说赵鼎晚年十分贫寒，所以一定要让赵鼎在天上拥有用不完的铜钿。翁蒙之哭笑不得，他知道赵鼎不屑这种阿堵物，但是纸坊的好意如此朴素，他又不忍说破。

还有一家染坊跑来说，丧礼那天要用的布料，全由他们包了。他们说，别看他们是染坊，他们家囤积的白布，比织布的地方还多。

跑来的还有喝彩师。按照常山风俗，丧葬必须请喝彩师来现场诵唱祭祀彩词。他们把草拟好的彩词交给翁蒙之，翁蒙之把握不住，赶到黄冈山独往亭给魏矴看，魏矴说这彩词太悲恸了，应该按照喜事办。翁蒙之不解，这场丧礼怎么可能办成喜事呢？

魏矴说："归山令下，岂能悲情？"

赵鼎的丧事正在紧锣密鼓进行着，但翁蒙之现在考虑的是另一场丧事。他忙完手头的事，马上赶到工叙那里。那负责照顾工叙的兵勇正用勺子往工叙嘴里灌米汤。那米汤，能灌进去的很少，基本上都是倒流出来的。

兵勇哭丧着脸说："县尉大人，你这位朋友肯定是不行了。这些天，他除了说几句梦话，基本就是一个死人了。"

"梦话里说些什么？"

"听不清楚，反正翻来覆去就是一个人的名字。"

翁蒙之没想那么多，他从被窝里拉出工叙的手摸了摸，那种烫，很吓人。工叙手腕上被狗咬破的地方已溃烂成洞，似乎有无数的犬毒，嘶嘶嘶往外喷涌。

第四十三章　降伏鲸鱼的海神

赵鼎如果还活着，他不会相信自己一夜之间就成了海神，那种能够保佑海上旅者与打鱼人的神。不管他自己相不相信，在崖州和儋州，他都成了南海海神。

第一次说出海神这事的，就是琼州阿吊。

那天，儋州太守裴闻义要回崖州，正好没船，就让阿吊送他走水路回去。裴闻义在大疍港被大海盗刺伤后，虽然痊愈了，但身体大不如从前了。他这次回家，是给赵夫人三十六娘送点粮米去。赵鼎去世后，因为等着归葬常山，所以赵夫人在裴闻义的协助下，只是临时安葬了夫君。她自己因为要等着朝廷的批复，就继续居住在裴家宅院里。

阿吊虽然与裴太守很熟，可还是第一次进入裴家宅院。屋子里仍然保持着原来的摆设，好像赵鼎从来就没离开过。唯一的变化是，正堂上挂着赵鼎的遗像。不用说，这正是工叙在崖州画的那一幅。阿吊一看到遗像，就叫了起来：

"哦，海神。"

裴闻义有些不解，赵鼎虽然晚年居住在海边，可并没有出过海，怎么就变成了海神？

阿吊又细看了一遍，然后指着画中人，坚定地说："赵夫人，裴太守，我敢确定，那一年我在海上遇到的海神，就是他。"

那一年的那一天，阿吊接了一单好生意。雷州有人找到他，给他一笔钱，让他把一个特殊人物从雷州送到海对面的琼州去。因为给的船费足够多，所以他没等其他船客上船，便放下手中的酒壶，立即开船走了。

他偷偷看了这个唯一的船客——虽然一脸倦容，但还是有些不怒自威。他听给他钱的人说，这个船客是个京官，因为得罪了人，所以被放逐到最远的地方。

船行半程，阿吊看到海面上出现了一排红旗。那红旗越升越高，露出了红旗的底部，竟然是一座岛屿。蹊跷的是，这座岛屿好像漂浮在大海中。阿吊意识到，他遇到大鲸鱼了，刚才看到的红旗，其实是鲸鱼的背鳍。

他也知道，这头大鲸鱼是来找他的。他们家族的男丁，都欠鲸鱼一条命。他的爷爷、他的爹,都是死于鲸鱼之难。奶奶跟他说:"阿吊啊,我们家的祖上,一定杀过鲸鱼,所以你一生下来,命中就欠着鲸鱼了。"

阿吊想起巫师曾经说过的一句话,要想逃过这一劫,只能试试一个古老的法子,就是用刀子割破自己的舌头,然后把血洒进大海,这样才可能逢凶化吉。

阿吊找到了刀子,正要刺破自己的舌头时,被船客制止了。这船客,在风浪来时,一直坐在船舱里写着什么,似乎已经波澜不惊了。船客见阿吊要自残,马上过来夺下他手里的刀子,用写满字迹的纸包裹起来,丢进了大海。

立即,大海上风平浪静了,鲸鱼也消失得无影无踪。阿吊知道,他遇到海神了。他的这位船客,就是上天派来拯救他的海神。

——这是三年前的事。事后,阿吊很想把这个故事讲给所有的人听,但事实上,他只讲了一遍。他是对巫师讲的。巫师说,阿吊,你说得不对,这个人当时不是在写文章,他是在画符,他用符咒镇住了鲸鱼。从此,你要走大运了,因为他给你带来了好运气。

阿吊眼睛一亮。巫师说得对,这个人改变了他家族的宿命。

不过,巫师又郑重其事地说:

"阿吊,天机不可泄露,你不能再跟别人讲这件事。再讲的话,海神就不再保佑你了,你也就走不了好运了。"

自从遇到海神后,阿吊的生意越做越大。这些年来,他很想找到这个海神,但一直未能如愿。没想到,他的海神就躲在崖州的裴家宅院。

三十六娘说:"阿吊师傅,好好回忆一下,那一天是哪一天?"

阿吊说:"不用回忆,那天是我娘的生日,本来晚上是给我娘祝寿的，结果那天我大难不死，晚上大家都给我敬酒，把我灌得烂醉……"

裴闻义对阿吊说："你娘的生日是哪一天，还记得吗？"

阿吊这才反应过来，回答道："我娘的生日用不着记，就是徐闻港办墟市那一天。"

徐闻港在雷州，正对琼州的白沙津。两港的距离，是大陆与南荒大岛的最短距离。裴闻义去临安述职，就是从白沙津渡海到徐闻港登陆的。所以，他知道徐闻墟市的日子在每年的二月初一。

三十六娘一听就相信了。赵鼎到了崖州后给她写信报平安，信中提到的渡海时间，就是裴闻义说的二月初一。

既然都对应起来了，阿吊就越发认为自己遇到的海神就是赵鼎。他不想让这件事烂在肚子里，便到处跟人讲。他一定想不到，他的故事流传得有多远。反正有一次，就被一个有心人听到了。这个有心人，就是洪皓的儿子洪迈。洪迈听到这个故事，顺便把这事写成《海中红旗》一文。

碰巧的是，爱读洪迈文章的人很多，这样一来，很多人知道赵鼎成海神了。

这一天的大疍港，有很多人盯着海面在看。

崖州湾的大海里，今天没有鲸鱼。但是，所有人都目睹了一个怪现象：海面上出现了一个球，像个硕大的鱼鳔。

慢慢地，这个大鱼鳔就往码头漂来。大家这时看清楚了，这不是什么鱼鳔。到底是什么，谁也说不上来，反正是个大气囊。等到这玩意儿临近码头时，气囊泄了气，从里面露出一个人头。

一个女人。

正好，裴怀也在。这半年来裴怀一直在家照顾三十六娘，今天她是有事到大疍港找蛋壳儿，没想到就遇到这样的奇事。等这海上漂来的女人靠近码头，她才认出，这是三十六娘的侍女小碗。

很多人都知道，半年前大海盗来的那天，三十六娘的侍女就淹死在崖州湾。第二天，崖州湾浮起很多很多的尸体，可就是没找到小碗。三十六娘一夜之间失去了夫君赵鼎，同时又失去了侍女小碗，马上就生了一场大病，幸亏有裴怀的悉心照顾，才慢慢好转过来。

大家一起帮忙，把小碗从水里拉上码头。那小碗茫然地看着众人，幽幽地问道："这是什么地方？"

裴怀说："这是崖州的大疍港。"

小碗惊讶地问道："啊，我真的已经回家了？"

裴怀说："是的，你回家了。赵夫人以为你再也不会回来了。"

小碗说："啊，我也以为不会回来了。那一天跑到崖州湾时，一个不小心就掉到水里，喝了很多海水。我以前就知道海水咸，没想到咸成这样。要命的是，这些海水经过我的喉咙，开始灌进五脏六腑，我就知道我要死了。可就这个时候，海面上来了很多人，他们列成两排，敲锣打鼓在迎接着一个大人物。有个人看见我快淹死了，就拉了我一把，让我站在他的身旁……"

在场的有个人，应该是个番人，他小声地对身边的人说，这个女人是不是开始说胡话了？旁边的土人说，别出声，听她讲下去。

小碗吐了一口海水，继续说着胡话："不久，我听到了一种乐声，好像是用西域的一种骨箫吹奏的。所有人都毕恭毕敬的，这架势把我吓坏了。我听见那个救我一命的人说：'快看，新海神升座了。'新海神越走越近了，我仔细看了一眼，心都跳了出来。这个新海神，竟然是他。"

小碗的眼里露出了惊讶的神态。马上有人问道："姑娘，你看见了谁?"

"我看见了……"小碗没立即回答,又吐了一口海水,好久才说,"旁边有人问道:'新海神是谁?'还没等有人答话,我就叫了起来:'我知道,我知道,那是我家的主人。'他们又问:'你家主人又是谁?'我响亮地回答道:'赵鼎,大宋朝的宰相。'他们说:'哇,新海神果然威严,到底是在生前当过人间宰相的。'"

大疍港上突然有个疍人叫道:"姑娘,你说之前我就猜到了,新海神就是在我们崖州待过三年的赵老丞相。"旁边的疍人从口袋里掏出一幅画像说:"赵海神早就升座了。你看,我们疍人现在出海,都带着他的画像镇水怪。"

裴怀远远瞄了一眼,这画像就是照着挂在裴家堂前的赵鼎像画的。记得有一次,蛋壳儿来裴家宅院找她借画像,却始终不肯说出缘由,现在明白了,原来他拿去复制并改成了海神像。唯一不同的是,海神画上的赵鼎,一手托着罗盘指方位,一手托着右旋海螺,震慑着海底诸妖。

小碗休息了一下,又开讲了:

"赵海神走了过来,看到了我,问我说:'咦,你不是夫人的侍女吗?'我马上说:'是的,我是小碗,刚随赵夫人到崖州。我到赵家这么久了,这么迟才见到您。您最后几天,我没有服侍好您老人家,实在是有愧。'赵海神对我说:'傻孩子,吓到你了吧?这几天你看我一直昏迷不醒,其实我都待在天帝那里。天帝说,南海最繁忙,万国船队都要经过那里,一定要选个老练稳重的人做南海海神,所以就选中了我。我考虑了好些天才答应的。'赵海神还对我说:'这样吧,你随我一道去,等你养足了精神,你再回来陪夫人。'于是,我跟着老主人去了他的宫殿……"

"海神的宫殿,高不高?大不大?"在场的土人问。

461

小碗说:"你们去过临安吗?见过临安的皇宫吗?"

大家都摇摇头。有个番人说,他没去过临安,但是他在波斯见过波斯王的珀赛玻里斯宫。

小碗立即说:"对了,我还忘了说,南海的海神宫里,每天都有各国的使节。我就见过一个从波斯来的人,他跟我说过,波斯王的珀赛玻里斯宫,也不及海神宫的一半呀。"

很多人都惊叹起来。有个汉人问道:"这么好的地方,你怎么不多住一会儿呢?"

小碗说:"我不能住下去了,我想念我的主母了。我不能把她一个人扔着不管。"

又有一个说:"你是想念一个白面书生吧?我没记错的话,你是和那个年轻人一前一后来崖州的。"

小碗说:"对,我也想他了。"

裴怀发现,小碗说这句话的时候,神情有些不一样。不过,这种神情稍纵即逝,小碗立即用刚才的口气说:

"今天一早,我跟赵海神辞行,他托我回来转告一下他的家人,时间到了,该把他的肉身运回衢州常山去安葬了。于是,他派来一艘特殊的船,就把我送回来了。"

这才是所有人都感兴趣的,他们马上把漂在码头边的那玩意儿捞上来,看了半天也没看明白那是什么。那玩意儿泄完气,变得很小,越发难以辨别。小碗告诉他们,这是猪尿脬,猪身上的膀胱。

他们有些不信:"怎么,南海的海底也养猪?"小碗说:"是的,别以为海底只有鱼虾,也有猪。我就看见一头猪,比鲸鱼还大。"就这一句话,把大家说得哑口无言。

海神派来的船,竟然是猪身上的一只膀胱?

还有一个人,平素应该是关注大事的。他的想法就很跳跃,他怯怯地问道:"那么,你在海神宫待了这么久,应该无所不知了。我想问问你,上次来崖州抢野马的那伙大海盗,到底是谁?"

小碗说:"他们可不是什么海盗……"

三十六娘整理着赵鼎的遗物。她早就知道圣上已批准赵鼎归葬,所以每日起来,都在做着归乡的准备。这天,她发现有一个特别重要的东西不见了,找了半天没找到,想叫裴怀帮忙,一想,裴怀早就上街去了。

她干脆不找了,坐下来休息。

这时,院门响了,有个人影走了进来,喊了她一声。她一时没看清这人,便搓了搓眼睛。赵鼎仙去后,三十六娘的眼睛就有些视物不清了。等那人走近了,她才看清了是谁。她放下手上的东西,轻声叫道:"啊,你终于回来了?"

那人说:"姨娘,我是汾儿,我回来了。"

三十六娘的眼泪一下子就流了下来。是的,是赵汾回来了。虽然她是赵鼎的继室,她的年龄比赵鼎的三个儿子大不了多少,但她心目中,他们都是自己的亲生儿子。现在,三个儿子只剩下了这一个。

为了保护这个儿子,赵鼎斩断亲情,坚决不允许赵汾来他身边,以免遭遇不测。虽然朝中有人那么希望赵鼎去死,可赵鼎仍然选择活着,尽管活得那么艰难。

但是,当他得知有人要杀死他儿子赵汾时,毫不犹豫地选择了自杀。

可赵鼎不知道,他的自杀并没有让赵汾躲过一劫。赵汾仍然杳无音讯,生死不明。赵鼎的一些故交门生,暗中找了赵汾很久都无功而返。如果赵汾真的被杀了,那就意味着赵鼎白白死了一回。现在好了,赵汾回来了。是的,赵汾回来了,就意味着可以为赵鼎起灵了。

下一步，回常山。

三十六娘看着赵汾问道："汾儿，这些年，你是去了哪儿？你知道吗，你爹为了你走上了不归路？"

赵汾说："姨娘，我一知道这消息，就越狱跑来了。"

三十六娘惊道："什么，越狱，你坐牢了？你犯了什么事？"

"我也不知道，反正就有人让我坐牢了。我这次越狱，应该是被他们发现了，有人一直追着我。所以姨娘，我坐上一会儿就得走。"赵汾说着说着，突然惊恐起来，"等等，门外有人进来了……"

三十六娘侧耳听了一下，好像是有人进来了，院门哧溜一声再一次被人打开。她看见赵汾一个激灵就消失了，空气里什么也没有。三十六娘也同样一个激灵，醒了过来。她一睁开眼，就看见面前站着一个人。

不是赵汾，是她的侍女小碗。

三十六娘兴奋了一下，旋即，眼里的光亮又啪一下灭了，嘴里说："唉，又是一个梦，老天又拿一个梦来骗我。美梦，噩梦，反正都是梦。"她又合上了眼，似乎很失望。

裴怀知道近来三十六娘老是做梦，便对着她的耳朵大声说："赵夫人，这回不是梦，是小碗，是小碗本人。真的是她回来了。"

三十六娘重新睁开眼睛，又觉得不太相信，伸出了双手。小碗明白了，一下子扑到主母的怀里，放声大哭。三十六娘抱着小碗，感觉到这确实是一具真实的、有热度、有弹性的身体。她确认了，这就是小碗，活着的小碗。

本以为淹死在海水里的小碗，意外归来了。

三十六娘问道："小碗，你不是掉到水里去了吗？谁把你救上来的？这些日子，你又去了哪里？"

小碗在三十六娘的面前可不敢神神道道，她老老实实说："我去崖州湾时，无意间带着一只猪尿脬。掉到水里后，就靠猪尿脬漂在海上，后来被一艘海船救了，跟船去了临安。我听人说，圣上已经同意老主人归葬常山，我就急匆匆赶回来了。"

"哦。"三十六娘点点头，想想又说，"猪尿脬？如果我没记错的话，是那个杀手留下的吧？"小碗说："我后来在临安碰到筷子哥哥了。筷子哥哥不是杀手，他只是画画的，专画人像。"三十六娘回头望了望墙上挂着的赵鼎像，轻轻地说："对，他画得多好啊。"

"不过，"三十六娘又说，"他也画了赵汾的像，那笔法一模一样。"她一边说，一边从案上翻出赵汾像说："我刚才梦见汾儿了。他是夫君仅剩下的儿子。按规矩，只有等他回来了，夫君才能归葬常山。可是，他现在是死是活，一点消息都没有啊。"

小碗说："别担心，赵公子吉人自有天相，很快就到了。"

三十六娘看着小碗，只当是这个贴心的侍女在宽慰她。

小碗能把真相告诉三十六娘吗？她算了算时间，她是和工叙同时从临安出发的，一个走海路，一个走陆路。最大的区别在于，工叙还要去铅山大牢解救赵汾。如果这事顺利的话，过几天就会到崖州。

因为有小碗照顾三十六娘，裴怀可以抽身赶往儋州去祭拜赵鼎了。

没错，赵鼎的遗骸在儋州，而不是在崖州。裴闻义觉得把赵鼎遗骸寄放在自己主政的儋州，要比放在崖州更安全。他把这事交办给儋州下属的昌江县，让昌江县的县令刘鼎在一个叫旧县村的地方选了一处墓地。

旧县村地处儋州城与崖州城的中间，离开崖州并不远，所以也方便了崖州人去扫墓。裴怀赶到旧县村，手臂满是疤痕的蛋壳儿已等候多时了。半年前的火攻海盗船一役，他的手臂被烧伤了。

这时候的蛋壳儿，既是崖州疍人，也是儋州的读书人。赵鼎临时落葬后，蛋壳儿看到赵鼎留下来的书籍，非常喜欢，但他基本不识字，也不知道上面写着什么。裴闻义干脆把他带到了儋州，让他进了书院。这书院，是苏东坡被放逐在儋州时创办的，所以就叫东坡书院。

蛋壳儿进了书院，才知道这书院里除了汉人，也有土人、番人的子弟。很早的时候，就有土人的子弟中了举，走上了仕途。但蛋壳儿读书并不是为了走仕途，他想学成后回崖州办个私塾。

他听裴怀讲过，赵鼎刚来崖州那会儿，最大的愿望就是模仿苏东坡在崖州办个书院，供崖州各个族群的子弟读书，但是这个愿望被无情击碎。外族的归化，私塾很关键。裴怀特别支持蛋壳儿的想法。他们每隔半个月，借着给赵鼎扫墓的名义到旧县村见一面。

蛋壳儿捧出一沓纸，这是他半个月的所学，包括写的字。裴怀近年来得到赵鼎的指点，水平比以往高了许多，所以现在指点起蛋壳儿来还是绰绰有余的。

她看到蛋壳儿抄写的一份东西，很奇怪，忍不住问道："你们书院也教这个吗？"

蛋壳儿摇摇头说："不是的，这是上次从你家拿的。"

裴怀在蛋壳儿的头上暴了一个栗子，大声骂道："笨蛋，你知道吗，你犯了大错了。"

蛋壳儿根本不知道自己犯了什么大错，傻傻地望着裴怀。裴怀说："这是《赵鼎墓志铭》，赵夫人找这个，一直没找到，没想到被你偷了。"

蛋壳儿不接受这个"偷"字，申辩道："我不是偷的。赵夫人叫我自己选一些书，我就随便拿了几本书。你说的这个墓志铭，是夹在一本书里带出来的，我也是才发现的。"

裴怀说："原件呢？快把原件给我，我带回去给赵夫人。"

他们说着，没提防旁边站着一个人。这人见他们不再吵架了，怯怯问了声："两位，你们说的《赵鼎墓志铭》，能不能让我看看？"

裴怀立即警惕起来。又是一个来害赵鼎的人吗？她大声问道："你是谁？为什么又来惊扰他老人家？"

那人突然跑到赵鼎墓前，全身匍匐在地，大声哭道：

"爹，不肖子汾儿，来接您老人家回常山了。"

第四十四章　有人先到了黄冈山

全世界都应该恭喜章杰，机会是给有准备的人的，他现在已是衢州太守。衢州在世人眼里是个好地方。满朝文武，不知有多少人觊觎着衢州太守的重位。

章杰与前任太守张嶙并无交接仪式，在他上任之前，张嶙就被朝廷一纸调令调走了。

新太守上任后，没有应允属下的县令来拜访他。整整两天，他关在州署，翻着前任留下的文书。跟赵鼎有关的资料，他都收集。来衢州之前，有人要求他这么做。那人说："知道为什么让你去衢州了吧，那是赵鼎的老巢。"

他终于明白了，他在衢州太守任上要做的事情很多，但没有一件比这更重要。把这件事做好，他就有可能更上一层楼。

他发现，前任太守张嶙非常狡猾，几乎就没留下多少跟赵鼎有关的东西。一定是烧掉了什么。他连忙到焚烧纸张的地方，找到了一些纸片。有一沓纸因为燃烧不透，还能辨别文字。他小心地把这些残缺的纸排列在一起,再一细看,肺都气炸了。

这是崇宁五年赵鼎参加殿试时的对策残文。那时候,京城还在北方的开封。不知是谁,竟然把这份四十二年前的试卷抄了一份带到了衢州。这份对策之文中,列数了宰相章惇的误国行为。就因这份试卷,年轻的赵鼎一鸣惊人,开始广为世人所知。就因这份试卷,章惇声名狼藉。于是,官场新秀赵鼎,成了章家三代的公敌。

这宰相章惇不是别人,正是章杰的亲祖父。

因为这个渊源,章杰成年后很快被媾和派看中,给了他一些机会,一步步走到了今天。他很早就知道曾有一篇文章让他祖父名誉扫地,到了今天,他才看到这篇文章的残文。他还看到这些纸上有人批道:"这是个敢从老虎嘴里拔牙的狠角色。"

他想,他要复仇了,为祖父章惇复仇,为整个章家复仇。祖父当年所受的这份羞辱,一定要全部还给赵鼎。赵鼎不在,可以还给赵鼎的儿子。

他刚才在邸报里看到了,赵鼎剩下一个没死的儿子,叫赵汾。

邸报里还说,赵汾已经从儋州昌江旧县村的临时坟墓里,起出赵鼎的遗骸,往江南进发了。为了给自己壮胆,赵汾还在灵柩前的铭旌上写了四个大字:"奉旨归葬。"

奉旨归葬,呵呵。章杰冷笑一声,心里说:

"赵汾,你来吧,我就在常山等你。虎口拔牙,我也敢。"

作为一州之首,章杰第一个拜访的地方人物就是衍圣公。这是朝廷南渡到江南后,每一任衢州太守都必须要做的事。

孔子是讲礼的,不这么做,就是失礼。

毕竟,衍圣公是孔子的长房长孙,是天下孔门的总掌门,要替皇家主持祭孔。

目前衍圣公府的主人，是孔子第四十九代嫡长孙孔玠，他在绍兴二年袭封了衍圣公爵位，是孔氏南渡后的第二代公爵。他爵位虽高，年龄却不大。比他年长许多的章杰，在他面前却不得不恭恭敬敬的。衍圣公孔玠带着章杰参观了孔府的内厅。这内厅，能看到孔子长房长孙一脉的脉络。孔氏在山东曲阜一代代传承的历史，章杰其实是熟悉的，所以他只关心孔氏南渡之后的经历。

靖康之难后，逃难是个全能的热词。逃难的朝廷、逃难的帝王、逃难的妃子、逃难的忠臣、逃难的官宦、逃难的地主、逃难的商贾、逃难的雇农、逃难的大师、逃难的读书人、逃难的赌徒、逃难的巫婆、逃难的流氓，他们一窝蜂拥向了江南。

逃难皇帝赵构，带着天下人逃难。他逃到扬州祭天，没忘了天下读书人心中的象征——主管天下祭孔的孔子长房长孙。他一道圣旨，命令当时的衍圣公，也就是孔子第四十八代嫡长孙孔端友，带着曲阜最重要的嫡系长房一脉赶到了扬州，跟他一起祭天，表达新帝王继旧脉、开新天的大愿。

扬州祭天后不久，孔子的故里曲阜落入金人之手，孔子嫡系长房一脉只能加入逃难的队伍，跟朝廷一起跑到了江南。

后来，逃难就雅称为南渡。

孔玠拿出了一对木雕。孔子在曲阜去世后，弟子们为他守墓三年，只有端木子贡为老师守了六年墓。子贡在守墓期间，用墓前的楷木手刻了恩师遗像。千年来，孔子楷木像便成了天下读书人膜拜的圣物。孔玠告诉章太守，当年圣上令孔氏长房嫡系南渡时，就要求衍圣公一定要带上孔子楷木像。

长房一脉南渡后，金人在山东曲阜另找了一个姓孔的立为衍圣公。这样，天下就有了两个衍圣公，但谁掌握孔子楷木像，谁才是正宗的孔子嫡系。

章杰关心的是另一个话题。他问："衍圣公大人，那么长房嫡系南渡到江南后，怎么会选择在衢州定居下来呢？"

孔玠说，这是赵鼎的意思。

怎么又是赵鼎？章家的这个死对头，为什么阴魂不散、无处不在呢？章杰抬起头来，瞥了一眼孔公爵，心里有些不高兴了。

孔玠并不知晓章杰的心思。他告诉新任太守，前任衍圣公孔端友南渡到江南后，跟朝廷一样，也是四处流浪。建炎三年，孔端友在杭州偶遇了赵鼎，无意间说起漂泊无着一事。赵鼎说，他已把北方的家迁到衢州的常山，那里地处钱江上游，风水不错。金人的马蹄踏烂了江南各州郡，苏州、杭州、秀州、越州、明州，基本都被摧毁了，但就是没去过衢州各县。所以，这就叫风水，这就叫后花园。

因此，赵鼎建议衍圣公孔端友把整个长房嫡系全部安置在衢州。孔端友正愁找不到安庇之所，听赵鼎这么推荐衢州，就同意了。赵鼎说到做到，没几日就把这件事上奏给圣上。不久，圣上就下旨，把衍圣公府安置在衢州。

现在，衍圣公孔玠拿出一份圣旨给章杰看了，圣旨上果然有"赐家于衢"的字样。章杰看着圣旨，装作漫不经心地问："那么赵鼎在衢州，是不是还有很多亲朋好友呢？"

孔玠说："他早年把自己的家安顿在常山县，进入中枢后也没多少时间回来，这么多年了，在常山应该没什么熟人了吧。"章杰有意说道："哦，听说赵鼎回常山期间，还常去崇兰馆。"孔玠说："这崇兰馆，是皇族赵叔问的私人会所，平素里就请一些书画金石界的朋友去喝喝茶。赵鼎早些年定居常山，是经常去的。"

章杰说："听说，崇兰馆里出名画？"

孔玠说："是的，《千里江山图》就是江参在崇兰馆画的。江参死后，《千里江山图》就不见了。希望章太守能多加留意，让这幅名画回归崇兰馆。"

章杰答应了，但他的心思，溯着衢江到了常山江，去了黄冈山。临别，衍圣公突然想起了一件事，便说："哦，对了，这阵子有个人在衢州刊印他写的新书，书中多次提到您祖父的事。他也熟悉赵鼎，或许他会知道一些事。"

章杰一点都不奇怪，来之前就知道衢州印书业发达。他向孔玠要了那个人的地址，客气地说："谢谢衍圣公，我一有空就去拜访他。"

翁蒙之也在关注着邸报。今天的邸报，第四次刊登了赵汾的消息。看样子，办邸报的人也知道有太多的人在关注赵鼎"奉旨归葬"这件事，所以花的笔墨多了点。

这次，邸报里说清楚了，扶灵归葬的队伍里，除了赵鼎的嫡子赵汾，还有赵鼎的继室三十六娘。崖、儋二州的土人、疍人、汉人、番人，因为不能随行，就捐了许多钱物给他们做路资。

有趣的是，邸报里还详尽地写了赵鼎铭旌上的内容。所谓铭旌，说白了就是竖在灵柩前的旗幡。一般而言，旗子是用绛草染成紫色，再用粉红色的汁液写上死者的尊号。赵鼎的铭旌有两面，除了写有"奉旨归葬"的那一面，另一面则写着"身骑箕尾归天上，气作山河壮本朝"两行字。据说，这是赵鼎临终前自撰的铭联。

翁蒙之看到了赵汾一行已到达的地点，梅关。才过了四天，赵汾扶灵已经离开了岭南。这算神速了。他算了时间，赵汾过梅关的消息传到京城临安，被邸报关注、撰稿、刊出、付印，要花去许多日子，然后邸报通过三百里加急传到常山县衙，也要一整天。也就是说，按照他的估算，此时的赵汾实际上已经过了赣州郁孤台，舟行在赣江上了。

赣江往北是顺水，所以赵汾一行的行速也会加快。这样一估，赵鼎灵柩到达常山的时间，可能会提前一到两天。所以，常山这边的事，得要抓紧了。

上午，他又去了一趟石门，建造墓穴的人说，有人偷偷来过了。看那人的神色，神秘兮兮的。翁蒙之一听，心里紧了一下。关于赵鼎归葬一事，常山人的态度值得玩味。普通人都很高兴。一个做过两任宰相的人，死在那么远的地方，还念念不忘归葬常山。这样的人不算常山人，那么谁算得上是常山人呢？

可官府的意见是相反的。虽然赵鼎死了，但上头还没把他当死人，还这么严防死守着。这是太师发出的明确信号。在以前，圣上与太师想法是多么一致：太师说贬赵鼎，圣上说贬；太师说杀岳飞，圣上说杀；太师说，别左相、右相两个宰相了，太麻烦了，这种麻烦事由我一个人来干吧。结果多年来，太师一直是独相，圣上也觉得挺好。

这回，圣上的信号怎么突然变了？这下倒好，风向不明了。是听圣上的，还是听太师的呢？一个是天，一个是实控者，或者说，一个是鞭子，一个是握鞭子的人，谁也得罪不起。

翁蒙之这几天非常关注县里的意见。可县令也好、县丞也好、主簿也好，在风向明确之前，谁都不表态。具体地说，在赵鼎归葬这件事上，大家都睁一只眼闭一只眼。今天上午，常山的官员们关注的就是两件事。

第一件事，他们都在猜想新任命的章太守什么时候能到常山视事。翁蒙之早就知道这位新太守便是自己在玉津园打过交道的章杰，但是他不能跟他们说这事，否则会引来同僚们的猜忌。再说了，此时非彼时，虽然相熟，但人家现在是太守，不一定把他当一回事了。

第二件事，官员们说得更起劲，说是县东的芳村那边，有数万只黄蛤从八面山上滚下来。县丞笑着说，去抓几只清炖？县令说，红烧，多放点花椒，就这么定了。

见翁蒙之对黄蛤没什么兴趣，他们就说："翁县尉，赵鼎墓的事，我们县衙就不插手了。下面真有事找上来，就麻烦翁县尉你全权处理吧。"

按照职权，县尉不管营造，但翁蒙之马上应允下来了。他觉得这样一来，可以名正言顺去黄冈山。

翁蒙之还注意到，永年寺的香火明显好了起来。这些香客，大部分人的口音不是本地的。他们上完了香，都会去独往亭，在那里盘桓一会儿。他还看到魏矼那老头明显有事忙了，时不时拿出纸墨抄写着什么。

今天天气晴朗，可翁蒙之看到了一个明显的景象，独往亭上风云诡谲。有黑白两色的云往这里会集，龙与虎，将在这里缠斗。

他突然不寒而栗。他真不知道他这个层级最低的朝廷命官，能不能扛得住这样的龙虎之争。

诡谲的事还真的发生了。

先说说翁蒙之的分内事。作为一县之县尉，他真正要管的是一县的捕盗、禁奸、止暴、治安。比如确保郡守、县令在常山境内的安全，比如镇压采石矿、银矿、纸槽的工人造反，比如侦破云香娘的叫魂案，比如捉奸、验尸，比如追捕刺杀苟大户的仆人。

他把属下派到黄冈山，每天向他报告山上的异动。下属很快报告说，有个陌生人，总在打探他的消息。听下属这么一说，翁蒙之就想起了一双眼睛。这阵子，在赵鼎墓修造现场、通往永年寺的山路上，甚至县衙边上的小弄堂里，他好像都遇到几个奇奇怪怪的人。这些人喜欢偷偷地打量他。

他们是谁？为什么要暗地里盯着自己？翁蒙之开始警觉起来，

他吩咐下属，如果再碰到有人打探他的情况，立即缉拿归案，他要亲自审问。宁可抓错，不可放过。

第三天，属下就把一个人带到了衙门。这人皮肤黝黑，跟江南一带的人大不相同。他的身上有伤，一看就不是什么善类。属下报告说，嫌疑人一到黄冈山就鬼鬼祟祟的，还真的在打探翁县尉的居所。

让人意外的是，在他身上，竟然搜到一份赵鼎自撰的墓志铭。

下属把这一页纸呈给翁蒙之。翁蒙之展开一看，果然是赵鼎的亲笔。一年前，他在范冲的家里见过赵鼎写的字，自然熟悉赵鼎的笔迹。

那人问道："大人可是姓翁？"

下属喝问道："你到底是谁？为什么一定要找我们的翁县尉？"

那人直接说："我来常山，就是来找翁县尉的呀。"

翁蒙之有些尴尬，他意识到下属抓错人了，便问道："你是从崖州来的吗？"

那人点点头说："是的。我是崖州的疍人，名叫蛋壳儿。"

"哦，我知道了，你是赵汾赵公子派来的。"翁蒙之笑了，对蛋壳儿说，"我是翁蒙之，就是你要找的人。"

蛋壳儿又从鞋帮里抽出两张纸，辨了辨，放回其中的一张，把留下的一张递给了翁蒙之。下属笑了，都搜过身了，没想到这鞋帮里面还有漏网之鱼。

翁蒙之看了看，这是赵汾写给他的信。他又询问了蛋壳儿到达常山的时间，便得出结论，这些天暗中盯着他的不是蛋壳儿，而是另有其人。也就是说，警戒还没解除，还得警惕。

蛋壳儿首次进入江南地界，眼里一切都是新鲜的。原来赵鼎念念不忘的家山故里，是这样的模样。但是，他无暇顾及江南景色，他把赵汾到崖州之后的事，详详细细说了一遍。

从蛋壳儿的叙述中，翁蒙之了解到许多事——

赵汾按照路途远近，先到儋州境内的父亲墓前上了香，在那里遇到了蛋壳儿和裴怀，他们带他到崖州水南村见了三十六娘。崖州人听说赵鼎的嫡子到了崖州，纷纷来见。后来，在儋州太守裴闻义的帮助下，赵汾从临时墓室里取出父亲的灵柩，动身踏上归家的路。

蛋壳儿对翁蒙之说："那一天，来送别赵鼎的人，黑压压一片。"

翁蒙之说："他们把赵鼎看成神了。"

蛋壳儿忍不住问道："啊，翁县尉是怎么知道的？"

翁蒙之笑而不语。他从一篇坊间传抄的笔记中知道，南荒大岛的本土人已把赵鼎当作南海海神来供奉了。

蛋壳儿继续回忆说，到了琼州白沙津，舟子早就准备好了渡海的大船。驾船的人不是别人，就是最早把赵鼎尊为海神的琼州阿吊。行到海上，阿吊再次提及赵鼎降伏鲸鱼的经过。蛋壳儿记得，当时阿吊对着赵鼎的灵柩喊道："赵海神啊，当年是我把您从大陆接到南荒大岛，今天又是我把您送回大陆。希望您回到江南，继续保护我们这些海上辛苦奔波的人呀。"

上了大陆，还没到大庾岭，同样有许多人赶到珠玑镇，在那里等着赵鼎。他们一起抬着赵鼎的灵柩过了梅关。这梅关，是苏东坡念念不忘的地方。赵鼎生前并没有路过这里，死后倒是补上了这个缺憾。

到赣州后，他们改走了赣江水路。没几日，就到了吉州。赵汾打听到，现任的吉州太守就是父亲的故交江少虞。这江少虞，才是真正的常山人，而且老家就在黄冈山下。早在政和年间就取了功名，任天台学官，后官至司农寺卿。南渡之前，他和赵鼎相熟，常在开封一起探讨本朝杂事。南渡后，赵鼎寓住在江少虞的老家常山，两人有了新交往。

可是，当赵汾找到吉州官署时，吃了闭门羹。门子冷冷地告诉他，江太守不在。

这不奇怪,世态炎凉,这一路来送别的,都是普通人。官场之人,无论是州官还是县官,都躲避着这一支特殊的队伍。毕竟,赵鼎是当朝太师的死敌,他们不想因为一个失势并且死去的人,得罪一个得势并且活着的人。

蛋壳儿不知道的是,前不久一个叫王文献的人,在江西境内挖出很多潜入江西马纲的金人谍探,还带出与他们有牵连的官员。这事,被太师罩着,太师不愿意因为这得罪了宗主国,所以装聋作哑。江西官场的人都知道这王文献与赵鼎的关系,所以他们就更加怨恨赵鼎了。这种情况下,当地属官当然不乐意来送别赵鼎了。

但是,凡事都有例外。

蛋壳儿告诉翁蒙之,有一天,他们刚进入袁州地界,就看到江面上横着一艘船,拦住他们的去路。当时,赵汾有些发慌,怕遇到水匪。再一细看,是官府的船,船上还有穿着官服的人在走动。两船靠拢,一个官员就走了过来。三十六娘一看,悬着的心就放下来了。来人是袁州通判汪应辰,赵鼎当年的得意门生。

汪应辰上了停放灵柩的船,立即跪下来哭祭赵鼎。三十六娘陪在旁边一同流泪。祭好恩师后,汪应辰立即把祭文烧了。蛋壳儿以为祭文都要烧掉的,后来听三十六娘说,汪应辰这样做也是迫不得已。袁州地界情况复杂,这船周围,包括汪应辰自己的那艘官船上,极有可能有某些人安插的眼线。

这份祭文万一被不怀好意的人窃取,会给别人惹来麻烦。

汪应辰烧完祭文,又和三十六娘、赵汾聊了很久。十几年前,汪应辰是赵鼎家的常客,当然与赵鼎的家人相熟。这时候,赵汾才明白一件事,他被关进铅山大牢,是汪应辰安排的,目的就是为了逃过某些人的追杀。因为汪应辰事先打点过，所以赵汾在牢中的日子还是比较安逸的。

问题是，因为铅山县官场的人事变动，这个消息被人泄露了，赵汾差点也被临安来的人劫走。汪应辰听说这件事后，就特别小心了。

汪应辰挥了挥手，有三名袁州兵勇挑着六坛酒进来。这是他特意为赵鼎葬礼准备的祭祀用酒。他又指着袁州兵勇对赵汾说，就把他们三人留在船上了，一起护卫赵鼎灵柩。离京畿之地越近，就要越加注意。他还对赵汾说，衢州太守换人了，新太守一直忌恨赵鼎，所以要防着点。

就是因为一行中多了三名袁州兵勇，人手足够了，赵汾和三十六娘商议了一下，让蛋壳儿只身先去常山，做一些先期的事。说实话，扶灵的队伍已经走了很久了，他们也不知道常山那边是不是有人接应。

听到这里，翁蒙之忍不住对蛋壳儿说："当然有接应的，老家的人岂能薄情？我们这儿都准备得差不多了，你把墓志铭送来，很是及时，我已经送去刻碑。接下来，就等赵老丞相的灵柩了。"

翁蒙之还怕蛋壳儿不放心，带他到修建中的赵鼎墓去看了看。永年寺的僧人们也真是大胆，完全按照宰相的层级设计了赵鼎墓，所以看上去还是气派的。

按照蛋壳儿来常山的行程和速度，翁蒙之估算了一下，这时候赵汾一行应该从鄱阳湖转入了信江，也差不多到了信州城。

在陪蛋壳儿去赵鼎墓的路上，翁蒙之似乎再一次看到了那双眼睛。可他再要细看时，那人又像闪电那样消失了。

翁蒙之只看清一点，那人穿着绿色的上衣。

第四十五章　这一觉终于睡醒了

真的是冤枉了吉州太守江少虞。赵汾路过吉州去拜访江太守的时候，门子没有骗他，江太守确实不在吉州。

好一阵子，江太守都留在衢州。具体地说，是在衢州下属的西安县和常山县。这不奇怪，他本来就是地地道道的常山人。一直以来，他笔耕不辍，终于写成《事实类苑》，洋洋洒洒六十三卷，写尽了从太宗到神宗一百二十多年间的各类杂事。他这次回衢州，就是为了刊印此皇皇巨著。

现在，他把刚刚出炉的《事实类苑》送到了衢州官署。论年龄，江少虞比章杰年长很多，论资历就更老了。但是，既然年轻的太守有请，年老的太守也就欣然赴约了。他打开《事实类苑》有关章惇的文字，一一指给章杰看。

章惇是神宗、哲宗时代的宰执，所以这个名字是和王安石、苏东坡、司马光连在一起的，处在新党、旧党之争的风云中心，自然会被江少虞屡屡提及。比如第二十二卷的《章惇》一则，讲述了章惇如何处理火灾；第四十卷的《章枢密喜养生》一则，则是讲述了章惇与苏东坡之间的趣事。

但是，章杰的眼神是游离的。他此刻最关心的并不是自己的祖父章惇，而是赵汾的父亲赵鼎。他上午看到最新的邸报，知道赵汾一行已到信州了。信州邻近衢州，这就意味着赵汾很快就到常山境内了。他很想知道，天下各州郡，究竟有哪些风云人物会赶到衢州常山来参加赵鼎的葬礼。

他轻描淡写地问道："故相赵鼎归葬常山，江大人听说过此事吗？"

江少虞说："轰动朝野的事，我当然知道。"

章杰说："坊间传说，江大人这次回老家，借着刊印著作一事，实际上是来参加赵鼎葬礼的。"

江少虞笑了："说实话吧，这次回老家之前并不知道赵鼎归葬一事，还真的是来刊印新书的。本来今天就可以回吉州，但既然赵鼎马上到家了，我还是再等几天吧。"

"应该的，应该的。江大人是个重情之人。"章杰微微一笑，"不知道葬礼上，还会有哪些赵鼎的故旧参加？我作为衢州郡守，得请他们吃个饭、喝个茶，尽尽地主之谊。"

"这个，我就不是很清楚了。"江少虞摇摇头说，"赵鼎被贬多年，他的故旧应该都散了吧。再说了，我跟他们也没什么联系，真不知道哪些人会赶来。"

章杰终于说出了他最想说的话："江大人，小弟想求您一件事，希望您不要去参加赵鼎的葬礼。"

"为什么？"江少虞问道，"章大人何出此言？"

章杰说："您听说过黄公度的事吗？他写了一首《题分水岭》怀念赵鼎，就被贬谪了。"江少虞说："我看过黄公度那首诗。'呜咽泉流万仞峰，断肠从此各西东。谁知不作多时别，依旧相逢沧海中。'里面并没有提到赵鼎，一定有人过度解读了。"

章杰说："不管怎样，黄公度是赵鼎的人，朝廷这样处理他，并没有冤枉他。而您不一样，您是朝廷在任的地方大员。赵鼎虽然号称敕令归葬，但他毕竟是罪官。您这样贸然去参加赵鼎的葬礼，太师会怎样想？小弟我说了这些肺腑之言，是站在您的立场为您考虑的。"

这下，江少虞开始有些警惕，他以前隐隐约约听说章杰与太师过从甚密，站在反对赵鼎的这一边。他摇摇头说："这，似乎不妥吧？赵鼎把常山作为叶落归根之所，我作为一个正宗的常山人，总得要看看他。朝廷命官，也得讲人之常情吧。"

章杰只好点点头。

"至于太师满不满意,我也顾不上了。"江少虞指着面前的书说,"我也正好可以乞祠闲居,把我接下来的所见所闻写成《事实类苑》的续编。没准,章大人会跟令祖一样进入我的书里。"

章杰说:"嘿嘿。"

话说到这个份上,其实也没什么好说了。接下来,两人说了一些正儿八经、滴水不漏的废话,江少虞就告辞了。章杰把江少虞送到官署大门口,转身悄声地对身边的随从说:

"赶紧去常山,把一个人给我接过来。"

接下来,蛋壳儿要去看看工叙。

这是袁州出发前,小碗托蛋壳儿办的事。小碗听赵汾讲,工叙在铅山时已经病倒了,病情好像很严重。她不知道工叙到底得了什么病,现在有没有好转,所以很焦急,就托蛋壳儿问问情况。

翁蒙之长叹了一口气,把蛋壳儿带到了工叙的处所,但是工叙的床上却是空的。翁蒙之一摸床上的被窝,冷的,他吓了一跳。这工叙,一定是死了。问题是,怎么没人来向他报告呢?他刚想去找负责陪护的属下,那属下就带着郎中回来了。

属下惊慌失措地说:"半个时辰前他还在这里。我看他突然全身抽搐,以为他快死了,所以去叫郎中了,没想到就走开这么一会儿,人就不见了。"

翁蒙之说:"不对,他不是自行离开的,而是被人劫持了。"他指了指床下,工叙的鞋子还在。一个快死之人,也会有人抢他的病躯?属下看看屋子的摆设,惊道:"哦,翁县尉说得对,这屋子被别人翻过了,乱。"

是啊,工叙极度虚弱,即使没死,也没力气自行离开,更不会翻动屋里的东西。就算是自行离开的，也不至于不穿鞋子呀。如果真的有人劫持，会是哪些人呢？应该是认识工叙的人。

郎中也没闲着，他在床上找到了一些细微的干粉，拿在手上细看，脸色都变了："不好，他被人喂了毒药。这毒药是用斑蝥做的，极毒极毒。"

"这么说，他已经死了？"翁蒙之问。

郎中点点头说："中了斑蝥之毒，必死无疑。"

翁蒙之想，工叙既然被人喂了毒，那么他衣服上就会有不断飘落的斑蝥粉。把地上的斑蝥粉作为线索，或许能一路追踪下去。于是，翁蒙之决定派出一支队伍专门去找工叙。即使工叙死了，也得找回尸首。不然，既无法破案，也无法结案。

"我跟你们去吧。"郎中说，"斑蝥有斑蝥的气味，我能辨别。"

翁蒙之点点头，对郎中道了谢。

刚安排停当，县衙那边就有人跑来说，县令让他赶紧回去。翁蒙之赶紧跑到了县衙，刚迈进正堂，县令就冷冷地对他说："翁县尉，你好硬的关系，都攀上了新来的太守。"还没等翁蒙之回答，县令又说：

"是这样的，太守大人派车来接你了，说是找你有事相商。"

翁蒙之心里咯噔了一下。县令的语气里有很大的妒意。新太守上任不久，不见各县县令，却让一个小小的县尉越了好几级去州府见他，这让一县之长情何以堪？

翁蒙之知道这样的事情最好不解释，否则越描越黑，干脆就不说话了。

是的，工叙就是被人抢走的，确切地说，是被人偷走的。偷的人，一开始偷的不是人，而是要偷走工叙随身带的东西。但是，他们没有找到他们想要的东西，匆匆忙忙中，干脆把工叙给偷走了。他们想从工叙的嘴里得到点什么。

可是他们很快就发现他们偷到的是个将死之人，就把他丢在了离县城不远的白龙洞里。这白龙洞真像一条龙，一头在白龙山的南麓，一头在北麓。里面的水，极冷。他们取了冷水，一直浇着工叙的头。

反正是个死人，他们也死马当着活马医了。可是，谁也没想到，工叙竟然抽搐了一下。有时候，敌人是最好的医，冷水是最好的药。不过，说出来真的很让人难堪，工叙下身也湿了，一些特殊的水从他裤子里渗透出来，流到地上，满满一大摊。

"啊，他尿失禁了。"

说这话的人还没把话说完，就赶紧捂住了鼻子。工叙的这泡尿，实在是臭，奇臭无比，在场的人都受不了了。老天，全天下有这么臭的尿液吗？

过了很久，这泡快乐的尿才到达尾声。工叙睁开眼睛，扫视了一圈后，惊问道："这是哪里？我好像睡了几千年了。"他的声音有些微弱，但从鬼门关折回的人能发出这种声音，已经很不错了。

有人答话说："你提前死了一回，估计以后都死不了。"

工叙看清楚了，这些人是孩儿岭花圃的。"你们还真是有耐性呀，从铅山追到这儿。"他喘了喘气，摇摇头说，"难道，你们非要杀了赵汾才罢休吗？"

他们忍着现场的臭味说："你错了，这回上头安排我们的，不是杀赵汾。再说了，赵汾护着他爹的棺材马上就到常山，再杀他已经没什么意义了。"

"什么，你说赵汾快到了？"工叙很惊讶，竟然坐了起来，他没想到自己这一觉睡了这么久了。昏睡的这些日子，天下应该发生了很多事吧？

这些人见工叙不信，就递过来一期邸报。工叙浏览了一下，说大金朝的统帅完颜兀术得病了，说衢州新任太守章杰临危受命提前到任，说一群南海鲸鱼北上到了温州，说发现了一篇吴越国道人养安子的巴国游记。

不过，工叙只关心这一条，赵汾一行即将到达常山。他还看到了一句话，说是赵汾在信江遇到了不明水匪的袭击，所幸赵汾一行中"男女俱神勇"，很快化险为夷。既然邸报上都登了这些消息，那说明天下人都在关注这件事。在这种时候，如果有人再刺杀赵汾，就有些冒天下之大不韪了。

终于，他们中有人开口了："你把《千里江山图》放哪了？我们找了半天没找着。"

工叙慢慢想起来，他正月里被关在临安的孩儿岭花圃时，蓝三禾找的就是这幅长卷。问题是，他们是怎么知道《千里江山图》在他手上的？他应道："这幅图放在哪，我也忘了。我都已经死了这么久，脑子不好使了，得容我慢慢想。"

他们笑了，互相对看了一眼说："上头的消息准确，这幅图果然是被他拿走的。"

工叙心里一阵后悔，看来他不但被他们蒙了，还被他们蒙对了。他闭上眼睛，思考着怎么脱身。他们对工叙说："好吧，那你慢慢想。但有一样更重要的，你可别忘了。"

工叙睁开眼睛。还有一样更重要的东西？是什么？还没等他问出口，孩儿岭花圃的人倒是直说了："詹大人的亲笔信，你不是一直随身带着吗？"

工叙突然坐了起来，他现在完全蒙了。他寻找《千里江山图》的事，呼猿局和孩儿岭花圃都知道，这个不奇怪。奇怪的是，他随身携带詹大方亲笔信的事，只有呼猿局的人清楚。那么，这么绝密的消息，孩儿岭花圃的人是怎么知道的？

突然，他脑海里闪过一个念头，便说："你们说的这些东西，确实在我这里，只是我并没有带出来。你们想要，就去找呼猿局的霍掌柜吧。"

这些人马上问道："呼猿局？是不是你待过的那个不卖药的药局？"

工叙心里一笑，他是故意这么说的，他一试就试出了这些人对呼猿局并不知情。现在，他要把刚才那个想法进行到底："谁说不卖药？临安卖药的地方多了，是你们自己记不住。其实呼猿局除了卖药，还买画卖画，所以收藏了《千里江山图》。你们孩儿岭花圃的蓝三禾，就常去那儿。"

他们点点头。他们知道蓝三禾生前喜欢画画，除了给花圃画一些花草，还画长满金鳞的盘龙。他们似乎还听说，如果蓝三禾这次不死，就有可能入职宫廷画院了。

工叙接着说："想知道我上次是怎样从孩儿岭花圃逃脱的吗？"

他们说："是蛾眉科的人救了你。"

"错了。"工叙虽然全身无力，但也说得够坚决，"是蓝三禾救了我。"

啊？他们有些惊讶。工叙再次强调说："是蓝三禾故意放走了我。"

他们更加惊讶了。工叙本来声音就微弱，现在，他又压低了声音说："因为……我和他本是一伙的，他是我的同门师兄呀。《千里江山图》就是我们师父江参画的，后来被蛾眉科窃取了。所以，蓝三禾把我请到孩儿岭花圃，又故意派你们去玉津园，引蛾眉科的人赶来劫走我，目的就是，让我混入蛾眉科偷回这幅图。"

他们面面相觑着说："原来传说中的蛾眉科是真有其事。我们还记得那杀手，确实是个女的。"

工叙听他们提到了小碗，心里一动。这么久了，她应该顺利到达崖州了吧？刚才的邸报里，说到扶灵归葬的队伍里"男女俱神勇"，这个神勇之女指的就是小碗吧？

孩儿岭花圃的人继续问道："如果再碰到蛾眉科的人，你还认得出吗？"

"当然认得出。"工叙这么说。

他们说："能不能带我们去找找蛾眉科的人呀？"

工叙说："你们要找的，到底是什么？"

他们笑嘻嘻地说："我们要找到御史中丞詹大方的亲笔信，也要找到《千里江山图》，更要找到蛾眉科的人。蛾眉科的人屡屡和孩儿岭花圃过不去，所以要干掉他们。"

工叙说："好吧，我一定帮你们找到蛾眉科的人。实话告诉你们，你们的蓝三禾还真不是在玉津园被人群踩死的，而是被蛾眉科派人刺死的。"

他们说："所以，这个仇我们不能不报。"

工叙说："那么，如果我真的发现了蛾眉科的人，上哪儿去找你们呢？"

他们说："到黄冈山找我们吧。这段时间，我们会一直留在常山。"

工叙刚想说什么，那洞口突然进来另外一批人，一个个穿着常山兵勇的制服。孩儿岭的人一看不妙，连忙往白龙洞的另一头跑掉了。现场留下了工叙，还有一股奇臭无比的尿臊味。

工叙被兵勇抬走了，随行的郎中却不想走，他俯身闻着臭味，好像悟到了什么。

章杰正在阅读一份报告。

报告是衍圣公孔玠送来的。衍圣公的意思是：孔圣人长房长孙一脉从山东曲阜迁到衢州已经很多年了,希望衢州官府奏请朝廷,在衢州按照曲阜的规制重建孔氏家庙。

章杰不解,给衍圣公造个房子,挺简单的事,干吗还得朝廷批准?旁边的人告诉他,当年朝廷南渡到江南,跑来跑去最后安顿在杭州,也不敢光明正大把杭州称为什么什么京,只敢称"临安""行在",其用意就是让北方的大宋遗民放心,朝廷只是暂住江南而已,一定会光复开封的。同理,朝廷不同意衢州建造孔氏家庙,也是表明,孔子长房大宗很快就会整族迁回山东曲阜的。

所以,衢州的孔氏家庙与临安的皇宫一样,都是一种象征,不能随随便便想造就造。

但情况有了变化,和议签署后,朝廷定都临安实际已成定局,都开始大兴土木建造大内皇宫了。刚刚修建好的玉津园就是皇家建筑的一部分。这种情况下,衍圣公提出建孔庙也是合理的。毕竟孔圣人的灵魂,不能一直借住在衢州州学里。

何况,自从前任衍圣公孔端友带着孔圣人的嫡系离开故土南渡,曲阜的孔庙里住进了金人另立的衍圣公。所以,现任衍圣公孔玠在报告里说,嫡系的衍圣公可不能输给旁系的衍圣公啊。

这个时候,章杰更关心常山那地方。刚收到消息,黄冈山一带已经出现了很多口音各异的陌生人,一定是从各州郡赶来的。看来,阻止这场葬礼,或者阻止更多的人参加这场葬礼,已不可能。

现在,他只能做一件事,找到一些东西。这些东西,一定是太师想要的。不然,上头也不会急匆匆让他赶来衢州上任了。但有些事还不能由他出面,离开临安前,有人悄悄提醒他,近来风云多变,凡事要低调。所以,章杰决定借刀杀人。

现在,这把刀来了。

这是一把真正的刀。常山县尉,职责就是负责解决县境内各种争端的，手上还有兵。关键是，章杰在玉津园期间就认识了这个人。还有一个也是天意，就是这个人与他们章家，都是福建籍的。这个人听话，办事也认真，一定是一把飞快的刀。

正说着，这把刀就来了。

第四十六章　绿衣人现身

翁蒙之见到了章杰，内心有些小激动。在玉津园那会儿，他确实没料到章杰会来衢州任知州。新太守才到任，就指名道姓要见他，他当然是高兴的。

他们刚落座，还没寒暄，章杰就直接问了："翁县尉，赵鼎归葬一事，你不会不知道吧？"

翁蒙之说："太守大人，卑职已经准备好了，卑职会去恭迎他们的。"

"做得好。你还是会办事的。"章杰说。翁蒙之心头刚一暖，可下一句又让他云里雾里了。章杰说："就应该盯着他们，他们的一举一动，你都要掌握住。"

章杰话里的这个"盯"字，让他摸不着头脑。他顺着对方的话头说道："是，大人，卑职一定盯着他们。赵鼎奉旨归葬一事，天下人都盯着，我当然不敢大意，可不能出一点差错。"

章杰说："所有的问题，你不必经过你们县里，直接向我报告好了。"

"是，太守大人。您作为一州之长，凡事亲力亲为，卑职十分钦佩。"翁蒙之说的不是什么恭维话，是真话。他回想起在玉津园，章杰为了一根铁锁链的结法，也会和他试个十几回的。如果常山县令知道他们的顶头上司对赵鼎归葬一事这么上心，一定会转变原先那种模棱两可的态度。

章杰说:"你现在估算一下,眼下赵汾一行已经到哪里了?"

翁蒙之说:"应该是今晚入境。"

"哦,那么快?"章杰一惊,又说,"从什么地方入境呢?"

"草萍驿。"翁蒙之解释说,从江西信州玉山县过来,都是要改走陆路的。这草萍驿就处在衢信古道的必经之路上,由常山县派人管理。

章杰想了一下,突然大声叫道:

"翁县尉。"

翁蒙之吓了一跳,立即站了起来。可是好久,章杰也没继续往下说,这让他惶恐起来。太守直接用马车把他接到州府,一定有极重要的事,而且这事还特别敏感,以至于太守大人一时说不出口。翁蒙之说:"大人,您有事尽管开口,卑职一定会尽力去办的。"

章杰示意翁蒙之坐下,还把自己的椅子往前移了移,然后说:"翁县尉啊,你我也不是第一次交往了。玉津园开园那会儿,你帮了我的大忙,所以我今天的得意有你的一份功劳。我在衢州,只有你一个熟人,所以你要继续帮我的忙。因为,我和你是一体的,一损俱损、一荣俱荣。"

翁蒙之被这话感动到了。一个层级比他高许多的人能这么说,真是太高看自己了。可他动了动嘴巴,却发现自己也说不出话。

铺垫了这么久,终于见了效,章杰发现面前这位实在人已经动容。"翁县尉,"这次,他把这三个字说得轻轻的,但非常有质感,"既然是自己人,我就实话跟你说吧。我把你叫来,是让你去做一件事,就是把赵鼎被贬期间私通百官、图谋不轨的证据给我找出来。事急,我就不拐弯抹角了。"

翁蒙之脑袋里嗡了一声,他说道:"大人,是不是弄错了?赵鼎不是这样的。"

章杰说："小兄弟，赵鼎是怎样的，你说了不算，我说了也不算，是上头说了算。你走上仕途不是一年两年了，知道这个规矩。"

翁蒙之辩解道："可是根据卑职自己的所见所闻，赵鼎……"他的话还没说出一半，就被制止了。章杰抢过话头说："翁县尉，我刚才说得够明白了。如果你还没听懂，我就说得更明确一些。我让你办的事，其实是临安的意思。这下，你明白了吧？"

临安的意思？那是谁的意思呢？翁蒙之想问，又一想，还是不能问。问了，别人未必会告诉他。章杰见翁蒙之不语，又说道："不瞒你说，我贵为郡守，都得听上头的。你一个小小的县尉还敢生忤逆之意吗？"

翁蒙之连忙说："这，卑职是不敢的。"

章杰说："好吧，知道你不敢。时间紧迫，我也不想再费口舌解释什么了。你赶紧回常山，带上你的人马去草萍驿搜查赵汾一行的行李，把所有的书信都给我带回来。记住，一份都不能少。"

翁蒙之一惊，不知道太守为什么一定要和死人过不去。他现在想的，是尽快离开州府，至于要不要执行命令，那只能走着看了。于是他假意说："好，卑职这就去办。"

"哈哈，我知道你是个明白人。"章杰满意了，他击了击掌，门外就进来了一个兵勇。章杰指着兵勇对翁蒙之说："翁县尉，我怕你人手不够，把州府的兵勇也借给你。他们一行十五人，过一会儿就跟着你出发。"

翁蒙之连忙说："太守大人，这点事，常山县能办到，用不着动用州府的兵勇。"

章杰摆摆手说："以防万一嘛。这几天，不知有多少牛鬼蛇神正在赶来的路上呢。"

既然章杰都这么说了，翁蒙之也不好拒绝了。他明白了，章杰对他其实是不信任的,这些州府兵是派来监督他的。章杰接着说:"到了常山,你让他们换上你们的衣服,然后一起去干你的事。"

这下,翁蒙之越发不解了:"大人,州兵为什么要换上我们县兵的装束呢?"

"这个嘛,不解释。"章杰笑道,"等办妥这件事,我会向朝廷奏明你的功劳,升你的职。那时,你就明白了。"

翁蒙之突然有了一个主意,马上说:"好吧,那我得先行一步,赶紧回去准备县兵的衣服。"

章杰说:"好,你先走吧,他们随后就到。我那马车,仍旧归你用。"

翁蒙之出了州府大门,就看到了蛋壳儿。

没错,他是让蛋壳儿陪他来的。到了州府后,蛋壳儿留在大门外一直候着他。蛋壳儿见翁蒙之从衙门出来,跑过来说:"哇,我真是大开眼界了。我见过崖州的州府,那比起江南,真是小巫见大巫呀。"

翁蒙之根本没时间和他讨论这个,他对蛋壳儿说:"快回马车那儿。有些事,上了车再告诉你。"

一直以来,衢州官署是设在府山上的,所以刚才带他来的马车就停在山脚处小南门的城楼下。他得赶紧回到常山,必须在州府兵到达之前,通知赵汾他们毁掉行李中的各种信函。不然,又有一些人会被牵连进来。

蛋壳儿看他一脸严肃,也不敢问什么,跟着他就跑。跑到半路,就是州学。他在儋州也去过州学,儋州州学的规模也跟现在看到的衢州州学没法比。衢州州学跟其他各州郡确实不同,还兼有衍圣公府和孔氏家庙的功能。

翁蒙之刚路过州学大门就被人叫住了,抬头一看,是衍圣公孔玠。

孔氏大宗迁到衢州后,一直按照朝廷定下的规矩,每年祭孔。

一年一小祭,五年一大祭。作为县里的官员,翁蒙之多次参加过祭孔典礼,所以跟孔玠也是很熟的。翁蒙之见孔玠喊他,不好意思装作听不见,只好停了下来。天下文官,见了孔夫子的嫡长孙,都会自动矮了三级。

孔玠对翁蒙之说:"翁县尉,听说赵鼎马上就要回常山了。何日下葬,要早点告诉我,我们孔府会提前赶到的。"

"回孔公爵的话,"翁蒙之躬身施礼道,"赵鼎的灵柩会在今天晚上到常山。先在永年寺停灵几天,然后选择吉时落葬。"

孔玠说:"听说墓志铭也是他临终前自撰的,真是难为他了。"

翁蒙之又向蛋壳儿简单介绍了一下孔玠的身份。蛋壳儿原先对孔子家世一无所知,识字后才稍微了解了一下。他来之前,就听裴怀说衢州有孔子圣徒子贡手刻的楷木像,看过楷木像的人,读起书来如有神助。

"衍圣公大人,我是崖州疍人蛋壳儿,我想看看孔子楷木像。"

孔玠笑了,说:"好呀,一个崖州的疍人,也对孔子楷木像感兴趣,这是圣人教化的结果,是好事。来吧,你现在就跟我走吧。"孔玠说完,真的向州学走去,蛋壳儿一时不知跟谁走,就呆在了那里。

翁蒙之连忙对孔玠说:"哦,对不起了,家里出了一点急事,要急着赶回常山。过几天,我一定带着蛋壳儿来拜访衍圣公大人。"既然翁蒙之都说这话了,孔玠就没说什么了,虽然他觉得今天的翁蒙之有些反常。

翁蒙之潦潦草草向孔玠施了一礼,拉起蛋壳儿就跑。蛋壳儿倒是急了,一边跑一边问道:"翁县尉,家里出了什么急事?"

"快,有人要对赵汾下手了,我们赶紧回常山,不然就来不及了。"翁蒙之说。他们加快速度赶到了小南门城楼下。那马车,还在原地等着他。他们马上钻进马车,马车夫却不见了。过了一会儿,他才摇摇晃晃过来，应该是上哪儿去喝了酒。这马车是州府的，翁蒙之也不好意思说他什么。好不容易出发了，那马车夫却回转头对翁蒙之说：

"翁县尉，我们走不了了，吊桥拉上了。"

翁蒙之撩开车窗的窗布，果然看到城楼下多出一队兵勇。那护城河上巨大的吊桥，正嘎啦啦竖起来。他又抬头看看天，太阳还高高挂着，还远远未到关闭城门的时候。接着，他看到刚才在章太守房间里遇到的那个兵勇，正朝他走来。

那人大声说："翁县尉，你想回去通风报信吗？"

翁蒙之叫道："你刚才也听到，是章太守让我回去的。"

那个兵勇说："我现在就是奉章太守之命，赶来拦住你的。"

刚才章太守还好好的，怎么突然变了脸？翁蒙之可没时间细想，他跳下马车想跑，可已来不及，有几个州府的兵勇围住了他，很快就把他拿下了。蛋壳儿跟着跳下马车，想去救翁蒙之，可是他根本对打不过众多的兵勇。

翁蒙之远远地对着蛋壳儿喊道："赶紧去草萍驿找赵汾，告诉他，有人要搜查他们行李中的私人信函……"还没等他说完，他就被人一拳打晕了。

这些兵勇意识到也必须逮住蛋壳儿，就都冲了上来。蛋壳儿见势不妙，向旁边的护城河里跳了下去。兵勇们跟着冲到了河边，一直盯着水面，等蛋壳儿浮上来。

工叙获救后，被直接送到了衙门。过了两个时辰，那郎中又来了。郎中世代为医，知道被狗咬伤后只有两个结果，要么不发病，要么一病不起。像工叙这样已发了病的，竟然还能活过来，这是他从来没见过的事。

"我知道是什么原因,"郎中说,"因为你那泡尿很臭。"

工叙没明白,自己的痊愈跟一泡尿有什么关系呢?郎中这才说,他回家翻了医书,终于搞清楚了,能治愈工叙犬毒的,就是极毒之物斑蝥。

工叙说:"这么说,有人想用斑蝥毒死我,却歪打正着,反倒是救了我。"

郎中说:"是的,医书上说过,中犬毒者服下斑蝥之毒,假如能拉出尿水,就说明体内犬毒已被顺利排出。如果拉不出尿,那人就没了。"

难怪那泡尿那么臭,因为有毒。

可是,谁来下的毒呢?工叙自己问自己。他想,不可能是孩儿岭花圃的人吧,他们急着要寻找密件,没必要杀他。

那么,另有要杀他的人。那是谁?

郎中察看了工叙的手腕,那溃烂之处已经结痂。这说明,病人体内的犬毒已经散尽了。他故意开了个玩笑说:"你死了这么久,一定是走过奈何桥了。"

"岂止走过奈何桥,还到了森罗殿。阎王把我送回阳间,让我到黄冈山去迎接新山神。"工叙也跟着开玩笑。

"新山神?"郎中的玩笑开不下去了。

"是的,新山神就要升座了。"工叙干脆把玩笑进行到底。

一个人能这么开玩笑,证明身体已无大碍。郎中松了一口气,赶紧把家里带来的参茸给他服下。工叙昏迷时间太久,元气大损,所以需要好好补补。

服了药不久,他慢慢能吃点饭菜了。他一边吃,一边问翁县尉现在何处。旁边的兵勇告诉他,翁县尉已经被章太守请到衢州城去了。

"他说,去去就回的,还说下午要带我们去草萍驿接赵鼎的灵柩。"兵勇说，"不知道他被什么要紧事耽搁了，到现在都还没回来。"

正说着，门口突然拥进了一些兵勇，从他们的装束看，都是些州府的兵勇。为首的一个说，翁县尉正在陪章太守喝茶，现在他们是奉章太守之命，来接管常山兵勇的工作。

接管？常山兵勇实在不明白这是什么意思。"那么，我们翁县尉知道吗？"他们问道。

"我知道还不行吗？"有人走了进来，是县令。县令是全县的一把手，权力总比县尉大得多吧。县令挥了挥手上的纸条说："这是章太守的手谕。翁蒙之年轻气盛、自作主张，已经被太守留置了。现在，按照太守的命令，你们这段时间集体放假，回家好好陪老婆孩子去吧。"

既然县令这么说了，常山兵勇就不再说话了。意外的是，他们还被要求脱下身上的制服。更让他们意外的是，他们刚脱下的制服，一件件都穿到了州府兵勇的身上。

县令这才说："本县宣布，即刻起，常山县一律不准私运、私藏酒水。为了更好地搜查私酒，我们请州府兵勇来做这件事，就不劳诸位费心了。"

查个私酒，也要动用州府的力量，这是不是有些小题大做了？但是，既然县令都这么说了，大家也乐得少管闲事。只是，常山县近百年不禁私酒，今天怎么突然干起这档子事？

工叙的心开始揪起来，他回想起先前在邸报上看到的消息，这新任太守叫章杰，就是赵鼎曾经得罪过的宰相章惇的后人。他猜测，章杰这样做，是要借这个机会报复、羞辱一下死去的赵鼎。

可是，这和稽查私酒有什么关系呢？

换好装后，州府的兵勇就出发去各处搜查私酒。常山的兵勇，则听令回家去陪老婆孩子去了。现场就剩下工叙，还有那个负责陪护他的兵勇。

工叙也陷于两难。

第一个难，是他想见一人。赵汾一行马上就到常山了，他应该赶到草萍驿去迎接赵鼎灵柩。因为，那里还有小碗，他想立即见到小碗，他要告诉她，他活着。

第二个难，是他想寻二物。从昏倒到现在，他都不知道他随身带着的行囊在哪儿。不管怎样，《千里江山图》不能丢，御史中丞詹大方的手写信函更不能丢。事实上，这件东西已经成了他的护身符。

他又一次问了一直陪护他的那个兵勇。那兵勇也又一次回复说，是见过他的行囊的。从他病倒后第一天起，这行囊一直放在他养病的床尾。他想回到他养病之处去找，一想，这也是徒劳的。假如床尾真有他的行李，孩儿岭花圃的那些人，就不必把他弄到白龙洞里去审问了。

这就是说，他的行李早在孩儿岭花圃的人来之前就不见了。是不是被翁蒙之收起来了呢？可现在，翁蒙之被扣在衢州，一时也见不到面，工叙暂时放下了寻找行囊的念头。

他只剩下一个选择，去草萍驿。

章杰要感谢绿衣人，如果绿衣人来晚一步，他就酿成大错了。

那还是下午的事。

下午那时，翁蒙之刚离开他的房间，这个绿衣人就冲进了他的房间，要求他立即逮捕翁蒙之。章杰很惊讶，一个陌生人怎么可以这样对他说话？绿衣人伸手从怀里掏出信函说："章大人，这人的字，您应该是熟悉的吧？"

章杰定睛一看，那竟然是御史中丞詹大方的笔迹。御史中丞的官位,不一定比郡守高,但是他们掌握着各州太守的秘密,所以也让人害怕。他压住火气问道:"你是御史台的人?"

绿衣人摇摇头说:"不,我不是御史台的,但我做着同样的事。"

章杰马上明白了。他隐隐约约听说,除了皇城司,临安还有个不知其名的神秘组织,专门盯着那些失势的官员。章杰暗想,自己并不是失势的谪官,反倒是朝中新晋大员,怎么也会被他们盯住呢?

看来,得势的官员也会被这些人盯着。章杰吓出了冷汗,不管对方真假,还是先信了吧。

绿衣人说:"我来常山好些日子了。据我多次跟踪,这个常山县尉就是赵鼎归葬的主谋之一。所以,您不能放他走。"

于是,章杰一声令下,翁蒙之就被扣起来了。但问题是,翁蒙之的同伙跑掉了,至今不见踪影。下面的人来报告说,那是个旱鸭子,一跳到河里就被淹死了。问题是,淹死之人怎么一直没有浮起来呢?

不过,兵勇们也算机灵,立即加强了岗哨的盘查力度。就算这个人没淹死并侥幸上了岸,也出不了城。已经过了好几个时辰了,下面传来的消息是,出城的人中没有可疑人员。至于出城的马车,只有一辆,那车里坐着衍圣公孔玠。没人敢拦公爵的车,也不需要怀疑孔玠,他出城溜达了一圈就回城了。

现在,天色暗了许多,章杰终于空下来了,这才打开江少虞的《事实类苑》。他在想,等他看完其中的七八卷时,就会从草萍驿传来好消息。

第四十七章　草萍驿惊魂夜

这是常山吗？

怎么不是？进入草萍驿，就进入常山县境了。其实，草萍驿不是个普通的驿站，因为要拒防从中原来的大股兵寇，所以这个驿站还兼有兵站的功能。

驿站的大门口，自古以来就悬挂着"两浙首站"的巨匾。

三十六娘站在驿站内，借着火炬的光亮，看到墙上的一首诗，才确定自己是真的到了常山。这首诗的全文是："才过常山到草萍，驿亭偏喜雨初晴。麦畦水涨黄云重，柳絮风吹白雪轻。身世自今忘俗虑，宦途从此快吟情。魏公已辍江西镇，犹有甘棠颂政声。"

三十六娘记得很清楚，绍兴三年春天，她随夫君从常山出发去江西，第一站就是草萍驿。坐下来吃饭的时候，夫君听说好友魏矼任职江西时做了很多被人称道的实事，便起身在墙上挥笔写下这首诗。

后来，赵鼎被一贬再贬，他题在各地墙上的诗词都被人忙不迭地铲掉。这首题为《题常山草萍驿》的诗，也早就被人毁了。现在墙上的这首，虽然已不是赵鼎的原迹，但总是赵鼎的原作。

一个年老的驿卒走了过来，对三十六娘说："赵夫人，我认识您，我在这里守卫驿站已经十五年了。当年赵老丞相在这里题字时，我就在场。您现在看到的字，是我们的翁县尉让人刚抄上去的。"

又是翁蒙之。既然翁蒙之这么有心，就说明常山这边准备工作做得不错。只是，她在驿站没看到翁蒙之。她的身后，有两个姑娘，小碗、裴怀。姑娘们想的是小伙子，工叙、蛋壳儿。两个姑娘也没有见着两个小伙子。

已经很晚了，老驿卒带人去守炮台了。他对三十六娘说："大家先休息吧。估计再晚点，翁县尉就会带人来接你们了。"

三十六娘招呼大家睡下了。这一天天,他们基本上是在船上、车上和衣而睡的,像今天能躺在驿站的床上,已是十分幸福了。

赵汾没进屋里,他一个人守在父亲的灵车前。那铭旌似乎知道即将到家了,所以在风里猎猎作响。虽然经过了千山万水,铭旌上的字还是那么精神。

他对着灵柩里的人说:"父亲啊,这一路走得很辛苦,但有您老人家的保佑,总算顺利到常山了。您生前常在草萍驿歇夜,就辛苦您老人家在此再歇上一夜吧。等天一亮我们就出发去黄冈山,到了那里,我们就算真正到家了。"

三个袁州兵勇搬来木柴生起了篝火,火光从小到大,渐渐照亮了一小片天。有时候,某一根柴火会发表自己的意见,噼啪一声,散出无数火星付诸夜风,这给人的感觉是,此夜很静。

但是,赵汾总觉得不对。这些年,他总是有种莫名其妙的危机感,让他莫名其妙地逃脱了厄运。不然,他可能就会像大哥、三弟那样,死于某一场莫名其妙的灾祸中。夜色更深了,女眷们已经进屋睡觉了。三个守灵的袁州兵勇虽然一直坐着,但也打起了瞌睡。毕竟,每天不停地奔波,所有人都筋疲力尽了。

赵汾可不敢睡,此行的最后一夜,必须坚持住。除了父亲的灵柩,他还得守护行李。赵鼎虽然一生为官、两度为相,但是能算得上私人财物的,基本没有。这些行李中最值钱的就是他在世时与亲朋好友的往来书信。

所以,他得守住。

屋里,小碗也没有睡着。这么久她一直没得到筷子哥哥的消息。那么,筷子哥哥现在是死了,还是活着?按理说,如果活着,应该在草萍驿就能见到他。她甚至设计好第一眼看到他时，会给他前胸狠狠一拳。当然，是粉拳。现在，这种设计用不上了。他没出现，只能证明一件事：

筷子哥哥死了。

真是好呀，这世上再也没人和她吵架了。她这么一想，微微有些抽泣，那眼泪就下来了。她怕吵醒三十六娘，把被褥的一角塞进嘴巴。她有些痛恨自己，作为一个女杀手，竟然为男人伤心到这个地步，如果被自己的父亲知道了，他会怎么想？

对了，上一次哭泣，就是为了父亲。父亲，其实不是亲父亲。换句话说，她也不是父亲的亲女儿，但父亲收留了她，也没把她当外人，悉心地传授着特殊的技艺。他是师父，更是父亲。离开父亲这么久了，她一直没有回家看过父亲。不久前，她听说父亲病重，难过了一夜。那一夜，她几次想动身赶回去，但是到了天亮，她还是决定不走。

不为别的，就是为了筷子哥哥。

筷子哥哥说赵鼎是好人，那么，赵鼎就不是坏人。她听他的。可现在，让她能暂时把父亲放在一边的筷子哥哥，也死了。

她可以不哭泣吗？

她可以哭泣，但她不可以哭出声来，这是她给自己定的规矩。再怎么痛苦，也不能吵醒自己的主母呀。

隔壁床的三十六娘也没有睡着。她早已听见小碗在抽泣，所以故意发出轻微的鼾声，表明自己已经深眠。对这个侍女，她真的看不懂。以前，这个侍女给三十六娘的感觉是，虽然有些古灵精怪，但大体上属于本分、柔弱、循规蹈矩的那种。可崖州一战后，这个侍女神秘消失了，数月后却奇迹般从海面上归来。

这件事，让三十六娘改变了对她的看法。

更让人疑窦丛生的是，扶灵队伍到了信州，在信江上遭遇了一股水匪的袭击，小碗一开始表现得很胆怯，可是到最后，却一点也不畏惧了。令人奇怪的是，一个弱女子竟然徒手把三个水匪打飞到水里。这身手，多了得。

可今夜，这个神秘的女子又露出了她最无助的一面。这一面，才是最真实的，她一定是想念她的亲人们了。三十六娘记得，这一路上每次有人提到工叙，小碗都会躲到一边去，难过半天。

突然，三十六娘看到小碗起了身，影子一晃就闪到窗前，又从包裹里取出一样东西，火光扑进窗户，把她手上的东西照得明晃晃的。三十六娘确认了，小碗手上握着一把短刀。她以为小碗想不开了，呼叫了一声。小碗回转头对三十六娘说："嘘，赵夫人，别出声。外面有异动。"

三十六娘不以为然，竖起耳朵听了听，万籁俱静，没有什么异常。即使有，也是赵汾他们在烧篝火。可是，小碗真的听到了。她也没说什么，猛地推开窗户就跳了出去，留下屋里一个无比惊愕的人。

无比惊愕的三十六娘，第二次见证了一个柔弱女子顷刻间露出的强悍本色。她现在明确了，她的侍女是个厉害的角色。

明明身手不凡，却偏偏让人觉得无能、平庸，这是一种真正的厉害。

赵汾席地而坐，正往篝火里添着木柴，一抬头看到了握着刀的小碗。火焰如舌，几乎就舔到了刀锋。小碗说："赵公子，快站起来，有很多人赶来了。"

赵汾并没有听到有人赶来，但他一点不奇怪，他本来对这安静的夜充满了疑虑。现在既然小碗这样说了，他也警觉起来，马上叫醒了所有的男丁。

既然男丁都被叫了起来，女人们也一样被惊醒了。不过，也没什么慌乱。从南荒大岛到中原，再到温润的江南，这一路上，一行人几乎每晚都是枕戈待旦的。

很快，黑暗被一声异响撕破了，一下子就变了质，再也不是原来那柔和的夜了。夜，开始不安分，充满了不确定。小碗的耳朵，永远比旁人要灵敏。她又对赵汾说："还来了好多马。"

她的判断是对的。两刻钟不到，黑暗中出现了很多人、好多马。从装束上看，这些人全是常山县的兵勇。为首的叫道："有人举报你们私藏、私运了六坛袁州酒水，所以翁县尉让我们深夜赶来稽查此事。"

赵汾知道这事。十天前路过袁州时，袁州通判汪应辰赠送了六坛袁州土酒，以备祭祀之需。这些不速之客能清楚地知道袁州土酒的数量，足以证明当时赠酒现场确有某些人的耳目。而且，这消息这么快传到常山，某些人真的太费心了。

他让人把那六坛袁州酒从车子上搬了下来，放在了空地上。"全在这儿了，你们要，全部拿去吧。"赵汾对常山兵勇说。可是，常山兵勇说："不对，除了这六坛，应该还有酒没拿出来。"

赵汾说："你们刚才不是说六坛酒吗？"

常山兵勇说："我们刚才记错了，应该是七坛。你们把剩下的那坛酒交出来就没事了。"

赵汾说："我们只有六坛酒，怎么拿得出七坛？"

常山兵勇说："那就得罪了，我们只能自己搜查了。"

"等等，"赵汾说，"你们刚才说，是常山县尉派你们来的，碰巧他是我的朋友，是不是请翁蒙之过来见个面？"

常山兵勇说："我们翁县尉今天正和太守大人一起喝茶，哪有闲工夫来见你们。好了，不要磨蹭了，请你们配合一下，打开所有的行李吧。"

"这样不好吧？"赵汾不死心，"我们可是奉旨归葬，不可以轻易接受你们的盘查。一路上，还没人这样检查过我们的行李。"

"奉旨归葬？"常山兵勇冷笑道，"好呀，你们大人物更要做表率了。我们常山县稽查私酒，那你们就带个头吧。"他说完，就挥了挥手，那些兵勇立即下了马，冲向载有行李的车厢。赵汾正要去拦住这些人，后面有人说道：

"汾儿，没事没事，让他们搜查吧，让他们查个够。只有这样，才能还我们老赵家一个清白。"

三十六娘都这么说了，赵汾也就无话了。常山兵勇开始细细搜查每一辆马车。奇怪的是，他们为了搜查一坛酒，把行李中每一件东西都翻出来摸一遍，连小小的荷包都不放过。三十六娘呵呵道：

"难道，这个荷包里也能藏进一大坛酒吗？"

那兵勇没说，只是脸一红，但没停下手上的活儿，真是一个认真干活的人。

就在他们搜查的当儿，为首的那个，一直在观察着一匹倒地的马。这匹马一直在喘着粗气，很可疑。他转到马的后面，看到马屁股上的火印便明白，这匹马是从遥远的地方跑来的，因为一路狂奔、未作任何停歇，所以才倒下了。

他向下属使了一个眼色，他们就向屋里走去。现在，他们不但要找东西，还要找到刚才那个远途而来的骑马人。

三十六娘拦住了他们。这房间里睡着女的，怎么可以随便进入呢？但是，她拦不住他们。

他们分开行动，进了内室搜寻起来，边边角角的一概不漏过。有个兵勇走到一铺床前，看到被窝里躺着一个人，就要掀开被子，却被裴怀拉开了。裴怀说："你们找东西找到女人的被窝里，这样不好。"

那兵勇才不会听裴怀的,他刚推开裴怀,那房顶上就有个吊篮突然掉了下来,砸到他的头上。门口站着小碗,她立即跑进来扶起了他,关切地问道:"你没事吧?"

那兵勇摸了摸头上,尽是木灰。他正想搓搓眼睛,却发现一只手麻了,根本抬不起来。一定是刚才吊篮砸到他肩上的某个穴位了。正这时,他听到隔壁房间传来一声尖叫,连忙眯着一只眼跑了过去。

原来,那房间有个更认真的兵勇趴在地上想钻进床底,结果惹火了一只老鼠。那老鼠直接就冲了过来,从他敞开的领口钻进了他怀里。那老鼠吱吱吱说着,翻译成人话就是:

你钻我床底,我钻你怀里,扯平了老兄。

那人尖叫一声,扔掉了火炬。火炬又不长眼,飞到了帷帐里,帷帐一下子燃烧起来,映红了整个窗户。

最后,常山兵勇围住赵鼎的灵柩。

现在要搜的,就是赵鼎的灵柩。在赵汾一行看来,这是不能被碰的,神圣不可亵渎。三十六娘一直宽容,现在也忍不住了,用双手护住灵柩,冷冷地说:"我是他的未亡人。你们如果要打开灵柩,那就先杀了我吧。"

这时,又来了一个人,是那个夜守炮台的老驿卒。他早就看到有一批人到了驿站,以为是翁县尉带人来迎接赵鼎灵柩的,后来看到屋里闪出了火光,才发现不对劲,立即跑下山来。他还没站稳,就大声问道:

"你们是谁?为什么跑到草萍驿来闹事?"

常山兵勇骂道:"你瞎了眼,没看见我们穿着的是什么?"

老驿卒说:"我就是常山衙门的,怎么就没见过你们这些人?你们不是常山的。"

为首的常山兵勇把长剑架到老驿卒的脖子上,骂道:"你让开,不然……"话还没说完,他就看见一条人影闪了过来,他自己的脖子上也被人架上了一把刀。"不然什么?"那人影接着他的话说,"说下去,不然什么?"

三十六娘起了身,对小碗说:"小碗,你不能杀人。"

小碗对三十六娘说:"赵夫人,从现在起小碗不再瞒您了,小碗一直就是一个杀手。小碗为了赵老丞相,愿意杀掉所有对他老人家不敬的人。"

三十六娘失声道:"小碗,你是蛾眉科的?"

小碗没有正面回答,只是说:"只要我愿意,他们都得死。"

那个为首的人被吓坏了,放下剑低声说:"蛾眉科的英雄,别乱来啊。我们只是奉命行事而已。"

小碗说:"说吧,你们到底想搜查什么?"

为首的灵机一动,答道:"细软。"

小碗说:"搜到细软了吗?"

那人说:"没有。"

于是,小碗对众人说道:"听到了吗,他们也就是山里的一股草寇,下山来打家劫舍的。就凭伪装常山官兵这一条,我就可以杀了他们,为民除害,然后去县里领赏。"

有个兵勇可不管自己首领的命是不是捏在小碗手上,他趁小碗说话时从背后发起了偷袭。小碗好像背后有眼,反手一挥,轻轻松松就把头上的一支发簪插进了偷袭者的眼睛。

惨叫声中,小碗转身从他眼里抽出发簪,说:"你赶紧谢谢赵夫人吧。她不让我杀人,所以我只要了你的一只眼珠子。"她环视了一遍,又客客气气地问道:

"你们有谁再想献出一只眼珠?"

谁也没注意,此时内屋的窗户后,还站着人。

这人看着院子里那些人撤走了,终于舒了一口气。

刚才,他还躲在裴怀的被窝,差点被这些人搜到并认出。是的,他们认识他,在衢州城的小南门下,他们看着他跳进城壕沟。他们以为他淹死了,其实他只是躲在水下。作为生来就在疍船上讨生活的疍人,潜在海底寻找淡菜,那是他最擅长的,每次他潜入海底都会好久不换气。

对他来说,衢州的城壕沟,比疍船上的水桶大不了多少。

蛋壳儿牛就牛在,他在水底的时候还能开动脑筋。他本可以从城壕的外沿直接逃出去,但他觉得像他这样人生地不熟,即使逃出城去,也不可能及时赶到草萍驿。他想,他得借助城内有实力之人的力量。

他马上就想到了一个人。他顺着水流潜行到城壕的入口,换了一口气,又爬过一道道水闸,终于进入了城里。然后,他飞快地跑到了府山上的州学,找到了衍圣公孔玠。

前些天,孔玠听人闲聊,才知道赵鼎与太守章杰的祖上存在一些过节,就担心章杰会做出一些不明不白的事。他听了蛋壳儿的叙述就明白了,章太守是要对赵鼎的家人发难了。

作为孔圣人的长房长孙,他必须制止这件事。他立即让下人备了双驾马车,自己坐在车里,把蛋壳儿带出警备森严的城门。到了城外,他解下其中的一匹马,让蛋壳儿骑着马迅速赶往常山。

紧赶慢赶,加上一路问路,终于有了好的结果,蛋壳儿比州府兵勇早了半炷香的时间赶到草萍驿。那马冲到篝火前,一个跟头就倒地不起了,把他重重地摔在地上。

现在，窗户后的蛋壳儿看着倒在院子里的马，心想，多亏了这匹马，也苦了这匹马。

——当时，赵汾正在往火堆里添加木柴，这匹马就倒在他身边，这真是一件令人惊恐的事。他还没来得及开口，小碗一闪就到了他跟前，冲着马背上跳下来的蛋壳儿问道："怎么，只有你一个？"

跟着跑过来的是裴怀，她其实也没睡着。她老远就叫道："蛋壳儿，你终于来了。"可是，蛋壳儿来不及跟她们说话，他顾不上礼数，大声对赵汾说：

"赶紧把行李中的书信都烧了，赶紧把行李中的书信都烧了，州府的人马上要来搜查了。"

赵汾傻了，这些行李中，最珍贵的就是父亲的书信，他怎么舍得烧了。蛋壳儿见他一动不动，急了："赵公子，是翁县尉派我来的。他已被州府的人抓走了。"

赵汾还是拿不定主意，看了看三十六娘。三十六娘说："赶紧烧掉吧。既然是翁县尉说的，那就错不了。当下最要紧的，就是保住你父亲的那些故交，不能连累了他们。"

小碗望着茫茫夜色，也催促说："对啊，要快。他们马上就到了。"

赵汾说："不能藏到外面去吗？"他还存着一线希望。小碗说："藏不了，他们就要包围这院子了。"三十六娘说："既然他们已经盯上了这些书信，就不会罢休的。藏得了一时，藏不了一世。就按翁县尉说的，烧了吧，以绝后患。"

赵汾点点头，去车厢里取出一只大藤箧。三十六娘蹲下身子，打开藤箧取出一封封书信，扔进了篝火里。那一页页纸遇到火，与星空比了一下璀璨，便黯然消失了。

又一页纸掉了出来，在风中舞了一圈，掉在赵汾的脚下。他看了一看，竟然是自己的人像。他想不起这幅人像是什么时候画的，更不知道是谁画的。但是小碗知道，她难过地走开了。

火光映照，赵汾看到画像反面有字，翻过一看，写着一首诗，曰："扰扰干戈地，悬悬父子情。人间正多故，身外复何营。我已忘官宠，儿须办力耕。归家休歇处，团坐话无生。"

赵汾马上回想起来，这是父亲第一次被贬谪时写的诗。因为思儿心切，父亲在动身之前写下了这首题为《将归先寄诸幼》的诗先寄回了常山。赵汾记得当时他还看不懂这首诗的意思，是长兄赵洙一个字一个字解释给他听的。

赵洙跟他这么说："记住，爸爸的来信就叫双鲤。"

只是，画像背后的笔迹不像是父亲的，应该是赵姨娘刚抄上去的。赵汾还记得，父亲在回常山的半路上又给他们写了一首诗，题为《将至常山先寄诸幼》，曰："经年游宦叹离群，相见提携数候门。一笑相看即无事，径须归办酒盈樽。"

这首诗中，仍然看不出父亲被贬的失意，反倒有满满的大喜悦。

这一次，才是最后一次归家。常山的家马上就要到了，可还没踏上黄冈山，就有人要来害他们了。他正在犹豫要不要把这幅画留下来，就被小碗一把抢去丢进火里。她叫道："快，州府的兵勇马上到了，我听到马蹄声了。你们女的赶紧回到房间里去。蛋壳儿，你也去躲躲，别让他们认出了你。"

蛋壳儿说："啊？我是女的吗？"

小碗说："少废话，赶紧去，躲到裴怀的被窝里去。"裴怀来不及脸红，她捡起空藤箧，把它也丢进火里。

刚进厢房，一群马就到了，那些伪装成常山兵勇的人围了上来……

又一批人到了。

这次，来的才是真正的常山兵勇。虽然他们没有穿着制服，但他们是不是常山兵勇，老驿兵说了算，因为他认识他们。

"你们怎么才来呀？"

也怪不了他们的。他们是被县令放了假，但他们中几个人越想越不对劲，为什么这些州府兵勇要穿了他们的制服呢？他们没想明白这个问题，但这不妨碍他们赶来接赵鼎的灵柩。这是翁蒙之事先就和他们交代过的。现在他们的县尉虽然不在，但这件事必须要做。

所以，他们就来了。

他们点了香，对灵柩里的人说："老乡啊，对不起，我们来晚了。就冲您把自己看成常山人这件事，我们就要赶过来接您。"

他们中还有个年长的兵勇，跟老驿卒一样，曾在年轻时见过赵鼎。他说："我就是黄冈山下石门渡口的人。当年，我看见他上了船去了，没想到今天回家，却是一把骨头了。"

这个时候，虽然天还没亮，但是已经没人能睡得着。大家一起收拾着被州府兵勇搞乱的行李，等天一亮就出发去黄冈山。赵汾拍去了铭旌上的灰尘，再一次对灵柩里的人说："父亲，让您受惊了。您再忍忍，马上就要回家了。"

蛋壳儿好几次找裴怀讲话，裴怀都只是应付了一下。蛋壳儿有些慌神了，这离别没几天，裴怀怎么对自己爱理不理的。其实，裴怀心里是高兴的，她只是怕两人太亲昵，会刺激到悲伤中的小碗。

小碗陪着一匹马。

看得出，这匹孔府马已经耗尽了力气，一时站不起来。小碗也站不起来，她好像看到了什么，然后，她也像这匹马一样没了力气。她把手中的短刀扔到了火里，把头埋进了自己的双膝间。

三十六娘马上走开了,这个时候,她要把时间留给一对年轻人。

没错,小碗在真正的常山兵勇冲进院子的一刹那,就看见了他。他比一个月前消瘦了很多很多,但是,人是精神的。她看见他从马背上跳下来,看见他下地的瞬间一个趔趄差点摔倒。她明白了,他确实是大病初愈。

她想奔过去扶住他,但她动不了,她比这匹倒地的孔府马更虚弱。

他过来了,伸出了手,但是,没触摸她。他蹲了下来,安抚着倒地的马匹。他张开五指,轻轻地插进了马鬃,慢慢梳理着。对他来说,这是一种前所未有的体验。小碗一动不动伏在自己的膝盖上,但她感觉到凌晨的风正在梳理她的长发。对她来说,这也是一种前所未有的体验。

工叙开始抚摸马儿的脸颊,他的手指划过马耳、马额、马眼、马鼻、马唇、马脖。然后,他开始抚摸马的肚子。他记得有人说过,唯有抚摸对方的肚子,才能传递最真实的力。他听到了这匹马的呼吸开始有了变化,马的呼吸声中,还有人的呼吸,女人的呼吸。

那些呼吸,不是单调的一个音节,而是丰富的、婉约的、幽怨的、真实的,像一句句话,更像呼啸的心思。

小碗的脸部微微痒了起来,她也微微动了一下,露出一些缝隙,让风贴着她的脸钻进来,缓缓流,急急流,流成了汹涌暗潮。

慢慢地,那匹马儿睁开了眼睛,看着工叙。它一定看见工叙的背后,那天色有了些许的变化,最黑的夜正在抽丝剥茧般离去。有一丝几乎看不见的光线从九天之上奔袭而来,射进了它的眼睛。这匹马似乎被召唤了,竟然从地上站了起来,对天嘶吼了一声。

突然站了起来的,还有一个影子,人的影子。那影子一闪,包裹了工叙,嘴里叫道:

"筷子哥哥……"

第四十八章　不生不灭的无名树

两个时辰后，赵汾一行终于到了黄冈山下，马车一停，就有许多人抢着过来抬灵柩。有这么多人引路和帮忙，他们沿着大麦溪一路上山，途经徐偃王庙、蔡令公庙、开山公公庙、土地庙，很快就到达了永年寺。

永年寺方丈青羽禅师早就领着全寺的僧人候在山门口。他对赵鼎的灵柩喊道："赵老丞相，您到家了。"是啊，到家了，好不容易啊。三十六娘想起一路的辛苦，落下了泪。

赵鼎的灵柩，暂时被安放在永年寺的后院里。寓所的前厅，被僧人们布置成灵堂。灵柩落了地，僧人就把灵柩前的两面铭旌挂在灵堂的门口。接着，就有很多人进来祭拜了。第一个，自然是魏矼。

"老哥啊，你来了，我们三人就聚齐了。从今天起，我就多了一个串门的地方，我天天陪你说话，你一定不会孤单的。"

来祭拜的，还有一个让赵汾想不到的人。事实上，他也不认识这个人。这个人上过香后，留下一套《事实类苑》，对赵汾说："赵公子，你有空的时候，把这套书拆了，一页页烧给你父亲。我是正宗的常山人，你父亲也自认是常山人，所以我写这本书时，就想过成书后要送给你父亲过目，没想到还是晚了，只能用这种方式让你父亲看到了。"

赵汾看到书上的署名，才知道面前一身布衣的人，就是吉州太守江少虞。赵汾收下书说："江太守，我错怪您了。"一句话把江少虞说得云里雾里的。赵汾便把路过吉州登门造访被门子拒绝的事说了一遍。江少虞说："赵公子误会了。我这趟回老家纯属私事，所以跟门子交代过的，只要有陌生人登门，就说有事不见。"

等两位祭拜后，大家才敢上前来依次给赵鼎上香。这些人，绝大多数是三十六娘不认识的,但从他们的口音判断,都是本地人。他们中,有太多目不识丁的人,他们根本不识"赵鼎"二字,但他们知道,这个死去的人当年手握大权时,做过事。

三十六娘内心有些感触,这就是乡邻,难怪夫君一直以来要把这里当作自己的叶落归根之处。

接着,僧人们进场了,他们要按佛门的仪轨给赵鼎诵经超度。三十六娘看到青羽禅师敲的木鱼,心想,这木鱼应该是当年了空禅师留下来的旧物。

几个人坐着,商量着赵鼎下葬入土的日子和时辰。翁蒙之还被羁押在衢州城,整个葬礼的统筹,就被永年寺接了过来。青羽禅师说,赵鼎墓穴造好了,墓碑与墓志铭刻好了,喝彩师的丧葬喝彩词也定稿了,就等着敲定具体落葬的时间。

这个,仍然由魏矼定。他说:"既然老赵回家了,就让他早点入土为安吧。山雨欲来风满楼,我怕夜长梦多。"

赵汾说:"魏叔叔,这几天黄冈山天气甚好,好像没有变天的迹象。"

魏矼望空一指,压低声音说:"临安飘过来一朵云,我们这就是倾盆大雨啊。"

赵汾顿了一下,明白了魏矼所指。归葬这事,虽然是圣上敕令批准的,但魏矼担心太师不甘心,万一圣上架不住太师软磨硬泡收回了成命,那一切都完了。

那好,停灵满三日就入土吧。

时间定下了,就看祭文了。魏矼看了永年寺准备好的祭文,都不是很满意。三十六娘说:"这样吧,我这里有一篇。"她要了笔墨纸砚,很快就写完了祭文。魏矼细细看了一遍,关注起最后几句来:

"……吁嗟，此风何独今日！念尝游于幕府，忍自比于路人。奠以告哀，言不尽意。"

魏矼放下祭文，对三十六娘说："写得好。只是，我觉得这应该不是夫人撰写的。"三十六娘笑而不语。魏矼继续说："如果我没猜错的话，这祭文出自当年曾追随过赵鼎的人之手。"

三十六娘说："魏公猜对了。"

赵汾想起来了，这是袁州通判汪应辰祭奠恩师时诵读的祭文。可赵汾记得，汪应辰祭过之后，当场就把祭文投入火盆烧了。

三十六娘果然在祭文的最后，添上了汪应辰的名字。她对魏矼说："魏公，这祭文是汪应辰写的。他念了一遍我就记住了，这份默写稿应该是一字不差的。"

魏矼说："嫂夫人啊，难怪赵鼎那么在乎您。以前我们在黄冈山时，他常常夸您过目不忘，今天果然让我见识了。"

事情商定后，大家都散了。青羽禅师从袈裟里掏出一样东西，说是刚才香客送来的，指明要交给三十六娘。三十六娘一看，原来是无声箫的箫头。她明白了，这是崖州太守郭嗣文还给她的。应该说，是这个箫头唤醒并打动了当今的圣上，才有了圣上的敕令。

看来，大疍港血战之夜，王文献刺向郭太守的那一刀，杀死的不仅仅是波斯商人穆噶，还杀死了原来的郭太守——郭太守由此重生，并且归心。

三十六娘从行囊里抽出骨制的箫管，与箫头套在一起，然后把整件东西交给青羽禅师说，这是永年寺的东西，现在完璧归赵了。

赵汾把他小时候生活过的地方都转了一遍。

灵堂的后面，就是内室，里面的摆设基本上就是原来的样子。虽然前些年汪应辰也在这里住过，但看得出，他非常尊重恩师，一直没有改变内室的格局。

院子里,双鲤石仍然矗立在院子的一角。

赵汾看到了鲤鱼的眼睛,忍不住把手伸进石鱼的眼眶里,拨动着眼珠。双鲤石搬上来后,原来没有眼睛,是他说要给这石鱼添上眼睛,父亲一听就找来了铁具,父子俩一起动手,慢慢就在石鱼头部凿出了空眼眶。父亲又带着他去石门溪捡了几块黑色的鹅卵石,让他嵌到石鱼的空眼眶里。

有时候,赵汾会把手伸进石鱼的眼眶,改变一下黑石的位置,这样一来,这石鱼就更像活鱼了。每当这时候,父亲就会在旁边大笑。是的,父亲回常山长住的日子,就是赵汾儿时的快乐时光。

父亲还陪他捡各种好看的树叶。寺庙周边的树叶,各有各的形状,父子俩都会欢天喜地捡回家,放在案头看。因为捡叶子捡多了,赵汾就知道哪些树会在什么季节掉光叶子,然后过了多少日子,又会长出新的叶子来。

父亲去临安的日子,赵汾就看着那些枝条。他总是觉得,父亲每次都是在枝条发芽的时候回家的。无非这次是香椿树,下次是桂花树。

但赵汾记得,大雄宝殿的后门,有一棵古树的下面是捡不到落叶的。因为,这棵树本来就没有叶子。从来就没有人辨认出这是什么树,所以一代代僧人都把它叫作无名树。赵汾注意到,这棵无名树,不管季节,永远不长叶子。

相对于周边的各种树,这棵树似乎没有时间。时间从来不曾流经这棵树,或者说,这棵树上的时间是静止不动的。

扫地的小沙弥对他说:"其实很简单的呀,这棵树早就死了。"

哦,死。小小的赵汾第一次听说了死亡。

有一天,趁父亲回家的时候,他把父亲拉来看这棵死去的树。

意外的是，父亲说："我没看见死的迹象，我看见的是蓬勃。"

赵汾哪里听得懂父亲这样高深莫测的话，但有人听得懂。父亲的好友，也就是当时永年寺的方丈了空禅师听见了，他蹲下来，指着死去的无名树对赵汾说：

"看到了吗，这些枝条，永远是那么繁密并且交织在一起，不见萧条，不见败相，这就是蓬勃。"

眼下，赵汾已经从院子里走到这棵无名树下了。这棵树不喜不怒，还是原来的模样，像一座七层浮屠。如果传说中的菩提树不止一种外形，那么应该有一种菩提树就是这模样的。

黄冈山出现了一个窥探者。

他窥探着今天黄冈山上的人数、人群的组成，以及一些特定的人。

今天上山的人确实多，至于人群的组成，基本是香客。他们都是按照常规的朝山路线上来的，每个人都手持着香火，在永年寺里遍拜菩萨。

窥探者看到了，香客们敬完了佛，就开始到各处走走。他们有时候会假装走错地方，就到了永年寺后院。这些故意误入其间的香客，趁机在赵鼎的灵位前焚香祭拜。

他猜对了，这一部分香客真正想祭拜的是赵鼎。

但这个窥探者最关注的却是独往亭。他这样想：真正的香客拜过菩萨后会在斋堂吃个斋饭，或者直接下山回家。而那些去灵堂祭拜赵鼎的人，有很多是一般人，比如一些当地的村夫，比如一些贩夫走卒，他们只是仰慕赵鼎而已。拜过赵鼎后，他们也一样会下山离去。但独往亭的情况就不同了，在一些人的心目中，这不是一座普通的亭子。说得明白一些，能专程赶到独往亭的人，只与赵鼎有关。赵党的余孽只要上山，就一定会到这地方来。

所以，独往亭才是最值得他盯防的地方。

永年寺在修建赵鼎墓时，顺便把独往亭周边的残破诗碑给修复了。听说，这是魏矴的主意。是的，得把魏矴的名字记下来。虽然他老得快死了，还是让他上一次呼猿榜吧。

没错，这个在黄冈山上到处窥探的人，就是呼猿局的。

作为呼猿局的新任掌柜，霍金还是第一次带队离开临安。圣上批准赵鼎归葬后，二老板就通过黄狗给他下达了任务：一是打探衢州、常山郡县两级官员在赵鼎归葬前后的各种行为，二是列出从外地赶来现场的赵党余孽的名单。

这两个任务，他觉得自己完成得还不错。在常山官场中，他发现对赵鼎归葬最热心的官员是县尉翁蒙之。翁蒙之不仅仅是参与者，还是主谋。所以，他非常及时地把翁蒙之的情况告诉了衢州太守章杰。眼下，翁蒙之还被羁押在衢州城。至于太守章杰，比谁都积极弹压赵党余孽，这本用不着他再操心，只是，昨晚章杰派人搜查赵汾一行，却没查到可疑的物件，这件事本身就可疑。

从这点上看，章杰仍然是呼猿局监视的对象。

第三个任务，他自认为完成了一半，那就是找到了詹大方的亲笔信。

其实，二老板交办的任务中，根本没有所谓的第三个任务，那是他自己加上去的。他把《千里江山图》失窃的经过报告给二老板后，二老板居然不作一声，压根儿没让他追回这幅图，是他自己觉得必须要找回。新掌柜上任总得做出点成绩。

幸好，老天非常眷顾他，他在常山跟踪翁县尉时，意外发现了工叙的踪迹。他趁人不备溜进工叙的养病之所，轻而易举地拿回了詹大方的亲笔信。为了杜绝后患，他还把随身携带的斑蝥之毒倒进了工叙的嘴里。

问题是，工叙没死，难道那斑蝥粉是假的吗？

现在，霍金赶到了黄冈山，就是为了守株待兔。他想，工叙既然上了山，那就一定会到独往亭来的。这次，他不会毒死工叙，他有更要紧的事。

江少虞一直仰头看着无名树，脖子都酸了。他对匆匆赶来的青羽禅师说："这棵无名树，我小时候看到的就是这样子。"

青羽禅师说："这棵树，不枯啊，谁都知道它没有名字，但谁都不知道它是何年生、何年死的。贫僧每每站在树下，看到的不是死亡，而是蓬勃。"

"蓬勃，这词用得精妙。"

"这是永年寺早年的了空禅师说的，一任任就这么传下来了。"

江少虞说："是的，确实很蓬勃。除了没有叶子，整棵树的枝条一根也没少，还是那么密密麻麻，生机勃勃。最难能可贵的是，所有的枝干还那么一丝不乱，从从容容，庇护着千年古刹。"

青羽禅师说："所以《头陀寺碑文》里说：仰苍苍之色者，不足知其远近；况视听之外，若存若亡，心行之表，不生不灭者哉？"

"嗯，从有生有死，到不生不灭，再到大自在。"江少虞点点头说，"这一棵无名树，尽显了生命之相。"

青羽禅师说："又何止这一棵树啊。"

江少虞沉默了，过了一会儿才问道："禅师这话所指的，可是某个人？"

青羽禅师笑了起来："好有慧根的家伙，难怪写出那六十三卷雄文。"

江少虞也笑了起来。对，有些人就这样，不生不灭，永远在那里，蓬蓬勃勃，尽显着生命之相。

工叙又想起了《千里江山图》。

好不容易找回的东西，又在自己手里弄丢了，他不能原谅自己。但是，赵鼎的葬礼在即，他没工夫去找这幅图。即便有时间，他也没线索。

小碗见他闷闷不乐，就拉着他出来走走。快走到无名树下，他们见青羽禅师和江少虞正在谈天说地，就绕道而行了。小碗无意间一看，见青羽禅师从怀里掏出一样东西，虽然隔得很远，她还是辨别出来了，那是三十六娘一直珍藏着的无声箫。

小碗干脆停了下来，躲在无名树后。

她听见青羽禅师这样对江少虞说："这是赵夫人还给永年寺的。前日我读了您的《事实类苑》，里面写到了《霓裳羽衣曲》和龟兹乐，所以我猜想，这物件是您当年留在永年寺的。"

江少虞点点头说："这悲篥，是我年轻时出使西域，从龟兹故地带回常山的。当时，随手把它送给了了空禅师，没想到他又转赠给赵家了。"

青羽禅师双手托着无声箫说："现在，永年寺把悲篥还给江大人。"

江少虞摆摆手说："不必了，送给谁就是谁的。您把它还给赵夫人吧。"

青羽禅师收起无声箫说："对，送给谁就是谁的。"

江少虞笑了笑，又说："真是有意思，转了一圈。不知道这一圈里，发生了多少故事。如果有，我写《事实类苑》续集时，要把它写进去。"

有，有很多的故事。躲在树后的小碗想，这物件连起了赵老丞相、张老丞相，还唤来了大群的鲸鱼。但这些故事，真的能通过一本书流传于后世吗？

她还想继续偷听下去，回头一看，工叙早就不见了。

独往亭一带果然人多，大家都在听老人讲话。

那老人挥着一个锡壶，说着醉话：

"别看今天的黄冈山上，漫山遍野是香客，但也只有我这个快死的老头能见到赵鼎。我刚才隔着灵柩，跟他说了一句话，你们猜我说了什么……算了，你们也猜不到，我还是自己说吧。我跟赵鼎说，听说你在海上做了海神，好好的，怎么就回黄冈山做山神了？"

"魏公，"当然有人认识这个德高望重的老人，提醒道，"子不语怪力乱神，您老人家却说起海神、山神来，这不像是儒生说的话。"他说的也有道理，现在围住独往亭的人大多出身儒门，当然不相信山神之类的异事。魏矴却自顾自说了下去：

"赵鼎跟我说，他要回来做山神，是因为黄冈山上有独往亭。当年在独往亭作诗的人都在这里，他不敢不回呀。他得回来主持独往亭的大酬唱。这么多年过去，再要酬唱，那就不止原来的三四人了……"

周边的人突然明白了，这个行事怪异的老头其实借怪力乱神来说独往亭。赵鼎造的这座小亭子，当年备受南渡士大夫们瞩目，可惜到了后来，这儿就成为是非之地。天下两派，一半人心心念念北方失土，一半人和和和和和，这风云都激荡到小亭子里来了。

至少，工叙看到了风云。

就在这时，有人问道："魏公，那您说说，接下来的大酬唱，有哪些人会来呢？"

工叙心里一惊，他看到了这人，正是曾经呼猿局的同事。原来呼猿局的人早就到常山了。他明白了，他们是想从魏矴嘴里套出一些情况来。他抢过话头说："这还用问吗？过两天谁来了谁没来，一看就明白了。"

身后，一个低低的声音响了起来："工叙，你终于来了，我等你好久了。"

工叙一听这声音,就知道霍金也来了,转过身去回道:"呵呵,霍掌柜,干得不错,二老板很器重你呀。"

霍金说:"工叙,你得跟我下山去一趟。"

工叙说:"下山去干什么呢?我觉得我们谈不到一块去。"

霍金笑了:"不是我跟你谈,是我想带你去见一下章大人。"

"衢州太守章杰?"工叙惊道,"我要见他干吗?"

霍金说:"可以做个交易。"工叙摇摇头,这种事情他更没兴趣了。霍金一点也不急,笑着说:"好吧,等我说出一个人的名字,你就感兴趣了。"

工叙有点兴趣了。霍金为了取得更好的效果,故意一个字一个字说出这个人的名字:

"翁,蒙,之。"

一听到这名字,工叙果然急了起来。他知道翁县尉一直被羁押在州府,但因为山上忙,大家一时也没想好怎么去营救。翁蒙之虽然层级低,但也是个朝廷命官,大家想,章太守还不至于会把他怎么样,所以这事就被迫又无奈地搁在一边了。现在倒好,霍金竟然主动提起了翁蒙之,工叙怎么能放过这个机会?

他问道:"他怎么了?你们没为难他吧?"

霍金说:"他呀,章太守会处理的。能救他的,这世上只有你了。"

工叙说:"为什么只有我能救他呢?"

霍金说:"因为你可以为章太守提供他感兴趣的东西。你可以用这些东西跟他交换,让他放了翁蒙之。当然,这是我看在我们共事一番的分上,好心给你出的主意。干不干,你自己看着办吧。"

"干。"工叙毫不犹豫地说,"我跟你走。他在哪?"

"他在崇兰馆。"霍金说,"明天一早,章太守也会赶到崇兰馆。"

工叙也没多想，就跟着霍金走了。哪怕是圈套，他也要去试一试。他这条命，是翁蒙之给的，如果不是翁蒙之让人每天给他喂粥汤，他即使没死于毒物，也会在昏迷中衰竭而死。

可他没走多远，就被匆匆赶来的小碗拦住了。她死死地拉住工叙的衣摆，坚决地说："不许去。你看，在你哥坟前没杀了他，留下后患了吧？"

工叙说："我不去，那翁县尉怎么办？"

小碗说："他再有危险，你也不能自投罗网呀。"

霍金看看小碗，没说话。他知道这个女人不好对付，便狠狠地瞪了小碗一眼，带着人走了。很远了，他又回头喊了一声："工叙，你真不想找回《千里江山图》了吗？"

工叙心里又是一怔。

小碗说："筷子哥哥，别听他瞎扯，他骗你的。那图，怎么可能在他手上？"

天很快就暗了下来，山上的人少了很多。那些真香客、假香客，很多都下山了。有的不知什么原因，不肯下山。这些不肯下山的人，除了歇在永年寺的客房里，还歇在山中的一些小庙里。据说，开山公公庙、土地庙、苏州庙、徐偃王庙、蔡令公庙，所有的庙宇都被人占用了。

赵汾也下山了，他是和青羽禅师一起去的，说是常山县令有请。

下山的还有三个袁州兵。袁州兵，不管怎样也是官兵，在这敏感的时候，把官兵留在这里，恐怕对远在袁州做通判的汪应辰不利。三十六娘想到这些，就让袁州兵先回去了。

下山的，还有江少虞。他刚接到朝廷的急件，让他赶紧去临安。这次回常山老家是私密行动，朝廷怎么会知道自己的行踪？江少虞觉得奇怪，更觉得遗憾，后天一早赵鼎就要出殡，他却无法参加了。

江少虞一走，三十六娘就想起来了，他曾嘱托他们要把六十三卷《事实类苑》烧给赵鼎看。不管死去的赵鼎能不能看到，至少这是一种江南习俗。三十六娘便把《事实类苑》一页页撕下，投入灵柩前的火盆。

可《事实类苑》有六十三卷之多，一下子也烧不完，所以几个年轻人，工叙、蛋壳儿、裴怀等，都一起帮忙撕纸、烧纸。

这些活儿，用不上嘴巴，他们也就闲聊起来。工叙见蛋壳儿手臂上有很多伤疤，就问了缘由。蛋壳儿沉默了一会儿，才把疍人火攻海盗船的经过说了一遍。这一次火攻，疍人立了首功，但很多人被燃烧的臭油烧伤了，或淹死了。

"难怪，我看郭太守报给朝廷的荡寇名单上，疍人的名字最多。"工叙说。

"但那以后，很多疍人上岸了。"裴怀一边撕纸一边说，"他们慢慢觉得，他们和汉人、番人、土人是一样的。"蛋壳儿真没心机，随口接道："对，也有汉人的女孩嫁给了我们疍人。"

"急什么？"裴怀瞪着蛋壳儿，骂道，"我还没想嫁给你呢。"蛋壳儿连忙辩解道：

"别别别，我说的可不是你。"

三十六娘笑了起来，她知道蛋壳儿说的是实话。那一役，崖州虽然损失极大，但四大族群之间，原先的沟沟壑壑慢慢在减少。这，才是夫君最想看到的。

要把这些告诉躺在灵柩里的赵鼎。

烧到一半时，小碗跑回了灵堂，说她发现了一群孩儿岭花圃的人。

工叙明白了，这伙人前天从白龙洞跑走后，现在跑到黄冈山来凑热闹了。"哦，他们是来找《千里江山图》的。"于是他把那一天在白龙洞发生的事情讲给小碗听。小碗说："好吧，你要小心。这伙人就投宿在半山腰的开山公公庙里。"

工叙说："没事，我们人多，不怕他们。"

三十六娘抬起头说："工叙，你大病初愈，还没补回气血，小心点没错。"

"好的。"工叙答应了。

大家见夜已深，就建议三十六娘早点去休息。三十六娘坚持了一会儿，也确实觉得累，便由裴怀陪着回房睡觉了。这几天小碗很忙，照料三十六娘的事都由裴怀代劳了。

"慢慢烧，烧得快了，赵老丞相也来不及看。"三十六娘走之前交代道。

工叙一边烧着书页，一边在想翁蒙之的事。他想，霍金为什么要把翁蒙之的消息告诉他？霍金真的是想把翁蒙之当筹码，与他做个交易吗？奇怪的是，翁蒙之不是被关在衢州城吗，怎么又移到了崇兰馆？这崇兰馆是师伯江参作《千里江山图》的地方，跟翁蒙之有什么关系呢？还有，章杰太守明天一早到常山来干什么？

章太守早不来晚不来，偏偏这时候来，一定是针对黄冈山的。

工叙猜得对，麻烦果然就来了。吱呀一声，赵汾和青羽禅师推门走了进来，带来了不好的消息。原来白天县衙请他们去，是让他们暂停赵鼎的出殡仪式。因为赵鼎的墓穴过大，不符合谪官的规格，必须马上改过来。在改好之前，不得私自入葬。

县令大人还对赵汾说，这是章太守的命令，他也不好违抗。

赵汾神情沮丧。从儋州昌江起灵，父亲的遗骸就一直随着他们直奔家园而来，终于到了家，却无法入土。

青羽禅师说："赵前辈生前两度为相，这是事实。永年寺按照宰相层级的规制给他修建了墓穴，也是有例可循的，比如……"

"那就等几天嘛。"蛋壳儿说，"改一下墓穴，花不了多少时间。"

"这不是改不改的问题，就是改得再小，他们也会找出别的理由的。"赵汾很无奈，说完就跟着青羽禅师走了。

工叙没再说一句话，他一直在撕着书页，烧着书页。

夜风潜入，乱了火盆里的火心。他感觉手指被火燎了一下，才发现手上的书页已经烧着了。他慌乱中一丢，那纸却飘到了地上。他低头去捡，却发现纸上写着"蛾眉班"三个字。他连忙用脚踩灭火焰，再小心翼翼捡起来细看。

这页纸上面写着"蛾眉班"的条目释义："唐制，两头供奉官，东西对立，谓之蛾眉班……"后面进一步解释说，中书、门下、御史台官员朝见皇帝时，左右分列对立，状如蛾眉，所以叫蛾眉班。

原来，这"蛾眉"二字，与左右有关，却与男女性别无关。

一切清晰起来：在临安，有个天才人物受此启发，创办了蛾眉科，这蛾眉科，也有左右两班人马。除了呼猿局，还有一个跟呼猿局一模一样的隐蔽组织存在。这个组织与呼猿局背靠背，互相不知道，却互相牵制，互相监督。

工叙现在完全可以确定，这个组织，就是孩儿岭花圃。难怪自己南下的一些情况，即使他不向呼猿局汇报，二老板也能知道，原来二老板是通过孩儿岭花圃这一条线掌握情况的。

他不由得想起了临安云珍驿的店簿。盗用三十六娘名字登记住宿的那一页，明明是被孩儿岭花圃的人撕走的，结果，却被黄狗送到了呼猿局。

还有，《千里江山图》被工叙获取，本来只有呼猿局知晓，结果这次来常山追索此图的，竟然是孩儿岭花圃的人。这足以说明，二老板已经换人执行寻图任务了。

有趣的是，无论呼猿局还是孩儿岭花圃，都不知道对方已经来到了常山。

这样，就出现了一个漏洞。

这个漏洞，可以利用。通过这个漏洞，可以撬动很多事。工叙这下什么都明白了，他扔掉手里的书卷，对小碗、蛋壳儿喊道：

"快，你们赶紧跟我走。"

第四十九章　崇兰馆被一把火烧了

翁蒙之确实在崇兰馆。

崇兰馆的主人原为太祖赵匡胤六世孙、左通奉大夫赵叔问。他既为皇亲国戚、天潢贵胄，也是个真正的读书人。南渡后，他听取秀州太守、衢州开化人程俱的建议，把家安在了衢州常山。随后，他被封为常山开国伯。

赵叔问到常山后就创立了崇兰馆。一些衢州籍的官员、名流，如程俱、江袤、江少虞、江参，一些新入籍衢州的士子，如赵鼎、范冲、魏矼，都常常到这里避暑、喝酒、品茶、酬唱、绘画。

不过，赵叔问早在绍兴十二年就去世了，按照他的遗愿在常山入土为安。慢慢地，崇兰馆的各种藏画就散失了。镇馆之宝、江参画的《崇兰馆记》几经转手，最后落到了朝中某大臣的手里。某大臣喜欢字画，世人皆知。

到了这个点，翁蒙之还没睡觉。

赵汾一行到常山了吗？蛋壳儿及时把消息送到了吗？赵鼎的那

些重要书信提前销毁了吗？这些，翁蒙之都不知道。他只知道章杰太守这两天极不高兴，所以一直羁押着他。后来，他被人推进了一辆囚车，他以为自己会被送往临安去接受处分，路上却得知有人保了他。

那人说，只要他肯配合，会很快放他回家。车子停下了，他下车一看，竟然回到了常山。

崇兰馆就建在严谷山的山坳里。严谷山与黄冈山同处县北，中间隔了一条常山江。所以，翁蒙之很高兴，毕竟，这里距离黄冈山近了许多。现在，他巴望着有人来审问他，这样，他就能知道一些黄冈山的消息。

很快，那个保了他的人出现了。那个人就是一直盯他梢的绿衣人。绿衣人和气地说："没错，是我保了你。这几天大家都忙，我也不客套了。有个叫周工叙的人是你的朋友吧？"

翁蒙之说："你怎么知道？"这次，他好好地打量了一番绿衣人。绿衣人说："没你的照顾，他早死了。"

翁蒙之说："连这么细的事也打探到了，你到底是谁？"

绿衣人说："我是谁，不重要，重要的是，我是临安来的。"他从怀里掏出一封信函，扬了扬说，"看到了吗，御史中丞詹大方大人的亲笔信。"

翁蒙之真蒙了，詹大方的这封信，他早在铅山大牢前就见工叙掏过一次，现在怎么到了绿衣人的手上？难道，这绿衣人潜入过工叙的养病之处？

"我从他贴身小褂搜到的。"绿衣人似乎看穿了翁蒙之的内心，说道，"只是，在那房间里，我没能找到一幅画，所以，我还是要麻烦翁县尉帮我找找。"

翁蒙之仔细回忆了一下。他记得工叙到常山找他时，是一直背着行囊的,去铅山的一路上都不肯放下来。工叙曾说,行囊里有一件重宝,临安有人满天下在找它。至于什么,工叙没说,他也没问。

绿衣人见他沉默着,又说:"翁县尉啊,你忤逆了上司是小罪,太守大人度量大,早就不计较了,但你包庇了太师核定的罪官,直接得罪的就是太师,这才是重罪呀。本来,章太守已经写好了奏状,要把你移送到临安去,是我说服了他,想给你一次机会,就看你要不要了。"

翁蒙之说:"我可真没见过什么画轴。"

绿衣人说:"工叙的养病之所是你找的,他随身的物件放在哪里,只有你最清楚了。"

翁蒙之突然想起,有一次去看望工叙时,嫌工叙的行囊碍手碍脚,就把它收起来放进床边的木柜里。因为行囊内有长物,他随手把长物取出来另外放到一边。

"是的,好像是有这么一件东西,长长的。"他点点头。绿衣人突然从身后拿出一样东西,说:"是这件东西吗?"

翁蒙之眼睛一亮,就是这件被麻布套装起来的长物。他说:"既然都在你手上了,你还让我找什么呢?"

绿衣人耐心地取下长物的布套,出现了一个竹筒,他掀开筒盖给翁蒙之看了看,不高兴地说:"看到了吗,里面什么也没有。"

翁蒙之说:"这里面装着怎样的宝物,能让你这么费心?"

"你明知故问。"绿衣人说,"这《千里江山图》,只有朝中大臣才配拥有。"

翁蒙之现在才知道,工叙视为生命的东西,原来是这个。他说:"你知道吗,我们现在所在之处,就是当年江参画下《千里江山图》的地方。在这地方,我不想亵渎此图。"

绿衣人说:"那好,你慢慢想,不急。再等会儿,你的朋友就会来救你了。"

翁蒙之吃了一惊:"是谁?"

绿衣人说:"嘿嘿,以我对他的了解,你救了他的命,他不会不来救你的。"

霍金回了自己的房间,和衣躺到床上,睡不着。

凭他多年的经验,他刚才在翁蒙之的脸上没有发现异常,看来《千里江山图》确实不是翁蒙之拿走的。也许工叙身上背着的,一直就是个空竹筒。

那么,《千里江山图》到底在谁手里呢?

最大的可能,就是蛾眉科的人干的。近来,他隐隐约约感觉到,蛾眉科在干着跟呼猿局差不多的事。他还发现,呼猿局的很多行动,都是因为蛾眉科而受挫。所以他怀疑,工叙是蛾眉科派到呼猿局来卧底的。

工叙明知道竹筒里空无一物,还故意背在身上一路招摇,就是想把自己引到常山来决战。霍金想,幸亏自己早就想到这一步,设计把他们引到崇兰馆来。因为这样一来,他们得横渡常山江,那么,就呵呵了。

霍金干脆不睡了,他起身走到窗前往西瞭望,黄冈山最高的如来峰,在黑暗中更像一尊巨佛。他似乎就看到一伙人,已经出发赶来了。

好吧,来得越早越好,最好在章杰太守到达崇兰馆之前,决出结果。不是鱼死,就是网破。但愿老天保佑,能捉住工叙,然后顺藤摸瓜,破了万恶的蛾眉科。

过了一会儿,睡意袭来,霍金吹灭灯盏躺回了床上,可是还没等他合眼,房间里的灯重新亮了起来。他转头一看,竟然是章杰。

他立即从床上跳了下来，说："太守大人，您怎么提前到了？"

"我是来问你一个问题的。"章杰说，"你真的是御史中丞詹大方派来的吗？"

霍金回道："是啊，我有詹大人的亲笔信。"

章杰说："对的，你有。可上次我没看清楚，你是不是再给我看一眼？"

霍金有些犹豫，摸了半天也没摸出个屁来。章杰拉下脸来说："如果这样，我的州府兵勇就不会帮你那个忙了。"

章杰嘴里说的那个忙，指的是帮他捉拿周工叙，追索蛾眉科。他不知道工叙那边到底有多少人会来，所以他还是少不了州府兵勇的帮忙。他有些无奈，只好从贴身的衣袋里掏出密信递给了章杰。章杰展开密信，仔仔细细看了一遍，笑着说："你果然是詹大人的人。看样子，詹大人对《千里江山图》很感兴趣。"

霍金说："是的，所以我要拿回这幅图。"

章杰做出一副要把密信还给霍金的样子，霍金连忙伸出手，不料章杰突然收回密信，冷冷地说："急什么？你高兴得太早了。说吧，这封信的日期，为什么是几年前的？还有，信里提到的呼猿局又是怎么回事？"

霍金想说，又不敢说。谁暴露了谁死，作为呼猿局的新掌柜，他不能不遵守局规。

章杰已经猜到了什么，冷冷地说："好吧，你不肯说，我就更怀疑了。这御史中丞詹大方明明掌握着公器，却在皇城司之外私设机构监视百官，包括监视本官，这比什么罪名都大。"

霍金脸上的汗滴迅速成流。如果圣上知道有人私设呼猿局秘密监视百官，那么呼猿局所有人的脑袋，一定会统统落地。

章杰把密信折起来放进袖袋，接着说："你猜，我现在想干吗？

不用猜了，我直接告诉你答案。我现在要马上去临安拜见太师，把这封信交给他，太师一定会奖赏我的。虽然詹大人是我的朋友，但在这种大是大非的问题上，我也顾不上他了。"

章杰说完，转过身想走，可他没机会走了。霍金已经暴起，用手锁住了他的喉咙。事到临头，此人不得不杀。章杰拼命挣扎着，挤出一句话："你，你敢谋害朝廷命官？"

"不好意思，我就实话告诉你吧，我们呼猿局就是干这个的。"霍金腾出另一只手，从怀里掏出一张油纸，覆盖到章杰的口鼻上，"不好意思，斑蝥粉用完了，委屈你用这种油纸了。"

就在这时，门口传来猛烈的踢门声，把霍金惊醒了。他睁开眼睛一看，才知道刚才做了一个梦。这屋子里，根本就没有章杰太守。

原来，就在霍金睡着的这一会儿，从黄冈山赶来的人已经到了崇兰馆。霍金下了床，迅速背上行囊跳出窗去。

外面的院子里，两伙人已经厮打起来，陆陆续续有人倒下。

这群闯入者，其实是孩儿岭花圃的人。

一个时辰前，他们还在黄冈山的开山公公庙里休息，周工叙就跑进来说，那个抢走詹大方亲笔信的人找到了，就是此人在临安嘉会门外杀害了蓝三禾。

嗯，此人该杀，蓝三禾的仇，该报。更要紧的是，蛾眉科的人该铲除。孩儿岭花圃的人一听，便立即起了身，跟着工叙跑了出来。

工叙跟他们交代说："记住，蛾眉科的这个人，名叫霍金，穿着绿色的衣服，好辨认。抓住了他，就能找到詹大方的亲笔信，还有《千里江山图》。"

他们说："快带路，我们不认识那地方。"

工叙说："好，我还找来了向导。没有向导，黑咕隆咚的，我们这些外地人不可能摸到崇兰馆。"工叙的身后，果然站着一个本地人。一群人也没多说，连忙点着火炬往山下跑去。

渡常山江的时候，发生了意外，有人落水了。孩儿岭花圃的人早一步上了岸，他们也没等落水的人获救，催着向导继续带路，往崇兰馆赶去。到了崇兰馆，院子里却灯火通明的，似乎有个陷阱在等着他们。

他们想跑，但已来不及，崇兰馆内突然冲出很多人，一看就是有准备的。孩儿岭花圃的人只能硬着头皮应战。

当然，也不必跟所有人对杀，找到霍金就行。孩儿岭花圃的头儿眼尖，看到某个窗洞里跳出了一个人，这人身上，就披着绿色的衣服。他冷不防地叫了一声霍金的名字，霍金下意识应了一声。头儿知道自己找对人了，对霍金说：

"我们奉命来取詹大人的亲笔信，还有《千里江山图》。"

霍金叹道："果然，这东西被很多人惦记着。"

孩儿岭花圃的人全围上来，想集中人力生擒霍金。呼猿局的人也不是吃素的，立即跟过来挡住了他们。霍金隔着人墙问道："你们是奉谁的命？"

孩儿岭花圃的头儿说："这个不能告诉你。泄露了秘密，我们会被处死的。"

霍金一怔，又问道："一定是工叙。他怎么缩了头不敢现身了？"

头儿说："他来不了了，估计已经成了水鬼了。"

啊？霍金先是惊讶，接着长叹道："该死的不死，不该死的却死了。"孩儿岭花圃的头儿回答道："我和你，不知道谁才是该死的呢？"

援兵终于来了。

不知道这些援兵是来救助对峙中的哪一方。这些人还没进入院子，就从外边爬上了围墙，向院子里射出了一排乱箭。无论是呼猿局的人，还是孩儿岭花圃的人，都纷纷中箭倒地。

霍金感到一阵剧痛，低头一看，有一支箭射进了自己的腹部，鲜红的血很快从衣物里钻了出来，流往地面。

过了一会儿，有人嘻嘻笑着，走进了院门。

来人拍了拍手，大声说："本官宣布，凡是前来劫持罪官翁蒙之的，无论是谁，格杀勿论。"

霍金用手捂着伤口，抬起头对来人说："章太守，您杀错人了，我是自己人。"

章杰蹲下身来，拍了拍霍金的脸，温柔地说："兄弟，我没有弄错。我来的路上，在渡船上遇到了袭击，死了两三个弟兄。幸亏我们州府兵勇捉住了一个，他临死前交代是你干的。"

霍金忍着痛说："他认错人了，我们针对的不是您。"

章杰说："他认错人不要紧，你针对谁我也不管，可我的两三个兵勇丢了命。你说，这笔账，我能不算在你头上吗？"

还没等霍金开口说话，章杰又说："看你这伤势，也活不了多久了，我就不说假话了。你也不能总是把我当傻瓜。你第一次来见我时，出示的那份詹大人的亲笔信，我只瞄了一眼就知道那是好几年前的东西，真假莫辨。"

章杰停了一下，伸出手在霍金身上搜寻了一番，搜出了那封密信。密信上沾满了鲜血。立即就有个兵勇把一支火炬伸了过来，让他能看个明白。章太守这回终于能仔细看了，他看到了呼猿局的名号，说道：

"詹大人身为御史中丞，却在皇城司之外私设呼猿局监视百官，包括监视本官，这才是死罪。我要把这封信交给太师，让太师提防这小人，你说，太师会不会奖赏我呀？"

哎呀，霍金简直不相信自己的耳朵，章杰现在说的，跟刚才梦里那章杰说的那些话，几乎是一样的。到底刚才那个是梦，还是现在这个是梦呢？

也许现实与梦境，本来就是相通的。

霍金看见章杰把这封血淋淋的密信小心地折了起来，然后放进了自己的袖袋。

天哪，连这动作也跟梦境里的一模一样。现在，霍金觉得自己在半梦半醒之间。恍惚中，他看见了一个无比熟悉的人走进了院子。

那是周工叙，他曾经的同事，当下的死敌。

显然，工叙已经听到了章杰刚才说的话，他对章杰说："章大人，真没想到蛾眉科的班底，竟被您引诱到这小小的崇兰馆，然后一举铲除了。果决，有计谋，建了盖世奇功啊。太师，甚至是圣上，一定会提拔您的。"

"哦，他们是蛾眉科的？"章杰问道，"那所谓的蛾眉，怎么都是男人？还有，他们同为一科，怎么互相之间就打起来了呢？"

工叙说："因为蛾眉科就是两个组织，一个是呼猿局，一个是孩儿岭花圃，但是他们彼此不知道对方，所以为了争夺一样东西，往往会火并。你看，现在他们都倒在这院子里。"

章杰说："我明白了，呼猿局、孩儿岭花圃就像人脸上的两条眉毛，各列一侧，却彼此背靠背、不知晓。原来蛾眉科竟然是这个意思。这御史中丞詹大方，真的费尽了心思。"

工叙说："其实,您也错怪了詹大方,这蛾眉科的主人,可不是他。"

"那么，这蛾眉科的主人到底是谁呢？"章杰问道。

霍金虽然身负重伤，但竟然忘了疼痛。工叙刚才说的那些话，像大花炮一样惊到了他。说实话，他比章杰更关心这事。这些年，他和前任的应掌柜一样，都想知道二老板是谁，可总是不得而知。那么，工叙怎么就知道了二老板的名字呢？

他听见工叙对章杰这么说：

"蛾眉科的主人，是个叫喜儿的人。"

喜儿？霍金记起来了，在二老板与呼猿局之间传递指令的黄狗，有两条，其中一条只能用喜儿为口令才能呼出。他以前隐隐约约听说，这个口令就是二老板的绰号。

章杰摇摇头，他没听说过喜儿这个人。工叙指着自己手腕上的疤痕说："看，我被喜儿咬了一口，中了犬毒，差点死掉。"

"你说的喜儿，到底是人，还是一条狗？"

"都是。"

章杰慢慢变了脸，冷冷地说："我越来越听不懂你的话了。算了，我也不想知道喜儿是谁了。你还是先告诉我：你到底是谁？"

霍金终于逮到了一个机会，挣扎着说："章太守，别放过他，这人叫周工叙，他才是跟赵鼎一伙的。"

章杰看看霍金，又看看工叙，过了一会儿才说："那么，你是来自投罗网的？"

兵勇们立即把工叙围了起来，气氛更紧张了。可工叙竟然一点都不怕，他笑着说："我不是来自投罗网的，我是来救翁县尉的。"

章杰骂道："好狂妄，你凭什么能从这天罗地网中抢走一个人？"

工叙说："因为我有一个秘密、一个忠告。如果我不说出来，章太守就会有很大很大的麻烦。"

章杰心里有些慌了，他现在怀疑面前的这个人口气这么大，应该是皇城司的人。圣上一反常态同意了赵鼎归葬，这皇城司的人也一定会跟进的。"你倒是说说看，"他犹豫了一下，试探着说了一句，"如果说动了我，我就让你带走翁蒙之。"

工叙说:"好吧,我先说秘密吧。其实,这个秘密是,蛾眉科的主人叫喜儿。"

"这个,你刚才说过了。你最好别把我当傻瓜。"章杰顿了一下,指着倒在地上抽搐的霍金说,"你看这个人耍了我,就是这个下场。"

"章太守,听我讲完嘛。"工叙说,"这喜儿,有时候是一条黄狗的名字,有时候就是蛾眉科主人的名字。这个喜儿,连御史中丞詹大方都听他的。他就在圣上的边上,朝中百官都怕他。"

"啊,啊,啊……"章杰已经猜到某人的名字,"这崇兰馆的藏画,都是他收走的。"

工叙说:"是的,喜儿最想要的《千里江山图》,现在就在霍掌柜的身上。"他说完,蹲在霍金的身边,把霍金身上的包裹摘下来,然后对他说:"霍掌柜,谢谢你把这幅图带回崇兰馆。当年,我师伯江参就是在崇兰馆画了这幅图。"

"可这竹筒里,什么也没有呀。"霍金说。工叙一听,连忙打开竹筒,竹筒里除了空气,还是空气。

"你把《千里江山图》藏哪去了?"工叙有些气急败坏。

霍金用尽力气大笑道:"这么聪明的人竟然也会被人耍了,我都要被你笑死了。哈哈,工叙,小心你的身边人吧。"他笑完,头一歪,果然笑死了。

工叙的脸色一下子就变了,他意识到了什么,不由自主腾地站了起来。他的耳边一次次响起霍金临死前的最后一句话:

"哈哈,工叙,小心你的身边人吧。"

章杰好久好久说不出话来。

他上任前到望仙桥叩谢太师,亲耳听到太师把自己的儿子叫作喜儿。这么看来,工叙嘴里说的喜儿就是太师的儿子秦熺。

多年来，在太师的刻意培养下，秦熺目前的权势已经高于一般的朝中大臣了。他听说，太师还向圣上要求过，准备在自己百年之后，让秦熺接替自己的相位。

没错，私设蛾眉科，绝对不是御史中丞詹大方能够做到的。詹大方再能干，也不能不听秦熺的。现在倒好，自己竟然把秦熺私设的组织一锅端了，这不是找死吗？天渐渐亮了，他脸上的冷汗在晨色里，像一颗颗露珠那么绚丽。

章杰看见工叙比自己更无精打采，好像刚受到了致命的一击，便说："年轻人，你很痛苦？"

工叙说："是的，心痛。"

章杰说："你还有一个忠告忘记说了。"

工叙回过神来，回答说："哦，太师这阵子按兵不动，章太守就别给他添乱了。否则，您就是帮了倒忙。至于这些蛾眉科的人，您不说我也不说，加上翁县尉不说，就没人知道是您下令射杀的。"

这一提醒，章太守记起来了，屋里还关着一个人。他连忙吩咐属下把翁蒙之放了。

那翁蒙之揉着双眼出来了，嘟嘟囔囔道："这崇兰馆真是个好地方，我好久没有睡得这么香了。"

"能睡着是好事。"章杰说，"不知道有多少人一夜无眠啊。"

他看着翁蒙之跟着工叙离开了，仍然不知道下一步该怎么走。昨天他通过常山县衙，阻止了赵鼎的出殡仪礼。今天他带着人马来这严谷山，就是想和黄冈山唱对台戏的。可现在，这台戏还要唱下去吗？

他挥挥手，把呼猿局和孩儿岭花圃的死者都集中到崇兰馆内，然后点起一把火烧了房子。说这是焚尸灭迹，说这是为死者超度，两种说法都可以。

章杰带着人要离开的时候，看到一辆马车驶过来。车停了，下车的人是吉州太守江少虞。章杰马上就低下了头，他知道江少虞是来找他对质的。

　　原来，江少虞接到让他去临安述职的急件后，马上就上了船，准备顺着常山江、衢江、兰江、富春江直奔临安。可是船到龙游县时，他又一次把这份急件拿出来看了，结果发现，这张纸上有衢州官府的暗记。江少虞向来喜欢研究纸张，知道衢州各县尤其是常山球川生产的官府用纸，都有暗印。

　　一份临安来的急件，怎么可能有衢州官府的暗印？江少虞马上明白了，这是章杰搞的鬼。他连忙掉转船头，一路找来，这一刻才赶到严谷山。

　　这崇兰馆，江少虞一点儿也不陌生，赵叔问伯爵创立崇兰馆后，他就常来。他与江参虽然都是本地人氏，但只在崇兰馆见过几次。江参在崇兰馆画《千里江山图》时，他虽然不在场，但他也知道这幅长卷。

　　他刚赶到崇兰馆，就看到了一片火海，心里很是失落。烧了就烧了吧，反正里面的名画都散失了。他从怀里取出那份急件，对章杰说："章太守用这份急件骗我离开，是怕赵鼎的葬礼太过风光吗？"

　　章杰说："换一个角度，您没觉得我这是在保护您吗？当年，我祖父在位的时候，您和我祖父有交情，我把您看成亲人。所以我怕您留下来，会影响您的前程。"

　　江少虞说："谢谢章太守的好意。我这把年纪了，没什么前程不前程的。我的前程，就是继续把我的所见所闻记录下来，就像当年记录您祖父的事。哦，既然提到了您祖父，那我就多说一句。恕我直言，赵鼎当年的那份试卷我看过，他列举的您祖父的那些过错，我认为也是事实。"

章杰明白江少虞话中的意思。他其实也听人说过,王安石变法,对反对者也以礼相待、惺惺相惜,而自己祖父章惇却以变法之名,常置人于死地。当年,祖父与苏东坡是最亲密的朋友,但祖父却让苏东坡一次次被贬,最后放逐到惠州、儋州。

　　本来,章杰也喜欢苏东坡的诗,就因为这,他都不敢看了,内心有些羞愧。

　　江少虞继续说:"章老丞相和赵老丞相,都已经故去,他们的恩怨也应该散尽了,无须再延续。有些事,不能做过头了。"

　　章杰听进去了这话,他对江少虞说:"江大人,您当过建州、饶州、吉州的太守,现又著书立说,能不能给我这个新手指点一下迷津呀?"

　　江少虞说:"我刚才说过了。"

　　章杰低声说:"是的,您刚才说过了。您说,有些事不能做过头了。"

第五十章　渣濑湾

　　工叙焦虑地回到黄冈山,一直没等到小碗,心里更是不安了。

　　他坐在无名树下,仔细回忆着昨晚的情形。昨晚大家边撕边烧《事实类苑》的时候,她就出去好几次了,好像很忙。那时候已是深夜,她为什么要在山上跑来跑去呢?她去那些地方干吗?

　　对了,孩儿岭花圃的人是被她发现的。从这个时间点开始,小碗才一直跟着他。他们和蛋壳儿一起,赶到开山公公庙去游说孩儿岭花圃的人。一大群人下山赶去崇兰馆,小碗也在场。要说小碗有异常,那是从渡口开始的。

　　在渡口,小碗突然伸手拦住了大家。她望着黑黑的江面说,似乎有埋伏,她说她听到渡船里有刀剑出鞘的声音。可大家屏住呼吸听，只听到了湍急的水流声。

小碗还说，下游两里路有一座简陋的浮桥，可以从那儿渡江。当时，工叙就问，你怎么知道下游有座浮桥呢？小碗解释说，日前一行人扶灵上黄冈山时就经过这条路，她无意间看到那座桥。工叙想起来了，当时上山前，一行人确实在那个地方短暂停留过。小碗的眼力，确实了得。

向导也在一旁证实，那儿是有座桥，不过是临时搭建的，不太牢固。但是事已至此，大家也没好办法，只好听小碗的。

往下走了没多久，果然就有那么一座桥，在江涛里摇摇晃晃。向导带着大家摸黑过了浮桥。不知怎么的，小碗执意要走在最后。意外就是这个时候发生的，那浮桥突然断了，殿后的小碗遭了殃。

黑暗中，谁也没看到小碗是怎样落水的，只听到了一声惨叫。

工叙傻了，对着黑黑的江面大喊着小碗的名字，汹涌的涛声就是不理他。

孩儿岭花圃的人急着要拿到《千里江山图》，不做任何停留继续赶路。工叙几次要跳下水去救人，都被蛋壳儿死死拉住。从小泡在海水里的蛋壳儿知道，像工叙这样大病初愈的人，这么乌漆墨黑地跳下去，无疑是自杀。

蛋壳儿阻止了工叙下河，他自己跳下了水。下水之前，他让工叙别管这里的事了，赶紧去救翁县尉，别落得个两头都捞不到。

"你真的想《千里江山图》落到他们手里吗？"

工叙无言以对。是啊，自己鼓动孩儿岭花圃的人去崇兰馆，就是想让他们去攻击呼猿局的人，然后由他来收拾残局，趁乱夺回《千里江山图》。是小碗重要，还是《千里江山图》重要呢？好像都重要。但是，总要做个取舍。

他在岸上彷徨了好一会儿，才无比纠结地赶往崇兰馆。

后来,他从崇兰馆救出翁蒙之,回黄冈山不久,蛋壳儿也回来了。蛋壳儿在水里搜寻了半天后,只找到水面上漂着的一件物事。这东西,蛋壳儿在崖州见过一次,小碗就是躲在这里面升出海面的。

工叙看到了猪尿脬,心里才稍微得到一些安慰。这说明,小碗没死,她会再一次利用这只猪尿脬顺利逃生的。

不过,让工叙这么焦虑不安的,还不仅仅是这件事,而是霍金临死前说的那句话。已经好几个时辰过去了,霍金的话还在他耳边响起:

"哈哈,工叙,小心你的身边人吧。"

必须承认,霍金是呼猿局的佼佼者,他临死之前的话是有道理的。就在那个时候,工叙才知道自己一路背着的竹筒是空的。霍金一语道破了天机,那个最有机会在工叙眼皮底下偷走《千里江山图》的人,就在工叙身边。

被霍金嘲讽的工叙,感受到了深深的挫败感。闯过了一关又一关,就要笑到最后了,他才发现被人摆了一道。临死前的霍金,倒像是最后的胜利者。

偷走《千里江山图》的人,真的是小碗吗?

三十六娘也感觉到不对劲。

她早上看到工叙一副丧魂落魄的样子,就觉得有些事要发生了,或者已发生了。裴怀悄悄告诉她,昨夜工叙带人下山去救翁县尉,去的时候小碗姐是跟着走的,回来时就不见人影了,说是落了水。蛋壳儿在水里搜寻了一遍,没见到人影。

三十六娘想起小碗在崖州湾的意外失踪与神秘归来。前后两次,都发生在海面上。这次,小碗的失踪又与水有关,这就很蹊跷了。

其实在崖州,三十六娘就开始怀疑小碗了,但她从不说破。近段时间，这个纤弱的女子突然暴露了过人的本领，这让她更警惕。这两天，小碗仍然尽着侍女的本分，但三十六娘已经不把她当侍女了。三十六娘总预感到，这个神秘侍女的谜底就要揭开了。

现在，她看到工叙坐在无名树下，就走了过去。

"是因为小碗吗？"

工叙看到三十六娘走来，起了身。三十六娘说："现在，可以跟我说说了，她到底是谁？"

工叙直言不讳："她是金人派来的奸细。"

"哦，金人的奸细？"三十六娘平静地说，"我以为我会很意外，但我却一点也不意外，她终归不是平常人。她接近我，是为了从我这里得到赵老丞相的一些情况。"

工叙说："不过，她后来反正了，归心了，开始一心一意帮我们。"

三十六娘想起小碗一路以来的尽心扶灵，点点头说："是的，我觉得她是真心在帮我们。那么，你又是怎么知道她是金人的？"

工叙依然直言不讳地说："因为，我也是奸细。只不过，我不是金人的奸细。"

三十六娘有些意外，但她的语气波澜不惊的："那你是皇城司的，还是御史台的？"

工叙摇摇头说："我不是官家的，我是秦熺的私人谍探。"

三十六娘说："哦，秦熺，太师的儿子。我仍然不意外。我一直就明白，把赵老丞相一路逼到绝境的，就是太师。"

工叙说："但我现在不是秦熺的谍探了，我是赵老丞相的人。"

三十六娘拍了拍工叙的肩膀说："这个不用说了，你做了那么多事，足以证明。我只是不明白，为什么各路谍探都盯着一个死去的人？"

工叙说："赵老丞相，没死。"

三十六娘是何等聪明的女人，立即明白了，她沉默了一会儿才说："我现在理解了魏矼的意思。这场葬礼，要办得喜气洋洋才对得起大家。山上那么多人，都是冲着这件事来的。"

"嗯，上山的香客越来越多了。"说这话的，是青羽禅师。他告诉三十六娘，常山县令刚派人来说，赵鼎的出殡仪礼可以照常进行了，县府会睁一只眼闭一只眼的，不再过问。

三十六娘悬着的心一下子落了下来，她得忙去了。工叙也开始高兴起来，毕竟，一夜的辛苦没有白费，这章太守在最后关头，还算是做对了一件事。

三十六娘走得很远了，又折回来说：

"工叙，别这么傻坐着，快去找小碗。看到她就说，不管她是怎样的人，我三十六娘都想在明天的葬礼上看到她。因为，她是……我的女儿。"

"赵夫人，我会找到她的。"

回答三十六娘的，不是工叙，而是刚恢复自由身的翁蒙之。

翁蒙之更忙。他被章太守羁押了两天，一回到山上就加倍忙碌地做起事来。现在，他要找到小碗，让她能准时参加明天的葬礼。

他事先问过蛋壳儿发现猪尿脬的方位，蛋壳儿想了半天也想不出来。

蛋壳儿慢慢回忆，那时候天开始蒙蒙亮了，他凭着一点点微光看到那只浮物。他觉得有些眼熟，后来一想，这就是小碗用过的东西，就把它带了回来。不过，这浮物被发现时，并不是在水面，而是在江左的一条小路上。这就说明，小碗就是从那儿上岸的。

他对翁蒙之说："不知道那是什么地方，但我想起来了，那条小路是用花瓷片铺路的。"

嗯，那是渣濑湾。翁蒙之一听就明白了。

渣濑湾在县城的东边。此地，酒肆、商铺、作坊、庙宇、勾栏、工棚，什么都有，跟城里差不多。当然，人员也十分复杂，经常有逃犯出没。多年来，饶州浮梁县的景德镇瓷器常走陆路到常山，再改走水路直抵临安，有时候会在渣濑湾中转，所以这一带的瓷器也多，一些路面都是用碎瓷片铺就的。

如果说，地处幽远的草萍驿是个陆驿，那么设在渣濑湾的长庚驿就是个水驿，因为临近县城，要监视零星出没的贼人，兼带着维护治安。

翁蒙之一刻也不耽搁，立即派人跟着工叙、蛋壳儿赶往渣濑湾。

他们一到渣濑湾，就在长庚驿查看了一天内外客投宿情况，没发现异常，倒是有个驿卒说起了昨晚鬼市的有趣之处。

常山也有鬼市？蛋壳儿有些奇怪，他以为天下只有崖州才有鬼市。其实，渣濑湾的鬼市主要是交易名人字画、小巧石、私盐、矿银，有时候也会交易一些芒硝。这是做花炮火药的东西，尤其不容私人买卖。所以，驿卒们会时不时突击检查一下鬼市。

驿卒说，昨晚江上来了一艘奇怪的船，船不大，却很高。结果，有人牵着一匹马从船上下来了。这匹马毛色极白，在夜里有些刺眼。后来，就不知去向了。

工叙可一点儿也没觉得有趣，但他还是想去码头看看。他离开驿站就往江边的十里长滩走去，找了一圈，也没找到驿卒说的那艘怪异的船。正要走，有人叫了他一声，回头一看并不认识。那人年纪有些大了，但身体挺结实的，他提醒工叙道："客官你忘了，你坐过我的船。"

工叙想起来了，去年他去崖州，从临安到衢州这段水路坐的就是这位老艄公的客船。老艄公告诉工叙,他这次是被客人雇了,所以驾船经过钱塘江、富春江、兰江、衢江,昨晚才摸黑赶到了常山江。

"那您得回临安了。"

"不,我明天要去黄冈山送送赵鼎,等他入土了再回临安。乡亲嘛,总得要送送。"

"乡亲?您也是常山人?"

"不不不,"老艄公连忙说,"我记得上次跟你说过的,我是解州闻喜县的,是赵老丞相的老家人。"

对呀,闻喜,赵鼎真正的故里,他就出生在那里。"可是赵老丞相乞旨归葬的是常山,不是闻喜。"工叙有意问道,"身为闻喜人,您怎么看?"

"一样的呀,常山也是他的故里。何况闻喜被外人占着,回不去了。"老艄公说。工叙点点头。老人家说得对,无论是闻喜还是常山,都是赵鼎的故里,一个生他,一个埋他。

老艄公又说道:"老实跟你说吧,不是因为可以顺道来常山看看这位老乡,我才不接这趟奇奇怪怪的活儿呢。"

工叙顺口问道:"什么活儿这么奇怪?"

"是要把一匹马运到常山来。"老艄公解释说,他遇到一个奇怪的客官,本来可以骑着马来常山,却偏偏选择了水路。那马儿高大,装不进小船,可又不能用大船,因为大船吃水深,在常山江行驶容易搁浅。艄公只好把一艘不大不小的船升高了舱盖,好装下那匹马。

"敞篷就行了,为什么一定要升高舱盖呢?"

"那客官不愿意这匹马被人看见。"

"那是一匹白马吧?我听长庚驿的人提过这匹马。这匹马牵到鬼市上,不知道被哪个买家收了?"

老艄公说:"我知道,那买家是个女的。那女的全身湿透了,好像从水里爬出来似的。"

工叙心里一阵狂跳。按照那个时间点计算,这个女的可能是刚从常山江里爬上岸的小碗。他连忙抓住老艄公的手,急呼呼地说:"这个女人在哪?我正在找她,她是我老婆,昨天吵了一架就跑出来了。求求您,赶紧带我去找她。"

"年轻人,我不知道她在哪。她和那个男的卖家说的话,我一个字也没听懂。这样吧,我看看能不能帮你找到那个男的。那个男的在船上跟我一路闲聊,好像说过许多事,容我回忆回忆。"

工叙背着手,焦急地走来走去。突然,他觉得脸上被谁洒了一滴水,又洒了一滴水,抬头一看,这天开始下雨了。一会儿,那雨就大了起来,满街的人开始找地方躲雨。老艄公一看不对,马上拉着他跑到了一家店铺的屋檐下。

等站稳,再看这家店铺,原来是卖布的,红的绿的蓝的,店里挂满了各色的花布。老艄公兴奋地大叫起来:

"我想起来了,那客官跟我打听过渣濑湾的染坊。"

常山地界多产乌桕、乌饭子、五倍子、油茶、苊草,其果实、果壳、果仁,或者叶与茎,都可以提炼染膏,所以常山江边到处是染坊。仅在渣濑湾,二十口染缸以上的染坊就有五家。染坊里染出的各色丝帛、花布、棉纱,大多通过水路运往临安。

所以,船家们都知道渣濑湾不但有染坊,而且还很多,基本集中在孝感泉周边。

驿卒们很快就冒雨赶到了古渠,各派了一个兵勇换上便装去了五家染坊,让工叙在孝感泉边的凉亭里等消息。"别打草惊蛇,你们只要看到一匹白色的马就赶紧回来。"工叙事先交代了一句。

外面下着雨,工叙在小小的亭子里踱着步,抬头看见亭柱上的一句诗文挺应景的,曰:"时雨不妨惊梦断。"工叙想,今天这场时雨就惊断了自己的梦。他原以为自己和小碗本可以一直这么走下去、走下去,没想到会发生这种事。

到了这一刻,工叙还不肯相信小碗偷走了《千里江山图》。但是,事实是残酷的,小碗确实是刻意脱身的。工叙猜想,小碗假装落了水,目的有二:一是按时赶到渣濑湾的鬼市;二是让她自己消失得合情合理,让别人断了寻人的念想。

是啊,被大水冲走,活不见人,死不见尸,多干脆,多彻底。

工叙只是不明白,小碗是什么时候偷的画。在呼猿局黄狗身上取到此图后,工叙一直图不离身。唯一放下此画的一次,就是他在哥哥工昺坟前祭奠时。

啊,工叙叫了起来,把自己也吓了一跳。事情越来越清晰了,在哥哥坟前烧纸的那一刻,他是把《千里江山图》放在地上的,并由小碗看管。也就是那个时候,小碗摸黑取走了这幅画,留下空竹筒。

吴山一别后,他和小碗分开行事,一个去救赵汾,一个回崖州迎接赵鼎遗骨。可问题是,这次在常山重逢,他无意中看过小碗的行囊,里面不像是藏着长物啊。看样子,这《千里江山图》早就被小碗转移到别处了。

更大的问题是,小碗现在已经不是金人奸细了,她还帮大宋破了金人潜伏在江西马纲里的奸细组织。那她真正效忠的,又是谁?

工叙还没想出一个结果,派出去的驿卒就陆续回到凉亭,只有一个驿卒发现了一匹马。那匹马,就在专染黑布的那家染坊。工叙正想让驿卒带他去,可驿卒说,他发现的不是白马,而是黑色的。

工叙心里刚升起的火焰马上被浇灭了。他让驿卒先回去,自己仍然留在亭子里,无精打采地坐着。反正没事,他又把亭柱上的诗看了一遍,这才发现,这首题为《次韵元镇相思》的诗是赵鼎的好友范冲写的。题中提到的元镇,正是赵鼎。诗曰:"时雨不妨惊梦断,秋风又喜着新凉。期公剩费七百斛,且乐人间意味长。"

工叙想了一下,赵鼎诗文集里并没有收录这首诗,所以趁现在没事,不妨把这首诗抄回给永年寺。于是他从行囊里掏笔墨,可是一个不小心,就把墨汁倒在衣服上,把整个衣摆都染黑了。他脱下外衣走到亭外,用屋檐下的雨水冲洗着。这衣摆上的新鲜墨汁遇到水,很快就被冲掉了。

突然,工叙想到了什么,不管不顾地跑出凉亭,冒着雨冲向一家染坊。

这家染坊很好找,老远就能看到高高挂起的黑布。因为外面有雨,黑布都晾在巨大的茅棚里。风从棚外吹过来,调戏着黑色的布幔。

要小心,这些晃动的布幔下,是一口口巨大的染缸,黑黑的,蓄意染黑全世界。

再往里,是制作染膏的地方,有一群驴子在拉磨,磨盘里全是被碾碎的果壳。赵鼎明日葬礼需要白布,染坊里的人都拿着未经浸染的白布上黄冈山了。因为没人看管,今天的驴子也有些三心二意。

驴子们都在盯着一处围着重重布幔的地方。驴子们知道,有一匹马刚被四面的黑布围起来了。布幔还没拉上的时候,它们就看过这匹马。它们可看不起这匹马,看那样子,它绝对不是一个能拉磨的料。

其实这匹马也看到了这群驴子,它脑子里想的与驴子们不一样。它想,为什么要在它的四周拉上黑布?黑布围起来的不就是黑屋子吗?最让它不适的是染膏的怪味,严严实实的布幔,让这些怪味根本就散发不出去。

这让它头晕。

它再怎么想，也想不到它会到常山来。被人安排来安排去，真不是它想要的命运。它更不明白的是，它犯了人类什么戒条，为什么会有一个个人来骚扰它。哎，现在又来了一个。它看见这个人掀开布幔的一角，快速地钻了进来。这人拎起旁边的水桶，将满桶的水泼向它的脖子。

这匹马低头一看，自己的脚下全是黑黑的水，它完全知道，这些黑水就是从它的马鬃上滴下来的。它看不到自己的马鬃，但它知道，此时它黑色的马鬃，已经慢慢变白了。它要感谢这个人，这个人把它的毛色，从黑色恢复到了本色。

让它意想不到的是，这个人竟然流下了眼泪，猛地一把抱住它的脖子，它毛发上的黑水污染了他的衣服，但是他不在乎。他无比惊喜地喊了一声：

"啊，两个旋。"

第五十一章　染坊里的六种结局

无比惊喜的喊声惊动了别人。

被惊动的人掀开黑色布幔钻了进来。黑屋子里虽然暗，但工叙看清楚了，来的人是他要找的小碗。他扔下水桶要去抱住小碗，小碗却退缩了。这让他很意外。小碗用一种异样的声音说：

"筷子哥哥，别过来。"

工叙说："小碗，你怎么了？"

小碗似乎很痛苦，说道："就这样了，遇到了，相聚了，总会又分开。"

工叙更痛苦了，问道："小碗，为什么？"

小碗说:"不为什么。你也知道了,是我偷走了你最在乎的《千里江山图》。这是犯了大忌。但是,我也是身不由己呀。"

工叙说:"可是,我不想你离开。"

小碗一颤,说道:"谢谢你,谢谢你的在乎。可人在江湖,身不由己,这次我要回家了,我要回去看我的师父了。我的师父,一直在等着这幅图。"

工叙这回更震惊了,大声问道:"小碗,你到底是谁?你以前跟我说,你是金人的谍探,你后来不为他们效力了。难道,你以前说的是假话?"

小碗说:"没有,筷子哥哥,我没有骗过你。我确实是金人的谍探,因为你,我不再为他们效力了。但是,我如果暴露了我真正的身份,那我就得死。"

啊,又一个什么组织?它的规矩跟蛾眉科下属的呼猿洞药局、孩儿岭花圃一模一样?

没等工叙发问,又有人跑了过来,对小碗说:"师妹,你把真相告诉他吧,也好让他死个明白。"这第三个人是个男的,他又转头对工叙说:"我知道你会找我师妹,只是没想到你会来得这么快。"

工叙觉得这个男的有些面熟,可一下子却想不起来。那人也不说什么,扯起地上的一块黑布披在肩上,然后像女人那样扭怩作态走了几步,又朝工叙嫣然一笑。

工叙想起来了,这个人在崖州时,是神出鬼没的臭油寡妇,恢复男身时,大家又叫他臭油郎。前几个月在临安吴山,就是这人在工昺坟前击败了霍金,救了他和小碗一命。

小碗终于鼓起了勇气,突然上前抱住了工叙,哭道:

"筷子哥哥,对不起,其实……其实我是忙豁勒人。"

忙豁勒人?工叙终于想起来了,他在临安时看到忙豁勒使团,才知道北方的北方,有个很大的游牧部落就叫忙豁勒。不久前,金人把他们收为册封国。

他用力地推开了小碗,这女子已经骗他两次了。上一次,她说她是金人谍探,这一次,她又变成了忙豁勒的谍探。

那个男人接着小碗的话头说:"是的,我们都是忙豁勒人。我的忙豁勒名字叫孛儿赤斤。"

工叙又想起了,他在临安大街上看过孛儿赤斤一眼。那时候的孛儿赤斤,身份应该是忙豁勒使团的侍从。小碗竟然是这个忽男忽女的孛儿赤斤的师妹。那么,在崖州的时候,她为什么装作不认识当时还是叫臭油寡妇的孛儿赤斤呢?

在临安吴山哥哥的坟前,孛儿赤斤化装为女身来的那次,他与她好像并无交流的迹象呀。

小碗接着说:"筷子哥哥,这是我们最后一面了。我是忙豁勒派到金国的谍探,但是金人相信我,又把我派到了大宋。"

工叙说:"原来,你帮我们做了那么多事,归根结底是为了你们自己。"

小碗说:"也是为了你。"

工叙说:"好,那你说说,为什么要偷走《千里江山图》?"

孛儿赤斤说:"这个问题,还是我来说吧。我们原来是草原部落,被金人占领后,我们发现金人有很多地方确实比我们好。比如金人各种宫廷庆典是要用各种瑞兽的。但后来,我们才发现,金人是向宋人学的,所以,我们的师父就把我们派到了江南。"

工叙说:"唉,宫廷庆典要瑞兽,要胡姬献舞,你们千里迢迢赶来,真正想学、想要的东西,应该不是这些皮毛吧?"

"人太聪明了,容易招来祸害。"孛儿赤斤嘿嘿嘿笑了起来。

笑声里一半是玄机,剩下的一半,是杀机。

至于笑声里的玄机，只有小碗能懂。

这句话，也是师父说的。师父说这句话的时候，小碗和芎儿赤斤刚被师父挑到兔儿窝。师父其实是个酋长，有一次，他南下了一趟，回来就开始筹办兔儿窝。这兔儿窝，真的就设在野兔子出没的草原上。师父觉得他要培养的人，就是要像野兔那样警觉、灵敏、跑得快。

这兔儿窝就是仿照南方的一些特殊组织设置的，主要的目的，就是派人到大金、大宋、大理、大夏、吐蕃去执行秘密任务。这些人，就叫兔儿。

师父明确对兔儿说，忙豁勒的将来，不但要颠覆金人的统治，还要一统世界。

为了训练这些孩子，师父请了各种高手，教他们各种杀人的本领，乃至各地的语言。当然，他们学的也不完全一样，比如芎儿赤斤的重点在易容术，小碗的重点则是暗器。芎儿赤斤的易容术是出神入化的，以至于小碗到了崖州后，一时也没认出师兄。

训练是魔鬼式的，但是训练之余，师父把这些兔儿视如己出，兔儿们也把师父看成自己的亲爹。小碗这次南下，是时间最久的一次，她一直就很想念师父。正月初十她在临安街头，偶然碰到了忙豁勒使团的马车。马车上忙豁勒人在谈论两件事，一件是宋朝皇帝已经答应赵鼎归葬了，另一件是兔儿窝的师父病重了。小碗一听，当时就泪洒临安街头。但是，因为旁边有工叙，所以她不敢上前与芎儿赤斤相认。

其实，也就是街头那一个照面，马车上的芎儿赤斤也看到了她。但是他不动声色，一路跟踪，终于在临安的吴山上找到了她和工叙。

就在那个吴山之夜，小碗趁着夜色浓重偷了工叙的《千里江山图》，随后暗暗地塞给了芎儿赤斤。芎儿赤斤记得，这幅图是师父要的。师父一直想用这幅图去说服他们的汗王，唤起他们对中原的兴趣，所以才把已潜入金人组织中的小碗又派到三十六娘的身边。

几乎是同时，孛儿赤斤把写着师父最新情况的字条交给了小碗。在以往，师父交给她的一律是任务清单，可这次没有任务，只是说自己病重了，想早点看到他们这些潜入别国的孩子。

当然，他与她在吴山上的互动，工叙根本没有察觉到。

小碗随着赵汾一行从崖州回常山，孛儿赤斤则是从邸报上跟踪她的行程的。他派人提前到了常山黄冈山，跟她约定碰头的时间和地点。终于，他们在渣濑湾的鬼市上如期见面了。

按孛儿赤斤的计划，他得找一家染坊把黎母大蛮染成黑色，等马毛完全干透、上色后就可以启程回忙豁勒。但是小碗不肯，她想推迟一天，等赵鼎出殡仪礼结束之后再出发。孛儿赤斤知道小碗的心思，她在等一个人。看得出，自己的师妹已经陷于情狱了。

他担心夜长梦多，多待一天就多一天的不确定，便提醒师妹，再不回去就看不到师父了。小碗听了，自然又增加了一分纠结。

那么，是今天等马毛上色后就走，还是返回黄冈山参加完葬礼再走呢？暂且不论是不是舍得筷子哥哥，她与三十六娘之间的那份情，她就割舍不掉。

"师妹，你觉得你还能重回黄冈山吗？"孛儿赤斤说，"你不辞而别，还拿走了《千里江山图》，他们不可能再把你当作自己人了。"

小碗的心，被猛击了一下。

但是，现在，她等到了他。工叙喊出第一声时，她不顾师兄的阻拦，直接就跑了过来。

工叙这次出现，是小碗盼望的。她知道工叙会不顾一切地找她。但是，她又不愿意工叙找到她。因为，她担心孛儿赤斤会杀了工叙。孛儿赤斤不允许兔子窝的秘密被外人掌握，这是兔子窝的铁律。

所以，就在小碗听到喊声跑过来的一刹那，孛儿赤斤便从怀里掏出了暗器。小碗知道,孛儿赤斤是动了杀机的。

现在,小碗听见孛儿赤斤发出奇怪的笑声,她明白了,孛儿赤斤要出手杀人了。她的心提了起来。可就在这时候,黎母大蛮张开嘴巴,非常响亮地打了个呵欠。

马也会打呵欠。

所有人都把目光投向了黎母大蛮。那黎母大蛮,前所未有地显出了疲态。

工叙并不懂得小碗的良苦用心,继续问道:"孛儿赤斤,我正要问问你,为什么要把这匹白马染成黑色?"

孛儿赤斤实话实说:"这匹马是你们的皇帝看过的,经过玉津园的事件,京畿一带的人都知道它了。更可怕的是,金人已经瞄上了它,他们如果知道有一匹黎母大蛮还活着,不会善罢甘休的。这种情况下,不把它染成黑色,就太容易被人发现。"

工叙摇摇头说:"染黑了又怎样,我不是照样认出它吗?那种气息、那种气度,很难掩盖掉。"

孛儿赤斤提醒工叙道:"你可不一样。这天下,熟悉它气息的也就你了。"

"还有你。"工叙说,"这么久了,你一直没放弃,终于找到它了。"

"是的。在崖州,我们为了保护这些马,差点把命都搭上了。"孛儿赤斤有些动情,"为了它,我跑遍了临安周边的大山小山。找到后,为了驯服它,又花了我近一个月的时间。"

工叙说:"那么,你要把黎母大蛮送到哪里去?"

小碗赶紧插了一句:"筷子哥哥,该知道的都知道了,你赶紧走,别问这些没用的。"

工叙说:"小碗,你真的想赶我走吗?"

"是的，我想赶你走。"小碗说得很坚决。她知道再拖下去，孛儿赤斤一定会动手。对拼武力，工叙绝对不是孛儿赤斤的对手。她的眼睛，开始盯住孛儿赤斤藏着暗器的那只手。

工叙听小碗这么一说，心里非常难过，低下了头。

没想到的是，孛儿赤斤开口说话了："工叙，既然被你撞见了，我也不瞒你了。我要把它送到我们忙豁勒去。"

小碗有些惊讶，这孛儿赤斤倒是自己先说出了这么大的秘密。

工叙对孛儿赤斤说："去忙豁勒，隔着千山万水。你怎么可能穿过宋人、金人的一道道关卡？"

孛儿赤斤继续说着老实话："到了常山后，基本就算离开京畿了，要在边界找一些漏洞还是很容易的。再怎么北上，我自有办法，就不劳你费心了。交趾贡象那么高大，我们都能弄到忙豁勒去，何况弄一匹马。"

工叙这才想到，去年在江西确实遇到了交趾贡象。原来这些大象既不是送到临安去的，也不是送到金国去的，而是更远。连这样的庞然大物都能通过一道道关卡被弄到忙豁勒，说明忙豁勒人确实有办法。

孛儿赤斤补充道："你们有的，我们也要有。"

工叙突然加重语气说："可是，你不该拿走黎母大蛮。你们那儿有的是良马，有必要这么大费周章搞走黎母大蛮吗？"

工叙问得很犀利。忙豁勒人弄到交趾贡象，也只是用在一些王廷礼仪上，这没什么，无非增加一点气派而已。但盯住了黎母大蛮，这用意就让人生疑了。

工叙这时已经明白过来，他们盗走黎母大蛮的唯一目的，就是要育出更善战的马种。

看来，忙豁勒人是在布一个大局。

孛儿赤斤又一次笑了："工叙，在崖州时我们一起从大海盗手里抢下了黎母大蛮，现在，我们也是一伙的。"

工叙说："为什么？"

孛儿赤斤说："难道，你愿意一直管人家叫伯父吗？"工叙明白孛儿赤斤的所指。无论是宋人还是忙豁勒人，都是比宗主国低一等的难兄难弟。孛儿赤斤说："所以，有朝一日，我们会把他们拉下来。"

工叙说："谢谢你把这么重要的机密告诉我。"

孛儿赤斤说："好吧，趁我心情好，还得告诉你一件事。你记得吗，我在崖州时偷偷炼了一些创伤膏？"工叙点点头。当时孛儿赤斤根据一个据说是鉴真和尚留下来的古方，从海棠臭油里提炼出很多创伤膏，然后藏在假孕的腹部。

孛儿赤斤说："这些东西，正月里我已经托使团带回去了。"

工叙说："靠这东西，也能把金人拉下马吗？"

孛儿赤斤说："有这玩意儿，刀伤好得快。我们一旦跟金人开打，就少不了这种顶尖的伤药。"

最好的战马，最好的伤药。原来这个草原部落，一边明着置办各种瑞兽、花红，一边暗地里准备这些战备物资。忙豁勒人这样处心积虑积蓄着力量，总有一天会把金人拉下马。这样很好呀，宋人也想把金人拉下马呀。可问题是，那时候的忙豁勒人会就此止步吗？

工叙不寒而栗，以后能灭掉大宋的，也许不是不可一世的金人，而是目前看上去愚昧落后、默默无闻的忙豁勒。

他很严肃地说："孛儿赤斤，我不会让你带走黎母大蛮的。"

孛儿赤斤并不意外，他早就猜到工叙会这么说的。小碗知道，最可怕的时候来了。作为一个老牌谍探，孛儿赤斤主动地把兔子窝的秘密暴露给一个外人，这说明他已经把工叙看成一个死人了。

这就像草原上的狼鹰，在故意玩弄一只逃不掉的羊羔。玩够了，就封喉。

可是很奇怪，小碗看见苎儿赤斤那只握着飞刀的手，渐渐松开了。

现在，重重布幔之中，二男一女外加一匹马，各有各的想法：

苎儿赤斤想一刀毙了工叙，这样他就可以带着黎母大蛮与《千里江山图》，和师妹一起赶回忙豁勒。所以，他已经不在乎把一些秘密透露给工叙了。

工叙知道自己躲不过苎儿赤斤致命的一击，他已经没什么想法了，就想弄清楚苎儿赤斤和小碗到底想干什么。

小碗的想法最复杂。

此刻，她终于想到了两全之策，就是一个字，死。如果她抢在苎儿赤斤动手时，用自己的躯体挡住刀子，那么苎儿赤斤还会杀筷子哥哥吗？至少，她不会白死的，因为她死了，就不必在去与留之间再做如此艰难、痛苦的抉择了。

如果把黎母大蛮也看作人，那么它以前的想法是在旷野上飞奔，而目前，它没想法了，就想睡觉。

这二男一女一匹马，接下来的结局有以下五种可能：

第一种可能是，苎儿赤斤刺杀了工叙，工叙倒下，小碗伤心绝望。小碗挥泪掩埋了工叙，然后随苎儿赤斤一起骑着黎母大蛮北上去见病重的师父。

——这种结局，死了工叙。

第二种可能是，苎儿赤斤刺杀工叙，不料被小碗挡了飞刀，小碗倒下，工叙与苎儿赤斤拼命，意外获胜。工叙挥泪掩埋了小碗，牵着黎母大蛮上了黄冈山。

——这种结局，死了小碗。

第三种可能是，小碗在孛儿赤斤出手之前，杀了孛儿赤斤。小碗挥泪掩埋了孛儿赤斤，与工叙一起牵着黎母大蛮上了黄冈山。

——这种结局，死了孛儿赤斤。

第四种可能是，为了不把黎母大蛮留给对方，工叙或者孛儿赤斤或者小碗，无奈地杀了这匹异马。

——这种结局，死了黎母大蛮。

第五种可能是，天灾突至，比如山崩地裂了、山洪暴发了、江河倒流了，这样，染坊不在了，渣濑湾不在了，甚至整个常山都不在了。

——这种结局，死了工叙、小碗、孛儿赤斤、黎母大蛮。

但，这是最不可能发生的一种结局。

蛋壳儿偏偏看到了第六种结局。

他跟工叙来到渣濑湾后，两个人就分头行事了。他在街上转了好几圈，也没找到小碗。雨大起来后，他跑到廊桥躲雨，这地方已经挤着很多人了。其中一个应该是染坊的染工吧，他举着酒壶喝着酒，醉醺醺地说了一个笑话，说他的染坊里来了一个顾客，要染的既不是布匹也不是棉纱，而是一匹马。

"听说了，昨夜鬼市上出现了一匹马，很白。"

"那白马又高又大，我们染坊哪有那么大的染缸放得下它？我是用毛刷蘸着染膏一点点刷上去的，费劲得很。"染工说。

"马也要染色？"有人这么说，"你一喝多就瞎说。"

染工又喝了一口酒，慢悠悠说："我可没瞎说。那匹马一点儿也不听话，不准生人靠近。所以一开始，我根本就无法近它的身，那顾客也急了，说愿意出双倍价钱。我就想到了一个法子。后来，按我的法子，这事果然成了。"

"一个酒鬼，能出什么好主意？"

那染工"嘿嘿"了一阵，才说出了他的绝招。旁边的人听了，果然佩服得很。

那蛋壳儿一听不对，染工嘴里的那匹白马，应该不是一匹普通的马。他连忙问道："这匹马有多高？"

染工说："很高，反正我这辈子没见过那么高的马。"

蛋壳儿心一动，这马有点像黎母大蛮。去年为了从大海盗手里夺下黎母大蛮，他差点被烧死。正因为差点死掉，所以蛋壳儿才把自己的命和黎母大蛮的命连在了一起。

他又问道："这马身上，还有什么特别的吗？"

染工说："嗯，马的屁股上有一个刀疤，很明显。"

蛋壳儿没什么感觉，很不甘心地问："再想想，还有吗？"

染工回忆了一下才说："哦，那马的头上有两个发旋，挨在一起的。"

蛋壳儿不再问了。他掏出两枚铜钿，塞到染工手里，求染工带路。他们一路狂奔，很快就跑到了那家染坊。

掀开黑黑的布幔，蛋壳儿看到了死去的工叙、小碗、孛儿赤斤、黎母大蛮。

其实，谁也没有死。

蛋壳儿迅速地浇灭了地上的药香，然后扯下围成一圈的黑色布幔。

那染工愧疚地说："我把布幔围起来，为的是效果更好些。不好意思了，这药香的剂量弄得太大了，我忘了熄灭就跑去喝酒了，酒瘾犯了。"

黑色布幔被掀开后，现场陡然通透，新鲜的空气从四周扑了过来。

"不过，他们都死不了，就像是好好睡了一觉。"那染工安慰蛋壳儿说，"我老婆是渣濑湾制香铺的。这一款药香，就是给晚上睡不着的人做的。"

染工端来了冷茶水，灌进了这些深深睡眠之人的嘴里。半个时辰后，他，他，她，它，都慢慢苏醒过来了。

黎母大蛮确实神奇，它吸药香是最久最多的，但它最先醒来。睡着的马是站着的，现在它还是站着。它长嘶了一声，声音里不再有痛苦了。

马嘶中，工叙和孛儿赤斤睁开了眼睛，他们对望了一眼，谁都没说话。

蛋壳儿似乎明白了什么，指着黎母大蛮对两位说："为了救黎母大蛮，我也是出过一份力的，差点丢了命。怎么处置这匹马，你们还得问问我。"

刚苏醒的孛儿赤斤，脸上还是发烫的。

蛋壳儿对他说："不管你是谁，我还是叫你臭油郎。击退大海盗后，郭太守想给你记功，因为不知道你的名字，上奏朝廷的时候，就用了臭油郎这个名字。郭太守也知道了，火攻海盗船的臭油，都是你提供的。"

孛儿赤斤终于开口了："但是，臭油那么有火劲，是因为加了药粉。我跑到儋州，才买到了药粉，然后交给了罗大关。可惜，罗大关死了。师妹，你下手早了点。"

最后一句，他是对小碗说的，可是小碗还没醒来。不过，他也理解师妹，那种情况下，师妹是担心罗大关会说出兔儿窝的秘密，迫不得已才杀人灭口。

他接着说："好了，不说罗大关了。就算那天他躲过了师妹的毒针，也躲不过上天的报应。哦，对了，裴太守的伤怎么样？"

后面这半句，他问的是蛋壳儿。蛋壳儿回答说："幸亏及时用了你的创伤膏，裴太守并无大碍。这次儋州昌江的起灵仪式就是他主持的。要不是他公务在身，他也会一路护灵到常山的。"

孛儿赤斤想了半天，从怀里掏出一个方子说："这个方子，你们也知道了，就是大唐的鉴真和尚留下来的。所谓的鉴真遗物，其实就是这个。现在，我把这个方子还给你们吧。"蛋壳儿起身，双手接过了方子。他经过数月的学习，已经识得许多文字。这方子上的字，他也认识一半了。

工叙长长地舒了一口气，说道："好奇怪，我自从中了犬毒，虽然没死，但总觉得没恢复元气，可今天一觉醒来，神清气爽的。"

那染工在旁，咕哝道："那是，我老婆做的药香，肯定是一等一的。渣濑湾的郎中给人接骨拉筋，就事先用这药香催眠。"

工叙说："嘘，别说这个，提防有人又想弄了你这药香的方子回忙豁勒去了。"

孛儿赤斤哈哈哈笑了起来。

正在这时，小碗醒来。她看看孛儿赤斤，又看看工叙，摇摇头，幽幽地说道："唉，我为什么要醒来，一直睡着多好呀。"

为什么？孛儿赤斤想问，可是没问。

工叙明白了，醒来的小碗，又在纠结回忙豁勒还是留下来。他对小碗说："你要回忙豁勒去见师父，我不会拦你。我只是想告诉你，我来的时候，赵夫人让我转告你一句话。"

小碗忽地坐了起来。

"对，赵夫人想跟你说，你是她的女儿。"蛋壳儿心急，抢过了工叙的话头，"赵夫人说，她想在葬礼上看到你。"

雨越来越大了。

孛儿赤斤站在长庚驿前，看着工叙离去。他的背后，是青山，

559

青山最适合做离别的背景。他对工叙说了最后一句话："谢谢你，我这师妹跟你在一起久了，她的杀心少了许多。以前，她可从来不会喜欢上一个人。"

工叙回过身，向孛儿赤斤挥了挥手，只说了一句话：

"哥，你像我哥。"

同时离去的，还有小碗、蛋壳儿，还有翁蒙之的手下，他们急急忙忙赶往黄冈山。

工叙的肩膀上，还是那个竹筒。不过，这次的竹筒不再是空的。《千里江山图》被小碗偷走后，转交给孛儿赤斤，现在，这幅图重归了竹筒。

竹筒充盈。

他觉得转了一圈后，这千里江山越来越沉。

——归山令，山河归来。

清冽的雨水落到黎母大蛮的身上，再顺着马毛往下流，变成了黑色的水。这一路上，黑水越来越淡、越来越淡，慢慢就不再是黑色。

等到了黄冈山时，黎母大蛮又成了一匹白马，雪白雪白。

雪白，那是它原有的丰采。

第五十二章　山上又来了几个神秘客

大雨终于停了。

所有的人都说，这场雨就是为归山的赵鼎洗路的。这雨下了快一天，把路面洗得干干净净。也有人说，开山公公第一次来黄冈山时，就遇到了一场大雨。这是千年来黄冈山遇到的第二场大雨，似乎新山神要归位了。

真的是老天安排好的，雨才走，太阳就及时补了位。

这山上都是人，该来的人都来了。有些人，天刚亮就上了山，有些人其实一直就没下山，等雨一停，就从各自躲雨的地方出来了，大家再不装成什么香客了，都聚到永年寺的门口。

僧人们在各处点起白蜡烛，烛火在风中摇来摇去，如抑扬顿挫却不闻其声的经文。

原来经文也是无声的。

葬礼首先要做的是入棺，但是赵鼎的入棺环节早在去年八月份就在崖州水南村举办过了，且上个月又在儋州昌江举办过易葬起灵仪式，所以三十六娘决定，直接切入出殡环节。

这次起灵前，按照本地的规矩举行了"七拜八跪"。男子祭拜时，吹的是唢呐；女子祭拜时，响起来的是弦乐。考虑到人多，所以"七拜八跪"提前开始了。今天的如来峰下，一会儿唢呐，一会儿胡琴，极为热闹。

按照魏矼定下的基调，今天的出殡仪式是喜庆的。所以，无论是唢呐还是胡琴，吹拉的都是有喜感的曲子。魏矼没说错，一个栖栖遑遑不断被驱赶的老人，终于可以风光下葬了，当然是喜事。

更重要的是，很多人压抑多年了，这场圣上特批的行动对他们来说，如同惊蛰，或者说，归山令。

喜感的乐曲里，还是有很多人哭了。比如小碗，她今天站立的位置有些玄妙，是固定站在灵柩的一侧的，另一侧，则是赵鼎的嫡子赵汾。稍微有些脑筋的人都知道，她现在的角色是死者的后人。

这当然是三十六娘的意思。

三十六娘入了赵家之门后，一直没有生育，所以她真的把小碗当作自己的女儿看待了。小碗昨日被工叙带回来后，三十六娘除了高兴，没有一句追究、埋怨的话。小碗也没说愧疚、抱歉、对不起之类的话，直接开始忙碌了。

她要忙碌的，就是给每个祭拜者递上一沓纸钱。如果是老年妇女，她得把她们搀扶起来。

就在这时，又进来了一个人，小碗心里一惊，却若无其事地递上了一沓纸钱。但是来者的手里已经捏着纸钱了。在这之前，赵汾已经先递上了三支香。按惯例，赵汾要大声向躺在灵柩里的人通报来者的名字，但是他不认识这个人。他看着来人，可是来人装糊涂，就是不说出自己的名字。

三十六娘暗地里对赵汾摆摆手，赵汾就不再问了。

等来人展开手里的纸钱，小碗才发现，这纸钱里写着祭文。她想听听他怎么念出这些文字，可是他只是动动嘴唇，根本就没发出声音。他默念完祭文，立即就把稿纸扔进了火盆里。纸上的心愿，就靠一把火焰传递给了冥界的赵鼎。

这人做完这一切，无声无息地退了下去。

三十六娘悄悄地跟了出去，到了无人处，她对那人喊道："先生留步。是连州张浚府上的吗？"

那人站住了，问道："赵夫人，您是怎么知道的？"

三十六娘说："你刚才虽然没出声，但我读懂了你的唇语。替我谢谢张老丞相吧，老人家费心了。"

张浚府上的人说："早就听人说，赵夫人有过人之处，今天算是见识了。"

三十六娘说："我刚才从你的唇语中得知，张老丞相派你来，是与赵老丞相约定冥府相见的时间，这是怎么一回事？"

"是这么一回事，"张浚府上的人说，"有人向圣上密告，说张老丞相在临安的家里藏着几封反信，圣上就派人来搜查了一次。我来之前，一个跟望仙桥主人走得近的人来见张老丞相，说这事有结果了，圣上过些天要派使者来赐死他。"

三十六娘说："张老丞相相信了？"

张浚府上的人点点头说："他相信很快就会被赐死，所以想早点自我了断。"

啊？三十六娘急忙说："这个不可以，不要中了别人的圈套。"

张浚府上的人说："赵夫人，此话怎讲？"

三十六娘说："你回去告诉张老丞相，赵鼎本可以不死的，是被人逼得自我了断。我觉得，那人也想用同样的手段逼死张老丞相。希望张老丞相千万别上当。再说了，赵老丞相绝不会同意张老丞相也走上这一步的。"

"对的，千万不可以往绝路上去猜测。"不知从什么地方，又冒出一个人。这人皮肤白净，戴着一项大檐的帽子，几乎遮住了半张脸。他对张浚府上的人说：

"赵夫人说得对。他们确实去了张老丞相在临安的住宅，搜了个底朝天，也没搜到所谓的反信。圣上知道这个结果后，有些过意不去。据我了解，再过三天，圣上确实是要派使者去连州看张老丞相，但绝不是去赐死的，而是去送银子的。"

"明白了，那是慰问。"三十六娘这时已经知道这人是谁了，反正是个假扮成香客的京官。她对张浚府上的人说："赶紧回去告诉老人家，一定要熬住，千万不要寻短见。两位老丞相都是北伐领袖，姓赵的走了，姓张的可不能走。"

那人鞠了一躬，连忙下山去了。

看着张浚府上的人离开，三十六娘才说："帽子压得很低啊，脸白了许多，差点就没认出来。"

那白脸京官脱掉帽子说:"好久没吹海风了,脸没那么黑了,所以模样就变了。"

三十六娘说:"如果我没猜错的话,那无声箫就是您亲自送回来的。您在山上,已经好几天了吧?"

白脸京官说:"是的,我一直躲着。这山上太复杂了,我不得不防着。"

三十六娘说:"得赶紧戴上帽子,免得被人认出来了。这山上一阵风,吹到临安就是狂飙,会摧毁一切。您是圣上的近侍,身份极为敏感,还是小心点好。"

"所以,我到现在还没进灵堂祭拜过赵老丞相,只能在心里遥拜。"白脸京官说,"请赵夫人谅解。"

三十六娘说:"您能来到这山上,就说明一切了,我要替赵老丞相谢谢您。"

"错了错了,该道谢的是我。"一张白净的脸变成了红脸,京官说道,"赵夫人,是我该谢谢赵老丞相,他把我从万劫不复的境地救了出来。"

"归根结底,还是您自己救了自己,该谢谢您自己。对了,您还得谢谢崖州,那一役,死了那么多人。"三十六娘说,"有时间,回崖州去看看伏波将军铜柱吧。"

"好,我还想回去吹吹崖州的海风。"

同样的事再次发生了。

这次走进来的人同样不肯说出自己的名字,仅自称是仰慕赵鼎的人。有了前例,赵汾就没追问这人的身份。小碗照例给来人递上了一沓纸钱,然后退到一边。

可是偏偏蛋壳儿认识这人,他正好进来有事,看到那人便忍不住叫道：

"衍圣公大人，您也来了？"

来的正是当今的衍圣公、孔子第四十九代嫡长孙孔玠。

孔玠祭拜完毕，回头对蛋壳儿点了一下头。他的谨慎是有道理的，历朝历代的衍圣公府有个传统，忠于中华正朔，且不介入朝中党争。作为圣人后裔的大掌门，替朝廷操持祭孔大典的人，衍圣公对天下儒生的影响不小，不可轻易介入各种政见纷争。

所以，衍圣公府在很多问题上保持沉默，是必要的。

可孔玠觉得，赵鼎陷入的不是党争，媾和与北伐，根本不是党争，而是大原则。寓居衢州的孔氏大宗跟赵鼎一样，都是南渡过来的。他当然希望北定中原后，孔氏大宗能回到山东曲阜，结束天下"一孔二公"的分裂局面。

工叙听蛋壳儿这么一喊，就知道了来人的身份。他那天就听蛋壳儿说过了，如果没有孔玠借给蛋壳儿的那匹快马，蛋壳儿根本来不及赶到草萍驿，那么后果就不堪设想了。从这事开始，工叙开始相信孔玠，开始相信衍圣公府。等孔玠祭拜完毕，他凑到了孔玠身边悄悄说道：

"衍圣公大人，您知道《千里江山图》吗？"

孔玠并不认识工叙，但他还是礼貌地回答说："我知道，江参在崇兰馆画的巨幅，后来就不见踪影了。这件事曾被传得沸沸扬扬。"

工叙把孔玠请到外面的小院子里，从双鲤石后取出一个竹筒，然后掀开筒盖，倒出一个画轴递给了孔玠。孔玠展开一看，确实是一幅山水长卷，但他没找到"千里江山图"五个字。

工叙解释说，江参当年画这幅画的时候，故意未题，他希望以后江山一统、山河归宋后，再题上"万里江山图"五个字。所以，世人都知道有"千里"而不知有"万里"。

"你怎么知道的？"

"赵夫人说的。"

原来《千里江山图》的背后有这么多故事，连一个画名的选择也有波澜壮阔的暗喻。孔玠感慨道："哦，千里万里，山河归宋，这就是归山令。"

工叙说："对，归山令，很多人都这么说。"

"那么，年轻人，"孔玠又问道，"你为什么要把这幅画给我看？"

"这幅画有些敏感，很多人都在找它，而画画的人已经不在了，他的弟子失散了，崇兰馆也被毁了，所以，我希望衍圣公府能保管好它。"工叙是认真的。

孔玠惊住了："你为什么不自己保管这幅画？"

工叙说："我明天就要去北方了，带着这幅画不方便。再说了，北边，也有人在打这幅画的主意，不能落到他们的手上。"

孔玠思索良久，问道："年轻人，你信得过衍圣公府吗？"

"当然。"工叙点了点头说，"不过，盯着这幅画的人很多。如果大人怕给孔氏惹来麻烦的话，我还是带着它去北方吧。"

"别，千万别。"孔玠说，"带到北方太危险了。如果你真的相信衍圣公府，还是由我们来保管吧。问题是，什么时候把这幅画还给你呢？"

工叙说："这幅画不是我的，不用还给我。我是想，这幅画就藏在衍圣公府吧，一直传下去。"

孔玠说："我明白你的意思了，一任任衍圣公往下传，一直到《千里江山图》可以改名为《万里江山图》的时候，再把这幅图交给朝廷，正式归山。"他说完，把画轴装进竹筒，然后转身离去了。

工叙终于舒了一口气，坐了下来。这时，他的身后来了另一个人。

"你终于愿意陪我回忙豁勒了？不好意思，我刚才偷听了你们的话。"

"是的，我会陪你回忙豁勒看你师父。"

"之后呢？"

"之后，希望你跟我回临安。"

"回临安干什么？呼猿局都没了。"

"呼猿局是伤了根本，但还在，得有人盯着，还得盯着蛾眉科背后的那个'喜儿'，不然我哥哥真的是白死了。"

"等到呼猿局灭了，蛾眉科灭了，'喜儿'也倒台了，你还能干吗呢？"

"我想好了，我会教孩子们画画。"

"这个想法好，你看你一路走来，会画画的本事真的帮了你不少忙。对了，你想教孩子们画山水，还是人像？"

"山水、人像、百兽、花鸟，这千里江山上有的，我都教。"

"好，那你先教我画青虾吧，盱眙青虾。"

江少虞在无名树下坐了好一会儿，看看起灵的时间还没到，就往独往亭方向走去。还没到独往亭，有个年轻人就迎了上来，恭恭敬敬问道："您是吉州江太守吗？"

江少虞笑道："确切地讲，我是常山江少虞。"

那年轻人马上自报家门说，他是饶州洪皓的儿子。这次是他父亲暗中派他来参加赵鼎葬礼的。江少虞这才明白，面前之人是洪皓的三公子洪迈。年纪虽不大，却是个笔记高手。

江少虞在任吉州太守之前是饶州太守，正是洪皓的前任。因此，他也一直关注着洪皓，自然对洪皓之子洪迈有些了解。洪皓出使金国被扣时，洪迈仅七岁。绍兴十五年，洪迈中进士，被授予福州教授，但他一直不去上任。洪皓被金人羁押十五年后归国,却因替赵鼎鸣不平而得罪了望仙桥主人,不久就从饶州太守任上被放逐。

其子洪迈不去福州就职,就是为了能在家专心侍奉老父亲。

洪迈这次来黄冈山,大家都没认出他。他便说出了一个海神的故事。蛋壳儿一听就明白了,就是这个人把赵鼎渡海遇鲸的故事记录下来,让更多人知道的。蛋壳儿就把神秘客带到了三十六娘的面前。三十六娘告诉洪迈,山上有个笔记高人,正好刊印了一套笔记巨著,他一听就来了兴致,一路找了过来。

江少虞见洪迈喜欢自己的书,就让随从取来一套《事实类苑》,谦虚地说:"贤侄啊,我看过你写的东西。我这些东西干巴巴的,只是纯粹的笔录,而你却写得有声有色,又不乏个人见识,比我写得好。"

洪迈连忙说:"江大人这么说,小侄无地自容。您这皇皇六十三卷,让小侄怎么超越呀?"

江少虞说:"等你到了我这个年纪,你肯定比我写得多。对了,听说圣上也喜欢看你的文章,有这事吗?"

洪迈说:"只是听说而已。再说了,我写的文章,为什么要让帝王看到呢?"

江少虞说:"我倒是愿意你的文章被帝王看到。先秦,相国吕不韦著《吕氏春秋》,本朝司马光著《资治通鉴》,就是为了给帝王提个醒、献个策。只是这些书太正,而《太平广记》呢,又太野,所以我希望你的文章既能给帝王提个醒,又能让所有的人都喜欢。"

洪迈说:"既然前辈这么看得起,晚辈一定要广泛搜罗,写下这样一部经世致用又有看头的书。"

江少虞说:"就比如眼下吧,赵鼎遭遇的不公,就是要让后世知道的。"

洪迈说:"那是当然的。来之前家父就交代我,一定要把今天的所见所闻记录下来,带回去给他看。"

江少虞说:"哦,对了,你的斋名叫什么?"

洪迈说:"容斋。"

江少虞说:"哦,'容斋通大野,随笔写乾坤',那以后你的大书编印成册了,就叫《容斋随笔》吧。"

正说着,永年寺那边传来几声响亮的花炮声。洪迈连忙向江少虞挥挥手说:"啊,江大人,等会儿再向您讨教。我要先去抬棺了。"

终于可以抬棺了。

听到花炮声,几个抬棺人都过来集合了。

本来,翁蒙之已经安排兵勇们移灵,但魏矴觉得,还是要尽量减淡官府参与的色彩,这样也给纠结中的常山官场一个台阶下。想给赵鼎抬棺的人实在太多,翁蒙之选来选去,定下来四个人。他自己一个,蛋壳儿一个,工叙一个。

一开始,翁蒙之考虑到工叙大病初愈,没把他列入名单,但工叙却觉得自己已无大碍。翁蒙之想想,也就同意了。这山上有的是精壮男丁,等工叙抬不动了,再让人替换就是。

第四个抬棺之人,竟然是洪迈。本来洪迈远道而来,也不宜让他干这力气活,但是洪迈跟三十六娘说,这是他父亲洪皓的意思。洪皓归国后,因为多次同情赵鼎等人,很快从苏武般的大英雄变成了谪官。三十六娘觉得,洪迈虽然与赵鼎生前交往甚少,但也算是同路人,便同意了洪迈的请求。

大家见三十六娘都这么说了,也就不再争抢最后一个抬棺名额了。

之前,有个人来争夺抬棺的名额,是个十岁的孩子。翁蒙之见他年纪太小,根本没理他,但这小孩说出父亲的名字时,把在场的工叙吓了一跳。这小孩的父亲，就是被世人称为"脖子最硬的人"的胡铨。三十六娘听说后，连忙叫人把这小孩请了过来。

陪着孩子赶来的一个中年人说，这孩子是胡铨的长子胡泳。胡铨被放逐在新州，就是这个儿子陪护的。三十六娘一阵心疼。面前的这个孩子，虽说是大人物的公子，可这么小就陪父亲受罪，颠沛流离。

中年人说，接下去，胡铨将被放逐去崖州，也会带上胡泳。

什么？胡铨要被放逐崖州？三十六娘很惊讶。

中年人说，胡铨大人刚接到朝廷的文书，不日就要启程，从新州赶到崖州。行前，胡铨派大公子胡泳从新州赶到常山祭奠赵鼎，是想趁机告诉墓中的赵鼎，此去南荒大岛，很想住进赵鼎生前的贬所。

赵鼎生前的贬所，就是裴家宅院。大家都知道胡铨脖子硬，但都没想到他用这种特殊方式高调纪念好友赵鼎。

"你们搬来住吧，找我就行了。"裴怀在一旁对他们说，"哦，忘了说，裴家宅院就是我家，我爹就是裴闻义。"

"啊，原来是裴小姐。"中年人拱拱手说，"我们胡大人说，如果你爹同意，会把你家改叫盛德堂。"

"我是我爹的女儿，我替我爹同意了。以后裴家宅院，就叫盛德堂了。"裴怀说。她走到胡泳面前。这个十岁的小孩，将是她裴家宅院的新房客。她拉起小房客的手说："等葬礼后，我们结伴回我们的盛德堂吧。"

相对于赵鼎的隐忍、慎独，胡铨的个性是张扬的、毛糙的，绝不忍让。虽然胡铨自己不怕死，但还是要保护好他。三十六娘就是这样想的。她吩咐在场的人，不得暴露了胡泳的真实身份。她对胡泳说：

"你这么小的年纪，你父亲不会是真的派你来抬棺的吧？"

胡泳说:"这是我自己的主意。家父派我来,是送一首诗词来。我已经贴到亭子里去了。"

一直没说话的魏矼叫了起来:"啊,独往亭里那篇暗讽豺狼当道的词文,原来是胡铨写的,果然脖子硬。"

呜咽胡琴哭琵琶,唢呐一起全没了。

现在,四位抬棺人都就位了,丧乐就起了。因为事先被交代过,吹鼓手把丧乐吹得喜气洋洋的。鞭炮再度响起来,披麻戴孝的队伍就准备上路了。按照当地的习俗,作为死者唯一活下来的儿子,赵汾手持铭旌列在最前面。

其实最前面的还不是赵汾,而是十岁的胡泳。他也按照习俗,在大白天提着一盏白灯笼,为亡灵照亮了转世的路。

工叙、翁蒙之、蛋壳儿、洪迈肩抬着灵柩走在赵汾的后面。他们的后面,是魏矼、江少虞、孔玠等一些有身份的人。孔玠原来想隐瞒住自己的身份,但现在也不管不顾了。列在旁边的,是永年寺的僧侣们,他们口诵着经文。最后,是原先那些假装香客的人,这些操着不同口音的人,每个人都手持一支点燃的香,等待着出发。

黄冈山面向常山江的方位,登山路线主要有三条,左路、中路、右路。一般而言,沿着大麦溪从中路上山的人最多。前些天,赵鼎的灵柩是从中路上山的,按照亡灵不走老路的规矩,下山的路线就得换一条。赵鼎的墓穴在石门溪的入江口附近,正好处在左路的最下端。所以,这次抬棺的线路就走这条路。

现在,佛号声声,一片呼喊中,赵鼎的灵柩被抬起了,然后所有人依次往山下走去。

顷刻间,漫天大雪。

第五十三章　整座黄冈山都是一头鲸鱼

这是小碗眼里的漫天大雪，其实下的不是雪。

冬天已经过去，这个季节的江南到处是碧绿的，并没有雪。飞舞在人群之上的，是纸钱。球川纸坊把这个月晾晒好的祭纸直接剪成了纸钱，提前送上了山。

赵汾手持铭旌走在山路上。铭旌尽管有些褪色，但气势依旧。脚下的这条路，别人可以不熟悉，但赵汾不可以。他想起了小时候，每次走在这条路上，都是与父亲有关，要么是下山接父亲，要么是跟父亲一起上山。有时候走不动了，父亲会让他骑在肩膀上。

有一次，父亲仰起头对他说：

"汾儿，爹是一匹孤马。"

赵汾知道，父亲四岁就成了孤儿，所以等到父亲自己做了父亲后，对晚辈特别疼爱。而现在，赵汾是最后一次跟父亲一起走着，与小时候相反的是，父亲现在被晚辈们抬在肩膀上。

从左路登山的人相对少些，所以这么多年了，路面也基本上是原来那个样子的，甚至鹅卵石的排列也没有改变过。赵汾似乎在石面上看到父亲从前的脚印。没错，那些清晰的脚印就是父亲的。父亲最后一次下山时，就是踩下了这些脚印往前走的。除了父亲的脚印，这路面上再也看不到别的脚印。

看来，父亲是孤独的，孤独的童年，孤独地老去。父亲的一生，就是一个"孤"字。

工叙跟在赵汾的后面。他当然不可能看到赵鼎的脚印，那是别人的幻觉。毕竟大病初愈，他的肩膀确实感觉到了沉，无比沉。他回忆起赵鼎写的诗，还有友人写给赵鼎的诗，多次出现的一个字，孤。

这是一种极高的境界，只有翱翥于九天的孤臣，才配用这个字。

这种境界的人，总是会有孤苦、悲壮，却又十分绚丽、饱满、丰沛的人生，孤高、孤军、孤胆、孤傲、孤行、孤迥、孤伤、孤独、孤忠。工叙突然明白了，赵鼎造一座小亭子，为什么要把它命名为独往亭。

孤勇者，才能独往，而且一往情深。

"虽千万人，吾往矣。"工叙的耳边飘过一句出自《孟子》的千古名言，他猛然觉得肩上抬着的，是一座遗世独立的孤城，所以沉。

"工叙，我看你是有些抬不动了，元气还没恢复。"

"嗯，是很沉。"

"歇会儿吧。我这就让兵勇来替你。"

"不，不用了。我想再坚持一会儿。我是赵鼎门生，必须再送老师一程。"

"哦，你第一次上黄冈山时就说过，你是赵鼎门生。"

"蒙之，你也是赵鼎门生。"

"对了，那次你说，你去崖州还想请赵老丞相给你取个字号，后来怎样了？"

"赵老丞相已经给我取下字号了。"

"叫什么？"

"往矣。"

"往矣？哦，我明白了。'虽千万人，吾往矣。'"

"蒙之兄记住，本人姓周，名工叙，字往矣。"

就到了石门。这已是山脚处了，往前看，就是大江流。

现在的石门已经与以往不一样了。墓穴像大地洞开的心口，恭迎着倦归之人。在众人的帮助下，四个抬棺人把赵鼎的灵柩准确地安放到墓穴的正中。

接下来，就是安放墓志铭石。翁蒙之招了招手，就有几个矿工抬着一块巨大的青石板过来了，上面密密麻麻刻着文字。很多人知道，墓志铭是赵鼎临终前自撰的。大家一拥而前，念起了铭文。

整篇墓志铭有千余字，最后一部分是这样的：

"……七月责授清远军节度副使，潮州安置。甲子十月移吉阳军。乙丑二月一日渡海，二十五日至吉阳军。丙寅十一月得疾。丁卯八月十二日终于贬所，寿六十三。得全居士赵元镇自志。"

这段文字确实是赵鼎自撰的，"元镇""得全居士"分别是他的字和号。但是洪迈发现了一个问题，为什么赵鼎的自撰文里，能准确无误地写下自己死亡的日期？

能准确解答这个问题的，是三十六娘，可三十六娘此时并不在场。蛋壳儿告诉洪迈，去年八月十二日那一夜，他们击退大海盗后赶到裴家宅院时，赵鼎已经驾鹤西去。他是坐在书房里离世的，手里还拿着一支笔。

江少虞对赵鼎非常了解，赵鼎做什么都有精密的计划，但是，赵鼎一生中就算错了一件事，错用了某个人，结果这个人反过来把他逐出京城，一步步逼他死。

除了做事有计划，他还知道赵鼎的一个特点，就是有些事喜欢自己来做。古往今来，临终一刻还能自撰墓志铭的大人物也没几个。他对洪迈说："洪公子，这些你都记录下来了吗？"洪迈说："一个宇内公认的诗词大家，到死还拿着笔。这一点，我以后会写到《容斋随笔》里去的。可惜的是，他最后的文字，却不是诗词。"

"公子错了。"江少虞指着赵汾手里的铭旌说，"他的绝笔，其实是那十四个字。"

所有人都看着铭旌。"身骑箕尾归天上，气作山河壮本朝。"洪迈懂了，赵鼎的绝笔，是他一生中最好的诗句。

赵鼎早在自己诗词里，写下了归山令。

怀归、归期、归隐、归来、回归、归化、归心、归位、归宿、归魂、归属、归家、归天、放虎归山、视死如归、落叶归根、解甲归田、殊途同归……一个"归"字，万语千言。

现在，赵汾按习俗把经历过千山万水的铭旌，轻轻地披在父亲的灵柩上。吹鼓手再一次营造出喜气洋洋的气氛。大家把手里的香插在四方，然后围住了坟冢。

好了，开始念祭文了。

谁念祭文，这个很重要，死者两度为相，应该由德高望重的人来主祭。但是这篇祭文是按照袁州通判汪应辰所撰的祭文修改的。汪应辰以晚辈及入门弟子的身份写了祭文，所以修改后的祭文，也应该由晚辈来宣读。

那么，既要是晚辈，又要有威望，符合这个条件的人只有一个，衍圣公孔玠。孔玠贵为公爵，其实年纪很轻，还不到三十岁。

孔玠走上前去，手里端着一卷绢帛。他打开绢帛，宣读道：

"维公两登上宰，俱值阽危之时，一斥南荒，遂为生死之别，莫非命也，岂有他哉？事既定于盖棺，恩特容于归骨，仅脱鲸波之险，获至于斯。孰谓马鬣之封，未知所向……"

所谓的马鬣之封，是坟墓封土的一种形制。周边的人听到这里，就开始填坟了。周边的浮土，被一锹一锹回填到墓穴。一旁的众人，一时找不到器具，干脆用手捧起黄泥撒向赵鼎的灵柩。

魏矼撒着土说："老赵啊，这下好了，你留在黄冈山了，可以到地下找范冲老儿了，他的墓离这儿不远。你看我这身体，撑不了多久了，很快就会来跟你们做伴的。"

"黄冈之约，黄冈之约啊。"他流下了眼泪。

丧事喜办，这是魏矸定下的，现在他自己倒是老泪纵横了。在场的人都放声大哭起来。哭声中，那灵柩被掩埋到顶部，慢慢慢慢就不见了。它像一辆灵车，载着赵鼎驶向了另一个世界。

风雨避，避风雨。赵鼎终于进入了遮风挡雨的避难所。

"等等。"有人大喊一声，把大家吓得一跳。现场，只有工叙认识这人，那是钱塘江上的老艄公。老艄公从怀里掏出一个麻布包，在众目睽睽之下解开了包裹，里面竟然是一包土。他对着墓穴大声说："老丞相，我是山西解州闻喜县的一个船夫，是您的老家人。那一年闻喜老家沦陷，我也跟大家跑到了南方，因为走得急，啥也没带，只从地上抓了几把泥土，宝贝似的藏着。现在，我把这包闻喜的土送给您了。"他一边说，一边把这包泥土撒进了墓穴。

赵鼎的两个老家，常山与闻喜，就这样相连了。

终于，黄土填满了墓穴，而且鼓出了地面，成了新的山。尽管低，但也是峰。

孔玠把写着祭文的绢帛放到火盆上点着了，火焰蛇行，把每个字都接收了过去。

还没等孔玠退下，喝彩师按照风俗，就爬到了新土堆上，猛然开腔喝道：

"伏以——"

"好哇。"众人下意识地应和着。有喝就有和，有呼必有应，这是一种古而有之的喝彩习俗，也是一种不由自主的习惯。喝彩师情绪更饱满了，对着天地，继续喝着：

"龙神龙神你听我叮咛，三朝一穴荫亡人。亡人亡人听我叮咛，三朝一穴荫儿孙。呼得龙来到此间，二十四山齐归位……"

"好哇，好哇。"众人应和着。

喝彩师一边从口袋里掏出一把把豆子抛向众人，一边喝彩："一把降魔神豆起，撒豆成兵化归魂。一撒南方丙丁火，打得殃煞无处躲。二撒北方壬癸水，专打邪魔并外鬼……"

"好哇，好哇，好哇。"

喝彩结束，最后一个环节是封墓门。所谓的封墓门其实就是装上墓碑。相对于墓志铭，墓碑上的文字就非常简单了，就写着"皇宋故相赵鼎之墓"几个字。几个匠人抬着墓碑过来，把墓碑竖起来就了位，然后用糯米、豆浆、石灰制成的黏土封了缝隙。

这样，墓穴就算封住了。

确实，三十六娘并不在场。

她坐在山腰处的无声泉边已经很久了。老者出殡入土时其妻必须回避，这是常山的葬俗。因此，赵汾他们一出发，三十六娘就一个人拿着无声箫到了无声泉边。这无声箫，是青羽神师还给她的。

此时，她遥感夫君已经顺利入土，便对着石门赵鼎墓的方向说：

"夫君，您漂泊在外数十年，终于在今日如您所愿，重归家山，入土为安。这世上，没有比这更好的事了。还有一件事，我得告诉您，在草萍驿烧掉的所有信函，我都一边烧一边迅速浏览，全记在我的脑子里，等有空，我会把这一封封信都复原出来。"

她说完，便举起无声箫对着无声泉吹了起来。

昨天，魏矼跟她说，藏在无声泉里的那头鲸鱼好像要喷水了。三十六娘见过真正的鲸鱼，知道魏矼说的鲸鱼只是个隐喻，是当年赵鼎等人在黄冈山逍遥作诗之际，范冲的一句戏言。后来魏矼说过，范冲归葬时，这口无声泉真的成了趵突泉。

魏矼还神秘兮兮地说："莫非，整座黄冈山都是一头鲸鱼？"

现在，三十六娘一边吹着无声之乐，一边望着无声泉。因为昨天的豪雨，无声泉的泉水开始汹涌起来。她吹了一曲又一曲，感觉到了某种回应。那似乎是水的声音，干净，澄明，单纯。她睁开眼，看见水面上布满了密密麻麻的气泡。那些气泡不断炸裂，微微作响。无声泉以这种方式，选择了不再沉默。每两个炸裂的气泡，又摇身一变，化作了半升雾气，沉积在潭面上。

要命的是，连那些树叶也加入了。三十六娘发现周围的每一棵树，每一棵树上的每一片叶子，每一片叶子的叶面上，都起了雾。所有的雾气相加，就成了巨大的浓雾，不可一世。

恍惚间，三十六娘似乎看见整座山活动起来了。她终于相信魏矼的话了，这黄冈山就是一头巨大无比的鲸鱼。此时吞舟之鱼，已经用它最独特的方式喷起水雾来了。

终于，这水雾越来越厚、越来越高，迅速淹没了三十六娘。这下，她什么也看不见了。但，她看见包裹在雾气中的光和电，噼里啪啦、噼里啪啦、噼里啪啦。这些雾气还是不满足，它们继续升腾、继续扩张着，又向四面八方流溢。

她还看到一个白影子，在白雾中迅疾地穿行。

在青羽禅师的带领下，僧侣们从箩筐里拿出更多的纸钱，撒到了赵鼎墓左侧的石门溪里，那些纸钱顺着溪水，不一会儿就流到了常山江里。

"啊，这不是纸钱。"有人叫了起来，大家才发现，这些纸不是普通的黄表纸，而是球川纸坊生产的藤白纸。江少虞看了一眼就明白，这是刊印书籍的纸。可工叙眼里，这又是画画的纸。

大家还发现，每一页纸上都有满满的文字。

工叙从溪水里捞上一张纸，一看，上面写着赵鼎的一首诗，题为《将至三衢杨村道中小饮》，曰："衢江波上半帆风，散发篷窗笑傲中。晚境但深耽酒癖，穷途犹愧作诗工。"他又捞起一张纸，也是赵鼎的诗，曰："东风一纸平安信，闻道黄冈春已来。传语吴生好看客，梅花应似去年开。"

他抬头看见青羽禅师走过来，刚想开口，禅师先说话了："施主不必问，这些诗正是从施主去年送给永年寺的那本赵鼎诗文集里抄录的。"

工叙心里有了些慰藉，这些赵鼎诗文都是哥哥工昺生前到处搜罗来的，不管当时的动机是什么，现在看来，哥哥是为赵鼎做了一件事。

他看看手中的纸，这些藤白纸泡在水中，墨汁竟然不化。看来，这些纸是用黄檗树汁浸过的。"什么事也瞒不过施主。"青羽禅师笑着说，"是的，我们永年寺的僧侣为了采割黄檗树汁，花了半个月的时间。"

"为什么怕糊了字呢？"工叙问。

青羽禅师看着不远处的常山江，笑道："打住打住，出家人不能说。"

小碗也捞起了一张，但是纸上的诗文却是某个不具名的官员写给赵鼎的，题为《祭赵鼎公》，诗曰："中原沦落此中孤，千载防丘镇海隅。冢穴离云天阴暗，碑横降雨影模糊。苦力争谏驱胡虏，气作山河壮版图。仝悼俏像伤往事，铜驼荆棘有鹈鹕。"

又出现了一个"孤"字。

工叙不知这首大逆不道的诗是谁写的。"苦力争谏驱胡虏"这一句，明显就是反对媾和的。

青羽禅师说，写这首诗的人叫刘鼎，名字跟赵鼎很像。蛋壳儿这才想起来，这刘鼎是儋州昌江县的县令，是裴闻义的下属。赵鼎去世后，正是他协助裴闻义把赵鼎暂时安葬在儋州昌江的旧县村。

裴怀也过来了，跟工叙说，她父亲裴闻义自认文才不够，所以才让她把刘县令的诗作带来，算作南荒大岛对赵老丞相的追忆吧。

石门溪上的一张张纸，从汉口漂向常山江，进入了更辽阔的河流。工叙冲到河口，目送着这些诗稿，从常山江漂向衢江，再漂向兰江，再漂向富春江，最后漂到钱塘江，那里就是京城临安。

这就是永年寺僧人的用意。他们想让赵鼎的诗文，被更远、更多的人看到。

或被后世的人看到。

第五十四章　事后的事后

对的，这些诗文都漂向了钱塘江。而这一漂，就漂了八百多年。

八百多年后，在钱塘江左岸，这个叫望仙桥的地方还是"热"。先是在望仙桥发现了南宋时期的德寿宫遗址，后来，经过发掘、考古、研究、重建、复原，新的德寿宫已经造好了，这就成了当下的一个热点。

其实，南宋时期的德寿宫不止这一个叫法。

秦桧上位后，暗中探知望仙桥一带有王气，觊国之心顿生，便向宋高宗赵构谋求此地，准备做自己的官邸。高宗遂了秦桧的愿，又亲笔御书了一块"一德格天"的匾额赐给了他。因此，秦桧的官邸又被称为"一德格天阁"。那是公元1145年的事了。

公元2023年暮春的一日，也无风雨也无晴，有位自称周某人的写手来到杭州德寿宫，他想在重建的德寿宫里找到"一德格天阁"的影子。他之所以要看这个，是因为秦桧当年在"一德格天阁"的某一面木榜上，书写了三个人的名字：

赵鼎、胡铨、李光。

这面木榜，是名副其实的黑榜。谁上了这面榜，谁就是秦桧刻意要除掉的人物。不幸上榜的李光，一直遭贬，公元1153年被放逐到海南儋州，秦桧死后才被赦回内地。不幸上榜的胡铨，被贬到海南后，直接搬到前任房客赵鼎的贬所。秦桧一死，他被朝廷赦免。

胡铨被赦回大陆，路过儋州昌江县旧县村，在赵鼎的衣冠冢前写了一首《哭赵公鼎》，诗曰："以身去国故求死，抗疏犯颜今独难。阁下特书三姓在，海南惟见两翁还。一丘孤冢寄琼岛，千古高名屹太山。天地只因悭一老，中原何日复三关？"

很明显，诗中的"阁"，指的是秦桧的"一德格天阁"，"三姓"指的就是赵鼎、李光和他自己。诗文的意思是，秦桧在"一德格天阁"的"一德格天榜"特意提到的三个人，两个人已经活着回内地了，只有赵鼎在海南岛留下了一座坟。

其实是三座坟：衢州常山的真身坟，儋州昌江的衣冠冢。汉土光复后，山西闻喜又为他建了一座衣冠冢。

要说明的是，"一德格天榜"的名单，不止三个人，在秦桧临死前，名单人数增加到五十三人，其中包括赵汾、胡寅、赵令衿。如果不是秦桧当晚死去，这五十三人也难逃劫数。

德寿宫实在是大，周某人游览了一会儿，就在长廊里坐下了。他也明白，想在公元2023年的德寿宫里找到公元1145年的"一德格天阁"是不可能的，要找到那面黑榜更是不可能。他只是借这个理由，来闻一闻南宋的气息。据说在德寿宫遗址上，发掘出了秦桧家的厕所。宋朝的高档厕所，引发了学术界的一片欢呼。

周某人捂着鼻子想，原来近千年的气味是从这几个蹲坑里飘散出来的。

跟周某人一起去德寿宫的,还有他的一个朋友。

这朋友看过他的书,便问道:"你这本书中,有个呼猿榜,是不是受到'一德格天榜'的启发?"

周某人很狡猾,没有直接回答,只是说:"还有一面榜,挂在秦桧的儿子秦熺家里。"

朋友马上说:"哦,明白了。秦桧得势后,秦熺也得势。据说秦熺为监视百官,私设了特务机构。你小说里的'呼猿局''孩儿岭花圃',就是秦熺私立的特务机构吧?哦,还有,小说里的二老板'喜儿',一定是秦熺。至于大老板是谁,我想,每个读者都能猜到。"

周某人仍然很狡猾,说:"这可是你说的。"

朋友说:"好吧,那我就不剧透你的小说了。"

周某人笑着说:"小子,算你知趣。"

朋友也不客气,说:"你小说写到赵鼎敕葬常山,就收了尾。可我想,这个故事,还远远没有结尾。"

周某人有些惊诧,转过脸看了他的朋友一眼。朋友毫不留情地说:"因为你还没有提到黎母大蛮。"

周某人说:"哦,你的意思是,我要交代一下黎母大蛮的来历?好吧,海南岛历史上确实不产马,只有大陆带去的一些马。但据科学研究,海南岛有几处地磁异常,可能会促进一些外来物种的进化。我是说,我书中的黎母大蛮就是这么来的。"

朋友摇摇头说:"我不管来历,只管去处。你这本书,一直在写一匹黎母大蛮。如果不交代这匹马最后的去向,这个故事就无法结尾。"

周某人看着朋友,神情有些尴尬。他不知道他的朋友为什么跟一匹野马过不去。

朋友不再坚持了,他终于决定放过周某人。

"这样吧,黎母大蛮的事,我就不提了。现在,跟我说说赵鼎归葬之后的事。说这些,应该不算剧透吧?"

周某人想了足足五十五秒,才点点头说:"这个可以。"

离开秦桧家的蹲坑很远了,周某人恢复了正常。他搭朋友的车回常山,一路上说了很多赵鼎的身后事:

秦熺私设特务机构之事,东窗事发,宋高宗赵构却当作不知道,没有任何举措。公元1155年,秦桧临死前,宋高宗去望仙桥看望他,秦桧竟然这样问宋高宗:"陛下,我死后,能不能让我儿子秦熺接替我的相位呀?"

高宗斩钉截铁地说:"不可能。"

从望仙桥相府出来后,宋高宗弯下腰从裤管里抽出一把刀子,扔在路边,才舒了一口气说:"从此,我不用带着刀子防身了。"

次日,宋高宗颁发了诏书,勒令秦桧、秦熺父子同日退休。

当晚,秦桧被吓死。

秦桧死后,高宗把"一德格天阁"收回,改名为德寿宫,供自己退位后居住。后来,宋高宗把皇位禅让给宋孝宗,当上了太上皇,确实是搬出皇宫大内,直接住进了皇宫北面的德寿宫。退位后的宋高宗,仍然在德寿宫发号施令,这德寿宫就成了大内之外的另一个大内。

因此,德寿宫又被时人称为"北内"或"北宫"。

秦桧的势力退潮后,南宋的天就翻了一半。公元1156年,已经死去多年的赵鼎被宋高宗追复为观文殿大学士,等同于恢复名誉。公元1168年,继位的宋孝宗追谥赵鼎为忠简。从此,赵鼎在历史上有了一个响当当的名号,赵忠简,民间则称之为忠简公。

公元1175年,赵鼎被赠为太傅,追封为丰国公,正儿八经成了公爵。

更大的荣誉来了。公元1188年，赵鼎配飨于高宗庙庭，成了接受万民膜拜的神祇。

公元1226年，当时的皇帝宋理宗亲自拟定二十四位国家功臣的名单，令宫廷画师画了各位功臣的人像，供在新建的昭勋阁里。名单里的人，便被史学界称为"昭勋阁二十四功臣"。其中，既有北宋的功臣，比如赵普、曾公亮、司马光；也有南宋的功臣，赵鼎、张浚便各占一席。

这才是整个宋朝最高的荣誉。

但这些荣誉再高，对赵鼎来说已经没有意义。虽然他的画像被高高挂在临安的昭勋阁里，但他的真身仍旧静静地躺在常山的泥土里，听着潮水声。

周某人和朋友在半路上停了车，去了一趟杭州图书馆，看了公元1137年岳飞写给赵鼎的信。其实这是一份碑帖。这份碑帖，黑底白字记录着岳飞的雄心和赵鼎的无奈。周某人看了很久，才默默地离开。

三小时的车程，他们到了常山，沿着中路登上了黄冈山。

875年过去了，黄冈山山貌依旧。当年的永年寺，却改叫万寿寺了，仍被高高的如来峰怀抱着。不变的是，无名树还在，显现着不生不灭之相。无名树既然无名，当然就改不了名了。很多专家来看过这棵树，没人知道它是什么树种。

也有人说这是一株深度变异的楠木，世上仅此一例。

最令人遗憾的是，当年南渡文人的精神坐标，赵鼎亲自修建的独往亭早就没了踪影。

万寿寺的镇寺之宝，除了那棵无名树，还有一块清代道光年间的《重建四贤祠记》碑刻，这与赵鼎有关。另外，有一张据说与赵鼎有关的木质香火供桌，尚存。

位于黄冈山下的赵鼎墓，随着赵鼎被追谥为忠简，也被改叫"忠简孤冢"。此处，是常山古十景之一。忠简孤冢在古籍上，常被写为忠简古冢、忠简故冢，但周某人独爱一"孤"字。他说，这个字是赵鼎一生的概括。

古十景的另一景，就是忠简孤冢旁边的"石门佳气"。据清光绪《常山县志》载："石门山巅有窍，每旦云出，东驰则雨，西行则晴，葱葱郁郁，其间大有佳处。"周某人解释说，佳气来时，如云瀑经过赵鼎墓。民间则坚信，这是赵鼎的魂魄幻化而成的。古时有人把此二景合入一诗，曰："石门山径自清幽，相国坟边野草愁。久见碑铭无日月，近闻俎豆有春秋。一生忠义成佳气，千古悲哀续断流。"

民间就是民间，活在民间才叫活着。

后人把赵鼎在永年寺的寓所改成了三贤堂，除了他，另外二贤便是范冲、魏矴。公元1151年，安徽沥阳人魏矴追随赵鼎而去，葬于常山倪溪。

至此，三人生前的黄冈之约，终成。

古时某日，大雨，黄冈山一块岩石坍塌，石壁的断面上现出人形图案，左上角有三人站立相拥，右一人呈仰望状。世人见了此景才恍然大悟，此图左边的人影是三贤，右边则是仰慕三贤的翁蒙之。当年，衢州郡守章杰奉命搜寻赵鼎与故知的往来书疏，是常山县尉翁蒙之冒死派人通知赵汾烧毁敏感文件，才使得更多的人免遭横祸。

受四贤壁启发，常山人便在三贤堂内增立了翁蒙之的塑像，从此，三贤堂改为四贤祠。

万寿寺尚存的《重建四贤祠记》石碑，碑文记载了两件事：一是赵鼎、范冲、魏矴"三贤唱和"的盛况，二是后来将翁蒙之列入祠内并改建四贤祠的经过。

公元1572年，已经是明代了，四贤祠被当时的知县移建于县城附近的白龙洞口。四贤祠今已不存。

常山以外，赵鼎也到处被人供奉。

在赵鼎的原籍山西省运城市闻喜县，有座二相祠，祠内两尊塑像，一尊赵鼎，另一尊便是唐朝的宰相裴度。

在雷州有座十贤祠，赵鼎与寇准、苏东坡、苏辙、秦观、王岩叟、任伯雨、李纲、李光、胡铨站在一起。

在潮州，有座牌坊名曰"十相留声"，纪念来过潮州的十位宰相。另外九相是唐朝的常衮、李宗闵、李德裕、杨嗣复，宋朝的陈尧佐、吴潜、文天祥、陆秀夫、张世杰。相应的是，潮州凤凰洲有座十相祠。而在潮州城北，还有一座二相祠。无论是十相还是二相，赵鼎都不缺位，地位非常特殊。

在浙江金华兰溪的檀树村，有座专祀赵鼎的赵侯古祠，又称公鲁庙。公鲁，据说是赵鼎的封号。公鲁大帝塑像前站立着两排文武，赵鼎俨然已成一方的保护神。直到今日，檀树村年年举办一场"猪羊会"，以全猪、全羊献祭赵鼎。这项民俗已被列入金华市非遗名录。

最有名的是号称"海南第一楼"的五公祠。五公祠位于海口市，游人不绝。除了赵鼎，另外四公是李德裕、李纲、李光、胡铨，五人都是被放逐到海南的谪官，且都曾为相国。赵鼎的一尊塑像令人印象深刻，满脸的忧国忧民，眼睛望着他的千里江山、万里江山。

还是要说说赵鼎生前最后的寓所，裴家宅院。赵鼎辞世后，被放逐的胡铨又在此寓住八年，并把裴家宅院改名盛德堂。盛德堂，至今还在海南省三亚市崖州区崖城镇水南村，变成了赵鼎纪念馆。"盛德"一词，意味深长。

这时候,周某人的谈兴正浓,他走到万寿寺的后面。寺后是一片菜地,时任住持本心禅师正领着一群僧侣在种菜。满园的冬瓜、黄瓜和茄子听着寺庙的经文,而三百朵丝瓜花,也在怒放着。

周某人没惊动僧侣们。他在无名树下站了一会儿,然后沿着左道往山下的石门方向走去。他边走边跟朋友谈起一些他原本不想透露的事。

他说,有关赵鼎最近的一件大事,就是当地找到了赵鼎墓。作为常山古十景,"忠简孤冢"早就湮灭在历史的尘埃里。但前不久,赵鼎墓被意外发现,现场发掘出一块保存完整的墓志铭碑,碑上刻的就是赵鼎临终前自撰的墓志铭文。有人预测,这块碑有可能成为国家级的重要文物。

"忙豁勒人,他们后来怎么样了?"朋友冷不防问了这么一句。周某人回答说:"忙豁勒,那是唐宋时期的音译。忙豁勒后来灭了金,随后又灭了南宋,天下大一统。这个伟大皇朝的历史你们都很了解,我就不细说了。"

那朋友继续问道:"看了2022年春晚的《只此青绿》,世人都知道《千里江山图》这幅宋代名画是少年天才王希孟画的,满屏青绿色。可你为什么硬说这是江参画的?"

周某人笑着说:"这个,你可以上网去看看。"

这朋友掏出手机百度了一下。原来,宋代的《千里江山图》本来就有两幅,一幅是王希孟的绢本设色画,另一幅是江参的绢本水墨画。江参的《千里江山图》真迹,一直藏在台北"故宫博物院"。他的《百牛图》真迹,则藏在美国的纽约大都会艺术博物馆。他的《林峦积翠图》真迹,至今被美国纳尔逊艺术博物馆收藏。

朋友仔细看了网上的《百牛图》,图上的一百头牛,都是江南的水牛。在古代美术史上,水牛的意象便是散淡、悠闲,象征着田园牧歌,特别符合江南画派的精神追求。江参之作,果然都是江南画派的绝唱。

周某人补充说,所以,当时的画坛北派不希望江南画派入主宫廷画院。

朋友又问:"你书中提到的大疍港,真实存在吗?"

周某人说:"是真的。大疍港应该是中国最古老的海港之一,它所在的崖州,现在归属三亚。眼下,海南岛全域在建自贸港,这已成了国家战略,那就更不能忘了这个中国最南端的古港。"

朋友又问:"既然说到大疍港,我想起你书中提到的疍人,他们在哪里?"

周某人说:"二十世纪五十年代国家开展民族甄别时,广东疍人大会投票决定留在汉族之内。在一番衡量后,中央民委正式将疍人划分为汉族。应该说,这些'海上吉卜赛人'早就上岸了。哦,还有一件事你没问,我也主动告诉你。小说中的臭油,也真有其事,就是海棠油。在崖州古城,也就是目前的三亚的崖城镇,还有一条老街就叫臭油街。"

朋友说:"我还想问问,你书中提到的唐朝的鉴真和尚在崖州逗留一事,是真实的吗?"

周某人说:"这是千真万确的,你可以去查查历史资料。在网上,鉴真和尚与海南岛的故事还是比较多的。他在岛上大兴佛教,确实提升了岛人的心性,促进了土著族群的归化。只是,我要提醒一下,鉴真和尚到海南岛的时候,崖州还是叫振州的。"

朋友说:"好,我再问一个。赵鼎渡海遇到鲸鱼这事,真被洪迈写进笔记了吗?"周某人说:"此事收在洪迈的《夷坚志·乙志》卷十六的《海中红旗》一则中。"

朋友继续问道:"你在书里讲,江少虞希望洪迈的《容斋随笔》

能对帝王产生影响，后来做到了吗？"

周某人说："《容斋随笔》刊行后，社会影响很大，最忠实的读者就是宋高宗赵构。到了清代，此书被《四库全书》总目提要推为南宋笔记小说之冠。"他顿了一顿，又说："公元1976年9月9日，伟人陨落，枕边摆着一本打开书页的《容斋随笔》，这是他读的最后一本书。"

"喔，喔，喔。"朋友惊道。

周某人说："后来，洪迈陆续创作了《容斋续笔》《容斋三笔》《容斋四笔》《容斋五笔》。"

朋友点点头，又摇摇头："唉，我问不倒你，不甘心啊。"

周某人安慰他说："那是你问的问题都不难。"

朋友说："好，我问个刁钻的。了空禅师和三十六娘，他们真能用无声箫招来鲸鱼吗？"

周某人说："一个是据说，一个是巧合。但你要的科学依据我也给得起，那一片坏了的簧片，发出的声音频率陡降至20赫兹以下，人耳听不见，并不代表鲸鱼听不见。"

朋友说："狂犬病到现在都很难治疗，工叙却莫名其妙就活了下来，有科学依据吗？"

周某人点点头说："是的，李时珍就说过，犬毒发作'此乃九死一生之病'，确实死亡率极高。但他也说，此时可用一种名叫斑蝥的毒虫来'以毒攻毒'。李时珍在《本草纲目》第四十卷的《虫部》明确说，斑蝥'治疝瘕，解疗毒、猘犬毒、沙虱毒、蛊毒、轻粉毒'。所谓的'猘犬'就是狂犬。"

朋友说："哦，你写这么一个破小说，还查验了《本草纲目》？"

"李时珍还在书中引用了明代医书《卫生易简方》卷十的《犬兽伤》中用斑蝥治疗狂犬病的方子，并说此方若应验，患者则会'小便利下毒物'。"周某人下意识地捂住鼻子说,"那小便,臭不可闻啊。"

朋友仿佛也闻到了尿骚味,捂住鼻子说:"怪不得你在书中写工叙痊愈时,在白龙洞撒了一泡很臭很臭的尿。你败坏了男一号人物高大上的形象,还让李时珍给你背书。"

周某人哈哈哈哈笑了起来。

朋友乘胜追击,问道:"那么,黎母大蛮呢?我还是想知道它的结局。"

这时,路上起了迷雾,且越来越浓。朋友明白了,他们已经走到了石门。周某人岔开话题说:"我几次来黄冈山,今天运气是最好的,遇到了'石门佳气'。"

朋友回头看看渐渐汹涌起来的雾气,说:"哦,这就是传说中的石门佳气。"

周某人说:"你不是说我这部小说还没结尾吗?我已经想好了,我一边走山路,一边就打好了腹稿。你的意见是对的,我这本书的结尾,少不了黎母大蛮。"

朋友说:"那好,你赶紧写下来吧,不然会忘掉。"

周某人说:"这漫天大雾的,怎么写?这样吧,你听着,别出声,我念给你听,你替我记着。"他说完,真的停下脚步,躲在浓雾中,一字一句口述起来。

这雾气越来越大了,把周某人的每一个字都打湿了。幸亏这朋友机灵,早就掏出手机打开录音功能,把浓雾中的声音统统录了下来,并即时转换成汉字。

现在,这部长篇小说最后的结尾是这样的:

赵鼎的墓穴封住后,整个仪礼也就结束了。
"伏以——"

喝彩师还没尽兴，喝起了圆墓彩："前面朱雀重重起，后面玄武金钱状。左边青龙来护助，右边白虎接灵堂……"

"好哇，好哇。"众人一如既往地应和着。

这时，现场的人感觉到身边起了雾。那雾气一开始是顺着石门溪飘过来的，没一会儿，雾气升高了，也变浓了，再后来，众人发现这雾气根本不是石门溪上升起来的，而是从黄冈山顶流下来的，远看，就像是流动的云瀑，磅礴，且惊心动魄。

巨蟒一样的云瀑，沿着整个山谷往前蠕动着，慢慢地淹没了赵鼎墓，以及在场的所有人，又在山口处涌向了常山江。这下子大家明白了，这万丈雾气，是上天垂下的一条白色的挽幛，为故相赵鼎送别。

长幡无字，说尽了巨子的一生。

浓浓的雾气中，响起了魏矼苍老的声音："我没说错吧，今日黄冈山的新山神升座了。"接着，又响起蛋壳儿的声音："是海神变的山神。"有人顺着蛋壳儿的话头说："蛋壳儿，麻烦你回崖州后，告诉疍人、土人、汉人、番人，就说你们的太守在临安玉津园撒过野，在常山送你们的海神上山归位。"

裴怀惊道："啊，郭太守也来了？"

崖州前太守郭嗣文答非所问道："是啊，我这底气，是你们给的。"

赵鼎墓的另一边，也有一个苍老的声音在说："你上次写赵鼎遇鲸鱼，是听别人说的，这次的异迹，你可是亲眼看见了。"那是江少虞的声音。洪迈明确回答说："是的，我会写到《容斋随笔》里去的。"

"喂，你们听，"翁蒙之说，"那是什么声音？"

让所有人都不敢相信的是，这云瀑深处传出一声雄浑的叫声，于山谷中分外嘹亮。这声音由远而近，又似乎是从地下升起来的。工叙立即兴奋了，透过怒涛般的雾气，他看到一个高大的身影跑了过来。这身影是白色的，白影子隐现在白雾中，好像要幻化出仙魔来。

那是一匹孤勇独行的马，马的额头，有相邻的两个发旋。工叙和小碗对看了一眼，一起喊了出来：

黎，母，大，蛮——